WOOD

D1180870

EEN ZEE VAN VERLANGEN

Kathleen Woodiwiss

EEN ZEE VAN VERLANGEN

2003 – De Boekerij – Amsterdam

Oorspronkelijke titel
The Reluctant Suitor
Uitgave
William Morrow, New York
Copyright © 2003 by Kathleen E. Woodiwiss
Copyright voor het Nederlandse taalgebied © 2003 by ECI, Vianen

Vertaling
Parma van Loon
Omslagontwerp
Julie Bergen
Omslagdia
Sharon Spiak/Agentur Schlück GmbH
Foto auteur
Joyce Ravid

ISBN 90 225 3568 1
NUR 342

Opgedragen aan mijn goede vriendin
Laurie McBain.
Als we wat vaker op dezelfde manier zouden denken,
hadden we een identieke tweeling kunnen zijn.

1

Wiltshire Countryside, Engeland,
Ten noordoosten van Bath en Bradford on Avon
5 september 1815

Snel als een hinde rende Lady Adriana Sutton door het sierlijk gewelfde portiek, luid lachend achteromkijkend terwijl ze handig de grijpende hand ontweek van een onstuimige jonge aanbidder. Haar voorbeeld volgend, was hij van zijn paard gesprongen en holde achter haar aan in zijn ijver om haar te kunnen inhalen voor ze de stenen trap op was en verdween in het statige herenhuis van de naaste buren en vrienden van haar ouders. Bij haar nadering ging de zware deur open en een lange, magere, oude butler deed plechtig een stap opzij om haar binnenkomst af te wachten.

'O, Harrison, je bent een engel,' kwinkeleerde Adriana vrolijk. Zich in de hal veilig verschansend achter de butler, draaide ze zich vliegensvlug om en nam een speels triomfantelijke houding aan, maar trok verbaasd haar wenkbrauwen op toen haar achtervolger bij de drempel wankelend tot staan kwam. Roger Elston, die haar bijna een jaar lang op de hielen was gevolgd in zijn niet-aflatende streven haar tot de zijne te maken, en zich zelfs opdrong als hij niet was uitgenodigd, leek nog banger te zijn voor wijlen lord Sedgwick Wyndham, zesde markies van Randwulf, dan tijdens zijn leven.

Als lord Sedgwick zich was gaan ergeren aan de impromptu bezoeken van Roger Elston, had dat beslist niet aan de oudere man gelegen, want Roger was ongewoon hardnekkig in zijn pogingen haar hand te winnen. Alsof dat ooit tot de mogelijkheden had behoord... Zijn brutaliteit was bijna ongelooflijk.

Als er officiële uitnodigingen waren uitgegaan naar geselecteerde groepen of als goede vrienden met de Wyndhams of haar eigen familie dineerden, en Adriana tot het gezelschap behoorde, diende haar vastberaden bewonderaar zich onder een of ander voorwendsel aan, bijvoorbeeld omdat hij haar even iets moest vertellen. Ze was dan ook de dag gaan betreuren dat ze ooit had toegegeven toen hij de eerste keer onaangekondigd in Wakefield Manor kwam. Zelfs na zijn onbeschaamde huwelijksaanzoek, waarop haar vader prompt had gereageerd met de verklaring dat ze al een verbintenis met iemand had, was Roger haar overal blijven volgen.

Al zag ze de noodzaak er wel van in dat ze hem permanent uit haar omgeving zou moeten verbannen, toch had ze nog gewetenswroeging. Soms leek Roger zo eenzaam, duidelijk een gevolg van zijn ongelukkige jeugd. Zodra ze op het punt stond een eind te maken aan hun omgang, moest ze denken aan alle hulpeloze schepsels die zij en haar levenslange vriendin, Samantha Wyndham, vroeger als kind hadden verzorgd. Het leek onredelijk om minder medelijden te tonen met een mens die wanhopig behoefte had aan wat vriendelijkheid en mededogen.

'Ik geloof echt dat die held op sokken bang voor je is, Harrison,' zei Adriana plagend. Ze wees met haar rijzweep naar haar jongensachtige aanbidder met het knappe gezicht. 'Zijn tegenzin om geconfronteerd te worden met een man als jij, is mijn geluk geweest. Als je de deur niet voor me had opengedaan, zou meneer Elston me waarschijnlijk te pakken gekregen. Dan had ik het moeten betreuren dat Ulysses en ik hem weer achter ons aan hebben laten sjokken.'

Hoewel Roger niet was uitgenodigd voor hun rit te paard vandaag, was hij bij Wakefield Manor verschenen op het moment dat haar vrienden waren gearriveerd om zich bij haar en een vrouwelijke kennis te voegen. Wat had ze anders kunnen doen dan hem beleefd een rijdier aanbieden? Ondanks het feit dat hij zich er heel goed van bewust was dat ze aan een ander was beloofd door een officiële overeenkomst die haar ouders jaren geleden hadden ondertekend, bleef Roger onverdroten volhouden. Ze vroeg zich af of hij werkelijk dacht dat hij een dergelijk contract door zijn vastberadenheid kon vernietigen en met haar trouwen.

Adriana legde peinzend haar vinger tegen haar kin. 'Maar al doe ik nog zo mijn best Ulysses in toom te houden, hij kan er absoluut niet tegen dat een ander paard voor hem uit draaft. Hij weigert naast een van onze ruinen te lopen, zoals meneer Elston kan getuigen, gezien zijn pogingen ons vandaag bij te houden. Je weet, Harrison, dat lord Sedgwick vaak klaagde over de geldingsdrang van het dier.'

De vluchtige glimlach van de butler bewees zijn gevoel voor humor, dat hij doorgaans verborg achter een waardig uiterlijk. 'Inderdaad, mylady, maar altijd met trots in zijn ogen, omdat u zo goed met die eigenzinnige hengst kunt omspringen. His lordship schepte altijd graag op over uw prestaties tegen iedereen die het maar horen wilde. Hij was net zo trots op u als op zijn eigen geliefde dochter.'

Harrison was al tientallen jaren in dienst van de Wyndhams en kon zich nog als de dag van gisteren herinneren dat de Suttons in Randwulf Manor arriveerden om te pronken met hun derde en jongste dochter. En nu hield nagenoeg iedereen op het landgoed van haar. En wat paardrijden betrof: Harrison had genoeg gehoord van wijlen lord Sedgwick om te weten dat ze de jaloezie opwekte van ruiters die hun eigen talent onovertroffen vonden. Gezien Rogers gebrek aan ervaring op dat gebied, was het verbazingwekkend dat hij bleef verliezen. Maar zijn nederlagen hadden hem vastbesloten gemaakt om succes te hebben, zodat hij nu de andere deelnemers aan hun spontane wedstrijden meestal de loef afstak.

'Geen paard kan de prestaties van de schimmel evenaren... óf die van zijn berijdster, mylady, dat staat vast. Niettemin schijnt meneer Elston vastbesloten u in te halen. Misschien lukt het hem nog eens.'

Na jarenlange trouwe dienst was Harrison benoemd tot hoofd van het personeel, een welverdiende positie. In aanwezigheid van zo'n gerespecteerde steunpilaar van het huishoudpersoneel voelde Roger Elston zich inderdaad niet helemaal op zijn gemak en aarzelde hij ongevraagd binnen te vallen. Hoe hij er ook naar hunkerde Adriana de zijne te kunnen noemen, hij kon niet ontkennen dat hij te veel pretenties had door op vriendschappelijke voet te willen omgaan met rijke aristocraten die waren opgegroeid met hoge titels en beroemde namen. Zijn onbeschaamdheid had reeds de ergernis gewekt van een

waar legioen van adellijke jongemannen die naar haar hand
dongen. Maanden geleden had hij echter besloten dat de prijs
alle ruzies waard was. Als zijn eigen vader niet een grote wolspinnerij aan de rand van Bradford on Avon had geërfd en
hem gevraagd had zich te verdiepen in het beheer ervan en in
de wolhandel, zou hij nooit zijn weggegaan uit het Londense
weeshuis. Hij had daar sinds zijn negende jaar gewoond en
was er de laatste tien jaar van zijn achttienjarige verblijf werk-
zaam geweest als docent. Gezien zijn wel heel erg nederige afkomst, was het een wonder dat hij zelfs maar in hun gezelschap werd toegelaten. Zonder de grote liefde van de
Wyndhams voor lady Adriana en hun tegenzin om haar in verlegenheid te brengen door de man te ondervragen die haar op
de hielen volgde, zou een man van zijn geringe status bij de
voordeur zijn weggestuurd.

Met een zwierig gebaar nam Roger zijn hoed af en probeerde de aandacht van de butler te trekken, al was het maar om
de man eraan te herinneren dat hij wachtte op een uitnodiging
om binnen te komen. Maar hij verstarde angstig toen hij het
lage, gedempte gegrom hoorde van het tweetal ouder wordende wolfshonden, die vrij rondliepen in het paleisachtige huis
en het park eromheen. Maanden geleden had hij geleerd dat
als Leo en Aris in de buurt waren, hij niet altijd veilig was, niet
in huis en niet in het park. De honden schenen niets liever te
willen dan hun tanden in zijn vlees te zetten. Op de manieren
van de familie viel niets aan te merken, maar hetzelfde kon
niet gezegd worden van hun twee lievelingsdieren.

Gebeeldhouwde galerijen op twee verdiepingen en aan vier
kanten scheidden de enorme centraal gelegen hal van de sierlijk gewelfde gangen eromheen. Twee daarvan begonnen bij de
vestibule, die op zich al ruim genoeg was om een drom mensen
te kunnen bevatten. Vanaf de ingang liepen de gangen zowel
aan de noord- als aan de zuidkant van de grote hal langs de
hele lengte van het huis. De grote hal was karakteristiek voor
de hal in oude kastelen, waar schragentafels en stoelen als tro-
nen herinneringen wekten aan de diners in de Middeleeuwen.
De meest zuidelijk gelegen gang gaf toegang tot de salon, bij
de deur waarvan Adriana en de butler stonden te praten. Vlak
achter die indrukwekkende kamer gaven boogvormige ingangen de grenzen aan van de galerij. De bibliotheek met de fraai

gebeeldhouwde deur lag er vlak naast. Aan het verste eind van het huis leidden twee kristallen deuren naar de enorme oranjerie, die voorzien was van glazen panelen.

Het gegrom had uit elk van die ruimten aan de zuidkant van het huis kunnen komen, maar de open stenen ingangen langs de galerij maakten die gemakkelijk toegankelijk voor de honden.

Voorzichtig rekte Roger zijn hals uit en probeerde in de galerij te kijken. Vanaf de plaats waar hij stond was het echter onmogelijk iets te zien. Maar zelfs al had hij er recht voor gestaan dan zouden de glas-in-loodramen het moeilijk hebben gemaakt de honden te ontwaren. Van de komst van de winter tot aan het begin van de zomer scheen de zon op de glas-in-loodramen en schiep vreemd vervormde, veelkleurige, oogverblindende figuren in de kamer. Het was nu bijna drie uur in de middag en een gloed van fel gekleurde strepen strekte zich uit tot aan de grote hal.

Roger ontdekte kwaadaardig glinsterende ogen te midden van het verwarrende licht. Onder die doordringende ogen werden al grommend scherpe, witte tanden ontbloot. De bedreiging was duidelijk... en immens beangstigend. Elk moment konden de honden besluiten zich op hem te werpen en hun ijzersterke kaken om zijn benen of armen te klemmen, of misschien zelfs om zijn keel. Ze wachtten slechts op een dreigend gebaar om ze tot de aanval te doen overgaan. Roger durfde zelfs geen wenkbrauw te bewegen.

Tot zijn verbazing bleven de honden stokstijf staan, gereed voor de strijd, maar Roger wist dat hij er niet op kon vertrouwen dat ze zelfs maar een seconde langer die roerloze pose zouden volhouden. Hun haren stonden overeind en bewezen hun niet-aflatende wantrouwen jegens hem of ieder ander die ze beschouwden als een buitenstaander... behalve dat ze in dit geval duidelijk een beschermende houding hadden aangenomen aan beide zijden van een lange, geüniformeerde officier, die in de gang aan het eind van de galerij stond. Het feit dat hij zwaar op een stok leunde, duidde erop dat hij een van de gewonde strijders was uit de oorlog met Frankrijk, misschien zelfs uit de recente slag bij Waterloo of de daaropvolgende schermutselingen die nog steeds in Frankrijk woedden. Op het eerste gezicht leek de officier tot staan gebracht door Adriana's komst, want zijn nauwkeurig onderzoekende blik leek volledig op haar te zijn gericht.

Hij kon geen redelijke verklaring vinden voor het feit dat de wolfshonden deze nieuwkomer accepteerden. Een dergelijke onverzettelijke trouw werd normaal gereserveerd voor de naaste familie, zoals bewezen was door de intense toewijding van de honden aan de overleden lord. Roger had de markies er vaak van verdacht dat hij de vijandigheid van zijn honden aanspoorde teneinde de vele aanbidders van lady Adriana te ontmoedigen. Vóór lord Sedgwicks ziekte en overlijden waren de hoopvolle bewonderaars in drommen neergestreken op de landgoederen naast Randwulf en Wakefield, in hun verlangen ergens in de nabijheid te zijn van Adriana Sutton. Niet alleen was ze adembenemend mooi, maar – wat sommigen van hen misschien nog meer interesseerde – bij haar huwelijk zou de bruidegom een enorme bruidsschat ontvangen.

Per slot van rekening waren het lord Sedgwicks honden, en als hij dat had gewild, had hij hun agressiviteit gemakkelijk kunnen aanmoedigen. Hoewel hij uiterlijk vriendelijk geamuseerd leek door de galante heren, die oprecht verliefd waren op Adriana, had hij lang geleden besloten dat zijn eigen zoon met haar moest trouwen. Volgens Roger leek dat voldoende reden voor de oude man om een slim trucje uit te halen en de smoorverliefde aanbidders door de honden te laten afschrikken.

Roger, die net zoveel aspiraties koesterde als de rest van Adriana's bewonderaars, was haar vaak gevolgd naar Randwulf Manor, en tot de conclusie gekomen dat Leo en Aris alleen voor Adriana dezelfde genegenheid toonden als voor de familie. Met dat in gedachten en rekening houdend met de intolerantie van de honden jegens buitenstaanders, was Roger erg nieuwsgierig om te weten in welke verhouding deze officier stond tot de bewoners van het huis.

Omdat hij zich de man niet kon herinneren van een van zijn vorige bezoeken, viel het Roger moeilijk uit te puzzelen wie deze nieuwkomer was. Als hij niet meer dan een kennis of een verre bloedverwant van de familie was, waarom zouden de honden hem dan zo zonder meer accepteren? Toch kon Roger de indruk niet van zich afzetten dat hij die officier al eens ergens gezien had, althans iemand die veel op hem leek. Het was een gezicht dat je niet gauw vergat. Het had alle karakteristieken die hij was gaan benijden: krachtige, nobele gelaatstrekken, veel mannelijker en knapper dan zijn eigen fijne, jongensachtig mooie uiterlijk; in de laatste jaren was hij gaan vermoeden dat het in de toekomst even jongensachtig zou blijven. Hij was onlangs zevenentwintig geworden, maar ergerde zich voortdurend aan mensen die hem voor een jonge knaap hielden.

Als de officier inderdaad een gast was in dit huis, kon Roger niet anders dan een hekel hebben aan het gezag dat de man uitstraalde, een autoriteit die ongetwijfeld voortkwam uit hooghartigheid of misschien zelfs door zijn militaire rang. Hij kon beslist geen respect afdwingen door zijn aantal jaren; hij was zeker niet ouder dan hoogstens vijfendertig.

De imponerende aanwezigheid van de vreemdeling leek ongepast in het huis van wijlen de markies. De officier trok enigszins geërgerd zijn wenkbrauwen op naar de oude butler, die volledig verdiept leek in zijn gesprek met Adriana, en liet duidelijk blijken dat hij aan haar voorgesteld wenste te worden – alsof hij het recht daartoe had.

Wie was die kerel eigenlijk?

Die vraag werd uit Rogers gedachten verdreven toen hij opzij werd geduwd door de enige dochter van wijlen lord Sedgwick. Samantha Galia Wyndham Burke was ver achtergebleven in de race van die middag en maakte nu pas haar entree. Ze leek speels de blonde man te ontwijken die achter haar aan kwam en al twee jaar haar echtgenoot was. Ze keek even achterom en zag dat hij de afstand tussen hen rap verminderde.

Perceval Burkes lengte en grote, verende passen maakten dat hij haar snel inhaalde. Grinnikend legde hij zijn arm om het middel van zijn lachend protesterende vrouw en draaide haar naar zich toe. 'Nu heb ik je, schoonheid.'

Samantha trok haar bonnet van haar hoofd en sloeg haar blik op naar haar aantrekkelijke echtgenoot. 'Moet ik geloven dat ik in gevaar verkeer?'

Sandy's blauwe ogen keken haar stralend aan. 'En hoe!'

Samantha's gehandschoende vingers speelden met de knopen van haar suède vest. Haar mond vertrok terwijl ze probeerde haar lach te onderdrukken. 'Ik neem aan dat ik boete moet doen.'

'Ja,' mompelde haar man hees, terwijl hij haar een kneepje in haar arm gaf. 'Zodra we thuis zijn zal ik daarvoor zorgen.'

De binnenkomst van het derde paar ging heel wat waardiger in haar werk. Al een tijdlang had majoor lord Stuart Burke last van een opvallend pijnlijke wond, die hij tijdens de slag bij Waterloo in zijn linkerbil had opgelopen. Maar zijn hoffelijkheid bleef onberispelijk. Hij hield de fraai gehandschoende hand onder de arm van miss Felicity Fairchild, een jonge, bijzonder aantrekkelijke nieuwe inwoonster van het kleine, nabijgelegen stadje Bradford on Avon. Stuart begeleidde haar naar de grote hal met alle galanterie van een officier en een gentleman.

Aangemoedigd door de komst van de paren volgde Roger hen en liep ijlings naar Adriana, in de hoop haar onverhoeds te pakken te krijgen. Als hij ergens in uitblonk, was het wel zijn snelheid en wendbaarheid. Omdat hij vóór haar dood en zijn opsluiting in een weeshuis voor haar en zichzelf had moeten zorgen in de miserabele armoede van de straten in een achterbuurt van Londen, had hij op heel jonge leeftijd al de noodzaak geleerd snel te zijn, anders werd het gestolen voedsel door gezagdragers uit zijn handen gegrist.

Het naderende geklik van metaal op marmer eiste Adriana's aandacht op. Ze herkende het als iets dat meestal Rogers komst aanduidde, en ze keek enigszins verbaasd achterom. Het was wat ze vreesde. De brutale vlerk kwam met gezwinde pas op haar af.

Adriana zou geen enkele man dezelfde familiariteit toestaan als Perceval zojuist met zijn vrouw. Ze had nog geen man ontmoet die ze aantrekkelijk genoeg vond. Hoe het haar ook had geërgerde dat Roger Elston zich opnieuw in haar gezelschap bevond, toch kon ze het niet opbrengen hem te frustreren door in aanwezigheid van haar adellijke vrienden zijn capriolen een halt toe te roepen. Haar moeder had ongemanierdheid altijd afgekeurd, zelfs tegen iemand die herhaaldelijk zijn gezelschap aan anderen opdrong.

Adriana draaide zich snel af van Harrison met een goed geveinsd, opgewekt lachje, en slaagde erin op het nippertje te ontkomen aan Rogers uitgestrekte hand. Buiten zijn bereik blijvend, liep ze langs de eerste boogvormige ingangen van de galerij, zich vaag bewust dat Leo en Aris vlak voor haar voeten wegrenden. Onmiddellijk daarna viel een houten voorwerp kletterend op de grond en gleed over de marmeren vloer. Ze vroeg zich af wat de honden per ongeluk omver hadden gelopen. Ze was al blij dat ze geen gerinkel hoorde van brekend glas. Het geklik dat haar op de hielen was gevolgd, stopte abrupt toen de honden uit de galerij, waar ze hun toevlucht hadden gezocht, naar de hal achter haar draafden en Roger beletten haar te benaderen. Wat de honden nu precies hadden omgegooid bleef Adriana een raadsel, want het volgende moment botste ze tegen een obstakel dat onwrikbaar standhield. Ze wankelde achteruit.

Ze leek te zullen vallen toen haar gelaarsde voet tegen de onderkant stootte van een van de ingangen naar de galerij.

Het volgende ogenblik kwam een lange arm tevoorschijn uit de schijnbaar hardhouten constructie en sloeg zich onbuigzaam om haar middel. Vroeger was ze eens opgebotst tegen de welgedane gestalte van de kokkin van de familie, in haar haast om te ontsnappen naar de stallen, en had ze de indruk gekregen dat ze op een kussen terecht was gekomen. Die herinnering overtuigde haar ervan dat de arm die haar omvat hield beslist niet van een vrouw was!

Lady Adriana Elynn Sutton was opgegroeid in het voorouderlijke huis van haar familie, nog geen twee kilometer verderop. Ze was de jongste van drie dochters en vanaf haar prille jeugd een intieme vriendin en vertrouwelinge van Samantha Wyndham. Ze was altijd het lievelingetje van haar vader geweest, maar had haar moeder en zusters ontelbare uren van wanhoop bezorgd. Niet alleen verschilde ze uiterlijk van de anderen – ze was lang, had zwarte ogen en het donkere haar van haar vader – maar ook in veel andere opzichten.

Haar moeder, Christina, was het toonbeeld van een lady, die geprobeerd had haar drie dochters in dezelfde geest op te voeden. In zekere zin had ze daarmee succes geboekt. De twee oudsten, Jaclyn en Melora, hadden naar de adviezen van hun moeder geluisterd en gedroegen zich beleefd en voornaam, een gedrag dat bij anderen in de smaak viel. Jaclyn was nu getrouwd, woonde in de buurt van Londen en had twee kinderen. Melora, de op een na oudste, was verloofd en ging binnenkort trouwen. Adriana daarentegen liet blijken dat ze van een heel ander slag was.

Behalve een contract voor een verloving, beschouwde Adriana zich nog als ongebonden, een omstandigheid waarin ze niet graag verandering bracht.

Haar prestaties op het gebied van de ruitersport waren onovertroffen, vooral als ze op de trotse Andalusische hengst reed die haar vader speciaal voor haar uit Spanje geïmporteerd had.

Haar moeder had zich ontelbare uren zorgen gemaakt over de wildebras die haar jongste dochter was, veel avontuurlijker dan haar zusters. En niet alleen als ze met Ulysses over de glooiende velden draafde of hem over hoge horden liet springen, maar ook over haar fascinatie voor vuurwapens en boogschieten. Maar het was de mening van haar docenten die haar vader het meest had bevredigd. Volgens die achtenswaardige geleerden had Adriana Sutton een intelligentie die door menige ontwikkelde gentleman kon worden benijd.

In tegenstelling tot de lovende woorden van haar docenten, had haar *gebrek* aan bepaalde vaardigheden de afkeuring gewekt van haar elegante, groenogige, blonde zusters, nog versterkt door het feit dat ze absoluut niet met een borduurnaald wist om te gaan. Ze had een hekel aan zingen en harpspelen, waarin Jaclyn en Melora uitblonken. Ze was ook vrij selectief in haar vriendschap met leden van haar eigen sekse. Haar zusters betreurden het dat ze veel meer in mannelijk dan in vrouwelijk gezelschap verkeerde. 'Wat moeten de mensen wel niet denken?' klaagden ze. Maar om onverklaarbare redenen was Adriana de lieveling van wijlen de markies van Randwulf, zijn familie en hun trouwe bedienden, van wie velen haar hadden zien opgroeien van een mager wicht tot een boeiende schoonheid.

En nu werd ze omklemd door een paar onverzettelijke armen, wat haar normaal razend zou hebben gemaakt. Maar op dit moment had ze enige moeite om de werkelijkheid van de illusie te scheiden. Onder de gegeven omstandigheden vond Adriana dat ze alle recht had te denken dat er een boom in de hal was geworteld, want het torenhoge obstakel waar ze tegenop was gebotst wekte de indruk van een onbuigzame eik. De gedrapeerde zwarte rok van haar chique rijkostuum en het korte jasje van bosgroen fluweel, met daaronder een crèmekleurige jabot, leek onvoldoende bescherming te bieden tegen het robuuste lichaam dat haar zo stevig omarmd hield.

In een plotselinge weerbarstige poging zich los te maken en haar waardigheid te hervinden, merkte ze tot haar opluchting dat de man zijn armen liet zakken, en ze probeerde meer afstand tussen hen te scheppen. Helaas voldeed het resultaat niet aan haar verwachtingen, want bij het achteruitlopen trapte ze op een stok of een of ander lang houten voorwerp, dat prompt onder haar voeten vandaan gleed, en ze verloor haar evenwicht. Ze sloeg wild met haar armen om zich heen om te proberen zich staande te houden. Wanhopig klampte ze zich vast aan het eerste wat onder haar bereik kwam, de taille van een fraaie rode jas. Maar zelfs toen nog glipten haar voeten onder haar vandaan, en haar rechterdij kwam met een smak in zijn kruis terecht. Het slachtoffer leek naar adem te snakken, maar dat was nog niet het einde van haar gêne. Haar rokken schoven tot aan haar knie omhoog toen haar linkerbeen langs de buitenkant van een stevig gespierd been gleed. Het was moeilijk uit te maken wie harder kreunde, de officier of zijzelf. Adriana's been schuurde pijnlijk langs zijn witte wollen broek.

Ze deed haar uiterste best om zowel haar waardigheid als haar zedigheid te herkrijgen, en probeerde zich te bevrijden van de keiharde dij, maar ze voelde haar zachte kuit schrijnen. Ze voelde zich zó onbehaaglijk dat ze geen glimlach kon opbrengen, laat staan dat ze kon lachen om haar eigen onhandigheid. Ze kon zich slechts afvragen wat ze bij die man teweeg had gebracht.

'Het spijt me…' begon ze, en bloosde hevig toen ze probeerde haar irritatie en pijn te verbergen. 'Het was niet mijn bedoeling…'

'Doet er niet toe,' zei de officier met verstikte stem. Zijn kaken spanden zich terwijl hij zijn best deed zich onder controle te krijgen. Hij sloeg zijn arm weer om haar middel, tilde haar met het grootste gemak op en zette haar veilig op de grond tussen zijn eigen glimmende, zwarte laarzen.

Nog steeds worstelend om de pijn in zijn lendenen te overwinnen, sloot de officier zijn ogen en boog zijn hoofd om te wachten tot het over zou gaan. Adriana snoof de vage geur van zijn parfum op en verwonderde zich over het vreemde gevoel van opwinding dat door haar heen ging.

Een pijnlijke grimas van de man bewees dat zijn ongemak

nog niet over was. Met een zacht gemompeld excuus bracht hij, onder de bescherming van haar rok, zijn hand tussen hen omlaag.

Adriana maakte de vergissing omlaag te kijken voor het tot haar doordrong waarmee hij bezig was, namelijk het verplaatsen van het gezwollen lid, dat duidelijk zichtbaar was onder zijn strakke broek. Een zachte kreet ontsnapte haar en ze wendde snel haar blik af. In opperste verlegenheid trachtte ze te vergeten wat ze zojuist gezien had en haar gedachten te richten op meer logische onderwerpen, bijvoorbeeld de reden voor de aanwezigheid van de officier op Randwulf Manor. Maar ze bleef hevig blozen.

Vastberaden concentreerde Adriana zich op het kortgeknipte donkerbruine haar en liet haar blik niet verder dalen dan tot zijn brede schouders met de gouden epauletten. Het leek de enige manier om haar gedachten te concentreren op dingen die passend waren voor een jonge maagd. Toch moest ze zichzelf bekennen dat ze zich nooit had kunnen voorstellen dat zoveel verleiding in één man kon worden belichaamd.

De pijn was nu gelukkig verdwenen uit zijn glanzende donkere ogen, in elk geval voldoende om te grijnzen en blijk te geven van zijn gevoel voor humor. Zijn perfecte witte tanden leken veel te helder om ruimte te laten voor nuchter denken. Keurig geknipte bakkebaarden accentueerden zijn fijnbesneden jukbeenderen en zongebruinde wangen. Zijn slecht onderdrukte grijns vormde diepe groeven aan beide kanten van zijn mond. Die groeven verontrustten Adriana een beetje, want ze leken een lang begraven herinnering te wekken. Als er inderdaad een herinnering verbonden was aan die twee plooien, dan was die beslist niet van recente datum en lag die waarschijnlijk diep begraven in haar geheugen.

'Gezien het ongemak dat we zojuist samen hebben beleefd,' mompelde de officier met een zachte, warme stem, die alleen voor haar oren bestemd was, 'hoor ik op z'n minst de naam te kennen van zulk charmant gezelschap, voordat ons een andere ramp overkomt... Miss...?'

De warme toon waarop hij het zei, deed een rilling door haar heen gaan. Tot Adriana's verbazing wekte de klank ervan een merkwaardig prettige onrust op een plek die veel te intiem was voor een maagd om er zelfs maar aan te durven denken.

Suggestief als die gewaarwordingen waren, wist ze niet goed wat ze ermee aan moest. Ze leken bijna... lichtzinnig. Maar wat ze zojuist van hem had gezien, had ongetwijfeld haar gevoeligheid voor grillige denkbeelden verhoogd. Als hij niet zo knap van uiterlijk was geweest, zou ze zich nog steeds moeten verzetten tegen de aandrang om aan zijn kruis te denken.

'S-sutton,' stotterde ze, zich ergerend aan haar stuntelige spraak. Het feit dat ze niet goed kon articuleren had niets te maken met een pijnlijke verlegenheid in gezelschap van mannen, want er ging bijna geen maand voorbij zonder dat ze een huwelijksaanzoek kreeg. Die verzoeken waren nogal afgezaagd geworden, en verscherpten haar gebrek aan belangstelling terwijl ze op nieuws wachtte van degene aan wie ze beloofd was.

De enige die ze serieus in overweging had genomen, was de knappe Riordan Kendrick, markies van Harcourt, die ver uitstak boven degenen die haar vader om haar hand hadden verzocht. Riordan was absoluut de charmantste van de mannen die ze kende, en niet zo doortastend en volhardend als Roger, wat een groot punt in zijn voordeel was. Hij had hoffelijke en perfecte manieren, maar ze kon zich niet herinneren dat ze ooit zo onder de indruk was geweest van Riordans stralende donkere ogen als op dit moment van de fonkelende grijze ogen die haar geamuseerd aankeken. Zulke ogen had ze niet meer gezien sinds...

'Sutton?' Zijn wenkbrauwen werden plotseling opgetrokken in wat alleen maar verbazing kon zijn. Een uitdrukking van ontzag en ongeloof verscheen op het gezicht van de officier die haar aandachtig opnam. Maar hij scheen enige twijfel te koesteren, hield zijn hoofd schuin en staarde haar onderzoekend aan. Het leek wel of hij niet kon geloven wat hij had gehoord of zag. 'Toch niet... lady... Adriana Sutton?' Toen ze behoedzaam knikte, sloeg hij zijn arm nog steviger om haar heen en plette haar zachte boezem tegen zijn harde borst. 'Niet te gelóven! Adriana je bent betoverend nu je volwassen bent geworden. In geen duizend jaar had ik kunnen dromen dat je op een dag zo'n verrukkelijke schoonheid zou worden.'

Bij die twijfelachtige familiariteit en complimentjes kreeg Adriana weer een hoogrode kleur. Wie die onbekende ook was, op de een of andere manier was hij haar naam te weten gekomen. Maar dat deed niets af aan haar eigen verwarring of onbehaaglijke gevoelens. Hij omarmde haar zó stevig dat ze bang was dat haar ribben zouden kneuzen. Ze vermoedde dat haar borsten nog dagenlang gevoelig zouden blijven na zijn beklemmende omhelzing.

Misschien had die officier te veel tijd doorgebracht met vechtende mannen en was hij vergeten dat een gentleman een dame niet zo stevig vasthield als zijn gewoonte scheen te zijn. Maar Adriana was vast van plan hem op zijn fouten te wijzen. Hoewel ze Roger niet had willen berispen in bijzijn van getuigen, leek deze man geen last te hebben van enige schroom, zeker niet nadat hij gebruik had gemaakt van haar alles verhullende rokken. Integendeel, ze vroeg zich af of ze ooit een schaamtelozer man had ontmoet.

'Laat me alstublieft los en geef me ruimte om adem te halen! Ik kan u verzekeren dat u hier niet geconfronteerd wordt met een vijand!'

Hij liet een zacht, geamuseerd gegrinnik horen, maar pas toen haar tenen de grond raakten, besefte ze met hoeveel gemak hij haar had opgetild. Het was minder zijn fysieke kracht die haar verwonderde dan wel het feit dat hij zo lang was. Ze reikte nauwelijks tot zijn schouder. Haar eigen vader en Riordan Kendrick waren lang, maar er was maar één andere man die ze gekend had die de lengte van deze officier had kunnen evenaren, en dat was wijlen Sedgwick Wyndham.

'M'n liefste Adriana, vergeef me alsjeblieft,' mompelde de man, zonder enige moeite te doen zijn grijns te onderdrukken. Achteloos keek hij opzij en accepteerde met een bedankje de zwarte wandelstok met zilveren knop, die de butler hem overhandigde. Toen keek hij haar met stralende ogen aan. 'Het was echt niet mijn bedoeling je van streek te maken door me niet als een gentleman te gedragen, maar ik ben bang dat het kwam door mijn verlangen om onze vriendschap te hernieuwen. Toen ik je met Harrison zag praten, hoopte ik aan je te worden voorgesteld, maar ik dacht geen moment dat ik je al kende.'

M'n liefste Adriana! Onze vriendschap hernieuwen! Je al kende! Maakte hij avances?

Plotseling kon Adriana die brutale familiariteit niet langer verdragen. Met vuurrode wangen draaide ze zich om en zwaaide haar rok met zoveel kracht om zich heen dat ze over zijn glimmend gepoetste zwarte laarzen zwierden en over de kostbare stok waarop hij rustte. Ze kon niet anders dan veronderstellen dat juist die stok het probleem had veroorzaakt. Waarschijnlijk zou die ook zijn waarde kunnen bewijzen als een kastijdingsmiddel voor het geval ze tot de conclusie zou komen dat ze zich beledigd moest voelen door zijn schaamteloosheid, en met die stok op zijn hoofd slaan.

Pas toen ze een eindje verderop was, durfde Adriana zich weer naar hem om te keren. Ze deed het uitdagend, zwaaide haar rok nog een keer om zich heen voor ze hem losliet en hief hooghartig haar kin op om blijk te geven van haar ongenoegen.

Hij grinnikte vrolijk terwijl hij haar aanstaarde. Ze was al heel vaak met geile blikken bekeken als ze met haar tante van vaderskant door de straten van Bath liep of met haar zuster in Londen, maar dit was iets heel anders. Bij het zien van de blik in zijn grijze ogen vroeg ze zich onwillekeurig af of die ook maar enigszins anders zou zijn als ze spiernaakt voor hem stond. Ze kon bijna zweren dat hij naar haar keek alsof hij iets met haar van plan was en al bezig was de delen van haar lichaam af te tekenen waarmee hij met zijn verleiding zou beginnen.

Wat een lef! dacht ze kwaad en gordde zich aan om hem met woorden te geselen.

'Sir, ik moet protesteren!'

Een paar seconden verstreken voordat het tot Adriana doordrong dat niet zij die woorden had gesproken, maar Roger Elston. Verbluft keek ze om zich heen en zag dat hij met een van woede vertrokken gezicht naar hen toe kwam. Hij had zijn vuisten gebald en de knokkels zagen wit. Hij leek een confrontatie met de man uit te lokken, zo nodig met hem op de vuist te gaan.

De wolfshonden waren naast de voeten van de onbekende op de grond neergeploft, maar toen ze zich bewust werden van Rogers nadering, sprongen ze luid blaffend overeind. Er viel een plotselinge stilte in de hal. Met fel glinsterende ogen en dreigend ontblote tanden lieten de honden duidelijk blijken dat ze zouden aanvallen als Roger nog één stap dichterbij kwam. Het gevaar was groot genoeg om hem struikelend tot

21

staan te brengen. Roger had nooit enig teken van zwakte be-
speurd bij een van de honden bij zijn vorige bezoeken aan
Randwulf Manor, al waren Aris en Leo al achttien jaar oud.
Helaas kon hij ook nu niets daarvan merken. De uitstekende
conditie van beide dieren had hem dankbaar gemaakt voor de
veel te zeldzame keren dat ze om een of andere reden werden
achtergelaten als de familie met hun vele vrienden ging paardrijden. Maar veel vaker werd het paar tot zijn grote spijt aangemoedigd om met hun paarden mee te rennen. In de meeste
gevallen waren ze ver vooruit gehold om het struikgewas of
het heuvelachtige terrein te verkennen, in een gretig verlangen
hun klauwen te zetten in grotere dieren of kleinere te verslinden, afhankelijk van wat ze tegenkwamen.

Roger had hetzelfde gevaar onder ogen gezien toen hij Adriana de eerste keer naar Randwulf Manor was gevolgd. De
honden waren op hem afgestormd, zó wild blaffend dat Adriana gedwongen was geweest tussenbeide te komen om te verhinderen dat ze hem in stukken zouden scheuren. Bij latere gelegenheden had hij haar de honden met zacht berispende
woorden zien kalmeren, wat voldoende reden was om aan te
nemen dat de reusachtige dieren haar net zo adoreerden als de
leden van de familie Wyndham. Haar nabijheid versterkte
meestal zijn zelfvertrouwen, maar op dit moment staarde ze
met opengesperde ogen naar het tweetal, alsof ze niet kon geloven dat ze op hem af zouden springen om een volkomen
vreemde te verdedigen. Behalve dat hij geen vreemde was.

Maanden geleden was Roger wreed herinnerd aan zijn lage
afkomst. Dat was gebeurd spoedig nadat hij was gearriveerd
in zijn streven om bij Adriana te zijn. Hij was niet de enige die
met dat doel was gekomen. Een stuk of twaalf andere aanbidders waren even doortastend als hij. Later hadden ze zich verzameld in de salon van de Wyndhams, waar Roger, tijdens hun
tête-à-tête met Samantha, haar ouders en andere kennissen,
zich steeds meer bewust werd van de indrukwekkende rij por-
tretten aan de muren, een bewijs van het zeer knappe en gedis-
tingeerde geslacht van de Wyndhams. In een poging niet alleen
zijn nieuwsgierigheid te bevredigen naar de adel in het algemeen, maar specifiek naar de bloedverwanten van zijn gastheer, had Roger aandachtig elke gelijkenis bestudeerd. Eén
portret in het bijzonder, een groot olieverfschilderij van Sedg-

wick Wyndham zelf, die statig naast dezelfde haard stond waarboven het portret nu hing, had het meest de aandacht getrokken en veel bijgedragen tot Rogers ongerustheid. Het portret, dat al bijna twintig jaar oud was, bewees niet alleen het opvallend knappe uiterlijk van lord Sedgwick toen hij een jaar of veertig was, maar ook de jeugdige fitheid van het paar wolfshonden.

Niemand die de markies had leren kennen, kon het talent van de schilder ontkennen. Hij had zijn model met ongelooflijke nauwkeurigheid geschilderd. Zelfs nu nog, vele jaren later, werden de mensen gefascineerd door de mooie, glanzende donkere ogen die vanaf het doek naar hen leken te fonkelen. Het fijnbesneden gezicht was zo opvallend knap dat een doorsnee man die ernaar keek zich in vergelijking daarmee gemakkelijk onbeduidend kon voelen.

Het was of die heldere grijze ogen het vermogen had de geheimen van iemands hart te doorgronden en, nog verontrustender, zich te focussen op zijn eigen innerlijk. Roger had die ervaring vergeleken met het turen naar het ingewikkelde mechanisme van je eigen karakter. Daarna had hij lord Randwulf gehaat om wat hij over zichzelf ontdekt had, niet in het minst over het ontmoedigende vooruitzicht van zijn eigen aspiraties. Adriana behoorde tot de adel, was de dochter van een graaf, en ze voelde zich op haar gemak te midden van de welgestelde landadel. Niettemin had Roger, zich bewust van het lot dat hem te wachten stond als hij haar niet voor zich zou kunnen winnen, de remmingen van zijn nederige geboorte van zich afgezet, in zijn toenemende verlangen haar de zijne te kunnen noemen.

En nu stond hij hier niet meer tegenover de ouder wordende markies, maar tegenover iemand die opvallend veel op hem leek. Een sombere stemming maakte zich van hem meester toen het tot hem doordrong wie de bezoeker was. Al wilde hij het nog zo graag, hij kon het niet ontkennen, de gelijkenis tussen vader en zoon was té groot. De erfgenaam van de overleden lord was eindelijk naar huis teruggekeerd, misschien om zijn markizaat op te eisen en daarmee ongetwijfeld de hand van Adriana Sutton. Welke man kon zo'n beeldschone vrouw afwijzen… of een bruidsschat die groot genoeg was om het een arme sloeber te doen duizelen?

Onder de indringende, nieuwsgierige blik van de officier, die zijn wenkbrauwen laatdunkend optrok, wilde Roger niets liever dan hem met beledigingen overladen. Al was het maar om zijn eigen toenemende frustratie over de onrechtvaardigheid dat iemand die al rijk was de enorme bruidsschat ten deel zou vallen als hij met lady Adriana trouwde. Maar met de wolfshonden die gereedstonden om aan te vallen, had Roger niet de moed om iets anders te doen dan zich terug te trekken achter een grote plant.

Adriana kon geen logische verklaring vinden voor het gedrag van de honden. Ze vroeg zich af of ze misschien dol waren geworden. Ze haatten buitenstaanders. Zelfs met geregelde bezoekers waren ze niet geneigd vriendschap te sluiten, zoals bewezen werd door hun hardnekkige weigering in Roger iets anders te zien dan een vijand. Toch schenen ze om een ondoorgrondelijke reden gemotiveerd deze geüniformeerde officier te verdedigen. Ze kon alleen maar aannemen dat hij een ver familielid was. Als hij een vreemde was, had ze geen idee wat het doel van zijn bezoek kon zijn.

Het was Samantha die het mysterie oploste toen ze uit een verdoving leek te ontwaken en met een kreet van verrukking op de officier af stormde. 'Colton! Lieve broer van me, ben je het echt?'

Voor de man de kans kreeg om te antwoorden, had Samantha zelf haar conclusies al getrokken en wierp zich in zijn armen, hem bijna smorend in haar enthousiasme. Deze keer kon hij zijn stok vasthouden toen hij de omhelzing van zijn zus beantwoordde. Het duurde even voor Samantha hem losliet en met een triomfantelijke lach tegen zijn arm leunde. Volkomen onbewust van de woede en wrok waarmee Roger Elston worstelde, en van de emotionele ontreddering van Adriana Sutton, die met knikkende knieën en open mond naar de officier staarde, genoot Samantha hemelse vreugde nu haar broer eindelijk, ten langen leste was thuisgekomen.

Samantha klemde haar handen om zijn stevige armen en probeerde ze vergeefs te schudden. Zonder zich van de wijs te laten brengen, verklaarde ze vrolijk: 'O, Colton, ik herkende je bijna niet. Je moet enorm gegroeid zijn in al die jaren dat je weg was! Ik had nooit kunnen denken dat je net zo lang zou worden als papa. Je ziet er zo... zo... *volwassen* uit, of moet ik, meer naar waarheid, zeggen zo knap en gedistingeerd?'

Adriana's mond, die wijdopen had gestaan, klapte dicht. Ze kon niets anders doen dan staren naar de nieuwe markies van Randwulf, een man aan wie ze op haar zevende jaar beloofd was. Ze zocht in zijn gezicht naar een gelijkenis met de jongen die ze vroeger gekend had. Jaren geleden hadden hun respectieve ouders alles in het werk gesteld om hem te overtuigen van het verstandige en weldoordachte van het contract dat zijn vader had voorgesteld, maar James Colton Wyndham was met zijn zestien jaren onverzettelijk in zijn weigering om het te accepteren. Hij was vertrokken en had zich niet meer laten zien. Tot vandaag. Adriana zou graag hebben gezien dat hij als volwassene zo afzichtelijk was geweest als een wrattenzwijn. In plaats daarvan werd ze getroffen door de veranderingen die zich in hem hadden voltrokken sinds hij afscheid had genomen van Randwulf Manor. Als jongen had Colton keer op keer bewezen dat hij er een eigen mening en wil op nahield, en na al die jaren was Adriana gaan geloven, net als zijn zus, dat hij nooit meer zou terugkomen. Nu was hij tweeëndertig en geen jongen meer, maar in elk opzicht een man.

Het was een simpel feit dat Colton Wyndham als volwassen man veel knapper was dan hij als jongen was geweest. Hij was langer, sterker, knapper en mannelijker. Hij had het knappe, aristocratische uiterlijk dat elk meisje aan zijn voeten zou brengen. Geen wonder dat ze vroeger verliefd op hem was geweest. Hij was haar prins, haar witte ridder. En nu was hij thuis, gereed om het markizaat over te nemen. Hoewel ze vermoedde dat hij nog op de hoogte gesteld moest worden van de voorwaarden die zijn vader voor hem had vastgelegd, vroeg ze zich af of hij zich zou neerleggen bij de eisen van het contract of ze zonder meer van de hand zou wijzen, zoals hij jaren geleden had gedaan. De onzekerheid gaf haar een vreemd, onrustig gevoel, en ze vroeg zich af wat haar meer in verwarring zou brengen: de voltrekking van het huwelijk of de verwachte afwijzing.

De broederlijke genegenheid was duidelijk te zien toen Colton, leunend op zijn stok, zijn vrije hand onder Samantha's kin legde. 'Lief zusje van me, je zult inmiddels wel gehoord hebben dat Bonaparte opnieuw is overwonnen. Misschien heeft de kapitein van het schip het anker al laten vallen bij St. Helena en zijn illustere passagier aan wal gezet. Als we geluk hebben, zal de keizer nooit meer ontsnappen om die afschuwelijke oorlog voort te zetten.'

Samantha streek met bevende vingers over de wang van haar broer. 'Ik had gedacht dat je eerder terug zou komen, Colton. Papa bleef naar je vragen op zijn sterfbed, maar ten slotte gaf hij de hoop op dat hij je nog zou zien. Hij is gestorven met jouw naam op zijn lippen.'

Colton klemde haar hand in de zijne en drukte een zachte kus op haar knokkels. 'Alsjeblieft, vergeef me, Samantha. Ik vind het verschrikkelijk. Toen je me bericht stuurde van vaders ziekte, kon ik niet weg door onze strijd met Napoleons leger. Later, toen het nieuws kwam van vaders overlijden, werd mijn vertrek belet door een wond in mijn been. De artsen hadden me gewaarschuwd dat ze het bij mijn heup zouden moeten afzetten als de infectie verergerde. Als ik niet het geluk had gehad dat ik had gezien hoe een sergeant zijn eigen etterende wond met onbeschrijflijke methoden genas – door middel van maden, allerlei dingen, en een weerzinwekkend mengsel van mos en klei – zou ik nu niet als een gezond mens voor je staan... vooropgesteld dat ik nog zou leven. Maar toch duurde het nog een tijd voor ik weer enigszins behoorlijk kon lopen. En toen moest ik, om ontslag te krijgen uit het leger, naar heinde en ver reizen. De autoriteiten leken niet geneigd mijn ontslagpapieren te tekenen omdat het inmiddels duidelijk was dat ik mijn been zou behouden. Ze bleven me verzekeren dat ik in aanmerking kwam voor de rang van brigadegeneraal en dat ik elke bestemming kon krijgen die ik maar wilde. Ze waren vooral onwillig me te laten gaan omdat sommige troepen van ons in bepaalde gebieden van Frankrijk nog steeds tegen de vijand vechten. Ik moest ze meer dan eens duidelijk maken dat ik naar huis wilde.'

Samantha en Adriana dachten aan zijn slopende verwonding en de bizarre remedie ertegen, en ze konden even niet verder denken. Het middel dat hem genezen had, leek zó grotesk dat ze allebei huiverden.

Samantha kon slechts een bevende hand voor haar mond leggen terwijl ze wachtte tot haar misselijkheid over zou zijn. Eindelijk viel haar blik op de stok van haar broer, en toen ze hem eindelijk in de ogen keek, zei ze stotterend en bezorgd: 'En er is... geen blijvende... ziekte?'

Colton praatte al even zacht en bracht zijn hoofd dichtbij dat van Samantha. 'Niet meer dan een klein probleem, dat me noodzaakt met een stok te lopen. Maar met wat geluk, oefeningen en voldoende tijd om goed te genezen, zal ik er waarschijnlijk niet meer afhankelijk van zijn. Mijn been wordt elke dag sterker. Ik weet zeker dat ik steeds minder kreupel zal gaan lopen, maar in welke mate valt nog te bezien.'

Samantha kneep haar ogen dicht om de tranen terug te dringen. Ze zocht steun bij haar broer, die zijn arm om haar schouders legde. 'Ik kan alleen een genadige God danken voor je veilige terugkeer, Colton. Onze gebeden zijn verhoord.'

Zijn hand streek in cirkelende bewegingen tussen haar schouderbladen over haar rug. 'Ik ben ervan overtuigd dat ik slechts gezond en wel hier ben dankzij de smeekbeden van jou en onze lieve moeder. Ik dank jullie uit de grond van mijn hart, want er waren inderdaad heel wat hachelijke momenten in deze laatste campagne tegen Napoleons strijdkrachten.'

Adriana dacht aan haar eigen vurige smeekbeden, die ze in het donker van haar slaapkamer had gefluisterd. Ze had heel wat nachten wakker gelegen, niet in staat de gedachte te verdragen dat Colton dood, gewond of misschien zelfs in de steek gelaten ergens op een slagveld lag. Hij was de enige mannelijke afstammeling van ouders van wie ze bijna evenveel had gehouden als van haar eigen ouders. Vroeger was hij zelfs de held geweest van haar meisjesachtige fantasieën, meer dan voldoende reden om ontelbare gebeden te zeggen voor zijn behouden terugkeer.

Samantha kon de vraag niet negeren die haar op de lippen brandde. Steunend op de arm van haar broer keek ze hem onderzoekend aan. 'Betekent je aanwezigheid hier op Randwulf Manor dat je van plan bent de verantwoordelijkheid voor het markizaat op je te nemen?'

Colton antwoordde zonder aarzelen. 'Als degene wie de titel rechtens toekomt, lieve zuster, zou ik tekortschieten in mijn plicht tegenover de familie als ik die in handen zou geven van onze neef, Latham.'

Vechtend tegen een verwarrende mengeling van dankbare tranen en een triomfantelijke lach, gaf Samantha aan beide emoties toe, een bewijs van haar overweldigende opluchting en vreugde. Lathams laatste bezoek was geëindigd in onenigheid. Hij was gekomen onder het mom van het willen bijwonen van de begrafenis van haar vader, maar had het huis betreden met de houding van een pompeuze jonge lord, uitsluitend geïnteresseerd in de inspectie van zijn nieuwverworven domein en de inrichting ervan. Hij had nauwelijks zijn respect betoond aan de dode, toen hij erop stond dat Harrison hem rondleidde in het huis. Hij had zich geërgerd toen de butler, in zijn grote trouw aan de familie, zijn meesteres had gevraagd of ze de man toestond om rond te kijken. Gezien Lathams walgelijke arrogantie, had Samantha bijna verwacht dat hij onmiddellijk rekenschap zou eisen van de kostbaarheden van de familie. Ondanks haar eigen zelfopgelegde kalmte tijdens het grootste deel van zijn bezoek had ze hem sarcastisch geantwoord toen hij had gevraagd waar haar moeder de komende maanden zou wonen. Hooghartig had ze hem verteld dat lady Philana op Randwulf Manor zou blijven als *moeder* van de erfgenaam.

'Wat zal Latham teleurgesteld zijn,' mompelde ze met een stralende glimlach. Hoewel haar opgetogenheid volledig te danken was aan het feit dat Colton bereid was het markizaat te accepteren, wat een hartenwens was geweest van hun vader, was ze ook dankbaar dat ze niet de bittere pil hoefde te slikken om Latham haar excuses te moeten aanbieden. 'Ik weet zeker dat Latham dacht dat je dood was toen je niet terugkwam uit Waterloo. Als we niet gerustgesteld waren door een paar manschappen die onder jouw bevel stonden, zouden we beslist de moed hebben opgegeven. Maar je bleef zó lang weg nadat de meeste officieren al terug waren, dat we bang waren dat je je positie in het leger niet wilde opgeven om de verantwoordelijkheid hier op je te nemen. Als ik geweten had dat je hier zou zijn, hadden we Adriana en onze gasten kunnen afhalen en had je met ons mee gekund toen we gingen paardrijden.'

Colton grinnikte zachtjes en schudde zijn hoofd. 'Ik vrees dat ik me na die lange rit in het rijtuig veel te opgelucht voelde dat het achter de rug was. Bovendien zou mijn been het belet hebben. Ik heb nog steeds pijn als ik op een paard zit of weinig ruimte heb, zoals tijdens de rit in het rijtuig hierheen. Ik moet de stijfheid eruit kunnen lopen, anders gaat de pijn niet over. Moeder en ik hebben gelukkig een tijdje samen kunnen praten. Ze is net gaan rusten, en ik wilde wat rondlopen in huis, de kennismaking hernieuwen met de oude bedienden en met Leo en Aris door het park wandelen. Ik was er nog maar net aan begonnen toen Harrison de deur opendeed voor je gasten.'

Samantha lachte. 'Je bent hier weggegaan als jongen en je komt terug als man...'

'En vind jou terug als vrouw,' antwoordde Colton grinnikend. 'Je was een spichtig kind van acht jaar toen ik vertrok. En moet je nu zien, je bent een schoonheid geworden!' Met behulp van zijn stok ging hij een pas achteruit en bekeek haar met vrolijk glinsterende ogen. 'Moeder stuurde me een paar jaar geleden een lange brief waarin ze je huwelijk beschreef, en ik moet zeggen dat ik erg geschokt was. Ik heb nog steeds moeite om mijn ogen te geloven... mijn kleine zusje, volwassen en getrouwd.'

'Ik veronderstel dat je me bleef zien als dat spichtige kleine meisje dat je overal volgde, maar of je het beseft of niet, broerlief, ik ben nu vierentwintig, wat jou natuurlijk stokoud maakt.' Ze danste weg en legde haar hand achter haar oor alsof ze zich inspande om goed te kunnen horen. 'Voorwaar, ik geloof werkelijk dat ik je botten hoor kraken van ouderdom.'

Haar broer begon hartelijk te lachen. 'Als dat zo is, lief zusje van me, kan ik naar waarheid getuigen dat de ongemakken van de oorlog schuld daaraan zijn en niet de ouderdom.' Hij hinkte in een kring om haar heen en streek met zijn hand langs zijn tuniek. Met opzet of niet, het vestigde de aandacht van de dames op zijn slanke middel. 'Als het je nog niet is opgevallen, ik ben uitzonderlijk goed geconserveerd. Maar genoeg van die onzin, ik wacht al uren om aan iedereen te worden voorgesteld.'

Hij had het nog niet gezegd of hij draaide rond op zijn goede been en liep naar de donkerharige schoonheid die hij enkele ogenblikken tevoren had ontmoet. Het was alweer een tijdje geleden dat hij de zachte boezem van een vrouw tegen zijn borst had gevoeld. De blijvende impressie van die slanke dijen die rond zijn eigen benen gestrengeld waren, droeg veel bij tot het wekken van een mannelijke opwinding, die al enkele maanden onbevredigd was gebleven. Al zou je veilig kunnen zeggen dat Gyles Suttons dochter onschuldig was en zich niet bewust van haar effect op hem, was haar beeltenis in zijn hoofd en lichaam geprent.

Jaren geleden had hij zich verzet tegen de voorspelling van zijn vader dat hij op een goede dag oprecht zou genieten van het gezelschap van lady Adriana. Weinig had hij kunnen vermoeden dat het meisje dat hij zo onverbiddelijk had afgewezen tot zo'n opvallend mooie vrouw zou opgroeien. Hoe hij ook zijn best deed, hij kon geen spoor meer vinden van dat magere wicht met de grote, donkere ogen, dat hem, samen met zijn zus, op de hielen volgde als haar ouders op bezoek kwamen.

Het jonge meisje met het weinig aantrekkelijke uiterlijk was nu een unieke schoonheid. De fraai gevormde neus en jukbeenderen en verfijnde gelaatstrekken waren al bewonderenswaardig genoeg, maar het waren haar donkere ogen met de lange, zijdeachtige wimpers die de meeste indruk maakten.

Als jong meisje was Adriana lang en mager. Zelfs nu nog was ze bijna een half hoofd groter dan Samantha. Ze was nog steeds slank, maar had nu rondingen die hij onmogelijk zou hebben geacht voor het kind dat hij vroeger had vergeleken met een tak.

Een paar krullen waren ontsnapt onder haar zwierig schuinstaande hoge hoed en de zware chignon in haar hals. Ze leidden zijn blik naar de verleidelijke plekjes die een man met zijn tong zou willen liefkozen. En hij zou zachtjes in die lange hals willen bijten. Een natuurlijke blos kleurde haar wangen, nog voordat ze zich bewust was geworden van zijn aanwezigheid, maar nu ontdekte hij een dieprode kleur in haar gezicht, en hij vroeg zich af of zijn onderzoekende blikken haar hadden doen blozen.

Hij bewonderde haar intens, en hij voelde zich in zijn trots gekrenkt door het pijnlijke bewustzijn van zijn verkeerde oordeel in het verleden toen hij weigerde de verbintenis te accepteren die zijn vader had voorgesteld. Als hij niet zo'n weinig vooruitziende blik had gehad, zou hij nu aanspraak op haar kunnen maken.

'Het spijt me dat ik je niet onmiddellijk herkend heb, Adriana,' mompelde hij zacht. 'Je bent zó ongelooflijk veranderd, dat ik er alleen maar diep ontzag voor kan hebben. Ik veronderstel dat ik nog steeds aan je dacht als aan een kleine meid, maar dat is beslist niet het geval.' Zijn ogen fonkelden boven een scheve grijns. 'Vader zei altijd dat je een schoonheid zou worden, maar ik had nooit kunnen denken dat je een godin zou worden.'

Een vage glimlach was het beste wat Adriana met een schijn van kalmte kon opbrengen. Het hielp niet echt dat ze zich nog maar een paar ogenblikken geleden gedwongen voelde blijk te geven van een koele gereserveerdheid. Ze had al zo haar best moeten haar wrok te blijven koesteren tijdens de onzekerheid van de oorlog. Zelfs al had ze het gevoel dat die man zoveel jaren geleden haar hart had gebroken, toch wist ze slechts met moeite haar gekunstelde afstandelijkheid te handhaven. Ze was zó enorm opgelucht dat hij weer thuis was, veilig voor de gevaren van de oorlog, dat ze niets liever zou doen dan zich blij in zijn armen werpen, net als Samantha had gedaan. Maar ze was bang voor zijn reactie als hij zou vernemen welk contract er tijdens zijn afwezigheid was opgesteld, bang dat hij opnieuw uit Randwulf Manor zou vertrekken om zich dan nooit meer te laten zien.

'Heel vriendelijk van u, milord, maar u hoeft zich niet te verontschuldigen,' antwoordde ze met een beverig lachje. 'Het is heel begrijpelijk dat u me niet herkend hebt. Ik was per slot van rekening pas zes toen u wegging. Ik kan slechts gissen hoeveel veranderingen er sinds uw vertrek in uw leven hebben plaatsgevonden, maar naar het uiterlijk te oordelen hebt u de jaren goed doorstaan, ondanks de vele veldslagen die u hebt geleverd.'

'Ik ben absoluut ouder en heb wat meer littekens,' gaf Colton toe. 'Maar tijdens mijn lange afwezigheid van huis heb ik de mensen die ik achterliet meer leren waarderen dan ik vroeger deed. Ik heb vaak gedacht aan het leed dat ik door mijn vertrek heb veroorzaakt en heb het steeds weer betreurd. Maar natuurlijk, zoals wijn die dom verspild wordt, was er geen echte remedie voor de fouten die ik heb begaan. Toen ik mijn paard eenmaal de sporen had gegeven, durfde ik niet meer achterom te kijken naar de verwoestingen die ik achterliet. Ik kon alleen maar hopen dat het me op een dag zou worden vergeven.'

Denkend aan het nieuws dat hij nog te horen zou krijgen, kon Adriana zich slechts afvragen of hij nog steeds spijt zou voelen als hem weer een soortgelijke aankondiging werd gedaan. Jaren geleden had zijn reactie op de voorgestelde verbintenis zo'n diepe indruk op haar gemaakt, dat ze heel ver weg wilde zijn als hij die voor de tweede keer hoorde. 'Ik deel de enorme opluchting van uw familie, milord, en vind troost bij het feit dat u weer bent waar u thuishoort. Samantha heeft zich dag en nacht zorgen gemaakt sinds het overlijden van uw vader, en ik wist niet wat ik nog moest zeggen om haar hoop te geven.'

'Jaren geleden noemde je me Colton,' merkte hij op, en deed een stap naar voren. 'Valt het je zo moeilijk dat nu ook te doen?'

Adriana besefte dat zijn nabijheid gevoelens bij haar wekte die ze meende te hebben overwonnen. Lang geleden, toen ze nog een kind was, had hij het beeld vernietigd dat ze zich van hem gevormd had. In elk opzicht was hij haar held geweest. Om te voorkomen dat een dergelijk trauma zich opnieuw zou voordoen, moest ze haar zelfbeheersing bewaren, want ze had geen enkele garantie dat ze nu minder gevoelig zou zijn voor zijn charme. Ze kon hem niet toestaan weer hoopvolle verwachtingen bij haar te wekken, tenminste niet tot ze er redelijkerwijs op kon vertrouwen dat hij nu meer medeleven zou tonen dan toen. Pas wanneer ze ervan overtuigd was dat hij haar goedgezind was, zou ze hem haar gezelschap gunnen... en misschien mettertijd haar hart.

'Vergeef me alstublieft de fouten uit mijn jeugd, milord,' antwoordde ze. Ze waagde het hem recht aan te kijken terwijl ze een stap achteruit deed. 'Dat was heel lang geleden, toen ik nog een kind was. Ik kan slechts hopen dat de lessen die mijn moeder me geleerd heeft tijdens uw afwezigheid, me een gepast respect heeft bijgebracht voor lords van uw standing.'

Colton hield zijn hoofd schuin en nam haar een tijdlang aandachtig op. Hij vroeg zich af waarom ze weigerde informeel te zijn nadat hij het haar gevraagd had. 'Ik moet uit je antwoord afleiden dat je afkerig bent van familiariteit.'

'Mijn moeder zou verlangen dat ik me aan de etiquette zou houden als ze hier aanwezig was.'

Hij trok geamuseerd zijn wenkbrauwen op. 'Kom nou, Adriana, onze ouders hebben niet alleen dertig jaar of langer dicht naast elkaar gewoond, maar lang voordat ik op de wereld kwam waren ze al zeer met elkaar bevriend. Lieve help, ik herinner me nog de dag waarop je werd geboren en de drukte die ik maakte toen ik de bloemen binnenbracht die moeder in haar oranjerie had geplukt. Ze nam Samantha en mij mee om naar de pasgeboren baby te kijken. Je was het kleinste, roodste, meest verontwaardigde wezentje dat ik ooit in mijn leven had gezien. Ben je het niet met me eens dat de hechte vriendschap van onze families ons bepaalde voorrechten geeft boven het gebruikelijke stijve decorum onder vreemden?'

Ariana was ervan overtuigd dat hij veel vluchtige liefjes op soortgelijke wijze had benaderd. Hij was zó knap, dat ze zich kon voorstellen dat hij heel ervaren was geworden in het verleiden van verliefde jonge meisjes, om hen van het pad af te brengen dat hun ouders hadden voorgeschreven. Ze kon het een vrouw niet kwalijk nemen dat ze in zijn ban raakte, want ze merkte tot haar verbijstering dat haar eigen hart niet zo afstandelijk was als ze had gedacht. Zelfs zijn diepe, warme stem voelde aan als een liefkozing.

Adriana probeerde het effect van zijn innemende glimlach te negeren, beheerste zich en dacht eraan wat ze waarschijnlijk zou moeten verduren als de waarheid aan het licht kwam, op z'n minst de pijn van zijn afwijzing. Het was beter om afstandelijk te blijven en een klein beetje van haar trots te redden, redeneerde ze. 'Ik vrees, milord, dat uw langdurige afwezigheid daartoe geleid heeft. We zijn vreemden geworden, en ik vrees dat dat niet te verhelpen is in een paar ogenblikken of zelfs in een paar uur.'

De tantaliserende plooien in zijn wangen verdiepten zich toen hij naar haar keek met een glimlach die nog even overredend was als vroeger. 'Wil je je echt niet laten vermurwen, Adriana?'

Starend in die donkere ogen had Adriana het gevoel dat ze teruggevoerd werd naar haar kindertijd. Als jong meisje had ze Colton Wyndham geadoreerd. Hij was de broer geweest die ze nooit gehad had, een held die alleen door haar vader werd overtroffen. En toen was die noodlottige dag gekomen waarop ze had gehoord dat hij niets met haar te maken wilde hebben.

Colton bleef onverminderd zijn zaak bepleiten. 'Als je erop staat mijn verzoek te weigeren, Adriana, vraag ik me af of ik jou niet op dezelfde plechtige manier moet aanspreken. Als je denkt aan de hechte band tussen onze families, vind je het dan niet belachelijk dat we ons zo gereserveerd moeten gedragen?'

'Ik wil geen beroep doen op uw tolerantie, milord. Of u al dan niet een strenge code van gentlemangedrag wenst te volgen, laat ik aan uw discretie over.'

'Au!' Colton veinsde een pijnlijke grimas en drukte een slanke, bruine hand tegen zijn rode tuniek alsof hij de plaats wilde aanduiden waar ze hem gewond had. 'Ik moet bekennen dat mijn gedrag niet altijd volgens de regels is geweest, Adriana. Maar al verdiende ik het vroeger om uit je gezelschap te worden gebannen, ik dacht dat ik in de loop der jaren wel een paar manieren had geleerd.'

'Ik zou het niet weten, milord. U bent úw halve en míjn hele leven weg geweest.'

'Ja, dat is waar,' gaf hij toe, 'en al had ik een aantal veranderingen verwacht in mijn afwezigheid, ik had geen moment kunnen vermoeden dat ik zo verdraaid terughoudend zou moeten zijn tegen de jongste dochter van de beste vrienden van mijn ouders.'

'Uw markizaat geeft u de vrijheid te doen wat u wilt, milord.'

Colton slaakte geërgerd een zucht. Leunend op zijn stok sloeg hij zijn vrije arm achter zijn rug terwijl hij naar het gezicht staarde van de beeldschone vrouw tegenover hem. 'M'n beste Adriana, je ziet eruit als iets waarvan een eenzame man ver van huis droomt in de prille uren van de ochtend. Als ik zo'n herinnering jaren geleden in mijn hart had kunnen sluiten, zou dat me in tijden van nood ongetwijfeld hebben gesterkt. Je woorden komen zacht vloeiend van je lieftallige lippen en lijken aanvankelijk zo aangenaam als de tere geur van rozen die om je heen hangt. Helaas prikken hun scherpe doornen in mijn huid, die daarop niet verdacht is, en ik verbaas me over de diepe kloof die ons nu scheidt. Kun je me mijn jeugdige ongevoeligheid niet vergeven? Ik mag toch hopen dat ik nu een andere man ben dan de jongen van vroeger.'

Ze glimlachte kort en aarzelend. 'Als ik onbeleefd lijk, milord, kan ik waarschijnlijk alleen maar tot mijn excuus aanvoeren dat ik geleerd heb van mensen die wijzer zijn dan ik.'

Colton kromp weer ineen. 'Ja, ik was toen nogal onhebbelijk,' gaf hij zachtjes toe, 'en daarvoor bied ik je mijn excuses aan. Het was nooit mijn bedoeling je te kwetsen, Adriana. Je was onschuldig en naïef, en ik schaam me dat ik je zo slecht behandeld heb.' Hij bekeek haar met een onderzoekende blik en zei niets meer tot hij zag dat ze bloosde. Met een charmante grijns deed hij een stap naar voren, bracht zijn hoofd vlak bij het hare tot zijn wang bijna de rand van haar hoge hoed raakte en mompelde boven haar oor: 'Laat ik je verzekeren, m'n lieve, dat er geen wijzere mensen zijn. Je bent een zeldzaam kleinood, mooier dan ik ooit heb gezien. Als ik jou zie, kan ik niet anders dan wensen dat ik niet zo dwaas was geweest om in drift het huis te verlaten.'

Adriana hief met een ruk haar hoofd op en zocht in de fonkelende grijze ogen of die iets zouden onthullen. Totaal in de war, zei ze ademloos: 'U drijft de spot met me, milord.'

Colton lachte zacht, voldaan dat hij haar hooghartigheid had verdreven. 'Misschien, Adriana.' Hij wachtte even, leunde toen weer naar voren en fluisterde in haar oor: 'Maar misschien ook niet.'

Wankelend ging ze een stap achteruit en deed een wanhopige poging om een intelligent antwoord te geven. Haar mond ging een paar keer open en dicht, maar het lukte haar niet.

Colton stak zijn hand uit en legde zachtjes zijn duim op haar verleidelijke lippen. 'Heb medelijden met me, Adriana. Ik kan op dit moment niet nog meer gaten in mijn lijf verdragen. Mijn wond moet nog genezen.'

Hij wendde zich af zonder verder afscheid te nemen en liet haar achter met een bevende hand tegen haar wang gedrukt, dezelfde wang die zijn palm had geliefkoosd voor hij zich terugtrok. Ondanks alles werd Adriana zich van één ding scherp bewust. Colton Wyndham was geen steek veranderd sinds zijn vertrek, want zelfs nu nog, met niet meer dan een woord of een warme aanraking van zijn hand, leek hij haar verstand op de vlucht te kunnen jagen. Hij had het ontelbare keren gedaan toen ze nog een kind was en voor het laatst en op een afschuwelijke manier vlak voor zijn vertrek, door zijn koppige weigering een toekomstig huwelijk met haar te accepteren. Adriana besefte dat hij haar weer van haar stuk had weten te brengen, ook al had ze gemeend dat ze nu ongevoelig voor hem was. Alleen was het deze keer omdat hij merkwaardige prikkels van genot bij haar teweegbracht.

2

'Samantha, zusjelief, ben jij van plan de honneurs waar te nemen of moet ik me zelf aan je man voorstellen?' vroeg Colton grinnikend. 'Stel het niet langer uit. Laat me kennismaken met dit nieuwe lid van de familie.'

'Met het grootste plezier!' antwoordde Samantha enthousiast. Ze ging naast haar broer lopen en bestudeerde zijn vaardigheid met de stok toen ze door de grote hal liepen. 'Je bent erg handig geworden met die stok.'

Colton haalde zijn schouders op. 'Ik had geen andere keus als ik niet weer over dat vervloekte ding wilde struikelen, en díe schande wenste ik niet nog eens mee te maken... evenmin als de pijn die met een val gepaard gaat. Ik was volkomen van mijn stuk gebracht toen dat de eerste keer gebeurde en heb me toen vast voorgenomen dat het niet meer zou gebeuren. Tot dusver is me dat gelukt.'

'Was dit de eerste wond die je hebt opgelopen?' vroeg Samantha.

Een kort lachje ontsnapte Colton. Het klonk haar zo aangenaam in de oren als een klaterende beek. De herinneringen uit de kindertijd van haar broer, die ze als iets heel kostbaars in haar hart had geborgen, waren verzadigd van zijn warme, melodieuze lach. Tot op dit moment was het niet tot haar doorgedrongen welk een grote leegte het ontbreken ervan in haar dagelijkse bestaan had achtergelaten.

'Nee, lieve, maar wél de enige die ooit geïnfecteerd is geraakt. Het was een angstige ervaring om tot het besef te moeten komen dat ik óf mijn been zou verliezen, óf zou sterven aan gangreen. Het bracht me weer tot mezelf. Het was mijn eerste échte ervaring met angst. Op de slagvelden was er altijd de kans dat ik ze niet levend zou verlaten. De vierkante formatie, waar Wellington vaak gebruik van maakte, hield in de meeste gevallen stand, zelfs tegen de cavalerie, maar de uitslag kon nooit worden voorspeld. Dus vocht ik met alle kundigheid en wijsheid waarover ik beschikte om mijn leven en dat van mijn compagnie te sparen. Ik was te druk bezig om stil te staan bij die kille, dreigende verschrikking van de dood. Maar die ervoer ik in al haar hevigheid toen ik me realiseerde dat er maar heel weinig gedaan kon worden om de verspreiding van een infectie te voorkomen, behalve door het afhakken van een arm of been. In veel gevallen werd die dan zelfs nog versneld door de amputatie. Mijn angst zette me ertoe aan de remedie van de brave sergeant toe te passen, al leek het nog zo weerzinwekkend. Want weet je, maden eten alleen maar verrot en geen gezond vlees –'

'O, alsjeblieft! Ik word misselijk! Zeg alsjeblieft niets meer!' smeekte Samantha terwijl ze een zakdoek tegen haar mond hield. Een kille ongerustheid ging door haar heen toen ze weer besefte dat haar broer door het oog van de naald was gekropen. 'Hoe je genezing ook tot stand is gekomen, ik ben enorm opgelucht dat het middel geholpen heeft.'

Hij knikte instemmend. 'Ik ook, dat kan ik je verzekeren.'

Samantha wilde er niet aan denken wat er had kunnen gebeuren als hij niet het middel had gevonden om uitbreiding van de infectie te bestrijden. Met opzet veranderde ze van onderwerp, zowel ter wille van haarzelf als van hem. 'Vertel eens, Colton, herinner je je de graaf van Raeford nog?'

'Natuurlijk. Vader en hij waren goede vrienden, niet?' Toen ze knikte, ging hij verder. 'Moeder stuurde me een brief waarin ze je huwelijk beschreef vlak nadat het plaats had gehad. Ik nam indertijd aan dat je bruidegom de jongste was van lord Reafords twee zoons. Ik herinner me dat ik enkele jaren ouder was dan de oudste broer, maar ik vrees dat ik geen gelegenheid had met een van hen bevriend te raken toen ik nog thuis woonde, omdat mijn eigen vrienden er meestal waren en al mijn aandacht opeisten als ik niet studeerde.'

Samantha wees naar de andere kant van de hal, waar een lange, blonde man stond, die gearmd met een jonge vrouw als laatste was binnengekomen. Het paar voerde een gedempte conversatie, rijkelijk voorzien van zelfverzekerd grijnzen en quasi-verlegen flirtende glimlachjes. 'Stuart... of majoor lord Stuart Burke, zoals hij in officiëlere kringen bekendstaat, of de burggraaf, als je dat liever hoort, was een eregast in onze ruitergroep vandaag. Door die onderscheiding werd hem de keus gelaten van het gebied waardoor we zouden rijden. Hij schijnt de voorkeur te geven aan heuvelachtig terrein. Adriana kent dat door en door, maar ik vrees dat ik nooit zo goed heb kunnen paardrijden als zij... of als jij. In een dameszadel is het heuvelopwaarts al moeilijk genoeg, maar als ík omlaagga, ben ik altijd benieuwd of ik met of zonder paard beneden zal komen.' Ze lachte en week toen lang genoeg van het onderwerp af om op te merken: 'Het heeft me altijd verbaasd dat jij, met jouw paardrijkunst, niet bij de cavalerie bent gegaan, Colton, al doet dat er nu natuurlijk niet meer toe.' Ze gaf een liefdevol klopje op zijn arm voor ze terugkwam op het oorspronkelijke onderwerp. 'Feitelijk was dit de eerste keer dat Stuart weer ging paardrijden sinds de dokter had verklaard dat hij zijn normale bezigheden weer kon opnemen. Toevallig is het ook zijn verjaardag, die we vanavond hier tijdens het diner zullen vieren. Nu jij ook weer thuis bent, wordt het een drievoudig feest.'

'Het schijnt dat ik geen beter moment had kunnen kiezen voor mijn terugkeer. Je plannen zullen me in staat stellen met iedereen de kennismaking te hernieuwen, maar voorlopig is moeder de enige die ik sinds mijn aankomst heb kunnen herkennen. Ze is nog even elegant als vroeger. Daartegenover was Adriana het meest verwarrend. Zelfs toen ze me verteld had wie ze was, kon ik moeilijk geloven dat het waar was.'

Samantha giechelde. 'Het is een wonder dat ze je geen draai om je oren heeft gegeven toen je het waagde haar beet te pakken. Adriana is heel ontoeschietelijk als een man probeert haar aan te raken. Vroeger was ze er na aan toe om overenthousiaste aanbidders een blauw oog te slaan voordat vader hen uit haar gezelschap bande. Ik heb ze hier met hun staart tussen de benen zien vertrekken. Maar zodra ze weer tot zichzelf waren gekomen, gingen hun haren overeind staan en gedroegen ze zich niet langer als gentlemen. Ze verweten het haar, terwijl het hun eigen schuld was dat ze te vrijmoedig waren met hun handen.'

Colton wreef met de achterkant van zijn wijsvinger over

zijn mond om een grijns te onderdrukken. Als hij meteen de identiteit had geweten van die schoonheid, zou hij waarschijnlijk voorzichtiger te werk zijn gegaan. Denkend aan wat ze met hem had gedaan, had hij alle reden om de mogelijkheid te overwegen dat ze geprobeerd had wraak te nemen voor vroegere beledigingen. 'Als je het wilt weten, ze maakte dat ik me afvroeg of ik ooit weer dezelfde man zou zijn.'

Samantha keek hem verbaasd aan, maar Colton legde het niet nader uit. Het feit dat zijn edele delen nog steeds aanvoelden alsof ze samen met zijn broek in de klerenpers hadden gezeten, bracht hem tot de overpeinzing dat het misschien veiliger zou zijn een harnas aan te trekken als hij weer in de buurt kwam van die jongedame.

Hij liep in de richting van de blonde jongeman die vlak achter zijn zus was binnengekomen en wiens aanwezigheid kortgeleden ontdekt was door de wolfshonden. Het was duidelijk dat ze zijn gezelschap op prijs stelden, want hij zat naast de dieren gehurkt op de grond en streelde hun vacht.

Colton stak grinnikend zijn hand uit. 'Ik denk dat het tijd wordt om na twee jaar mijn enige zwager welkom te heten in de familie. Wat zeg je ervan, Perceval?'

Het zachte, hese gegrom van de honden verstilde plotseling toen de jongere man energiek overeind sprong. Perceval accepteerde verheugd Coltons hand en moest even grinniken over de onverwachte uitbundigheid van de ander. Hij reageerde met hetzelfde enthousiasme terwijl hij de hand van zijn zwager schudde. 'Dank u, milord, het is goed u weer thuis te hebben.'

'Niets van dat milord-gedoe, hoor je?' protesteerde Colton. 'We zijn nu broers. Noem me Colton.'

'Een eer die ik heel graag accepteer,' antwoordde Perceval. 'En ik zou het erg op prijs stellen als je mij Percy zou willen noemen. Zo noemen al mijn vrienden me.'

'Vanaf nu zal ik me ook tot je vrienden rekenen. Voortaan zal het dus Percy zijn.'

Samantha kwam bij hen staan en zette haar handen in haar zij. 'Nou, het is duidelijk dat jullie míj niet nodig hebben om je aan elkaar voor te stellen.'

Colton grijnsde. 'Moeder heeft me in haar brieven alle bijzonderheden verteld over je huwelijk en heeft vanmiddag mijn geheugen opgefrist tijdens mijn bezoek aan haar.' Hij keek naar zijn jongere zus en nam een spottend hooghartige houding aan. 'Het lijkt me, lieve kind, dat onze moeder heel erg ingenomen is met je huwelijk, maar ze begint zich af te vragen of ze óóit een kleinkind zal krijgen.'

Percy bulderde van het lachen. 'Het lijkt me, liefste, dat je broer precies zegt waar het op staat.'

Samantha gooide uitdagend haar hoofd in haar nek. 'Als ik achterdochtig van aard was, zou ik zeggen dat jullie in de salon al van papa's port of cognac hebben gedronken.'

'Daar zullen we na het eten op terugkomen, kindlief. Ik heb zelf leren genieten van een glas cognac voor het naar bed gaan,' verzekerde Colton haar met een broederlijk klopje op haar schouder.

Percy ging op serieuzere toon verder. 'Je hebt geen idee hoe opgelucht we zijn dat je eindelijk thuis bent, Colton. Samantha stond erop dat ik haar op de hoogte hield van de veldslagen waarbij je betrokken was, zodra de koeriers met de resultaten bij het paleis arriveerden. Gelukkig hadden we een huis in de stad vlak erbij, zodat ik haar onmiddellijk bericht kon sturen en zij het nieuws kon doorgeven aan je moeder. Het besef dat je je constant midden in de gevechten bevond waarin aan beide kanten zoveel levens verloren gingen, vervulde ons met grote angst. Je naam lag op ieders lippen, vooral van je vader toen hij nog leefde. Misschien ben je je er niet van bewust, maar je ouders waren heel trots op jou en je verrichtingen.'

Percy keek grijnzend naar zijn oudste broer, die argwanend zijn wenkbrauwen optrok. 'Ik vrees dat je die arme Stuart beschaamde met je talloze wapenfeiten en heldendaden.'

Slechts heel licht hinkend kwam Stuart langzaam en met een grijns op zijn gezicht naar hen toe. 'Op een dag, Percy, zul je zelf de gevaren ondervinden als je je op een slagveld bevindt, waar de kogels je om de oren vliegen,' waarschuwde hij, terwijl hij zijn best deed een ernstig gezicht te zetten. 'Je hebt nu al te lang mogen dienen als de onmondige afgezant van de prins-regent, maar ik geef je de verzekering dat er heel wat meer van je verlangd zal worden als Napoleon onverhoopt weer zou terugkeren.'

'God verhoede,' mompelde Colton.

Percy keek overdreven geschokt bij de repliek van zijn broer. 'Wat heeft dit te betekenen? Mijn eigen broer die mijn dappere pogingen kleineert om zijne majesteit op de hoogte te houden van de activiteiten van onze troepen? Je hebt geen idee hoe groot de problemen van de diplomatie kunnen zijn, anders zou je die gemene laster achterwege laten.'

Samantha gaf haar man een plagend tikje op zijn arm. 'Erger je broer niet, liefste. Hij heeft heel erg geleden nadat die kogel een boom had geveld en er reusachtige splinters in zijn vlees waren gedrongen. Ongetwijfeld zal het gebulder van kanonnen hem de schrik op het lijf jagen na de eindeloze kwellingen die hij heeft ondergaan toen de dokters alle tijd namen om al die splinters er een voor een uit te halen. Het is een wonder dat Stuart je geen draai om je oren geeft omdat je beweert dat íemand hem te schande kan maken.'

Haar zwager maakt een buiging voor haar, die abrupt werd afgebroken omdat hij onbarmhartig werd herinnerd aan zijn wond, die op onverwachte momenten pijnlijke steken veroorzaakte. 'Dank je, m'n lieve Samantha. Het doet me goed te constateren dat mijn broer boven zijn stand is getrouwd toen hij jou tot vrouw nam. Blijkbaar heb jij de intelligentie die hem al die jaren heeft ontbroken. Hoewel de wond grotendeels is genezen, betwijfel ik of mijn trots dat ooit zal zijn. Vervloekte pech, met al die mensen die het ergste vreesden en mijn eigen broer die grinnikend als een dorpsidioot opmerkingen maakte over de exacte plaats van mijn letsel. Hoewel ik steeds weer heb geprobeerd uit te leggen hoe het kwam dat ik in de rug gewond ben geraakt en herhaaldelijk heb bezworen dat ik juist aanviel in plaats van terug te trekken, blijven mijn metgezellen... én mijn broer... me nog steeds ongelovig uitjouwen.'

Toen het gelach eindelijk bedaarde, keek Stuart serieus en oprecht naar zijn gastheer. 'Ik voel me bijzonder vereerd met deze kans om onze kennismaking te hernieuwen, milord. Wellington heeft uw lof gezongen tijdens onze laatste veldtocht.'

'Ik had het geluk om mannen van uitzonderlijke moed onder mijn commando te hebben,' verzekerde Colton de majoor. 'Alle lof die me is toegezwaaid is voor het grootste deel aan hen te danken, want het was hun dapperheid die heeft geholpen de vijand te overwinnen.'

'Ze waren inderdaad een lichtend voorbeeld van een goed gedisciplineerde strijdkracht,' gaf Stuart toe, 'maar ik heb ook gehoord dat ze tot de laatste man hebben gezworen dat u voorop ging in het hevigste strijdgewoel en hen inspireerde tot hun eigen moed. Ik mag wel zeggen, milord, dat weinig officieren lofbetuigingen krijgen van hun manschappen zoals u die dag.'

Colton voelde zich niet op zijn gemak met al die complimenten en keek om zich heen, op zoek naar een ander onderwerp van gesprek. Hij zag dat de jongeman die zijn verontwaardiging te kennen had gegeven over zijn familiariteit met Adriana, zich aan het eind van de hal had teruggetrokken. Dat was maar beter ook, want de driftkop leek daar veilig te zijn, althans voor de honden. Minder voor zijn gastheer, als hij niet op zijn manieren lette, waartoe hij niet in staat leek. Ondanks de afstand tussen hen kon Colton de hitte voelen van de vlammende blik in die lichtgroene ogen. Het wees sterk op een onredelijke jaloezie, maar, dacht Colton glimlachend bij zichzelf, niet zo onredelijk als een dame zo uitzonderlijk mooi was als Adriana.

Colton was ervan overtuigd dat dit individu niemand anders was dan de man over wie zijn moeder die middag met hem had gesproken: Roger Elston, die tegen alle verwachtingen in wanhopig probeerde Adriana's hand te winnen. Hij vond dat de man te hoog greep en zijn grenzen overschreed.

Hij keerde de man zijn rug toe en keek in het gezicht van de jonge, blonde vrouw die naderbij was gekomen. 'Neem me niet kwalijk, dame, ik hoop dat we u niet verveeld hebben met ons gepraat over de oorlog.'

'O, nee, milord!' protesteerde Felicity Fairchild, ademloos van opwinding. Het kwam niet dagelijks voor dat de dochter van een boekhouder kon converseren met een hooggeplaatste lord. 'Integendeel! Het is boeiend om verhalen over grote moed te horen.'

Samantha besefte dat ze haar taak als gastvrouw had verwaarloosd en haastte zich om haar verontschuldigingen aan te bieden. 'Vergeef me mijn onoplettendheid, miss Fairchild. Ik ben bang dat ik een beetje van de wijs ben geraakt toen ik mijn broer herkende. Zelfs nu nog kan ik bijna niet geloven dat hij na al die jaren werkelijk thuis is. Met zijn goedvinden zal ik hem aan u voorstellen.'

'Het is een eer een vermaard man als u te ontmoeten, milord.'

'De eer is geheel aan mij, miss Fairchild,' antwoordde Colton, en slaagde erin een buiging te maken, ondanks de stijfheid die hem nog steeds plaagde na de lange rit in het rijtuig. Zijn eerste ervaring met gedwongen stilzitten was natuurlijk vlak nadat hij gewond was geraakt. Hij had veel te lang op een brits gelegen, in afwachting van het besluit van de artsen, voor hij zich realiseerde dat hij zijn been zelf zou moeten redden of er anders afscheid van moest nemen, want alle dokters schenen niet anders te willen dan het eraf hakken, zodat ze ervan af waren.

'Miss Fairchild is de kleindochter van Samuel Gladstone,' legde Samantha uit. 'Herinner je je de oude heer wellicht nog, Colton?'

'Natuurlijk, hij is de molenaar die eigenaar is van Stanover House. Onze ouders gingen daar minstens elke kerstavond op bezoek. Ik kan me de enorme feestmaaltijden nog herinneren die zijn bedienden aanrichtten voor zijn goede bekenden en de mensen die in de omtrek woonden.'

'Meneer Gladstone voelt zich al enkele maanden niet goed, dus mistress Jane...' Samantha zweeg even en keek, terwijl ze haar hoofd schuin hield, vragend naar haar broer. 'Je herinnert je zijn dochter Jane toch nog?'

'Dat wel, ja, maar het is al een tijd geleden sinds ik haar gezien of gesproken heb. Ze verhuisde lang voordat ik naar Londen ging.'

'Meneer Fairchild werkte op de boekhoudafdeling van een Londense firma, tot mistress Jane hem overhaalde ontslag te nemen en naar Bradford te komen, een verandering die haar nu in staat stelt haar vader te verzorgen. God verhoede dat meneer Gladstone zou overlijden, maar in dat geval is de molen van hen.'

Colton richtte zijn aandacht op het aantrekkelijke blondje. 'Het spijt me te horen dat het uw grootvader niet goed gaat, miss Fairchild. Tijdens mijn afwezigheid hebben mijn moeder en zus me op de hoogte gehouden van zijn enorme liefdadigheid. Meneer Gladstone is zonder enige twijfel een zeer bewonderenswaardige man.'

'Ik moet bekennen dat we grootvader niet vaak hebben kunnen bezoeken toen we in Londen woonden,' antwoordde Felicity. 'Maar sinds we naar Bradford verhuisd zijn, heb ik gemerkt dat hij in de loop der jaren veel trouwe vrienden heeft verworven. Ik sta versteld over het aantal aristocraten dat hem komt bezoeken. Zo heb ik uw zuster leren kennen... en lady Adriana.'

Samantha gaf haar broer een arm. 'Meneer Gladstone lijkt opnieuw tot leven te zijn gekomen sinds zijn dochter en haar gezin bij hem zijn ingetrokken. En hij is erg opgemonterd door het besluit van meneer Fairchild om de spinnerij te beheren. God geve dat we in de komende weken een grote verbetering in zijn gezondheid zullen zien.'

Felicity keek met een stralende glimlach naar Colton. 'Grootvader zou het prachtig vinden om uw verhalen over de oorlog te horen, milord. Er gaat geen dag voorbij dat hij niet een vriend, een werknemer of een verre bloedverwant in zijn slaapkamer ontvangt voor een babbeltje, een drankje of een kaartspel. Hij zou opgetogen zijn als u hem zou willen bezoeken.'

'Ik weet zeker dat het gezelschap van zoveel belangstellenden hem moed heeft gegeven,' zei Colton. 'Ik zal hem zeker gaan bezoeken zodra ik gesetteld ben.'

'Hij is niet de enige die de vruchten heeft geplukt van die bezoeken,' verklaarde Felicity. 'Uw zus en lady Adriana waren zo vriendelijk me te inviteren voor het uitstapje vandaag, en ze gaven me het gevoel dat ik echt welkom ben in deze streek.'

Colton lachte geamuseerd toen een herinnering aan zijn jeugd weer bij hem bovenkwam. 'Miss Fairchild, u bent niet de eerste bent over wie ze zich ontfermd hebben,' zei hij. 'Lady Adriana en mijn zus waren al vriendinnen voordat de jongste kon praten, en ik kan uit de eerste hand getuigen dat beide vrouwen altijd op de bres hebben gestaan voor gastvrijheid. Maar ze hebben hun welwillendheid niet altijd beperkt tot mensen. Al zal ik wel op mijn vingers getikt worden omdat ik vergelijkingen maak tussen heden en verleden, ik herinner me nog heel goed dat ze vroeger geregeld gewonde dieren of hun jongen mee naar huis namen en ik veronderstel dat ze lang na mijn vertrek daarin volhard hebben. Toen ik nog thuis was, deden ze altijd hun best de dieren die ze gevonden hadden te verzorgen tot ze beter waren. En als een ervan onverhoopt stierf, huilden ze tranen met tuiten. Eerlijk gezegd, miss Fairchild, bent u slechts een van een vreemde collectie die ze in de loop der jaren mee naar huis hebben genomen.'

'Colton, schaam je,' zei Samantha verwijtend. 'Miss Felicity zal zich beslist ongelukkig voelen met die vergelijking.'

Hij keek naar de blonde vrouw en legde zijn hand op zijn hart. 'Miss Fairchild, geloof me, ik bedoelde het niet als gebrek aan respect. Er is natuurlijk geen vergelijking mogelijk tussen u en de behaarde en gevederde schepseltjes die mijn zus en haar vriendin onder hun hoede namen. Ik weet zeker dat in uw geval beide dames maar al te blij waren hun gastvrijheid te kunnen uitstrekken tot iemand van hun eigen sekse.'

Hij keek even naar Adriana, die op korte afstand stond te luisteren met haar hand op de trapleuning. Hoewel hij innemend glimlachte, beantwoordde ze zijn blik met een ernst die de herinneringen, die hij zo vaak had geprobeerd te onderdrukken, bij hem terugbracht aan een mager, klein meisje met immense ogen, van wie hij het hart had gebroken. Hoe had hij zo lang geleden kunnen weten dat Harrison haar en haar ouders had binnengelaten en had gevraagd buiten de salon te wachten, waar hij zo fel had geprotesteerd tegen de plannen van zijn vader om een contract te tekenen voor een verbintenis tussen hen beiden?

Hij stak uitnodigend zijn arm naar haar uit, in een verlangen haar in de buurt te hebben. 'Kom bij ons, Adriana. Zoals je daar staat, doe je me denken aan het kleine meisje dat ik vroeger gekend heb, dat zich altijd op een afstandje hield met een verlangende blik in haar ogen zodra Samantha naar me toe kwam en iets van me wilde. Het leek altijd of dat kleine meisje met haar enorme, donkere ogen, eigenlijk graag bij ons wilde zijn, maar niet zeker wist of ze dat wel kon doen. Doe het alsjeblieft. Ik moet je zeggen dat ik oprecht blij ben je weer te zien.'

Een aarzelende glimlach speelde om haar lippen toen hij haar wenkte. Toen ze eindelijk een beetje onwillig toegaf, legde hij zijn arm om haar schouders. 'Mijn zus heeft me omhelsd en welkom thuis geheten, Adriana. Mag ik durven hopen dat je blij genoeg bent met mijn thuiskomst om hetzelfde te doen?'

'Welkom thuis, milord,' mompelde ze.

'Kom, omhels me eens,' drong hij aan, alsof ze nog een kind van zes was. 'En geef me een kus.' Hij trok zijn wenkbrauwen op bij haar duidelijke tegenzin. 'Je bent toch niet bang voor me? Waar is dat kleine meisje gebleven met zoveel durf dat ze de bewondering van mijn vader afdwong?'

Adriana was zich ervan bewust dat alle ogen op haar gericht waren en haalde diep adem om zich te wapenen tegen haar nervositeit. Hoe konden ze begrijpen dat dit de enige man in haar leven was die haar als kind zo diep gekwetst had dat ze het nog niet vergeten was? Ze had zich vaak afgevraagd of die ervaring wellicht de reden was dat ze aanbidders zelfs nu nog niet te dicht bij zich toeliet.

Aarzelend sloeg ze een arm om zijn schouders toen hij zich naar haar toe boog. Ze verbaasde zich over het gelach van de andere edellieden toen haar lippen vluchtig zijn wang aanraakten.

'Zo is het beter,' mompelde Colton bij haar oor, voor hij zich terugtrok. Adriana keek op, recht in de fonkelende grijze ogen. Zijn stem klonk hees en zacht. 'Nu voel ik me echt welkom geheten.'

'Zo, dus op die manier weet je de mooie vrouwen een kus te ontfutselen,' merkte Stuart op. Grijnzend wenkte hij Adriana. 'Laat die sluwe vos maar gaan, meisje, en kom bij mij. Ik heb je wel niet zo goed gekend als hij voordat hij vertrok, maar die schade heb ik sinds die tijd beslist ingehaald. Verdien ik je genegenheid niet méér? Ben ik niet aantrekkelijker om te zien?'

Grinnikend legde Colton zijn hand luchtig op Adriana's onderarm. 'Blijf hier, m'n beste Adriana. Je hebt behoefte aan een goede bescherming, want de majoor is kennelijk een losbol, voor wie jonge maagden als jij op hun hoede dienen te zijn.'

Bij het spottende gejouw van de majoor legde Colton zijn eigen arm om haar schouders en voelde tot zijn verbazing een prikkeling door zich heen gaan toen hij de tere geur van rozen opsnoof die Adriana omhulde.

'Je parfum doet me denken aan moeders rozentuin vroeger,' mompelde hij. 'Denk je dat er nog rozen in bloei staan in deze tijd van het jaar? Ik zou graag willen dat je ze me liet zien voordat de dag ten einde is.'

Adriana voelde de warmte naar haar wangen stijgen, en tot haar ergernis merkte haar kwelgeest het. Hij leek enigszins verbaasd. 'Ik geloof heus dat je bloost, Adriana.'

Colton zou zich niet anders gedragen hebben als hij zich bewust was geweest van de aanwezigheid van de jongeman die haar in het huis gevolgd was. Het werd echter snel duidelijk dat Coltons vlotte, achteloze omgang met Adriana te veel was voor diens zelfbeheersing. Zijn ogen schoten vuur toen hij met lange, woedende passen door de hal liep.

De bruuske, opdringerige nadering van hakken met metaalbeslag eisten Coltons onmiddellijke aandacht op. Hij draaide zich met een ruk om en keek naar de man met uitdagend opgetrokken wenkbrauwen. Op hetzelfde moment begonnen de honden luid te blaffen en gingen vlak voor hun meester en het meisje naast hem zitten.

In je eigen huis te worden lastiggevallen door een vreemde zou voldoende zijn om ieders ergernis te wekken. Colton beschouwde het gedrag van de man echter als een kwetsende belediging, temeer waar deze hem leek te willen scheiden van een vrouw die hij al kende nog voor ze een kleuter was die hem voor de voeten liep.

Heel goed in staat zichzelf te verdedigen zonder de bescherming van de wolfshonden, vond Colton het tijd worden dat Roger Elston zich daarvan bewust werd. De man was blijkbaar niet redelijk meer in zijn passie om Adriana te beschermen... of, beter gezegd, een barrière om haar heen op te richten, teneinde andere leden van het mannelijk geslacht te beletten haar geur op te snuiven.

Hij draaide zich snel om op zijn goede been en liep, zwaar leunend op zijn stok, snel naar het noordelijk eind van het landhuis. Daar rukte hij in de zitkamer een deur open die toegang gaf tot het terras buiten. Op zijn fluitsignaal holden de honden erdoor en verdwenen in de richting van het bos. Colton deed de deur weer dicht en hinkte terug voor de confrontatie met zijn rivaal.

'Is er iets dat u met me wenst te bespreken, meneer Elston?' vroeg hij kortaf.

Roger was verbaasd dat Colton zijn naam kende en kon alleen maar aannemen dat anderen in de familie, met name de markiezin, al eerder over hem gesproken hadden. In welke context, zou hij nooit te weten komen. Hij deed zijn mond al open om de ander van repliek te dienen, maar kwam abrupt tot het besef dat de oren en ogen van alle aanwezigen in de hal op hem geattendeerd waren, in laatdunkende verwachting van zijn reactie.

Knarsetandend draaide Roger zijn hoofd om, als een opgesloten stier, en mompelde op onhebbelijke toon: 'Niet echt.'

'Mooi!' snauwde Colton. 'Misschien wilt u me dan wat ruimte gunnen, zodat ik mijn gesprek met lady Adriana kan voortzetten.'

Colton nam zijn tegenstander met overduidelijke onverschilligheid op, wat de jongere man mateloos ergerde. Onder een warrige bos lichtbruine krullen die over een glad voorhoofd vielen leek zijn gezicht ongewoon jeugdig. Smeulend van woede bleef hij niettemin hardnekkig zwijgen, en Colton trok uitdagend zijn wenkbrauwen op.

Er zit niets anders op dan de man te negeren, dacht Roger woedend en draaide zich nogal pompeus om naar de donkerharige schoonheid. Al wilde hij het nog zo graag, hij durfde haar niet aan te raken, uit angst dat hij openlijk op zijn nummer gezet en voor Coltons ogen vernederd zou worden. Zijn aanwezigheid druiste in tegen elk protocol. Zwijgend impliceren dat hij recht had op een adellijke dame, vooral waar andere edellieden bij waren, was volslagen waanzin.

Zijn leven lang had Roger talloze redenen gevonden om zijn lage afkomst te betreuren, maar nooit zo erg als nu, geconfronteerd met het zeer reële gevaar dat hij Adriana zou verliezen aan een man die alles had, inclusief een recht op haar. Hoewel Adriana niet anders had gekend dan een bevoorrecht leven, scheen ze weinig te zijn beïnvloed door haar nobele status. Niettemin had ze hem nooit enige reden gegeven om te hopen dat haar gevoelens voor hem zich uiteindelijk zouden verdiepen tot iets bevredigenders. Toch had hij iets van dien aard laten doorschemeren tegen zijn vader, die daarop bereid was geweest een aardig bedrag te investeren in een chique garderobe voor Roger. De kleren die voldoende waren geweest voor een docent, hadden inderdaad een schamele indruk gemaakt te midden van de rijke adel. Meer dan eens had hij zich pijnlijk verlegen gevoeld. Maar Roger begon te vrezen dat die extravagantie tot niets zou leiden en zou berouwen dat hij zijn vader had bedrogen. Al deed hij nog zo zijn best bij Adriana een diepere genegenheid te wekken bij, ze bleef hem op armlengte afstand houden en was niet meer dan hoffelijk en vriendelijk tegen hem, en dan nog strikt op háár voorwaarden.

Hij strekte uitnodigend zijn hand naar haar uit, met de nodige behoedzaamheid, opdat hij haar niet zou aanraken en ze zich zou terugtrekken. 'Moeten we langzamerhand niet vertrekken, mylady?'

Colton keek naar Adriana om te zien hoe ze zou reageren op Rogers onbeschaamdheid door bij haar op een vertrek aan te dringen. Hij verwachtte eigenlijk niet dat ze zijn onderzoekende blik zou tarten, maar ze hief hooghartig haar kin op, alsof ze hem uitdaagde haar omgang met een burgerman te bekritiseren.

Colton voelde zijn haren overeind gaan staan, een reactie die hem bijna evenzeer van streek bracht als de mededeling van de artsen dat hij waarschijnlijk zijn been zou kwijtraken. Nog nooit had hij minachting gehad voor burgers. Bijna de helft van zijn leven was hij hen gevolgd in doorweekte modder, was voor hen uit gehold te midden van het oorverdovende gebulder van vurende kanonnen en had naast hen van man tot man gevochten met de vijand. Hij wist niet precies wat het was in Roger Elston dat zijn humeur en temperament zo prikkelde. Hij kon er niet de vinger op leggen. Het kon nauwelijks veroorzaakt zijn door zijn eigen jaloezie. Door zijn langdurige afwezigheid was Adriana nauwelijks meer dan een kennis van vroeger, die in de loop der jaren van hem vervreemd was. Maar wát het ook was, hij moest bekennen dat hij een intense hekel had aan Elston.

Adriana's onuitgesproken uitdaging gaf Roger nieuwe hoop. Het was zelden voorgekomen dat ze hem had aangemoedigd, en er ging een plotselinge vlaag van stoutmoedigheid door hem heen en een vurig verlangen haar als zijn verloofde op te eisen. Maar toen hij probeerde haar hand te pakken, voelde hij een ijzige huivering van afkeer, terwijl ze een stap achteruit deed en hem niet aankeek, maar door hem heen keek. Ze had een duidelijke manier om haar ergernis te doen blijken, en uit haar kille afstandelijkheid kon hij slechts opmaken dat ze zijn poging om zijn recht op haar te demonstreren niet bepaald op prijs had gesteld. Zo had ze ook de markies te kennen gegeven dat ze hem geen rekenschap verschuldigd was voor haar gedrag of haar omgang met een aspirant-beheerder.

Samantha, die niets liever wilde dan haar levenslange vriendin ingelijfd te zien als lid van de familie Wyndham, greep de gelegenheid aan om haar broer zich ervan bewust te maken dat Adriana niet alleen begeerd werd door talloze aristocraten, maar ook door burgermannen die worstelden met het onmogelijke van hun aspiraties. Al zou Adriana die suggestie van de hand hebben gewezen, Samantha wist dat Roger alles op alles wilde zetten om Adriana hoe dan ook te bemachtigen.

'Ik vrees dat ik weer vergeten ben je aan nog een gast voor te stellen, Colton. Roger Elston, om precies te zijn.' Ze wachtte even en legde toen verder uit: 'Meneer Elston kent Adriana nu al bijna een jaar. Hij vergezelt ons vrij geregeld op onze ritten door de omgeving, en onder Adriana's leiding is hij een goede ruiter geworden. Binnenkort is meneer Elstons leertijd beëindigd en zal hij het beheer overnemen van zijn vaders wolspinnerij, die vroeger van meneer Winter was.'

'Meneer Winter?' herhaalde Colton, die zich de naam niet kon herinneren. 'Het spijt me, ik herinner me geen meneer Winter uit de tijd dat ik hier woonde.'

'Thomas Winter. Jaren geleden was hij eigenaar van die grote molen aan de grens van Bradford. Je bent er waarschijnlijk vaak langsgekomen, maar had geen reden om erop te letten toen je nog jong was. Meneer Winter heeft nooit afstammelingen gehad, en toen hij weduwnaar werd, bleef hij alleen, tot hij vier of vijf jaar geleden trouwde met een heel aardige vrouw uit Londen. Bij zijn dood, een paar maanden later, erfde zijn weduwe alles. Zij trouwde daarop met Edmund Elston, Rogers vader. De arme vrouw werd niet lang daarna ziek en overleed. Toen werd Elston enige eigenaar en liet Roger naar Bradford komen om het vak te leren.'

Ondanks de afkeer die hij had van Roger, strekte Colton zijn hand uit om blijk te geven van zijn goede wil, voornamelijk ter wille van Adriana en de andere gasten. 'Welkom in Randwulf Manor, meneer Elston.'

Roger had al geruime tijd vóór ze aan elkaar werden voorgesteld een intense wrok gekoesterd tegen speciaal deze adellijke man, en hij was even onwillig de aangeboden hand te accepteren als Colton was geweest om hem toe te steken. Hij voelde een schok door zich heen gaan toen de lange vingers zich om zijn hand sloten. Ze waren slanker, krachtiger en veel harder dan hij van een aristocraat verwacht zou hebben. Ongetwijfeld vereiste het hanteren van een zwaard een stevige greep, zelfs van een verwende aristocraat.

'Waterloo was een enorme overwinning voor Wellington,' verklaarde Roger hoogdravend, gretig zijn kennis van dat onderwerp tentoonspreidend. 'Elke officier zou het een voorrecht hebben gevonden onder zijn commando te dienen.'

'Zeker, meneer Elston,' antwoordde Colston even vormelijk. 'Maar we mogen de prestaties van generaal von Blücher niet vergeten. Zonder hem zou het de Engelsen waarschijnlijk minder goed zijn vergaan. Samen vormden die twee mannen met hun legers een kracht die Napoleon niet lang kon weerstaan.'

'Ondanks wat u zegt, durf ik te wedden dat als Wellington alleen het bevel had gehad, de Fransen niet tegen onze strijdmacht opgewassen zouden zijn geweest,' zei Roger koppig.

Colton trok vragend zijn wenkbrauwen op, zich afvragend of Roger met opzet probeerde hem in het harnas te jagen... alweer. Toch was hij nieuwsgierig om te horen hoe de ander tot die conclusie was gekomen. 'Neem me niet kwalijk, meneer, maar was u erbij, was u getuige van onze veldslagen?'

Roger ontweek Coltons doordringende blik en ging even met zijn vingers over zijn mouw, alsof hij een vlekje wilde verwijderen. 'Als ik niet sinds mijn jeugd aan een steeds terugkerende, afmattende ziekte had geleden, zou ik volgaarne mijn diensten hebben aangeboden. Ik zou met het grootste genoegen een paar van die Fransozen hebben gedood.'

Coltons gezicht betrok bij de gedachte aan de afschuwelijke verspilling van mensenlevens, niet alleen bij Waterloo maar ook op andere slagvelden waar hij had gevochten. 'Het was een bloedige strijd voor iedereen,' merkte hij met trieste stem op. 'Helaas heb ik menige vriend verloren tijdens onze veldtocht tegen Napoleon. Als ik denk aan het onnoemelijke aantal Fransen dat bij Waterloo is gesneuveld, kan ik slechts sympathie hebben voor de talloze ouders, vrouwen en kinderen die bedroefd en berooid achterblijven. Het is diep te betreuren dat oorlogen moeten worden gevoerd vanwege de ambities van één enkele man.'

Adriana bestudeerde het knappe gezicht van degene aan wie ze jaren geleden was toegezegd en zag een droefheid in de grijze ogen die er in zijn jeugd niet was geweest. Ze vroeg zich af of zijn oogmerken veel waren veranderd sinds ze zijn vurige protesten had gehoord. Als de overeenkomst door hem was goedgekeurd, zouden ze kort na haar zeventiende verjaardag zijn getrouwd. Maar dat vooruitzicht had hem in conflict gebracht met zijn vader, en hij was weggegaan. Ze wilde er niet bij zijn als hij hoorde dat lord Sedgwick zijn plannen had doorgezet en documenten had getekend die zijn zoon verplichtten tot een periode van hofmakerij als inleiding tot een officiële verloving.

'De Engelsen konden niet anders dan winnen,' verklaarde Roger hooghartig, en bracht wat snuiftabak naar zijn neus. Hij had de gewoonte een snuifje te nemen onlangs aangeleerd in zijn streven de adellijke dandy's te evenaren. Hoewel hij had gedacht dat het een wijdverspreide gewoonte was, begon hij te vermoeden dat geen van de mannen die in de grote hal aanwezig waren er iets voor voelde, want hij wekte slechts een paar geamuseerde glimlachjes op als hij snuif gebruikte. Hij deed zijn uiterste best waardig te blijven kijken, in weerwil van een toenemende aandrang om te niezen, en klikte het kleine, geëmailleerde doosje dicht. Daarna drukte hij krachtig een zakdoek tegen zijn linkerneusgat, waar de kriebel het hevigst was. Het bracht enige verlichting, en met waterige, rode ogen glimlachte hij kort naar Colton. 'Zoals het gezegde luidt, milord, de rechtvaardigen zullen altijd overwinnen.'

'Ik wilde dat ik zeker wist dat die verklaring altijd opgaat, meneer Elston, maar ik vrees dat dat helaas niet het geval is,' antwoordde Colton ernstig. 'Wat de Engelsen betreft, durf ik niet naar waarheid te verklaren dat we altijd gelijk hebben.'

Roger was van zijn stuk gebracht. Hij was nog nooit buiten Engeland geweest en geloofde dat alle buitenlandse machten niet alleen inferieur waren, maar zelfs verachtelijk in vergelijking met Engeland. 'Ik moet zeggen, milord, dat het weinig vaderlandslievend is om te twijfelen aan de integriteit van ons land. Per slot van rekening zijn wij de grootste natie ter wereld.'

Met een enigszins trieste glimlach vertelde Colton over de waarnemingen die hij had gedaan tijdens zijn carrière als officier. 'Veel te veel Engelsen vertrouwden in de logica dat het recht zou zegevieren, maar ze werden begraven op de plek waar zij en hun manschappen sneuvelden. Ik weet het, want een aantal van hen waren goede vrienden van me, en ik heb geholpen hen te begraven.'

Roger trok spottend zijn wenkbrauwen op. Nu hij de man zulke slappe onnozelheden had horen uiten, voelde hij zich gerechtvaardigd in zijn minachting voor hem. Kolonel lord Colton werd misschien door velen als een held beschouwd, maar Roger had zo zijn eigen mening wat iemand boven de anderen deed uitsteken, en hij vond dat Colton ver achterbleef bij de gedreven kruisvaarder die zich met zijn paard in het dichtste strijdgewoel begaf.

Met een laatdunkend glimlachje waagde hij op weinig respectvolle toon een vraag te stellen. 'En welke fraaie logica nam u mee in de strijd, milord?'

Colton kon onmogelijk de minachtende uitdaging negeren en trok zijn wenkbrauwen sceptisch op. Gezien het feit dat Roger meer dan een half hoofd kleiner was en zeker vijftien kilo lichter, kwam hij tot de conclusie dat de man even heetgebakerd als onbeschaamd was. Of misschien had hij dom genoeg geconcludeerd dat Colton invalide was, omdat hij met een stok liep.

'Simpel gezegd, meneer Elston, het was een kwestie van doden of gedood worden. Ik trainde mijn manschappen om meedogenloos te zijn in onze vele confrontaties met de vijand. Het was de enige manier om in leven te blijven. Ikzelf heb vertwijfeld gevochten, niet alleen om mijn eigen leven en dat van mijn manschappen te redden, maar ook om de vijanden van mijn land te verslaan. Als door een wonder heb ik het overleefd, evenals de meesten van mijn regiment. Maar na de bloedige schermutselingen te hebben gezien en het ontstellend aantal soldaten dat dood op de slagvelden lag, waren mijn mannen en ik slechts dankbaar dat God ons genadig was geweest.'

'Kom, jullie tweeën,' zei Samantha, die Coltons toenemende afkeer van hun gast aanvoelde. Misschien had ze Rogers vaste voornemen om Adriana voor zichzelf te hebben onderschat, want hij leek niet in staat zijn frustratie te verbergen over de situatie waarin hij zich bevond. Ze haakte haar arm in die van haar broer en gaf hem even een bemoedigend kneepje, in een poging zijn ergernis te sussen. 'Dat gepraat over oorlog en doden maakt ons nog somber als jullie er niet mee ophouden.'

Colton deed zijn best zijn irritatie te bedwingen en glimlachte geruststellend naar Samantha. 'Ik vrees dat de oorlog zijn stempel op me heeft gedrukt. Als ik ooit talent mocht hebben gehad als causeur, dan vrees ik dat ik dat ben kwijtgeraakt. Ik ben gewoon een droogstoppel geworden.'

'Hm, niet erg waarschijnlijk,' merkte Samantha lachend op. Ze had haar broer altijd fascinerend gevonden, maar ze moest toegeven dat ze bevooroordeeld was.

Felicity was blij toen de gemoederen wat bedaarden, want met het uitblijven van verdere spanningen kon ze weer de aandacht trekken van de markies. Ze deed het met een sympathie die, naar ze hoopte, in scherp contrast stond met lady Adriana's weigering om zijn verzoek in te willigen elkaar bij de voornaam te noemen. Wat hij overigens leek te negeren. 'Milord, ik zou het als een voorrecht beschouwen als u me zonder formaliteiten gewoon Felicity zou willen noemen.'

Adriana keek naar hen met een steelse blik. Het verzoek van het blonde meisje deed haar denken aan haar eigen afwijzing van Coltons verzoek om haar voornaam te mogen gebruiken.

'Miss Felicity,' antwoordde Colton, die zijn antwoord omkleedde met gepaste formaliteit en zijn gebruikelijke overredende charme, terwijl hij haar met een innemende glimlach opnam. 'Hoe aantrekkelijk uw voornaam ook is, miss Felicity, het lijkt me dat Fairchild –' letterlijk *mooi kind* '– veel gepaster is, gezien uw bekoorlijke uiterlijk.'

'O, u bent té complimenteus, milord.' Felicity glimlachte bescheiden en knipperde verleidelijk met haar wimpers. Eindeloze uren van oefening voor de spiegel had haar geholpen een variatie van gelaatsuitdrukkingen te perfectioneren. IJverig had ze haar uiterlijk en haar manieren gecultiveerd, in de hoop een man met een titel te veroveren die haar tot vrouw zou nemen, een idee dat haar was ingeprent door haar vader, ondanks de pogingen van haar moeder om haar dochter met beide benen op de grond te houden in plaats van in de wolken te vertoeven waarin ze dagdromend ronddoolde.

Toch was *miss* Felicity niet helemaal wat ze had gewild. Ze zou de voorkeur hebben gegeven aan iets wat een beetje intiemer was, temeer waar hij Adriana's naam zo vanzelfsprekend en achteloos gebruikte. Toch was ze tevreden over de vorderingen die ze tot dusver gemaakt had. Natuurlijk zou ze nú hetzelfde verzoek moeten richten tot de twee vrouwen, omdat ze anders de achterdocht zou wekken dat ze de markies wilde inpalmen.

Met gekunstelde nederigheid keek ze glimlachend naar Samantha. 'Ik ben diep onder de indruk van de vriendelijkheid die u en lady Sutton me hebben bewezen, lady Burke. Niets wat ik te bieden heb, kan daar ook maar enigszins in de buurt komen. Weest u ervan overtuigd dat ik bijzonder dankbaar ben voor uw welwillendheid jegens mij, en ik zou het op prijs stellen als u mij ook bij mijn voornaam wilt aanspreken.'

Denkend aan de woordenwisseling tussen haar broer en Adriana, leek het Samantha verstandig zowel voor haar vriendin als voor zichzelf te antwoorden. 'Lady Adriana en ik willen graag voorbijgaan aan de vormelijkheid, miss Felicity. Doet u dat ook, alstublieft.'

'Dank u, lady Samantha.' Felicity maakte een revérence en wenste zichzelf heimelijk geluk. Omdat ze in Londen was opgegroeid, was ze hier nog meer een vreemde dan Roger Elston. De oprechte hartelijkheid van lady Adriana en lady Samantha had echter in haar voordeel gewerkt, toen beide vrouwen hun moeders hadden vergezeld op een bezoek aan haar zieke grootvader. Bij die gelegenheid hadden ze lekkere soep en overheerlijke taartjes meegebracht, en medicinale kruiden die een zeldzame uitwerking heetten te hebben. De geschenken waren een blijk van waardering voor Samuel Gladstone, die in de loop der jaren niet alleen een rijk man was geworden, maar een gerespecteerde patriarch onder de burgerij van Bradford on Avon. Samantha en Adriana hadden enthousiast gesproken over het gebied en zijn bewoners en hadden toen vol sympathie geluisterd naar haar beschroomde klachten over haar eenzaamheid, omdat ze hier niemand kende. Daarop hadden de twee vrouwen erop aangedrongen dat ze hen op hun rit te paard zou vergezellen. Zonder haar listige manoeuvre zou Felicity's kans op een bezoek aan Randwulf Manor, laat staan op een omgang met aristocraten, nihil zijn geweest. Wie van haar cynische leeftijdgenoten in Londen zou ooit hebben geloofd dat ze zo kort na haar verhuizing naar een kleine plaats met de rijke landadel zou verkeren en zou converseren met zo'n knappe markies? Een man die deuren voor haar kon openen in de wereld van de adel.

Percy keek even naar zijn broer, zich afvragend hoe Stuart zou reageren op de duidelijke fascinatie van het blondje voor hun gastheer. Hij kende Felicity niet toen ze op weg gingen

naar de Suttons om Adriana en Samantha (en, niet verbazingwekkend), Roger af te halen. Stuart had zijn ongenoegen te
kennen gegeven toen hij hoorde over hun uitnodiging aan
Gladstones kleindochter, en had bezwaren gemaakt tegen het
feit dat hij de hele dag als begeleider zou moeten optreden van
een volslagen onbekende. Maar toen hij Felicity had leren kennen, had hij zich vol enthousiasme van zijn taak gekweten. En
toen ze even alleen waren, had hij zelfs verklaard dankbaar te
zijn dat hij zo'n goddelijk wezen had ontmoet.

Maar op het moment leek Stuart zich er weinig van aan te
trekken dat Felicity Colton overlaadde met kokette blikken en
verleidelijke glimlachjes, want zijn eigen aandacht was gericht
op de lady die hij gehoopt had tijdens hun uitstapje te kunnen
vergezellen. Iedere man zou Adriana begeerlijk hebben gevonden, en zo te zien was zijn broer tot haar vele bewonderaars
gaan behoren.

De zich snel ontwikkelende situatie deed Percy peinzend
achter zijn oor krabben. Hij wist dat Adriana geschokt zou
zijn als hij het haar vertelde, en misschien zelfs een beetje verontrust, want er was maar één man die volgens zijn vrouw in
aanmerking kon komen voor haar beste vriendin... haar eigen
broer, Colton Wyndham.

Ook dat heerschap was in gedachten verdiept. Colton had
de ontberingen van de oorlog de laatste tijd veel te vaak meegemaakt. Als hij zijn achterdocht ten aanzien van Felicity's
ambities even van zich afzette, viel er veel te bewonderen: licht
goudblond haar, helderblauwe ogen en een mond die op het
eerste gezicht wat te vol en zacht was, maar bij nader inzien
heel aantrekkelijk bleek. Krulletjes omlijstten haar jeugdige
gezicht. De kokette glimlachjes waren uitdagend, verzekerden
hem dat ze bereid was zijn attenties te accepteren. Maar in
welke mate, dat kon hij nog niet beoordelen.

'Mag ik u mijn deelneming betuigen met het overlijden van
uw vader, milord,' mompelde Felicity met een gepast meelevende uitdrukking op haar gezicht, trachtend zijn aandacht af
te leiden van Adriana. Wat haar betrof, had hij zich al te veel
met lady Adriana bemoeid. Dit was precies de gelegenheid die
zich volgens de voorspelling van haar vader zou voordoen als
ze haar waardigheid behield en haar onschuld niet prijsgaf aan
een of andere laaggeboren deugniet. 'Ik weet dat u diepbe-

droefd was over de tijding van uw vaders overlijden. Maar ter wille van uw familie en al uw vrienden, doet het me goed dat u de taken van het markizaat overneemt.'

'Het is prettig om weer thuis te zijn. Ik ben te lang weg geweest,' bekende Colton. Hij keek om zich heen naar het interieur dat al te lang niet meer dan een aangename herinnering uit zijn jeugd had geleken. Het huis was een lang gebouw van drie verdiepingen, met talloze ramen, vier symmetrische erkers en een plat dak. Het was gebouwd op een kleine helling, omgeven door keurig gesnoeide heggen en kleurige bloemperken. Hoewel hij zestien jaar afwezig was geweest, had hij zich erover verbaasd dat alles nog net zo was als hij het zich herinnerde.

Colton keek even opzij en zag dat Roger zich uit hun gezelschap had verwijderd. *Opgeruimd staat netjes*, dacht hij, maar toen vroeg hij zich af waar Roger kon zijn, want hij was nergens te bekennen. Het was te veel gevraagd om te hopen dat hij vertrokken was. Waar hij zich ook bevond, je kon erom wedden dat hij mokkend een plan zat uit te broeden om Adriana voor zichzelf op te eisen.

Colton liet zich vermurwen tot een glimlachende bekentenis. 'Ik ben bang dat ik mijn eigen zus niet zou hebben gekend als zij mij niet als eerste herkend had. Toen ik vertrok, was ze nog maar een kind, en lady Adriana was zelfs nog een paar jaar jonger. Nu heb ik van moeder gehoord dat de oudste van Suttons dochters zelf al kinderen heeft, en dat de op een na oudste binnenkort gaat trouwen. Als je bedenkt hoelang ik afwezig ben geweest, is het een wonder dat lady Adriana nog ongehuwd en zelfs niet verloofd is.'

Ondanks het feit dat ze hem gespannen had aangekeken, besefte Colton dat ze hem blijkbaar niet had gehoord, want het leek nu pas tot Adriana door te dringen dat hij naar haar glimlachte. Ze bloosde, maar wendde snel haar blik af. Weer was hij verbijsterd over de verandering die tijdens zijn afwezigheid had plaatsgevonden. Hoe kon een spriet van een kind zijn uitgegroeid tot zo'n uitzonderlijke schoonheid?

Hij was zich scherp bewust van haar afstandelijkheid, en hij keek even met een glimlach naar de andere bezoekers. 'Ik vrees dat lady Adriana me nooit vergeven heeft dat ik die onbezonnen, eigenzinnige kwajongen was die, tegen de wens van zijn vader in, zijn huis verliet om zijn eigen weg te zoeken in het leven.'

Hoewel zijn opmerking Felicity een geamuseerd gegiechel ontlokte, en een onderdrukt gegrinnik aan de beide andere mannen, was het niet Coltons opzet geweest grappig te zijn. Hij had alleen maar uitdrukking willen geven aan zijn spijt dat hij zoveel jaar geleden een onschuldig klein meisje verdriet had gedaan. Zijn wrede woorden en Adriana's ontstelde gezicht hadden hem al die jaren achtervolgd, want ze leek diep ge-kwetst door zijn hardnekkige weigering hun toekomstige ver-bintenis te accepteren. Lang daarvoor had hij al ontdekt dat ze hem net zo ideologiseerde als zijn eigen zus. Ze had nooit een broer gehad, en misschien was dat de reden waarom ze hem op een voetstuk had geplaatst. Hij had intense spijt gehad van zijn kwetsende opmerkingen, had met moeite een verontschul-diging gestameld en was toen haastig weggegaan, niet in staat haar duidelijke droefheid te verdragen.

Samantha besloot dat het voor zijn eigen bestwil tijd was haar broer op de hoogte te brengen van het nieuws dat op hem wachtte. Misschien zou hij, als hij gewaarschuwd was, zich deze keer nog eens bedenken voor hij zijn opties van de hand wees. 'Het is heel onwaarschijnlijk dat Adriana veel aan je ge-dacht heeft in al die jaren, Colton. Ze had er de tijd niet voor met al de aanbidders die om haar heen dromden.' Ze negeerde het gepor tegen haar elleboog, dat ongetwijfeld bedoeld was om haar van onderwerp te doen veranderen en ze ging verder. Ze wilde haar broer iets geven om over na te denken. Het speet haar bijna dat Roger er niet bij was, want hij moest er nodig aan herinnerd worden dat hij maar een heel klein visje was in de grote vijver. 'Haar bewonderaars verdringen zich voor de deur van de Suttons, vechtend om de eer uiteindelijk door Adriana te worden uitverkoren. Maar tot nu toe zijn hun smeekbeden vergeefs geweest.' Samantha keek haar kwaad aan en haalde haar schouders op. 'Nou ja, het is de waarheid, en dat weet je.'

Ondanks een verontwaardigd gesnuif van Adriana, dat het tegendeel leek te willen zeggen, besefte Colton dat zijn zus haar best had gedaan hem op zijn nummer te zetten. Met een flauw glimlachje zei hij: 'Ik begrijp waarom vrijgezellen om haar gunst vechten. Ze is waarlijk een schoonheid, de mooiste vrouw die ik ooit gezien heb.'

Felicity ergerde zich aan zijn opmerking. Haar eigen haar

glansde als gesponnen goud in de zon en haar ogen hadden de kleur van de blauwe zomerse luchten. Waarom zou een man die zo vermaard was en kennelijk veel ervaring had, de voorkeur geven aan de donkere ogen en het donkere haar van een gemelijke jonge vrouw?

Adriana stelde het niet erg op prijs dat er over haar gesproken werd alsof ze een soort meubelstuk op een ander continent was. Ze keek Colton recht in het gezicht en forceerde een glimlachje. 'Ik vrees dat je zus het aantal bezoekers dat om mijn aandacht vraagt heeft overdreven, milord. Na een tijdje zult u wel leren dat Samantha lang over iets kan doorgaan als ze iets wil benadrukken.'

Percy's onderdrukte gegrinnik bevestigde Adriana dat hij die waarheid al ontdekt had.

Adriana kwam op het oorspronkelijke onderwerp terug en maakte snel een eind aan het idee dat ze Coltons eerdere opmerkingen niet gehoord had. 'U maakte zojuist een zinspeling op mijn zussen, milord, en daar maak ik graag gebruik van om u te vertellen dat Jaclyn nu in Londen woont en twee kinderen heeft, een jongen en een meisje. Melora's huwelijk nadert met rasse schreden, aan het eind van deze maand, om precies te zijn. Ook al zijn officiële uitnodigingen tussen onze beide families niet langer noodzakelijk, ik zal ervoor zorgen dat u er een ontvangt. Melora zou beslist teleurgesteld zijn als ze u niet zou zien voordat zij en sir Harold op huwelijksreis gaan. Ze zullen zich op zijn landgoed in Cornwall vestigen en komen pas in de tweede helft van oktober terug in Wakefield, als mijn ouders een bal geven om het begin van het jachtseizoen te vieren. U zult zich ongetwijfeld nog herinneren dat onze vaders na het reces van het parlement altijd met trouwe vrienden bijeenkwamen om hun plannen voor de jacht te bespreken en over vroeger te praten. Natuurlijk wonen hun vrouwen en dochters het feest ook bij, en er zullen overvloedige buffetten zijn en er zal veel gedanst worden. En misschien zijn er zelfs een paar leuke spelletjes voor degenen die daarvan houden. Het zal waarschijnlijk al wel een tijdje geleden zijn dat u zich met dit soort dingen hebt beziggehouden.'

Colton grinnikte. 'Ik ben zó lang weg geweest dat ik vrees dat je me aan je ouders zult moeten voorstellen.'

Adriana trok glimlachend haar wenkbrauwen op. 'U bent

inderdaad lang weggebleven, milord. Ik herkende ú zeker niet.'

'Even dacht ik dat je me alleen maar een draai om mijn oren wilde geven voor mijn zonden in het verleden,' zei hij schertsend. 'Voortaan zal ik meer op mijn hoede zijn voor de manier waarop je wraak neemt.'

Adriana bloosde zo diep dat ze dankbaar was dat Gladstones kleindochter naar voren kwam om de aandacht van de markies weer op te eisen. Je zou bijna denken dat ze verliefd op hem was – of misschien op zijn titel.

Felicity Fairchild stak haar nieuwsgierigheid niet onder stoelen of banken. 'Zullen we de eer hebben spoedig uw markiezin te leren kennen, milord?'

Colton zou overtuigd zijn geweest van haar bedeesdheid als hij niet haar nerveuze glimlachje had gezien. 'Behalve mijn eigen moeder, miss Felicity, heeft niemand recht op die titel.'

Felicity deed dapper haar best haar opgetogenheid te verbergen en antwoordde bescheiden: 'Ik moet me vergist hebben dat dergelijke verbintenissen al werden gesloten in iemands jeugd.'

Adriana hield haar adem in, uit angst dat de waarheid aan de dag zou komen. Colton Wyndham kon niet weten wat er in zijn afwezigheid had plaatsgevonden.

Samantha merkte dat haar vriendin ongewoon angstig leek, ongetwijfeld met goede reden. Ook zij herinnerde zich hoe fel haar broer geprotesteerd had, en ze vroeg zich af of hij net zo zou reageren op het nieuws dat hem te wachten stond nu zijn vader dood was. Als híj niet besefte dat zijn vader het beste met hem voor had gehad, nou, zíj wel. Adriana was de zuster die ze nooit gehad had, en ze wilde die niet kwijtraken aan de familie van een andere man.

3

'Hallo,' zei Samantha met een stralende glimlach toen ze haar moeder de trap af zag komen. Een maand geleden was Philana Wyndham drieënvijftig geworden. Hoewel haar lichtbruine haar in de loop van de tijd doorweven was met wit, kon ze gemakkelijk doorgaan voor een vrouw die tien jaar jonger was. Ze was nog steeds even slank en aantrekkelijk, en bezat een elegantie die leeftijdloos leek. Haar mooie, helderblauwe ogen waren op dit moment verdacht vochtig.

Een golf van onverklaarbare emoties ging door Colton heen toen hij zijn moeder zag naderen.

Haastig, zo snel als zijn been hem toestond, liep hij de trap op. Zijn moeder had op gedempte toon geantwoord dat hij binnen moest komen toen hij op de deur van haar zitkamer klopte. Haar knieën begonnen te knikken bij het zien van haar zoon. Snikkend van vreugde had ze zich in zijn geopende armen geworpen. Later gingen haar vreugdetranen over in verdriet, toen ze herinneringen ophaalde aan het betrekkelijk korte ziekbed van haar man, van wie ze zo intens gehouden had. Sedgwick was altijd zo gezond en flink geweest. In de ochtend was hij nog gaan paardrijden met Perceval en Samantha en had heel opgewekt geleken, ondanks het feit dat hij zich ergerde aan die jonge parvenu, Roger Elston, die op zoek naar Adriana naar het landgoed was gekomen en samen met haar ouders was uitgenodigd voor het diner.

Voordat hij die avond naar bed ging, had Sedgwick zijn gebruikelijke glas cognac gedronken in de zitkamer, maar nog geen uur later was Philana wakker geworden toen hij badend in het zweet naast haar lag, krimpend van de verschrikkelijke pijn in zijn maag. Zijn toestand was in de twee daaropvolgende maanden langzaam maar zeker verslechterd, tot hij ten slotte bezweken was aan een onbekende kwaal.

Colton wist dat ze tot aan de dag van haar dood zou blijven rouwen om het verlies haar man. Zijn ouders hadden zielsveel van elkaar gehouden. Ze hadden beiden evenveel van hun kinderen gehouden en hadden hen met veel zorg opgevoed en eer en waardigheid bijgebracht. In de jaren van zijn afwezigheid had Colton het vaak te druk gehad om aan huis en familie te denken. Maar in rustiger tijden had hij intens verlangd naar zijn ouders, al wist hij uit ervaring dat achteromkijken alleen maar berouw wekte. Hij had zijn eigen leven opgebouwd, zonder dat zijn vader daarop invloed had uitgeoefend. Hij was onafhankelijk, was dat al tien jaar, en behalve dat hij degenen die hij had achtergelaten verdriet had gedaan, voelde hij geen spijt.

Philana bleef staan toen de butler naar haar toekwam. 'We drinken thee in de zitkamer, Harrison.'

'Ja, mylady. En de kokkin vroeg of iedereen die nu aanwezig is ook blijft eten.'

'Ik denk het wel, Harrison.'

Adriana kwam dichterbij om dat te corrigeren. 'Neem me niet kwalijk, mylady, maar ik geloof niet dat dat het geval zal zijn.' Ze maakte een eerbiedige revérence toen de oudere vrouw haar aankeek en legde uit: 'Meneer Fairchild heeft verzocht om miss Felicity op tijd terug te brengen naar Wakefield, zodat hij haar vóór het vallen van de avond naar huis kan brengen. Stuart zal ons begeleiden, en wij beiden zullen vóór het begin van de festiviteiten hier terug zijn. Maar Roger zal niet aanwezig zijn.' Ze hoorde dat Roger scherp zijn adem inhield, en ze draaide zich even nadrukkelijk naar hem om. Hij kwam uit de zitkamer, waar hij zich blijkbaar tijdelijk had verschanst. Gezien zijn eerdere poging om zijn gastheer aan te vallen, vond ze haar mededeling gerechtvaardigd. Bovendien had hij haar geduld die dag al veel te veel op de proef gesteld. Ze wendde zich weer tot haar gastvrouw en zei: 'Onze korte afwezigheid zal uw familie wat privacy geven om rustig te genieten van het feit dat lord Colton weer thuis is en bereid het markizaat te aanvaarden. Stuart en ik zullen ruimschoots op tijd zijn voor het diner.'

Adriana probeerde zich af te sluiten voor de aanwezigheid

van de man die opnieuw onrust bij haar gewekt had, maar toen Colton dichterbij kwam, besefte ze dat het zinloos was hem te negeren. Ze keek in zijn grijze ogen en was verbaasd over het vreemde kloppen van haar hart, maar ze wist een schijn van kalmte op te houden.

'Ik ben blij en dankbaar dat u terug bent, milord,' zei ze ademloos. 'Nu hoeven uw moeder en zus zich niet voortdurend af te vragen of u veilig en ongedeerd bent.'

Colton pakte haar slanke hand in de zijne en gaf haar geen kans zich terug te trekken. Kort nadat zijn zus hem had herkend, was het hem opgevallen dat de luchthartige, vrolijke stemming van de donkere schoonheid bij haar binnenkomst was verdwenen. Hij kon het haar niet kwalijk nemen, denkend aan de laatste keer dat ze samen waren en hij woedend in opstand was gekomen. Ondanks haar gereserveerdheid voelde hij zich geroepen de kloof tussen hen te overbruggen. Hij kon een naaste buur toch niet slecht over hem laten denken?

Bovendien was hij een man die de vriendschap van een mooie en ook nog intelligente vrouw op prijs stelde. Het eerste was ze geworden in de tijd van zijn afwezigheid; het tweede was de voornaamste reden waarom zijn vader zo hardnekkig erop had gestaan dat ze later zijn vrouw zou worden. Intelligentie was altijd heel belangrijk geweest in het geslacht van de Wyndhams.

'Doe alsjeblieft mijn groeten aan je ouders en vertel ze dat ik me erop verheug hen binnenkort te zien. Met hun welnemen zal ik een missive sturen naar Wakefield Manor om te vragen wanneer het hen schikt. En als je me een paar momenten van je tijd wilt gunnen nu ik hier ben, Adriana, zou ik je dankbaar zijn. We hebben veel herinneringen op te halen.'

Zijn stem klonk zacht en met een warmte waartegen Adriana slecht bestand was. Het was ongelooflijk wat hij met haar gevoelens kon aanrichten, en met zo weinig moeite. Natuurlijk had ze zijn verzoek hooghartig moeten weigeren; hij had een manier om haar te beïnvloeden die haar huiverig maakte voor toekomstige ontmoetingen. Toch kon ze geen goed excuus vinden om eraan te ontkomen zonder hem de indruk te geven dat ze hem nog niet vergeven had. En dat was ver bezijden de waarheid. Ondanks zijn woedende vertrek uit huis, had ze hem in haar hart altijd als haar verloofde gezien; uiteindelijk was dat wat hun ouders altijd gewild hadden en waarvoor ze hun maatregelen hadden genomen.

'Uw bezoek zal altijd welkom zijn,' mompelde ze, terwijl ze probeerde haar vingers uit zijn greep te bevrijden, maar hardnekkig als altijd weigerde hij toe te geven. 'Onze ouders gingen zó vaak bij elkaar op bezoek toen we opgroeiden, dat je bijna zou kunnen zeggen dat Wakefield Manor slechts een verlengstuk van uw huis is.'

Colton keek onderzoekend naar haar mooie gezichtje, in de hoop er een spoor van een glimlach op te ontdekken. 'Ik vond het heel wat prettiger, Adriana, toen je me Colton noemde. Ben je vergeten hoe kwaad je kon worden en tegen mijn schenen trapte omdat ik jou en Samantha plaagde? En me uitjouwde als ik je ten slotte met rust liet en terugliep naar huis?'

Adriana rolde met haar ogen. Ze wenste dat hij haar een plezier zou doen en al die pijnlijke herinneringen zou vergeten, maar ze twijfelde er sterk aan, want hij scheen het leuk te vinden haar te plagen met het verleden. Zijn grijns leek daar een bewijs van. 'Uw geheugen is beter dan het mijne, milord. Ik was dat alles vergeten. Maar u moet bedenken dat ik toen nog maar een kind was, en natuurlijk was dat lang voordat u markies werd. U bent zó lang weg geweest, dat u bij de voornaam noemen hetzelfde zou zijn als achteloos een vreemde toespreken. Als ik zo vrijpostig zou zijn, zou mijn moeder me beslist op de vingers tikken.'

'Dan zal ik met je moeder moeten praten en haar ervan overtuigen dat die familiariteit mijn volledige instemming heeft. Zou je tot die tijd mijn verzoek in overweging willen nemen, Adriana?'

Adriana had het gevoel dat hij haar in een hoek had gedreven waaruit ze niet kon ontsnappen. 'Ik zal het overwegen...' – ze wachtte tot hij breed en triomfantelijk grijnsde, en voegde er toen plagend aan toe – 'te zijner tijd, milord.'

Colton sloeg zijn ogen ten hemel, maar grinnikte niettemin luid en geamuseerd.

'Je bent onmogelijk, Colton Wyndham!' riep ze verontwaardigd uit, en sloeg toen haar hand voor haar mond, in het besef dat hij precies had gekregen wat hij wilde. Ze schudde haar hoofd en liet zich voldoende vermurwen om even naar hem te grijnzen, toen de herinneringen aan de pret die zij en Samantha vroeger met hem gehad hadden weer bij haar opkwamen.

Colton bleef haar plagen, maar genoot van het nadrukkelijk uitspreken van haar naam. 'Adriana Elynn Sutton. Mooi, dat is zeker.'

Ze keek hem achterdochtig aan, niet zeker wetend waar hij naartoe wilde. 'Een simpele naam, meer niet.'

'Hij smaakt zoet op mijn tong. Ik vraag me af of jij even zoet zou smaken.'

Adriana wenste dat ze haar gloeiende wangen koelte kon toewuiven zonder hem te laten merken dat het hem gelukt was haar van haar stuk te brengen. 'Nee, milord, ik vrees dat ik nogal bitter en zuur ben. Dat zeggen mijn zussen tenminste als ze kwaad op me zijn.'

'Ik neem aan dat ze dat deden als ze probeerden je te manipuleren tot iets wat zij wilden, je bits en met je neus in de lucht weigerde toe te geven.'

Het was dicht genoeg bij de waarheid om Adriana even te doen huiveren. 'Misschien.'

Colton boog zich naar voren en zei plagend: 'Dus, Adriana, wie blijft er over om je uit te dagen als Melora eenmaal het nest heeft verlaten?'

Ze keek hem glimlachend en met opgetrokken wenkbrauwen aan. 'Waarschijnlijk is dat de reden waarom u thuis bent gekomen, milord. Voorzover ik me herinner, was dat precies wat u zo graag deed voor u vertrok. U lijkt er nog steeds erg bedreven in.'

Colton wierp zijn hoofd achterover en lachte hartelijk. 'Ja,' gaf hij toe, 'ik kan me nog goed herinneren dat ik je een paar keer onbarmhartig geplaagd heb.'

'Wel meer dan honderd keer of nog meer,' antwoordde ze grijnzend.

Colton werd zich bewust van de intense aandacht van zijn moeder. Hij richtte zijn blik op haar en zag een verontruste blik in de blauwe ogen, maar tevens een verblufte glimlach om haar lippen. Hij kon haar gedachten niet raden achter dat beminnelijke masker van bezorgdheid, maar hij vermoedde dat het niet hem gold, maar Adriana. En waarom niet? Denkend aan de strenge opvoeding van de jongedames uit hoge kringen, kon hij alleen maar aannemen dat het meisje onschuldig was en onbewust van de sluwe streken van de mannen. Die gedachte was hem niet onaangenaam.

'Ik ben hier als je terugkomt, Adriana,' mompelde Colton zacht. Hij bracht haar slanke vingers aan zijn lippen en drukte er een langdurige kus op, zich verwonderend over de lichte trilling die hij ontdekte. Hij zag een blos op haar wangen. Enigszins verrast vroeg hij: 'Breng ik je van streek, Adriana?'

Zijn adem was als een zachte, warme bries. Adriana had zich snel willen terugtrekken, maar toen ze schoenen met metaalbeslag hoorde naderen, draaide ze zich snel en verbaasd om, net op tijd om Roger op Colton te zien afstormen. Hij had zijn vuist naar achteren gebracht, met boosaardige bedoelingen. Een verschrikte kreet ontsnapte haar, en op hetzelfde moment kletterde de wandelstok weer op de grond toen de markies Rogers uitgestrekte arm beetpakte en met zijn eigen harde, gebalde vuist tegen de buik van de ander stompte. Roger sloeg dubbel met een luid gekreun, dat prompt tot zwijgen werd gebracht door een tweede klap, deze keer tegen zijn kaak. De kracht van de opwaartse vuistslag deed Roger achteruit tuimelen, tot hij op enige afstand op de grond terechtkwam. Daar bleef hij doodstil liggen, met armen en benen uitgespreid op de marmeren vloer.

Harrison was snel tevoorschijn gekomen toen hij een gesmoorde kreet hoorde. Niemand hoefde hem te vertellen wat er gebeurd was; hij had de waarschijnlijkheid van een confrontatie tussen beiden voorzien nadat hij getuige was geweest van Rogers eerste aanval op de markies. Haastig raapte hij de wandelstok op en legde die in Coltons uitgestrekte hand.

'Zal ik een stalknecht vragen meneer Elston naar huis te brengen, milord?' vroeg Harrison nauwelijks hoorbaar. Zonder enige sympathie voor de bewusteloze man staarde hij op hem neer. 'Meneer Elston zal wel een tijdje buiten bewustzijn blijven. Hij kan comfortabeler slapen in zijn eigen bed.'

'Doe maar wat je wilt, Harrison. Wat mij betreft, kun je die schooier naar buiten schoppen en hem daar laten bijkomen als de dauw op zijn gezicht valt.'

Harrison veroorloofde zich een kort glimlachje. 'Het zou zijn verdiende loon zijn, milord, maar nu de dames vertrekken en lady Adriana terugkomt voor het diner...'

Colton pakte de schouder van de ander beet en kneep er zachtjes in, teder bijna. 'Je hebt gelijk, Harrison. We mogen de dames niet ongerust maken en evenmin de festiviteiten van vanavond bederven.'

66

Adriana deed met een vuurrood gezicht een stap naar voren. 'Het spijt me dat dit gebeurd is. Het was duidelijk niet uw schuld. Roger kan soms heel driftig zijn, ook al is er geen reden voor.'

'Hij wil niets liever dan je voor hemzelf hebben, maar ik neem aan dat dat nooit zal gebeuren... Tenminste, ik hoop van niet.'

Adriana waagde het niet te veronderstellen dat hij een antwoord zocht omdat hij in haar geïnteresseerd was. Misschien hoopte hij alleen maar dat Rogers doel verijdeld zou worden. Ze sloeg haar ogen neer en trok zich haastig terug.

'Het wordt al laat,' bracht ze er ademloos uit.

Colton voelde de aanwezigheid van iemand anders en keek om. Tot zijn verbazing zag hij Felicity dicht bij hen staan. Haar mondhoeken krulden bevallig terwijl ze haar hand uitstak, blijkbaar dezelfde aandacht verwachtend die hij Adriana had gegeven. Galant voldeed hij aan haar stilzwijgende verzoek, en Felicity hield opgewonden haar adem in.

'Het is een bijzonder genoegen geweest u te mogen ontmoeten, milord,' zei ze.

'Het genoegen is geheel aan mijn kant, miss Felicity,' mompelde hij met een vriendelijke glimlach. 'Ik wens u goedendag.'

Zwaar leunend op zijn stok ging hij achteruit en bewaarde een respectvolle afstand. Toen pas draaide hij zich om en schudde de hand van de man die haar gevolgd was. 'Ik ben blij dat we onze kennismaking na al die jaren weer kunnen hernieuwen, majoor.'

'We zijn allemaal erg opgelucht dat u weer thuis bent, milord,' verzekerde Stuart hem met een vriendschappelijke glimlach.

'Vergeet die formaliteiten. Mijn naam is Colton. U hebt mijn toestemming die als vriend te gebruiken.'

'Ik zal dat graag doen, als u mij met dezelfde familiariteit behandelt,' antwoordde Stuart, en keek verheugd bij Coltons bevestigend antwoord. Hij liep naar de ingang en zwaaide met zijn hand ten afscheid naar de familie terwijl hij grijnzend zei: 'Lady Adriana en ik zien u straks weer.'

Het drietal vertrok, maar toen bedienden Roger naar buiten droegen, gingen er enkele ogenblikken voorbij voordat Colton zich omdraaide naar zijn moeder, die hem nieuwsgierig opnam. Hij bood haar zijn arm aan. 'Harrison heeft me verteld dat er een heerlijk vuur brandt in de zitkamer, dat de kou uit onze botten zal verdrijven. Ik was op weg erheen toen onze gasten arriveerden. Gaat u mee, moeder?'

'Natuurlijk, jongen.'

'Iemand thee?' vroeg Colton aan Samantha en haar man.

'Graag,' zei Percy. Hij pakte de hand van zijn vrouw en drukte die zacht. 'Zullen we, liefste?'

'Met alle plezier,' antwoordde Samantha vrolijk.

Toen hij de zitkamer binnenkwam, bracht Colton zijn moeder naar een stoel bij de theetafel op hetzelfde moment dat een bediende binnenkwam met het zilveren theeservies. Hij deed een stap achteruit terwijl Percy Samantha hielp te gaan zitten en naast haar plaatsnam. Colton ging zelf een beetje moeizaam zitten. De twee honden, die door Harrison waren binnengelaten, ploften neer op het kleed naast de stoel van hun meester.

'Moet je dat zien,' zei Philana verbaasd, wijzend op de dieren. 'Leonardo en Aristotle kennen je nog, Colton, na al die tijd.'

Hij ontkende lachend. 'Ze hebben me slechts geaccepteerd als de vervanger van vader.'

Zijn moeder sprak hem lachend tegen. 'Nee, zoon, ik denk dat het meer is dan dat. Je hebt natuurlijk geen idee hoe bedroefd de honden waren toen je vertrok. Het was of ze hun liefste vriend hadden verloren. Alleen als je vader in huis was, kwamen ze tot rust. Na zijn overlijden hebben Samantha en ik alles in het werk gesteld om ze over hun droefheid heen te helpen, maar we waren slechte vervangers. Aris en Leo zijn al die jaren trouw geweest aan de familie, maar ze zijn nooit zo gehecht geweest aan Samantha of mij als aan jou en je vader. Vergeet niet dat ze van jóu waren voor ze Sedgwicks honden werden.'

Colton bukte zich en woelde om de beurt door de vacht van de honden. 'Zo, malle beesten, kennen jullie me écht nog?'

Als in antwoord hief Leo, de grootste van de twee, zijn kop op, wreef die tegen Coltons arm en verdiende daarmee nog een paar stevige aaien over zijn rug. Aris wenste niet genegeerd te worden. Hij ging op zijn hurken zitten en legde een massieve poot op Coltons arm, waarop hij dezelfde liefdevolle aandacht kreeg.

Philana lachte. 'En jij wilt beweren dat ze je vergeten zijn? Ik denk dat je je vergist.'

'Ik ben zestien jaar weg geweest. Het lijkt me niet dat een hond in staat is zich iemand te herinneren die zo lang weg is geweest.'

'Toch is dat duidelijk,' hield Philana vol. 'Als ze je niet hadden herkend, zouden ze hoogstwaarschijnlijk met blikkerende tanden achter je aan zijn gegaan. Ik betwijfel of iemand je ooit verteld heeft dat we ze aan de lijn hebben moeten houden toen je vertrokken was, uit angst dat ze er vandoor zouden gaan om je te zoeken. Maar ik was geneigd om met ze mee te gaan op hun zoektocht. De middag van je vertrek heb ik een eeuwigheid voor het raam gestaan toen je uit het zicht verdween. Ik hoopte zó dat je om zou keren. En je vader stond naast me, even vurig hopend op een teken van inschikkelijkheid. Maar je keek niet één keer om. Soms heb ik het gevoel dat ik nog steeds de peinzende zucht van je vader kan horen toen hij eindelijk besefte dat zijn hoop ijdel was en hij zich van het raam afwendde. Ik had hem nog nooit zo wanhopig gezien.'

Zwijgend dronk Colton zijn thee, terwijl hij naar het portret van zijn vader staarde dat boven de open haard hing. Niemand wist hoe erg hij zijn familie had gemist, vooral zijn vader, maar al had hun scheiding hem nóg zo beklemd, het was veel te laat om op zijn besluit terug te komen.

Philana keek nadenkend naar haar zoon, zich afvragend waar hij aan dacht. Ze opperde een mogelijkheid. 'Miss Fairchild is heel aantrekkelijk, nietwaar?'

Colton knikte verstrooid en richtte zich toen weer met een nieuwsgierige frons tot zijn moeder. 'Wie is die Roger Elston eigenlijk?'

Philana hief haar schouders op terwijl ze een blik uitwisselde met haar dochter. 'Een rijke molenaarszoon, die Adriana nu al enige tijd op de hielen volgt, tegen beter weten in hopend dat hij haar hand zal kunnen winnen.'

Samantha volgde de wenk en legde haar hand op de arm van haar man. Wedden dat ik je kan verslaan in een partij schaak?'

Percy grinnikte. 'Alleen als ik mag kiezen wat je boete zal zijn.'

'Boete? Je bedoelt zeker beloning, want ik zal beslist winnen.'

Hij keek haar diep in de ogen. 'We zullen zien wat de uitslag is, liefste. Als ik win, ben ik misschien over te halen om medelijden met je te hebben. Wil je overwegen hetzelfde te doen?'

Verleidelijk trok ze haar mondhoeken op. 'Ik denk dat ik me kan laten overhalen om genadig te zijn.'

Toen het paar naar de speeltafel aan het andere eind van de kamer liep, leunde Philana achterover in haar stoel en keek onderzoekend naar haar zoon. Toen hij eerder in de middag haar kamer was binnengekomen, werd ze sterk herinnerd aan de even enthousiaste terugkeer van zijn vader toen hij een week in Londen had doorgebracht. Ze had zich nooit kunnen voorstellen dat de zoon zóveel op de vader zou gaan lijken, en het maakte haar verlies een beetje gemakkelijker te dragen. 'Je hebt zelf gezien dat Roger nogal bezitterig is ten opzichte van Adriana.'

Colton snoof geërgerd. 'Dat heeft hij duidelijk laten blijken. Maar vertel eens, moeder, hoe denkt lord Gyles over de obsessie van die knaap voor Adriana?'

'Hoewel hij in onze aanwezigheid nooit iets geringschattends over hem gezegd heeft, is Gyles precies dezelfde mening toegedaan als je vader. Sedgwick was er absoluut van overtuigd dat Roger een opportunist is. Ook al is Adriana bijzonder mooi, ook het feit dat ze de man schatrijk zal maken met wie ze trouwt, heeft degenen die onder minder fortuinlijke omstandigheden leven aangemoedigd hun geluk te beproeven. Waarschijnlijk heeft Roger dat ertoe gebracht hetzelfde te doen. Gyles is erg edelmoedig geweest voor zijn dochters bij het vaststellen van de bezittingen en de hoge bedragen voor hun bruidsschat, maar Jaclyns man en Melora's verloofde waren zelf al rijk toen ze Gyles om hun hand vroegen. Ik wil echter niet impliceren dat er geen rijke en vooraanstaande mannen zijn die Adriana tot vrouw wensen. De markies van Harcourt heeft zowel het uiterlijk als de rijkdom om naar de hand te kunnen dingen van elke vrouw die hij verkiest, en het is begrijpelijk dat hij zijn zinnen heeft gezet op de mooiste vrouw in de wijde omtrek. Maar hij heeft zich altijd als een gentleman gedragen.' Philana trok nadrukkelijk haar wenkbrauwen op toen ze verderging. 'Dat is meer dan ik van Roger kan zeggen, zoals je zelf hebt ervaren.'

'De enige lord Harcourt die ik me kan herinneren, was vóór

mijn vertrek al stokoud. Ik herinner me dat hij een zoon had die in Londen woonde.'

'Je zult hem misschien beter kennen onder de naam Riordan Kendrick.'

'Kolonel Kendrick, die beroemd is geworden als een held in onze strijd tegen Napoleon?' vroeg Colton verbaasd.

'Dezelfde.'

'Is hij familie van lord Harcourt?'

'Riordan Kendrick was lord Harcourts kleinzoon voordat de oude man overleed. Riordan is ongeveer van jouw leeftijd,' legde Philana uit. 'Zijn vader, Redding Kendrick, kreeg het hertogdom toen de oude man stierf, maar hij komt zelden in deze buurt, behalve voor korte bezoeken aan zijn zoon. Aan de andere kant schijnt Riordan graag op het landgoed te verblijven, dat hij heeft verworven van zijn vader, die er weinig voor voelde zo ver buiten Londen te wonen. Maar misschien blijft Riordan wel hier voor Adriana.'

Colton nam een slokje thee en zei toen: 'Kennelijk is er geen verbintenis tussen Riordan Kendrick en Adriana. Anders zou Roger niet zo hoopvol zijn om haar voor zich te winnen.'

'Naar wat Samantha en ik hebben gehoord van mannen die Riordan kennen, is het beslist zijn wens verandering te brengen in die omstandigheden.'

'En Adriana? Wat zijn haar gevoelens voor hem?'

'O, ik geloof dat ze hem bijzonder graag mag. Van alle jongemannen die hier komen, is hij de enige met wie ze uren kan zitten praten. Het verbaast me dat sommigen van haar aanbidders vandaag niet zijn komen opdagen, maar de meesten zijn sinds het overlijden van je vader terughoudend geweest, uit angst ons te storen.'

'De prijs is uniek, en Roger heeft hoog gegrepen, té hoog volgens mij.' Met een nadenkende frons vroeg Colton: 'Kan Adriana niet zien hoe die man is?'

'Adriana denkt niet aan een huwelijk als ze hem toestaat zich bij haar en haar gezelschap te voegen. Ze aarzelde alleen om hem weg te sturen omdat ze gelooft dat hij in zijn leven veel ontberingen heeft geleden. Je weet hoe zij en Samantha waren als kind, altijd in de weer met zieke en verdwaalde dieren, die ze vertroetelden tot ze helemaal genezen waren. Samantha's medeleven heeft Rogers verwachtingen te hoog gesteld.'

'Ik dacht dat ze nu wel getrouwd zou zijn. Als ik haar nu zie, verbaast het me dat dat niet het geval is.'

'Uiteindelijk trouwt ze wel,' antwoordde Philana na geruime tijd, en keek haar zoon over de rand van haar theekopje strak aan. Toen zette ze met een resoluut gebaar de kop weer op de schotel. 'Je vader mocht Roger niet. Hij probeerde beleefd en vriendelijk te zijn tegen die jongeman, maar hij kon de onderliggende spanning niet negeren. Om te beginnen scheen het Roger niet te zinnen dat Adriana zo dol was op je vader. Noem het jaloezie als je wilt. Zo leek het mij in elk geval als ik hen samen zag. Aan de andere kant denk ik dat Sedgwick Roger beschouwde als een indringer. Je weet zelf dat je vader altijd veel achting had voor Adriana, meer dan voor haar zussen. Ze deed nooit preuts of koket, en ik vermoed dat Sedgwick dat onder meer in haar bewonderde. Toen Adriana het een keer van hem won toen ze met hun paarden een race hielden, schepte hij er dagenlang over op. Niemand had hem ooit verslagen, zelfs Gyles niet. Maar je vader bewonderde haar intelligentie evenzeer als haar moed. En afgezien van al die kwaliteiten ís ze ook nog bijzonder mooi, vind je niet?'

Een trage grijns gleed over Coltons gezicht toen hij achteroverleunde in zijn stoel. 'Ik ben verbijsterd hoe ze sinds mijn vertrek veranderd is. Ik had vanmiddag geen moment kunnen vermoeden dat het meisje dat de hal kwam binnenstormen Adriana Sutton was. Ze is inderdaad een ravissante schoonheid geworden.'

'Precies,' was Philana het met hem eens. 'Ze is ongetwijfeld een zeldzaam mooie vrouw.' Ze wist een voldaan glimlachje te onderdrukken. 'Hij wankelde natuurlijk nooit in zijn overtuiging dat ze tot een mooie, rijke vrouw uit zou groeien, maar hij had andere redenen om haar tot jouw toekomstige echtgenote te verkiezen.'

'Ik weet dat vader het beste met me voorhad,' gaf Colton met tegenzin toe. 'Maar ik kon toen niet zonder meer zijn voorstel accepteren. Een verbintenis van een jongeman met een kind laat te veel aan het toeval over, en ik was niet van plan alles aan het lot over te laten. Ik wilde er zeker van zijn dat ik geen spijt zou krijgen van de verloving...'

'Wil je daarmee zeggen dat je nu milder gestemd zou zijn ten opzichte van zo'n contract?'

Hij haalde achteloos zijn schouders op. 'Ik geloof dat ik Adriana veel beter zou moeten leren kennen. In één opzicht heeft ze gelijk. We zíjn vreemden voor elkaar.'

'Ook al was ze de enige keus die je vader ooit voor je gemaakt heeft?'

'Ik kies mijn vrouw liever zelf, moeder. In dat opzicht ben ik absoluut niet veranderd.'

'Dus je bent nog steeds tegen het idee haar als bruid te nemen?'

'Momenteel, ja, maar dat wil niet zeggen dat ik mettertijd niet met haar zou willen trouwen. Ze is beslist moeilijk te negeren.'

Philana nam haar zoon onderzoekend op. 'Ik kan me voorstellen dat Roger Elston bereid is heel ver te gaan om met haar te kunnen trouwen.'

Colton snoof half minachtend, half kwaad. 'Een blinde kan zien dat hij haar dolgraag wil hebben... alsof hij ook maar enig recht op haar zou hebben. Hij scheen me voortdurend te willen uitdagen als ik het waagde zelfs maar met haar te praten. Tot hij te ver ging. Ik heb geen idee waarom.'

Philana haalde diep adem en vermande zich voor hetgeen zou komen. 'Misschien omdat Roger weet dat jullie aan elkaar beloofd zijn.'

' Colton liet zijn hand langzaam zakken en staarde zijn moeder verbaasd aan. 'Wat probeert u me te vertellen, moeder?'

Percy en Samantha draaiden zich verbaasd om bij het horen van de harde klank in Coltons stem en wisselden een ongeruste blik met elkaar uit.

Philana zocht naar de juiste woorden om haar zoon te vertellen wat er was overeengekomen. Het laatste wat ze wilde, was hem weer de vlucht te jagen. 'Je vader was ervan overtuigd dat als je genoeg tijd zou krijgen, jij je mening over Adriana zou wijzigen en haar zou gaan zien als een potentiële aanwinst voor de Wyndhams... zoals hij haar altijd heeft gezien... zelfs al heel in het begin... en tijdens de rest van zijn leven. Een tijdje nadat je vertrokken was, hebben hij en de Suttons de huwelijksovereenkomst getekend en haar en jou aan elkaar verbonden.' Al deed hij nog zo zijn best, Colton kon de spot in zijn stem niet onderdrukken. 'Ik ben er niet veel mee opgeschoten dat ik ben weggegaan, hè? Ik ben nog steeds gebonden.'

'Niet helemaal,' antwoordde Philana. Haar stem verloor aan kracht onder de spanning en door de mogelijkheid dat ze oude wonden zou openen met wat ze ging onthullen. 'Als de overeenkomst je zó erg tegen de borst stuit, kun je jezelf ervan bevrijden. Je vader heeft in dat opzicht een clausule in het contract laten opnemen. Die was er in het begin ook al, maar je wilde niet luisteren. Je hoeft het meisje alleen maar negentig dagen lang serieus het hof te maken, en als je daarna een huwelijk met haar nog steeds wilt vermijden, kun je de overeenkomst annuleren. Zo simpel is het.'

Colton staarde naar zijn moeder en zag de spanning in haar gezicht. Nu pas drong het tot hem door hoe verouderd ze was tijdens zijn afwezigheid. De verantwoordelijkheid voor het gezin en haar bezorgdheid over hem hadden smalle rimpeltjes in haar gezicht veroorzaakt. Hij zuchtte diep. 'Negentig dagen, zegt u?'

'Negentig dagen waarin je haar serieus het hof maakt,' benadrukte Philana. 'Dat is de eis die je vader stelde in ruil voor je vrijheid.'

Bedachtzaam dronk Colton van zijn thee. Het was het vaststaande gebruik dat als hij weigerde zich aan de voorwaarden van het contract te houden, zelfs de termijn van drie maanden, hij onder persoonlijke borgtocht de Suttons moest compenseren voor de aangedane belediging. Maar daarover maakte hij zich geen zorgen. Zelfs zonder de ruime inkomsten van het markizaat had hij in zijn loopbaan als officier genoeg gespaard om daaraan te kunnen voldoen. Maar dan zou hij elke toekomstige omgang met Adriana als huwelijkskandidaat afsluiten, en daartegen kwamen zijn mannelijke instincten in opstand. Het zou veel verstandiger zijn de ontvankelijkheid van zijn eigen hart te beproeven voordat hij zijn band met haar volledig verbrak. Ze was veel te mooi om haar de rug toe te keren.

'Ik denk dat als ik zestien jaar lang de spanningen van eindeloze schermutselingen kan verdragen, ik ook wel drie maanden kan doormaken om een mooie jonge vrouw het hof te maken. Maar na mijn langdurige ervaring als vrijgezel vrees ik dat ik de kunst van de ridderlijkheid opnieuw zal moeten leren. Die hadden we in onze kampementen niet nodig.'

Hij keek zijn moeder vragend aan. 'Weet Adriana het van die overeenkomst?'

'Ja, natuurlijk.'

Hij herinnerde zich maar al te goed de koele klank in haar stem. 'Ik neem aan dat ze niet erg enthousiast is over die regeling.'

'Adriana zal haar deel van de afspraak ter wille van haar ouders nakomen.'

'Bedoelt u dat ze werkelijk met me zou trouwen alleen om hen tevreden te stellen?'

'Ze zal doen wat eerbaar is...'

'Hoewel ze een grondige hekel aan me kan hebben?'

'Ze heeft geen hekel aan je...'

'Waarom niet?' vroeg hij spottend. 'Vertel me niet dat ze mijn felle protesten is vergeten die leidden tot mijn vertrek. Als ik íets in haar houding vandaag kon ontdekken, dan was het wel dat ze blijkbaar nog steeds nijdig is over dat incident.'

'Ik ben bang dat ze heel erg gekwetst was,' gaf Philana toe. 'Tenslotte was jij degene tegen wie zij en Samantha zo opkeken toen ze nog heel jong waren. Als je een god was geweest, hadden ze je niet méér kunnen aanbidden. Dat moet je weten, als je bedenkt hoe ze als hondjes achter je aan liepen. Natuurlijk voelde Adriana zich gekwetst door je bitse weigering, en ze geloofde natuurlijk dat je haar haatte. Ze nam het zichzelf kwalijk dat je vertrokken was, en leed eronder, tot Sedgwick met haar praatte en haar uitlegde dat sommige jongemannen in het leven graag hun eigen keuzes maken, en dat jouw opstandigheid voornamelijk het gevolg was van het feit dat hij probeerde je zijn wil op te leggen. In de meeste gevallen heelt de tijd oude wonden. Per slot van rekening was Adriana nog maar een kind. Veel dingen worden vergeten op de weg van kind naar volwassen vrouw.'

'Toen ik in Afrika was, heb ik geleerd dat olifanten niet vergeten. Het is waar dat Adriana toen nog heel jong was, maar ik denk niet dat ze het vergeten is. Ik ontdekte echt een kilte in haar houding jegens mij.'

'Je zult er gauw genoeg achter komen dat Adriana heel wat aardiger is tegen vrienden dan tegen huwelijkskandidaten. Ik denk dat het meisje net zo gekant is tegen het huwelijk als jij, maar ik geloof dat dat zal veranderen als ze ervan overtuigd raakt dat je het serieus meent.'

'Lieve moeder, misschien wilt u een huwelijk tussen ons net

zo graag als vader vroeger, maar u moet goed begrijpen dat de mogelijkheid bestaat dat daar niets van komt. Ik wil me niet binden aan een vrouw omdat zij de primaire keus van mijn ouders is. Er moet iets meer zijn tussen ons –'

'Voor je vader en ik getrouwd waren, hadden we geen andere keus dan ons neer te leggen bij de wil van onze ouders,' viel Philana hem in de rede. 'En toch kwamen we niet lang na het sluiten van het huwelijk tot het besef dat we zielsveel van elkaar hielden. Ik kan níet geloven dat jij en Adriana niet voor elkaar bestemd zijn. Vergeet niet hoeveel je vader van je hield. Geloof je dan werkelijk dat hij gewild zou hebben dat je je ellendig voelde in een huwelijk met een vrouw van wie je uiteindelijk een afkeer zou krijgen?'

'Adriana was nog maar een kind toen vader onze verloving regelde!' protesteerde Colton. 'Hoe kon hij zich in vredesnaam voorstellen dat ze iets anders zou worden dan een slungelige, magere spriet?'

'Er stroomt goed bloed door haar aderen en ze komt uit een knappe, aantrekkelijke familie,' hield Philana vol. 'Ze kon niet anders dan mooier worden... en je kunt zien dat dat het geval is!'

'Vader heeft dit besluit zestien jaar geleden genomen, toen ze eruitzag als een verzameling oude onderdelen! Zelfs een vermaarde helderziende had haar huidige unieke schoonheid toen niet kunnen voorzien!'

'Toch kun je zelf constateren dat je vaders voorspellingen zijn uitgekomen,' hield zijn moeder koppig vol.

'Tot dusver,' gaf Colton kortaf toe. 'Maar dat wil niet zeggen dat Adriana en ik van elkaar zullen gaan houden.'

'Alleen de tijd zal leren wat jullie gevoelens voor elkaar zullen zijn.'

Gefrustreerd hief hij zijn hand op. 'Zoals u zegt, moeder, zal de tijd het leren, maar zolang ik er niet redelijk van overtuigd ben dat we liefde en genegenheid voor elkaar kunnen koesteren, zal ik Adriana niet ten huwelijk vragen. Ik weiger door het leven te gaan met spijt dat ik de keus van een ander heb geaccepteerd in plaats van die van mijzelf.'

'Heb je dan... een eigen keus gemaakt?' vroeg zijn moeder haperend.

Een diepe zucht ontsnapte hem. 'Tot dusver heb ik nog geen

vrouw kunnen vinden die aan de eisen van mijn hart kan voldoen.

'En die zijn?'

Colton haalde zijn schouders op. 'Misschien alleen om de leegte te vullen die ik nog steeds in mijn leven voel.'

Na een lange pauze zei Philana rustig: 'Ik zal het aan jou overlaten om te beslissen wanneer we de Suttons over deze kwestie moeten benaderen, maar je moet goed weten, jongen, dat Adriana's uiterlijk weinig invloed had op het oordeel van je vader. Hij nam aan dat het zou verbeteren, misschien niet in de mate waarin dat gebeurd ís, maar meer dan iets anders waren het haar karakter en intelligentie die hij bewonderde.'

Colton had het gevoel dat hij in de val zat en keek nijdig om zich heen, tot hij besefte weer naar het portret boven de haard te staren. In zekere zin was het of hij naar een beeltenis van zichzelf keek; de gelijkenis was heel, heel groot, niet alleen uiterlijk, maar ook innerlijk. Zijn vader had altijd een eigen wil gehad. Alleen Philana, met haar zachtmoedige, vriendelijke manieren, had hem tot iets kunnen bewegen. Colton vroeg zich af of Adriana ook zíjn hart zou kunnen vertederen. Tot dusver was geen vrouw daar nog in geslaagd.

4

Nu Colton Wyndham weer thuis was en de verantwoordelijkheid van het markizaat op zich had genomen, verdiende hij kamers die een markies waardig waren. Maar de bedienden waren nog steeds bezig zijn bezittingen uit te pakken, zijn
beddengoed te verschonen en de kamers van zijn nieuwe appartement op de eerste verdieping aan de zuidkant van het
huis schoon te maken en te luchten. Toen Colton tegen Harrison zei dat hij een rustig plekje wilde zoeken om even te gaan
slapen, stelde de butler voor dat hij naar de kamer zou gaan
die hij in zijn jeugd had bewoond totdat zijn nieuwe vertrekken gereed waren.

Colton bekommerde zich er niet om; hij was te zeer uitgeput
om zich erom te bekommeren waar hij zou slapen. Zolang hij
maar voldoende privacy had om zijn kleren uit te trekken en
zich uit te kunnen strekken op iets dat op een redelijke matras
leek, vond hij het best. Na alle smalle britsen waarop hij had
geslapen zou zijn oude bed met de donzen matras een luxe lijken, dus trok hij zijn uniform uit en liet zich uitgeput op het
bed vallen.

Na de lange rit in het rijtuig en het afscheid van zijn troepen, voelde hij zich geestelijk en lichamelijk aan het eind van
zijn krachten. Maar misschien was dat niet helemaal de schuld
van zijn reis. Het nieuws van zijn verloving met Adriana had
hem opgeschrikt, en opnieuw beleefde hij de ogenblikken die
aan de breuk met zijn vader en zijn vertrek waren voorafge-
gaan.

Bijna vanaf het moment van haar geboorte had wijlen Sedgwick Wyndham zich speciaal aangetrokken gevoeld tot de
jongste dochter van zijn beste vriend en buurman. Het interes-

seerde hem weinig of ze voorbestemd leek om niet alleen een magere spriet, maar een niet erg mooie, slungelige jonge vrouw te worden, met enorme zwarte ogen en een smal gezicht. Hoe zou íemand iets meer hebben kunnen verwachten? Maar Sedgwick hield voet bij stuk en verklaarde dat hij geen andere vrouw voor zijn zoon wilde.

Colton had geprotesteerd, zó hevig dat hij dezelfde dag van zijn woedende confrontatie met zijn vader het huis had verlaten. Hij was naar de militaire academie gegaan, met de steun van zijn oom van moeders kant, lord Alistair Dermot, die met een schalkse glans in zijn ogen had bekend dat hij al een paar jaar heimelijk verlangde een goede reden te vinden om de bevelen van zijn zwager te doorkruisen.

In de loop van de daaropvolgende twee jaar had Colton de kunst van het oorlog voeren geleerd, en in 1801 was hij als jonge officier naar Egypte gegaan, waar hij had gediend onder luitenant-generaal sir Ralph Abercromby. Daarna had hij zich steeds opnieuw onderscheiden in vele bloedige veldtochten tegen de vijand, en was hij zijn manschappen voorgegaan in het strijdgewoel, vaak standhoudend in een solide opstelling van gewapende mannen naar vier kanten, of als één blok optrekkend of terugtrekkend, een infanterieformatie waarop de bevelhebbers van het Britse leger daarna nog vaak vertrouwden. De komende veertien jaar was oom Alistair zijn enige contact met thuis geweest, en de brieven van zijn familie. Een serie promoties had hem gebracht tot de rang van kolonel, met het commando over een groot regiment onder lord Wellington. Hoewel Waterloo de vernietiging had betekend van Napoleons ambities, maakte Colton bekend dat hij van plan was zijn militaire carrière voort te zetten. Wellington was enthousiast geweest en had hem verzekerd dat als zijn wonden genezen waren, hij vóór het jaar ten einde was tot generaal zou zijn bevorderd. Toen was het nieuws gekomen van het overlijden van zijn vader, en was Colton van mening veranderd. Toen hij weer op de been was, had hij afscheid genomen van Wellington en het Engelse leger en had hij bij zichzelf gezworen dat hij zijn plicht jegens zijn familie en zijn pas verworven markizaat zou nakomen. Ondanks hun onenigheid in het verleden, was hij enorm trots op de prestaties van zijn vader. Zelfs de gedachte al dat de titel naar iemand anders zou gaan, druiste in tegen alles wat hem dierbaar was, en hij was vast van plan het markizaat te accepteren.

In zijn jaren als officier had hij nooit serieus aandacht geschonken aan het meisje dat hij vroeger had afgewezen, behalve aan het feit dat hij haar diep gekwetst had door zijn hardnekkige weigering. Hij had zich zeker nooit kunnen voorstellen dat ze zo uitzonderlijk mooi zou opgroeien.

Toch zou haar schoonheid weinig voor hem betekenen als zou blijken dat hun karakters niet bij elkaar pasten. Daar had het op geleken kort nadat Samantha hem herkend had. Adriana's afstandelijkheid had de indruk gewekt dat ze een zekere wrok tegen hem koesterde. Maar na al die jaren dat hij bij zijn besluit was gebleven om niet toe te geven aan de eis van zijn vader, was hij niet van plan een verloving te accepteren alleen als een eerbewijs aan de nagedachtenis van zijn hem. Er zou zich daartoe iets veelbelovenders moeten voordoen.

Een paar uur later liet Samantha Percy alleen met haar moeder en ging naar boven om haar broer op te zoeken. Ze vond hem, gekleed in een oud militair uniform.

'Ik hoop dat ik niet stoor,' begon ze aarzelend. Hij kwam haar plotseling voor als een vreemde. 'Sliep je nog?'

'Nee, feitelijk dacht ik erover een eind met de honden te gaan wandelen. Mijn been kan die oefening goed gebruiken. Als ik lang zit, zoals tijdens de rit hierheen, wordt het stijf.' Met een brede grijns deed hij de deur wagenwijd open. 'Kom binnen.'

'Weet je het zeker?' vroeg ze timide.

'Natuurlijk. Je hebt geen idee hoe vaak ik sinds mijn vertrek gedacht heb aan je bezoekjes aan mijn kamer. Of ik een gebroken stuk speelgoed moest repareren of je een verhaal voorlezen, je gaf me altijd het gevoel dat ik een geliefde broer van je was. Ik voel me vereerd dat je na zo lange tijd nog steeds bij me op bezoek wilt komen.'

Samantha keek om zich heen. De kamer was in al die jaren vrijwel onveranderd. Als kind was haar broer haar idool geweest en ze had zich vreselijk eenzaam gevoeld toen hij weg was. Ze had geprobeerd de angst te onderdrukken die zijn gesprek met hun moeder bij haar had gewekt en was bang dat hij in opstand zou komen tegen de regeling die tijdens zijn afwezigheid was getroffen, en dat hij weer zou vertrekken.

'Je kunt je niet voorstellen hoe ik je gemist heb, Colton. De eerste paar jaar na je vertrek waren er momenten dat ik me zó alleen en verloren voelde, dat ik alleen maar kon huilen. Na vaders dood vond ik het uitermate moeilijk hier in huis te blijven. Weet je, Colton, je líjkt niet alleen op hem, maar je stem heeft dezelfde milde klank als die van hem.'

'Oom Alistair beklaagde zich vaak daarover,' zei hij grinnikend. 'Ik vermoed dat hij meer van zijn stuk was gebracht dan hij wilde toegeven als ik onverwacht voor hem stond en iets zei. Eén keer noemde hij me zelfs Sedgwick voor hij zijn vergissing besefte.'

'Die lieve oom Alistair, hij is zo'n aardige man.'

Colton had zijn oom nog nooit in dat licht bezien, en hij grijnsde sceptisch. 'Nou, hij hielp me wél altijd als ik het hard nodig had, maar ik heb altijd aangenomen dat hij dat deed om vader dwars te zitten.'

Samantha's glimlach impliceerde iets anders. 'Oom Alistair leek graag de indruk te wekken dat hij en vader het altijd oneens waren. Over sommige dingen hadden ze inderdaad een andere mening, een geen van beiden aarzelden ze om die openhartig te uiten. Soms, als ze aan het argumenteren waren, had je zelfs kunnen geloven dat ze grote vijanden waren, maar wee degene die het waagde iets op de ander aan te merken als een van hen beiden daarbij aanwezig was. Ik moet zeggen dat oom Alistair me goed voor de gek had weten te houden, tot ik de tranen in zijn ogen zag bij vaders begrafenis. Toen bekende hij dat hij nooit een achtenswaardigere en intelligentere man had gekend dan vader. Hij gaf zelfs toe dat hij nooit zo blij was geweest over een huwelijk dan toen zijn zus met Sedgwick trouwde.'

Colton was zó verbaasd, dat hij haar slechts kon aanstaren en verstomd zijn hoofd schudde. 'Ik zal mijn idee over hem moeten wijzigen. Wil dat zeggen dat hij feitelijk een manier zocht om vaders tekortkomingen te vergoeden toen hij aanbood me te steunen?'

Haar grijze ogen fonkelden. 'Daar zit iets in. Waarschijnlijk wilde hij niet dat je je verplicht zou voelen jegens hem.'

Hij trok verwonderd zijn wenkbrauwen op. 'Ik had moeten weten dat er iets aan de hand was toen ik hem mijn schuld ging betalen en hij me vertelde kort voordien een klein landgoed te hebben gekocht in de buurt van Bradford on Avon, zodat hij zijn zus zou kunnen opzoeken wanneer hij maar wilde. Ik vroeg me af, als hij zo dichtbij woonde, hoe hij dan opgewassen zou zijn tegen vaders aanwezigheid, omdat onze ouders zo vaak bij elkaar op bezoek gingen.'

'Toen oom Alistair verhuisd was naar zijn landgoed, leek hij vader graag uit te horen over allerlei dingen tijdens zijn vele bezoeken daar. Ik dacht dat hij alleen maar papa's geduld op de proef wilde stellen, maar op de begrafenis bekende hij dat, als hij wilde weten hoe een of ander mechanisme werkte of iets dergelijks, hij het altijd vroeg aan degene die het waarschijnlijk wél zou weten... aan vader dus.'

'Ik moet oom Alistair een compliment geven voor zijn sluwheid. Hij heeft mij zeker om de tuin weten te leiden,' gaf Colton toe.

'Niets op Randwulf Manor is echt veranderd sinds je bent vertrokken, Colton, vooral niet in dit deel van het huis. Natuurlijk zijn je nieuwe kamers veel mooier en indrukwekkender, maar ik heb deze slaapkamers altijd gezelliger gevonden.'

Liefdevol gleed Samantha met haar vingers over het blad van het bureau waaraan haar broer vroeger talen, wiskunde en natuurkunde had gestudeerd, met nog veel andere onderwerpen die zijn privé-docent nuttig had gevonden. Volgens die geleerde had Colton tijdens zijn studie blijk gegeven van een superieure intelligentie, ondanks zijn koppigheid die, zoals Malcolm Grimm had verklaard, zijn geduld vaak op de proef had gesteld. Maar volgens hem had dat langdurige discussies uitgelokt, die voor beiden van nut waren.

Samantha glimlachte. 'Toen ik je vanmiddag in de hal zag staan, dacht ik eerst dat je een vreemde was. Toen drong het eindelijk tot me door dat je leek op iemand die ik heel goed gekend had. Maar natuurlijk is je uiterlijk niet het enige wat je van papa geërfd hebt.'

'Ik kan me voostellen dat ik net zo koppig was over die verloving als vader. En het hielp niet echt dat onze opvattingen pal tegenover elkaar stonden.'

Samantha beet peinzend op haar lip terwijl ze liep te ijsberen over het oosterse tapijt dat op de grond lag. 'Ik heb geprobeerd je gesprek met mama vanmiddag te negeren, maar dat was onmogelijk. Je moet goed beseffen dat het een onderwerp is dat me grote zorgen baart.'

'De overeenkomst die vader heeft geregeld tussen Adriana en mij, bedoel je.' Colton wreef over zijn nek, waar zich de spanning had opgehoopt nadat hij op de hoogte was gebracht van het contract. Niet dat hij Adriana niet wilde terugzien of zelfs haar het hof niet wilde maken. Hij verlangde naar vrouwelijk gezelschap, en ze wás een schoonheid... Maar hij vond zijn onafhankelijkheid te belangrijk; hij was zeer geneigd die onmiddellijk na zijn terugkeer op te geven. Hij wilde Adriana noch zijn moeder kwetsen, maar daar zou het waarschijnlijk op neerkomen als hij zou besluiten niet met het meisje te trouwen. Hij was er allesbehalve zeker van dat een preutse jonge vrouw, die zo streng opgevoed was als Adriana, hem niet aan de rand van zijn graf zou brengen.

Tijdens zijn afwezigheid had het hem verstandig geleken langdurige verbintenissen te vermijden. Hij had onschuldige meisjes met verzotte ambitieuze vaders ontweken en het gezelschap gezocht van vrolijke, opwindende vrouwen.

Hoewel de Wyndhams en de Suttons al zó lang innig bevriend waren, was Adriana bijna een vreemde voor hem. Maar hij moest toegeven dat hij geïntrigeerd was, want niet alleen was ze mooi, maar ze had ook een lichaam dat veel verleidelijker was dan hij ooit had gezien.

Samantha keek haar broer onderzoekend aan. 'Ja, het contract is precies wat ik bedoel.'

Colton merkte spottend op: 'Blijkbaar ben ik de laatste die te weten komt hoe goed vader mijn leven gepland heeft.'

'Hij heeft voor jou niet méér gedaan dan voor mij.'

Verbaasd staarde Colton naar zijn zus. Samantha en Percy leken zoveel van elkaar te houden, dat hij moeilijk kon geloven dat hun huwelijk gearrangeerd was. 'Bedoel je dat je huwelijk het idee van een ander was?'

'Ja. En al zul jij misschien niet geloven dat het mogelijk is, we houden zielsveel van elkaar.'

'Wanneer is dat begonnen? In je huwelijksnacht?'

Samantha keek woedend bij de spottende, geringschattende klank in Coltons stem. 'Onze liefde voor elkaar is ontstaan in de periode waarin hij me het hof maakte. Sinds die tijd is ze alleen maar sterker geworden. We vinden het moeilijk om ons voor te stellen hoe onze liefde zich had kunnen ontwikkelen als papa niet op dat idee was gekomen en onze verloving had geregeld.'

'Moet ik soms geloven dat een dergelijke devotie ook tot stand kan komen tussen Adriana en mij?'

Samantha voelde zich gefrustreerd door zijn dédain.

'Je zult langzamerhand toch wel weten dat Adriana en ik net zussen zijn.'

'Daar ben ik me van bewust, Samantha, maar al hou jij nog zoveel van haar, ik moet je waarschuwen dat dat geen enkele invloed zal hebben op mijn beslissing. De voorwaarden van het contract zijn dat ik onder meer verplicht ben Adriana drie maanden het hof te maken. Die voorwaarde zal ik nakomen, maar wat de rest betreft, doe ik geen loze beloftes.' Hij haalde onverschillig zijn schouders op.

Samantha keek hem smekend aan. 'Colton, ik smeek je... *alsjeblieft, alsjeblieft*, doe Adriana geen verdriet. Al heb je nog zo'n hekel aan de regeling die papa voor je heeft getroffen, het is niet háár schuld.'

Een peinzende zucht ontsnapte hem. 'Dat weet ik, Samantha, en ik zal álles doen om de mogelijkheden van onze gezamenlijke toekomst te overwegen. Ik zal ook proberen me te gedragen op een manier die vader gepast zou hebben geleken, maar tot ik er volledig van overtuigd ben dat Adriana en ik van elkaar kunnen houden, doe ik geen enkele belofte waar ik later spijt van zou kunnen hebben. En ik wens niet met haar te trouwen om de families een plezier te doen. Je zult je erbij neer moeten leggen dat ik weliswaar bereid ben haar het hof te maken, maar dat het heel goed mogelijk is dat er niets van terechtkomt. Het contract is zonder mijn weten opgesteld door onze ouders. Adriana waarschuwen dat ze op haar hoede dient te zijn, lijkt me de enige manier om te voorkomen dat ze gekwetst zou raken door mijn afwijzing.'

Samantha besefte dat haar smeekbede tot niets geleid had. Ze had van haar broer geen enkele toezegging gekregen, en zij en haar vriendin waren er niet beter aan toe dan eerst. Ze zouden nu moeten afwachten. Alleen de tijd zou leren of Sedgwick Wyndham gelijk had gehad.

Peinzend nam Samantha hem op. 'Er is één ding dat ik graag zou willen dat je me uitlegde, Colton, als je dat wilt.

Mijn vraag heeft niets te maken met Adriana, dus je hoeft niet op je hoede te zijn. Ik was echter nieuwsgierig naar één ding.'

'Ik zal mijn best doen je vraag te beantwoorden.'

'Eerder dit jaar kregen mama en ik van verschillende bekenden te horen dat ze jou in Londen hadden ontmoet. We waren ervan overtuigd dat je, na zo lang weg te zijn geweest, ons in die korte periode van vrede zou komen opzoeken omdat wij zelf ook in Londen waren. Maar natuurlijk heb je dat nooit gedaan. We hebben het diep betreurd dat je papa niet meer hebt gezien toen hij nog leefde en gezond was. Had je ons niet even kunnen bezoeken toen we er allemaal waren?'

Colton wilde zijn zus niet nog méér van streek brengen. Als zijn vader hem op de dag van zijn vertrek niet had verboden in de huizen van de twee families te komen tot hij bereid was de plannen te bespreken voor zijn verloving met Adriana, of, zoals nu het geval was geweest, zijn vader in zijn graf lag, zou hij hen al veel eerder hebben bezocht. 'Het spijt me, Samantha, ik ging naar Londen met een officiële opdracht van lord Wellington. Tijdens mijn verblijf daar moest ik binnen een bepaald gebied blijven, waar ik gemakkelijk door koeriers te bereiken zou zijn. Ik was er nog niet lang of andere bevelhebbers en ik werden naar Wellington in Wenen gestuurd om Napoleons terugkeer naar Frankrijk te bespreken. Ik had mijn orders, en die moest ik gehoorzamen.'

'Papa heeft op zijn sterfbed voortdurend naar je gevraagd,' zei ze zacht.

Colton zag haar vochtige ogen en ging naar haar toe. Hij sloeg zijn armen om haar heen en vroeg smekend: 'Lieve Samantha, vergeef het me alsjeblieft. We stonden tegenover de vijand toen het eerste bericht van vaders ziekte me bereikte, en ik was aan mijn eer verplicht bij mijn regiment te blijven. En later, na zijn overlijden, verhinderde mijn wond me de reis te ondernemen. Het duurde een hele tijd voor ik zelfs maar van mijn brits kon opstaan.'

Samantha was onmiddellijk een en al berouw. 'Ik moet je op mijn beurt om vergiffenis vragen, Colton. Je hebt geen idee hoe opgelucht en dankbaar we allemaal zijn dat je eindelijk gezond en wel thuis bent. Mama en ik hebben ons vreselijke zorgen over je gemaakt. Ook papa maakte zich ernstig ongerust, al durfde hij dat niet te zeggen toen de strijd zo hevig was.' Ze deed haar best zich te vermannen, haalde diep adem en beheerste de emoties die dreigden te beletten dat ze iets kon zeggen. Ze deed een stap achteruit. 'Ondanks jullie verschillende inzichten hield hij heel veel van je.

De woorden van zijn zus raakten hem diep en hij trachtte zijn spijt te overwinnen. Hij had heel veel van zijn vader gehouden, maar had de traditie verafschuwd die ouders toestond de echtgenoten voor hun kinderen uit te zoeken. Maar, vroeg hij zich af, zou hij anders hebben gehandeld als hij de vader was geweest?

Adriana holde de brede trap van Randwulf Manor op in haar haast om een bad te nemen en zich te verkleden voordat het diner werd aangekondigd. Ze had niet gedacht dat Stuart en zij zo laat zouden terugkomen, maar toen Fairchild was gekomen om Felicity af te halen, had hij langdurig de lof bezongen van zijn dochter en de gunstige veranderingen die hij volgens zijn zeggen in de spinnerij had aangebracht. Niemand, zeker haar moeder niet, wilde onbeleefd zijn en hem wegsturen, tot Stuart, die de tijd snel zag verstrijken, had uitgelegd waarom ze haast hadden, alvorens afscheid te nemen van de Fairchilds. Hij had Adriana mee naar buiten getrokken en haar geholpen in de wachtende landauer van haar ouders te stappen, waarop hij Joseph had aangespoord hen met de grootst mogelijke spoed naar het naburige huis te brengen.

Het diner in beide landhuizen werd elke avond prompt op tijd geserveerd, wat betekende dat Adriana, toen ze gearriveerd waren, weinig meer dan een uur had om te baden, zich aan te kleden en haar haar te doen voordat ze naar beneden gingen naar de Wyndhams, om een dronk uit te brengen op Stuarts verjaardag. Ze hoopte maar dat er genoeg heet water in de ketels boven het vuur in de badkamer zou zijn om snel een bad te kunnen klaarmaken.

Jaren geleden was de slaapkamer, waarheen Adriana zich spoedde, haar als haar kamer toegewezen. Ze legde haar ondergoed en japon op het bed en zette haar slippers naast de chaise longue. Toen liep ze snel naar de badafdeling, die tegenwoordig zelden gebruikt werd, behalve als het huis vol gasten was. Als kind had Samantha haar dicht in de buurt willen hebben als ze de nacht bij hen doorbracht en had voor Samantha de kamer opgeëist die aan de andere kant van de smalle bad-kamer lag, tegenover haar eigen kamer. Het kwam tegenwoor-dig niet vaak meer voor dat Samantha gebruikmaakte van de kamers die ze als volwassene had gekregen, en zeker niet die uit haar jeugd, tenzij Percy een enkele keer alleen op reis moest als koninklijk afgezant van de prins-regent.

Vroeger had Colton er een hekel aan gehad dat hij de gang moest oversteken naar de badkamer. Hij had met Samantha talloze keren ruziegemaakt over haar neiging het bad te mono-poliseren en de ruimte in een chaos achter te laten. Maar nu zou dat niet langer nodig zijn, want als heer en meester in huis zou hij verblijven in zijn eigen ruime, gerenoveerde vertrekken en een eigen badkamer hebben.

Omdat ze zo laat terug was uit Wakefield, besefte Adriana spijtig dat ze heel wat minder tijd had om toilet te maken dan haar lief was. Ze genoot van de gelegenheid om zich te goed te doen aan bepaalde vrouwelijke genoegens, zoals een geparfu-meerd bad. Colton scheen eerder op de middag geneigd te zijn zó dicht bij haar te komen, dat ze elke geur van paarden wilde verwijderen. Bovendien was haar zwarte japon, die versierd was met wit satijn rond het decolleté en de zoom, nieuw en heel mooi. Voor ze die japon aantrok, wilde ze haar hart opha-len aan een warm, geparfumeerd bad.

Vlammen knetterden en dansten rond een grote ketel die in de badkamer hing boven de kleine open haard, die een aange-name warmte verspreidde, wat in de winter vaak hoognodig was. Maar toen Adriana een slanke vinger in het water in de ketel dompelde, slaakte ze een wanhopige zucht, want het was lauwwarm. Op z'n best kon ze een ondiepe, lauwe plas water op de bodem van het reusachtige koperen bad verwachten.

Somber liep Adriana naar het bad, waar een lege kan stond. Maar toen hield ze opgetogen haar adem in, want een ruim ge-vuld bad stond al voor haar klaar.

'O, Helga, je bent een engel,' kirde ze dankbaar en nam zich voor het dienstmeisje te bedanken voor haar vooruitziende blik. Dat was kennelijk snel voor haar uit gelopen toen ze haar had zien aankomen, want de damp sloeg nog van het water af. Over een rek aan het eind van het bad hingen een grote hand-doek en een washandje.

De langwerpige koperen badkuip met de hoge zijkanten en

ronde rug was uiterst comfortabel. Ze moest het kleine trapje gebruiken dat gemakshalve dichtbij stond.

Het water was warm, en ze verheugde zich op een heerlijk bad. Haastig trok ze haar laarzen, rijkostuum, kousen en ondergoed uit en liet die in een slordige hoop op de grond liggen. Uit een flesje rozenolie goot ze een paar druppels op het water en ging met haar vingers heen en weer om de geur gelijkmatig te verdelen. Met een zucht van genot liet ze zich in het geurige water zakken. Het bad was voller en warmer dan Helga normaal voorbereidde, maar Adriana stelde het zeer op prijs. Het was nu te vergelijken met het bad dat haar eigen dienstmeisje, Maud, altijd voor haar klaarmaakte in Wakefield Manor.

Bedachtzaam kneep Adriana de spons uit boven haar blanke, ronde borsten en leunde achterover tegen het ronde eind van de badkuip. De warmte van het water bleek heerlijk ontspannend, en na de schok van het weerzien met Colton, de confrontatie tussen hem en Roger, en haar late terugkeer op Randwulf Manor had ze behoefte aan een paar rustige ogenblikken. Misschien zou het ook haar stemming wat verbeteren, want die had zwaar geleden onder haar groeiende ongerustheid over het contract en het mogelijke effect ervan op Colton.

Ze zette het vastbesloten van zich af, vouwde een natte doek op, legde die op haar ogen om de felle gloed van de lampen boven haar hoofd buiten te sluiten en liet zich onderuitzakken tot het water aan haar kin kwam. Ze richtte haar gedachten op het fictieve verhaal dat ze de vorige avond had gelezen. Het was ontzettend traag en ze was snel in Morfeus' armen terechtgekomen.

Het verhaal bleek ook nu weer van dienst te zijn, want het volgende waarvan ze zich bewust werd, was een schrapende keel die haar dromen verstoorde. Onwillig kwam ze overeind en mompelde slaperig: 'Dank je dat je mijn bad hebt klaargemaakt, Helga. Het was verrukkelijk.'

In plaats van het vriendelijke antwoord dat ze verwachtte, hoorde ze een hees 'Ha-hmm'. Adriana gaf een kreet van schrik en rukte de doek van haar ogen. Een seconde lang keek ze naar de lange, bijna naakte man die bij het bad opdoemde, voor ze haar ogen omlaag liet gaan en toen wijd opensperde van afschuw. Hij had alleen een handdoek om zijn heupen geslagen, die van voren onheilspellend opbolde. Adriana zat in een oogwenk rechtop en sloeg haar armen stevig om haar benen, alsof ze probeerde haar naakte lichaam te verbergen voor de markies van Randwulf. Na haar mooie lichaam naar hartenlust te hebben bewonderd, grijnsde Colton geamuseerd en al te zelfverzekerd. 'Ik hoop dat ik niet stoor, mylady.'

Zijn achteloze opmerking deed Adriana in woede ontsteken. Nijdig viel ze uit: 'Waarom bent u hier, en niet in uw eigen appartement?'

Hij maakte een korte buiging, wat op z'n minst belachelijk was, gezien zijn schaarse kleding. 'Neem me niet kwalijk, Adriana, maar mij was verteld dat mijn bad me hier wachtte.' Zijn stem klonk zacht en vriendelijk. 'Als ik had geweten dat we het bad samen zouden delen, zou ik onmiddellijk zijn teruggekeerd in plaats van zo lang met de honden te wandelen.'

'We delen helemaal níets!' schreeuwde ze, pakte een washandje en gooide het naar hem toe. Helaas miste het zijn doel (zijn grijnzende gezicht) en viel op de onheilspellende, vooruitstekende bobbel, die door de handdoek bedekt werd. Daar bleef het halverwege hangen, tot Colton het nadrukkelijk met duim en wijsvinger vastpakte en over de rand van het bad drapeerde.

'Tuttut! Wát een temperament! Dat schijnt niet veel veranderd te zijn sinds vroeger. En ik was nogal bereid je uitnodiging aan te nemen.'

'Verwaande kwast!' krijste ze. 'Dacht u heus dat ik op u zat te wachten?'

Hij lachte hartelijk om haar woedende uitval. Hevig verontwaardigd staarde Adriana hem met een kwaad gezicht aan tot zijn lach overging in een scheve grijns. Achteloos haalde hij zijn blote schouders op.

'Je kunt een gewonde officier die net uit de oorlog is teruggekeerd toch niet kwalijk nemen dat hij hoopte dat dat het geval zou zijn, m'n beste Adriana? Je bent de verleidelijkste vrouw die ik in... nou ja, misschien wel mijn hele leven gezien heb.'

Toen Colton de badruimte binnenkwam, had hij haar eerst niet opgemerkt onder de hoge rand van het bad, maar toen hij zich had uitgekleed, was hij naar de enorme koperen badkuip gelopen, en met een schok van opwinding had hij daarin een naakte nimf ontdekt. Als hij na hun botsing in de galerij ook nog maar enigszins had getwijfeld aan de begeerlijkheid van haar ronde welvingen, dan was die nu totaal verdwenen na het zien van haar perfecte lichaam. Een lang moment had hij genoten van de verrukkelijke details van haar vrouwelijke rondingen – haar stevige, blanke borsten; haar strakke, gladde buik; en de lange, slanke benen, die heel wat mooier waren dan alle benen die hij ooit had gezien – zich heel goed bewust van de reactie van zijn lichaam op die stimulerende aanblik. Hij was bijna onwillig geweest haar wakker te maken. Zonder de vrees dat er een bediende binnen zou komen om te informeren of hij nog iets wenste, zou hij graag tot aan het opgaan van de zon naar haar zijn blijven staren.

'Heb je geen enkel medelijden voor wat ik heb doorstaan?'

'Absoluut niet,' verklaarde Adriana, 'maar omdat u zo hamert op uw ongemak, ongetwijfeld om sympathie te wekken waar die niet bestaat, zal ik me laten vermurwen en de badkamer geheel aan u overlaten!' Ze keek om zich heen, zoekend naar de handdoek. Toen ze die niet kon vinden, besefte ze dat het de handdoek was die zijn naaktheid enigermate bedekte.

'Draai je hoofd om, verwaande kwast, of beter nog, doe uw ogen dicht voor ze uit uw hoofd rollen! U hebt niets overgelaten dat ik om me heen kan slaan.'

Colton grinnikte zachtjes. Als ze wist hoelang hij haar had gadegeslagen tijdens haar slaap, zou ze weten dat het te laat was voor preutsheid. 'Dat is zo ongeveer als het dempen van de put nadat het kalf verdronken is, vind je niet? Ik verzeker je dat het niet het verleidelijke beeld uit mijn geheugen kan wissen dat ik enkele ogenblikken lang heb mogen bewonderen.'

In weerwil van zijn niet aflatende starende blik steunde Adriana met haar handen op de rand van het bad, terwijl ze een gefrustreerde snauw liet horen. Ze duwde zich omhoog, wat haar borsten even op en neer deed dansen en Colton een gesmoord gekreun ontlokte toen zijn opwinding nog toenam. In de wetenschap van de pijn die snel zou komen als hij geen verlichting vond voor zijn opgekropte begeerte, wenste hij bijna dat hij haar verleidelijke lichaam níet had gezien.

Zich afvragend wat hem plotseling mankeerde, keek Adriana hem van terzijde aan. Hij staarde naar haar naakte lichaam met een fonkeling in zijn ogen of hij sterk geneigd was méér te doen dan alleen maar te staren. Kwaad hief ze haar hand op. 'Ga achteruit en geef me ruimte om te vertrekken,' beval ze. 'En probeer daarbij niet te struikelen over uw kwijlende tong. Ik heb geen handen genoeg om mezelf te bedekken en tegelijk uit dit verdraaide bad te klauteren. Als ik zou proberen mijn fatsoen te bewaren, zou ik waarschijnlijk mijn nek breken.'

'Zal ik je helpen?' bood Colton aan, en stak in hoopvolle verwachting zijn hand uit. Op dit moment dacht hij dat hij zelfs het risico wilde nemen met de dame in kwestie naar bed te gaan. Nergens anders zou hij zo'n verrukkelijke bevrediging van zijn behoeften kunnen vinden. 'Alleen door je aan te raken, zal ik kunnen vaststellen dat je werkelijk bestaat en geen hersenspinsel bent –'

'Een klap in uw gezicht zou dat bewijs ook kunnen leveren,' reageerde Adriana woedend. 'En dat is precies wat je krijgt als je het waagt iets te proberen, Colton Wyndham.'

Een diepe zucht getuigde van zijn teleurstelling. Toen ze over de rand van het bad stapte, verdween bijna alle kracht uit zijn benen. Wat andere delen van zijn lichaam betrof, had het juist de tegenovergestelde werking. Nooit had hij zulke lange, slanke benen gezien, met zo'n perfecte bos schaamhaar of zulke verleidelijke ronde borsten. Zijn handen jeukten om die zijdezachte weelde te omvatten.

Colton wist dat hij door het gebrek aan bevrediging straks de kwellingen van een langdurige onthouding zou moeten verdragen.

Hij stak met een verleidelijke glimlach en alle charme waarover hij beschikte zijn hand uit. 'Weet je zeker dat je je niet wilt laten vermurwen, Adriana?'

Ze trok haar wenkbrauwen op, keek even naar de uitgestoken hand en richtte toen een uitdagende blik op hem. Toen ze dat knappe, aantrekkelijke gezicht zag, was ze een moment gevoelig voor die innemende glimlach en de charme die ervan uitging. Maar de herinnering aan zijn woedende vertrek jaren geleden bleek een heel effectieve verdediging. Ze keek hem met een koele blik aan en waarschuwde hem kortaf: 'Als je ook maar een vinger naar me uitsteekt, Colton Wyndham, ga ik gillen tot je moeder komt. Dat beloof ik je.'

'In dat geval, lieve, zal ik me bij je wensen neerleggen,' zei hij met een brede grijns. 'Ik wil mijn moeder niet shockeren met onze naaktheid, vooral die van jou, waarmee je zo gracieus en charmant pronkt.'

'Pronkt!' riep ze verontwaardigd uit, woedend dat hij het lef had haar de schuld te geven. 'Geile kerel, je weet dat je me weinig keus liet. Toevallig of met opzet heb je me in mijn bad gestoord terwijl ik sliep. Als het per ongeluk was, had je zo eervol moeten zijn om weg te gaan voor ik wakker werd.'

'Wat? En negeren wat ik écht beschouwde als een uitnodiging?' vroeg hij met een ongelovige grijns. 'Zo verleidelijk als jij bent, zou je dat van een heilige nog niet kunnen verwachten, laat staan van een man die ogen in zijn hoofd heeft en je hartstochtelijke slaaf is geworden.'

'Hoeveel vrouwen hebt u in de war gebracht met die belachelijke beweringen, milord?' vroeg Adriana sarcastisch. 'Wie dát geloofde, moet een simpele geest zijn geweest.'

Colton zag ervan af op te scheppen over zijn vroegere successen met dat soort platitudes. Het feit dat zij niet geneigd was zijn vleierij te accepteren, maakte haar uniek. Haar gereserveerdheid intrigeerde hem, en haar gebrek aan belangstelling voor zijn voorstel daagde hem uit. Het verhoogde zeer zeker zijn belangstelling.

Hinkend liep hij achteruit terwijl hij achteloos zijn schouders ophaalde. Adriana's oog werd weer getrokken door de uitpuilende bobbel in de handdoek. Toen pas zag ze het paarse, rimpelige litteken dat schuin omlaag liep naar de binnenkant van zijn rechterdij, maar het was niet meer dan een vluchtige blik, want ze vond het onmogelijk haar ogen af te wenden van de uitpuilende plek in de handdoek. Een paar zeldzame keren had ze door het raam van haar slaapkamer Ulysses op de grasvelden de merries zien dekken. Een feit dat haar moeder hevig geschokt zou hebben als ze het had geweten. De forse spies leek een noodzakelijke inleiding tot de eenwording van twee wezens van verschillend geslacht. Zelfs verborgen onder de handdoek vormde het een bedreiging die haar van haar stuk bracht... en tegelijkertijd een aangename opwinding wekte.

Ze werd zich bewust van Coltons hoopvolle geile grijnzen onder haar vluchtige blikken. Ze voelde zich in verlegenheid gebracht en sloeg haar armen over haar naakte lichaam, terwijl ze haar ogen afwendde. 'Schaamt u zich niet?'

'Waarom? Omdat ik geen geheim maak van mijn kwetsbaarheid als man of dat ik een vrouw begeer die zo mooi en volmaakt is?'

'Vertel me één ding,' zei ze kwaad. 'Hoelang hebt u naar me staan staren voor u me wakker maakte?'

'Lang genoeg om zeker te weten dat ik nooit zal vergeten wat ik hier vanavond gezien heb. En wat mijn staren betreft, het was onmogelijk om dat níet te doen. Ik geloof niet dat ik ooit een vrouw heb ontmoet die naakt mooier was dan gekleed. Het zien van Venus in mijn bad heeft een draak in me wakker geroepen, en ik vrees dat die niet meer zal inslapen voordat ik bevrediging heb gevonden met de schone maagd. Het zou een echt welkom thuis zijn uit de oorlog als je je zou laten vermurwen en medelijden met me zou hebben, Adriana.'

'Vergeef me alsjeblíeft dat ik óóit heb gedacht dat u een gentleman was,' zei ze spottend. 'Behalve dat u de onbeschoftheid had om naar me te staren en te suggereren dat ik erin zou toestemmen uw dráák tot rust te brengen, hebt u de onbeschaamdheid gehad de enige handdoek weg te nemen. U had langer onder het dak van uw vader moeten vertoeven om nog wat manieren te leren voor u ervandoor ging.'

'Vergeef me, Adriana, ik dacht dat je je beledigd zou voelen bij het zien van mijn mannelijke naaktheid, en ik heb geprobeerd je maagdelijke gevoelens te beschermen. Ik bied je mijn nederige verontschuldigingen aan dat ik niet eerst gedacht heb aan je fundamentele behoeften.' Hij maakte een korte buiging, richtte zich op en rukte de geïmproviseerde lendendoek van zijn heupen. Grijnzend bood hij haar de handdoek aan. 'In elk geval is hij nu warm.'

Adriana liet een gesmoorde kreet horen toen ze geschokt naar het bewijs van zijn passie keek. Toen wendde ze zich met een vuurrood gezicht abrupt af.

Colton kwam vlak achter haar staan en leunde over haar naakte schouder. Haar roze tepels waren zó verleidelijk dat hij zich met geweld tegen zijn aandrang moest verzetten om ze met zijn vingers te strelen. Glimlachend plaagde hij haar fluisterend: 'Na al die ophef die je hebt gemaakt, wil je me nu wijsmaken dat je de handdoek niet wilt?'

'Wilt u me alstublíeft met rust laten!' riep ze wanhopig uit. Ze keek wanhopig achterom, maar zijn gezicht was zo vlak bij het hare, dat ze niets anders kon doen dan in zijn warm glinsterende ogen kijken. Zijn blik ging omlaag naar haar lippen. Luchtig legde hij zijn hand op haar heupen, en een krankzinnig moment lang dacht ze dat hij haar zou gaan kussen, want zijn hoofd ging omlaag en zijn lippen weken vaneen. Ze voorzag de naderende dreiging en maakte zich los uit zijn greep. 'Als u er geen bezwaar tegen hebt, milord, zou ik me graag willen aankleden vóórdat we te laat zijn voor het diner.'

'Colton,' drong hij grinnikend aan. 'Je moet me Colton noemen. Dat is de prijs die je moet betalen voordat ik je laat gaan.'

'En wat doet u als ik ga gillen?'

Hij grijnsde. 'Genieten van het mooie uitzicht tot iedereen komt aangehold.'

Adriana rolde met haar ogen bij de gedachte aan haar vernedering als dat zou gebeuren, en met een diepe zucht capituleerde ze. 'Als je erop staat... Colton.'

Lachend trok hij zich terug, met een laatste bewonderende blik op haar rug. 'Tja, al zou ik je veel liever gevangenhouden, ik zie de noodzaak er wel van in om je te laten ontsnappen. Ik moet nog steeds in bad, en aangezien jij je dat van mij hebt toegeëigend en er geen tijd is om een nieuw te laten klaarmaken, zal ik gebruik moeten maken van wat jij hebt overgelaten.'

Hij keek teleurgesteld toen ze de handdoek om zich heen sloeg. 'Heb je misschien hulp nodig bij het aankleden, Adriana? Helga heeft keukendienst, omdat een van de keukenmeisjes vanavond ziek is geworden. Ik heb het vermoeden dat het komt omdat ze te veel van vaders cognac heeft gedronken, want Harrison zei dat hij de kristallen karaf in scherven op de grond van de zitkamer heeft gevonden. Maar dat doet nu niet terzake. Het simpele feit is dat Helga je niet zal kunnen assisteren. Kan ik je in haar plaats van dienst zijn? Ik ben erg handig in het vastmaken van kleine knoopjes en haakjes. En al zou de verleiding groot zijn, ik zou je zelfs beloven dat ik niet méér zal kijken dan ik al gedaan heb.'

Kwaad sloeg Adriana naar hem uit met haar arm. Hij voelde de klap nauwelijks toen ze de harde, gespannen spieren in zijn middel raakte, maar zij gaf een kreet van pijn. Haar plotselinge uitroep deed hem nog harder lachen. Woedend drukte ze haar pijnlijke onderarm tegen haar middel en liep met grote passen langs hem heen naar de aangrenzende kamer.

Zodra ze de deur uit was, draaide ze zich om teneinde zich ervan te vergewissen dat hij haar niet volgde, en zag dat hij op zijn gemak naar het bad liep. Bij de rand bukte hij zich en voelde met zijn teen de temperatuur van het water, waardoor ze zicht kreeg op andere mannelijke delen van zijn lichaam. Haar ogen werden naar een kleine paarse moedervlek op zijn rechterbil getrokken, die de vorm had van een vliegende meeuw.

Colton goot een emmer heet water in de badkuip en draaide zich in zijn volle naakte glorie naar haar om. Die vervloekte grijns van hem was nog steeds niet verflauwd. 'Wat? Ben je nog niet weg?' informeerde hij. 'Ik dacht dat je zo'n haast had om aan me te ontkomen.'

Als ze niet zo bang was een algemene opschudding te veroorzaken, zou Adriana hem in haar woede hebben uitgescholden met alle lelijke woorden in haar beperkte repertoire. Haar ogen schoten vuur toen ze woest de deur dichtsmeet.

Adriana vreesde een nieuwe ontmoeting met Colton Wyndham na het incident in de badkamer en treuzelde zo lang ze kon in haar kamer. Maar onvermijdelijk kwam het moment waarop ze naar beneden moest. Toen ze eindelijk arriveerde, was Colton al met zijn familie en hun gasten in de zitkamer. Hij bleef met zijn rug naar de open haard staan en leek volkomen tevreden met het drinken van de rode wijn in zijn roemer, maar zijn ogen boven de kristallen rand fonkelden bewonderend. Zijn blik gleed van haar zwartzijden slippers naar de omhoog gekapte elegante coiffure, die versierd was met een zwarte veer. Adriana draaide zich om en zocht een ander plekje in de kamer, waar ze hoopte aan die doordringende ogen te ontkomen.

Samantha liep vlak voor haar broer langs, maar bleef toen plotseling staan. Ze keek hem bevreemd aan, boog zich naar hem toe, snoof, en trok toen verachtelijk haar neus op. 'Wat heb jij in vredesnaam op?'

Verward hief hij met één hand zijn stok op en klemde zijn glas in de andere. Hij spreidde zijn armen uit en keek naar zijn uniform. 'Wat bedoel je? Het is het beste wat ik heb tot ik mijn kleermaker uit Londen kan halen.'

Samantha giechelde. 'Colton, ik zou van jóu zeker nooit verwacht hebben dat je van damesparfum hield. Ik geloof zelfs dat jullie tweeën vanavond hetzelfde parfum hebben gebruikt.'

Alle ogen richtten zich op de mooie brunette, die met volledige toewijding haar roemer leegdronk voor ze hem op het dienblad plaatste van een langslopende bediende en een nieuw glas accepteerde. Onrustig onder de nieuwsgierige aandacht die haar ten deel viel, vermeed Adriana zorgvuldig naar iemand te kijken terwijl ze wachtte op Coltons antwoord. Hoewel ze de schande vreesde als hij harteloos zou blijken te zijn, had ze te veel ruggengraat om weg te lopen.

'Een misverstand, m'n beste Samantha,' mompelde Colton lachend, 'en een waarvoor me de tijd ontbrak om het recht te zetten als ik op tijd beneden wilde zijn. Toen het tot me doordrong dat mijn bad geparfumeerd was, was het te laat om de bedienden te vragen voldoende emmers heet water boven te brengen voor een nieuw bad. Ik was helaas te lang buiten blijven wandelen met de honden en had veel te dringend een bad nodig om er afstand van te doen. Eerlijk gezegd had ik er niet bij stilgestaan dat iemand anders gebruik had gemaakt van de badkamer naast mijn oude kamer of dat er kort tevoren een vrouw was geweest.'

Samantha lachte vrolijk. 'Een wonder dat je niet iets schokkenders bent tegengekomen dan een flesje badolie. Adriana gebruikt die kamers al een tijdje als ze paard heeft gereden en hier een bad wil nemen en zich verkleedt voor het diner. Ik weet zeker dat het haar parfum is dat je vanavond op hebt, maar ik moet toegeven dat ik het liever bij haar ruik dan bij jou.'

'Voor een dame is het heel verleidelijk, maar voor mij is het een beetje te zoet.'

'Ik ben blij dat je dat zegt,' antwoordde Samantha plagend. 'Ik maakte me werkelijk even ongerust. Toen ik dat parfum rook, begon ik me af te vragen wat de oorlog met je gedaan had.'

Colton zag dat Stuart dichterbij was gekomen en nu naast zijn zus stond. Hij stak zijn hand naar hem uit. 'Ik wil me graag aansluiten bij degenen die je al van harte gelukgewenst hebben met je verjaardag, Stuart. Ik hoop dat je niet alleen van deze dag geniet, maar van nog heel veel komende verjaardagen.'

De burggraaf antwoordde met een brede grijns en schudde de ander hartelijk de hand. 'Ik had vanmiddag geen gelegenheid lang met je te praten, dus voor er te veel tijd verstrijkt, zou ik graag van de gelegenheid gebruik willen maken om je uit te nodigen met mij en een klein groepje van mijn vrienden te gaan jagen. Dat wil zeggen, als je al in staat bent erop uit te trekken. We zouden heel graag willen dat je meeging.'

Colton kromp overdreven ineen voor hij zijn hoofd schudde. 'Ik moet bekennen dat ik nog steeds moeite heb met paardrijden, zoals je zult begrijpen, maar ik zal je uitnodiging heel wat enthousiaster aanhoren als mijn been volledig genezen is.'

'Ik had hetzelfde probleem niet al te lang geleden,' vertrouwde Stuart hem toe. 'Ik heb er een hekel aan gekregen om op mijn buik te liggen. Té lang had ik geen andere keus dan in die houding te liggen.'

Ze moesten er hartelijk om lachen, en Colton kwam van zijn kant met een uitnodiging voor de burggraaf. 'Nu je min of meer tot de familie behoort, Stuart, moet je vaker op bezoek komen in Randwulf Manor. Ik wil graag je verhalen horen over de veldslagen waarin je hebt gevochten.'

De burggraaf nam de uitnodiging gretig aan. 'Ik wil niets liever, en ik hoop dan ook jouw verhalen te mogen horen. En ik wil je bij deze gelegenheid tevens zeggen dat ik erg blij ben dat je het markizaat hebt geaccepteerd. Latham heeft zijn goede kanten, maar ik vrees dat zijn tekortkomingen ver in de meerderheid zijn. Je zus en je moeder hebben de afgelopen paar weken hun uiterste best gedaan om vrolijk en hoopvol te lijken, maar het was voor iedereen duidelijk dat ze zich zorgen maakten over jou en bang waren dat je niet thuis zou komen.'

'Ik zal alles in het werk stellen om het mijn familie in de toekomst niet moeilijk meer te maken,' beloofde Colton. 'Ik ben thuisgekomen om voorgoed te blijven.'

'Dat vraagt om een toast,' viel Percy hen in de rede. Hij legde een arm om Samantha's middel en hief met zijn vrije hand zijn roemer op. 'Op de zevende markies van Randwulf. Op je welzijn en een lang en gezond leven.'

'Bravo!' riep Stuart, en hief ook zijn glas op en dronk op Colton.

Zwijgend volgde Adriana hun voorbeeld. Ze hief haar glas op en zag tot haar verbazing dat Colton met een warme glimlach naar haar keek. Ze vroeg zich af wat er door hem heen ging, maar toen zijn blik langzaam en met een sensuele liefkozing omlaag gleed naar haar boezem, besloot ze dat het haar waarschijnlijk niet zou bevallen.

Stuart liep met twee glazen wijn naar Adriana toe en bood haar met een glimlach een nieuw glas aan, ter vervanging van de lege roemer die ze zojuist had weggezet. 'U ziet er vanavond schitterend uit, mylady, maar te oordelen naar de manier waarop u om u heen keek, dacht ik dat u behoefte zou hebben aan een tweede glas wijn.'

'Ja,' gaf ze toe, 'het is een veelbewogen dag geweest.'

'Een dag waarop we nog jaren kunnen teren,' zei de markies, die hinkend naar hen toe kwam. Het was Colton niet ontgaan dat Stuart Adriana tijdens hun samenkomst in de zitkamer met meer dan gewone belangstelling had opgenomen. Nadrukkelijk wijdde hij zelf zijn aandacht aan de mooie brunette. 'Ik heb van moeder begrepen dat we vrijwel aan elkaar beloofd zijn, Adriana.'

Stuarts mond viel open van verbazing en hij ging struikelend een stap achteruit. 'Vergeef me, milord, dat wist ik niet.'

'Feitelijk wist ik het zelf ook niet, tot vanmiddag,' bekende Colton. Hij wist niet zeker waarom hij de deur voor Stuarts neus dichtgooide op het moment dat hij had gezien dat de ander geneigd was Adriana het hof te maken. Als het idee van een verloving hem zó tegenstond, hoe verklaarde hij dan zijn ergernis dat een andere man zijn interesse in haar toonde? Wanneer had hij zich ooit maar in het minst bezitterig getoond ten opzichte van een vrouw? Dat gevoel was hem altijd vreemd geweest... tenminste, tot op dit moment.

'U hoeft niet bang te zijn dat u lord Colton hebt beledigd,' zei Adriana vriendelijk tegen de burggraaf, met een nadrukkelijke glimlach naar Colton. Haar ogen gaven blijk van een onmiskenbare koelte. 'Ziet u, lord Colton heeft een keus voordat een eventuele verloving wordt afgekondigd. Drie maanden waarin hij me het hof zal maken, zullen uitsluitsel geven. Maar gezien vroegere ervaringen lijkt het onwaarschijnlijk dat hij geïnteresseerd is in een officiële verloving. Dat was namelijk de reden voor zijn vertrek uit huis.'

'Zelfs dan, mylady,' zei Stuart zacht, 'ben ik het aan mijn eer verplicht hem tijd te geven voor ik zelf met een huwelijksaanzoek kan komen. Het enige wat ik kan zeggen, is dat ik hem benijd voor de unieke kans die hem is geboden.'

Met een glimlach naar de majoor accepteerde Adriana het compliment. 'Dank je, Stuart, ik zal me je vriendelijke woorden herinneren.'

Toen de burggraaf zich terugtrok, keek Adriana met koele minachting naar Colton. 'Kunt u me misschien uitleggen waarom u het nodig vond Stuart te vertellen over het contract, terwijl u er zelf niets voor voelt om mij het hof te maken? Vindt u het prettig huwelijkskandidaten het bos in te sturen vanwege een of andere dubieuze claim? Heb ik iets gedaan om uw wrevel te wekken?'

'Ik ben me van niets bewust, lieve,' antwoordde Colton minzaam, en met een zelfverzekerde grijns. 'Maar ik zag geen reden om Stuart hoop te geven als we pas na drie maanden besluiten of er enige hoop voor óns is als de voorspelling van mijn vader enige waarheid blijkt te bevatten, óf als ik de hele kwestie als belachelijk zou afdoen. Tot dat moment, Adriana, ben ik van plan mijn recht te beschermen om je op te eisen. Per slot van rekening geeft het contract me dat voorrecht, nietwaar?'

'Wat kunt u in vredesnaam voor aantrekkelijks vinden in een hoop ouwe onderdelen?'

Diezelfde woorden lagen in Coltons geheugen geprent en berouwvol drukte hij zijn hand tegen zijn borst. 'Vergeef me die belediging, Adriana. Het werd indertijd in woede gezegd en was gericht tegen mijn vader en niet tegen jou. Ik wist niet, toen ik die hatelijke opmerking maakte, dat jij bij de deur stond. Ik zou je nooit willens en wetens gekwetst hebben. In elk geval is het ver bezijden de waarheid. Als ik naar je kijk, wordt mijn overtuiging bevestigd dat er inderdaad een goddelijke Schepper is, want je bent veel te mooi om bij toeval op de wereld te zijn gekomen.'

Haar wangen begonnen te gloeien bij zijn complimenteuze woorden. Plotseling van haar stuk gebracht, nam ze weer een slok wijn en keek naar iedereen, behalve naar hem. 'Misschien moeten we het verleden vergeten,' stelde ze voor. 'Het maakt me onrustig als ik denk dat u vanwege mij zo woedend was op uw vader. Al kunt u dat misschien moeilijk begrijpen, ik hield ook van hem.'

'Adriana, heb je me vergeven?'

Ze hoopte dat een flauw glimlachje voldoende zou zijn als antwoord, maar in de langdurige stilte die volgde keken zijn ogen zo diep in de hare, dat ze in haar ziel leken door te dringen. Ze kon zijn blik niet langer verdragen en knikte kort. 'Ja, natuurlijk, milord. Dat heb ik trouwens al enige tijd geleden gedaan. Ik kon onmogelijk een wrok tegen u voelen als ik me voortdurend bewust was van het gevaar waarin u verkeerde. U was de broer die ik nooit gehad heb, en ik zou net zoveel verdriet hebben gehad als uw familie als u gesneuveld was.'

Zijn lippen vertrokken in een grijns toen hij dichterbij kwam. 'Na je vanmiddag in je rijkostuum te hebben gezien en later geheel naakt, ben ik enorm opgelucht dat je níet mijn zus bent. Het zou heel verkeerd zijn als ik een zus begeerde zoals ik jou begeer sinds onze ontmoeting in de badkamer.'

Adriana schraapte verlegen haar keel en nam nog een flinke teug van haar wijn. Even later was haar glas leeg, en toen Harrison langskwam met wijn, verwisselde ze haar lege glas voor een vol. Een paar volgende slokken schenen haar voldoende moed te geven om Colton te vragen: 'Bent u zo'n goede kenner van naakte vrouwen geworden, milord?'

Coltons lippen trilden geamuseerd. 'Van de vrouwen die ik gezien heb, ben jij verreweg de mooiste.'

'Bedankt,' zei ze sarcastisch.

'Wat voor ervaringen je ook hebt opgedaan, te oordelen naar je geschokte gezicht, zou ik aannemen dat ik de eerste was.'

'Ik zou er beslist niet over opscheppen als u zich zou vergissen, milord,' antwoordde Adriana, die zich een beetje duizelig voelde.

Colton zag dat de kristallen roemer trilde in haar hand en lachend boog hij zich naar voren. 'Het feit dat ik naakt was, heeft je toch niet aan het schrikken gemaakt?'

'Nee, natuurlijk niet,' antwoordde ze snel en wankelde achteruit om afstand tussen hen te scheppen. 'Waarom zou u dat denken?'

'Omdat je beeft, Adriana, en waarschijnlijk het ergste denkt. Geloof me, je zult verbaasd zijn hoeveel genot je kunt vinden in de armen van je echtgenoot, na hem je maagdelijkheid te hebben geschonken. Als mijn vaders wens vervuld zou worden, beloof ik je een genot zoals je je nooit hebt kunnen voorstellen.' Hij zag dat ze weer een slok nam en boog zich weer naar haar toe. 'Als ik eerlijk mag zijn over een ander onderwerp, Adriana, zou ik zeggen dat je bezig bent dronken te worden. Je hoeft je echt niet van streek te maken over wat je gezien hebt. De liefde bedrijven kan voor een vrouw even prettig zijn als voor een man.'

Kwaad fluisterend antwoordde ze: 'Elke dáme zou van streek zijn als ze dit gesprek zou voeren. Het is nauwelijks een onderwerp om iemand tot rust te brengen.'

'Ik ben bereid toe te geven dat het onderwerp op zichzelf niet erg kalmerend is voor je, maar de vereniging van onze lichamen in de rituelen van de liefde zou wonderen verrichten om je tot rust te brengen. Ik ben onmiddellijk bereid je een voorproeve te geven van hetgeen er gebeurt als twee mensen samenkomen.' Hij haalde achteloos zijn schouders op. 'Ik wil je graag een klein voorbeeld geven, als je dat wilt.'

'Wilt u alstublieft óphouden?' siste ze, en keek net bijtijds op om te zien dat hij diep in haar decolleté tuurde. 'En schei uit met me een genoegen te willen doen. We zijn nog niet getrouwd, en gedachtig aan uw vroegere minachting voor dat idee, valt het te betwijfelen of we dat óóit zullen zijn.'

Colton grinnikte zachtjes. 'Wie weet wat er uit onze connectie voortvloeit? Misschien vergeet ik mijn afkeer van gearrangeerde huwelijken wel en neem ik je tot vrouw, om je te bewijzen wat voor verrukkingen een getrouwd paar kan beleven.'

'O, wat een slimme trucjes houdt u erop na, milord. U denkt dat u me kunt verleiden met uw rijkelijk gebruik van het woord *huwelijk* om me op die manier in bed te krijgen. Maar ik ben minder goedgelovig dan u schijnt te denken. U zult de huwelijksgelofte af moeten leggen voordat u me ooit nog naakt zult zien.'

Zijn ogen glinsterden. 'En zou jij, schone maagd, bereid zijn die gelofte met mij uit te spreken?'

Alsof ze zijn vraag overwoog, trok ze een peinzend gezicht. 'Mijn ouders zouden zeker blij zijn als ik dat zou doen. Tenslotte was datgene wat jouw en mijn ouders overeenkwamen, de reden waarom ze dat contract hebben getekend. Maar omdat ik me niet kan voorstellen dat u mij als vrouw zou wensen, verwacht ik niet dat zo'n huwelijk óóit zal plaatsvinden.'

'Als ik je zwanger zou maken,' zei hij grinnikend, 'zou ik wel met je móeten trouwen om je reputatie te redden.'

Adriana slokte nerveus de laatste wijn naar binnen en overhandigde hem de lege roemer. 'Wilt u zo vriendelijk zijn nog een glas wijn voor me te halen? Dit gesprek gaat te ver om sober te kunnen voeren.'

Zijn mondhoeken vertrokken geamuseerd. 'Eerlijk gezegd, Adriana, vind ik dat je al genoeg hebt gehad, zoveel zelfs dat ik bang ben je alleen te laten, Een beetje frisse lucht zal je waarschijnlijk meer goed doen.' Hij zette haar glas weg en pakte haar arm. 'Kom, dan breng ik je naar buiten.'

'Nee, dank je wel,' antwoordde ze haastig, en slaagde erin zijn aanraking te vermijden. Ze kon zich zijn verlangen heel goed voorstellen om met haar sámen te zijn op een verscholen plekje, zonder de zegen van de huwelijksgelofte. 'Het gaat uitstekend. Ik moet alleen even zitten... Ik denk dat ik door de hal naar de grote kamer ga en daar wacht tot het diner wordt aangekondigd.'

'Ik laat je niet alleen,' verklaarde Colton, gaf haar een arm en draaide haar om naar de deur. Terwijl hij met haar erheen liep, kwam Harrison binnen en kondigde plechtig aan dat het diner zou worden geserveerd.

'Te laat,' mompelde Colton. 'Ik zal je in plaats daarvan naar je stoel brengen.'

'Waarom zou je die moeite nemen? Je kunt beter je moeder begeleiden,' protesteerde ze, terwijl ze probeerde haar arm los te rukken.

'Ik heb je bijna een ongeluk doen schrikken, dus voel ik me verantwoordelijk voor je huidige conditie,' antwoordde hij en trok haar lachend tegen zich aan. Ze probeerde hem van zich af te duwen, maar hij bukte zich en fluisterde in haar oor: 'Bovendien vindt moeder het erg prettig ons samen te zien, dus als je wilt dat ze van haar avond geniet, kun je je protesten beter wat minderen en me toestaan je gedurende een paar zeldzame ogenblikken bij te staan. Je zult gauw genoeg van me verlost zijn.'

Adriana dacht dat dat het geval zou zijn toen hij haar naar de grote kamer begeleidde, maar ze vergiste zich. De gebruikelijke ereplaats voor de markies van Randwulf was altijd aan het hoofd van de tafel geweest. Zo was het geweest tijdens het bestuur van wijlen Sedgwick als lord van het landgoed, en het leek zo te zullen blijven onder het gezag van de nieuwe markies. Adriana verwachtte niet dat Colton haar naar een plaats aan zijn rechterzij zou brengen, maar dat was precies de stoel waar hij haar plaats liet nemen. Stuart kreeg de stoel naast haar, en Samantha en Percy namen tegenover hen plaats. Als enige markiezin bezette Philana zoals gewoonlijk de plaats aan het eind van de schragentafel.

Ondanks het feit dat de maaltijd uitstekend was en het gezelschap nog meer, voelde Adriana er niets voor om te eten of te converseren. Dat ze vriendelijk weigerde nog meer wijn te drinken droeg er zeker toe bij haar hoofd te verhelderen. Toch had ze het verdovende effect van de wijn hard nodig, want Coltons onderzoekende blik bleef tijdens de hele maaltijd op haar gericht.

Het was een uitzonderlijk goed diner. De kokkin had zichzelf overtroffen, ondanks het feit dat de nieuwe keukenmeid, die heimelijk van de cognac van de markies had gedronken, moest worden ontslagen.

Na het uitdelen van de geschenken om Stuarts verjaardag te vieren, liep de avond ten slotte ten einde, en Colton hielp Adriana in haar mantel. Als ze de keus had gehad, zou ze de voorkeur hebben gegeven aan Harrisons assistentie, want Colton treuzelde heel lang met zijn taak, terwijl hij achter haar stond en het fluweel op haar schouders gladstreek. Glimlachend trok hij de capuchon strak om haar gezicht.

'Wat het oog waarneemt is te mooi om te negeren, Adriana, zeker voor iemand die je naakt heeft gezien. Als je het wilt weten, ik geniet ervan om naar je te kijken.'

'Dat was in de badkamer heel duidelijk,' merkte ze op.

'*Sstt*, waarschuwde hij. 'Straks hoort iemand je nog en denkt dat we samen in bad zijn geweest en daarom naar hetzelfde parfum ruiken.'

Adriana rolde met haar ogen en vroeg zich af waarom ze zelfs maar probeerde het laatste woord te hebben, waar deze man op z'n minst de eerste zestien jaar van zijn leven zijn had besteed aan het perfectioneren van plagende opmerkingen.

Philana kwam glimlachend naar hen toe. 'Adriana, kindlief, wees zo vriendelijk tegen je ouders te zeggen dat ik mijn zoon zal vergezellen als hij Wakefield bezoekt.'

Adriana keek onderzoekend naar Philana's gezicht, zich afvragend of ze werkelijk een beslissende klank in haar stem had gehoord. Colton had slechts eerder op de dag zijn voornemen te kennen geven dat hij zou informeren naar het geschikte moment voor een dergelijk bezoek, terwijl lady Philana zonder meer had aangenomen dat ze zouden gaan.

'Natuurlijk, mylady. Papa komt vanavond laat terug uit Londen, maar zodra ik thuiskom, zal ik mama op de hoogte brengen. Ik zal u een bericht sturen met data en uren. Als ze u geen van alle schikken, bepaalt u dan alstublieft zelf het uur en de dag die u uitkomen.'

'Dank je, kind.'

Philana deed een stap achteruit en liet Adriana door haar zoon naar het bordes en de landauer van de familie brengen, die daarachter stond te wachten. Philana kon nauwelijks geloven dat de avond zo goed was verlopen, want haar zoon leek zeer ingenomen met het meisje. Ze vormden een knap stel, en ze was heel blij dat Adriana lang genoeg was om niet de aandacht op Coltons lengte te vestigen. Ze kon zich indenken dat als haar zoon een vertrek binnenkwam, alle hoofden zich naar hem omdraaiden, zoals vroeger ook het geval was als zijn vader zijn entree maakte. Misschien waren er na al die tijd nog sterke sporen te vinden van die vikinglord van eeuwen geleden.

5

Edmund Elston leunde achterover in zijn stoel en staarde vol verwachting naar zijn zoon, die als een seniele oude man de eetkamer binnenschuifelde. Hij hield zijn arm om zijn middel geslagen, alsof hij wanhopig probeerde zijn ingewanden in bedwang te houden. Hij liep naar het met voedsel overladen buffet, schonk een kop thee in en nam een slok. Direct daarop begon hij te kreunen, zette het kopje neer en betastte voorzichtig de bult die uit zijn mond puilde. Het trok Edmunds aandacht naar de linkerkant van het gezicht van zijn zoon. Niet alleen zijn gekneusde kaak was gezwollen.

Edmund trok nieuwsgierig zijn wenkbrauwen op. 'Met wie heb jij gevochten?'

'Niemand die u kent,' mompelde Roger, met een nijdige blik op zijn vader. 'Het was een onenigheid over een zeldzaam voorwerp. En wat de winnaar betreft, niemand heeft het nog kunnen opeisen.'

Rogers stemming werd er niet beter op toen hij de minachtende trek zag om de mond van zijn vader. Hij hoefde niet te vragen waarom. Zijn ongeletterde vader geloofde dat alleen een man die een paar pullen bier of glazen gin naar binnen kon gieten, en daarbij een ander nog een stuk of tien harde stompen kon verkopen, een flinke kerel was. Edmund Elston had hem op dat punt altijd veracht.

'Laat dat oog eerst maar beter worden voor je weer naar die lady gaat, anders zal ze willen weten of je wel mans genoeg bent om met 'r te doen wat er met 'r mot gebeuren.'

'Maakt u zich daarover maar geen zorgen,' zei Roger sarcastisch. 'De vraag die gesteld dient te worden, is of de dame in staat is míj te bevredigen. Ik ben lang zo naïef of onervaren niet als u schijnt te denken, vader. De waarheid zou u waarschijnlijk zeer verbazen.'

'Waneer ga je weer naar d'r toe?' drong Edmund ongeduldig aan. 'As je mijn raad wil, ga dan op 'r af voor ze de kriebels in d'r broek krijgt en zich door een ander laat bespringen.'

Roger moest zich beheersen om zijn vader niet woedend aan te kijken. 'Het is niet zo gemakkelijk als u denkt, vader.'

Zijn vader liet een verachtelijk gegrom horen. 'Als 't niet op een andere manier gaat, dan mot je je verdomme aan die sloerie opdringen. As je niet wat doet om die meid te krijgen, gooit een ander haar straks op d'r gat en klimt erbovenop.'

Roger voelde zich razend worden. 'Als een man ooit zó stom zou zijn, vader, dan twijfel ik er niet aan of lord Sutton zal hem op z'n minst castreren omdat hij zijn dochter verkracht heeft.' Hij lachte kort en ging in een stoel zitten aan het andere eind van de tafel. Soms vroeg hij zich af of hij niet beter zijn baan in het weeshuis had kunnen houden in plaats van een doodgewone bediende te worden van een man die zo veeleisend en grof was als zijn vader. De man gaf alleen om zichzelf en leek er vooral op uit om rijkdom en voordeel te putten uit niets vermoedende slachtoffers. Toen hij iemand nodig had om zijn spinnerij te beheren, verwachtte hij dat Roger halsoverkop alles wat hij ooit gekend had in de steek zou laten. Waarschijnlijk was het de enige manier waarop de zaak had kunnen overleven. Hij was slechts een leerling, maar als er belangrijke besluiten genomen moesten worden, kwam zijn vader bij hem voor advies.

'U hebt geen idee hoe lord Standish zijn jongste dochter adoreert. Ik wed dat ze het licht in zijn leven is.'

'Nou ja, je mot wát doen!' hield Edmund vol. 'As je niet opschiet, mot je straks Martha Grimbald achter d'r broek zitten, dat beloof ik je, knul.'

Roger zuchtte diep. Voortdurend bedreigd te worden met een gedwongen huwelijk met de bijzonder onaantrekkelijke en heel rijke molenaarsdochter maakte hem veel ondernemender in zijn jacht op Adriana dan hij anders zou zijn geweest. 'Ik heb bij lady Adriana aangedrongen op een uitnodiging voor het herfstbal van de Suttons in oktober. Als ik dan nog geen gunstig antwoord heb op mijn huwelijksaanzoek zal ik de zaak in eigen hand nemen. Als het niet anders kan, zal ik zorgen dat ik alleen met haar ben... en me aan haar opdringen.'

'Dát wilde ik horen.'

'U schijnt te denken dat ik haar tegen wil en dank kan nemen, maar om te beginnen zijn we altijd in gezelschap van anderen. Ze heeft me nog nooit toegestaan haar mee te nemen naar een afgezonderde plek.'

'Dan mot je een manier vinden, knul.'

Een tijdje nadat Edmund vertrokken was, zat Roger nog in zijn stoel en staarde naar niets in het bijzonder. Hij zag alleen maar voor ogen hoe een paar grijze ogen zich niet los schenen te kunnen maken van de jonge vrouw die hij was gaan bewonderen. Hij vocht tegen een groeiende ergernis als hij dacht aan de manier waarop de kolonel de ravenzwarte schoonheid van onder tot boven had opgenomen. Hij had zijn belangstelling ook niet onder stoelen of banken gestoken en zich gedragen alsof hij een speciaal recht had.

Roger liet zijn schouders zakken. Hij wist waarschijnlijk beter dan wie ook dat lord Colton de enige was wie die eer te beurt viel. Toch had Roger al zijn zelfbeheersing nodig gehad om rustig te blijven staan en de blik te zien waarmee de ander naar zijn Adriana keek. Hoe vaak had hij er niet naar gehunkerd zijn lippen op die verleidelijke mond van haar te drukken? Toch was het hem verboden, niet alleen door het meisje zelf, maar door de voorschriften van haar hooggeboren entourage. Het knaagde aan hem dat ze bestemd was voor mannen als de markies, en niet voor een arme burger. Hoe kon iemand van Rogers nederige afkomst hopen de achting te verdienen van de aristocraten in de omtrek? Zij hadden verschillende huizen waar ze in elk seizoen van het jaar hun intrek konden nemen; hij bezat niet eens het bed waarin hij sliep.

In meer dan één opzicht herkende hij zichzelf als een buitenstaander. Hij had gehoopt Adriana's aandacht af te leiden van haar aristocratische vrienden, van wie ze de meesten al haar leven lang kende en met wie ze ontspannen en familiair omging. Uiteindelijk vonden de meeste vrouwen die hij had ontmoet hem een opmerkelijk knappe man. Maar nu de jonge lord Randwulf thuis was gekomen, was zijn optimisme om dat doel te bereiken tot het nulpunt gedaald, en dat allemaal door de plannen die lord Sedgwick jaren geleden voor zijn zoon had gemaakt.

Roger kon de bittere futiliteit van zijn eigen aspiraties bijna proeven. Hij werd verteerd door een groeiende afschuw van mannen als Colton Wyndham. Maar hij koesterde een even grote wrok tegen de andere man die het op Adriana voorzien had, de zoon van een hertog nota bene. Riordan Kendrick! Die twee mannen zat alles mee – uiterlijk, rijkdom, charme en adel, om nog maar te zwijgen over het feit dat beiden helden waren geweest in de laatste strijd met Frankrijk. En hij bezat nog niet eens de kleren die hij aanhad. Wat had hij een vrouw te bieden die opgegroeid was in weelde? Een aalmoes.

Nog niet zo lang geleden had hij in z'n eentje in de bibliotheek van de Suttons gezeten, angstig wachtend op het antwoord van lord Standish op een weliswaar hoogst aanmatigend huwelijksaanzoek. Toen na lange tijd lord Standish zijn discussie met zijn vrouw en dochter had beëindigd en bij hem terug was gekomen, beleefde Roger de grootste verrassing en, in gelijke mate, de grootste teleurstelling van zijn leven. Op zachte, vriendelijke toon had lord Standish uitgelegd dat er al een contract bestond tussen lady Adriana en kolonel lord James Colton Wyndham. Verder had lord Standish eraan toegevoegd dat die overeenkomst nog geen tien jaar geleden door hemzelf en lord Sedgwick was getekend.

Roger was zich bewust van zijn arrogantie door Adriana ten huwelijk te vragen, maar had niettemin de hoffelijke houding van lord Sedgwick geapprecieerd. Toen hij hem vervolgens had gevraagd wat die overeenkomst teniet zou kunnen doen, was hem weinig hoop gegeven dat de omstandigheden zouden veranderen.. Het contract kon slechts nietig worden verklaard door de dood van de zevende lord Randwulf, of zijn uiteindelijke weigering om de voorwaarden na te komen. En Adriana was te mooi om dat laatste voor mogelijk te houden.

Gefrustreerd als hij was geweest door het antwoord, kon Roger niet over het hoofd zien dat er buiten hemzelf nog een groot aantal aristocraten naar Adriana's hand dongen. Bezien in het licht van het bestaande contract, leek Colton Wyndham, of lord Randwulf, zoals hij nu in officiële kringen zou worden aangesproken, de grootste hindernis. Hij werd op de hielen gevolgd door de andere markies, Riordan Kendrick, bij velen beter bekend als lord Harcourt. Alleen als Adriana die twee zou afwijzen, zouden minder aanzienlijke edelen de kans krijgen, en gelet op het grote aantal van hen was de kans voor een eenvoudige leerling nogal belachelijk.

Tot de middag waarop Roger om Adriana's hand had gevraagd, had hij slechts geruchten gehoord over Riordan Kendrick. Toen had hij de man zelf ontmoet. Na zijn gesprek met lord Standish was Roger met gebogen hoofd uit Wakefield Manor weggelopen. Tot zijn verrassing was hij met zijn hak achter een steen blijven haken, en het volgende ogenblik verloor hij zijn evenwicht en viel naar voren, wild zwaaiend met zijn armen om zijn evenwicht te bewaren. Nog geen seconde voordat hij languit tussen de rozen en het struikgewas naast het pad viel, werd hij zich bewust van een donker geklede gestalte die snel naast hem kwam staan.

Het was een gewaarwording of de wereld om hem heen instortte. Hij voelde zich diep ellendig door zijn hopeloze toestand. Roger was het liefst daar blijven liggen tot het einde kwam. Helaas bleek de schaduw zich te materialiseren tot een lange, knappe gentleman, die hem hoffelijk overeind hielp. Alle povere aspiraties die hij op dat moment nog had kunnen hebben, werden volledig de grond in geboord toen hij besefte dat zijn goede Samaritaan niemand anders was dan lord Harcourt. Het was een ervaring die hem zijn uiteindelijke nederlaag deed inzien. Kolonel Wyndham en Riordan Kendrick waren beiden te knap en te rijk om anders te worden beschouwd dan rivalen tegen wie een arme klerk zo goed als geen kans had.

De rest van de dag had hij zich in doffe ellende op zijn smalle brits gewenteld, zonder enige hoop voor de nabije en verre toekomst.

Lady Adriana had hij het vorige jaar voor het eerst ontmoet toen zij en haar kamermeisje Maud zich in de molen van zijn vader hadden gewaagd om een lap wol te kopen als geschenk voor een bediende. Onmiddellijk getroffen door de schoonheid van lady Adriana, was Roger gretig een gesprek met haar begonnen en had hij bij volgende bezoeken die ze aan Bradford bracht elke kans waargenomen om haar te spreken te krijgen. Bereid om alles te doen om zelfs maar een seconde van haar aandacht te krijgen, had hij gesproken over vroegere moeilijkheden in zijn leven, nadat hij dorpelingen lovend had horen spreken over het medelijden van de bekoorlijke dame.

Ze had zich inderdaad meelevend betoond, en hoewel hij besefte dat zijn pogingen om haar te zien tegen alle normen van fatsoen indruisten, was hij begonnen geschenken af te leveren bij haar thuis en haar te volgen als een jong zwerfhondje. Maar ze had hem niet weggestuurd toen hij zich brutaal had aangesloten bij haar entourage van vrienden en verliefde aanbidders. Toch had ze bepaalde regels vastgesteld waaraan hij zich moest houden; als hij die overtrad, zou hij uit haar aanwezigheid verbannen worden. Ze waren slechts vrienden, had ze nadrukkelijk gezegd; het zou nooit iets méér kunnen worden. Ze had dat duidelijk laten blijken door een respectvolle afstand tussen hen te bewaren, en ze had hem zelfs niet toegestaan haar hand te kussen.

In die tijd was Roger tot de conclusie gekomen dat de echte toets voor een man vrij simpel was. Het enige wat hij moest doen, was haar hart veroveren, want dan zou hij de goedkeuring krijgen van haar vader... misschien. Dwaze logica!

Maar toch was zijn verlangen haar tot vrouw te krijgen steeds groter geworden. Belangrijker echter dan het stillen van zijn hunkerende hart was het feit van haar enorme bruidsschat en de rijkdom van haar vader, iets wat geen enkele *roué* in grote financiële nood over het hoofd kon zien. Als jongen was hij gedwongen geweest tot een leven van ontberingen nadat zijn vader hem, samen met zijn moeder, meedogenloos aan de kant had gezet. Ze hadden moeten zwoegen om iets te eten te krijgen in de achterbuurten van Londen, terwijl zijn vader talloze vrouwen het hof had gemaakt en geslempt had met lichtekooien.

Toen een woest heen en weer slingerend rijtuig zijn moeder had overreden, had Roger niet alleen getreurd, maar zich ook beroofd gevoeld van de enige die ook maar iets om hem gaf. Behalve hem naar een weeshuis te brengen en daar instructies achter te laten dat hij een strenge en goede opleiding moest hebben, had Edmund Elston verder geen enkele aandacht besteed aan zijn afstammeling. Roger had geleden onder een hardvochtige behandeling en regelmatige afranselingen van de mensen die de leiding hadden. Ten slotte was hij volwassen geworden in het weeshuis en de rol van docent op zich genomen.

In die jaren van zijn volwassenheid had hij geleerd dat zijn vader met een rijke molenaarsweduwe was getrouwd. Kort na haar dood had Edmund hem gesommeerd naar Bradford on Avon te komen, zonder enige verontschuldiging voor alles wat hij had moeten meemaken. Edmund Elston had grote plannen voor zijn zoon; Roger moest trouwen met de jonge dochter van een andere molenaar, wiens bezit zelfs de meest hebzuchtige man duizelig zou maken. En Roger was tot de overtuiging gekomen dat zijn vader het hebzuchtigst was van allemaal. Als enig kind zou Martha Grimbald een groot vermogen erven bij het overlijden van haar vader, en als ze trouwde, zou, zoals vaak het geval was, haar echtgenoot de controle daarover krijgen.

Aanvankelijk had Roger zich laten verleiden door de gedachte aan zoveel rijkdom, maar toen hij eenmaal kennis had gemaakt met de uiterst onaantrekkelijke miss Grimbald, had hij besloten dat een huwelijk met haar een te grote opoffering voor hem zou zijn. Hij kon zich zeker niet voorstellen dat hij in staat zou zijn tot seks met die magere ouwe vrijster met haar haviksneus... zelfs niet in het donker. Hij had tenslotte oog gekregen voor schoonheid, zelfs al kon hij zich die niet altijd veroorloven. Toch had hij het op dat gebied aardig voor elkaar gekregen, want zijn knappe gezicht was voldoende voor een paar lieftallige deernen om hem welkom te heten, alleen voor het genoegen van zijn gezelschap.

Om zijn vader te sussen, die woedend was over zijn weigering met miss Grimbald te trouwen, had hij een hoopvol verhaal opgehangen dat hij de mooie lady Adriana het hof maakte, en fantaseerde daarbij op overdreven wijze.

Het was dan ook triest dat een zoon gedwongen zou worden te trouwen met een volkomen onappetijtelijke vrouw, alleen om een lening te voldoen die zijn vader hem had verstrekt voor de aanschaf van modieuze kleding.

6

Een heldere straal zonlicht drong door de gordijnen heen in de ruime slaapkamer op de eerste verdieping van Wakefield Manor. De zon scheen op het slapende gezicht van een jonge vrouw die languit, verward in de dekens, op bed lag, en leek er ondeugend op gericht het slachtoffer te wekken uit een uitgeputte sluimer die maar al te welkom was geweest na urenlang draaien en woelen. Hoe de bedienden ook hun best deden de fluwelen gordijnen afdoend te sluiten, de vroege zonnestralen wisten door de smalste spleet nog een weg te vinden.

Op die momenten wist Adriana precies waarom haar zussen haar, de jongste telg, de grootste en mooiste slaapkamer in het huis hadden gegeven. Zowel Melora als Jaclyn hield van uitslapen, terwijl Adriana normaal kort na opkomst van de zon opstond. Maar helaas voelde ze zich deze ochtend uitgeput en had ze een verschrikkelijke hoofdpijn. Ze betreurde het dat ze zoveel wijn had gedronken. Behalve dat ze zich moe voelde en hoofdpijn had, was ze ook misselijk, en als Colton Wyndham binnen bereik was geweest, zou ze hem een flinke klap op zijn neus hebben gegeven.

Al had ze nog zo haar best gedaan die duivelse kerel met zijn doordringende grijze ogen uit haar gedachten te bannen, toch was hij in het stralende licht van de ochtend nog heel erg aanwezig. Het moeilijkste was geweest de herinnering aan hem in de badkamer van zich af te zetten, toen hij naakt voor haar bad had gestaan. Niemand had verbaasder kunnen zijn over zijn terugkeer naar Randwulf Manor dan zij. Toen hij niet thuis was gekomen voor de begrafenis van zijn vader, had ze, evenals Samantha, aangenomen dat hij niets te maken wilde hebben met het markizaat. Toen was hij plotseling uit het niets verschenen en had haar wereld op zijn kop gezet.

Nu doemden er drie eindeloze maanden van onzekerheid voor haar op, waarin ze gedwongen zou zijn af te wachten tot hij besloten had al dan niet het decreet van zijn vader te willen accepteren. Plicht en eer bonden haar aan een belofte die haar eigen vader jaren geleden had gedaan.

Weer had Adriana te kampen met de grote, pijnlijke vraag: hoe kon ze Colton Wyndhams hofmakerij vermijden zonder haar vader verdriet te doen? Het hof te worden gemaakt en dan te worden verstoten door de markies zou wel eens haar ondergang kunnen betekenen. Waarom moest hij toch zo nodig terugkomen? Hadden hun vaders zich ten tijde van hun overeenkomst niet gerealiseerd dat er een mogelijkheid bestond dat haar hart nu nog even ontvankelijk als vroeger kon zijn voor Colton? Ze dacht niet dat ze het zou kunnen verdragen nog een keer zo gekwetst te worden als na zijn vroegere afwijzing.

Adriana zag geen uitweg uit de hachelijke situatie. Al wilde ze Colton nog zo graag uit haar gedachten zetten, het bleek onmogelijk. Toen ze even later struikelend de trap af ging en de eetkamer binnenkwam, zaten haar ouders al aan tafel.

'Waar ben je geweest, kindlief?' vroeg lady Christina opgewekt. 'We hebben het ontbijt zó lang uitgesteld dat de kokkin er chagrijnig van werd.'

Toen er geen antwoord kwam, keek de oudere vrouw onderzoekend naar haar dochter en moest een geschokte kreet onderdrukken. Zelfs vroeg in de ochtend was Adriana altijd vrolijk en energiek, keurig gekleed voor het ontbijt. Nu was ze nog in haar peignoir, haar lange, zwarte haar viel slordig en verward op haar schouders, en ze had donkere schaduwen onder haar ogen.

Nieuwsgierig naar de oorzaak van die vreemde reactie van zijn vrouw draaide Gyles Sutton zich prompt om in zijn stoel en zag dat zijn dochter in nachtgewaad wankelend naar de tafel liep. 'Goeie hemel, kind!' riep hij uit. 'Ben je ziek geworden?'

De schokkerige, aarzelende beweging van haar hoofd was iets tussen een bevestigend knikje en een ontkennend schudden, toen Adriana naast haar gebruikelijke plaats aan tafel bleef staan. Ze streek met bevende hand over haar gezicht en zei met schorre stem: 'Ik ben niet ziek.'

'Als je niet ziek bent, meisje, wat voor de duivel is er dan met je aan de hand?'

Adriana deed haar mond open om antwoord te geven, maar kon niet meer dan weer een schor gemompel uitbrengen, dus schudde ze slechts snel en ontkennend het hoofd. Diep ellendig liet ze zich zo moeizaam als een oude vrouw in haar stoel zakken.

'Nou, ik zie heel goed dat er íets is!' hield Gyles vol. Zijn stem klonk bezorgd toen hij vroeg: 'Kom, kindje, vertel me wat je dwarszit.'

'Lieverd...' zei Christina overredend met een aarzelende glimlach, wat Gyles' nieuwsgierigheid wekte. 'Je kwam gisteravond pas laat terug uit Londen, en ik wilde je toen niet vertellen...'

'Me wát vertellen?' Zijn blik was achterdochtig, en hij nam haar onderzoekend op. Meer dan dertig jaar huwelijk en drie dochters hadden hem een paar dingen geleerd over vrouwen... vooral over zijn eigen vrouw. Ze was nooit beminnelijker dan wanneer ze slecht nieuws te vertellen had. Hij herkende de smekende blik in haar ogen en maakte zich steeds ongeruster. 'Wat voor de donder is er aan de hand?'

'Liefste, kalmeer wat... alsjeblieft,' drong Christina aan, starend naar haar gevouwen handen op het servet.

'Dat zal ik doen, als je zo vríendelijk wilt zijn me te zeggen wat je te zeggen hebt,' zei hij kortaf, waarmee hij blijk gaf van zijn toenemende bezorgdheid. 'Wat is er? Ik smeek je het me te vertellen voor ik een beroerte krijg!'

Christina keek even naar de butler die dichterbij was gekomen en rond de tafel liep om de borden neer te zetten. Charles was ongelooflijk trouw, maar ze was afkerig van discussies over familiekwesties in bijzijn van personeel.

'Madam, ik wacht,' bracht Gyles haar in herinnering.

Christina glimlachte behoedzaam. Ze zag geen uitweg uit de benarde situatie. 'Alleen dat Coltron Wyndham eindelijk naar huis is teruggekeerd.'

Gyles' gezicht kreeg een donkerrode kleur. 'Alle donders, wát zeg je?'

Hij bulderde luid genoeg om Adriana en zijn vrouw te doen opschrikken. Charles daarentegen leek volkomen ongevoelig voor het humeur van zijn werkgever. Met een waardig gebaar pakte hij de waterkaraf van een zijtafel.

114

Adriana sloeg haar handen voor haar oren toen de bulderende stem van haar vader door haar pijnlijke hoofd dreunde. Ze tilde haar slanke, blote voeten op van de grond, plaatste ze op de rand van haar stoel en rolde zich moeizaam op in een bal. Ze moest vechten tegen een toenemende aandrang om te huilen.

Lady Christina's vingers beefden toen Charles een glas water in haar hand drukte. Toen strekte ze haar rug en zei op berispende toon tegen haar man: 'Niet zo schreeuwen, liefste. De bedienden zullen nog denken dat je kwaad op ons bent.'

'*Ha!*' Gyles keek zijdelings naar de butler. 'Charles weet langzamerhand wel dat ik zo nu en dan mijn kalmte verlies, al is het nóg zo zelden.'

'Ja, milord,' beaamde de butler, bij wie niet meer dan een spoor van een glimlach te zien was, ondanks zijn binnenpretjes.

De huishoudster kwam de eetkamer binnen; ze was al zo lang in dienst bij de Suttons dat ze niet de minste aarzeling toonde toen ze naar het eind van de tafel liep, waar Gyles zat. Naast zijn stoel bleef ze staan met in haar handen een zilveren schaal waarop een gekreukte brief lag met een grote, detonerende dot rode zegellak. 'Meneer Elston is vanmorgen langsgekomen, milord,' legde ze op gedempte toon uit. 'Hij vroeg me u dit te geven zodra Adriana beneden kwam. Hij zei dat het heel dringend was.'

'Dank je, Henrietta.' Gyles verbrak het zegel terwijl de bedienden zich terugtrokken, vouwde de verfomfaaide brief open en begon te lezen. Na een ogenblik trok hij zijn donkere wenkbrauwen op en er verschenen diepe rimpels in zijn voorhoofd.

Er was geen bliksemflits voor nodig om de graaf van Standish achterdocht te doen koesteren ten aanzien van Roger Elstons pogingen om te speculeren op het meegevoel van zijn dochter. Het was van begin af aan een zorgelijke gedachte geweest dat de klerk vaste voet probeerde te krijgen in haar leven. Hij had de methodes van de man betreurd. Gyles geloofde door zijn opvoeding dat een man fatsoenshalve zijn problemen voor zich hield, behalve tegen degenen die ervan op de hoogte moesten zijn. Onder de inwoners van Bradford on Avon was Adriana beroemd om haar medeleven met mensen in nood.

Toen Roger haar veel van de beproevingen in zijn jeugd had verteld, had Gyles dan ook aanstoot genomen aan zijn beledigende gedrag. Ze had voor die klerk waarschijnlijk meer vriendelijke tolerantie gehad dan voor de aristocraten die de ouderlijke toestemming hadden gevraagd om haar het hof te maken en zich beter schikten naar de verheven gedragscodes. Zonder zijn afspraak met zijn oude vriend, zou Gyles de huwelijksaanzoeken serieus overwogen hebben van de kandidaten die hij volledig respecteerde. De meest veelbelovende onder hen was Riordan Kendrick. Een goedkeuring aan Riordan om haar het hof te maken zou hem een goede reden hebben gegeven om Rogers bezoeken te verbieden, die vaak onverwacht waren en zonder voorkennis van Adriana.

Gyles kon de verdenking niet van zich afzetten dat Rogers voornaamste oogmerk was een rijk huwelijk te sluiten.

'Wat is er, liefste?' vroeg Christina.

'Ik denk dat dit bericht deze zelfde ochtend bij ons is bezorgd omdat Roger kortgeleden attent is geworden op Suttons thuiskomst. In elk geval verzoekt hij ons met alle respect en met de grootst mogelijke spoed zijn huwelijksaanzoek aan onze dochter opnieuw in overweging te nemen...'

Adriana's hoofd ging met een ruk omhoog, en ze staarde naar haar vader alsof híj zijn verstand had verloren in plaats van Roger Elston. 'Wat wilt u tegen hem zeggen?'

'Wat wil je dat ik tegen hem zeg, kindlief? De waarheid? Dat er weinig kans bestaat dat je een dergelijk aanzoek ooit zult accepteren?'

Ze bloosde en bestudeerde haar ineengestrengelde vingers. 'De laatste keer dat Roger het vroeg, dacht ik dat het afdoende zou zijn als hij op de hoogte was van mijn verloving met Colton. Ik wilde hem niet onnodig kwetsen, vader, en evenmin wilde ik hem aanmoedigen. Ik wilde alleen de slag verzachten die zijn trots werd toegebracht. Maar ik ben bang dat hij zich nogal overmoedig heeft gedragen nu Colton terug is. Voor zijn eigen bestwil moet hem duidelijk worden gemaakt dat ik onmogelijk zijn huwelijksaanzoek kan accepteren.'

Gyles probeerde de donkere ogen van zijn dochter te doorgronden. Er stond duidelijk ergernis in te lezen. 'Wat is er gebeurd dat je eindelijk overtuigd bent van de noodzaak om eerlijk te zijn, m'n kind?'

'Ik ben bang dat Roger zich onbetamelijk heeft gedragen jegens Colton toen we gisteren in Randwulf Manor waren.'

'Onbetamelijk?' herhaalde Gyles. 'In welk opzicht?'

Adriana probeerde het brok in haar keel weg te slikken. 'Hoe vergezocht het achteraf ook mag lijken, het bleek al bij het begin van hun ontmoeting dat Roger een wrok koesterde tegen Colton. Zonder de tussenkomst van Leo en Aris zou hij waarschijnlijk meteen met zijn vuisten op de markies af zijn gevlogen... of het tenminste hebben geprobeerd. Toen hij eindelijk tot de aanval overging, werd het snel afgehandeld door Colton. Zelfs gehinderd door zijn gewonde been, sloeg Colton hem bewusteloos en liet het aan de stalknechten over om Roger thuis te brengen. Eerlijk gezegd, begrijp ik niet dat Roger zoiets durfde. Colton lijkt fysiek op zijn vader. Hij is op z'n minst een half hoofd groter dan Roger en stevig gebouwd.' Het naakte lichaam van de kolonel had dat maar al te duidelijk bewezen. 'Alleen een dwaas of een heel dapper man zou zoiets gewaagd hebben, en toch probeerde Roger drie keer Colton bij me vandaan te houden. De laatste keer werd hij neergeslagen.'

'Durfde hij zó onbeschaamd te zijn?' fluisterde haar moeder vol afschuw. Na een verontrust knikje van haar dochter keek Christina naar het fronsende gezicht van haar man. 'Gyles, Adriana heeft gelijk. Iemand moet die knaap vertellen dat het zinloos is om te hopen dat we zijn huwelijksaanzoek zullen overwegen. Het kán gewoon niet... zeker niet met het contract waaraan voldaan moet worden... en zelfs niet zonder dat. Ik weet dat Adriana onwillig was de hoop van de jongeman weg te nemen omdat hij vroeger zulke ontberingen heeft geleden. Al hebben we nog zoveel sympathie daarvoor, uit Adriana's woorden blijkt dat hij te ver is gegaan door een recht op haar te willen uitoefenen, vooral nu hij weet dat ze verplicht is zich door Colton het hof te laten maken. Wat moet lord Colton wel niet denken van het feit dat hij door die klerk is aangevallen?'

'Natuurlijk heb je gelijk, lieve,' was Gyles het met haar eens. 'Het moet die knaap verteld worden. Ik zal hem de noodzaak uitleggen dat onze dochter met een man van adel trouwt...'

Adriana schudde hartstochtelijk haar hoofd. 'Nee, vader, alsjeblieft, zeg het niet zo ronduit tegen Roger. Ik ben bang dat het hem zal kwetsen.

'Hij schijnt een hoop drukte te maken over zijn trieste lot in het leven,' antwoordde Gyles. Hij vond het een slinkse manier van een man om de aandacht te trekken van een vrouw, vooral van een vrouw die gevoelig was voor de ontberingen van anderen. 'Maar Roger moet goed beseffen dat je bepaalde verplichtingen hebt en hem niet meer kunt zien.'

Adriana kneep haar handen in elkaar. De ontstane situatie had ze aan zichzelf te danken; ze had Roger nooit mogen toestaan haar thuis te bezoeken. Het was nu duidelijk dat hij haar medelijden verward had met iets meer. 'Misschien kan ik het hem beter zelf vertellen. Per slot van rekening is het mijn schuld dat hij hier in huis is gekomen.

'Je was alleen maar vriendelijk, kindlief,' zei haar moeder. 'Je hebt je niet gerealiseerd dat hij je voor zichzelf zou willen hebben.'

'Ha!' Het is dat koppige jong, Colton Wyndham. Ik zou hem graag een pak slaag geven,' mompelde Gyles zuur. 'De jonge Wyndham zou verbaasd staan als hij hoorde hoeveel in aanmerking komende lords ik heb moeten ontmoedigen om ons contract met zijn vader na te komen. Zonder Sedgwicks vaste overtuiging dat je veel voor zijn zoon zou betekenen en hij net zoveel voor jou, Adriana, zou ik hem al lang geleden hebben gevraagd zijn plannen voor Colton te vergeten. Onlangs ben ik gaan geloven dat de zaak achter de rug was en die snotaap nooit terug zou komen. Maar nu begint het allemaal weer opnieuw.'

'Geen snotaap meer, liefste,' verbeterde Christina haar man vriendelijk. 'Hij is nu een man, al over de dertig.'

Gyles leunde achterover in zijn stoel en zijn mond viel open van verbazing. 'Dertig, zeg je?'

'Om precies te zijn, vader, tweeëndertig,' zei Adriana.

'Ik was getrouwd en er was al een dochter onderweg toen ik zo oud was als hij,' verklaarde Gyles, alsof hij versteld stond dat een man zó lang zijn plichten kon verzaken. 'Wyndham hoort zich te vestigen en een gezin te stichten.'

Adriana sloeg haar armen om haar knieën en klemde haar trillende vingers weer ineen. 'Blijkbaar heeft hij gistermiddag over het contract gehoord, want gisteravond was hij ervan op de hoogte. Hij had het alleen over de periode van het hof maken, niet over de verloving die daarop zou kunnen volgen. In elk geval vroeg hij me u de groeten te doen en u te zeggen dat hij een berichtje zal sturen om te informeren naar een geschikte tijd voor zijn bezoek.'

Christina zag dat er op de bleke wangen van haar dochter een blos was verschenen. Nieuwsgierig vroeg ze: 'Is hij erg veranderd?'

Adriana deed een wanhopige poging er niet aan te denken hoe knap haar zogenaamde verloofde was geworden of hoe mooi zijn gespierde lijf was zoals het had geglansd in het flakkerende licht van de lantaarn in de badkamer. 'Meer dan u zich kunt voorstellen, moeder.'

Christina's hand begon te beven. 'Heeft hij zichtbare littekens overgehouden uit de oorlog?'

'Zichtbare littekens?' herhaalde Adriana afwezig. Ze keek door het raam naar de heuvels achter het huis, maar zag slechts een beeld van de man aan wie ze was beloofd. 'Bij Waterloo raakte hij zwaargewond en daarom was hij verhinderd tijdig terug te komen.'

'O, hemel, ik hoop dat die verwonding niet te erg is,' antwoordde haar moeder bezorgd, die het ergste veronderstelde. 'Kun je het verdragen naar hem te kijken?'

'Ik moet toegeven dat het niet gemakkelijk was om me te beheersen.' Adriana had moeite haar zelfverzekerdheid te bewaren toen ze dacht aan de schok van opwinding die door haar heen was gegaan toen ze door dat keiharde lichaam werd opgevangen. Ze had niet geweten dat zulke verrukkelijke emoties zo gemakkelijk konden worden gewekt, alleen al door de druk van een mannenlichaam tegen dat van haarzelf... of de herinnering aan dat moment in de badkamer, dat achteraf enorm opwindend leek.

De schok van haar recente ontmoeting met Coltron had emoties bij haar wakker geroepen die niet te vergelijken waren met wat ze ooit eerder had ervaren.

Zich verzettend tegen visioenen van een man met afschuwelijke littekens, drukte Christina een servet tegen haar lippen. 'Is het zó moeilijk?'

'Hmmm,' antwoordde Adriana, langzaam knikkend.' Het was nogal vernederend om te beseffen dat dezelfde man die haar vroeger had verstoten ook degene was die haar vrouwelijke verlangens had wakker geroepen.

'O, nee,' mompelde haar moeder angstig. Een verminkt gezicht was geen honorabel excuus om een contract te beëindigen, vooral niet als hij die wonden had opgelopen bij de dappere verdediging van zijn land. Maar het idee dat haar mooie, jonge dochter gebonden zou zijn aan een monster, deed haar maag omdraaien. Haar ongerustheid nam snel toe.

Adriana vocht zich uit een diepe slaap omhoog en tilde met tegenzin haar hoofd van het kussen. Ze keek met een dreigende blik naar de deur van haar slaapkamer waarop luid en dringend geklopt werd. Haar vader was kort na het ontbijt vertrokken, en ze had zich teruggesleept naar haar slaapkamer om te proberen nog wat te slapen. Ze hoopte dat ze zich daarna beter zou voelen. Haar moeder was te beleefd om iets meer te doen dan drie of vier keer zachtjes aan te kloppen, dus leek haar zus Melora de vastberaden schuldige te zijn.

'Kom binnen als je durft,' riep Adriana geërgerd. 'Of liever nog, ga weg. Ik wil op het ogenblik niemand zien.'

Zoals ze van haar zus had kunnen verwachten, zwaaide de deur wagenwijd open. Adriana was in de stemming om haar lastige zus meteen weer weg te sturen omdat ze het waagde haar te storen, maar tot haar verbazing was het niet Melora die haastig binnenkwam, maar Samantha, in cape en bonnet.

'Wat? Luie meid, nog in bed op dit uur van de ochtend?' vroeg Samantha. Ze was met Adriana opgegroeid en had zich soms geërgerd dat Adriana zelfs bij het krieken van de dag een vrolijk gezicht kon zetten. 'Schaam je! Jij ligt in bed tussen je zijden lakens, terwijl anderen lijden. Sta op en kleed je aan. We hebben in Bradford iets te doen.'

Adriana verborg kreunend haar gezicht in het kussen. 'Ik voel me niet goed vanmorgen,' mompelde ze. 'Wat je ook van plan bent, je zult het zonder mij moeten stellen. Ik heb te veel hoofdpijn om er zelfs maar aan te denken mijn bed in de steek te laten, laat staan mijn huis.'

'Toch ga je met me mee,' hield Samantha vol, terwijl ze de dekens wegtrok. 'De keukenmeid, die gisteren uit Wyndham Manor werd weggestuurd, heeft drie jonge kinderen, die er volgens de stalknecht die haar het huis binnendroeg heel slecht uitzien. Hij zei dat ze alledrie verschrikkelijk mager waren en in vodden rondliepen. Al wil je nog zo graag lang in je bed blijven liggen, luiaard, we moeten erheen om te zien wat we voor die kinderen kunnen doen.'

'Wie helpt míj als ik ziek word?' vroeg Adriana kribbig.

'Je had gisteravond niet zoveel wijn moeten drinken,' zei Samantha berispend. 'Je weet dat je dan de volgende dag altijd ziek bent. Bovendien zal een beetje frisse lucht je meer goed doen dan de hele dag in bed liggen. Sta op nu. Ik vind het niet goed dat je je als een ruggengraatloze kleine lafaard in je slaapkamer verstopt, alleen omdat mijn broer terug is.'

Adriana kermde rebels en draaide zich op haar rug. 'Wat heb ik in vredesnaam ooit gedaan om zo'n harteloze vriendin te verdienen als jij?'

'Nou, als je wilt dat we redenen gaan opnoemen, zitten we hier nog wel een tijdje vast, wat niet nodig is,' antwoordde Samantha, en liep naar de kast om de kleren te bekijken die er hingen. Ga je nu wassen en schiet een beetje op. Ik heb niet de hele ochtend de tijd om hier te blijven staan en jou als een verwend kind te horen jammeren. Je gaat met mij mee, en daarmee uit. Leg je daar nu maar bij neer, want tegenstribbelen helpt tóch niet.'

'Soms geloof ik dat ik je haat,' kermde Adriana somber.

'Dat weet ik, maar meestal aanbid je de grond waarover ik loop.'

'Poeh!'

Nog geen uur later liet de koetsier van de Burkes het voorste stel paarden van het vierspan stoppen achter een ander vervoermiddel, dat voor een kleine, armoedige hut stond. Nieuwsgierig rekte Samantha haar hals uit en tuurde naar de keurig geklede koetsier die naast het rijtuig stond. Toen hij vriendelijk zwaaide, fronste ze peinzend haar wenkbrauwen, want ze herkende de koetsier van haar familie, Bentley.

'Wat doet Colton hier in vredesnaam?'

Adriana slaakte een zachte kreet en ging rechtop zitten. Haar hoofdpijn was ze prompt vergeten. Toen ze naar buiten keek, zwaaide Bentley opnieuw. Haar reactie was nogal zwak, en ze plofte weer neer op haar bank van hun rijtuig. Na hun ontmoeting in de badkamer was de laatste die ze wilde zien de markies. 'Ga jij naar binnen om het hem te vragen, dan blijf ik hier op je wachten,' stelde Adriana haastig voor. 'Als Colton er al is om voor de kinderen te zorgen, dan heb je mij niet nodig.'

'Onzin, zo gemakkelijk kom je er niet af,' zei Samantha. 'Je gaat mee, al moet ik je aan je haren naar binnen sleuren.'

'Ik ben ziek…' klaagde Adriana.

'Niet zo ziek als je zult zijn als ik Colton naar buiten stuur om je het huis in te dragen.'

Met een overdreven zucht beklaagde Adriana haar benarde toestand. 'Je hebt absoluut geen medelijden.'

'Waarom? Omdat ik weiger je te laten rondwentelen in de sentimentele modder die je zelf gecreëerd hebt? Vroeger dacht ik dat je sterk was, in elk geval sterker dan je je hebt voorgedaan sinds mijn broer terug is, maar blijkbaar heb ik me vergist. Je schijnt niet veel ruggengraat te hebben. Nee, nog geen zijden draadje.'

Adriana hief haar kin op. 'Wat ik nu voel, heeft niets met je broer te maken.'

'Mooi, dan zal het je ook niet storen als we naar binnen gaan om te zien wat hij aan het doen is.'

Adriana vertrok haar mond in een opstandige grijns toen haar vriendin uitstapte. 'Als je Percy net zo behandelt als mij, kan ik alleen maar zeggen dat het een wonder is dat hij niet over de grens naar Schotland is verdwenen.'

'Dat kan hij niet! Als het je nog niet is opgevallen, er is een ijzeren bal met ketting aan zijn enkel bevestigd,' kaatste Samantha terug.

Ontevreden bij zichzelf mopperend stapte Adriana onwillig uit en liep achter haar vriendin de krappe, vochtige, schaars gemeubileerde hut in.

Toen de beide vrouwen door de open deur van de hut binnenkwamen, draaide Colton zich met een ernstig gezicht om van het veldbed waarop een toegedekte gestalte lag. Hij glimlachte flauwtjes naar Samantha voor hij achter haar keek, naar de slanke vrouw die haar gevolgd was. Zijn gezicht bleef somber. De haard achter hem was donker, vochtig en koud. Aan de andere kant van de kamer stonden drie kinderen, in de leeftijd van twee tot vijf. Dicht opeengedrongen stonden ze in de verste hoek en staarden met grote, angstige ogen naar de vreemde mensen die binnen waren gekomen. Adriana zag de vervuilde toestand waarin ze verkeerden en hun uitgemergelde gezichten en lijfjes, en vergat haar eigen misère. Haar hart ging naar hen uit.

'Ik ben blij dat jullie hier zijn,' zei Colton zacht.

Samanta wendde haar blik af van de roerloze gestalte die door een versleten deken was toegedekt en keek vragend naar haar broer. Hij knikte en bevestigde haar vermoeden dat de moeder dood was.

'Ze is kennelijk kort nadat ze hierheen is gebracht gestorven,' legde hij met gedempte stem uit. 'Ze was al stijf en koud toen ik kwam. Ik begrijp niet hoe ze zoveel cognac naar binnen heeft kunnen krijgen als blijkbaar het geval is, in elk geval voldoende om haar dood te veroorzaken.'

Weer ging zijn blik naar Adriana. 'Ik heb de kinderen niet kunnen benaderen,' legde hij uit. 'Ze zijn doodsbang voor me.'

Adriana liep haastig naar de weesjes toe, en ondanks hun angstige gejammer trok ze haar cape uit en sloeg die om het jongste kind, een heel klein meisje met verward, vuil blond haar en een besmeurd gezicht. Ze tilde het kind op, hield het in haar armen en stak haar hand uit naar de op een na oudste.

'Kom, kinderen,' zei ze op moederlijke toon, 'we brengen jullie naar een mooi, warm, heerlijk huis, waar een heel aardig echtpaar woont dat veel van kinderen houdt.'

De oudste jongen schudde zijn hoofd. 'Kan niet. Moet hier blijven en voor mijn zusje en broertje zorgen. Mama heeft gezegd dat ik dat moet doen, wát er ook gebeurt.'

'Je kunt ook bij de Abernathy's voor ze zorgen,' redeneerde Adriana, 'maar daar heb je het warm en krijg je goede kleren en eten. Ken je de Abernathy's?'

Weer schudde de jongen ontkennend het hoofd. 'Mama wilde niet dat we naar buiten gingen als zij er niet was. Ze zei dat vreemden ons naar het armenhuis zouden brengen.'

'Goed, dan zal ik je wat vertellen over de Abernathy's. Het is een ouder echtpaar dat op het land woont, niet zo ver hiervandaan. Ze hebben zelf nooit kinderen kunnen krijgen, en omdat ze toch graag een groot gezin willen hebben, nemen ze al sinds een paar jaar weeskinderen in huis en voeden die op alsof ze hun eigen kinderen zijn. Op dezelfde manier hebben ze ook dieren geadopteerd. Houden jullie van dieren?' Op het bevestigend knikje van de jongen vervolgde ze: 'Ze hebben katten, honden, kippen, ganzen en geiten, schapen, paarden en koeien...' Ze zweeg even, haalde overdreven diep adem en vroeg toen: 'Hebben jullie weleens een koe gemolken?'

De oudste schudde weer zijn met vuil aangekoekte hoofd. 'Nee. We zien bijna nooit een koe, behalve als er iemand er een keer mee langs huis kwam. We wonen hier al sinds pa in de oorlog is gestorven. Mama wilde niet dat we naar buiten gingen.'

'Arme stakkerds, hebben jullie nog nooit buiten gespeeld of de bomen gezien, of de zon?'

'Alleen uit het raam.'

Adriana was verbijsterd dat een moeder haar kinderen zoiets kon aandoen. 'Het is heerlijk om buiten te zijn als de zon schijnt en er vlinders rondvliegen, om de dieren te zien en frisse lucht in te ademen. Het is helemaal niet slecht om buiten te zijn, al zijn er soms slechte mensen voor wie kinderen op hun hoede moeten zijn. Maar de Abernathy's zijn heel aardige, vriendelijke mensen, die je kunt vertrouwen. Ze leren de kinderen alles over dieren en ze leren ze ook lezen, schrijven en rekenen. Kunnen jullie dat een beetje?'

Weer het negatieve hoofdschudden van de jongen.

'Nou, meneer Abernathy is een heel goede onderwijzer, en hij houdt net zoveel van kinderen als zijn vrouw. Bovendien is hij heel knap in het maken van houten dieren. Zouden jullie graag een houten diertje voor jezelf hebben?'

Ze glimlachte toen ze een bevestigend antwoord kreeg. 'Dan kan ik jullie bijna zo goed als zeker beloven dat jullie er allemaal een zullen hebben voordat de avond valt. Maar om bij het huis van de Abernathy's te kunnen komen, moeten we een ritje maken in die mooie, glimmende rijtuigen die voor de deur staan. Willen jullie dat?'

De drie weeskinderen keken elkaar behoedzaam aan.

'Kweenie,' mompelde de oudste jongen. 'Heb er nog nooit in gezeten.'

Adriana lachte en knuffelde het kleinste meisje. 'Dan krijgen jullie je eerste rit in een rijtuig dat een prins waardig is. Mijn vrienden en ik zullen jullie naar de Abernathy's brengen en jullie aan alle weeskinderen voorstellen die de Abernathy's onder hun hoede hebben genomen. Je kunt ze ondervragen over hun thuis, om te horen of ze het naar hun zin hebben daar. Als dat niet zo is, hoeven jullie niet te blijven. Dan vinden we ander een vriendelijk gezin dat voor jullie zal zorgen, maar ik wed dat de kinderen die er nu wonen net zo verrukt zijn over hun verblijf daar als jullie na een tijdje zullen zijn. Ik geloof trouwens niet dat ik iets beters kan bedenken voor kinderen.'

'Mama is dood, hè?' flapte de jongen eruit.

Adriana knikte langzaam. 'Helaas wel, ja. Daarom zijn wij gekomen... om jullie te helpen. Maar eerst moet ik jullie namen kennen.' Ze keek naar het vuile gezichtje van het kind in haar armen, keek naar de oudste en zei in het wilde weg een naam. 'Iets zegt me dat je naam Thomas is...'

'Joshua... Joshua Jennings.' Hij wees met zijn duim naar het schooiertje naast hem. 'Mijn broertje heet Jeremiah, en mijn zusje Sarah.'

'Dat klinkt of jullie vernoemd zijn naar figuren uit de bijbel. Dat is een grote eer. Heeft je moeder jullie die namen gegeven?'

'Nee, m'n pa. Toen pa nog leefde, las hij ons altijd voor uit de bijbel. Hij was zelfs begonnen me te leren lezen, maar toen ging hij vechten in de oorlog en werd hij doodgeschoten.'

'Dat vind ik heel erg, kinderen.' Adriana keek hen vol medelijden aan en vroeg: 'Hebben jullie weleens het verhaal gehoord van Joshua en de slag bij Jericho, hoe de mannen opdracht kregen zes dagen lang rond de stad te lopen en op de zevende dag zeven keer eromheen te lopen en dan op de ramshoorn te blazen...? Tot ieders verbazing stortten de muren in.'

Een langzaam, negatief hoofdschudden gaf een zwijgend antwoord. 'Herinner me niet. Heb geen verhalen meer gehoord sinds pa de oorlog in ging,' mompelde de jongen. 'Toen wilde mama nooit meer een verhaal vertellen. Ze ruilde de bijbel voor een fles gin en wat eten. Als ze werkte, kwam ze thuis met dezelfde spullen. Dan bleef ze een paar dagen in bed, dronk gin, en ging dan weer naar buiten om werk te zoeken en meer drank te kopen.'

'Ik weet toevallig dat mevrouw Abernathy veel van de bijbel houdt, en ze zal jullie gráág eruit voorlezen. Er staan een paar heel spannende verhalen in over mannen en vrouwen die dezelfde namen hebben als jullie.' Met een knikje naar de markies ging ze verder. 'Deze aardige heer is lord Randwulf. Hij zal alles regelen, zodat jullie bij de Abernathy's kunnen blijven tot jullie oud genoeg zijn om een gerespecteerd beroep te leren. Als jullie je door hem en lady Burke in een van die mooie glimmende rijtuigen laten helpen, kom ik vlak achter jullie aan met jullie zusje.'

Colton was stomverbaasd over de charmante manier waarop ze het vertrouwen van de drie kinderen wist te winnen. Toen hij binnenkwam, waren ze angstig gillend in een hoek gevlucht, waar ze in doodsangst op elkaar gekropen bleven zitten. Tekens wanneer hij naar hen toe wilde gaan, begonnen ze te gillen, alsof ze verwachtten dat ze een pak ransel zouden krijgen of naar een duivels oord zouden worden gebracht, zoals hun moeder gezegd had. Maar bij Adriana's binnenkomst was alles anders. Het was duidelijk dat ze een natuurlijke aanleg had om met kinderen te praten, ze gerust te stellen en hun vertrouwen te winnen. Hij twijfelde er niet aan dat ze op een dag een fantastische moeder zou zijn... wellicht van zíjn afstammelingen.

Zodra ze buiten waren tilde Colton de kinderen in het rijtuig van zijn zus en draaide zich toen om naar Adriana. 'Ik sta bij je in de schuld,' zei hij met zachte stem. 'Ik kan schijnbaar niet zo goed omgaan met kinderen, tenminste niet met deze arme, angstige weeskinderen. Ik wist niet wat ik moest doen, tot jij kwam. Bedankt voor je hulp.'

Adriana moest onwillekeurig glimlachen. Zijn zachte, warme, sussende stem leek haar zintuigen te strelen. 'Arme lieverds, het is duidelijk dat ze al een tijdlang gebrek hebben gehad aan deernis en zorg, maar de Abernathy's zullen daar verandering in brengen. Het zijn geweldige mensen. Mevrouw Abernathy zweert dat ze zich gezegend voelen met hun grote gezin. Maar er zijn zóveel kinderen die ze moeten kleden en voeden, dat ze hard moeten werken om voor degenen te zorgen die ze al hebben opgenomen. Misschien, als u daartoe bereid bent, milord, zou u iets kunnen missen om hen daarbij te helpen. Het zal door iedereen bijzonder op prijs worden gesteld. Zo niet, dan weet ik zeker dat mijn vader bereid zal zijn nog wat meer...'

'Je hoeft hem niet lastig te vallen, Adriana. Ik zal er graag voor zorgen. Ik ben vanmorgen speciaal gekomen om me te bekommeren om het welzijn van de kinderen, toen Harrison me verteld had dat de kinderen in nood verkeerden. Maar toen ik binnenkwam en ontdekte dat hun moeder was gestorven, wist ik niet hoe ik een geschikt thuis voor hen zou kunnen vinden of een vrouw om voor hen te zorgen. Zo te horen zijn de Abernathy's precies de liefdevolle, zorgzame mensen die die kinderen nodig hebben. Bedankt dat je me bent komen redden... en de kinderen op hun gemak hebt gesteld en getroost. Zonder jou zou ik waarschijnlijk nog binnen zijn om te proberen hun vertrouwen te winnen.'

'Ze zullen later wel willen weten waar hun echte moeder begraven is,' mompelde Adriana, blij dat hij bereid was de Abernathy's te betalen voor hun zorg voor de kinderen.

'Ik zal ervoor zorgen dat ze begraven wordt in een gemarkeerd graf en dat er een paar passende woorden worden gesproken als haar lichaam te ruste wordt gelegd. Ik zal het vandaag regelen, en de Abernathy's laten weten wanneer ze de kinderen kunnen brengen. De kinderen zullen trouwens heel blij zijn als ze jou daar zien, want het schijnt dat ze jou volledig vertrouwen. Zou je me morgen willen vergezellen naar de begrafenis?'

'Natuurlijk, milord.' Ze glimlachte naar hem, en besefte plotseling dat ze zich een stuk beter voelde dan die ochtend. 'Laat me maar weten hoe laat, dan zal ik zorgen dat ik klaarsta.'

'Ik zal iemand met die informatie naar Wakefield sturen zodra ik weet hoe laat het gebeurt. We hoeven niet ieder apart te gaan. Ik kom je een halfuur vóór de plechtigheid met de landauer halen. Kan dat je goedkeuring wegdragen?'

'Gaat Samantha ook?' vroeg Adriana. Ze hoopte dat er nog iemand anders bij hen zou zijn.

'Ik zal het haar later op de dag vragen. Voorlopig zullen we eerst de kinderen naar de Abernathy's brengen, zodat ze gewassen kunnen worden en schone kleren krijgen.'

'Bedankt voor uw aandacht voor de kinderen, milord,' zei ze met oprechte dankbaarheid.

'Ik ben degene die jou moet bedanken, Adriana. Toen jij en Samantha voor al die zwerfdieren zorgden, had ik niet kunnen denken dat er een dag zou komen waarop ik zo intens opgelucht zou zijn dat tedere, koesterende instinct weer in werking te zien. Ik zal jou – of Samantha – nooit meer uitlachen om je rol als goede Samaritaan.'

Adriana lachte. 'Ik zal u eraan herinneren als u ooit weer over dat onderwerp begint. Net als vroeger schijnt u ons graag te plagen, onder welke omstandigheden ook.'

Grijnzend keek hij haar diep in de ogen. 'O, voor jóu hoef ik mijn toevlucht daar niet meer toe te nemen. Ik heb nu veel interessantere herinneringen om je mee te plagen.' Zijn blik ging even omlaag naar haar borsten. 'Die onthullende momenten zal ik nooit vergeten.'

Adriana voelde de hitte naar haar wangen stijgen en draaide zich met een ruk om. Ze voelde zijn hand onder haar elleboog toen hij haar in het rijtuig hielp. Hoewel ze van plan was hem bits af te wijzen, maakte zijn stevige greep op haar arm dat alle gedachten aan vergelding verdwenen. Tenzij ze volkomen haar verstand verloren had, zou ze geneigd zijn te denken dat de druk van zijn hand op een teder gebaar leek.

'Zo! Ik hoor dat Colton Wyndham eindelijk terug is gekomen om zijn rechtmatige titel als lord Randwulf op te eisen,' zei Melora, die naast haar jongste zus neerplofte terwijl ze wachtten tot hun moeder de thee zou inschenken. De tengere blondine draaide met haar heupen alsof ze probeerde een comfortabel plekje te vinden op de enorme sofa. Met alle andere stoelen, canapés en sofa's in de zitkamer, leek het onnodig dat Melora haar van het kussen probeerde te verdringen om meer ruimte te krijgen voor zichzelf.

'Zit je nu goed?' informeerde Adriana met nauwelijks verholen sarcasme.

'Ja, dank je,' antwoordde Melora bijdehand.

'Je wilde me onder vier ogen spreken?' Een aandachtige luisteraar zou de spot in haar stem hebben gehoord.

'Eerlijk gezegd, ja. Al die jaren ben ik heel nieuwsgierig geweest naar iets, en misschien zou je me opheldering kunnen geven, omdat lord Sedgwick je zo verafgoodde.'

Adriana trok argwanend haar wenkbrauwen op. 'Ja?'

'Ik heb me vaak afgevraagd of lord Sedgwick ooit spijt heeft gehad van het contract tussen Colton en jou, waartoe hij het initiatief heeft genomen, en wie meer spijt had van zijn overeenkomst, lord Sedgwick of zijn zoon. Als hij had voorzien dat Colton liever weg zou gaan dan de rest van zijn leven met jou door te brengen, zou lord Sedgwick waarschijnlijk Jaclyn of mij hebben gekozen. Niemand heeft ooit kunnen verklaren waarom hij juist aan jou de voorkeur gaf als vrouw voor zijn erfgenaam. Maar natuurlijk doet dat er nu niet meer toe. Het is nu aanpassen aan de toekomst. Dus vertel me eens, wat vind je van je verloofde nu je hem terug hebt gezien?'

Geërgerd door Melora's honende theorieën en vragen, verklaarde Adriana nadrukkelijk: 'Colton ís niet mijn verloofde, en misschien wordt hij dat nooit, dus hou op hem zo te noemen. Je kent het contract net zo goed als ik. Hij heeft drie maanden om me het hof te maken en uit te maken of hij geneigd is tot een verloving, alvorens een beslissing te nemen. Dus als je zo vriendelijk wilt zijn niet meer op die manier over hem te spreken, zou ik je dankbaar zijn voor je wellevendheid, waar het je zo duidelijk ontbreekt aan begrip en tact.' Ze haalde achteloos haar schouders op. 'Wie kan de houding van een man in een paar uur beoordelen? Colton lijkt heel aardig, maar we zijn weinig meer dan vreemden voor elkaar.'

'Is hij knap?

'Hij lijkt veel op zijn vader.'

'O, dan moet hij héél knap zijn. Vond jij zijn vader niet knap?'

'Ik heb lord Sedgwick altijd een heel gedistingeerd uitziende man gevonden.'

'Denk je dat Colton staat te popelen om je het hof te maken na zo lang te zijn weg geweest? Na zijn opstandige weigering al die jaren geleden, wil hij waarschijnlijk de hele kwestie nu het liefst negeren.'

Adriana sprong verontwaardigd overeind en liep haastig de kamer door om een kopje thee van haar moeder in ontvangst te nemen.

'Dank u, mama,' mompelde ze. Op haar gemak nam ze een slokje voor ze een scone accepteerde.

Melora kwam naast haar zus staan en nam haar onderzoekend op. 'Weet je, Adriana, je zou toch volumineuzere jurken moeten dragen om het feit te camoufleren dat je zo lang en mager bent. En mag ik ook zeggen dat een beetje rouge op je wangen je beter zou staan? Maar het trauma van Coltons thuiskomst zal daar wel iets mee te maken hebben. Hoewel ik meeleef met je angst dat hij je even hardvochtig zal afwijzen zoals hij jaren geleden heeft gedaan, mag je je emoties toch niet zo overduidelijk laten blijken. Engelsen houden hun gevoelens onder controle, al heb jij kennelijk nooit de kunst geleerd kalm en beheerst te lijken. Alles staat op je gezicht te lezen.'

Adriana keek met een liefdevolle glimlach naar haar moeder en probeerde haar zus te negeren, die bij tijden zo irriterend kon zijn als een zoemende mug. 'De thee is heerlijk, zoals altijd, mama.'

'Dank je, kindlief,' zei Christina, en gaf een teder kneepje in de hand van haar dochter. 'Je hebt de gave om me een heel bijzonder gevoel te geven, terwijl het zo simpel is wat ik voor jullie doe.'

Melora kwam tussen hen in staan en plantte een klinkende zoen op de wang van haar moeder. 'Dat komt omdat u zo bijzonder bént, mama.'

'Bewaar wat van die affectie voor mij,' zei Gyles grinnikend terwijl hij de kamer binnenkwam.

Melora draaide zich met een vrolijke lach om en leek door de kamer te zweven in haar haast zijn aandacht te trekken. 'Papa, u weet dat u mijn hele hart bezit.'

'Niet zo vleien,' bromde hij lachend en kneep liefdevol in haar schouder. 'Ik weet heel goed dat je hart gestolen is door die jongeman met wie je gaat trouwen. En als je hier weggaat, zul je een stukje van het mijne meenemen.'

Voldaan keek Melora hooghartig om naar Adriana, maar zag teleurgesteld dat Adriana niets had gemerkt van hetgeen zich achter haar rug afspeelde. Haar zus staarde bijna weemoedig door het raam.

Onwillig om die onverschilligheid, zei ze: 'Ik veronderstel dat Adriana's huwelijk niet ver weg meer zal zijn nu Colton terug is, papa, tenzij ze natuurlijk iets doms doet, zoals die deugniet van een Roger onaangekondigd in en uit te laten lopen zoals hij geneigd schijnt te doen. Ik betwijfel of Colton daar het geduld voor heeft.'

Christina knikte stoïcijns, bang om commentaar te leveren waaruit haar bezorgdheid zou blijken. Ze had zichzelf er niet toe kunnen brengen met Adriana over Coltons verminking te praten. Dapper keek ze glimlachend naar haar man. 'Wil je thee, Gyles?'

'Alleen als ik naast jou en onze dochters kan zitten om te genieten van jullie gezelschap,' antwoordde Gyles.

Melora gaf hem een stevige arm en leidde hem naar de sofa, waar hij plaatsnam naast haar moeder. Melora nam de enige beschikbare plaats naast hem in beslag en keek toen met een zelfingenomen lachje naar haar zus, die zich afwendde van het raam en naar hen toe kwam. Hooghartig wees Melora naar een stoel tegenover hen. 'Je zult daar moeten zitten, Addy. Ik weet dat je het vreselijk vindt om papa's aandacht te moeten delen, maar het is niet meer dan eerlijk dat je dat doet, want binnenkort zal ik getrouwd zijn en dit huis verlaten.'

Met een woedende blik op haar zus ging Adriana in de aangeboden stoel zitten. Ze ergerde zich aan Melora's neiging om haar naam af te korten. 'Noem me niet zo, Melora. Je weet dat ik die naam haat.'

Melora haalde nonchalant haar schouders op. 'Nou ja, hij past bij je.'

Adriana kneep dreigend haar ogen samen. 'Dát is niet waar!'

'Welwaar!'

'Meisjes! Meisjes! Gedraag je,' zei Christina berispend. 'Jullie lijken wel een stel oude feeksen.'

Melora trok een pruilend gezicht. 'Alleen omdat ik Melora nu en dan bij een koosnaampje noem, maakt ze zich overstuur en wordt ze kwaad. Ze is ook zó gauw op haar teentjes getrapt.'

Gyles keek even terzijde naar zijn blonde dochter en ving het superieure, meesmuilende lachje op waarmee ze naar Adriana keek. Hij zag ook hoe snel haar uitdrukking veranderde in een lieve, onschuldige blik toen hij zijn keel schraapte om haar aandacht te trekken.

'Is er iets, papa?' vroeg Melora met een allerliefste glimlach.

Gyles hield schijnbaar aandachtig zijn blik gericht op het fraaie lijstwerk. 'Lady's horen geen hooghartig gezicht te trekken. Je weet nooit wanneer een verlamming toe kan slaan.'

'Hooghartig gezicht?' herhaalde Melora met een engelachtige onschuld. 'Wie...?' Met opengesperde ogen vroeg ze: 'Adriana, wat heb je gedaan?'

'Melora.' Gyles boog zijn hoofd en keek zijn dochter recht in haar blauwe ogen. Hij zag dat er een diepe blos op haar wangen verscheen. 'Je weet heel goed, kind, dat je er een hekel aan hebt als de mensen jou Melly noemen. Ik vind Melly noch Addy zo mooi of passend als de namen die je moeder en ik voor jullie hebben gekozen. Je zou er misschien baat bij hebben als je je iets hoffelijker gedraagt en je zus niet zo tegen

131

je in het harnas jaagt, vooral waar je weet dat ze die naam ver-
afschuwt.'

'Wilt u zeggen... dat ik niet hoffelijk genoeg ben, papa?'
vroeg Melora aarzelend.

'Ik weet zeker dat sir Harold vindt van wél. Anders zou hij
je niet ten huwelijk hebben gevraagd. Maar er zijn momenten
waarop je erg prikkelbaar kunt zijn ten opzichte van je jongste
zus. Hebben we je zozeer verwend voordat Adriana werd geboren dat je het niet kon verdragen een gekoesterd plaatsje in
de familie op te geven? Moet ik soms denken dat je rancuneus
bent omdat zíj nu de jongste is?'

'O, papa, hoe kunt u zoiets zelfs maar veronderstellen!'

'Ik doe dat weleens als je erg hatelijk tegen haar doet, maar
vergeef me alsjeblieft als ik me vergis. In elk geval zul je je zus
voortaan alleen bij de naam noemen die je moeder en ik haar
hebben gegeven.'

Geërgerd omdat ze een reprimande had gekregen in bijzijn
van iemand die in haar ogen altijd met haar zou wedijveren
om de liefde van haar ouders, keek Melora met een irritant
zelfingenomen lachje naar Adriana. Ze kon het niet laten zich
te bedienen van een uitdrukking die hun beide ouders geregeld
tegen elk van hen gebruikten. 'Kindlief, wat maak je toch een
ophef over zo'n kleinigheid!'

'Melora,' zei Christina, zó zacht dat ze onmiddellijk de aandacht trok. Ze schudde bijna onmerkbaar haar hoofd.

Het was een zwijgende communicatie tussen moeder en
dochter, maar Melora leek ineen te schrompelen door zelfver-
wijt. Ze knipperde een traan weg, stond op, liep naar Adriana's stoel en sloeg haar armen om de schouders van haar jongste zus. 'Het spijt me,' mompelde ze. 'Ik was onaangenaam.
Wil je me vergeven?'

'Natuurlijk.' Glimlachend drukte Adriana Melora's hand.
'Je weet dat ik dat ook vaak ben, en dan een standje verdien.'

Ze lachten allebei, en de spanning was verdwenen toen hun
ouders bij hen kwamen.

7

'Samantha zit niet bij hem in het rijtuig,' zei Melora verbaasd toen ze uit het raam naar de oprijlaan keek en alleen de kolonel in het aangekomen rijtuig zag. 'Wat ga je doen? Je kunt niet zonder chaperonne zonder Colton uit.'

'Melora, moet je nu écht altijd een schandaal ontdekken in elke omstandigheid die niet voldoet aan jouw verheven standaard?' zei Adriana sarcastisch terwijl ze naar de deur van de zitkamer liep. 'Hoewel ik niet denk dat Colton er ook maar enigszins in geïnteresseerd is mij te verkrachten, is Bentley bij de hand als ik zou schreeuwen.'

'Maar Bentley zit op de bok van de landauer,' protesteerde haar zus.

'Zo hoort het ook. Per slot van rekening ís hij hun koetsier, Melora.'

'Ja, en jij zit alleen in het rijtuig met Colton.'

'Nou, het is daglicht buiten, en het zou wel heel dom van hem zijn om zich aan me op te dringen als zijn familiewapen op de deur van zijn rijtuig staat. Bovendien gaan we met de drie kinderen naar de begrafenis van hun moeder. Ik denk dat we er wel op kunnen vertrouwen dat hij zich lang genoeg als een gentleman zal gedragen om me naar de Abernathy's te brengen, de kinderen op te halen en ons naar de kerk en het kerkhof te begeleiden. Bovendien kan ik me niet voorstellen dat hij iets doms zou doen. Als hij me aanrandt, zal papa hem wis en zeker bijbrengen hoe hij de dominee moet antwoorden als de huwelijksgeloften worden uitgewisseld.' Ze begon zich op te winden dat Melora de zoon van Sedgwick Wyndham tot zo'n daad in staat achtte. 'Werkelijk, Melora, jij denkt van iedereen, sir Harold uitgezonderd, het slechtste, en Colton is net zo'n gentleman als je verloofde, misschien nog wel meer. Uiteindelijk is Philana Coltons moeder, en we weten allemaal wat een fijnzinnige dame zij is.'

'Dat wil niet zeggen dat Colton geen andere manieren heeft geleerd tijdens zijn afwezigheid. Ik heb schokkende verhalen gehoord over de vrouwen die met het leger meetrekken en zorgen voor de... eh... behoeften van de soldaten. Je kunt me niet wijsmaken dat Colton op zijn leeftijd en in zo'n lange afwezigheid, niet met sommigen van hen naar bed is geweest.'

'Je mag de reputatie van een man niet besmeuren omdat je dingen hebt horen zeggen, Melora. Als hij een heilige was, zou je hem waarschijnlijk saai en fantasieloos noemen.'

Adriana bleef in de vestibule staan, liet Charles haar cape om haar schouders draperen en wapperde toen achteloos met haar vingers ten afscheid naar haar zus. 'Tot straks... tenzij ik belaagd word.'

Met een ondeugende voldoening fladderde ze bijna de deur uit, tot haar genoegen juist op tijd om Colton op zijn weg naar de voordeur te onderscheppen.

'Niet nodig, milord, ik ben klaar om te gaan als u dat ook bent. Melora is trouwens de enige die thuis is, en ik wil eigenlijk haar nieuwsgierigheid nu nog niet bevredigen. Zusterlijke liefde en zo, u weet wel.'

'Zoiets als jij en Samantha?' vroeg hij nieuwsgierig terwijl hij haar hielp instappen. Naar wat hij zich kon herinneren van de drie gezusters Sutton leken Adriana en zijn zus veel beter bij elkaar te passen.

Adriana ontweek zijn vraag. 'Misschien niet helemaal hetzelfde. Samantha en ik kunnen meestal fantastisch met elkaar opschieten.'

Ze zei verder niets meer en liet Colton in het ongewisse. Maar als hij conclusies kon trekken uit zijn vroegere bezoeken aan Wakefield, dan meende hij dat de oudste zussen altijd een nogal verwaande houding hadden aangenomen tegenover Adriana, alsof ze niet wensten te worden lastiggevallen door iemand die zo jong, mager en slungelig was.

In een paar ogenblikken vond Colton Adriana bijna engelachtig in haar tedere, moederlijke zorg voor de drie Jenningskinderen, die ze goed inpakte tegen de koude wind, waarna ze de jongste twee langzaam en voorzichtig aan de hand naar zijn rijtuig bracht. Hij kwam met de oudste jongen achter hen aan en sloeg haar gade toen ze de kinderen vertelde over de diverse dieren van de Abernathy's, en de naam noemde van de diersoorten. Tot zijn eigen verbazing kwamen er vreemd suggestieve gedachten bij hem op, hoe het zou zijn als hij haar echtgenoot was en de vader van haar kinderen. Het was beslist geen onaangenaam gevoel. Het was zelfs prettig om te weten dat ze hem zodanig beviel dat hij haar zich kón voorstellen als zijn vrouw en moeder van zijn afstammelingen.

De Abernathy's hadden de andere weeskinderen bijeengebracht in hun grote, zelfgemaakte vervoermiddel en reden voorop naar de kleine kerk, op het kerkhof waarvan de begrafenisplechtigheid zou worden gehouden. Ze lieten het aan Colton en Adriana over om de kinderen van de overleden vrouw erheen te brengen. Volgens mevrouw Abernathy kwamen de kinderen niet uitgepraat over hun rit in het mooie rijtuig. De verandering in de kinderen was opmerkelijk. Ze waren nu schoon en verzorgd, droegen nieuwe kleren, die Colton had betaald, en leken tevreden en beslist minder angstig. De twee kleinsten zaten ieder aan een kant van Adriana en overlaadden haar met vragen. De oudste had een plaats gezocht naast Colton en was al even weetgierig. Hij leunde op de armsteun en keek hem onderzoekend aan.

'Hebt u net als mijn pa in de oorlog gevochten?'

'Waarschijnlijk langer dan je vader. Tot voor kort wilde ik mijn carrière maken in het leger.'

Joshua keek hem met hernieuwde belangstelling aan. 'Bent u weleens gewond?'

'Ja, in mijn been.'

'Was u dicht bij de dood?

Colton boog heel even zijn hoofd en grijnsde naar de jongen.

'Dicht genoeg om me bevreesd te maken.'

'Bevreesd?' herhaalde de jongen onthutst. 'Wat bedoelt u?'
'Bang.'

Joshua was kennelijk van zijn stuk gebracht. 'Echt bang?'

'O, ja. Het is heel natuurlijk dat je bang bent om je leven te verliezen... of je been.'

'Was u dan al eens eerder in gevaar?'

'Ja, op het slagveld. Maar ik had geen tijd om aan doodgaan te denken terwijl ik vocht. Ik had het te druk met te proberen in leven te blijven.'

'Ze hebben me verteld dat mijn pa een held was,' zei Joshua nuchter. 'Ik heb dat door zijn vrienden tegen mama horen zeggen toen ze kwamen vertellen dat hij dood was.'

Colton legde troostend zijn hand op de schouder van de jongen. 'Naar wat ik over je vader gehoord heb, geloof ik dat hij een bewonderenswaardig man was, op wie een zoon heel trots kan zijn. Ik weet zeker dat je in je latere leven veel zult hebben aan de herinneringen aan hem. Misschien kun jij op je eigen manier ook een held zijn.'

'U bedoelt de oorlog ingaan en gedood worden, net als hij?'

'Joshua, je hoeft niet te vechten en dood te gaan om een held te zijn. Je kunt net zo'n grote held worden als je blijft leven. Je kunt beginnen met te waken over je broertje en zusje, hun te leren goed van kwaad te onderscheiden, hen te beschermen tegen mensen die proberen hen pijn of verdriet te doen en hen te helpen met hun dagelijkse bestaan. Misschien te helpen bij het wassen of aankleden, het aantrekken van hun schoenen en het kammen van hun haar. Als oudste moet je hen koesteren en onderwijzen.'

Adriana luisterde kalm en aandachtig.

'Lord Randwulf was ook een held in de oorlog,' merkte ze op met een lachje naar Joshua. 'Hij heeft gevochten om dit land te redden van de Franse strijdkrachten, die ons waarschijnlijk veroverd zouden hebben als ze niet waren verslagen.'

'Ik wil een held zijn,' kwam Jeremiah tussenbeide.

'Ik wil ook een held zijn,' zei Sarah verlegen, en giechelde toen Adriana haar onder haar kin kietelde. Ze verborg haar gezicht tegen de zijkant van Adriana's borst, tuurde met één oog naar de man en wees toen met haar handje omhoog. 'Net als de mooie dame.'

'Zij is inderdaad een heldin,' gaf Colton toe. 'Niet alleen voor talloze in het wild levende dieren, maar voor drie weeskinderen die dringend wat zorg en liefde nodig hadden.' Hij ging rechtstreeks verder tegen Adriana. 'Je bent een goede moeder, lieve.'

Het koosnaampje deed haar blozen, en in een poging het te verbergen, wijdde ze haar aandacht aan de kleinste en nam haar op schoot. Ze leunde achterover en keek stralend in de blauwe ogen van het meisje. 'Je bent zo mooi, Sarah. Ik weet zeker dat je vader trots op je zou zijn geweest, net zo trots als op Joshua en Jeremiah.'

'Dat heeft mijn pa altijd tegen ons gezegd, dat hij trots op ons was,' verklaarde Joshua. 'Ik wou dat hij geen held was geweest, zodat hij nu bij ons kon zijn.'

Colton kneep zwijgend in Joshua's arm om zijn medeleven met diens gevoelens te kennen te geven. Plotseling barstte het kind in snikken uit en drukte zich tegen Coltons borst. Adriana sloeg hen gade. Colton sloog troostend zijn arm om Joshua heen en deed geen enkele poging zijn jas te beschermen terwijl hij het kind ertegen liet uithuilen.

Niet veel mensen woonden de plechtigheid bij. Het scheen dat de dode niet erg geliefd was bij haar buren en bekenden. Degenen die kwamen, waren vol lof over de vader, maar veroordeelden de vrouw omdat ze een egoïstische, luie pimpelaarster was geweest, die niets had gedaan voor de kinderen behalve ze uit te hongeren en op te sluiten in een koud, donker kot. Velen van hen verbaasden zich over de verandering die zich in zo korte tijd in de kinderen had voltrokken.

Toen de kinderen eindelijk werden teruggebracht naar de Abernathy's nodigde het echtpaar Colton en Adriana uit om te blijven eten. Colton zou hebben geweigerd omdat het echtpaar het financieel heel moeilijk leek te hebben, maar Adriana vertrouwde hem zachtjes toe dat haar vader ervoor zorgde dat het gezin nooit gebrek had aan voedsel. Ze voegde eraan toe dat mevrouw Abernathy uitzonderlijk goed kon koken en het een feest was om een door haar bereide maaltijd te nuttigen.

De avond werd in vrolijke stemming doorgebracht. Adriana en Colton zaten samen op een bank, aan beide kanten geflankeerd door de kinderen Jennings. De andere kinderen van het gezin zaten vol verhalen die ze graag kwijt wilden aan hun gasten.

Toen het rijtuig van de Wyndhams eindelijk naar huis terugreed over de maanverlichte weg, uitte Adriana haar dankbaarheid voor wat Colton had gedaan en bereid was in toekomst voor de kinderen te doen. 'Ze zullen profiteren van uw hulp, milord; het zal betere mensen van hen maken.'

'Ik heb niet veel gedaan,' beweerde hij, en wreef nadenkend met zijn duim over de zilveren knop van zijn stok. 'Jou en de Abernathy's komt alle lof toe, niet mij.'

'Die lof wil ik de Abernathy's uit de grond van mijn hart toezwaaien, maar u bent heel edelmoedig geweest, waar andere edellieden waarschijnlijk zouden hebben geweigerd.'

'Als ik barmhartig ben geweest, Adriana, ben jij degene die het me geleerd heeft. Dankzij jouw en Samantha's inspanning zal ik misschien nog eens een grootmoedig mens worden.'

Haar mondhoeken gingen charmant omhoog. 'Misschien wachtte u slechts op de gelegenheid om uw liefdadigheid te bewijzen, milord.'

'Normaal heb ik die kans het grootste deel van mijn leven aan me voorbij laten gaan, Adriana. Jij hebt me de laatste paar dagen meer geleerd over barmhartigheid dan ooit in mijn leven tot me is doorgedrongen. Je hebt emoties in me gewekt waarvan ik me het bestaan niet bewust was tot wij elkaar opnieuw leerden kennen. Sommige daarvan apprecieer ik enorm; andere emoties moet ik nog steeds proberen te beteugelen.'

Achterdochtig vroeg Adriana: 'En de emoties die u wilt beteugelen?'

Colton grinnikte. 'O, dat zal ik je nu nog niet aan het verstand brengen, schone maagd. Ik moet die kwestie eerst nog grondig onderzoeken voor ik je die macht in handen geef.'

'Je plaagt me,' zei ze met plotselinge overtuiging. 'Ik heb niets gedaan, maar jij wilt me wijsmaken dat ik je op een of andere geheimzinnige manier beïnvloed heb of anders iets heb misdaan. Je plaagt me, net als vroeger. Je praat onzin.'

Hij lachte zacht. 'Ik zie dat je je niet gemakkelijk voor de gek laat houden, lieve, maar kun je niet begrijpen wat een man als ik ervaar in het bijzijn van zo'n mooie vrouw?'

Adriana bedacht dat het waarschijnlijk een geschikt moment was om zich zorgen te gaan maken over de resterende afstand naar Wakefield. Ze tuurde naar de duisternis buiten het rijtuig en schraapte haar keel. 'Weet je ook waar we precies zijn?'

'Je hoeft niet bang te zijn, Adriana. Hoe graag ik ook op ditzelfde moment de liefde met je zou willen bedrijven, ik zal je niet dwingen mijn mannelijke begeerte te bevredigen. Ik hoop echter dat je mettertijd ontvankelijker zult zijn voor mijn attenties. Ik kan heel overredend zijn als het gaat om een unieke en mooie prijs die ik wanhopig graag zou willen veroveren.'

Adriana voelde dat ze bloosde toen ze in die fonkelende

grijze ogen keek. De warmte erin was onmiskenbaar – evenals zijn zelfvertrouwen. 'U lijkt wel heel zeker van uw zaak, milord.'

'O, ik kan me indenken dat een vrouw van jouw unieke schoonheid verveeld moet raken door de diverse voorstellen die haar worden gedaan. Je zult je ongetwijfeld afvragen wat mijn uitnodiging zo anders maakt dan die van de mannen die je wellicht hebben gevraagd je aan hen te geven. Oppervlakkig gezien, niets; maar in bed, tja, daar zit het verschil. Ik ben er in de loop der jaren achter gekomen dat alles een kunst kan zijn.' Hij haalde onverschillig zijn schouders op. 'Op het slagveld bijvoorbeeld raakte ik vertrouwd met de kunst van het oorlog voeren. En ook de intimiteit tussen een man en een vrouw is een aparte kunst. Het hoeft niet te betekenen dat ze met elkaar naar bed gaan. Maar áls dat zou gebeuren, Adriana, wees er dan zeker van dat ik heel behoedzaam met je zou zijn en eerst aan jouw genot zou denken en dan pas aan het mijne. Ik zou je koesteren als iets unieks en kostbaars, want dat ben je zeker. Ik ben tot het besef gekomen, na je in mijn bad te hebben bewonderd, dat ik niet tevreden zal zijn voor je de mijne bent. Je bent als een krachtige wijn die me naar het hoofd is gestegen. Ik heb nog nooit zo naar een vrouw verlangd zoals naar jou, vanaf het moment dat ik ben thuisgekomen. Dat moet je langzamerhand toch wel weten.'

Adriana wist niet helemaal zeker wat hij wilde zeggen en besloot er dieper op in te gaan. Hij zou haar toch zeker geen oneerbaar voorstel doen met het door hun beide ouders ondertekende contract voor ogen? 'Moet ik daaruit afleiden dat u gunstig gestemd zou zijn ten aanzien van onze verloving?'

Hij sloeg zijn ogen neer. 'Dat heb ik niet gezegd, Adriana.'

Ze trok sceptisch haar wenkbrauwen op. 'Maar u dingt wél naar mijn gunsten, nietwaar?'

'Ik geloof niet dat ik het precies zo heb uitgedrukt,' zei Colton ontwijkend, die haar toenemende ergernis aanvoelde.

Adriana legde haar trillende vingers tegen haar voorhoofd en sloot haar ogen. 'Wat hebt u dan precies gezegd? Misschien heb ik uw voorstel verkeerd geïnterpreteerd.'

'Ik ben niet van plan je tegen je wil te nemen, Adriana, maar ik zou heel graag intiem met je willen zijn.'

Het lef van die man! Hij was veel schaamtelozer dan ze had kunnen denken. 'Denkt u heus dat ik bereid zou zijn met u naar bed te gaan zonder huwelijksbelofte?' *Hoe durfde hij!* 'Denkt u dat ik gek ben? Ik herinner me maar al te goed hoe gauw Jaclyn zwanger was na haar huwelijk. Als ik zo dom was om toe te geven, wat ik absoluut niet ben, zou ik een ramp over me afroepen.'

Colton grinnikte om haar protest. Ze leek zich minder ongerust te maken over het feit dat ze zwanger zou kunnen worden dan dat ze ongehuwd verleid zou worden. 'Ik zou alles doen wat ik kon om dat te voorkomen, Adriana,' zei hij overredend. 'Ik zou je een genot kunnen bezorgen zoals je nooit eerder hebt gekend.'

Ze kneep haar donkere ogen tot spleetjes. 'Melora heeft me gewaarschuwd dat het niet veilig was om alleen met u in een rijtuig te zitten. U kunt ervan op aan dat ik een volgende keer beter naar haar adviezen zal luisteren, want ze heeft blijk gegeven van een goed inzicht.'

Colton voelde een steek van teleurstelling toen Bentley langzamer ging rijden in de bocht van de oprijlaan naar het huis van de Suttons. 'Het ziet ernaar uit dat we niet de kans krijgen deze kwestie grondiger te bespreken, tenminste niet vanavond,' mompelde hij grijnzend. Hij slaakte een zucht van teleurstelling. 'Ik veronderstel dat ik nog een avond vergeefs naar je zal moeten verlangen. Ik kon me moeilijk voorstellen toen ik je in mijn bad aantrof dat ik er zó door geobsedeerd zou worden.'

Toen Bentley voor het bordes stopte, wachtte Adriana niet op mannelijke assistentie. Ze duwde het portier open, klapte het trapje omlaag en stapte haastig uit. Colton volgde haar zo snel als zijn kreupele been hem toestond.

Melora was zó ongeduldig het paar tegemoet te komen zodra ze de lantaarns van het rijtuig had ontwaard, dat ze haar rok optilde en voor Charles uit holde. Ademloos rukte ze deur open en rende naar buiten, net op tijd om haar zus tegen het lijf te lopen, die met grote passen naar het bordes liep.

'Ik dacht dat je nóóit zou komen,' verklaarde Melora, terwijl ze haar jongste zus onderzoekend opnam. 'Ik hoop dat er niets ernstigs is gebeurd waardoor jullie zo lang zijn opgehouden.'

'We hebben bij de Abernathy's gegeten, Melora,' verklaarde

Adriana op effen toon. 'We zijn na het eten onmiddellijk naar huis gegaan, en als je je afvraagt of ik ben aangerand, dan is het antwoord néé, en zo zal het blijven zolang ik kan ademhalen.'

Melora's mond viel open na de woorden van haar zus, en Colton kuchte achter zijn hand om niet te lachen om Melora's verbazing. Op dat moment bedacht hij dat hij in zijn hele leven nog nooit een vrouw had ontmoet als Adriana Sutton. Het zag ernaar uit dat hij voortaan heel wat subtieler zou moeten optreden als hij buiten het huwelijk om met haar intiem wilde worden.

'Goedenavond, Melo–'

'Kom binnen, Melora,' viel Adriana hem kortaf in de rede. Ze bleef bij de deur staan en wierp hem een ijzige blik toe.

Op die manier weggestuurd, had Colton geen andere keus dan zich erbij neer te leggen. 'Lord Colton kan niet blijven. Hij gaat meteen terug naar huis.'

'Goedenavond, milord!' zei Adriana op krachtige toon. Het volgende moment sloeg de deur dicht achter de beide vrouwen.

Toen Colton terugliep naar de landauer, zag hij de schaapachtige blik waarmee Bentley naar hem keek, voordat hij zijn aandacht weer aan het vierspan schonk. Toch bleven zijn ogen voortdurend stiekem over zijn schouder kijken.

'Is er iets waarover je me wilt spreken, Bentley?' informeerde Colton met een achterdochtige blik op de koetsier.

'Eh… nee, meneer… ik bedoel… nou ja, lady Adriana… eh, nou ja, ze lijkt soms wel een beetje onafhankelijk, meneer.'

'Ja, en wat wil je daarmee zeggen?'

De koetsier wilde de markies niet beledigen en keek hem nerveus aan. 'Ik heb lady Sutton… eh… al eerder verontwaardigd gezien als een man probeerde… te… eh… persoonlijk te worden.'

'Te familiair met lady Sutton, bedoel je?' drong Colton aan.

'Eh… nou… eh… misschien wel, milord.' Bentley schraapte luid zijn keel, alsof er een enorme kikker in zat. 'Ik heb gehoord wat de lady zei toen ze naar de deur liep, milord. Ze… eh… zei… eh… bijna hetzelfde als die avond toen ze die man een blauw oog sloeg met haar tas. Uw zus kan het bevestigen. Ze was er getuige van. Zij en meneer Percy.'

Colton hief zijn stok op en bestudeerde de knop. 'En jouw suggestie zou zijn…?'

Weer schraapte de koetsier onrustig zijn keel. 'Ik zou er niet over peinzen u iets te suggereren, milord.'

'Kom nou, Bentley, je was hier al voordat ik wegging. Als je een advies voor me hebt, geef ik je toestemming dat te uiten. Of ik je advies zal opvolgen of niet, staat te bezien.'

'In dat geval, milord, zal ik u het weinige vertellen wat ik weet. Misschien voorkomt het dat u op het verkeerde been komt met de lieftallige lady. Een man die in de oorlog heeft gevochten, is geneigd het verschil te vergeten tussen de vrouwen in het kamp en de vrouwen thuis. Maar als u eraan zou denken dat lady Adriana met hoofd en schouders uitsteekt boven de vrouwen die het leger volgen, milord, dan zou u haar misschien niet zo van streek maken.'

Colton dacht even peinzend na over de woorden van de koetsier. Toen keek hij achterom naar de voordeur waardoor Adriana geagiteerd was verdwenen. Misschien wás hij te veel gewend geraakt aan vrouwen die hém voorstellen deden en was hij vergeten dat er ook nog vrouwen waren die hun maagdelijkheid bewaarden voor hun echtgenoot. Hij moest haar om die houding bewonderen. In elk geval zou hij, als hij met haar trouwde, zich niet hoeven af te vragen wie er vóór hem van haar had geprofiteerd.

Met een plotselinge lach hief Colton zijn stok op en bedankte de man voor zijn wijsheid. 'Dank je, Bentley, ik zal alles doen wat in mijn vermogen ligt om me je goede raad te herinneren. Dat is lady Sutton ten voeten uit, en het zou me betamen voorzichtig met haar om te gaan als ik bij haar ben. Anders zal ze me waarschijnlijk een blauw oog slaan met haar handtas.'

Bentley's hele lichaam schokte toen hij geamuseerd grinnikte. 'Ja, milord, en lady Adriana is precies de vrouw ernaar om dat te doen.'

Colton knikte zwijgend toen zijn kleermaker, George Gaines, hem een vraag stelde, maar de kleine, pezige man kon merken dat de markies door zijn eigen gedachten werd afgeleid. Sinds ze uit het fraaie Londense herenhuis bij Hyde Park aan Park Lane waren vertrokken, had de kolonel nauwelijks een woord gesproken. De meeste tijd had hij in gedachten verdiept en met gefronst voorhoofd en opeen geknepen lippen uit het raam zitten staren. Het zou snel gaan schemeren, en toch gaf de markies geen enkel blijk dat hij zich bewust was van de vallende duisternis.

Colton zag het wel, maar andere kwesties verontrustten hem. Het had niet bepaald geholpen zijn kribbige stemming te verbeteren, toen het tot hem doordrong dat hij in de afgelopen paar dagen, zelfs terwijl hij de zakelijke kwesties van het markizaat afhandelde, voortdurend werd afgeleid door zijn gedachten aan de mooie vrouw die hij weldra het hof zou gaan maken. Hij had zijn uiterste best gedaan haar uit zijn hoofd te zetten, maar het was hem niet gelukt. Na de naakte schoonheid van lady Adriana te hebben aanschouwd, trok geen enkele andere vrouw hem meer aan. Ondanks zijn hevige protesten tegen de voorstellen van zijn vader, leek hij weer een onervaren jonge knaap, die opgewekt het pad bewandelde dat zijn vader jaren geleden voor hem had uitgestippeld.

Het smalle pad waarover ze op dit moment reden, deed dienst voor zowel de grond rondom Wakefield Manor als voor Randwulf. Toen de landauer over het gebied van Wakefield Manor reed, keek hij scherp uit, in de ijdele hoop Adriana te zien. Het grijze stenen huis stond op de top van een heuvel te midden van groene struiken en bomen, bijna net zo hoog als de schoorstenen die de wolken leken te doorboren. Hij had in zijn jeugd het warme, ruime huis heel vaak bezocht en had het volste vertrouwen dat de familie die daar woonde even vriendelijk en gastvrij was als jaren geleden. Een man kon niet beter doen dan door een huwelijk die mensen tot verwanten te maken.

Coltons nieuwsgierigheid werd gewekt toen de landauer langzamer ging rijden. Hij keek uit het raam om de reden te ontdekken waarom Bentley de paarden inhield. Op dat moment zag hij twee ruiters naar een lage stenen muur rijden. De vrouw, die in een dameszadel reed op een grijze Andalusische schimmel, had de leiding en genoot daar kennelijk van. Colton zag de hoge barrière voor hen opdoemen en vloekte zachtjes. De kleermaker keek geschokt op en leunde naar voren om beter te kunnen zien. Verlamd van schrik keek hij toe terwijl de beide ruiters het obstakel naderden. Hoe meer ze naderden, hoe meer hij zijn aandacht op de vrouw in rijkostuum concentreerde. Hij hield zijn adem in. Het paard verhief zich van de grond, trok zijn voorbenen op en ging schijnbaar met het grootste gemak over de barrière. Met een enorme opluchting zag Colton de man op het glanzende zwarte paard even sierlijk over dezelfde barrière springen.

'Roekeloze meid!' mompelde Colton kwaad. 'Kan het haar dan totaal niets schelen dat ze vandaag of morgen die fraaie hals van haar nog eens breekt met dergelijke capriolen?'

Gaines nam hem behoedzaam op. 'Vrienden van u, milord?'

'Een buurvrouw met een ongewone passie voor paarden,' mompelde Colton geprikkeld. Hij hief zijn stok op en tikte met de knop tegen het dak van het rijtuig. Toen de landauer langzamer ging rijden, keek hij naar zijn metgezel. 'Neem me niet kwalijk, meneer Gaines. Ik stap hier even uit, maar met uw goedvinden zal ik u en uw mensen door Bentley naar Randwulf Manor laten brengen.' Hij keek uit het achterraam en zag het grote rijtuig van de kleermaker net uit het bos tevoorschijn komen. 'Harrison zal voor alles zorgen en u een deel van het huis laten zien waar u en uw assistenten de volgende week ongestoord kunnen werken.'

Colton stapte uit en gaf Bentley zijn instructies. 'Als je meneer Gaines en zijn assistenten hebt geholpen met hun bagage, kun je terugkomen om mij op te halen.'

Colton begreep niet waarom hij zich plotseling zo enorm ergerde toen hij de beide ruiters zag naderen. Adriana zwaaide met een gehandschoende hand naar Bentley, evenals de knappe man die zijn slanke, zwarte paard naast de grijze hengst stilhield.

Dat was geen Roger Elston, dacht Colton, zich verwonderend over het irritante gevoel van onbehagen dat hem beving. De man zat te paard alsof hij in het zadel was geboren, en te oordelen naar zijn stralende lach amuseerde hij zich enorm. En waarom níet, dacht Colton spottend. De man had haar helemaal voor zichzelf.

Colton keek naar Adriana en de man naast haar toen ze naderden. 'Goedenavond,' zei hij, en tikte aan zijn hoed. Ze zag er heel elegant uit in haar zwarte rijkostuum met een witzijden jabot en een zwartzijden hoed, die zwierig op haar hoofd stond. 'Ik ben even gestopt om uw hengst te bekijken, omdat iedereen in mijn familie zo vol lof over hem is.' Zijn blik gleed over het paard en hij moest het toegeven. 'Het is werkelijk een prachtig paard.'

Adriana leverde strijd met zichzelf terwijl ze haar best deed het schaamteloze voorstel te vergeten dat de kolonel een paar avonden geleden had gedaan. Als hij ronduit gezegd had dat hij niets wilde weten van het contract dat hun ouders hadden getekend, zou ze zich niet minder beledigd hebben gevoeld.

Met een stijf glimlachje maakte Ardiana een gebaar naar haar metgezel en stelde hem voor toen hij van zijn paard sprong. 'Dit is mijn goede vriend Riordan Kendrick, markies van Harcourt. Riordan, dit is Colton Wyndham, markies van Randwulf.'

'Ik hoop al een tijdje op dat genoegen,' bekende de man, die glimlachend naar Colton toekwam, zijn hand uitstekend ter begroeting. 'Mag ik u welkom thuis heten, milord, uit Waterloo en al die andere plaatsen waar u geweest bent tijden uw illustere carrière?'

Coltons irritatie verdween snel toen hij de ander de hand schudde. 'Dank u, lord Harcourt, en mag ik u van mijn kant ook welkom heten? Ik heb veel gehoord over uw dapperheid op de slagvelden.'

Riordan grinnikte en stak protesterend zijn hand op. 'Ik vrees dat u mij op dat punt beschaamd doet staan, milord, dus zegt u alstublieft niets meer daarover.'

Beide mannen, beseffend dat Adriana haar knie had opgetild van de beensteun van haar zadel, kwamen gretig naar voren om de eerste te zijn die haar hielp bij het afstijgen. Tot Coltons teleurstelling was de lenige Harcourt hem de baas. En waarom ook niet, dacht Colton somber. De man werd niet in het minst gehinderd door opgelopen verwondingen.

De manier waarop Harcourt naar Adriana keek toen hij haar op de grond zette was genoeg om de ergernis te wekken van de waarnemer, die tot op dat moment gedacht had nog niet zeker te zijn van zijn intenties aangaande Adriana. Peinzend dacht Colton: het was absoluut geen jaloezie. Dat kón niet! Hij was nog nooit in zijn leven jaloers op een ander geweest!

Maar dat was voordat hij was thuisgekomen en had ontdekt dat een vrouw zijn slaap kon verstoren. Dat was voordat

hij zich realiseerde dat een man, die in alle opzichten zijn gelijke was en na de dood van zijn vader zelfs een nog hogere titel
zou hebben, ernaar verlangde Adriana tot de zijne te maken.
Dat was voordat hij in het gezicht van een ander en in diens
donkere ogen een warme, oprechte liefde had gezien.

Met Ulysses aan de teugel liep Adriana naar Colton toe.
'Lord Harcourt en ik stonden te wachten tot onze vrienden
ons zouden inhalen. Als sir Guy Dalton en lady Berenice Carvell arriveren, zullen we samen met mijn ouders gaan eten.
Voelt u er iets voor om u bij ons aan te sluiten?'

'Ik dank u voor uw vriendelijke aanbod, maar Bentley komt
straks terug om me op te halen,' legde Colton uit. Ze glimlachte charmant, maar haar ogen behielden hun koele, afstandelij-
ke blik. 'Ik heb mijn kleermaker en zijn assistenten meegenomen uit Londen en, Gaines kennende, weet ik zeker dat hij zo
spoedig mogelijk wil beginnen.' Tot zijn opluchting zag hij de
landauer naderen, want hij voelde zich niet op zijn gemak met
de situatie.

'Dan wens ik u goedenavond,' zei Adriana, en zich omdraaiend, accepteerde ze de aangeboden arm van haar begeleider. Glimlachend keek ze naar Harcourt op en keek geen moment achterom.

Bentley's vragende blik was wel het laatste wat Colton nodig had toen het rijtuig naast hem stopte. 'Niets zeggen,'
maande hij kribbig. 'Ik ben vanavond niet in de stemming om
je wijze woorden te accepteren.'

Bentley keek bezorgd naar het stel. 'Denkt u dat lady Adriana iets voelt voor lord Harcourt?'

'Hoe moet ík dat weten, verdomme! Ik kan alleen maar zeggen dat ze niets voor míj voelt!'

'Misschien denkt ze er morgen anders over,' opperde Bentley aarzelend.

Colton snoof als een kwade stier. 'Of laten we zeggen, als de
kalveren op het ijs dansen.'

8

'Felicity, waar ben je?' riep Jane Fairchild over de balustrade van de eerste verdieping. 'Wil je alsjeblíeft bovenkomen en me helpen je vader om te draaien, zodat ik zijn doorgelegen plekken kan verzorgen?'

Verschanst in de salon beneden met een in leer gebonden versie van Jane Austens *Pride and Prejudice*, rimpelde Felicity Fairchild vol afkeer haar neus en sloeg een pagina om. Het allerlaatste wat ze vandaag, of wanneer dan ook, wilde doen was assisteren bij zo'n weerzinwekkend karwei, vooral als het betekende dat ze voor verpleegster moest spelen voor een vermagerde oude zot. Jane Fairchild mocht dan die taak in gedachten hebben gehad toen ze haar man smeekte zijn werk op te geven op het kantoor waar hij al twintig jaar had gewerkt, maar haar dochter voelde niets voor dat soort karweitjes.

Tot dusver was het enige wat de verhuizing naar een achtergebleven plaats als Bradford on Avon een beetje goedmaakte, het feit dat ze was voorgesteld aan lord Randwulf. Haar vader was aanzienlijk opgemonterd door het nieuws van hun ontmoeting en had enthousiast zijn voorspelling herhaald dat ze op een goede dag met een aristocraat zou trouwen en schatrijk zou worden. Haar moeder achtte dergelijk gepraat boven alle verwachtingen, gezien hun eigen weinig nobele status, maar het was precies de reden waarom Jarvis Fairchild had toegegeven aan het verzoek van zijn vrouw om naar het plaatsje in Wiltshire te verhuizen. Toen hij voor zijn vroegere werkgever zaken moest doen in Londen, had hij twee mannen van aanzien de hoop horen uitspreken dat een ongehuwde adellijke heer weldra een markizaat zou krijgen in het plaatsje waar de spinnerij gevestigd was, en daarmee grote rijkdom. En omdat bijna alle mannen hun hoofd omdraaiden naar zijn dochter, was Jarvis ervan overtuigd dat er grote mogelijkheden in het verschiet lagen.

Felicity smeet het geopende boek op een tafeltje naast haar. Met zo'n afschuwelijke taak voor ogen kon ze zich niet langer concentreren. Geërgerd liep ze de salon door naar de deur, waar ze haar tong uitstak tegen de bovenverdieping.

Natuurlijk had Felicity zich veilig geacht, omdat haar moeder was teruggekeerd naar de slaapkamer van de oude molenaar. Jane glimlachte naar haar grootvader en gaf hem een klopje op zijn arm.

'Doe geen moeite voor mij, Jane,' mompelde Samuel Gladstone beminnelijk. 'Je hebt al genoeg gedaan. Zorg voor je gezin.'

'Jij hóórt bij het gezin, papa, en ik wil heel graag voor je zorgen met dezelfde tederheid en liefde waarmee jij mama omringde toen ze ernstig ziek was. Nog nooit heb ik een man gezien die zijn vrouw meer toegewijd was dan jij mama.'

Samuel forceerde een grijns. 'Ah, dat was een vrouw die het hart van een man kon ontroeren. Soms, m'n lieve Jane, zie ik in jou een glimp van haar.'

Zijn dochter slaakte een diepe zucht. 'Ik schijn niet dezelfde gave te hebben als zij om harten te ontroeren, papa.'

'O, die héb je,' stelde hij haar gerust. 'Het probleem ligt bij de trage harten die je probeert wakker te schudden. Misschien zullen ze mettertijd reageren. Houd intussen moed, meisje.'

Felicity wierp luchthartig het hoofd in de nek en liep naar de ramen aan de voorkant, die uitkeken op de omlaag slingerende weg door het plaatsje. Verlangend ging haar blik naar de met kinderhoofdjes geplaveide straten waar de winkels gevestigd waren, op zoek naar een galante heer die, als ze geluk had, zich zou melden op de stoep van haar grootvader en om te redden wat er nog te redden viel van de rest van de dag.

Haastige voetstappen in de gang joegen die gedachten onmiddellijk op de vlucht en waren aanleiding voor Felicity om na te denken over de dwaasheid van haar verzet. Ze probeerde moed te verzamelen voor de confrontatie met haar moeder, die ongehoorzaamheid en zwakke excuses op de meest effectieve wijze wist te bestraffen. In de korte tijd dat ze in Stanover House hadden gewoond, was Felicity tot het besef gekomen dat haar moeder veel van haar ideeën over onkreukbaarheid, noeste arbeid en loyaliteit van haar vader had, en lang geleden besloten had haar dochter op te voeden zoals zijzelf was opgevoed. Herhaaldelijk werd Janes inspanning echter tenietgedaan door Jarvis Fairchild, die zichzelf in alle opzichten slimmer en wijzer vond. Vaak ondermijnde hij de dappere pogingen van zijn vrouw door ze openlijk te betreuren, ook als zijn dochter erbij was. Nu hij zo dichtbij werkte, was hij geneigd vaak naar huis te komen. Felicity was er zeker van dat haar elk karwei bespaard zou worden dat haar moeder van haar verlangde, als haar vader het volgende moment binnen zou komen.

De voetstappen deden Felicity snel naar de deur sluipen, in de hoop dat ze haar moeder zou kunnen wijsmaken dat ze op het punt had gestaan aan haar sommatie te voldoen. De voetstappen naderden de deur van de salon en gingen toen tot Felicity's verbazing door naar de keuken. Bijna hardop lachend van opluchting besefte ze dat haar angst onnodig was geweest. Het was Lucy maar, het dienstmeisje van haar grootvader, die ijlings een of andere opdracht van haar moeder ging uitvoeren.

Met een zelfingenomen lachje keerde Felicity terug naar het raam. Als ze lang genoeg treuzelde, zou haar moeder misschien de hoop opgeven dat ze boven zou komen. Per slot van rekening was het verzorgen van de oude man de taak van zijn dochter, en van niemand anders.

Leunend tegen het raam zocht ze naarstig naar een bekend gezicht. Door alle fantasieën die haar vader haar het grootste deel van haar leven had ingeprent, en meer recenter de proeve van het sociale leven van de aristocratie, had ze hoge aspiraties. Ze hunkerde ernaar zich onder de winkelende menigte te begeven, maar ze kon geen excuus bedenken dat goed genoeg zou zijn om haar moeder te overtuigen haar naar buiten te laten gaan, vooral niet nu haar hulp was gevraagd.

Denkend aan de aristocraten die ze onlangs had ontmoet, overwoog Felicity de kansen om een van hen voor zich te winnen. Majoor lord Stuart Burke was een knappe en aardige man, en als ze geen andere kon krijgen, zou hij zeker voldoen. Maar als ze de keus had, zou ze de voorkeur geven aan de opvallend knappe lord Randwulf. Hij was niet zomaar een man volgens haar, maar de volmaakte man.

Haar blik gleed dromerig over de winkelstraat. Ze slaakte plotseling een opgewonden gilletje toen ze de man herkende aan wie ze verlangend had staan denken... lord Randwulf! Hij liep over straat met behulp van zijn elegante wandelstok.

Felicity's hart bonsde en ze holde de gang op, roepend naar de keuken: 'Lucy, ik heb onmiddellijk je hulp nodig in mijn kamer! Onmíddellijk, zeg ik!'

Het dienstmeisje mompelde een paar onsamenhangende woorden en liep struikelend naar de deur. Felicity holde naar de trap. Ook al liep ze het risico de aandacht van haar moeder te zullen trekken als ze naar haar kamer ging, er bleef haar weinig keus. Ze kon zich aan lord Randwulf alleen maar in haar mooiste kleren vertonen.

Ze was bijna buiten adem toen ze op de tweede verdieping kwam, maar durfde geen moment te blijven staan. In haar ruime slaapkamer opende ze de deuren van de grote klerenkast en zocht haastig tussen haar garderobe om haar nieuwste jurk voor overdag te zoeken. Ondanks de heftige protesten van haar moeder dat ze zich een dergelijke extravagantie niet kon veroorloven, waren een naaister en een hoedenmaakster ontboden kort nadat Jarvis Fairchild zijn nieuwe positie in de spinnerij had aanvaard. Een modieuze mauve creatie was de kostbaarste jurk die ze ooit had gehad en ongetwijfeld de mooiste. Een bijpassende bonnet maakte het ensemble nog aantrekkelijker.

Felicity haalde de jurk tevoorschijn en bekeek hem van onder tot boven. De jurk was zó onweerstaanbaar dat ze hem in een kort tijdsbestek vaker had gedragen dan haar aanvankelijk verstandig had geleken, maar alle complimentjes die ze had gekregen maakten het moeilijk om er weerstand aan te bieden. Ze wist zeker dat ze de aandacht van lord Randwulf zou kunnen trekken als ze zo'n prachtige jurk droeg.

Haar oog viel op een klein vlekje op het lijfje en ontlokte haar een ontstelde kreet. Hoewel Felicity had geweten dat dergelijke ongelukjes konden gebeuren, vooral als een kledingstuk vaak werd gedragen, was ze niettemin woedend dat het vlekje niet eerder door een bediende was behandeld. Geërgerd draaide ze zich met een ruk om toen de deur openging.

Ademloos na haar haastige klim naar de bovenste verdieping, viel Lucy struikelend de kamer binnen en drukte een bevende hand tegen haar boezem toen ze hijgend bleef staan om op adem te komen. Ze zag het woedende gezicht van haar jonge meesteres en wankelde geschrokken achteruit. 'Is er iets aan de hand, miss?'

'Ik zal je vertellen wat er aan de hand is, Lucy!' Felicity wapperde met de jurk voor de ogen van het dienstmeisje. 'Ik heb je herhaaldelijk gezegd dat je ervoor moet zorgen dat mijn kleren schoon en draagbaar zijn vóórdat je ze in de kast hangt. Je weet dat dit mijn mooiste jurk is, en toch hang je hem vuil weg. Wat is je excuus?'

Lucy beet bezorgd op haar lip. Ze was pas een paar jaar in dienst van de oude heer, en hij had tevreden geleken over haar werk. Maar kort nadat Felicity en haar vader op haar begonnen te vitten, begon haar zelfvertrouwen te verdwijnen. 'Het spijt me verschrikkelijk, miss. Het vlekje is zó klein dat het me niet was opgevallen.'

'Als ík het kan zien, kunnen anderen dat ook!' Driftig sloeg Felicity hard met de jurk in het gezicht van Lucy, die achteruit wankelde met pijnlijk prikkende ogen. 'Doe je best om die vlek eruit te halen en maak de jurk presentabel, zodat ik hem kan aantrekken. Onmiddellijk, hoor je?'

'Ja, miss.' Haastig pakte ze de jurk op en probeerde niet te denken aan haar pijnlijke wangen en ogen. Bevend en verward vroeg ze: 'Gaat u uit, miss? Misschien hebt u uw ma niet gehoord. Ze vroeg om uw hulp -'

'Ik kan me nu niet bemoeien met onbelangrijke karweitjes,' snauwde Felicity, 'niet als iets veel belangrijkers mijn aandacht vraagt. Haal die vlek uit mijn jurk, en gauw een beetje. Begrepen? Ik heb je nodig om me te helpen bij het aankleden.'

'Maar mistress Jane wilde dat ik meteen terugkwam met de zalf...'

Felicity boog zich naar het dienstmeisje toe tot de punten van hun neuzen elkaar bijna raakten. 'Je helpt me, Lucy, of ik sla je tot je begint te jammeren, begrepen?'

Lucy knikte wanhopig. 'Jawel, miss.'

Even later had Felicity net de jurk over haar hoofd getrokken toen Jane Fairchild de deur opende. De oudere vrouw zuchtte geërgerd. 'Waar wil jij naartoe in die fraaie kleren, jongedame?'

Inwendig kreunend deed Felicity haar best de opening van

haar lijfje te vinden. Uit ervaring wist ze dat ze in aanwezigheid van haar moeder heel wat hartelijker zou moeten zijn tegen Lucy dan ze tot dusver geweest was, anders zou ze geen toestemming krijgen om naar buiten te gaan en zou ze de rest van de dag allerlei karweitjes moeten opknappen. 'O, mama, werkelijk, het is heel dringend.'

Jane sloeg haar armen om haar middel en zei met spottend ongeloof: 'En mag ik vragen wat er zo belangrijk is geworden sinds ik om je hulp vroeg?'

Felicity hoorde de sceptische klank in de stem van haar moeder en durfde haar niet de waarheid te vertellen. Ongetwijfeld zou haar moeder haar weer een standje geven omdat ze een onmogelijke droom najoeg.

Ze trok de jurk omlaag en keek in woedend zwijgen naar Lucy, die achteruit was gegaan. Haastig en struikelend liep het meisje weer naar voren en begon de jurk met bevende vingers vast te maken. Felicity keek met een aarzelend glimlachje naar haar moeder.

'U herinnert zich toch lady Samantha en lady Adriana nog wel, mama? Nou, kort na onze rit vorige week stelden ze me voor aan iemand die ik net op straat zag. Ik dacht dat het aardig zou zijn om blijk te geven van onze waardering voor hun vriendelijke zorg voor grootvader... en ook omdat ze mij hadden uitgenodigd voor hun uitstapje. Als u me toestaat met die kennis te spreken, weet ik zeker dat ik een beter idee zal krijgen wat voor handgemaakte geschenken de beide lady's op prijs zouden stellen.'

'En is die kennis toevallig een man?'

'Ik ben vanuit het huis duidelijk te zien, mama,' verzekerde Felicity haar nerveus, en besloot dat ze de hoge rang van die man beter kon onthullen. 'Het is de broer van lady Samantha, de markies van Randwulf, mama... Hij zal me beslist kunnen adviseren, want hij kent beide vrouwen goed. Ik wilde hem ook bedanken voor zijn gastvrijheid, want een van de huizen waar we op bezoek gingen was van hem.'

'Ga niet over hem fantaseren, kind,' waarschuwde Jane haar met moederlijke bezorgdheid. 'Hij moet met een vrouw van zijn eigen stand trouwen.'

Geïrriteerd waagde Felicity het te protesteren. 'Mama, alsjeblieft! Ik wil alleen maar zijn advies vragen voor de geschenkjes die we willen geven, en hem bedanken voor zijn welwillendheid.'

Jane knikte langzaam en nam haar dochter aandachtig op. 'Daarom zie je er zo stralend uit als een regenboog in een blauwe lucht.' Ze maakte een toegevend gebaar met haar hand. 'Goed, Felicity, ik keur je wens goed om onze dankbaarheid te tonen aan de lady's, maar denk eraan, blijf niet te lang weg. Je grootvader wil dat je vanmiddag voorleest.'

Felicity kreunde narrig. 'Alsjeblieft niet wéér uit de bijbel.'

'Schaam je,' zei Jane berispend. 'Het geeft hem troost in zijn ziekte, en wat mij betreft, kun jij een flinke dosis van de wijsheid in de bijbel gebruiken. Je bent veel meer bezig met je uiterlijk dan je hoort te zijn.'

Felicity zuchtte, alsof ze toegaf, maar durfde niets meer te zeggen. Jane Fairchild hield van haar vader en respecteerde hem. Het was meer dan Felicity kon zeggen.

Enkele ogenblikken later trok Felicity de kostbare cape, die haar vader voor haar had gekocht, dicht om zich heen en liep naar de plaats waar ze de markies het laatst had gezien.

Glimlachend, alsof ze niets belangrijkers te doen had dan te genieten van het aangename weer, knikte Felicity charmant naar voorbijgangers, die terugknikten of beleefd groetend aan hun hoed tikten. Eindelijk zag ze de man die ze zo koortsachtig zocht uit de winkel van een zilversmid komen.

Onbewust van zijn bewonderaarster, draaide Colton Wyndham zich om op zijn goede been en liep naar het eind van de hoofdweg. Felicity stelde vast dat hij zich naar de fraaie, zwarte landauer begaf die achter de brug geparkeerd stond, op een plaats waar hij geen beletsel vormde voor andere rijtuigen.

Hoewel haast niet bevorderlijk was voor de indruk die ze wilde wekken, besefte ze dat ze, als ze niet opschoot, meer zou verliezen dan alleen de kans om met de markies te praten. De ambities die ze koesterde, zouden wel eens afhankelijk kunnen zijn van deze man. Hoewel zijn beenspieren na zijn verwonding nog zwak moesten zijn, bewoog hij zich met een behendigheid die dreigde de afstand tussen hen snel te vergroten, en al probeerde Felicity hem in te halen, bij elke stap verloor ze meer terrein.

Ze besefte al heel gauw dat als ze zich niet verlaagde tot het gebruik van een nogal ondamesachtige tactiek, haar hoop

waarschijnlijk de bodem zou worden ingeslagen door het vertrek van de markies. Wanhopig legde ze een hand naast haar
mond en riep: 'O, lord Randwulf!'

Haar hart sprong op toen ze onmiddellijk succes had. Hij
draaide zich prompt om en tuurde naar de straat achter hem.
Toen hij zag dat ze haastig naar hem toe liep, lachte hij en veranderde van richting. Toen ze tegenover elkaar stonden, raakte hij beleefd groetend de rand van zijn zijden hoed aan.

'Miss Felicity, we ontmoeten elkaar dus weer!'

'Ja,' hijgde ze. Ze was zó buiten adem dat ze verder geen
woord kon uitbrengen.

'Aan de wandel?'

Een bijna onmerkbaar knikje en een bescheiden glimlach
moesten voldoende zijn terwijl Felicity haar zelfverzekerde
houding probeerde te hervinden. Ze betwijfelde of ze ooit een
mooiere stem had gehoord.

Galant redde Colton haar uit haar ademloze dilemma. Hij
draaide zich om in de richting van het huis van haar grootvader en begon te lopen, zich nauwgezet houdend aan de ge-
dragscode die het afkeurde dat twee mensen van verschillend
geslacht op straat stilstonden, alleen om met elkaar te praten.
Al vond hij het zelf een belachelijke regel, als gentleman kon
hij moeilijk de gretigheid negeren van roddelaars om de reputatie van een dame te belasteren voor de geringste overtreding.
'U hebt geen idee, miss Felicity, hoe opgelucht ik me voel dat
ik tenminste één gezicht kan herkennen onder de bewoners
van Bradford. Ik vrees dat ze vreemden voor me zijn geworden
tijdens mijn afwezigheid. De ouderen komen me nog wel bekend voor, zelfs al ben ik zestien jaar weg geweest. Maar toch
duurt het even voordat ik me hun namen kan herinneren. Wat
de jongeren betreft, moet ik bekennen volslagen in het duister
te tasten.' Hij keek tevreden om zich heen naar de pittoreske
winkeltjes aan weerskanten van de straat. 'Maar behalve een
fraai nieuw huis of cottage hier en daar, is het stadje nog bijna
net zoals het was ten tijde van mijn vertrek.'

Felicity vond het moeilijk hetzelfde enthousiasme op te
brengen. Ze kon zich niet voorstellen dat je je hele leven in
zo'n weinig indrukwekkend plaatsje zou wonen. 'Mijn grootvader moet zo ongeveer de oudste inwoner hier zijn.' Ze keek
met een lachje naar de markies. 'Hij zei dat hij zich nog kon

herinneren wat er allemaal gebeurde toen u hier geboren werd. Volgens hem was uw vader zó trots op de geboorte van zijn zoon, dat hij voor de doopplechtigheid niet alleen zijn familieleden en een grote groep kennissen uit Londen inviteerde, maar ook iedereen uit de omgeving. Grootvader zei dat het een mengeling was van aristocraten en gewone mensen. Ikzelf ken maar een paar mensen hier. Zonder de vriendelijkheid van uw zus en lady Adriana zou ik helemaal niemand kennen. Beide dames waren heel wat attenter dan iemand die ik ooit in Londen heb ontmoet.'

'Een grote metropool, Londen. U moet de stad heel erg missen als u daar uw leven lang hebt gewoond.'

'Ik moet toegeven dat ik me er soms op betrap dat ik terugdenk aan alles wat er te zien en te horen is, en aan...'

'De stank?' maakte hij grijnzend haar zin af.

Ze bloosde, en begreep maar al te goed wat hij bedoelde. Soms was de stank die uit de straten kwam sterk genoeg om iemand te verstikken. 'Londen heeft een paar nadelen.'

'Een paar,' gaf hij beminnelijk toe. 'Maar niet genoeg om de mensen te ontmoedigen die daar wonen. Ik begrijp dat u naar die stad terugverlangt. Als je nooit hebt leren genieten van het buitenleven is Londen beslist veel opwindender.'

'Lady Samantha zei dat uw ouders daar een huis hebben.'

'Ja, maar in de regel hebben mijn ouders altijd de voorkeur gegeven aan het platteland, vooral buiten het seizoen. Mijn vader hiel veel van jagen, zoals veel van zijn oude vrienden en kennissen. Ik weet zeker dat hij en lord Sutton veel hebben bijgedragen om Adriana liefde voor die sport bij te brengen.'

'U bedoelt dat lady Adriana graag dieren doodschiet? Na ze zo liefdevol te hebben verzorgd en weer gezond gemaakt toen ze nog jong was? Ik begrijp niet hoe ze zo ongevoelig kan zijn geworden voor het doden van hulpeloze wezens. Ik zou zoiets nooit kunnen. Hemel, ik kan nog niet eens een lastige muis uit de weg ruimen.'

Colton was verbaasd dat hij zijn haren overeind voelde gaan staan bij Felicity's banale, geringschattende oordeel over de vrouw die hij binnenkort het hof zou maken. Het was duidelijk dat ze zichzelf wilde afschilderen als veel meelevender, maar als hij eraan dacht hoe teder en gevoelig ze met de Jennings-kinderen was omgegaan, voelde hij een aandrang haar te verdedigen tegen de kwaadsprekerij van het blondje. 'Mijn zus heeft me verteld dat er een voorwaarde is waaraan Adriana zich strikt houdt als ze jaagt. Elk dier dat ze doodt, wordt opgediend aan de tafel van haar ouders of aan behoeftige mensen gegeven. Tot dusver heeft ze grote hoeveelheden voedsel en wild weggegeven om verschillende arme gezinnen te helpen de winter door te komen, waaronder een echtpaar dat meer dan twaalf weeskinderen in hun nederige woning heeft opgenomen. Het lijkt me veel volwassener en zeker veel honorabeler van lady Adriana om mensen te voeden die honger lijden of in nood verkeren, dan hun benarde toestand te negeren terwijl ze gewonde zwerfdieren verzorgt die misschien kort na hun vrijlating worden opgegeten door andere dieren.'

Felicity werd zich bewust van haar vergissing toen ze de ergernis in zijn stem hoorde en haastte zich het idee te ontzenuwen dat ze kritiek had op de andere vrouw. 'O, alstublieft, geloof me, milord, ik wilde absoluut niet beweren dat lady Adriana harteloos is...'

'De vrouw die liefdadiger of zelfs net zo liefdadig is als zij moet ik nog leren kennen,' zei Colton, weer met een grimmig lachje. 'Dat is een feit.' Hij besefte dat hij zich ergerde en ongeduldig was om zich weer aan zijn eigen bezigheden te wijden, en wilde bij wijze van afscheid zijn hand naar de rand van zijn hoed brengen. Maar toen hij even achteromkeek naar zijn wachtende rijtuig, zag hij twee goedgeklede dames uit de zaak van een kleermaakster komen.

De langste van de twee was onmiskenbaar degene die hij niet meer uit zijn gedachten had kunnen bannen sinds hij haar in zijn bad had aangetroffen. Slechts haar aanwezigheid in zijn bed, om haar kennis te laten maken met het genot dat mogelijk was tussen een man en een vrouw, zou zijn hartstochtelijke verlangen kunnen bevredigen. Maar sinds hij zich gerealiseerd had dat Riordan Kendrick haar vurig begeerde, betwijfelde hij ernstig of hij ooit zijn zin zou kunnen krijgen zonder dat de huwelijksgelofte tussen hen was uitgesproken. Of hij liever zijn vrijheid had of Adriana, was een beslissing die hij heel gauw zou moeten nemen, anders zou zijn verliefdheid op de mooie Adriana weleens voortijdig frustrerend kunnen eindigen als lord Gyles het huwelijksaanzoek van Riordan zou accepteren.

Hij moest aannemen dat de tengere jonge vrouw naast Adriana haar zus Melora was. Hij had niet erg gelet op de slanke blondine toen hij Adriana bij de voordeur van haar vaders huis had afgeleverd en had zich te veel geconcentreerd op de knappe brunette om veel aandacht te kunnen besteden aan iemand anders. Nu werden ze in beslag genomen door hun levendige conversatie en leken ze zich er totaal niet van bewust dat hij zelfs maar in de buurt was.

Hij excuseerde zich even bij Felicity, liep in de richting van de twee vrouwen tot hij vlakbij was en versperde hun toen de weg. Hun mond viel open van verbazing en ze bleven plotseling staan. Melora liet een zachte kreet horen toen ze hem zag. Ze moest haar hals uitrekken en haar hoofd achteroverbuigen om verder te kunnen zien dan zijn schouders. Eén blik was voldoende om haar ervan te overtuigen dat ze tegenover een levende goliath stonden. Ze draaide zich bliksemsnel om en liep in de tegenovergestelde richting, dat reusachtige monster aan haar jongste zus overlatend.

Onmiddellijk stak Adriana haar hand uit om Melora's arm te pakken en sleurde haar laffe zus terug. Ze bedwong haar gejammer met een zacht maar krachtig 'Stil!'

Ze forceerde een glimlach, terwijl ze haar best deed een blos te onderdrukken bij de gedachte aan zijn aanwezigheid in haar badkamer en de recentere onbeschaamdheid waarmee hij haar in zijn bed had genodigd. Ze hoopte maar dat het niet eeuwig zou duren voor ze zijn langzame, aandachtige bestudering van haar lichaam en zijn schokkende, mannelijke vertoning in de badkamer, of zijn brutale, oneerbare voorstel in het rijtuig, vergat. Maar zoals de zaken nu stonden, kon ze voorzien dat het haar zou blijven achtervolgen tot ze tachtig was... als ze zo lang leefde.

Ze veinsde een opgewektheid die ze niet voelde, want hij had nog steeds niet gereageerd op het briefje van haar ouders waarin ze diverse mogelijke tijdstippen noemden voor zijn bezoek aan Wakefield Manor. Dat leek een bewijs van zijn gebrek aan belangstelling om aan de voorwaarden van het contract te voldoen. 'Ach, lord Randwulf, een nieuwe ontmoeting.'

'Goedemorgen, dames,' begroette Colton hen, terwijl hij zijn hoge hoed voor hen afnam.

Adriana zag een schalkse glinstering in zijn ogen. Hoewel

onuitgesproken, brachten die stralende ogen een boodschap over die een vreemde opwinding bij haar teweegbracht, een tinteling die ze in haar tepels kon voelen. Het stelde haar niet op haar gemak te bedenken dat die man waarschijnlijk beter wist dan haar moeder hoe ze er naakt uitzag.

Ze keek even naar zijn lange, gespierde gestalte. Zijn kleren waren zo perfect gesneden dat ze zich afvroeg of zelfs de prins-regent zo goed gekleed zou zijn. Maar ja, als een man begiftigd was met brede schouders, een slanke taille en smalle heupen, zoals Colton Wyndham, waren kleren slechts een toevoegsel aan zijn uitzonderlijke verschijning.

Felicity kwam haastig naar hen toe. Ze wenste haar greep op de markies, zwak als die was, niet te verliezen, want ze was niet vergeten hoeveel aandacht hij tijdens hun bezoek aan Randwulf Manor aan Adriana had besteed. 'Lady Adriana, wat een genoegen u weer te zien! His lordship en ik maakten net een wandeling, genietend van het mooie weer, toen we u toevallig zagen.'

De kortstondige opgetogenheid die Adriana had gevoeld toen ze Colton had herkend, verdween toen het tot haar door-drong dat hij Felicity door het stadje had begeleid.

'Goedendag, miss Felicity,' begroette Adriana haar, in de hoop dat haar woorden niet even geforceerd leken als haar glimlach. 'Ik geloof niet dat u mijn zus al ontmoet hebt. Mis-schien mag ik het genoegen hebben u aan haar voor te stellen.'

Felicity ging er graag op in, verrukt dat ze weer een naam kon toevoegen aan haar repertoire van aristocraten. Maar het viel haar op hoe groot het verschil was tussen de twee zussen. 'Lieve help, ik zou nooit hebben vermoed dat u zelfs maar fa-milie van elkaar was, laat staan zussen. U bent zo verschillend als de dag en de nacht.'

Adriana lachte, maar het klonk zelfs in haar eigen oren vals. Er waren absoluut momenten waarop ze zich het zwarte schaap van de familie voelde. 'Niets zeggen. Laat me raden. Ik ben de nacht... en mijn zus is de dag.'

'O, ik hoop dat mijn opmerking u niet beledigd heeft, myla-dy,' antwoordde Felicity, die wanhopig probeerde het goed te praten. 'Het was beslist niet mijn bedoeling te impliceren dat een van u minder mooi zou zijn dan de ander. Integendeel, u bent allebei opvallend mooi.'

Colton had moeite een grijns te onderdrukken terwijl hij naar het onbenullige gesprek luisterde. Maar toen hij de ijzige blik van Adriana zag, raakte hij een beetje van de wijs, tot het hem plotseling daagde wat ze zou kunnen denken nu dat blondje zich bij hen gevoegd had. Felicity's opmerking had inderdaad de schijn gewekt dat ze samen op stap waren.

'Wees maar niet bang, miss Felicity,' verzekerde Adriana haar met een kort zij het vriendelijk glimlachje. 'Er is zó vaak een opmerking gemaakt over het gebrek aan gelijkenis tussen ons, dat mijn zussen en ik het zijn gaan verwachten. Het is simpel genoeg: mijn twee zussen lijken op mijn moeder en ik lijk op mijn vader.'

Colton deed een stap naar voren en pakte de hand van haar zus. 'Mag ik zeggen, lady Melora, dat u nog net zo bekoorlijk bent als al die jaren geleden toen ik wegging.'

'En u bent net zo complimenteus als uw vader vroeger,' antwoordde Melora lachend. 'Maar vergeet die formaliteit alsjeblieft. Onze families zijn té lang met elkaar bevriend geweest om zo stijf tegen elkaar te doen. Ik geef u toestemming me bij mijn voornaam te noemen.'

'Dank je, Melora, en doe jij dan alsjeblieft hetzelfde.' Op haar instemmende knikje keek Colton met een plagende grijns naar Adriana, die opzettelijk de andere kant uit keek.

Op even innemende toon ging Colton verder tegen de oudste van de twee. 'Ik had het genoegen je verloofde, majoor sir Harold Manchester, te ontmoeten toen we ons kamp opsloegen bij Waterloo. Hij zei toen dat je aarzelde met hem te trouwen uit angst weduwe te zullen worden. Hoewel ik zelf vrijgezel ben, kan ik begrijpen dat als er nauwe banden worden gesmeed in een verloving en een huwelijk, het een enorm verdriet veroorzaakt als ze worden verbroken door de dood van een geliefde. Natuurlijk hoop je dezelfde langdurige liefde te vinden als jouw ouders, en, tot voor kort, die van mij. Ik vrees dat dat niet altijd het geval is. Jij en sir Harold zijn te benijden omdat jullie vóór jullie huwelijk al zo'n goede harmonie hebben bereikt.'

'We voelen ons onmetelijk gezegend,' mompelde Melora.

Ze keek even opzij naar haar zus, duidelijk tot uitdrukking brengend dat ze zich de overwinnaar voelde in een eerdere onenigheid tussen hen. Adriana, voor wie de blik bestemd was, had haar het liefst een stomp tegen haar kin gegeven omdat ze zo goedgelovig was, maar met Colton en Felicity erbij, die getuigen zouden zijn van haar nijdige reactie, durfde ze dat niet.

Zo waardig mogelijk wendde ze zich van Melora af en wijdde haar aandacht aan Coltons veranderde uiterlijk. 'Ik zie dat u uw uniform hebt uitgetrokken sinds we elkaar de laatste keer hebben gezien, en modieuzere kleding hebt aangeschaft, milord. Uw kleermaker zal heel blij zijn dat hij de gelegenheid krijgt niet alleen een held te kleden, maar een man die alles wat hij draagt eer aandoet. In zulke stijlvolle kleren zult u weldra de afgunst wekken van elke *roué* van Bath tot Londen.'

Colton wist niet goed hoe hij haar opmerking moest interpreteren. Hij had veel te veel opgedirkte roués gezien om hen naar de kroon te willen steken.

'Ik respecteer uw woorden omdat ze komen van een dame die zelf uitzonderlijk goed gekleed is. Alleen u hebt me op mijn slechtst gezien, en u zult dan ook weten te waarderen wat mooie kleren voor een man kunnen doen.' Zijn ogen fonkelden boven een brutale grijns, die haar nadrukkelijk eraan herinnerde dat ze hem naakt had gezien. 'Mijn kleermaker, meneer Gaines, raakte al in het begin van mijn carrière bekend met de kleding die ik nodig had. Zijn talent is al die jaren blijven bestaan, en toen ik hem in Londen had opgehaald, zijn hij en zijn assistenten hier onmiddellijk aan het werk gegaan om me een volledig nieuwe garderobe te bezorgen. Meneer Gaines heeft in de loop der jaren zóveel uniformen voor me gemaakt, dat hij heel blij was me eindelijk te kunnen uitdossen met alle parafernalia van een gentleman. Ik vrees echter dat ik zó lang in uniform heb gelopen dat ik me nogal opzichtig voel in burgerkleding. Maar ik zal eraan moeten wennen. In zekere zin is het of ik weer helemaal moet leren mezelf aan te kleden. Al heb ik nog zo goed geoefend, ik vrees dat de das mijn capaciteiten te boven gaat.'

Ondanks haar gebrek aan ontmoetingen met naakte mannen, vond Adriana, denkend aan Coltons gespierde lichaam, dat de uitdrukking 'op z'n slechtst' niet helemaal opging. Ze kon zich trouwens niets van hem herinneren dat enig gebrek vertoonde... behalve natuurlijk zijn onbeschaamdheid. En wat zijn klacht over zijn das betrof, ook daaraan kon ze niets verkeerds ontdekken. 'Hm, eerlijk gezegd, milord, als u het niet zelf hebt gedaan, dan moet ik óf meneer Gaines of Harrison lof toezwaaien, want uw das zit keurig."

'Uw vriendelijkheid wordt slechts overtroffen door uw charme en schoonheid, lady Adriana,' antwoordde hij.

Felicity nam aanstoot aan het feit dat hij haar geen complimentje had gegeven over haar kleding en haar uiterlijk. Hij leek niets liever te doen dan zijn bewondering te uiten voor lady Adriana.

Felicity nam Adriana aandachtig op, want ze wilde weten waarom de man zo geboeid door haar leek. Had haar eigen vader haar niet verteld dat ze veel mooier was dan enige vrouw die hij ooit gezien had? Als dat waar was, waarom richtte lord Colton zijn aandacht dan niet voornamelijk op háár?

Ze bestudeerde de kostbare kleding van lady Adriana en werd erdoor in de war gebracht. De cape van zwart lamsbont, de donkerrode taftzijden jurk en de parmantige bonnet van dezelfde rode kleur met zwarte pluim waren prachtig, maar was haar eigen jurk niet minstens even mooi? Natuurlijk mocht ze niet vergeten dat het niet lady Adriana's uiterlijk of kleding was die de markies interesseerde, als wel de rijkdom van haar familie. De Suttons waren zó rijk dat lady Adriana zich had kunnen permitteren zich in gesponnen goud te kleden... en een man van adel voor zichzelf kon kopen wiens kleermakers hem diep in de schuld staken.

Felicity ging dichter bij de markies staan, in de hoop hem aan haar aanwezigheid te herinneren. Maar haar poging om zijn aandacht van de ander af te leiden had geen succes, want het was duidelijk dat hij alle anderen uit zijn gedachten had gezet toen hij lady Adriana ondervroeg over een paar jonge kinderen, een kwestie waarvan alleen zij beiden op de hoogte leken te zijn. Hij eindigde met de vraag: 'Heb je hen nog bezocht sinds de begrafenis van hun moeder?'

'Gistermiddag,' antwoordde Adriana, en voor het eerst speelde er een oprechte glimlach om haar mond. 'Mevrouw Abernathy zei dat ze hen voor het eerst sinds we de kinderen daar gebracht hebben buiten had horen giechelen en ravotten. Arme lieverds, ze waren vel over been, en zoals u maar al te goed weet, dringend toe aan een bad –' Adriana stopte abrupt en kromp bijna ineen terwijl ze Coltons reactie op haar vergissing afwachtte. Ze had haar tong wel willen afbijten. Waarom moest ze in vredesnaam het woord *bad* gebruiken?

De grijze ogen flonkerden plagend. 'Het is moeilijk je voor te stellen dat iemand het genot van een bad moet missen, maar ik denk dat de kinderen zelfs nooit een behoorlijke maaltijd hebben gehad, laat staan dat ze de luxe kenden van een langdurig bad.'

Adriana deed haar best een glimlach tevoorschijn te toveren, ondanks haar diepe blos. Haar *langdurige bad* had hem een overwicht gegeven dat geen enkele man ooit over haar had. Hij wist precies hoe ze eruitzag zonder al de kostbare kleren die ze zo graag droeg. Als ze uiteindelijk met een andere man zou trouwen, twijfelde ze er niet aan of de herinnering aan deze man in haar badkamer zou haar gedurende haar gehele huwelijk blijven achtervolgen.

Colton keek zijdelings naar Felicity. Hij kon niet negeren dat ze ongewoon dicht bij hem kwam staan. Haar ontmoedigde, pruilende gezicht deed hem zich afvragen of hij misschien té duidelijk blijk had gegeven van zijn verlangen om Adriana te converseren. Hij had zijn aandacht in aanwezigheid van anderen bijna uitsluitend aan één vrouw gewijd, en Colton probeerde de gekwetste gevoelens die hij blijkbaar had veroorzaakt te sussen.

Hij liet zijn blik langs alledrie de vrouwen gaan en verklaarde grootmoedig: 'Ik moet zeggen, lady's, dat u het een man die lang op de slagvelden heeft vertoefd, uiterst moeilijk maakt om te beslissen wie van u de prijs zou winnen voor schoonheid of de aantrekkelijkst geklede dame in de omtrek. Ik voel me vereerd dat ik me in uw aller gezelschap mag bevinden.'

'U bent heel vriendelijk, milord,' antwoordde Felicity, met haar beste imitatie van een voorname dame. Ze kon de verleiding om haar hand onder zijn gebogen elleboog te schuiven bijna niet weerstaan.

'Je bent heel edelmoedig met je lof, Colton,' voegde Melora er glimlachend aan toe.

'Pas op,' waarschuwde Adriana met een strak glimlachje. 'Uw fraaie woorden maken nog dat we allemaal verliefd op u worden.'

Zijn ogen fonkelden. 'Dan zou ik me gelukkig prijzen dat zulke bevallige jonge vrouwen in mijn ban waren geraakt.'

Felicity gaf plotseling een zachte kreet en zwaaide heen en weer. Het volgende ogenblik greep ze Coltons arm en hield die stevig vast, alsof ze bang was door een spleet tussen de keien te vallen. Het idee was bij haar opgekomen toen ze zich herinnerde hoe lady Adriana in de fraaie hal van Randwulf Manor struikelend in de armen van de markies was gevallen. Of dat incident gepland was of een toeval kon alleen lady Adriana vertellen. Wat betreft haar eigen list, die gaf haar de kans die ze had gezocht. 'O, lieve help,' hijgde ze. Ze stak haar hand door Coltons arm en trok die dicht tegen haar boezem. 'Zonder u zou ik gevallen zijn, milord.'

In zijn bereidheid haar trucje te accepteren als het ongelukje dat ze beweerde dat het was, gaf Colton een troostend klopje op de gehandschoende hand die zijn mouw vasthield. 'Ik ben blij u van dienst te zijn geweest, miss Felicity. Een man heeft niet iedere dag het genoegen zo'n aantrekkelijke dame aan zijn arm te hebben, al was het nog zo toevallig.'

Felicity straalde, blij dat ze hem voor de gek had kunnen houden. 'O, milord, u bent ál te vriendelijk.'

Adriana onderdrukte een aandrang om haar vaders gewoonte na te doen, die altijd minachtend snoof als hij reden had om eraan te twijfelen dat de omstandigheden zo waren als ze leken.

Colton ontmoette heel even Adriana's koele blik voor ze haar neus in de lucht stak en haar ogen afwendde. Ze scheen niet erg tevreden over hem te zijn, wat zijn nieuwsgierigheid wekte. Voelde ze zich gekrenkt omdat hij een andere vrouw had geassisteerd?

Onwillig keek Adriana glimlachend naar haar rivale. Ze was er vrijwel zeker van dat die twee elkaar met een speciaal doel ontmoet hadden, maar ze was heel nieuwsgierig om te weten wat het precies was. 'U ziet er vanmorgen zo stralend uit, miss Felicity, dat ik me afvraag of mijn zus en ik u en lord Randwulf van een belangrijk evenement afhouden. U ziet er beiden zo fraai uit dat ik alleen maar kan denken dat u beiden naar Bath gaat, of misschien naar Bristol.'

Felicity raakte plotseling opgewonden bij dat idee. 'O, ja! Een uitstapje naar Bath zou prettig zijn!' Ze keek even naar Colton, in de hoop een uitnodiging te ontvangen zoals lady Adriana had gesuggereerd, maar ze werd onmiddellijk teleurgesteld, want hij bleef discreet zwijgen. Ze zuchtte en verzekerde hen met een weemoedige klank in haar stem: 'Ik zou daar werkelijk graag naartoe gaan... op een dag.'

Colton was zeldzaam ingenomen met Adriana's vraag. Als ze ronduit had geïnformeerd of hij van plan was Felicity mee te nemen in zijn rijtuig, had ze haar ergernis over dat idee niet duidelijker kunnen demonstreren. In elk geval begreep hij nu waarom ze zo geërgerd keek. Ze dacht blijkbaar dat hij het meisje het hof maakte.

Adriana keek even naar Colton. Het feit dat hij het niet nodig had gevonden zich los te maken van het blondje leek reden genoeg om hem te negeren, en ze wendde haar gezicht af.

Colton bleef zijn vragen tot de twee zussen richten. 'Komt lady Jaclyn naar het huwelijk? Ik zou het een buitengewoon genoegen vinden haar na al die jaren terug te zien en, natuurlijk, om te worden voorgesteld aan haar gezin.'

Melora keek hem lachend aan. 'Vanzelfsprekend. Haar hele gezin komt trouwens een dag of twee vóór het huwelijk, dus kun je vóór de huwelijksinzegening kennis met hen maken, als je dat wenst.'

Koel en afstandelijk keek Adriana hem aan. 'Ik weet zeker dat Jaclyn het heel prettig zal vinden u weer te zien, milord.'

Hij had gezien hoe ze haar wenkbrauwen even had opgetrokken toen hij had gesproken over de harmonie tussen Melora en haar verloofde, en vroeg zich af of ze hem soms niet in staat achtte eenzelfde verhouding met een vrouw te hebben. Hij voelde zich uitgedaagd en vroeg: 'En u, lady Adriana, hoopt u niet hetzelfde geluk te hebben als uw zus en een verloofde te vinden die u kunt koesteren en die u op zijn beurt zal liefhebben?'

'Dat schijnt de wens te zijn van elke maagd, milord,' antwoordde Adriana stijfjes, er absoluut van overtuigd dat hij een manier zocht om te ontsnappen aan het decreet van zijn vader. Het feit dat hij het briefje van haar ouders nog steeds niet beantwoord had leek dat te bewijzen. 'Wat mij betreft, ik heb weinig illusies over degene die voor mij is uitgezocht. Hij lijkt heel onafhankelijk te zijn en niet bereid zich door een huwelijk te binden. Het zal me niets verbazen als hij met onbekende bestemming vertrekt, liever dan eraan te voldoen.'

Haar antwoord was effectief genoeg om zijn verhitte lustge-

164

voelens waartegen hij zich de laatste tijd had verzet, af te koelen, besefte Colton. Maar misschien zou dat juist gunstig blijken te zijn als het betekende dat hij voor de verandering eens van een goede nachtrust zou kunnen profiteren. Toch kon hij het niet laten om een plagend antwoord te geven. 'Ik heb gehoord dat u op de hielen gevolgd wordt door een groot aantal aanbidders, mylady. Ik verbeeld me dat u moeite zou hebben om een keus te maken. Natuurlijk is er altijd nog meneer Elston, als de anderen alle hoop zouden verliezen uw hand te verwerven. Hij schijnt hardnekkig genoeg te zijn om het door dik en dun vol te houden.'

De donkere ogen glinsterden verontwaardigd. 'Meneer Elston is slechts een kennis, milord, niets meer,' zei Adriana op ijzige toon. 'Wat betreft de huwelijkskandidaat die mijn vader voor me heeft gekozen, moet ik afwachten tot het ware karakter van een dergelijke verbintenis kan worden vastgesteld. Dat ben ik verschuldigd aan mijn ouders en de oude heer die voor mij evenveel genegenheid toonde als voor zijn eigen dochter. Maar ik voorzie weinig heil in die relatie.'

Colton trok zijn wenkbrauwen op.'Ik neem dus aan dat u geen belangstelling hebt voor die... eh... relatie.'

'Een vriendschap tussen twee mensen kan zich alleen maar ontwikkelen als ze enige tijd met elkaar doorbrengen, milord. Tot dusver is dat niet gebeurd. Zelfs al zouden de lord en ik elkaar beter leren kennen, verwacht ik niet dat de overeenkomst het resultaat zal opleveren dat onze ouders zich gewenst hadden. We zijn op z'n minst gezegd vreemden voor elkaar, en dat zie ik in de naaste of verre toekomst niet veranderen.'

Colton glimlachte laconiek. Ze zou het verdienen als hij zich doof hield voor de smeekbeden van zijn moeder. 'Misschien zult u met wat geduld, mylady, een manier vinden om aan hun wens tegemoet te komen. Evenals hij.'

Adriana vroeg zich af wat hij bedoelde en keek hem onderzoekend aan. Maar de warme blik in zijn ogen was verdwenen. Met een kort glimlachje en een gemompeld excuus nam hij afscheid van hen en hinkte naar zijn rijtuig. Met een diepe zucht keek Felicity hem ontmoedigd na. Een ogenblik later nam ze afscheid van de beide vrouwen en vertrok in de tegenovergestelde richting.

Melora kneep even in de arm van haar zus en verstoorde de

peinzende blik waarmee haar zus Colton Wyndham nakeek.

'Houd je handen thuis, Melora!' snauwde Adriana, zich verontwaardigd naar haar omdraaiend. 'Je deed me pijn!'

'Gezien de steen die jij hebt op de plaats van een hart, was ik benieuwd of je het zelfs maar zou merken,' antwoordde Melora. 'Hoe kon je Colton zo'n antwoord geven? Je had hem net zo goed een klap in zijn gezicht kunnen geven.'

Adriana wierp haar hoofd in haar nek. 'Als mijn hart van steen is, moet dat van jou van het hardste graniet zijn.'

Melora trok uitdagend haar wenkbrauwen op. 'Met andere woorden, gelijke monniken, gelijke kappen?'

Adriana wendde zich af en een diepe zucht ontsnapte haar. Zou ze ooit een normaal leven kunnen leiden met een echtgenoot die van haar hield en haar boven alle andere vrouwen verkoos? Of zou ze er voortdurend aan herinnerd worden dat ze nooit de eigen keus was geweest van haar echtgenoot en dat hij, als hij al zou toegeven, dat alleen maar deed om zijn moeder niet te kwetsen?

Zwierig nam Colton zijn hoge hoed af toen hij de salon betrad van Samuel Gladstones huis van drie verdiepingen. Het was al een paar dagen geleden dat hij Felicity Fairchild op straat had ontmoet, maar hij was zijn belofte om haar grootvader te bezoeken niet vergeten. Dat was de reden waarom hij hier vandaag was, om na zijn lange afwezigheid de kennismaking met de oude man te hernieuwen.

Met behulp van zijn wandelstok hinkte Colton achter Samantha aan toen Jane Fairchild hen voorging naar de slaapkamer van haar vader. Bij de deur van de oude man bleef zijn zus met Jane staan praten en wenkte hem dat hij naar binnen moest gaan.

Toen Colton de drempel over was, zag hij in bijna elk hoekje en gaatje van de grote kamer stapels boeken liggen. Een hoge houten kast met glazen deur stond tegen de muur en was gevuld met zware boekdelen. Op een schragentafel aan het voeteneind van het bed lagen even volumineuze boeken, afgewisseld met een aantal andere die kleiner en breder waren.

In een schoon nachthemd en met een slaapmuts op, zat Samuel Gladstone rechtop in bed, met een geïmproviseerde lessenaar op zijn knieën. Verscheidene donzen kussens waren achter zijn rug gestopt.

Colton bleef staan om de oude man niet te storen, die verdiept leek in de inhoud van een grootboek. De man had zijn binnenkomst nog niet gemerkt. Colton keek achterom naar Jane, die hem glimlachend aanmoedigde. Hij liep naar het bed toe. 'Goedemiddag, meneer Gladstone.'

Samuel sloeg zijn ogen op en zette zijn metalen brilletje recht terwijl hij nieuwsgierig naar de bezoeker keek. Het was geen uitzondering dat zo'n goedgeklede gentleman hem kwam opzoeken. Lord Harcourt bezocht hem zelfs heel vaak, maar deze man leek heel veel op iemand die hij eens een groot aantal jaren voor diens recente overlijden had gekend en gerespecteerd. Maar hoewel hij net zo knap en lang was, liep deze bezoeker naar zijn bed met behulp van een fraaie wandelstok, en hij was misschien dertig jaar jonger.

Een glimlach gleed over zijn verouderde gelaat. 'Ik herken uw gezicht.'

Colton grinnikte en tuurde enigszins weifelend naar de oude man. Het was meer dan zestien jaar geleden dat hij Samuel Gladstone voor het laatst had gezien, en in die tijd waren ze beiden een stuk ouder geworden. 'Weet u het zeker?'

Samuel leek verheugd dat hij met een bevestigend knikje kon antwoorden. 'Hoewel mijn benen niet zo sterk meer zijn als vroeger, mijn hersenpan is nog goed in orde. Ja, u bent de zoon van wijlen lord Randwulf. U lijkt sprekend op hem.'

Colton grinnikte. 'Dat zegt iedereen hier. Ik schijn niemand voor de gek te kunnen houden, en toch kan ik niemand in het stadje herkennen.'

'Ga zitten, ga zitten,' drong Gladstone aan, en gebaarde naar de dichtstbijzijnde stoel. 'Uw zus heeft me op de hoogte gehouden van alle plaatsen waar u geweest bent en de veldslagen waarin u hebt gevochten in uw militaire loopbaan. Veel mensen hier zijn diep onder de indruk van uw heldhaftigheid. De verhalen komen voornamelijk van anderen die buiten dit gebied wonen, mannen die onder uw bevel hebben gediend, en van anderen die aan de zijde van uw regiment hebben gevochten.' Samuel grinnikte geamuseerd. 'Mijn kleinkind schijnt over niets anders te kunnen praten. Ze heeft me verteld dat u gewond bent geweest en een stok nodig hebt om te lopen.'

Colton ging zitten en legde de stok dwars op zijn dijen. 'Ik ga al wat vooruit. Ik heb lange wandelingen gemaakt om mijn been te versterken en heb me zelfs een doel gesteld. Over een paar weken geven de Suttons een bal, en als ik met een van de aantrekkelijke vrouwen wil dansen die ik hier in de omtrek heb gezien, dan zal ik absoluut minder afhankelijk moeten worden van mijn stok.'

De oude man lachte luid en drong toen met een glinstering in zijn ogen aan: 'Zorg dat u niet uw andere been breekt in uw haast om uw kreupele been weer aan het werk te zetten. Als u een knap meisje vindt, gebruik uw kreupelheid dan als excuus om haar mee te nemen naar een donker hoekje.'

Colton lachte met hem mee. 'U bent een sluwe man, meneer Gladstone, maar ik zal aan uw advies denken als dat been blijft weigeren om te doen wat ik wil.'

Colton wilde opstaan toen Jane zijn zus naar binnen volgde, maar Jane wenkte hem terug. 'Doet u geen moeite, milord. Blijft u alstublieft zitten terwijl ik thee zet.'

'Waarom houd je ons niet even gezelschap, Jane?' drong haar vader aan. 'Je rent rond om voor mij te zorgen, maar je neemt te weinig tijd voor jezelf. Ik weet hoe prettig je het vindt als lady Samantha of lady Adriana op bezoek komt, dus rust even uit en geniet van het gezelschap van lady Samantha. Misschien wil Felicity vandaag thee zetten.'

Jane durfde haar vader niet aan te kijken, bang voor wat hij in haar gezicht zou zien, want hij had een uitstekend waarnemingsvermogen. 'Felicity voelt zich niet goed vandaag, papa. Ze is al de hele middag in haar kamer.'

Samuel Gladstone trok zijn borstelige wenkbrauwen op. Hij stond sceptisch tegenover Felicity's bewering dat ze zich ziek voelde, en hij had gemerkt dat dat steeds vaker voorkwam. Maar ter wille van zijn dochter onthield hij zich van commentaar.

Hij was tot de conclusie gekomen dat hij de aanwezigheid van zijn dochter in zijn kamer nauwelijks kon verdragen. Liever dan te moeten kampen met haar harde, opstandige blikken als haar gevraagd werd iets voor hem te doen, had hij besloten zelf te lezen en andere dingen te doen, althans voorzover hij daartoe in staat was. Maar nu hij alleen bedienden had om aan zijn behoeften te voldoen, was hij het zeer op prijs gaan stellen om door zijn lieve dochter te worden verwend en vertroeteld.

Voor ze wegging bleef Jane even bij de deur staan. 'Wil je dat ik de boekhouding terugbreng naar de molen, papa? Jarvis komt straks thuis.'

'Ja, het is zoals je zei. Volgens de boeken worden Creighton en een paar van mijn beste werknemers nog steeds betaald. Ik denk erover ze allemaal hier te laten komen om me te vertellen wat zij denken dat er aan de hand is. Ik vrees dat je voortaan meer te doen zult krijgen dan voor mij te zorgen, maar ik kan niemand anders bedenken die ik beter heb onderwezen. Jouw boekhouding zou even goed zijn als wanneer ik het zelf deed.'

Niet lang na de thee namen Colton en Samantha afscheid. Zodra Bentley hen uit Stanover House zag komen, reed hij de landauer voor. Op vrijwel datzelfde moment legde Felicity haar boek neer en liep door de gang naar de slaapkamer aan de voorkant, waar de ramen een panoramisch uitzicht boden op het stadje.

Ze stond nog niet voor het raam of ze zag haar moeder bij de smalle weg voor het huis staan, wachtend tot lord Randwulf zijn zus had geholpen in het rijtuig te stappen. Felicity slaakte een verraste kreet. Niet alleen omdat ze besefte dat die twee op bezoek waren geweest, maar wat nog verontrustender was, dat ze op het punt stonden afscheid te nemen. Haastig snelde ze naar de trap en haastte zich naar beneden. Buiten adem kwam ze in de hal en rukte de deur open, maar helaas had de koetsier de paarden al in beweging gebracht.

Ze holde over het stenen voetpad en zwaaide wanhopig om de aandacht te trekken van de koetsier. Vergeefs. Toen ze aan het eind van het pad kwam, reed de landauer al over de weg.

Felicity drukte haar hand op haar bonzende hart. Nog snuivend, maar nu om meer dan één reden, draaide ze zich om naar haar moeder, woedend dat ze haar niet verteld hadden over het bezoek van de markies. 'Waarom hebt u me niet verteld dat lord Colton hier was?'

Jane haalde achteloos haar schouders op. 'Je zei dat je ziek was en onder geen voorwaarde gestoord wilde worden. Ik heb gedaan wat je vroeg.'

'Maar je had moeten weten dat ik lord Colton wilde zien!' ging Felicity tekeer. 'Kan het je niet schelen dat lord Colton misschien nooit meer terugkomt door wat jij hebt gedaan?'

Jane sloeg geen acht op de argumenten van haar dochter,

terwijl ze de landauer nakeek. 'Ik geloofde je en nam aan dat je je te ziek voelde voor bezoek. Als dat niet zo was, had je de karweitjes moeten doen die van je gevraagd werden, dan was je het bezoek van lord Randwulf niet misgelopen.'

'Je hebt het met opzet gedaan, hè? Om me te straffen, alleen omdat ik dat geestdodende werk van jou niet heb gedaan! Wacht maar tot papa dat hoort! Hij zal niet geloven hoe stom en kleinzielig u bent geweest dat je me niet hebt laten weten dat lord Colton me kwam bezoeken –'

'Als ik jou was, jongedame, zou ik voorzichtig zijn met wat je tegen me zegt,' waarschuwde haar moeder. 'Anders zul je nog vloeren moeten boenen vlak voordat je naar het bal van de Suttons gaat. En als je te rebels bent, blijf je die avond thuis, ondanks lady Samantha's uitnodiging.'

Woedend over de dreigementen van haar moeder, boog Felicity zich naar voren en schreeuwde bijna in haar oor: 'Je kúnt me niet dwingen thuis te blijven, niet als papa verwacht dat ik ga! En vertel me nu welk flauw excuus je tegen lord Colton hebt gebruikt toen hij vroeg mij te zien!'

Diep beledigd door de eisen van haar dochter draaide Jane zich met een ruk om en gaf Felicity een harde klap op haar wang, wat haar dochter een verschrikte uitroep ontlokte. Op een toon die onheilspellend kil was geworden, zei Jane: 'Schreeuw nooit meer zo tegen me, anders zul je er spijt van krijgen.'

Met haar hand tegen haar pijnlijk gloeiende wang staarde Felicity naar haar moeder, alsof ze ervan overtuigd was dat Jane haar verstand had verloren. Haar moeder had haar nog nooit in het gezicht geslagen. 'Ik zal het aan papa vertellen!' gilde ze, en barstte in tranen uit. 'Hij zal het je doen berouwen dat je lord Colton niet hebt toegestaan mij te spreken –'

'De lord kwam hier niet voor jou,' corrigeerde Jane haar op scherpe toon. 'Hij kwam je grootvader bezoeken, en als je het wilt weten, hij heeft je naam niet één keer genoemd. En als je wilt dat ik dat aan je vader uitleg, zal ik dat doen. Misschien wordt het tijd dat hij beseft dat lord Randwulf niet van plan is beneden zijn stand te trouwen.'

'Papa denkt daar anders over!'

Jane zuchtte gefrustreerd. 'Je bent mooi, en ik kan begrijpen dat je vader hoge verwachtingen heeft voor je toekomst, maar

zijn pogingen je in die richting te dirigeren, zullen waarschijnlijk weinig resultaat hebben, althans niet op de manier die hij
wil. Als je jezelf in de armen werpt van een man van adel in de
hoop zijn vrouw te worden, zul je daar misschien bittere spijt
van krijgen. Hij zou van je kunnen profiteren, je dan aan de
kant zetten en je alle hoop ontnemen op een fatsoenlijke echtgenoot. Geruchten kunnen iemands leven bederven. Geen man
wil tweedehands goederen.'

'Dat zou lord Randwulf nooit doen!'

'Al zou ik verwachten dat lord Randwulf net zo is als de
meeste mannen, bedoel ik niet hem of iemand in het bijzonder.
Je bent te naïef om de risico's te beseffen die je kunt lopen als
je jezelf aan hun voeten werpt. Hoewel adellijke heren met een
titel geacht worden gentlemen te zijn volgens de normen van
de society, vrees ik dat ze meer wel dan niet geneigd zijn de
vrouwen de rug toe te keren die hun bastaardkinderen hebben
gebaard en, ter vermijding van schande, te beweren dat het het
kind van een andere man is. Als je je aan een van hen geeft, zal
dat waarschijnlijk enorm veel verdriet tot gevolg hebben...'

'Je bent alleen maar jaloers, dat is alles,' beschuldigde Felicity haar fel. 'Je kunt de gedachte niet verdragen dat ik nog
jong en mooi ben, en alle schoonheid die jij ooit bezeten kunt
hebben, verwelkt is door hard werken en zwoegen. Geen wonder dat papa van mij houdt en niet van jou!'

Jane deed wankelend een stap achteruit, geschokt door de
beschuldiging van haar dochter. 'Nou, ik denk dat ik nooit
veel verwacht heb van zijn liefde voor mij. Misschien ben ik
zelf te goed van vertrouwen geweest. Ik veronderstel dat ik die
mogelijkheid in overweging zal moeten nemen. In elk geval
verandert dat niets. Je zult alles in het werk stellen om je karakter te verbeteren en te leren respect te hebben voor oudere
mensen, anders zal ik gedwongen zijn de zaak in eigen hand te
nemen.'

'Wat bedoel je daarmee?' vroeg Felicity kortaf.

'Als een van lord Wellingtons vijanden hem had gevraagd
zijn plannen te omschrijven voor hij ze ten uitvoer bracht, zou
hij dat vanzelfsprekend geweigerd hebben. En dat doe ik ook,
want het is duidelijk dat jij en ik een ernstig conflict hebben.
Mijn voornaamste streven als je moeder is je respect bij te
brengen, en niet alleen voor mij, maar ook voor anderen. Van

nu af aan zul je niet in je kamer blijven hangen als er iets gedaan moet worden. En ook zul je Lucy of een van de andere bedienden niet bedreigen met allerlei onheil om ze te dwingen jouw taken te verrichten. En als je denkt dat je vader mijn woorden nietig zal verklaren, dan zou ik daar maar niet te veel op rekenen. Hij zal te bezorgd zijn met het corrigeren van zijn eigen handelingen om zich te bekommeren om al jouw klachten.'

Felicity keek haar moeder aandachtig aan. 'Wat bedoel je?'

'Dat gaat jou niets aan, Felicity. Dat is een kwestie tussen je vader, je grootvader en mij. Denk er alleen aan dat je voortaan mijn instructies opvolgt, anders zul je je tegen mij moeten verantwoorden, en tegen niemand anders.'

Roger geloofde in zijn goede gesternte toen hij, op dezelfde ochtend dat hij zich had afgevraagd hoe hij zijn hofmakerij van Adriana kon hervatten, lord Randwulfs rijtuig zag wegrijden bij het huis van Gladstone. Dat gaf hem de gelegenheid naar Wakefield Manor te rijden om Adriana verslag uit te brengen van wat hij had gezien en verschillende mogelijkheden te opperen die iedereen van begin af aan duidelijk waren geweest, namelijk dat Felicity verliefd was op de markies en de markies ook wel in haar geïnteresseerd leek.

9

Christina bereidde zich geestelijk voor op de ontmoeting met haar gasten toen de butler plechtig aankondigde dat lord Randwulf en zijn moeder in de zitkamer wachtten op de Suttons. 'Dank je, Charles. Wees zo vriendelijk mijn man te verwittigen van hun komst.'

'Ja, mylady.'

Even later klopte Christina op de deur van de slaapkamer van haar jongste dochter. 'De Wyndhams zijn er, Adriana. Ben je klaar?'

Adriana zuchtte peinzend. Vanaf haar prilste jeugd had ze van Sedgwick Wyndham gehouden en hem bewonderd; zijn zoon daarentegen zette haar hele wereld op zijn kop. Maar als ze dacht aan dat moment in de badruimte, ging haar hart sneller kloppen door het besef dat hij de hare kon zijn als hij zich maar zou laten vermurwen en toestemde in de verloving. Maar toen Roger haar had verteld dat hij Coltons rijtuig had gezien bij Stanover House, was de enige conclusie die ze kon trekken dat Colton op bezoek was geweest bij Felicity. De laatste tijd waren die twee veel vaker samen geweest dan aan het toeval kon worden toegeschreven.

Misschien had Melora van begin af aan gelijk gehad, dacht Adriana somber. Ze wilde niet de schande beleven van Coltons afwijzing. Het zou dubbel moeilijk zijn omdat hij haar volkomen naakt had gezien en toch de voorkeur zou geven aan Felicity. Dat zou een belediging zijn waar ze niet gemakkelijk overheen zou komen.

Als er niet de zeer reële bedreiging boven haar hoofd had gehangen dat ze haar ouders te schande zou maken, zou Adriana zijn gevlucht. Ze zou naar de stal zijn gegaan en op de rug van Ulysses zijn weg gedraafd naar een heel afgelegen plaats.

Maar wat ze ook zou ervaren in de confrontatie met de markies, ze wist dat ze niet aan haar eigen belofte kon ontkomen die ze had gedaan bij het tekenen van het contract. *Een man een man, een woord een woord,* had haar vader vaak gezegd als hij zijn dochter onderrichtte over een voorbeeldig gedrag. Dat gold dus ook voor een vrouw.

'Ik kom zo, mama,' antwoordde Adriana terneergeslagen. 'Maud is nog bezig met mijn haar.'

'Zeg dat ze opschiet, lieverd. Het is onbeleefd om gasten te laten wachten.'

'Ja, mama, ik weet het,' mompelde Adriana.

Maud grinnikte geamuseerd. Ze voelde Adriana's sombere stemming goed aan. 'Jongedame, de ontmoeting met lord Randwulf zal lang zo erg niet zijn als u denkt. De kokkin vertelde dat ze hem laatst in Bradford heeft gezien, toen een of ander jong meisje hem aanwees aan de winkelierster. Ze zei dat haar mond bijna openviel toen ze zich omdraaide om te kijken. De markies ziet er opvallend goed uit in zijn mooie kleren, zegt ze. Een echte man, niet zoals meneer Elston, die hier gisteren rondliep alsof hij de eigenaar was van het landgoed. Die magere meneer Elston ziet er niet eens uit als een man, geen vergelijking met lord Randwulf.'

Adriana zuchtte. 'Alles wat je zegt is waar, Maud. Lord Randwulf is een elegante, aantrekkelijke man.'

'Waarom dan zo somber, mylady? Bent u niet blij dat zo'n man u het hof zal maken?'

'Ik weet helemaal niet zeker of lord Randwulf me het hof wil maken. Dat was het idee van zijn vader, niet van hem.'

'Natuurlijk wil hij dat wel. U bent het mooiste meisje aan deze kant van de hemel. Kijk eens naar al die adellijke heren die hun hart aan u verloren hebben.'

'Niet alle mannen zijn hetzelfde, Maud. Lord Randwulf schijnt te genieten van zijn vrijgezellenbestaan...' Adriana zweeg. Ze wist dat Maud nooit zou begrijpen hoe diep haar angst zat. Wat haar het meest dwarszat, was het feit dat zij zelf zo gefascineerd was door Colton. Als ze zich nu al zo tot hem aangetrokken voelde, hoe zou het dan met haar gesteld zijn aan het eind van die maanden? Triest schudde ze haar hoofd, en een diepe zucht ontsnapte haar. 'Wie kan zeggen wat lord Randwulf wil?'

Maud grinnikte. 'Gaat u niet zitten piekeren over wat hij wel of niet wil, mylady. Als het nog niet al zo is, zal hij gauw genoeg zijn hart aan u verliezen.'

De tijd zou inderdaad Coltons ware aard onthullen, dacht Adriana. Maar ze was minder optimistisch over het resultaat dan Maud.

Zuchtend verliet Adriana haar slaapkamer. Ze zag op tegen de ontmoeting met Colton... en nog meer tegen de mogelijkheid dat ze haar hart aan hem zou verliezen.

Lady Christina was de trap afgedaald in het volste vertrouwen dat haar dochter snel zou volgen, maar toen ze haar hand op de deurknop van de zitkamer legde, werden haar gedachten onmiddellijk in beslag genomen door de moeilijke taak die haar te wachten stond. Op het ogenblik had ze geen idee wat moeilijker zou zijn: onberoerd te lijken door lord Coltons verminkte gezicht en gestalte... of haar dochter met hem te laten trouwen.

Christina vermande zich voor de komende beproeving, die als een dreigende schaduw boven haar hoofd hing. Dapper deed ze de deur open en liep naar binnen. Ze werd zich onmiddellijk ervan bewust dat lord Randwulf voor het raam stond dat uitkeek over het weelderige grondgebied. Ze voelde zich enorm opgelucht, want de afstand tussen hem en zijn moeder zou haar de gelegenheid geven de laatste te begroeten voor ze met Colton geconfronteerd werd. Ze moest eraan blijven denken dat Colton de zoon was van haar beste vriendin en dat hij zijn wonden had opgelopen tijdens de dappere verdediging van zijn vaderland.

Christina trok haar gezicht in een opgewekte glimlach en liep de kamer door naar de sofa waar Philana zat. Ze pakte haar handen vast en zei: 'We hebben lang op deze dag moeten wachten. Je zoon is eindelijk thuis, en je moet je enorm opgelucht voelen dat hij is teruggekomen om het markizaat te beheren.'

'Niet alleen opgelucht, maar heel blij dat hij de taak van zijn vader wil overnemen,' antwoordde Philana met een stralende lach. 'Maar wat belangrijker is, Philana, we zijn gekomen om met jou en Gyles te praten over het contract. Ik hoop dat Adriana zich bij ons kan voegen. Ze is zó intens bij dit alles betrokken, dat ik me niet kan voorstellen dat we een besluit zouden nemen waarmee ze het niet volkomen eens is.'

'Maud was net klaar met Adriana's haar toen ik naar beneden ging. Ze zal nu wel elk moment komen, en Gyles...' De deur achter haar ging open en ze herkende de naderende voetstappen. 'O, daar komt hij net.'

'Welkom! Welkom!' Gyles veinsde zo goed en zo kwaad als het ging een vrolijk enthousiasme toen hij naar de vrouwen toe liep. Hij bracht Philana's hand aan zijn lippen, kuste die kort en verklaarde toen: 'Je bent even mooi als altijd, lieve Philana.'

Philana lachte. 'Bewaar dat maar voor goedgeloviger vrouwen, Gyles. Ik ben oud en gerimpeld, en dat weet je.'

Met zijn hand op zijn hart gedrukt zei Gyles: 'Ik zie geen rimpels, en hoe oud je ook mag zijn, je elegantie en schoonheid zullen altijd blijven.'

'Je bent een goede vriend, Gyles, zelfs al heb je de neiging meer dan een beetje te liegen.'

Grinnikend deed Gyles een stap achteruit, om het moment uit te stellen waarop hij de jongeman zou moeten aankijken. Colton had zich van het raam afgewend en liep hinkend door de kamer naar hem toe. Zijn vrouw had onder tranen haar weerzin bekend tegen de uitvoering van het contract dat hun kinderen zou verbinden. Voor een groot deel was Gyles het nu met haar eens.

Philana wees naar haar naderende zoon. 'Daar is Colton, gezond en wel, ondanks een afschuwelijke wond in zijn been.'

Gyles legde troostend zijn hand op die van zijn vrouw toen ze zich samen omdraaiden naar de markies. Toen Gyles een rilling door het lichaam van zijn vrouw voelde gaan, bereidde hij zich voor op wat er ging komen, en richtte zijn aandacht op zijn gast.

En zijn mond viel open.

'Lord Gyles,' begroette Colton hem met een diepe, melodieuze stem. Hij glimlachte naar beiden. 'Lady Christina.'

'O, hemel,' fluisterde Christina ademloos. Ze schudde verward haar hoofd, zich afvragend hoe ze ooit ter wereld op het krankzinnige idee was gekomen dat de man afschuwelijk zou zijn om te zien. 'U bent zó enorm veranderd, lord Colton, dat ik vrees dat Gyles en ik een beetje van ons stuk zijn gebracht.'

Colton lachte. 'Heel begrijpelijk, mylady, als je bedenkt dat ik nog maar een jonge knaap was toen we elkaar voor het laatst hebben gezien. Zestien jaar kunnen een groot verschil maken in iemands voorkomen.'

Opgelucht en blij wuifde Christina weer naar de sofa waar zijn moeder zich had verschanst. 'Ga zitten, alstublieft, en vertel ons over de plaatsen waar u geweest bent sinds we u voor het laatst hebben gezien.'

Voor Colton aan haar verzoek kon voldoen, ging de deur weer open en werd zijn aandacht afgeleid door de binnenkomst van Adriana. Hij stond elke keer weer verbaasd over haar schoonheid. Hij begon tot het inzicht te komen dat Adriana de norm zou zijn waarnaar alle andere vrouwen zouden worden beoordeeld. Haar lange, dikke haar was glad naar achteren gekamd en in een zware wrong boven op haar hoofd gekapt. Bij haar slapen en achter in haar hals waren een paar krullen ontsnapt. Haar huid was blank, een roze blos bedekte haar wangen en haar zachte lippen waren vol en mooi. Haar grote, donkere ogen oefenden een enorme aantrekkingskracht op hem uit. Ze was elegant gekleed naar de laatste mode.

Colton stond verbaasd over zichzelf toen hij in gedachten de vergelijking ging treffen tussen de verfijnde juwelen van Adriana – een parel, gevat in goudfiligrein, in haar oren – en de sieraden van Pandora Mayes – bungelende, opzichtige oorhangers. En ook tussen beide vrouwen bestond geen enkele gelijkenis. Pandora Mayes was een voluptueuze verleidster, die heel goed wist wat ze deed als ze minnaars in haar bed lokte. De actrice zou diep beledigd zijn als iemand haar een lichtekooi had genoemd, want ze had altijd bij hoog en bij laag beweerd dat ze haar gunsten uitsluitend verleende aan mannen die ze bewonderde en met wie ze een langdurige relatie had. Maar de kostbare geschenken in geld en juwelen die ze kreeg van haar bewonderaars en minnaars brachten haar op één lijn met de vrouwen die zich aanboden op de kaden en in de straten in Londen. Adriana daarentegen was precies het soort welopgevoede vrouw met wie hij op een dag had willen trouwen.

Moest hij zijn trots overwinnen en zich voegen naar de wens van zijn vader en verwelkomen wat bedoeld was als een geschenk in plaats van een beklemmend levenslang vonnis? Dan zou hij alles aan haar kunnen savoureren, van haar kleine oorlelletjes tot haar smalle tenen. En toch kon hij niet vergeten

177

dat hij gedwongen werd tot een verbintenis die hij zestien jaar lang had weten te vermijden.

'Vergeef me dat ik zo laat ben,' mompelde Adriana tegen de aanwezigen. Ze vermeed Coltons blik. Hij staarde haar even doordringend aan als in het door een lantaarn verlichte rijtuig toen hij haar een oneerbaar voorstel had gedaan. Ze was gewend geraakt aan de onderzoekende blikken waaraan ze in de afgelopen jaren had blootgestaan, maar zijn ogen bekeken haar veel schaamtelozer. Andere mannen hadden het tenminste discreet gedaan, maar Colton daarentegen deed geen poging te verbergen dat hij elk detail van haar liefkozend bestudeerde, én van heel dichtbij.

Colton ging achter een tudorstoel staan, stopte de stok onder zijn arm en legde zijn handen op de rugleuning. 'Kom zitten, Adriana.'

Nu haar ouders erbij waren, besefte Adriana dat ze geen andere keus had dan zijn verzoek in te willigen. Al was ze nog zo graag teruggegaan naar haar slaapkamer, ze kon moeilijk weigeren zonder enige ontsteltenis te veroorzaken bij de anderen. Ze ging stijfjes op het puntje van de stoel zitten, bang in contact te komen met zijn handen.

Zoals te verwachten was, liet Colton zich daardoor niet weerhouden. De punt van zijn stok kwam weer terug op het kleed toen hij om de stoel heen liep en naast haar kwam staan. Hij leunde over haar schouder heen en ademde de geur van haar haar in en boog zijn hoofd nog dieper, tot zijn warme adem langs haar wang streek. Adriana sloot bijna haar ogen bij het onverwachte genoegen dat ze in zijn nabijheid voelde. Haar pogingen om uit de buurt van Colton te blijven werden ernstig gehinderd door het verlangen dat ze onderin haar lichaam voelde. Het dreigde niet alleen haar koele afstandelijkheid te ondermijnen, maar haar overhaast naar de stallen te drijven.

'Ontspan je, Adriana,' fluisterde hij 'Ik zal je niet opeten... tenminste, nu nog niet.'

Adriana deed haar best zich te beheersen. Zijn overredende stem leek haar hele lichaam te bestoken. Ze had nooit geweten dat haar naam zo warm en suggestief kon klinken als hij door een man werd uitgesproken.

Maar de herinnering aan zijn woede van jaren geleden was

voldoende om haar te ontnuchteren en haar te sterken in haar besluit zich op een afstand te houden. En nog effectiever was de achterdocht dat hij zijn charmes op Felicity had gericht, die ze waarschijnlijk gretig en zonder enige remmingen had geaccepteerd.

Denkend aan zijn oneerbare voorstel na de begrafenis van mevrouw Jennings, vroeg ze zich af of hij de kleindochter van Samuel Gladstone een soortgelijk voorstel had gedaan.

Adriana keek hem van terzijde aan, terwijl hij een andere stoel naast de hare schoof, zó dicht bij elkaar dat de houten armleuningen elkaar raakten. Ze kon haar sarcasme niet onderdrukken en vroeg liefjes: 'Ik kan wel een eindje opschikken als u meer ruimte nodig hebt, milord.'

Haar sarcasme ontging Colton niet, en zacht lachend boog hij zich weer naar haar toe. 'De sofa is bezet, m'n mooie Adriana. Anders zou ik je daarheen hebben gebracht en naast je zijn gaan zitten.'

'Waarom?' Ze veinsde verwarring. 'U bent er toch zeker niet in geïnteresseerd van dichtbij de keuze te bezichtigen die uw vader jaren geleden voor u heeft gemaakt, toen u op de drempel van de volwassenheid stond? Ik dacht eigenlijk, milord, dat we hier waren om te discussiëren over het opheffen van de overeenkomst.' Ze trok uitdagend haar wenkbrauwen op. 'Vergis ik me?'

Colton grijnslachte gekunsteld, alsof hij in zijn ziel getroffen was. 'Hoewel mijn ogen geen bewijs kunnen ontdekken van een feeks, m'n lieve, geef je me soms de indruk dat ik bedrogen ben. Voorwaar, schone maagd, je kunt bloed doen vloeien met de wonden die je toebrengt.'

Adriana snoof minachtend, wat haar een berispende frons van haar moeder opleverde en een grijns van Colton. Ze kon niet goed verklaren waarom ze zoveel verwarde emoties voelde als ze met Colton samen was. Er waren momenten waarop ze hem het liefst een porseleinen beeld of een zware pot naar zijn hoofd zou hebben gegooid. Maar even vaak moest ze vechten tegen de verrukte gevoelens die hij bij haar wist te wekken. Ze was ervan overtuigd dat hij slechts formeel, ter wille van zijn moeder, overwoog haar het hof te maken, en hij haar op een passend moment een doodklap zou toebrengen. Ze vroeg zich alleen af waarom ze het zich zo aantrok.

'Ongetwijfeld, milord, bent u op grond van uw ruime ervaring tot die conclusie gekomen,' antwoordde ze koeltjes. 'Om een expert te worden op het gebied van feeksen, moet je daar vrij regelmatig mee omgaan. U hebt vast en zeker een hoop ervaring opgedaan tijdens uw afwezigheid, misschien zelfs wel na uw terugkomst.' Ze sloeg haar ogen naar hem op en wachtte tot haar hatelijke opmerking doel zou treffen, maar hij glimlachte slechts dubbelzinnig. Nadrukkelijker ging ze verder: 'Of geeft u mijn scherpe tong de schuld, om uw geweten te ontlasten, omdat u zo ijverig uw best doet u aan het contract te onttrekken?'

Voor het eerst sinds haar geliefde Sedgwick een verloving tussen hun zoon en Adriana Sutton had voorgesteld, voelde Philana een sprankje hoop dat een huwelijk tussen die twee werkelijk zou worden voltrokken. Colton was te knap en te aantrekkelijk om te worden genegeerd... of te worden afgewezen. De meeste jongedames zouden voor hem zwijmelen en ongetwijfeld hun lichaam aanbieden als bewijs van liefde. Ze vond het opwekkend om te zien hoe behendig Adriana haar zoon op zijn nummer wist te zetten. Een koele afwijzing van zijn avances zou de knappe boef vreemd doen opkijken, en dat zou zijn verdiende loon zijn. Hij was veel te veel overtuigd van zijn charme en zou waarschijnlijk niet weten hoe hij met een afwijzing om moest gaan.

Gyles, wie de ware strekking van de honende opmerking van zijn dochter was ontgaan, drong aan: 'Is dat waar, milord? Wenst u zich aan het contract te onttrekken?'

Colton richtte zich langzaam en glimlachend op. 'Integendeel, lord Gyles, ik wens in allerijl de hofmakerij op gang te brengen. Sinds ik op de hoogte ben gesteld van het contract tussen mijn vader en u, heb ik het door u beiden ondertekende document aandachtig gelezen. Volgens de daarin vermelde voorwaarden heb ik drie maanden om haar serieus het hof te maken, in welk tijdsbestek over mijn lot zal worden beschikt... tenzij lady Adriana er natuurlijk anders over denkt.'

Hij trok vragend zijn wenkbrauwen op en keek naar Adriana, wachtend op een antwoord. Toen ze een koele gereserveerdheid bewaarde, ging hij weer in de stoel naast haar zitten en boog zich grijnzend naar haar toe. 'Zeg het, m'n beste Adriana. Heb je bezwaar tegen de datum waarop het testen van onze emoties zal beginnen? Als je geen bezwaar hebt, stel ik voor dat we vandaag beginnen.'

Om des te eerder van me af te zijn, dacht Adriana spottend. Ze voelde haar haren rechtop gaan staan. Hoewel ze hevig in de verleiding kwam het dictaat van lord Sedgwick te verwerpen, kon ze zich daar niet toe brengen. Ze kon de gedachte niet verdragen Philana verdriet te doen of haar eigen ouders te schande te maken door degene te zijn die hun hoop op de toekomst de grond in zou boren. 'Als u een kort uitstel niet al te erg zou vinden, milord, zou ik de datum liever gelijk laten vallen met het herfstbal, dat op eenentwintig oktober plaatsvindt.'

'Zó'n lange wachttijd? Maar dat is pas over een maand!' Colton was enigszins van zijn stuk gebracht door het idee van zo'n lange wachtperiode. Zijn voornaamste reden om erin toe te stemmen haar het hof te maken was zijn moeder te bewijzen dat liefde niet kon worden gedwongen door een mandaat dat door je ouders werd opgesteld. Als die realiteit eenmaal was doorgedrongen, zou hij vrij zijn van alle verplichtingen. Dan zou het, als hij met Adriana wilde trouwen, helemaal zijn eigen beslissing zijn, en niet omdat hij zich gedwongen voelde door de voorschriften van zijn vader. Volgens hem maakte de lange wachttijd voor het begin van hun hofmakerij alles nog moeilijker.

Hij legde een vinger tegen zijn wang en liet zijn kin op zijn duim rusten, en in die contemplatieve houding nam hij Adriana langdurig op. Hoe graag hij zijn mannelijke lusten ook met haar wilde bevredigen, hoe kon hij zonder meer, als een schoothondje, zijn vaders wil volgen en die boven die van hemzelf stellen? Op de een of andere manier zou hij erdoorheen moeten zien te komen zonder dat zijn hart, zijn verstand en – het moeilijkst – zijn lichaam zou bezwijken voor de verleidingen die zich altijd zouden voordoen. Als hij dat zou presteren, kon hij aan serieuzere overwegingen denken... Adriana het hof maken zonder zijn eigen verlangen te hoeven verbergen om hun band te consolideren. 'De eenentwintigste, zei je?'

'Of wanneer u wilt, milord, als het herfstbal maar begonnen is,' antwoordde Adriana hooghartig.

Colton was nieuwsgierig om te horen hoe de verhouding was tussen Adriana en de kleinzoon van Gladstone. 'En Roger

Elston? Ben je van plan hem tot die tijd toestemming te geven je te bezoeken?

Adriana voelde haar wangen gloeien. Hoe durfde hij háár zoiets te vragen nadat hij zelf op bezoek was geweest bij Felicity? 'Vóór uw terugkomst, milord, had ik meneer Elston toestemming gegeven het bal bij te wonen. Fatsoenshalve moet ik hem zeggen dat hij zijn bezoeken moet stoppen, maar het zou wat minder hard aankomen als ik het hem aan het eind van het bal zou vertellen.'

Colton speelde met een krul die zich tegen haar wang nestelde. Wat een mooi, klein oor, dacht hij, en vroeg zich af hoe ze zou reageren als hij met zijn tong in de holte ervan zou dringen. Met een ondeugende glinstering in zijn ogen legde hij een vinger onder haar kin en draaide haar gezicht om naar het zijne. Zachtjes vroeg hij: 'Zou je het heel erg vinden, lieve, als ik die avond mijn attenties op een ander richtte? Het lijkt niet meer dan eerlijk... waar jij op andere wijze in beslag zult worden genomen.'

Adriana keerde hem weer haar profiel toe en trok hooghartig haar wenkbrauwen op. Hij hoefde haar niet de naam te noemen van de vrouw die hij in gedachten had. 'Ik zal niet op een andere wijze in beslag genomen worden, milord. Ik heb Roger slechts toestemming gegeven het bal bij te wonen als hij dat wenste. Doet u alstublieft wat u wilt. Ik heb geen recht op u.'

'O, dat heb je wél, Adriana. We zijn door een contract zó nauw met elkaar verbonden, dat het is alsof we al verloofd zijn. Dat alleen al geeft je het recht ja of nee te zeggen met betrekking tot mijn gedrag jegens andere vrouwen. En als we verloofd zijn, wil dat dan niet zeggen dat we zo goed als getrouwd zijn?'

'Dat kan in dit geval nauwelijks gezegd worden!' Geërgerd hief Adriana haar hand op, alsof ze een lastig insect van haar wang veegde, en wist daardoor zijn greep op de losse krul te verbreken. 'We zijn níet getrouwd, milord, en zelfs al waren we wél echt verloofd, dan zou ik u toch toestemming geven aandacht te besteden aan wie u maar wilde... zolang u mij intussen maar met rust liet... Hou op daarmee!' snauwde ze verontwaardigd en sloeg naar de rug van zijn hand die hij weer uitstak naar de krul. 'Blijf van mijn haar af!'

'Adriana!' riep haar moeder uit. 'Schaam je, kind! Lord Colton slaan, wat moet hij wel denken?'

'*Tsk, tsk,*' zei Colton berispend en boog zich met een brede grijns naar haar toe. 'Ik geloof dat je weinig ontzag voor me hebt, Adriana!'

'Dat zou heel goed waar kunnen zijn, milord,' antwoordde ze driftig. 'Uiteindelijk bent u niet meer dan een vreemde voor me...'

'Adriana!' Christina was geschokt door de ongevoelige woorden van haar dochter.

'Je bent absoluut een uitdaging voor me, Adriana,' beschuldigde Colton haar met een geamuseerde glinstering in zijn ogen. 'Ik heb nog nooit een vrouw gekend die er zo afkerig van was mijn attenties te accepteren.' In feite was hij er zo aan gewend dat de vrouwen aan zijn voeten lagen, dat hij er genoeg van had. Het was verfrissend om zich aan de andere kant van het spectrum te bevinden. Een mooie, jonge vrouw najagen die totaal geen belangstelling voor hem leek te hebben? Heel intrigerend... *een uitdaging*!

Adriana's stem klonk hatelijk, en ze gaf toe aan haar toenemende aandrang hem flink op zijn nummer te zetten. 'Ik ben ervan overtuigd dat je heel wat diepbedroefde vrouwen in je kielzog hebt achtergelaten en ik zal proberen de pluimstrijkerijen voor me te houden die je ongetwijfeld afgezaagd bent gaan vinden omdat je ze zo vaak gehoord hebt.'

Colton besefte met een schok dat hij van dit speelse tête-à-tête net zoveel genoot als vroeger van de uiteindelijke capitulatie van een mooie, ervaren en betoverende vrouw. De vrouwen die hij had gekend, waren allemaal bedreven geweest in het spel van de liefde, en hij had niet één keer aan zijn aantrekkingskracht getwijfeld. Dat was beslist meer dan hij nu van zichzelf kon zeggen. Maar hij zou het vuurtje nog wat moeten opstoken om te testen hoever haar koppigheid ging.

'Als ik je in plaats daarvan eens zou vertellen hoe mooi en lieftallig je bent, Adriana? Als kind had ik nooit kunnen denken dat je zó mooi zou worden. Je unieke schoonheid maakt me ademloos.'

'Haal diep adem, milord,' adviseerde Adriana hooghartig. Ze keek rechts noch links toen hij haar hand weer vastpakte. 'Ik weet zeker dat het dan overgaat.'

Christina deed haar mond open om haar dochter terecht te wijzen bij het horen van Adriana's sarcasme, maar ze bedwong haar moederlijke instinct toen Philana zachtjes in haar hand kneep om haar te beduiden dat ze niets moest zeggen.

Colton bracht de slanke vingers van zijn mogelijk toekomstige verloofde naar zijn lippen en liet zijn warme, vochtige mond erop rusten in een langzame, sensuele liefkozing.

Adriana werd zich bewust van een vreemde huivering onder in haar lichaam. De golf van gevoelens die hij bij haar wekte, leken op die hij veroorzaakt had toen ze in de hal in Randwulf Manor tegen elkaar waren gebotst, alleen waren die nu slechts een flauwe afschaduwing van wat er op dit moment door haar heen ging. De opwinding die hij bij haar teweegbracht was te groot om kalm te kunnen blijven in het bijzijn van haar ouders!

Met een ruk trok ze haar hand los, schoot overeind en vluchtte naar de deur. Daar draaide ze zich met gloeiende wangen om naar haar gasten en wist nog een schijn van waardigheid te bewaren. Ze gaf een weliswaar zwakke maar waarheidsgetrouwe verklaring. 'Ik heb Melora beloofd haar met de voorbereidingen voor haar huwelijk te helpen, voordat de dag bijna voorbij zou zijn.' Haar blik viel op de oudere vrouw, en ze maakte een respectvolle revérence. 'Lady Philana, wilt u me alstublieft excuseren...'

'Natuurlijk, kind,' antwoordde de markiezin met een vriendelijke glimlach. Ze achtte haar zoon verantwoordelijk voor Adriana's vlucht, en keek hem berispend aan. Dat dit alles hem leek te amuseren, deed haar zuchten. Hij herinnerde haar te veel aan zijn jongere jaren; hij was nog steeds een onverbeterlijke plaaggeest.

Adriana richtte haar blik op de markies en zei met een kort glimlachje: 'Goedendag, lord Randwulf.'

Zelfs Colton kromp even ineen toen de deur achter haar dichtsloeg, en een moment lang staarden ouders en huwelijkskandidaat verrast naar de deur. Toen richtten Gyles en Christina eensgezind hun aandacht op de jongeman, zich afvragend hoe hij zou reageren.

Colton barstte in lachen uit over Adriana's wilde verontwaardiging en wees naar de deur. Blijkbaar had Adriana even weinig op met de voorwaarden van het contract als hij. 'Ze heeft een temperament zoals ik nog nooit heb meegemaakt bij een meisje dat zo goed is opgevoed.'

Christina glimlachte aarzelend. 'Ik hoop dat mijn dochter u niet beledigd heeft, milord.'

Philana grinnikte geamuseerd. 'Ik weet niet of ik dat van mijn zoon kan zeggen, maar ik vond haar bewonderenswaardig... zoals gewoonlijk. Nog één ogenblik langer en ze zou Colton een draai om zijn oren hebben gegeven... en terecht.'

Christina wist niet wat ze moest zeggen om het goed te maken. Ze keek bijna smekend naar de markies. 'Ik had geen moment gedacht dat ze zich in uw bijzijn zo onbetamelijk zou gedragen, lord Colton. Ik zal haar zeker onderhanden nemen over haar gebrek aan manieren –'

'Dat doe je níet!' viel Philana haar nadrukkelijk in de rede. 'Mijn zoon kreeg precies wat hij verdiende, omdat hij haar met opzet ergerde. Misschien zal hij zich een volgende keer bedenken voor hij weer zoiets doet. En zo niet, dan zal hij eraan gewend moeten raken dat hij als een ondeugend klein jongetje op zijn vingers getikt wordt. Ik kan je verzekeren dat het niet de eerste keer zou zijn. Ik deed dat vrij geregeld toen hij jonger was. Hij scheen er altijd een oneindig genoegen in te scheppen de meisjes te plagen als Adriana met Samantha kwam spelen.'

Gyles wreef met zijn hand over zijn mond om zijn grijns te verbergen. Toen dat niet lukte, sloeg hij met beide handen op zijn knieën en stond op. 'Het lijkt voor mij geen enkele twijfel dat mijn jongste spruit de Fransozen bij Waterloo een flink pak slaag zou hebben gegeven. Ze kan zich soms snel kwaad maken. En ze schijnt zich vooral beledigd te voelen als jonge, enthousiaste aanbidders haar op wat voor manier dan ook proberen te manipuleren.'

Adriana liep opgewonden in haar slaapkamer heen en weer, woedend op zichzelf dat ze zich door Colton Wyndham had laten beïnvloeden. Nog nooit had ze emoties gevoeld zoals hij die bij haar had weten op te roepen. En nog nooit had ze zich zó verschrikkelijk geërgerd. Zijn bedoeling leek duidelijk genoeg. Gedwongen door het mandaat van zijn vader, was hij van plan haar op alle mogelijke manieren te vernederen, om zijn frustratie af te reageren. Dat hij na jaren van opstandig weigeren te gehoorzamen aan de bevelen van zijn vader bij zijn thuiskomst in dezelfde strik gevangen zat, was waarschijnlijk een grote schok voor hem geweest. Hij zou heel goed kunnen denken een reden te hebben haar te haten. Waarschijnlijk zou het niet eens tot hem doordringen dat zij ook een slachtoffer was, geketend door haar liefde voor haar ouders.

Er werd zachtjes op de deur geklopt. Melora's dienstmeisje kwam haastig binnen en maakte een vrolijke revérence. 'Neemt u me niet kwalijk, mylady, maar uw zus vraagt waardoor u bent opgehouden nadat u boven bent gekomen.'

'Ik kom zo, Becky.'

De deur viel achter het meisje dicht en Adriana slaakte een diepe zucht. Ze vroeg zich af of ze ooit drie maanden hofmakerij door Colton Wyndham zou kunnen verduren. Niet dat ze het niet wenste. Integendeel, hij was de man op wie ze haar leven lang gewacht had. Hij scheen vreemde emoties bij haar te kunnen wekken, die weleens haar ondergang konden zijn – misschien zelfs haar capitulatie, als ze zou ingaan op zijn voorstel, uit verlangen naar de warmte van zijn armen om haar heen en zijn lippen lang en innig op de hare. Alleen al de gedachte aan dat gespierde lijf tegen het hare, wekte een zeldzame opwinding die haar hele lichaam deed gloeien van begeerte.

Met alle wilskracht waarover ze beschikte, beheerste ze zich en ging ten slotte naar de kamer van Melora, die zenuwachtig tegen haar uitviel: 'Eindelijk! Ik begon al te denken dat ik alles alleen zou moeten doen en was bijna aan het eind van mijn Latijn, terwijl jij en mama kalmpjes met de Wyndhams zaten te praten, alsof de kwestie van die hofmakerij van je niet nog een paar weken had kunnen wachten. Colton is zóveel jaren weg geweest, dat het beslist geen kwaad had gekund als je zijn bezoek had uitgesteld tot na het huwelijk. Je had kunnen weten hoe wanhopig ik zou zijn nu het huwelijk met rasse schreden nadert! Over tien dagen al!' Ze zweeg even en keek haar zus strak aan, maar kon geen spoor van medeleven ontdekken. Ontstemd liet ze een diepe zucht horen. 'Ik neem aan dat hij onmiddellijk begint je het hof te maken.'

'Nee, feitelijk heb ik gevraagd om het uit te stellen tot op z'n minst het herfstbal.'

'Goddank!' zei Melora. 'Dan kun je me helpen zoals je beloofd hebt. Je mag beginnen met het opstellen van een lijst van

de mensen die komen en van de tafelschikking voor het huwelijksontbijt. De kokkin is al bezig met de voorbereidingen, en
natuurlijk is het huishoudpersoneel begonnen met schoonma-
ken. Er mag nergens stof zijn of een vuil raam...'

Adriana ging aan Melora's secretaire zitten en begon de lijst
samen te stellen. Ze was ervan overtuigd dat de kokkin, de keu-
kenhulpen en de rest van het huishoudpersoneel hun uiterste
best zouden doen van het huwelijksontbijt een gedenkwaardige
gebeurtenis te maken. Zijzelf hoopte alleen maar dat ze haar
gedachten mijlenver verwijderd kon houden van Colton Wyndham, want ze begon te vrezen dat haar hart lang zo veilig niet
was als ze gehoopt had.

10

Het weer op de laatste dag van september was tamelijk bedwelmend door de koppige geur van de herfst. De stralende zon maakte het tot een opvallend mooie ochtend voor een huwelijk.

Gedurende de plechtigheid was de kapel bijna overvol geweest met gasten, maar toen familieleden en vrienden zich buiten verzamelden om de verschijning van bruid en bruidegom af te wachten, liepen ze door elkaar heen en praatten opgewekt met elkaar. Adriana was omringd door een tamelijk grote groep jongemannen die gretig met elkaar wedijverden om haar aandacht. Onder hen bevonden zich leden van de beste families in Engeland, onder wie lord Harcourt, links van haar. Aan haar rechterzij stond Stuart Burke, die heel blij leek dat Colton het gezelschap van Perceval had verkozen boven dat van Adriana.

Adriana was bijzonder dankbaar dat Roger niet de euvele moed had gehad naar het huwelijk te komen. Haar bewonderaars stonden in een grote kring om haar heen en plaagden elkaar met hun beperkte kansen bij lady Adriana.

'Milords, neem me niet kwalijk,' zei de jonge ridder, Guy Dalton, met een brede grijns. 'Ik heb gehoord dat de man die het dichtst bij lady Adriana staat gewoonlijk de eerste is die in ongenade valt. Als ik een van u beiden was, zou ik iemand anders mijn plaats laten innemen.'

Stuart lachte spottend om de manoeuvre van de jongere man. 'U, neem ik aan?'

Lord Harcourts mond vertrok in een lome, zelfverzekerde glimlach. 'Als het u hetzelfde is, sir Guy, waag ik het erop om naast de dame te blijven staan. Maar blijf hopen alstublieft. Een van ons kan nog van gedachten veranderen... in mijn geval als de hel bevriest.'

Sir Guy slaakte een overdreven zucht. 'Nou, als vriend heb ik in elk geval mijn best gedaan u beiden te waarschuwen. Maar negeer mijn waarschuwing maar. Ik maak me er geen zorgen over als de dame u beiden aan de kant zet voor iemand die toevallig zo verstandig en knap is als ikzelf.'

'U bent inderdaad een goede vriend, sir Guy, maar ik vermoed dat iedere man de neiging heeft naar kansen te zoeken waarvan hij kan profiteren.'

'Alstublieft, alstublieft,' smeekte Adriana lachend. 'Houdt u op met dat gekibbel, anders zal ik u allemaal weg moeten sturen.'

Ze liet haar blik langs de kring bewonderaars gaan, maar door een hiaat in hun gelederen zag ze tot haar schrik de doordringende blik van Colton Wyndham, die op korte afstand stond, met één hand tegen een boom leunend.

De markies van Randwulf was in zijn modieuze kleding het schoolvoorbeeld van een rijke aristocraat. Percy was bij hem komen staan, maar praatte onophoudelijk door, volkomen onbewust van het feit dat de blik van zijn metgezel strak op Adriana gevestigd bleef.

Coltons starende ogen lieten haar niet los, tot hij zijn blik langzaam omlaag liet gaan en bijna elke holte en welving van haar in zich opnam. Plotseling vond ze dat haar blauwwollen jurk een schaarse bescherming vormde tegen de brandende blikken die haar tepels in vlam leken te zetten. Nooit had ze zich, terwijl ze volledig gekleed was, zo naakt gevoeld onder de indringende ogen van een man. Het feit dat hij precies wist hoe ze er onder haar kleding uitzag, leek haar emoties nog te versterken. Ze had nog nooit zo'n verrukkelijke, kloppende hitte gevoeld in de geheime plekjes van haar lichaam. Als het mogelijk was een maagd van een afstand aan te randen, dan was Adriana zojuist ontkleed, betast en ontmaagd in de gedachten van de man die haar gespannen aankeek.

Diep geschokt door de begeerte die in die donkere, grijze ogen smeulde, draaide ze zich om en nam afscheid van Stuart Burke. Daarna wendde ze zich tot Riordan Kendrick met een onsamenhangend excuus dat ze het wat kil vond *(alsof dat ook maar in de verste verte mogelijk was)* en naar het rijtuig van haar vader wilde. Galant bood de markies haar zijn arm aan en keek met een zegevierende grijns achterom naar de andere mannen. Na haar in het rijtuig te hebben geholpen, bleef Riordan bij de open deur van de landauer met haar staan praten, wat de anderen natuurlijk aanmoedigde om hem heen te komen staan. Adriana had niet verwacht dat Colton zich naar een ander uitkijkpunt zou begeven, maar dat was exact wat hij deed. Hij slenterde naar de voorkant van de kerk, waar hij haar zonder enige belemmering door de menigte heen kon zien. Ze kon nergens anders heen om aan zijn aandacht te ontsnappen tot de bruid en bruidegom naar buiten kwamen.

Het huwelijksontbijt was een unieke prestatie, herhaalde Melora voor ze door haar bruidegom aan het hoofd van de tafel in een stoel werd geholpen. Maar Adriana had reden om zich af te vragen wie de kaartjes voor de zitplaatsen van familie en vrienden had verwisseld, want ze bleek schouder aan schouder te zitten met Colton Wyndham. Een flauw glimlachje was het enige wat ze kon opbrengen onder de zelfverzekerde grijns waarmee hij naar haar keek.

'Neemt u me niet kwalijk, milord, maar ik geloof dat deze plaats gereserveerd is voor mijn tante,' zei ze tegen hem.

'Integendeel, Adriana, ik denk dat je je vergist.' Colton pakte het kaartje uit de zilveren houder en overhandigde het haar. 'Ik hoor na al die tijd toch wel in staat te zijn mijn eigen naam te herkennen.' Met stralende ogen vroeg hij: 'Had je me niet verwacht?'

'Nee,' beaamde ze.

De markies van Randwulf schoof haar stoel dichter bij de tafel. 'Na omringd te zijn geweest door een legioen mannen, denk ik dat je het wel vervelend zult vinden je aandacht aan één man te moeten besteden, maar ik zal proberen niet te veel op dat feit te hameren, al voelde ik me nog zo veronachtzaamd omdat het me niet was toegestaan me bij hen te voegen.'

Haar mond viel open van verbazing bij die belachelijke beschuldiging. 'Ik heb nooit gezegd dat u op een afstand moet blijven.'

'O? Misschien heb ik het verkeerd begrepen. Je zei toch dat ik je pas ná het herfstbal het hof mocht maken? Moest ik me tot die tijd niet op een afstand houden?'

Ze zuchtte. 'Ik sprak alleen over de hofmakerij zelf, milord. Na Rogers verzoek te hebben ingewilligd om hem toe te staan op het bal te komen, leek het me onbeleefd die toestemming in te trekken.'

'Heb je die knaap vaak zulke gunsten toegestaan?'

Bedenkend dat Roger zich waarschijnlijk zelf zou hebben opgedrongen en naar het bal zou zijn gekomen, had het haar voor haar ouders minder ergerlijk geleken als ze hem maar gewoon toestemming gaf om te komen. Ze kon het aantal keren niet tellen dat ze, sinds ze tot dat besluit was gekomen, zichzelf wel een schop had willen geven, vooral sinds Coltons terugkeer. Roger wilde zich niet neerleggen bij de aanwezigheid van haar mogelijk toekomstige verloofde.

'Je hebt een heel gevolg van bewonderaars,' betoogde Colton. Glimlachend knikte hij naar Stuart en zag toen dat de man lang zo opgewekt niet was als tijdens het intermezzo bij de kerk. 'Weet je zeker dat je niet soortgelijke uitnodigingen aan je bewonderaars, hebt gedaan?'

'*Nee!*' jammerde Adriana ongeduldig. 'U maakt een hoop herrie om niets.'

Hij rimpelde weifelend zijn voorhoofd. 'Ach, ik zou niet willen zeggen dat vijftien man niets is om je zorgen over te maken, vooral niet waar ze stuk voor stuk verlangend leken jou te bezitten. Een man alleen moet zich daartegen wapenen.'

'Zoveel leken het er niet te zijn,' zei Adriana, zich afvragend of hij had overdreven.

'Wat? Heb je niet de moeite genomen ze zelf te tellen?' vroeg Colton lachend. 'Ik kan instaan voor mijn vermogen om te tellen, Adriana. Het waren er inderdaad zo veel.'

'Nou, u hoeft zich over geen van hen zorgen te maken, milord. Ik ben van plan mijn deel van de overeenkomst na te komen, of ú dat doet of niet.'

'O, ik ben het vast van plan, Adriana,' verzekerde hij haar. 'Uiteindelijk is het de wens van mijn vader dat ik je als mijn toekomstige echtgenote beschouw.'

'Waarom? U bent beslist niet van plan u daarna nog aan het contract te houden, wel? Het zou me zeer verbazen als dat wél zo zou zijn.'

'Laat ik alleen maar zeggen dat ik het heel aangenaam zal vinden om er rustig over te kunnen nadenken terwijl ik je het hof maak. Dat recht heb ik toch?'

'Ja,' gaf Adriana met tegenzin toe.

Ze keek om zich heen en zag tante Tilly naast Alistair Dermot zitten. Tilly keek op en pakte een naamkaartje uit de houder voor haar. Met een ondeugend gebaar haalde ze haar schouders op, glimlachte naar Adriana en wuifde zich koelte toe met haar waaier.

Toen begreep Adriana het maar al te goed. Haar tante was de schuldige die de zitplaatsen verwisseld had. Ze wilde zich niet graag verontschuldigen bij Colton, maar boog zich vastbesloten naar hem toe. 'Ik vrees dat ik te overhaaste conclusies heb getrokken, milord. Mijn excuses daarvoor. Ik geloof dat ik nu weet wie de kaartjes heeft verwisseld.' Ze maakte een gebaar met haar hand om zijn aandacht te vestigen op de oudere dame. 'Het schijnt dat mijn tante Tilly uw oom ontdekt heeft. Hij ís natuurlijk een knappe man en natuurlijk ís zij weduwe.'

Colton keek naar haar en zag de oudere vrouw nogal schuldbewust naar hem glimlachen. Hij knipoogde en grinnikte, waarop ze met een heldere lach reageerde. Tilly wees naar het jonge stel. Coltons oom grijnsde en hief zijn wijnglas op naar zijn neef, hem zwijgend gelukwensend met zijn goede smaak wat vrouwen betrof.

'Je oom Alistair schijnt nogal tevreden over zichzelf,' merkte Adriana op, die de essentie van die uitwisseling was ontgaan. 'Natuurlijk heeft hij veel om trots op te zijn, gezien het feit dat u een nationale held bent geworden nadat hij u zijn steun waardig keurde.'

'Ik geloof dat hij je schoonheid toedronk, lieve,' verbeterde Colton haar. 'Hij heeft blijkbaar reden om aan te nemen dat je mijn aanstaande verloofde bent.'

Adriana was kennelijk verbaasd. 'O, maar je moeder... Ze zal toch niets zeggen over het contract?'

'Misschien is de schuldige niet zozeer mijn moeder als wel mijn zus.' Hij zag een losse krul in Adriana's hals en strekte zijn hand ernaar uit. Bewonderend rolde hij die tussen zijn duim en wijsvinger. 'Ze is ervan overtuigd dat je op een dag mijn vrouw zult zijn.'

Adriana besefte dat ze vanbinnen weer bezig was weg te smelten. Een hartenklop lang, die niet een moment maar een eeuwigheid leek te duren, keken ze elkaar in de ogen, tot hij de zijne neersloeg en verlangend haar lippen liefkoosde met zijn blik. De onverwachte hunkering om haar wang tegen de palm van zijn hand te leggen vond Adriana heel vreemd, maar niet vreemder dan aan te voelen dat hij zich moest verzetten tegen zijn verlangen haar te kussen. Zachtjes fluisterde ze: 'Ik zal met uw zuster moeten praten over haar losse tong.'

Het leek Adriana een eeuw geleden dat ze naast Colton aan het huwelijksontbijt had gezeten, terwijl het in werkelijkheid maar drie weken waren. Het herfstbal was aan de gang, maar ze had het uitgesteld om zich bij de gasten te voegen. Haar stemming verbeterde niet door de wetenschap dat ze ergens in de komende paar uur Roger zou moeten vertellen dat hij niet langer op bezoek kon komen in de manor en moest ophouden haar overal te volgen. Ze hoopte alleen maar dat hij geen scène zou maken.

Als ze serieus overdacht had wat de consequenties zouden zijn van het accepteren van zijn eerste onaangekondigde bezoek aan Wakefield Manor, maanden geleden, zou ze hem onmiddellijk hebben teruggestuurd en zijn geschenken van bloemen en een tweede boek met sonnetten hebben geweigerd. Maar ze had niet zo hardvochtig willen zijn, want het was pijnlijk duidelijk dat de jongeman eenzaam was. Maar dan zou ze zich de ongerustheid bespaard hebben waaronder ze nu leed, want zijn eerste bezoek had geleid tot een volgende... en toen weer een volgende... en het duurde niet lang of hij was regelmatig onaangekondigd komen opdagen, niet alleen in Wakefield Manor, maar ook in Randwulf.

Ze wenste nu dat ze haar vader had toegestaan Roger te vertellen dat hij haar niet meer kon bezoeken. Maar ze had geloofd dat als het nieuws uit haar mond kwam, hij het beter zou kunnen verdragen. Maar hoe moeilijk het ook zou zijn, ze zag geen andere mogelijkheid. Ze was door het contract gebonden aan een ander, en al was Roger zich maar al te goed bewust van dat feit, hij scheen haar niet met rust te willen laten.

Adriana rechtte haar rug. Er viel niet aan te ontkomen. Uitstellen was geen oplossing. Misschien zou de spanning zelfs wel iets verminderen als ze het achter de rug had. Ze hoopte het maar.

O, waarom moet juist hij degene zijn naar wie ik zo verlang? kermde ze bij zichzelf.

Geschokt door die aanval van ongestilde verlangens, deed ze haar best haar gedachten uitsluitend te wijden aan de manier waarop ze Roger het beste uit haar leven kon weren. De onzekerheid was zo effectief alsof er een emmer ijskoud water over haar heen werd uitgestort. Het verkilde haar tot op het bot.

Aarzelend liep ze de trap af. Toen ze voor de dubbele deur stond die toegang gaf tot de balzaal, haalde Adriana diep adem, om zich te vermannen voor de taak die haar te wachten stond. Ze liep naar de open deur, maar werd tegengehouden door een gast die haastig naar buiten kwam. De angstige blik waarmee hij achterom keek, maakte dat ze zich afvroeg wie of wat hem op de hielen volgde. Ze was geneigd te denken dat zijn kleermakers achter hem aan kwamen in een poging hun geld te krijgen. Het pleitte niet voor de verkwister dat zulk soort kleinerende gedachten bij haar opkwamen op het moment dat ze lord Latham Harrell herkende.

Hoewel Lathams uiterlijk niet meer dan tolerabel te noemen was, deed zijn lange, slanke gestalte de modieuze kledij alle eer aan, maar dat maakte hem niet geliefder bij degenen die hem goed kenden. De hoogmoedige arrogantie die hij aan de dag had gelegd bij Sedgwicks begrafenis was schijnbaar verflauwd, en ze kon begrijpen waarom. Colton had Lathams hoop verijdeld door thuis te komen en had zijn bedoelingen aan iedereen duidelijk gemaakt. Latham, nu zijn optimisme over rijk worden en het markizaat, onterecht was gebleken, leek nu zo zenuwachtig als een konijn dat door een vos wordt achtervolgd.

Toen hij Adriana in het oog kreeg, leek hij de reden voor zijn haast te zijn vergeten en maakte hij een elegante buiging. 'M'n beste lady Adriana, u bent degene die ik gehoopt had te zien. Het is mijn voortdurende verlangen geweest sinds ik u enkele weken geleden op de bruiloft van uw zus heb gezien.'

'Werkelijk?' Adriana was nieuwsgierig naar wat de man van haar zou willen, maar het antwoord kwam snel genoeg bij haar op. Haar bruidsschat! Nu hij niet langer zijn hoop kon vestigen op het markizaat, zou hij ongetwijfeld voor geld moeten trouwen, wilde hij zich zijn buitensporigheden blijven veroorloven.

Latham keek haar bijna wellustig aan. Een ongewone warmte blonk in zijn lichtbruine ogen, en ze vroeg zich af of hij haar in zijn fantasie zag zonder ondergoed onder de talrijke lagen ragfijne zij van haar jurk.

Lathams blik ging omhoog en bleef overdreven lang rusten op haar decolleté. Het leek hem onnoemelijk veel inspanning te kosten om zijn blik nog hoger te richten. Ten slotte keek hij opzij, alsof hij zich moest beheersen, en schraapte luid zijn keel en glimlachte toen innemend naar haar. 'Ik begon te vrezen dat ik u nooit zonder uw gevolg van aanbidders zou aantreffen, lady Adriana. Ten slotte wanhoopte ik eraan of ik dicht bij u zou kunnen komen op het huwelijk van uw zus, want ze omringden u als een onneembaar bolwerk. Elke begeerlijke vrijgezel van Londen tot Bath moet daar geweest zijn, behalve natuurlijk mijn neef. Ik weet niet waar híj naar keek, maar na zoveel jaar in het leger te hebben doorgebracht, is Colton waarschijnlijk te vertrouwd geraakt met soldatenhoeren om te weten wat échte schoonheid is. U weet hoe die officieren in hun vrije tijd met die vrouwen omgaan...'

'Nee, ik vrees van niet,' antwoordde Adriana, en bracht met moeite een glimlachje tevoorschijn. Het ergerde haar mateloos dat hij probeerde het karakter van zijn neef te bezoedelen, terwijl zijn eigen reputatie allesbehalve vlekkeloos was. Hoewel hij in uitstekende gezondheid leek te zijn, had hij een of andere vreselijke ziekte voorgewend om te vermijden dat hij zijn land zou moeten verdedigen. En nauwelijks een maand na het overlijden van lord Sedgwick had hij geld geleend in de veronderstelling dat het markizaat hem ten deel zou vallen, om een woedende vader te sussen wiens eerst zo onschuldige dochter hij zwanger had gemaakt.

Latham leek even van de wijs gebracht door haar gebrek aan verbeeldingskracht. 'O, laat maar. Mijn waarnemingen zouden niet geschikt zijn voor onschuldige oren zoals de uwe.' Hij liet zijn blik weer over haar heen glijden, en schijnbaar aangemoedigd omdat ze niet achteruitweek, deed hij een stap naar haar toe. Zijn hese stem leek een warm verlangen over te brengen. 'Ik moet zeggen, lady Adriana, u bent werkelijk de betoverendste vrouw die ik ooit heb gezien.'

'U vleit me, lord Latham,' zei ze beschuldigend.

De man was zeker drie jaar ouder dan Colton, maar met al zijn pretenties miste Latham het knappe, verfijnde uiterlijk en hoffelijke manieren van zijn jongere neef.

'U hebt een menigte aanbidders. Het duizelde me toen ik u die dag bij de kerk door hen omringd zag. Zelfs de zoon van de hertog... hoe heet hij ook weer... bevond zich onder hen.'

Adriana deed een stap achteruit toen hij verder naar voren kwam. Ze gaf gaf hem liever de ruimte dan een lichamelijk contact te riskeren. 'Ik denk dat u lord Riordon Kendrick, de markies van Harcourt, bedoelt.'

'Knappe kerel, lord Riordan. Immens rijk, naar ik heb begrepen, en als enige zoon zal hij natuurlijk bij het overlijden van zijn vader het hertogdom erven. Maakt hij u al lang het hof?'

Wantrouwend ten opzichte van élke kwestie waaraan Latham zijn aandacht besteedde, aarzelde Adriana met haar antwoord, maar ze kon niet peilen wat voor kwaad de waarheid zou kunnen doen. 'Lord Harcourt heeft me niet echt het hof gemaakt. Hij komt in Wakefield Manor slechts op bezoek in.'

Latham grinnikte en drukte een kanten zakdoek tegen een mondhoek, en Adriana vroeg zich af of hij soms kwijlde. 'Meisjelief, er is niet veel verbeeldingskracht voor nodig om uit te puzzelen waaróm hij dat doet, als hier zo'n perfecte schoonheid woont. Het verbaast me eigenlijk dat hij geen huwelijkscontract heeft verkregen van lord Standish. Hij heeft het immers geprobeerd?'

Adriana hoopte dat haar gezicht minder stijf en strak stond dan het aanvoelde. 'De laatste tijd heeft mijn vader het heel druk gehad met andere zaken. Rekening houdend met het feit dat ik de laatste van zijn dochters ben, zal hij zich waarschijnlijk een tijdje willen ontspannen voor hij zijn aandacht aan mijn toekomst wijdt. Het zou me niets verbazen als hij de kwestie verscheidene maanden zou laten rusten. *Tenminste tot Colton een besluit heeft genomen!*

'Natuurlijk! Natuurlijk!' zei Latham lachend. 'Prachtig nieuws voor verlate huwelijkskandidaten, nietwaar?' Hij trok veelbetekenend zijn wenkbrauwen op en boog zich vertrouwelijk naar voren. Zijn warme, hese stem gaf duidelijk blijk van zijn hoopvolle ambities. 'Dat nieuws, mylady, geeft me de hoop dat ik nog niet te laat ben met het indienen van mijn aanzoek.'

Adriana rolde bijna met haar ogen. Ze kon haar oren niet geloven, maar ze onderdrukte de aandrang toen Latham eerst naar links en toen naar rechts keek, alsof hij op zijn hoede was voor luisterende oren. Ze had geen idee welk geheim hij haar wilde onthullen.

'Mylady, ik smeek u later op de avond een dans voor mij te reserveren. Ik zou u nu om een dans willen vragen, maar een ogenblik geleden was ik gedwongen een excuus te verzinnen bij die Carvell, lord Mansford, die zo vrijpostig was om me te vragen met zijn dochter te dansen, een stevig gebouwde jongedame die blijkbaar niet weet wat ze moet doen om een man te krijgen. Liever dan op een leugen te worden betrapt, wilde ik me tijdens deze dans verborgen houden. Het zal inderdaad een wonder zijn als lady Berenice een man vindt. Ze is knap genoeg om te zien, maar ik vrees dat haar omvang te overweldigend zou zijn voor me.'

Als Latham een man was geweest die haar bewondering waard was, zou ze hem hebben aangemoedigd Berenice Carvell serieus in overweging te nemen. Ze vond Berenice een heel aardige jonge vrouw, maar helaas greep haar vader elke gelegenheid aan om een man voor haar te zoeken, waardoor hij niet alleen zijn dochter in verlegenheid bracht maar de vrijgezellen, die hij in een hoek drong, in een netelige positie bracht. Denkend aan de geruchten over Lathams schulden, kon ze het niet laten hem te plagen. 'Lady Berenice heeft inderdaad een lief en knap gezicht, mylord, en hoewel ze een beetje aan de gezette kant is, zoals u zegt, ben ik het niet met u eens wat haar kansen op een huwelijk betreft. Ik zou zelfs willen voorspellen dat ze binnenkort getrouwd zal zijn met een goede, voortreffelijke jonge gentleman.'

Latham keek haar spottend aan, en met geamuseerde neerbuigendheid vroeg hij meesmuilend: 'Bent u lichtgelovig genoeg om in wonderen te geloven, mylady?'

Adriana's haren gingen overeind staan bij die hooghartige vraag, maar ze wist een muzikaal lachje voort te brengen. 'Ach, waar lady Berenices bruidsschat een sultan aan het duizelen zou brengen, ben ik ervan overtuigd dat die wonderen zeker tot de mogelijkheden behoren. Een man zou Berenice inderdaad kunnen trouwen om haar bruidsschat, maar in de loop van de tijd zou hij ontdekken dat hij een juweel had gekregen dat veel waardevoller is dan de rijkdom van haar vader. Dat weet ik zeker.'

Latham rimpelde verbaasd zijn voorhoofd. 'Ik heb nooit geweten dat haar vader zo rijk is.'

Adriana kon het begerige brein van de man bijna zien werken. 'O, ja, en omdat hij haar zo graag getrouwd wil zien, twijfel ik er niet aan of lord Mansford zal zich heel royaal tonen voor haar bruidegom.'

Latham slenterde weg en Adriana berekende de kans om hem met Berenice te zien dansen voordat de avond voorbij was. Ze zou haar vriendin moeten waarschuwen voor die fortuinjager.

Met een diepe zucht wijdde ze haar aandacht weer aan haar eigen benarde situatie. Ze liep de balzaal in en zocht haar toevlucht in de schaduw, waar ze om zich heen keek. Aan de andere kant van de zaal stonden Jaclyn en haar man, sir Thornton Godric, te praten met haar ouders, Philana en tante Tilly. Melora en Harold, die samen een wals dansten, leken nog steeds verrukt van elkaar. Achter hen danste Perceval met Samantha zwierig en sierlijk de zaal rond. Hoewel ze al twee jaar getrouwd waren, leken ze nog even verliefd op elkaar als het pasgetrouwde paar. Het stond vast dat Samantha de keus die haar vader voor haar gemaakt had, de hemel in prees.

Nieuwsgierig bekeek Adriana de gezichten van de dansende paren, zoekend naar de man die de laatste tijd in het middelpunt van haar gedachten stond. Als iemand haar enkele maanden geleden had verteld dat ze op dit punt in haar leven zou fantaseren over Colton Wyndham, zou ze hem of haar voor gek hebben verklaard.

Maar toen ze eindelijk de lange, elegant geklede markies van Randwulf ontwaarde, keek ze ontsteld op. Het was niet zozeer zijn uiterlijk dat haar van haar stuk bracht, maar het feit dat hij met Felicity Fairchild walste.

Ze voelde zich zó vernederd dat haar wangen gloeiden en ze zich tegen een deur drukte, in de hoop dat ze haar niet hadden gezien. De verscholen plek die ze had gevonden stelde haar in staat de voormalige kolonel rustig te bestuderen. Zo te zien had hij een opmerkelijke vooruitgang geboekt in het herkrijgen van zijn elegante loop. Ze kon zich alleen maar indenken hoe lang en afmattend hij zijn been geoefend moest hebben in zijn verlangen zijn kreupelheid te overwinnen. Ze herinnerde zich hoe hij er had uitgezien op de avond van zijn thuiskomst.

Dat had haar doen beseffen hoeveel pijn hij moest hebben geleden. Ze had een beetje verbaasd gestaan dat hij op Melora's huwelijk drie weken geleden zonder stok had gelopen, hoewel hij nog steeds kreupel liep. Maar zijn danspassen waren het bewijs van het succes dat hij geboekt had. Adriana schrok op toen een verre neef, die haar vanaf de dansvloer riep, haar anonimiteit verstoorde.

'Adriana, waarom dans je niet?'

Ze kermde bij zichzelf; het liefst was ze ergens weggekropen. Uit haar ooghoek zag ze dat Colton naar haar keek, blijkbaar op zoek naar haar. Toen hij haar zag, zwierde hij Felicity in grote cirkels over de dansvloer, tot ze dicht bij de plaats waren waar Adriana stond.

De valserik! Hoe kón hij! Adriana brieste inwendig, nog steeds kwaad dat hij haar had weten te manipuleren om een concessie van haar los te krijgen dat hij tijdens het bal zijn aandacht aan andere vrouwen kon besteden. Zijn keus was *toevallig* Felicity Fairchild, een vrouw die sinds ze aan hem was voorgesteld overdreven zijn lof had gezongen tegen iedereen die maar wilde luisteren.

Het stralende gezicht van de blonde schone, in een lichtgele satijnen jurk, maakte dat Adriana zich nogal somber afvroeg hoe hij Gladstones kleindochter zou waarderen in vergelijking met degene wier ogen en haren zo zwart als git waren. De herinnering aan de beledigingen waarmee hij vroeger het magere, kleine meisje had overladen, dat hem zo geadoreerd had, deed haar denken dat ze wel niet aan zijn maatstaf zou voldoen.

'Ze wil hem per se hebben,' mompelde Adriana kribbig, terwijl ze naar het verrukt kijkende blonde meisje keek.

'Wie?' vroeg een stem naast haar.

Verbaasd dat ze betrapt was op hardop denken, draaide Adriana zich om en zag Roger achter zich staan. De woorden leken even vast te zitten in haar keel, maar kwamen vrij toen ze geërgerd tegen hem uitviel. 'Hemel, Roger, ik schrik me dood!'

Hij grinnikte en schreef haar ergernis toe aan zijn eigen late komst. Gesterkt door wat hij beschouwde als haar verlangen hem te zien, verontschuldigde hij zich prompt. 'Het spijt me, mylady, maar u leek gevangen te zijn in uw eigen wereld. Ik had echt geen idee dat ik u zou laten schrikken.' Hij keek om zich heen toen verschillende paren langs hen heen dansten.

Geen van hen leek ook maar enigszins op het paar waar Adriana naar had staan kijken. 'Bedoelde u iemand in het bijzonder?'

'Een verre bekende, meer niet.' *Die met het uur verder weg was!* Adriana schimpte inwendig, toen ze een blik opving van de zeer aantrekkelijke miss Felicity, die met haar lange wimpers knipperde naar haar knappe partner.

Er was niets aan te doen, besloot Adriana. Ze was vast van plan Roger aan het eind van het bal te vertellen dat ze hem niet langer kon toestaan haar te bezoeken en overal te volgen, maar ze was bang dat naarmate het eind van het bal meer naderbij kwam, de moed haar in de schoenen zou zinken. Ze kon het maar beter zo snel mogelijk achter de rug hebben, dacht ze. Bovendien, hoe eerder ze het deed, hoe eerder haar rivale het zonder de attenties van lord Colton zou moeten doen... ook al zou het niet meer dan een intermezzo van drie maanden blijken te zijn.

Vooruit, dacht ze, en wierp zich halsoverkop op de taak die ze zichzelf gesteld had. 'Roger, ik heb een heel belangrijke kwestie met je te bespreken. Misschien kunnen we even naar de gang gaan, waar we rustig kunnen praten.'

De jongeman trok sceptisch zijn wenkbrauwen op. 'Een heel belangrijke kwestie? Je bedoelt, belangrijker dan met je te dansen?' Hij forceerde een lach, al bleek het een povere poging. Hij kon zich voorstellen wat ze zou gaan zeggen nu de markies thuis was. Eerlijk gezegd wilde hij het niet horen. Feitelijk begon de suggestie van zijn vader aan aantrekkingskracht te winnen, nu het hem de enige kans leek om haar voor zichzelf te kunnen opeisen. 'Dat geloof ik niet, mylady, want het idee om u in mijn armen te houden heeft me de afgelopen weken bijna voortdurend beziggehouden. U hebt me maar zelden toegestaan uw hand aan te raken, laat staan u in mijn armen te nemen. Ik wil me de gelegenheid om dat te doen niet laten ontgaan, en heb u de laatste weken meer gemist dan met woorden is uit te drukken. Altijd als ik bij Wakefield Manor kwam en naar u vroeg, werd me door uw butler gezegd dat u uit was of zich niet goed voelde. Ik begon te vermoeden dat u me met opzet vermeed.'

'Het spijt me, Roger, maar ik heb het erg druk gehad met andere dingen.' Het was beslist geen leugen, slechts een overdrijving. Maar na Coltons terugkeer had Roger zich moeten realiseren dat de omstandigheden zouden veranderen. 'Serieus, Roger, ik heb iets belangrijks met je te bespreken...'

'Later.' Hij pakte haar hand en trok haar mee naar de dansvloer. 'Als we gedanst hebben.'

Adriana trok zich terug en probeerde haar hand los te maken, maar hij weigerde haar te laten gaan, en met een zucht van berusting gaf ze toe. Ze wilde geen opschudding veroorzaken. Na vanavond zou ze hem waarschijnlijk nooit meer zien. Ze zou hem tenminste een of twee dansen kunnen toestaan. 'Goed, Roger, maar we móeten praten. Van uitstel zal geen afstel komen.'

Rondom de zaal werden hoofden met pluimen en linten naar elkaar toegestoken toen lady's van middelbare leeftijd en ouder hun hals uitrekten om te zien hoe de zoon van de molenaar de jongste dochter van lord Gyles naar de dansvloer leidde. Het kwam zeer zelden voor dat een man van lage afkomst zo'n gunst genoot van de dochter van een edelman. De gebeurtenis veroorzaakte opwinding onder de bemoeials die gretig luisterden naar elk commentaar dat achter wuivende waaiers werd gefluisterd. Ze liepen haastig rond, de zaal in en uit, tegen elkaar opbotsend in hun verlangen het nieuws te verbreiden.

Voormalige en huidige aanbidders waren getuigen van het tumult en kwamen nieuwsgierig dichterbij om de reden daarvan te vernemen. Terwijl de afgewezen kandidaten spottende en onhebbelijke opmerkingen maakten over de partnerkeuze van lady Adriana, werd bij de andere kandidaten nieuwe hoop gewekt.

Adriana had verwacht dat de roddelaarsters haar aandachtig zouden observeren nu ze als enige ongehuwde dochter was overgebleven in het gezin van de Suttons. Uiteindelijk werd er, als een man drie dochters had en geen zoon, altijd druk gespeculeerd of hij voor allemaal een goed huwelijk zou kunnen sluiten of dat een van hen zonder man zou achterblijven. Adriana had alleen niet verwacht dat ze zo'n opschudding zou veroorzaken. Ze was nu tweeëntwintig, zonder dat er duidelijk sprake was van een verloving, en ze kon zich heel goed voorstellen dat ze haar al beschouwden als een toekomstige oude vrijster.

Een lot dat erger is dan de dood, zouden sommigen klagen. Met dreunende stemmen zouden anderen twijfelachtige adviezen geven wat ze kon doen om verbetering te brengen in de situatie. Een paar van hen zouden zelfs wel geneigd zijn om te suggereren dat ze beter met een molenaarszoon kon trouwen dan helemaal niet. Alsof zíj zo graag wilde trouwen en geen andere keus had.

Terugkijkend op het laatste bezoek van haar couturier, wenste Adriana dat ze niet had toegegeven aan hun aandringen om een speciale jurk voor haar te maken. De couturier had enthousiast een uniek ontwerp gemaakt, maar Adriana had echter niet voorzien dat de definitieve versie, die vandaag was afgeleverd, elke beweging van haar zou overdrijven met een glinsterende reeks dansende lichtjes. Onder het zachte licht van de kaarsen in de grote luchters, wekten de kleine kristallen de indruk of er glimwormpjes om haar heen zwermden. Maar dat zou waarschijnlijk in het niet vallen bij de opmerkingen die sommige harpijen zouden maken over haar decolleté. Hoewel haar jurk bescheiden was vergeleken met de kleding van verschillende jongedames, onder wie miss Fairchild, was het beslist niet wat Adriana gewend was te dragen, zelfs niet bij officiële gelegenheden, want hij liet te veel zien van haar welgevormde boezem.

Ze keek naar Roger met het gevoel dat alle ogen in de balzaal op hen gericht waren. Roger omvatte haar slanke hand met de zijne en scheen heel even te aarzelen voor hij zijn andere hand achter haar schouder legde. Adriana doorzag de reden toen ze zag welke richting zijn blik nam, die strak op haar borsten gericht leek. Het gaf haar nog meer reden om te betreuren dat ze óóit naar het advies van anderen had geluisterd.

Tot haar opluchting werd Rogers inspecterende blik afgeleid door het simpele feit dat er van hem verwacht werd dat hij zou dansen. Hij hief zijn hoofd op en fronste zijn voorhoofd terwijl hij zich concentreerde op de taak met haar door de zaal te walsen. Hij deed het houterig, alsof hij het pas kortgeleden geleerd had en niet helemaal zeker was van zichzelf. Een ogenblik later schuurde de metalen rand van zijn zool langs de tenen van haar satijnen pump, wat zo'n intense pijn veroorzaakte dat Adriana's mond openviel van verbazing. Met uiterlijke onverstoorbaarheid forceerde ze een glimlachje naar

Samantha en Perceval, die voorbij dansten.

Achter hen kwam lord Harcourt, die bewees hoe galant hij was toen hij voorbij danste met Berenice. Hoewel Berenice les had gehad van een dansleraar, leek ze heel nerveus omdat ze danste met een gentleman, en trapte herhaaldelijk op zijn glimmende zwarte schoenen. Zijn donkere ogen keken even in die van Adriana, en ondanks haar medeleven was ze geamuseerd door zijn pijnlijke glimlach. Zij onderging eenzelfde kwelling en haar eigen dappere glimlach was even smartelijk.

Rogers gezicht was vuurrood geworden. Hij voelde zich allerminst thuis tussen al die elegant geklede gentlemen die met sierlijk gemak hun partners door de balzaal lieten zweven. 'Het spijt me heel erg, milady. Ik ben niet opgevoed in de sociale deugden. Pas in de laatste maand heb ik de kans gehad die te leren.' Hij keek een beetje schaapachtig. 'Ik denk dat ik meer oefening nodig heb. Wilt u liever gaan zitten?'

'Als je het niet erg vindt,' antwoordde Adriana.' Maar je hoeft niet te piekeren over je dansen, Roger. Niet iedereen kan het leren als hij jong is. Mettertijd zul je er meer ervaring in krijgen.'

Zijn gezicht klaarde op. 'Ik zal heel erg mijn best doen geen fout meer te maken als u me nog een dans wilt gunnen. Ik moet ervaring opdoen, en dansen met u is aanzienlijk gemakkelijker.'

'Later,' zei ze, zich afvragend of haar voeten ooit weer normaal zouden worden. 'Eerst moet ik met je praten.'

Roger liet een gedempt gekreun horen. 'Niet nu. Dans met me in plaats daarvan.'

'Wat rust zou je waarschijnlijk goed doen, Roger,' antwoordde ze ronduit. 'Je hebt de laatste momenten meer op mijn tenen getrapt dan in het begin. Misschien zal een glas wijn helpen je te ontspannen.'

'Drink je een glas met me mee?'

Wijn was het laatste wat ze nodig had, want die zou haar hersens slechts benevelen. 'Later misschien.'

'Ik wil u niet alleen laten,' hield hij vol.

Adriana zuchtte, gefrustreerd door zijn hardnekkigheid. 'Misschien kunnen we dan nu die discussie hebben.'

Zijn gezicht versomberde, en toen zijn ogen door de zaal dwaalden, keek hij pruilend en kwaad naar niemand in het bijzonder. 'Ik weet wat u gaat zeggen, en ik wil het niet horen.'

'Dan hoef ik misschien niet mijn adem te verspillen als je zulke intuïtieve vermogens hebt ontwikkeld.'

Plotseling voelde Adriana dat er iemand achter haar stond. Ze zag dat Rogers ogen vuur schoten en ze bereidde zich voor op moeilijkheden. Ze wilde zich juist omdraaien toen ze een stem hoorde vragen: 'Mag ik deze dans van u, mylady?'

Met een opgeluchte glimlach herkende ze de diepe stem van lord Harcourt. Adriana draaide zich om. 'Natuurlijk, milord.'

Ze draaide zich weer om en wilde zich excuseren tegenover Roger, maar de verhitte blik in zijn ogen waarschuwde haar dat hij niet erg ingenomen was met haar spontane toestemming om met een ander te dansen na hem zojuist geweigerd te hebben. Zacht fluisterend zei ze berispend: 'Ik heb nooit beloofd de hele avond met jou door te brengen, Roger. Ik heb je alleen toestemming gegeven om te komen. Lord Harcourt is niet alleen een gast van ons, maar ook een heel goede vriend van me. Ik zal me door jouw dreigende blikken niet laten weerhouden met hem te dansen... of, wat dat betreft, met enige andere man. Laat dergelijke tactieken alsjeblieft achterwege, anders zal ik je moeten vragen meteen te vertrekken.'

Rogers kaken spanden zich. Hij deed een paar stappen achteruit en maakte een diepe buiging, alsof hij gehoorzaamheid zwoer aan een koningin. 'Mylady.'

Adriana was bang dat ze te kortaf tegen hem was geweest en keek hem na terwijl hij zich allesbehalve gentlemanlike een weg baande door de gasten. Mensen draaiden zich om en staarden hem verbaasd na als ze ruw opzij werden geduwd.

'Laat die kerel maar, lady Adriana,' drong Riordan fluisterend aan, en boog zich weer naar haar toe. 'Hij vindt blijkbaar dat zijn greep op u niet sterk genoeg is en zou u gevangen houden als hij kon.'

Adriana keek de markies met een ongeruste glimlach aan. 'Het spijt me dat u daarvan getuige moest zijn.'

'Het was de schuld van die knaap, die zich verbeeldde dat hij beslag op uw tijd kon leggen. Als hij werkelijk dacht dat u de hele avond alleen aan hem zou wijden, dan kan ik alleen maar hevig verontwaardigd zijn over zijn vrijpostigheid. De trieste waarheid is dat ik niet alleen sta in mijn verlangen naar alle tijd die u bereid bent me te geven. Ik zou maar al te graag al uw verliefde bewonderaars uit uw omgeving verwijderen, zodat ik u geheel en al voor mijzelf kan hebben. Maar in plaats daarvan neem ik aan dat ik uw gezelschap zal moeten delen, althans tot een meer permanente regeling kan worden getroffen.'

Glimlachend om zijn humor stak Adriana haar hand naar hem uit. 'Leid me dan maar naar de dansvloer, galante lord. Alleen daar zijn we veilig voor lieden die zich opdringen.'

'Uw wens is mij een bevel, mylady,' zwoer hij, en bracht haar hand aan zijn lippen voor een kus.

Riordan Kendrick was even lichtvoetig als knap en aantrekkelijk. Van alle aanbidders die om haar hand hadden gewedijverd, was hij degene tot wie ze zich aangetrokken had gevoeld. Vroeger had ze liever met hém gedanst dan met welke andere man ook, en ook nu ontspande ze zich in zijn armen, maar haar hart was niet meer hetzelfde als zelfs nog maar twee maanden geleden.

'Je ziet er zo stralend uit als de sterren boven je hoofd, Adriana,' mompelde Riordan. Zijn donkere ogen keken haar verlangend aan terwijl hij haar reactie afwachtte.

'En jij, Riordan, bent charmant als altijd.'

De witte tanden in het zongebruinde gezicht blonken verblindend toen hij haar reactie interpreteerde als een uitnodiging om de formaliteit af te schaffen die tot nu toe tussen hen had bestaan. 'Als ik altijd op mijn best ben bij jou, Adriana, is dat alleen omdat ik hoop je vader ervan te kunnen overtuigen dat ik waardig ben om zijn schoonzoon te zijn. Lord Gyles zei dat hij andere aanzoeken in overweging moest nemen alvorens mij antwoord te kunnen geven. Mocht er een gunstig antwoord komen, wat mijn innigste wens is, dan moet ik u waarschuwen voor mijn lichtzinnige kant. In mijn hart ben ik een beruchte deugniet.'

Adriana schudde ongelovig haar hoofd en zei grinnikend: 'Ja, ik heb gezien hoe lichtzinnig je bent toen je met lady Berenice danste. Dus moet ik je tegenspreken en noem ik je een galante heer.'

'Ze heeft een heel knap gezichtje.'

'Inderdaad,' zei Adriana, die ervan overtuigd was dat Berenice alleen maar zoveel at, omdat ze ongerust en nerveus was. Triest genoeg was ze meestal gespannen als ze in de buurt van haar vader was, die niet alleen een knappe man was, maar ook een perfectionist. Ze was altijd bang dat ze niet aan zijn verwachtingen zou kunnen voldoen. Haar vader leek blind voor alle uitzonderlijke kwaliteiten van zijn dochter. Hij vond haar lelijk omdat ze dik was, en daarom belasterde hij haar. 'Als de juiste man op haar weg kwam, zou hij waarschijnlijk wonderen voor haar kunnen verrichten.'

Riordan keek met een dubieuze grijns naar Adriana. 'Heb je soms een speciale man in gedachten?'

Ze glimlachte, beseffend dat hij te veel betekenis had gehecht aan haar achteloze opmerking. 'Jij zou in elk geval de juiste man zijn, Riordan. Ondanks je rijkdom en je ongelooflijk knappe uiterlijk, ben je zo ridderlijk als enige man die ik ooit gekend heb.'

Aangemoedigd door haar woorden, drong hij aan: 'Overtuig je vader er dan van dat hij mijn aanzoek voorrang moet geven boven alle andere, en laat me beginnen je in alle oprechtheid het hof te maken.'

'Ik vrees dat ik dat niet kan doen, Riordan,' antwoordde ze. Ze wist plotseling dat haar geheim bij hem veilig zou zijn. 'Jaren geleden, toen ik nog een kind was, is er een contract getekend dat me aan een ander verbindt. Mocht dat contract verbroken worden nadat hij me drie maanden het hof heeft gemaakt, dan zal ik mijn vader zeker vragen je aanzoek te accepteren.'

'We zouden gelukkig kunnen zijn,' zei hij overredend.

Ze keek hem met glinsterende ogen aan. 'Dat kan heel goed waar zijn, Riordan, maar ik ben door mijn eer gebonden aan het contract dat mijn vader heeft getekend.'

Een ondeugende glans verscheen in zijn ogen. 'Was dat contract geschreven op perkament dat gemakkelijk verbrand kan worden... of was het in steen gehouwen?'

Zijn humor ontlokte haar een glimlach. 'Beide, vrees ik, althans tot de gentleman weet wat hij wil.'

Riordan keek verbaasd. 'Bedoel je dat de man niet zeker weet dat hij je wil? Is hij een volslagen idioot?'

'Ik ben bang dat hij het niet op prijs stelde dat zijn vader alles regelde zonder hem te raadplegen.'

'Ziet hij dan niet wat een kostbaar geschenk hem wordt aangeboden?'

Gesterkt door zijn loftuitingen streek ze zijn revers glad. 'Je geeft me een gevoel of ik een koningin ben, Riordan. Geen vrouw kan een betere man vinden om mee te trouwen.'

'Ga dan met me mee vanavond, Adriana, en geef me je trouwbelofte. Ik zweer je dat ik je de rest van je leven als een koningin zal behandelen. Je vader zal ons vergeven als hij beseft hoe ik je aanbid.'

Adriana veinsde een muzikaal lachje, niet bereid hem serieus te nemen, al voelde ze dat hij dat wél was. 'Ik vrees dat ik gebonden ben door het contract dat mijn vader heeft getekend. Daar kan ik niet zo gemakkelijk aan ontsnappen.'

Hij zuchtte. 'Drie maanden, zei je?'

'Ja, drie maanden.'

Zijn ogen keken liefkozend naar haar gezicht, alsof hij probeerde dat in zijn geheugen te prenten. 'Ik zal vurig bidden dat je na het verstrijken van die tijd, of eerder, bevrijd zult zijn van al je verplichtingen. Tot dan, Adriana, wees overtuigd van mijn onwrikbare verlangen je tot vrouw te hebben.'

'Je doet me te veel eer aan.'

Ze bleven staan toen de muziek ten einde was. Riordan vroeg om de volgende dans, maar Adriana zag Roger ongeduldig heen en weer lopen achter verscheidene gasten.

'Beter van niet. Ik heb iets te bespreken met meneer Elston, en ik vrees dat hij minder begrip heeft dan jij voor het feit dat ik mijn belofte moet nakomen.'

'Ik blijf bij je.'

Adriana wilde niets liever dan het troostende gezelschap van Riordan, maar ze legde zacht haar hand op zijn arm en schudde haar hoofd. 'Het zou meneer Elston alleen maar kwaad maken als jij erbij was, Riordan. Als je wilt, ga dan nog een keer met Berenice dansen. Misschien zou haar vader haar wat vriendelijker bejegenen als hij denkt dat ze de aandacht van een edelman heeft getrokken zoals jij.'

Weer moest ze de beproeving doorstaan om opnieuw met Roger te dansen, die met een nijdige frons naar lord Harcourt keek toen hij langskwam met de blonde Berenice in zijn armen. Minachtend zei hij: 'De enige reden waarom die verwaande kwast vanavond met die dikzak danst, zal wel zijn omdat hij weet dat haar vader haar een grote bruidsschat meegeeft.'

Adriana voelde zich driftig worden. 'Praat in mijn aanwezigheid nooit meer zo geringschattend over vrienden van mij, Roger. Ik zal het niet dulden, en als ik je eens goed de waarheid mag zeggen, je hebt nog een heel lange weg te gaan om zelfs maar in de buurt te komen van de verfijning van een honorabele heer als lord Harcourt. Wat betreft Berenices bruidsschat, die is inderdaad zo groot als je zegt, maar ik denk dat het vermogen van de markies dat van haar vader ver in de schaduw stelt. Misschien ben jij je er niet van bewust, maar lord Harcourt zal op een goede dag hertog zijn – en een uitstekende, mag ik wel zeggen.'

Deemoedig door haar woede, mompelde Roger moeizaam een excuus. 'Het spijt me, ik vrees dat mijn verstand beheerst wordt door mijn jaloezie.'

Adriana liet zich niet zo gemakkelijk sussen. 'Dan stel ik voor dat je die onbedwingbare jaloezie stevig in toom houdt, zodat ik niet de dag hoef te berouwen dat we elkaar ooit zijn tegengekomen.'

Toen de muziek eindelijk was afgelopen, voelden Adriana's tenen weer aan of ze in een martelwerktuig waren geperst. Ze kon bijna niet lopen van de pijn en wankelde behoedzaam naar een sofa aan het eind van de balzaal, waar haar familie stond. Voorzichtig ging ze op de fluwelen kussens zitten en slaakte een zucht van verlichting. Onder de zoom van haar jurk begon ze haar slippers uit te trekken. Haar tenen hadden het meeste te verdragen gehad, en zelfs als zij ze alleen maar op en neer bewoog leek dat de pijn al te verergeren. Ze besloot op hetzelfde moment dat ze Roger meteen zou moeten vertellen dat hun vriendschap niet kon worden voortgezet. Ook al zou Colton Wyndham haar niet het hof maken, dan zou ze het niet kunnen verdragen ooit nog met Roger te dansen.

'Misschien kan ik wat te drinken voor je halen, want dansen lijkt me niet goed af te gaan.'

'Ik geloof dat ik wel een glas wijn wil,' stemde Adriana toe. Ze dacht dat een kleine hoeveelheid haar waarschijnlijk zou ontspannen en haar door het moeilijke gesprek heen zou kunnen helpen. En misschien zou het ook de pijn in haar tenen wat verminderen.

'Ik zal niet lang wegblijven, mylady.'

'Doe het rustig aan,' zei ze heel oprecht. Ze had absoluut

tijd nodig om zich te concentreren op de komende beproeving.

Mathilda Maxim kwam naar hen toe en plofte met een overdreven zucht neer naast haar nicht. 'Ik weet niet hoe jij eraan toe bent, kind, maar er is vanavond meer op mijn voeten getrapt dan er Fransen waren bij Waterloo. Ik begin te denken dat de dansleraar hier in de buurt naar buiten moet worden gebracht en doodgeschoten om ons allemaal te behoeden voor toekomstige narigheid.'

Adriana giechelde om haar droge humor en knikte instemmend. 'Ik weet precies wat u bedoelt, tante Tilly. Geloof me, als ik een grote kom geneeskrachtig water onder mijn rok kon verbergen, zou ik in de verleiding komen mijn voeten met kousen en al erin te weken.'

Tilly kermde terwijl ze onder dekking van haar rok haar eigen schoenen uittrok. 'Ik geloof dat ik te lang weduwe ben geweest.'

Adriana's nieuwsgierigheid was gewekt. 'Hoezo, tante Tilly?'

De oudere vrouw reageerde met een ondeugende grijns. 'Ik heb nooit geweten dat er zoveel enorm aantrekkelijke oudere heren op de wereld rondliepen, tot ik vanavond hier kwam. Zeg dat ik niet droom.'

Adriana knikte lachend. Ze gaf haar tante een arm en drukte die innig. 'O, ik ben het helemaal met u eens. Ik zou zo in de war zijn als een ouwe vrijster als ik tussen hen zou moeten kiezen. Maar ik vind wel dat lord Alistair boven de anderen uitsteekt. Hij komt in elk geval uit een goed nest.'

'Hij ís knap en aantrekkelijk, hè?'

'O, ja,' zei Adriana met een geamuseerde grijns.

Alsof ze tot een besluit kwam, stak tante Tilly haar voeten weer in haar schoenen en stond op. Ze klopte op de schouder van haar nichtje en zei: 'Ik ga mezelf beschikbaar stellen voor een dans ergens dicht in de buurt van de plek waar ik lord Alistair voor het laatst gezien heb. Als ik onderweg een aardige jongeman tegenkom, zal ik hem hiernaartoe sturen. Ik heb er een paar gezien die zelfs mijn eigen zoons naar de kroon zouden steken.'

'Als het u hetzelfde is, tante Tilly, blijf ik hier even zitten om mijn voeten wat rust te gunnen voor ik weer probeer te dansen.'

'Onzin, kind. Je bent veel jonger dan ik en veel te mooi om hier te zitten staren naar je gekneusde tenen. Ik geloof dat ik niet zo lang geleden lord Alistairs neef zag met een partner. Ik zal zien of ik op dat gebied iets voor je kan doen.'

'Alstublieft, even niet, tante Tilly,' smeekte Adriana wanhopig, bang dat Colton zou denken dat ze haar tante ertoe had aangezet hem te vragen met haar te dansen. 'Mijn voeten doen écht pijn en hebben dringend rust nodig.'

'Goed, kind, maar alleen voorlopig. Als ik je niet gauw zie dansen, stuur ik een aardige knappe man naar je toe.'

Opgelucht liet Adriana haar adem in een lange, dankbare zucht ontsnappen. Enkele ogenblikken later moest ze heimelijk lachen over Tilly's innemende manieren toen ze de vrouw in de armen van Alistair de balzaal zag rond dansen, want hij scheen zonder meer opgetogen over haar te zijn.

11

Een tijdje leek het of elke vrijgezel in de zaal met Adriana wilde dansen. Ze accepteerde er zoveel ze kon, wetend dat het haar tenen voor verder letsel zou behoeden. Even later zag ze dat Roger zich met een glas wijn een weg baande door de drom verwachtingsvolle mannen. Hij leek haar bewonderaars te willen ontmoedigen toen hij het glas in haar hand drukte. Adriana besefte dat ze het glas zou moeten accepteren, wilde ze de wijn niet over haar jurk krijgen. Het ergerde haar dat hij zo volhardend was, maar Rogers truc werkte, want de hoopvolle mannen dropen af om een andere partner te zoeken.

Adriana probeerde haar ergernis te onderdrukken en ging op een bank zitten. Ze nam een paar slokjes uit de kristallen roemer, terwijl ze onder haar rok haar slippers weer uitdeed. Roger overlaadde haar met vragen, waarop ze antwoordde met zwijgen, een achteloos schouderophalen, een knikje of een hoofdschudden. Hij leek voornamelijk nieuwsgierig naar degenen die haar ten dans hadden gevraagd en of ze in een van hen geïnteresseerd was. Ze vond niet dat het hem iets aanging, want hij was niet echt een vriend, of zelfs maar iemand die ze graag om zich heen had. Hij had slechts bewezen onverbiddelijk te zijn in het opzoeken van haar gezelschap, wat nauwelijks een aanvaardbare reden was om hem nog langer te tolereren. Feitelijk geloofde ze niet dat ze hem zelfs maar sympathiek vond. Het leek haar dus een geschikt moment om hem te vertellen dat hij niet langer op bezoek kon komen.

Een tiental goede bekenden van haar eigen leeftijd en geslacht kwamen op haar af voordat ze haar plan ten uitvoer kon brengen en omringden haar met druk gebabbel. Roger voelde zich niet op zijn gemak in hun gezelschap. Ten slotte kon hij het niet langer verdragen de enige man te zijn te midden van die vrolijke kring vrouwen, verontschuldigde zich kort en liep weg.

Een stuk of tien ondernemende vrijgezellen streken neer op het clubje om het een of het andere meisje eruit te plukken. Adriana wees glimlachend verscheidene van hen af, want ze wilde niet laten merken dat ze een van haar slippers kwijt was geraakt en die al een tijdje niet had kunnen terugvinden.

Ze slaakte een zucht toen iedereen weg was, bang dat ze weer aan Rogers genade zou zijn overgeleverd. Deze keer zou ze hem absoluut vertellen dat hij na deze avond niet langer welkom zou zijn op Wakefield Manor. Maar dát zou ze pas kunnen als ze haar slippers weer aanhad. Dan zou ze tenminste weg kunnen lopen als Roger te onaangenaam werd.

Er leek geen manier om haar schoen te vinden zonder alle schijn te laten varen en zich te bukken om ernaar te zoeken. Maar die keus dreigde haar meer te vernederen dan haar lief was. Toen een ogenblik later een subtielere oplossing bij haar opkwam, stond ze elegant op en keek naar haar omgeving zoals een koningin naar haar hofhouding. Langzaam schoof ze naar voren, naar links en naar rechts, zoekend met de tenen van haar blote voet. Toen ze eindelijk haar slipper vond en op het punt stond haar voet erin te steken, voelde ze een grote hand onder haar elleboog. Verrast gleed ze wankelend opzij. Een kreet van verbazing ontsnapte haar toen een donker geklede arm om haar middel werd geslagen en haar behoedde voor een val.

Adriana wist dat ze dankbaar had moeten zijn dat hij haar de vernedering van een val had bespaard. Maar ze was verontwaardigd dat hij om te beginnen had geprobeerd haar arm vast te pakken. Als hij dat niet had gedaan, zou ze nooit haar evenwicht hebben verloren.

Geërgerd drukte Adriana haar voet stevig in haar schoen en draaide zich naar hem om. Maar ze struikelde bijna van verbazing toen ze witte tanden zag blinken in een knap, gebruind gezicht.

'Milord!'

Hij grinnikte zacht. 'Je hoeft niet zo geschokt te kijken, Adriana. Je moet toch hebben geweten dat ik vroeg of laat mijn recht op je zou laten gelden?'

'Nee... ik bedoel, ik had niet echt verwacht dat u naar me toe zou komen.' *Niet als hij verleidelijk glimlachend met de mooie miss Felicity in zijn armen had gedanst.*

'Je draaide je zó kwaad naar me om, dat ik bijna omlaag was gedoken,' zei hij plagend. 'Ik meen me te herinneren dat je me zelfs als kind al een goede klap kon verkopen als je genoeg had van mijn nonsens.'

Ze bloosde, want ze was er na aan toe geweest hetzelfde te doen. 'U liet me schrikken, dat is alles.'

'Mijn verontschuldigingen, Adriana, maar na diverse pogingen je alleen aan te treffen, besloot ik eindelijk naar je toe te gaan en mijn recht op te eisen om met je te dansen, ondanks al die verliefde mannen om je heen. Vooral die molenaarszoon lijkt vanavond bijzonder hardnekkig. Heb je het hem al verteld?'

'Nee,' bekende ze kregelig. 'Ik heb nog geen geschikt moment kunnen vinden.'

'Ik ben bereid het te doen als jij het niet op kunt brengen, m'n lieve Adriana,' bood hij aan.

'Ik weet zeker dat u niets liever zou doen,' antwoordde ze koel, 'maar ik vraag me af of het met goede bedoelingen zou zijn, want de laatste keer toen u met Roger samen was, hebt u hem tegen de grond geslagen.'

'Heel goede bedoelingen ten opzichte van jou, liefste. Ik zou je een taak uit handen nemen waaraan jij blijkbaar een grote hekel hebt. Wat hem betreft, ach, je zóu kunnen zeggen dat snel afkappen de meest menselijke manier is om een geïnfecteerd been af te zetten.' Hij haalde achteloos zijn schouders op. 'Dat zeiden de heelmeesters tenminste tegen me toen ze overwogen mijn been af te zetten.'

'Bent u niet dankbaar dat u hun wijze advies niet hebt opgevolgd?'

Colton grinnikte. 'Ik ben inderdaad dankbaar, dus als je liever niet hebt dat ik Roger op de hoogte breng, zal ik het aan jouw vriendelijker aanpak overlaten... tegen een prijs...'

'Een prijs?' herhaalde ze sceptisch. 'En wat mag die dan wel zijn?'

'Ik heb je gered van je korte eenzaamheid voordat er weer nieuwe galante indringers komen.'

'Ik heb al minstens twee dansen geen partner gehad,' antwoordde ze koeltjes, en vroeg toen op de man af: 'Waar bent u geweest?'

'Buiten, om wat frisse lucht te happen,' antwoordde hij. 'Het interesseerde me eigenlijk niet zo erg om met een van de andere dames te dansen, en ik kreeg genoeg van het wachten op mijn beurt met jou. Ik ken de grenzen van Wakefield Manor nu beter dan die van mijn eigen landgoed. Ik ben zelfs even blijven staan om de dauw van mijn schoenen te vegen, alles om die eindeloze wachttijd door te komen.'

Een aannemelijk verhaal, met Felicity wachtend in de coulissen, dacht Adriana. 'Het is heel aardig van u om me te komen redden, maar u hoeft zich geen zorgen te maken.' Ze gebaarde met haar hand in de richting waar ze Felicity het laatst gezien had. 'Alstublieft, danst u verder met uw partner.'

Glimlachend boog hij zich naar haar toe en legde de ene pols op de andere achter zijn rug. 'Op het moment, liefste, ben ik zonder partner.'

Adriana grinnikte. 'Wat? Is het mogelijk dat miss Fairchild u in de steek heeft gelaten voor een ander? Dat kan ik moeilijk geloven, gezien haar talloze loftuitingen over u de laatste tijd. U moet vaak bij haar op bezoek zijn geweest om die te verdienen.'

Hij grijnsde schalks. 'Je hebt weer naar die verdraaide roddelaars geluisterd, Adriana!'

'Dat... dat is niet waar!' protesteerde ze. 'Ik heb u met miss Fairchild zien dansen, meer niet.'

'Eén keer maar. Het leek me het enige wat ik kon doen tot Stuart terugkwam.'

'Wat heeft Stuart ermee te maken?'

'Maar, liefste, hij heeft haar meegebracht...'

Adriana deed haar best hem niet verbluft aan te staren. 'Stuart heeft haar meegebracht?'

Zijn ogen glinsterden toen hij haar verbazing zag. 'Nou, als je echt wilt dat ik het specifiek uitleg, mijn zus en mijn zwager hebben hen beiden meegenomen, nadat jij erop aan had gedrongen om mee te nemen wie ze wilden. Samantha dacht niet dat jij het erg zou vinden, omdat jullie beiden haar hadden uitgenodigd tijdens jullie rit op de dag van mijn thuiskomst, en Stuart scheen in haar geïnteresseerd te zijn. Je dacht toch niet dat ík haar had begeleid, liefste? Schaam je!'

'Ik ben je liefste niet,' verklaarde Adriana. 'Noem me dus niet zo.'

'O, maar je bént mijn geliefde... volgens de wens van mijn vader,' zei Colton plagend.

Adriana wilde dat hij zou ophouden met dat gegrinnik. Ze haalde even haar schouders op en herinnerde zich toen te laat dat haar decolleté de neiging had te wijken als ze dergelijke bewegingen maakte. Alsof ze erom gevraagd had, richtten de grijze ogen zich op haar halsopening. Adriana greep de glimmende onyxhanger van haar ketting beet en probeerde haar boezem te bedekken.

'Te laat,' mompelde hij. 'Ik heb alles gezien wat je daar verborgen houdt, en sindsdien verlang ik hartstochtelijk naar je.'

'U durft wél, om me te herinneren aan uw onbeschaamdheid toen u me bespioneerde als een ondeugende kleine jongen die door een sleutelgat tuurt.'

Hij trok zijn wenkbrauwen sceptisch op. 'Heb ik ook maar één moment gehuicheld over wat ik zag?'

'Nee, en ik geloof niet dat ik ooit zo'n schaamteloze losbol heb gezien.'

'Het juiste woord is "openhartig", geliefde.' Zijn lippen vertrokken plagend. 'Bovendien kon ik moeilijk onverschilligheid voorwenden in de toestand waarin ik verkeerde, nietwaar?'

'Waarom gaat u niet terug om met Felicity te dansen?' mompelde ze. 'Misschien stelt zij uw schuine praat op prijs.'

'Je bent jaloers, Adriana, zonder enige reden,' zei hij beschuldigend. 'Ik heb geen enkele belangstelling voor die vrouw.'

Adriana keek hem nieuwsgierig aan. 'Als u geen belangstelling voor haar hebt, legt u dan eens uit waarom u haar hebt opgezocht.'

'Haar opgezocht?' Hij schudde verbaasd zijn hoofd. 'Dat heb ik nooit gedaan.'

'U bent gezien toen u uit het huis van meneer Gladstone kwam. Zeg eens eerlijk, wie anders zou u hebben opgezocht dan Felicity?'

Colton moest even nadenken voor hij zich zijn bezoek aan de oude molenaar herinnerde. 'Als je zo nieuwsgierig bent, Adriana, zal ik het je vertellen. Samantha en ik zijn daar alleen naartoe gegaan om onze opwachting te maken bij meneer

Gladstone. We hebben Felicity helemaal niet gezien. Haar moeder zei trouwens dat ze zich niet goed voelde.'

'O.' Adriana, die zich plotseling opgetogen voelde, haalde haar schouders op en dacht te laat aan haar decolleté.

Op zoek naar iets dat stukken minder aangenaam was om aan te denken dan zijn hunkering naar Adriana, keek hij om zich heen of hij Roger zag. 'Waar is Roger in vredesnaam naartoe? Hij was toch je gast vanavond? Of zei je soms begeleider?'

'Roger is nóch mijn gast op de manier zoals u suggereert, nóch mijn begeleider. 'Ik heb hem alleen gezegd dat we hem toestonden te komen toen hij vroeg of dat kon.'

'Ik dacht dat je zei –'

'Doet er niet toe wat ik ooit gezegd heb. Het is zoals ik nu zeg. Roger is slechts een kennis die ik heb ontmoet toen ik naar een geschenk voor een bediende zocht. Daarna bleef hij op bezoek komen.'

Coltons gezicht klaarde op. 'Perfect. Dat betekent dus dat je vrij bent om met me te dansen.'

Even leek Adriana niet meer te kunnen doen dan stotteren. 'Ik w-weet niet of ik d-daar nu wel zin in heb.'

Coltons lippen vertrokken in een plagende grijns. 'Voor ik naar je toe kwam, zat je als een preutse kleine ouwe vrijster op de bank, in de steek gelaten door elke man in de zaal, inclusief lord Harcourt, die vanavond voor de verandering uitermate attent is voor lady Berenice. Ik zou haast aannemen dat je het hém verteld hebt.'

Ze knikte stijfjes. 'Eerlijk gezegd, ja, dat héb ik gedaan.'

'Mooi, dan heb je dát tenminste achter de rug. Blijkbaar zijn de roddelaarsters zich niet bewust van je vele aanbidders. Ze roddelden over je sombere toekomst als jongste telg in het gezin van je vader, toen ik een paar ogenblikken geleden langskwam. Als ik mijn reputatie wil handhaven als een man met smaak, zul je moeten laten zien dat je veel meer kansen hebt om jong te trouwen.'

'U hoeft zich niet verplicht te voelen míjn reputatie te redden,' zei ze snibbig. 'Roger komt wel terug. En zo niet, dan zal ik hem een andere keer over onze toekomstige hofmakerij vertellen.'

Colton snoof verachtelijk. 'Die knaap kan wonderen doen

voor je reputatie. Als je het aan hem overlaat, staat elke armoedzaaier in de omgeving voor je deur te blaten.'

'Je hoeft niet zo minachtend te doen over een man, alleen omdat hij niet rijk is en geen titel heeft. Er zijn heel wat eerzame gentlemen die in dezelfde omstandigheden verkeren.'

'Ja, ik heb er heel wat van hen leren kennen in de jaren dat ik weg was. Velen van hen waren vrienden van me, maar mensen als Roger Elston staan me niet aan.'

'Kunt u me vertellen waaróm precies?' vroeg ze geprikkeld. 'Misschien zou ik uw afkeer beter kunnen begrijpen als u het me uitlegde.'

'Het is een gevoel, meer niet.'

'En baseert u uw verachting voor iemand vaak op een gevoel? Misschien verwart u gevoel met een verstoorde maag.'

Zijn ogen glinsterden. 'Had mijn vader daar last van toen hij het wilde idee kreeg dat wij moesten trouwen?'

Adriana wendde haar blik af. Pas toen ze zijn hand nogal bezitterig op het smalle gedeelte van haar rug voelde, keek ze hem verbaasd aan.

Colton duwde haar zachtjes naar de dansvloer. 'Ik hoop dat je het niet erg vindt om te dansen met iemand die kreupel is.'

Adriana had niet de minste afwijking gezien toen hij danste, maar ter wille van haar eigen pijnlijke voeten hoopte ze dat experiment te vermijden.

'We kunnen deze dans ook uitzitten. Zoals u weet, zou het niet de eerste keer voor me zijn vanavond, en als uw prestaties ook maar een beetje lijken op die van Roger, zou ik dringend willen voorstellen dat te doen.'

'Geen sprake van!' zei Colton nadrukkelijk. 'Althans niet zolang die onbeschofte, onopgevoede, asociale kerel nog in de buurt is.' Zacht, maar onverbiddelijk duwde hij haar naar voren.

'U weet wel door te zetten, niet?'

'Waarschijnlijk,' gaf hij toe. 'In elk geval dachten de manschappen in mijn compagnie er zo over.'

'Ik ben niet een van uw manschappen,' antwoordde ze.

'Geloof me, liefste, ik heb je nooit voor een van hen aangezien, geen moment.'

'Ik dank u voor een kleine gunst,' antwoordde ze met overdreven dankbaarheid.

Zijn glimlach bleef onveranderd, en zijn hand bleef onverbiddelijk op haar rug liggen.

'Geen van mijn manschappen zag er in de verste verte ook maar enigszins aantrekkelijk uit, vooral niet in een badkuip.'

'Sst!' zei Adriana. 'Straks hoort iemand u nog!'

'Niet zolang de muziek en de roddelende tongen van de bemoeials zo'n herrie maken. Als je het niet gemerkt hebt, de roddelaarsters hebben nu ontdekt dat je met mij bent in plaats van met Roger.'

Adriana keek tersluiks om zich heen en besefte dat het waar was.

Toen ze bij de dansvloer kwamen, stond Colton met zijn gezicht naar haar toe terwijl hij zijn oog liet dwalen over de gasten, zoekend naar degene die hij kort tevoren zo had belasterd. 'Waarlijk, gezien de gretigheid waarmee die knaap mij aan wil vallen en mij het recht wil ontnemen zelfs maar bij je in de buurt te komen, zal het me een groot genoegen zijn mijn recht op jou te bevestigen.'

'Alleen om die *knaap* te dwarsbomen, zoals u hem noemt?'

Colton keek haar grinnikend aan 'Ach, als het moet, liefste, zou ik zelfs in de verleiding komen met je te trouwen, alleen om de ambities van die knaap te verijdelen.'

Adriana's donkere ogen fonkelden, een bewijs van haar toenemende ergernis. 'U hoeft niet bang te zijn dat ik uw aanzoek zal aannemen, milord. Mijn vader heeft me gelukkig enige zeggenschap gelaten in die kwestie.'

Zijn mondhoeken vertrokken geamuseerd. 'Heb ik je mooie veren geschroeid?' Haar ijzige blik drong door hem heen. 'Neem me niet kwalijk, milord, maar de laatste keer dat ik keek, droeg ik geen veren.'

'Kristallen dan.' Hij kwam dicht bij haar staan, sloeg een arm om haar middel en pakte haar hand in de zijne. 'Zelfs zonder al die versierselen zou je nog een zeldzame schoonheid zijn,' mompelde hij, en walste met haar de zaal door voordat hij verder sprak. 'Ik weet zeker dat je vriend, lord Harcourt, dat ook vindt. Hij schijnt moeite te hebben zijn ogen van je af te houden vanavond. Maar daar had hij al moeite mee toen ik hem de eerste keer ontmoette, en nog meer op Melora's huwelijk. Ik geloof dat hij zich verbeeldt verliefd op je te zijn.'

'Ergert u zich aan lord Harcourt omdat hij me ten dans

vroeg? Is dat ook de reden waarom u zich zo druk maakt over die *knaap*?'

'Ik erger me niet aan lord Harcourt. Hij is een heel verstandig mens en een man van eer. Het is ook duidelijk dat hij een ongelooflijk goede smaak heeft, vooral op het gebied van vrouwen. Wat die knaap betreft, weet je al hoe ik over hem denk. En wat mijzelf betreft, ik zal al tevreden zijn als je, uitsluitend om mij een genoegen te doen, zou willen glimlachen.'

'Wat verwacht u van me?' vroeg Adriana. 'Ik weet niet wat er in de komende drie maanden gaat gebeuren, en ik weet dus ook niet goed wat ik daarover moet zeggen. Ik kan me alleen maar afvragen waarom u me zelfs maar het hof wilt maken. Ik weet hoe u aan uw vrijheid gehecht bent.'

Even keek hij haar diep in de ogen. Zou hij inderdaad zijn vrijheid verkiezen boven haar? Dat was de vraag die hem nu al weken achtervolgde. 'Ik kwam terug om mijn plicht te doen tegenover mijn vader en mijn familie, door het markizaat te aanvaarden, Adriana, en als ik merk dat het inhoudt dat ik met jou trouw, zal ik dat doen.'

'Zover hoeft u niet te gaan,' verklaarde ze, gekwetst door zijn ongevoelige bereidverklaring zich aan het contract te houden. 'Ik zal gaarne een andere man accepteren als u zo afkerig bent van het idee om met mij te trouwen.'

Colton had geen verklaring voor het hinderlijke gevoel van irritatie dat hem plotseling overviel. 'Ik neem aan dat je daarmee lord Harcourt bedoelt.'

'Zoals u zegt, milord, hij is een gentleman. Ik zou het heel wat slechter kunnen treffen.'

'Zou je hem prefereren boven mij?' vroeg Colton, zijn wenkbrauwen optrekkend. Zijn groeiende ergernis was reden om zich af te vragen of hij hun verloving ook zo hardnekkig zou afwijzen als het betekende haar te verliezen aan een andere man. Hij had er niet bij stilgestaan dat ze er misschien niet voor hem zou zijn, als hij haar na het verstrijken van de drie maanden op eigen initiatief het hof wilde maken.

'Als u geen genegenheid koestert voor mij, zou het in mijn belang zijn te trouwen met een man die me begeert...'

'Wil je zeggen dat Kendrick je ten huwelijk heeft gevraagd?'

'Ja, ik geloof dat hij iets in die richting heeft gezegd. Feitelijk drong hij er vanavond bij me op aan om met hem weg te lopen.'

Colton voelde een merkwaardige schok door zich heen gaan. Op de man af vroeg hij: 'Heb ik reden om jaloers te zijn?'

Adriana lachte sceptisch. 'Waarom zóu u? Ik verkeerde in de mening dat een man pas jaloezie kan ondervinden als hij denkt dat hij het risico loopt de vrouw van wie hij houdt aan een rivaal te verliezen. Het is duidelijk dat u niets om me geeft, dus waarom zou u jaloers zijn?'

'Je zou je kunnen vergissen.' Een kort lachje was alles wat hij kon opbrengen.

Adriana wierp met een spottende lach haar hoofd in de nek. 'Hoe luidt dat oude adagium, milord? Zien is geloven?'

'Vader zei dat je ruggengraat had. Hij zei trouwens een hoop dingen over je die ik indertijd niet kon geloven. Toen ik uit huis wegging, leek je een klein, grijs muisje, bang voor je eigen schaduw, behalve als je kwaad op me werd omdat ik jou en Samantha plaagde. Ik denk dat ik in de tijd dat ik je het hof maak met veel plezier naar al die deugden van je zal zoeken die vader beweerde dat je had.'

'Begrijpt u niet dat ik u verlof geef deze hele kwestie te vergeten? Niet alleen de verloving, maar ook de hofmakerij?'

Colton hief peinzend zijn kin op. Haar verliezen was het laatste wat hij wilde, dat wist hij zeker. 'Lord Harcourt lijkt me een man met een uitstekende smaak en een goed karakter. Hij heeft dapper gevochten en stond ook op de nominatie om generaal te worden als hij in het leger was gebleven, maar hij verkoos dat niet te doen. Ik durf te wedden dat jij de voornaamste reden bent waarom hij naar huis is gegaan. Ik heb grote bewondering voor de man, en daarom vind ik dat ik de kwestie van onze verloving dieper behoor te onderzoeken. Mijn vader vond je uniek; blijkbaar is Riordan dezelfde mening toegedaan. Voordat ik een eerlijk en voorzichtig oordeel kan vormen, moet ik alles over je te weten komen. De enige manier waarop ik dat kan bereiken, is je het hof te maken, zoals het contract van me eist.'

'U wilt met opzet niet begrijpen wat ik zeg,' zei Adriana beschuldigend en hevig gefrustreerd.

Colton hield haar blik gevangen terwijl hij vol overtuiging verklaarde: 'Ik ben van plan mijn deel van het contract na te komen, Adriana. Als het niet jouw bedoeling is de belofte aan je vader in te lossen, zeg het me dan alsjeblieft nú, dan zal ik je niet langer lastigvallen.'

Adriana maakte zich kwaad. 'Het is altijd mijn bedoeling geweest me daaraan te houden! Ik heb u alleen aangeboden alle rechten die ik op u heb in te trekken, omdat ik meende dat u van het contract bevrijd wilde zijn.'

'Dan weet u nu beter.'

'Het valt me moeilijk uw gedachten te doorgronden, milord. Uw gedrag lijkt het tegendeel te suggereren.'

'Jouw gedrag, m'n liefste Adriana, lijkt te suggereren dat je de meest recalcitrante jongedame bent die ik ooit heb ontmoet,' antwoordde hij. 'Ik hoop oprecht dat dat niet het geval zal zijn.'

Adriana voelde zich op haar nummer gezet. Ze wist dat ze sinds zijn thuiskomst bijna zonder uitzondering bruusk en nors tegen hem was geweest.

'Ik kan het lord Harcourt niet kwalijk nemen dat hij met je wil trouwen. Je zou het leven van iedere man kunnen opvrolijken.'

Adriana wist niet goed hoe ze die woorden moest opnemen en keek hem achterdochtig aan. 'Hebt u koorts, milord?'

Colton grinnikte zachtjes. 'Hoeveel complimentjes moet een man je geven, Adriana, voor je ze als zodanig herkent?'

'Complimentjes, zegt u?' vroeg ze twijfelend. Ze keek in zijn grijze ogen om te zien wat die haar zouden onthullen.

'Iets gevonden?' vroeg hij plagend, met een geamuseerde glinstering in zijn ogen.

'Nee,' bekende ze. 'Waarschijnlijk omdat u heel knap bent in het verbergen van de ware betekenis van uw woorden achter die eigenzinnige grijns van u.'

Zacht lachend leidde hij haar in steeds grotere kringen de balzaal rond. 'En jij, m'n lieve Adriana, hebt een heel achterdochtig karakter. Heb je werkelijk geen idee hoe mooi je bent?'

'Vroeger noemde u me een broodmagere wildebras, weet u nog?'

Hij tuurde even in haar decolleté om een blik op te vangen van haar fraaie vrouwelijke vormen. 'Ik kan je bezweren dat die beschrijving niet langer opgaat, Adriana. Als je het écht wilt weten, ik kan mijn ogen niet van je afhouden. Ik zou het zelfs lonken willen noemen.'

Zijn onderzoekende blikken deden haar een ogenblik lang snakken naar adem. 'Was dat wat u deed bij de kerk na Melora's huwelijk?'

Colton accepteerde haar vraag zonder met zijn ogen te knipperen. 'Ik bewonderde slechts je kwaliteiten. Een man moet blind zijn om niet alles van je te appreciëren. Ik had het van dichterbij kunnen doen, maar je leger van aanbidders had je goed ingesloten. Toen je woedend de zitkamer van je ouders uitliep, trok ik de conclusie dat je me niet in de buurt wilde hebben voordat ik je het hof zou gaan maken. Al wilde ik je die dag bij de kerk nóg zo graag wegrukken van al je bewonderaars, ik was ervan overtuigd dat je me dat heel kwalijk zou nemen.'

Adriana sloeg haar ogen neer. 'U deed het heel onbeschaamd. De manier waarop u naar me keek gaf me het gevoel...'

Na een lange stilte waarin ze haar zin niet kon afmaken, keek Colton haar nieuwsgierig aan. 'Ja?'

'Ach, niets, het is niet belangrijk,' mompelde ze.

'Je bloost weer, wat betekent dat je je geneert voor wat je bijna had gezegd. Als kind werd je altijd ongelooflijk rood in je gezicht als ik jou en Samantha erop betrapte dat jullie dieren naar haar kamer smokkelden. Blijkbaar verborgen jullie iets schandaligs... dat wil zeggen, met betrekking tot je maagdelijke onschuld.'

Adriana hief met een ruk haar hoofd op. 'Ik heb nooit...!'

Glimlachend trok hij zijn wenkbrauwen op. 'Wat wilde je zeggen? Dat je het gevoel had dat je naakt was?'

Ze kermde hardop. '*Nee!* Ik zou nooit zoiets zeggen!'

'Nee, maar je dácht het,' zei hij beschuldigend.

'Nou, en áls ik dat deed?' snauwde ze, en streek met haar hand over de massa krullen die vanaf haar kruin omlaag viel, waardoor ze hem dwong zich op te richten. 'Het leek je opzet me dat gevoel te geven.'

'Ik herinnerde me alleen maar hoe mooi je eruitzag in die badkuip,' gaf Colton toe, wat haar een geschokte kreet ontlokte.

'Een gentleman zou een dame nooit aan zo'n ontmoeting herinneren!' schimpte ze. 'En ook zou hij daar geen seconde zijn gebleven nadat hij beseft had dat het bad bezet werd door iemand van het andere geslacht, temeer waar hij zich zelf in zo'n shockerende toestand bevond.'

'Je moet me mijn kwetsbaarheid als man vergeven, Adriana,' antwoordde hij. 'Zo'n aanblik als ik toen voor me had wordt iemand té zelden vergund die weken of maanden achtereen in een militair kampement heeft moeten verblijven. En dat beschrijft precies mijn situatie op het moment van dat incident in de badkamer. Ik werd overvallen door de hoop dat jouw aanwezigheid in mijn bad feitelijk een invitatie was.' Een tweede geschokte kreet deed hem weer grijnzen. 'Maar toen drong het tot me door dat je hevig verontrust was door mijn aanwezigheid en naar alle waarschijnlijkheid nog nooit in je leven een naakte man had gezien, en zeker niet een die je duidelijk begeerde.'

Adriana zou op datzelfde moment zijn weggevlucht, maar Colton grinnikte zacht en draaide zó snel met haar de zaal door dat ze duizelig werd. 'Wil je bij me weg alleen omdat ik eerlijk ben?'

'Hou op met dat gedraai,' smeekte ze. Haar hoofd tolde. 'Ik voel me duizelig.'

'Ik beloof het je... als jij me belooft dat je niet weg zult vliegen.'

Ze pakte zijn mouw vast in een poging rechtop te blijven staan. 'U geeft me niet veel keus.'

Colton stopte met draaien en ging verder met een vrij eenvoudige dans, zodat ze weer tot zichzelf kon komen.

Adriana was buiten adem, wat niets te maken had met haar fysieke toestand, maar alles met haar emoties. Deze man, die vroeger zo onvermurwbaar was in zijn weigering hun gezamenlijke toekomst in overweging te nemen, had zojuist gezegd dat hij haar begeerde. Ze kon er niet over uit. 'Ik wil graag even gaan zitten.'

'Roger wacht op je, en ik wil je niet verliezen, het minst van alles aan hem. Bovendien moeten we eens serieus praten over onze hofmakerij.'

'Ik ben niet van plan meer te verlangen dan u bereid bent te geven, milord, als u daar bang voor bent,' antwoordde ze.

Colton zuchtte alsof hij zich gefrustreerd voelde. 'Adriana, als we samen een paar vormen, in elk geval gedurende drie maanden, moet ik erop staan dat je me Colton noemt.'

'Goed, Colton dan,' gaf ze toe.

'Ik ben blij dat we díe hindernis tenminste genomen hebben. Nu kunnen we overgaan tot belangrijker details.'

Adriana kwam bereidwillig met haar mening. 'Ik heb nu dus begrepen dat we ons allebei verbonden hebben dit contract tot het eind toe – dat dat ook mag zijn – na te leven... al was het maar ter wille van onze ouders. Ben je het daarmee eens?'

Hij antwoordde met een schouderophalen. 'Het zou het eind kunnen zijn... of mogelijk zelfs het begin. Wie weet wat eruit voort zal komen?'

'Je hoeft niet te proberen het voor me te verzachten. Vanaf het moment waarop het contract werd getekend, ben ik me altijd bewust geweest van de geringe mogelijkheid dat een huwelijk werkelijk zal plaatsvinden, zelfs als er na drie maanden een verloving zou volgen. Dus bespaar me alsjeblieft je gehuichel. Dat is niet nodig.'

Hij dacht even na over haar antwoord voordat hij met een onloochenbare waarheid kwam. 'Onze ouders hopen iets anders.'

'O, dat weet ik,' gaf Adriana toe. Haar vader en moeder teleurstellen was het laatste wat ze wilde.

'We moeten ter wille van hen wel doen alsof.'

'Ja, dat denk ik ook. Al is het maar minimaal. Als ze meer waarnemen dan dat, zullen ze zich waarschijnlijk aangemoedigd voelen.'

'En dat kunnen we niet hebben, wel?'

Vergiste ze zich, of zag ze werkelijk zijn lippen trillen? 'Ze verwachten nu niet veel, maar als we hun hoop geven, zullen ze zich des te teleurgestelder voelen als we uiteengaan.'

Colton fronste peinzend zijn wenkbrauwen. 'Ik heb nog nooit een vrouw halfhartig het hof gemaakt. Ik weet niet of ik mezelf op dat punt kan bedwingen. Eerlijk gezegd, Adriana, zullen die chicanes die je voorstelt waarschijnlijk moeilijker zijn dan je denkt.'

'Een huwelijk met mij of je vrijheid. Dat is de keus waarvoor je gesteld zult worden. Zo simpel is het.'

'Niet zó simpel,' antwoordde hij na weer een blik op haar decolleté te hebben geworpen. Naar die blanke borsten kijken was een verleiding die hij niet scheen te kunnen weerstaan. 'Maar we zullen wel zien hoe het loopt. Ik vind echter dat we met de grootst mogelijke haast moeten beginnen.'

Adriana's achterdocht werd weer gewekt. 'Natuurlijk, dat begrijp ik. Je wilt het achter de rug hebben, zodat je verder kunt gaan met je leven?'

Hij drukte haar wat dichter tegen zich aan en moest zijn adem inhouden toen hun dijen elkaar raakten. Het contact deed hem vechten tegen een bekende pijn, die zó intens was dat het te vergelijken was met een stomp in zijn lies. Het was ongeveer hetzelfde als hij weken geleden had ondervonden toen hij haar bij de kerk had zien lachen en flirten met haar aanbidders. Het feit dat hij haar misschien meer begeerde dan enige vrouw die hij ooit gekend had, was met verbluffende helderheid tot hem doorgedrongen in de paar minuten die hij onder die boom had gestaan.

Adriana begon zich zojuist bewust te worden van sensuele emoties. Ze ervoer een traag verlammend gevoel onder in haar buik dat haar naar adem deed snakken. Met een knagend verlangen sloeg ze haar ogen op naar Colton en zag dat hij haar scherp opnam, alsof hij iets zocht dat buiten haar gezichtsveld viel.

Zijn ogen richtten zich weer op haar boezem en gingen vandaar omhoog langs haar slanke hals naar haar mond. Een wild, krankzinnig moment lang vroeg hij zich af hoe het zou zijn om haar adem in zijn mond te voelen en die verleidelijke zachte lippen te kussen, die vaneen gingen in... Was het verbazing? Of... passie?'

Hij glimlachte geforceerd en richtte zijn aandacht op iets anders, teneinde zijn geest en lichaam weer onder controle te krijgen. Hij dacht aan een omgeving die hij zich niet graag herinnerde, het slagveld waar hij het laatst had gevochten, terwijl de kogels hen om de oren vlogen, en levens en ledematen wegrukten. In dat drukke strijdgewoel had hij een charge geleid in de wetenschap dat als hij en zijn mannen hun aanval ook maar íets verzwakten, ze zouden verliezen. Ze hadden wanhopig gevochten tijdens het hele bloedige conflict, tot ten slotte een gevoel van overwinning hun nieuwe kracht had gegeven. Het volgende moment ontplofte er een granaat vlak bij hen en de scherven drongen in zijn been terwijl hij opzij werd geworpen. Versuft was hij overeind gekrabbeld en had dapper verder gevochten tot ze de slag gewonnen hadden. De volgende middag was zijn wond gaan etteren, en toen hij aan de naderende dood dacht, kwam het beeld van zijn vader hem voor ogen.

'Je weet net zo goed als ik dat over mijn vader gezegd werd dat hij een man was met een intuïtief intellect,' peinsde Colton hardop, de langdurige stilte tussen hen verbrekend. 'Hij was onwrikbaar in zijn geloof dat we goed zouden zijn voor elkaar. Noem het een experiment als je wilt, die hofmakerij van ons, maar ik zou graag zelf willen ontdekken welke redenen mijn vader had om dat te denken. Zoals je weet, lieve, ben ik nogal sceptisch van aard; het beviel me niet dat mijn leven door mijn vader werd uitgestippeld. Maar ik zal alles doen wat ik kan om zijn nagedachtenis in ere te houden door serieus het waarom en waarvoor van zijn redenering te doorgronden. Ik kan je alleen maar vragen geduld met me te hebben als we doen alsof. Ik vind het beslist geen onaangename taak. Je bent een ongelooflijk mooie vrouw, Adriana, en al hebben we elkaar in de begintijd van ons leven gekend, we zijn, zoals je zei, tijdens mijn afwezigheid niet veel meer dan vreemden geworden. Voor ik meer van je kan vragen, moet ik je goed leren kennen.' Hij keek haar vragend aan. 'Heeft mijn openhartigheid je beledigd?'

'Nee, Colton,' antwoordde ze met een aarzelende glimlach. 'Eerlijk gezegd, heb ik liever dat je openhartig bent, want, weet je, in de tijd die jij nodig hebt om mijn ware aard te doorgronden, hoop ik die van jou te ontdekken. Elkaar leren kennen maakt deel uit van de stevige fundering waarop een huwelijk moet worden gebouwd. Hoewel ik niet verwacht dat onze hofmakerij veel zal opleveren, gezien je vroegere verzet ertegen, ben ik bereid je alle kansen te geven om te beoordelen welke kwaliteiten ik als echtgenote kan bezitten.'

'Dank je, Adriana,' mompelde hij zacht.

Het duurde even voor ze antwoord kon geven, en toen merkte ze tot haar verbazing dat haar stem zwak en beverig klonk. 'Ik weet dat we veel over elkaar te weten moeten komen, Colton, maar ik zeg je eerlijk dat ik niet veel anders ben dan het kleine meisje dat je vroeger hebt afgewezen. Over drie maanden zullen we wellicht besluiten andere wegen in te slaan dan je vader voor ons bedoelde. In dat geval hoop ik dat we beiden tolerant zullen zijn voor de gevoelens van de ander, en ter wille van onze ouders vrienden kunnen blijven.'

Zijn mondhoeken trilden verdacht. 'Gek, maar ik vond dat je juist heel erg veranderd bent. Al heb ik nog zo mijn best gedaan, ik heb niet een van die sproetjes op je neus gezien. En om je de waarheid te zeggen, kan ik me niet herinneren dat ik ooit in de verleiding ben geweest dat kleine meisje te zoenen dat ik achterliet.'

Adriana keek hem uitdagend aan. 'Ik denk, Colton, dat je beter met de grootste voorzichtigheid te werk kunt gaan.'

'Een kusje nu en dan kan geen kwaad...'

'Een kusje nu en dan is gevaarlijk,' antwoordde ze, overtuigd dat ze gelijk had waar het hem betrof.

'Ben je zó bang je maagdelijkheid te verliezen, Adriana?'

'Aan jou? Ja!' antwoordde ze, met een zekerheid die geen tegenspraak duldde. Ze wist dat haar moeder van afgrijzen vervuld zou zijn als ze hun conversatie zou kunnen horen. 'Ik heb niet in de wereld rondgezworven zoals jij, Colton, en ben nooit blootgesteld geweest aan de constante gevaren of de onzekerheden van de oorlog. Ik heb altijd geweten waar ik zou slapen, en tot dusver is dat altijd alleen geweest. Ik weet niet wat jouw ervaringen zijn geweest, maar zelfs als jongeman leek je iets te hebben wat meisjes aantrok als bijen tot honing, en eerlijk gezegd baart me dat zorgen. Er zijn bepaalde dingen die ik van een echtgenoot verlang, waaronder liefde, eer, trouw, en een hoop kinderen die we samen hebben verwekt. Als je me na deze drie maanden nog steeds tot vrouw wilt, zal ik je graag alles afstaan wat ik te geven heb, met alle vreugde, passie en toewijding die ik in staat ben te voelen. Maar tot de dag waarop we één zouden worden, moet ik mijn hart bewaken, want ik ben erg ontvankelijk en gevoelig. Als klein meisje adoreerde ik je, maar je brak mijn hart. Als dat weer zou gebeuren, zou dat deze keer heel wat schokkender zijn.'

'Je hebt het heel duidelijk gemaakt, Adriana,' mompelde Colton.

'Dus ik mag aannemen dat je de overredingskracht van je mannelijke passie zult intomen als het om mij gaat?'

'Ik weet niet zeker of ik die gelofte kan doen en kan houden.'

'Waarom niet?' vroeg ze in alle onschuld.

Colton vroeg zich af of ze werkelijk niet wist hoe mooi en verleidelijk ze was. Om zich heen kijkend alsof hij naar een geschikt antwoord zocht, besefte hij plotseling dat de muziek was gestopt. Enigszins verbaasd keek hij wat aandachtiger om zich heen op de dansvloer. Voorzover hij kon zien, waren zij de enigen die nog dansten. Alle anderen waren aan de kant gaan staan om naar hen te kijken. De meeste gasten glimlachten geamuseerd, terwijl anderen enthousiaster waren en hun waardering nadrukkelijk lieten blijken met een hartelijk applaus en kreten als 'Bravo!' en 'Encore!'

Percy zei plagend, en op veilige afstand: 'Je bent te lang in de oorlog geweest, vriend. Een mooi gezichtje, en je bent onmiddellijk van de kaart.'

Colton grinnikte opgewekt en wuifde de opmerking weg. Toen zei hij tegen Adriana, die, in weerwil van het feit dat ze hevig bloosde, lachend haar schouders ophaalde: 'Ik geloof, liefste, dat we op dit herfstbal in het middelpunt van de belangstelling staan.'

12

Met de zwierigheid van een actrice op het toneel maakte Adriana een diepe revérence. Colton volgde met een diepe buiging, en de toeschouwers begonnen hartelijk te lachen en hard te klappen.

Niet elke gast had zoveel waardering voor de ovatie die het paar ontving. Toen Roger was teruggekeerd in de balzaal en besefte dat Adriana met lord Randwulf danste, had hij zich een weg gebaand door de gasten, de mensen ruw opzij dringend. Hij zag dat het paar werd overladen met complimentjes door vrienden en familieleden, die dicht bij Felicity en Stuart waren gaan staan. Het was een conversatie tussen Jaclyn en haar vader, die Felicity alle hoop ontnam de knappe markies ooit voor zichzelf te kunnen winnen.

'Weet je, papa, Colton mag dan nog zo fel geweigerd hebben toen lord Sedgwick een verloving met Adriana voorstelde, hij lijkt er nu niet meer zo tegen gekant. Hij kan zijn ogen niet van mijn zus afhouden.'

Gyles grinnikte. 'Ze is een knap ding, vind je niet? Maar ik heb twee andere dochters die even mooi zijn.'

Jaclyn gaf vol genegenheid een klopje op de arm van haar vader. 'Als ik mag opscheppen over mijn eigen zus, zou ik zeggen dat ze een zeldzame schoonheid is geworden.'

Felicity zuchtte triest. Hoe ter wereld zou ze ooit een andere aristocraat kunnen vinden om mee te trouwen? Ze kon zich niet voorstellen dat er veel edellieden naar haar hand zouden dingen, zo er al een bestond. Ze was slechts de dochter van een boekhouder, en de laatste tijd was haar vader te druk in de weer om zijn eigen problemen met haar moeder en grootvader op te lossen, om haar enige hulp te kunnen bieden. Alle voorspellingen die hij had gedaan in zijn verlangen haar getrouwd te zien met een lid van de aristocratie werden ondermijnd door een simpele verloving, die kennelijk al was geregeld lang voordat zij hierheen kwam.

'Je zou denken dat lady Adriana lord Colton stevig aan de haak heeft geslagen. Hij schijnt haar te verafgoden.' Felicity hoopte haar begeleider een vergelijkbaar commentaar te ontlokken, maar in de langdurige stilte die volgde zag ze dat Stuarts ogen de donkerharige vrouw bijna leken te verslinden. Niet in staat haar teleurstelling te verbergen, vroeg ze met gekwetste trots: 'U ook?'

Stuart trok verbaasd zijn wenkbrauwen op toen hij besefte dat ze tegen hem sprak.

'Neem me niet kwalijk, Felicity. Zei u iets?'

'Ja, ik zei iets,' antwoordde ze mismoedig, 'maar u hebt duidelijk het oog op een ándere vrouw. U staarde zó gespannen naar lady Adriana, dat ik me afvraag waarom u hier met mij staat.'

Stuart trok vragend zijn wenkbrauwen op, verbaasd over de humeurigheid van de jonge vrouw. 'Ik was me niet bewust dat ik zo strak naar haar staarde.'

'Nou, dat deed u wél,' mompelde ze. 'Als u zoveel belangstelling hebt voor lady Adriana, waarom vraagt u haar dan niet ten dans? U hoeft zich niet verplicht te voelen hier bij mij te blijven alleen omdat uw broer en schoonzus ons samen hierheen hebben gebracht.'

'Mijn excuses, miss Felicity, maar ik geloof dat lord Colton en lady Adriana heel dicht bij een verloving zijn, zo dat niet al het geval is.'

Felicity keek hem met een rebelse blik aan. 'Anders zou u zelfs de moeite niet hebben genomen om met me te dansen.'

Stuart ontkende het niet. Hij hád naar Adriana staan kijken met al het verlangen dat hij de laatste tijd had gevoeld.

Als Colton zelfs maar een seconde aandacht had besteed aan de discussie van het paar, zou hij allerminst verbaasd zijn geweest. Hij legde zijn hand aan de andere kant van Adriana's middel en trok haar dicht tegen zich aan. Adriana kon zijn familiariteit moeilijk negeren en nieuwsgierig keek ze naar hem op.

'Ja, liefste? Is er iets?' vroeg hij.

Adriana was niet zo blij met het nogal verontrustende besef dat haar knieën gingen knikken bij het horen van dat koosnaampje uit zijn mond.

'Hadden we niet afgesproken dat we altijd discreet zouden blijven, om onze ouders geen valse hoop te geven?'

'O, ja?' vroeg hij, alsof dat idee nooit bij hem was opgekomen.

'Vind je niet dat we discreet horen te zijn? Dat lijkt me wel nuttig.'

'Over zoiets zal ik langer moeten nadenken, liefste. Het zou me kunnen hinderen bij het nauwkeurig taxeren van onze hofmakerij. Als vader zó hardnekkig was in zijn opinie dat jij goed voor me zou zijn, dan zal ik toch zeker dieper moeten graven in onze relatie, zelfs als onze ouders erbij zijn.'

Adriana verslikte zich bijna. Pas op de bruiloft van haar zus was het tot haar doorgedrongen hoe gemakkelijk ze verliefd zou kunnen worden op deze man. Dat zou weleens kunnen betekenen dat ze haar verzet niet zou kunnen volhouden. Ze was niet vergeten hoe zelfverzekerd hij had gezegd dat hij haar veel genot zou kunnen bieden.

Ze probeerde hem ervan te overtuigen dat hij op zijn mening terug moest komen. 'Colton, je ziet toch zeker wel dat het verstandig is om onze ouders de diepe teleurstelling te besparen als hun verwachtingen na drie maanden geveinsd enthousiasme van jouw kant de bodem worden ingeslagen.'

'Geveinsd? Ik geloof niet dat ik óóit in mijn leven een geveinsd enthousiasme heb opgebracht voor een dame, zeker niet als ze me aantrekt. Als dat niet zo is, onttrek ik me gewoon aan haar gezelschap. Op het moment, Ariana, verheug ik me erop je in de komende weken beter te leren kennen. Als je het nodig vindt onze ouders te waarschuwen, zou je ze misschien kunnen aanraden niet te veel te vertrouwen op wat ze zien, tot de dag waarop ik daadwerkelijk een aanzoek doe. Gezien de omstandigheden lijkt me dat de eenvoudigste oplossing.'

De gasten maakten glimlachend ruim baan voor hen. Toen ze tussen hen door liepen, sloegen oude bekenden van Colton hem enthousiast op de rug of maakten schertsende opmerkingen. Het daaropvolgende gelach deed Adriana ineenkrimpen.

Het enthousiasme van bekenden en vrienden droeg er veel

toe bij de wraakzuchtige uitdrukking op Rogers gezicht te versterken, toen het paar bij de deur kwam waar hij zich had geposteerd. Toen hij zijn hoop voor zijn ogen zag verdwijnen, besloot hij de markies fysiek te beletten Adriana in bezit te krijgen. Het deerde hem niet dat de markies een ervaren militair was, of dat hij langer was en goed met zijn vuisten. Roger was ten einde raad. Het was óf Colton Wyndham uitschakelen, óf zijn aspiraties verloren zien gaan.

Het strategisch neerzetten van een stoel en een uitdagende houding ernaast vormden een barrière voor de twee.

Colton zag het obstakel dat hun vertrek verhinderde en vroeg zich af of hij straks weer verstrikt zou raken in een handgemeen met die klerk. Als het werkelijk tot een confrontatie kwam, zou hij Roger nog harder onder handen nemen dan de vorige keer, want Roger leek veel moeite te hebben met het accepteren van het feit dat Lady Adriana niet van hem was en nooit zou zijn.

Adriana liep onzeker naar de deur. Ze keek even op naar Colton, maar de druk van zijn hand op haar rug dwong haar door te lopen.

'Wees niet bang, Adriana,' mompelde Colton. 'Als Roger erop staat deze kwestie met geweld te beslissen, zal ik hem vragen mee naar buiten te gaan. Dan is er minder kans dat we de feestvreugde hier verstoren.'

Met een verachtelijke grijns toen Adriana probeerde om de door hem neergezette stoel heen te lopen, deed Roger een stap naar voren om haar weg te blokkeren. 'Wel, wel, het is vanavond dus duidelijk geworden dat u niet sterk genoeg bent om uw onafhankelijkheid te bewijzen, en dat u gecapituleerd bent voor de plannen van wijlen lord Randwulf om u uit te huwelijken aan zijn zoon. Ik dacht dat u uit beter hout gesneden was, maar ik zie nu in dat ik me vergist heb. Ik had mezelf nooit moeten wijsmaken dat er hoop voor me was, niet zolang de titel van markiezin voor uw mooie neusje bungelde. Ik heb er spijt van dat ik ooit gehoopt heb dat u anders zou zijn. U bent net als alle eerzuchtige vrouwen, die verlangen naar een titel en prestige –'

'Neem me niet kwalijk, meneer Elston,' viel Colton hem kortaf in de rede. 'U maakt een hoop lawaai over iets waarin de dame geen enkel aandeel had. Ik heb haar uitgekozen om persoonlijke redenen. Als u enig recht op haar hebt dat haar belet met andere mannen te dansen dan met u, was ik mij niet daarvan bewust. Evenmin ken ik enige verplichting dat ik uw toestemming moet vragen om haar te benaderen. Hébt u zo'n recht?'

Roger keek woedend terug, en maakte door een wrokkend zwijgen zijn verontwaardiging kenbaar over iets wat hij als een grote onrechtvaardigheid beschouwde.

'Dat dacht ik al.' Met een kort glimlachje naar de jongere man gaf Colton Adriana een arm. 'Ik geloof dat de dame u iets te zeggen heeft, meneer Elston. Als u zo vriendelijk wilt zijn naar de bibliotheek te gaan, zullen wij u volgen.'

Adriana keek Colton smekend aan. 'Misschien is het beter als ik met Roger onder vier ogen praat.'

Colton schudde zijn hoofd. Elston was zó wanhopig in zijn verlangen Adriana te bezitten, dat hij hem in staat achtte haar tegen haar wil tot overgave te dwingen, in de hoop op die manier een huwelijk tot stand te brengen, al was hij ervan overtuigd dat haar vader zoiets zou dulden zonder de man te doden. In elk geval was hij niet van plan hem de gelegenheid daartoe te geven. 'Dat zou niet verstandig zijn, lieve. Er is geen enkele garantie dat meneer Elston niet zal trachten je kwaad te doen.'

'Haar kwaad te doen?' herhaalde Roger ongelovig. 'Milord, ik verzeker u dat u de enige bent die ík graag kwaad wil doen.'

De grijze ogen verkilden. 'Dat hebt u duidelijk gemaakt op de eerste dag dat we elkaar ontmoetten, maar blijkbaar hebt u mijn les niet ter harte genomen. Wilt u het nog eens proberen? Ik wil u zelfs toestaan de eerste klap uit te delen. Wie weet? Misschien hebt u deze keer meer geluk.'

Rogers mond vertrok in een minachtende grijns. 'Al zou ik u nog zo graag tot moes slaan, ik zal uw uitnodiging moeten afslaan.'

'Jammer.' Colton glimlachte vriendelijk. 'Misschien hadden we de zaak eens en voor al kunnen regelen, want u schijnt er dom genoeg op uit te zijn om moeilijkheden te veroorzaken. Maar mocht u op uw besluit terugkomen, u kunt me vinden bij lady Adriana.'

Roger voelde niet veel voor een nieuw handgemeen met de markies, maar hij kon zijn woede niet in toom houden en zocht het nu op ander terrein. Minachtend viel hij uit: 'Niet iedereen vindt het aangenaam om te knipmessen voor aristocraten. Wat mij betreft, mij stuit het tegen de borst. Ik vind het walgelijk.'

'Niet iedere aristocraat is zo verdraagzaam als lady Adriana. Wat míj betreft,' antwoordde Colton op ijzige toon, 'ik ben niet van plan te dulden dat een of andere brallende windbuil die nog niet droog is achter zijn oren, de feestvreugde verstoort. Ik vermoed dat lord Standish minder tolerant zal zijn voor uw verachtelijke gedrag dan zijn dochter is geweest. Als u zich bij ons wenst te voegen, zult u lady Adriana en mij in de bibliotheek aantreffen. Anders, meneer Elston, kunt u nu meteen afscheid nemen.'

De lichtgroene ogen schoten vuur toen de beledigingen van de markies doel troffen en een gevoelig punt raakten: zijn jongensachtige uiterlijk. 'Wát? Hebt u nu al het gezag om gasten te zeggen dat ze kunnen komen of gaan?'

'Als intieme vriend van de familie geloof ik dat het zeker mijn recht is een herrieschopper de deur uit te zetten. En u, meneer, hebt bewezen er een te zijn.'

'U bent hier geen lord,' snauwde Roger. 'U bent slechts een gast... net als ik, en u hebt niet het recht iemand te gelasten om weg te gaan.'

'Als u wilt dat ik lord Standish roep, zal ik dat doen. Gezien uw voorkeur voor het scheppen van moeilijkheden, twijfel ik er niet aan of het resultaat zal hetzelfde zijn,'

Roger deed zijn mond open om te antwoorden, maar de markies liep hem voorbij, in het besef dat ze de nieuwsgierigheid hadden gewekt van een groot aantal gasten.

Roger staarde hen een moment verbluft na en toen, met een snelle blik om zich heen, zag hij dat verschillende vrouwen hem steels opnamen terwijl ze achter hun waaiers met elkaar fluisterden. Achter hen stonden rijke en voorname heren, die hooghartig hun afkeuring lieten blijken.

Het geroezemoes en de gefluisterde geruchten maakten Gyles attent op Roger, de enige boosdoener die in zicht was. Roger was zich ervan bewust dat sir Standish hem aandachtig opnam, maar weigerde hem zelfs ook maar één blik waardig te keuren. Genegeerd of niet, Gyles nam de zaak in eigen handen en gebaarde naar de musici, die prompt een vrolijke wals lieten horen. Toen zijn gasten begonnen te dansen, excuseerde Gyles zich bij de gasten met wie hij had staan praten.

Colton trok Adriana mee naar een paar sofa's in de bibliotheek.

'Roger zal mijn uitdaging niet onbeantwoord laten, Adriana. Ik heb er het volste vertrouwen in dat hij onmiddellijk zal komen. En als ik je vader ken, zal het niet lang duren voor ook hij hier verschijnt.'

'Er komen toch geen ernstige moeilijkheden?' vroeg ze.

'Niets dat je vader en ik niet aankunnen,' verzekerde hij haar. 'Je hoeft je niet ongerust te maken.'

Colton was niet meer in de bibliotheek van de Suttons geweest sinds hij uit huis was weggegaan. Hij begon in de kamer rond te lopen, en oude herinneringen kwamen terug. Hij glimlachte, denkend aan hun jeugd. Toen ze opgroeiden werd Adriana medelijdend bekeken door een groot aantal bekenden en verwanten die niet hetzelfde scherpe inzicht hadden van zijn vader. Colton moest toegeven dat hijzelf er niet veel heil in had gezien, maar hij was zijn vader bijzonder dankbaar dat hij geweigerd had Jaclyn of Melora als vervangster te accepteren.

Op dat moment kwam Roger binnen, en Colton keerde kalm terug naar de kant van de sofa waar Adriana was gaan zitten. Hij sloeg zijn polsen achter zijn rug over elkaar en nam zijn tegenstander op alsof hij zorgvuldig zijn tijd afwachtte vóór een veldslag.

Roger krulde spottend zijn lippen en trok sarcastisch zijn wenkbrauwen op bij het zien van Coltons beschermende houding. Maar het was Adriana's achteloze acceptatie van de beschermende aanwezigheid van haar toekomstige verloofde, die een pijnlijke steek door hem heen liet gaan. Het was alsof ze de markies reeds toebehoorde.

Plotseling vroeg Roger zich af waarom hij eigenlijk naar de bibliotheek was gegaan. Het was in de balzaal al duidelijk geworden dat Adriana zich verplicht had tot het pact dat haar vader en Sedgwick Wyndham jaren geleden hadden gesloten.

Roger had lord Sedgwick intens gehaat, maar hij wist nu dat zijn haat voor de zoon het viervoudige daarvan was. Hij kon de markies niets anders wensen dan hetzelfde lot van zijn vader.

Hij draaide zich weer om naar de deur en schoof de grendel

ervoor. Hij had geen idee wat er in de volgende ogenblikken zou gaan gebeuren, hij wist alleen dat het niet het einde zou betekenen.

'Lord Standish zal ons waarschijnlijk gezelschap komen houden,' zei Colton.

Vol verachting keerde Roger zich naar Colton en liet zonder een woord te zeggen zijn belediging tot de ander doordringen. Als zijn tegenstander de steun nodig had van lord Standish, dan was degene die tegen hen samen opgewassen was ongetwijfeld de sterkste, nietwaar?

Colton glimlachte vriendelijk. 'Laten we zeggen dat lord Gyles een onpartijdige getuige zal zijn als ik weer gedwongen zou zijn uw manieren te corrigeren.'

Roger grijnsde sarcastisch bij de houding van de ander om Roger te behandelen als een van het rechte pad afgedwaalde jongeling. Dat stak hem meer dan enige andere belediging.

Roger liep met grote, stijve passen de kamer door naar de sofa waar Adriana zat. Vol ergernis zag hij dat lord Randwulf een hand op haar schouder legde, alsof hij haar gerust wilde stellen dat haar niets zou overkomen. Rogers woede steeg met de minuut. Ze leken een eenheid te vormen, alsof Colton Wyndham al haar echtgenoot was. Totaal van de kook door Adriana's bereidheid de markies te accepteren als haar aanstaande verloofde, richtte hij al zijn minachting op haar. 'Ik zal u besparen een aankondiging te doen van iets dat vanavond maar al te duidelijk is geworden, mylady. U onderwerpt zich aan de bevelen van wijlen lord Randwulf en laat u het hof maken door zijn zoon.'

Ze hief haar kin op bij het horen van het scherpe sarcasme in zijn stem. 'Misschien heb je inderdaad gehoopt dat ik het contract zou negeren dat mijn ouders hebben getekend, Roger, maar dat ben ik nooit van plan geweest.'

Een luid geschraap van zijn keel kondigde de entree aan van lord Standish, die onderzoekend naar zijn dochter keek om zich ervan te overtuigen dat ze in veiligheid was. 'Alles in orde hier?'

'Niet helemaal, papa,' antwoordde Adriana gespannen. Sinds Coltons terugkeer had ze niet zoveel spanning gevoeld. 'Ik wilde Roger net uitleggen dat ik hem moet verzoeken na vanavond niet meer naar Wakefield Manor te komen of me te volgen naar andere plaatsen waar ik naartoe ga.'

Roger keek haar sarcastisch en vol walging aan. 'U moet me vergeven dat ik óóit gedacht heb dat u een eigen wil had, my-lady. U bent net zo karakterloos als alle andere vrouwen die ik ooit gekend heb.'

Een prikkelend gevoel achter in haar nek en een opkomende drift bevestigden haar dat ze niet zo laf was of zo'n gebrek aan wilskracht had als Roger suggereerde. Haar haren gingen overeind staan. 'Roger, ik ben bang dat je je meer dan een jaar geleden vergiste toen je dacht dat we iets anders konden zijn dan kennissen. Het was van begin af aan duidelijk dat je iets meer van me verlangde, iets dat ik nóóit van plan was je te schenken. Op z'n best was je een oppervlakkige vriend, ie-mand die het in zijn hoofd haalde me overal te volgen en zelfs binnen te dringen als hij niet was uitgenodigd. Ik had je maan-den geleden al moeten vertéllen dat je pogingen om me op te zoeken je niets zouden baten. Je weet nu al een tijdje dat ik in mijn jeugd beloofd ben aan een andere man, en toch bleef je me naar me toe komen alsof daar nooit iets van zou komen. Je moet begrijpen dat niets wat je had kunnen zeggen of doen daar iets aan veranderd zou hebben.'

Roger keek haar woedend aan, door zijn opkomende tranen heen. 'U kon het me niet eens vertellen! U liet me hopen als een arme, blinde dwaas!'

Adriana walgde van zijn jammerklacht. 'Ik heb je nooit aan-leiding gegeven om te geloven dat het iets anders zou kunnen zijn, Roger. Ik had verplichtingen tegenover mijn familie... en anderen. Ik heb geprobeerd je vanavond te zeggen dat ik je niet meer kon ontmoeten omdat je jaloezie en je aspiraties het ons onmogelijk maakten zelfs als vrienden nog door te gaan. Maar je weigerde te luisteren, dus moet het nu op deze ma-nier...'

'Vanavond!' snauwde hij. 'Het was vriendelijker geweest als u me dat een jaar geleden had verteld voordat ik me voornam dat ik alles zou doen om u te krijgen! Waarom hebt u me laten geloven dat er enige hoop bestond?'

'Je vergeet wel heel gauw hoe vaak ik je dat duidelijk heb gemaakt. De eerste keer was toen je hier kwam zonder te zijn uitgenodigd. Daarna maakte je bij elke mogelijke gelegenheid misbruik van mijn gastvrijheid en van die van anderen, en volgde je me naar de huizen van mijn vrienden en overal elders. Als ik meteen in het begin geweigerd had je te zien, zou dit nu niet nodig zijn. Ik heb je nooit willen kwetsen, Roger. Ik had nooit verwacht dat je op iets meer zou hopen. Vriendschap is alles wat ik óóit bereid was je te bieden.'

'U wist dat ik meer van u wilde, en toch hebt u me nooit gewaarschuwd dat een ander bij u in aanmerking kwam als echtgenoot.'

Adriana's maag draaide om. Zijn huilerige gejammer was ongetwijfeld bedoeld om haar medelijden te wekken. Hij besefte gewoon niet dat het enige wat hij in haar opwekte een misselijk gevoel van weerzin was. 'Dat is niet waar, Roger, en dat weet je. Mijn vader is erbij om te bevestigen dat hij je de situatie heel zorgvuldig uit de doeken heeft gedaan toen je hem om mijn hand vroeg. Misschien was je dwaas genoeg om je te verbeelden dat er een wonder zou gebeuren en ik van mening zou veranderen, maar zelfs al was lord Randwulf niet teruggekomen, dan zou ik met een andere man zijn getrouwd uit mijn eigen kring. Het simpele feit, Roger, is dat je nooit iets meer bent geweest dan een oppervlakkige kennis, en een hardnekkige bovendien.'

Roger trok met een verontwaardigde ruk zijn jas recht. 'Nou, ik hoop dat u allemaal heel gelukkig zult worden. Waarschijnlijk zult u dat wel zijn, want alles ter wereld is u op een gouden presenteerblaadje aangeboden.'

'Als dat zo is,' antwoordde Colton, intens geïrriteerd door de blaam die vaak kwam van arme burgers die zich beklaagden over het klassenverschil maar niets deden om hun eigen omstandigheden te verbeteren, 'komt dat omdat onze voorvaderen bereid waren voor koning en vaderland te vechten en te sterven. Als dank voor hun trouw werden hun titels en land geschonken. Daarvóór hadden onze voorouders weinig of niets, maar ze waren bereid hun lichaam te offeren om eer en aanzien te bereiken. En dat is veel meer dan u bereid leek te doen voor uw land in onze recente confrontatie met de Fransen.'

Roger trok spottend zijn bovenlip op. 'Sommige mannen houden van doden; andere niet.'

Hij draaide zich op zijn hielen om, wierp daarbij een woedende blik op Gyles, en gooide de deur zó krachtig open dat die terugsloeg tegen het lijstwerk. Even snel zwaaide de deur weer achter hem dicht.

'Ik weet nu dat ik Roger de eerste keer dat hij kwam had moeten vertellen dat ik hem niet meer kon ontmoeten,' mompelde Adriana. 'Als ik dat had gedaan, zou hij vanavond niet hier zijn geweest.'

Colton kneep even in haar schouder. 'Kennelijk hoopte Roger op een wonder. Hij maakte op de dag van mijn terugkomst direct duidelijk dat hij op de hoogte was van het contract tussen ons.'

'Je hebt gelijk natuurlijk,' gaf Adriana toe. 'Toen jij thuiskwam, wist hij dat hij alle hoop kon laten varen. Zijn vijandigheid jegens jou was daar een bewijs van.'

'Blijkbaar heeft die knaap onze confrontatie niet serieus genomen,' antwoordde Colton.

Een diepe zucht ontsnapte Adriana, en ze keek naar haar vader. 'Vindt u niet dat we nu maar terug moeten naar de balzaal, papa? Mama zal zich afvragen waar we zijn.'

'Ja, ja, natuurlijk,' zei Gyles. 'Waarom gaan jullie niet vast? Ik kom direct. Ik wil graag iets sterkers dan wijn tot me nemen. Het is een vermoeiende dag geweest.'

Colton glimlachte. 'Met uw toestemming, milord, wil ik graag weer met uw dochter dansen.'

Grinnikend wuifde Gyles hen weg. 'Ga je gang, zolang ik maar hier kan blijven en op mijn gemak een glas cognac kan drinken.' Hij keek om zich heen. 'Zeg niets tegen mijn vrouw. Zij vindt cognac niet deftig genoeg, maar ik drink hem liever dan port.'

Colton gijnsde. 'Ja, milord, ik ook. We schijnen de smaak van mijn vader te delen.'

'Een man met een uitstekende smaak, mag ik wel zeggen,' antwoordde Gyles lachend. 'Hij zag mijn Adriana als een ruwe diamant. En kijk nu eens naar haar!'

'Ik heb de hele avond niet anders gedaan,' bekende Colton met een brede grijns, en begeleidde Adriana naar de deur.

Ze kwamen net uit de bibliotheek toen een kreet van schrik hun aandacht naar de vrouw trok die in de gang stond. Felicity's gezicht leek weinig goeds te voorspellen voor Adriana's reputatie.

Colton was niet geneigd een verklaring af te leggen van hun

onschuld, althans niet op dat moment. 'Zoekt u iemand, miss Felicity?'

'Meneer Elston leek vreselijk kwaad toen hij net langs me liep in de gang,' legde ze uit. 'Ik vroeg me alleen af wat hem zo van streek had gemaakt. Ik wist niet dat u beiden ook in de bibliotheek waren.'

Colton glimlachte even. 'Ik vrees dat Roger hoopte dat hij lady Adriana voor zichzelf kon krijgen, maar we hebben hem uitgelegd dat dat niet het geval zal zijn. Het stond hem niet erg aan.'

'Nee, ik veronderstel van niet... dat het niet naar zijn zin zal zijn, bedoel ik,' antwoordde Felicity met een flauw glimlachje. Ze hoorde voetstappen en keek naar de bibliotheek, juist toen de oude heer Sutton verscheen.

Gyles had het gesprek gehoord en besloot zich voor te stellen ter wille van zijn dochter. Glimlachend keek hij naar het paar en bromde: 'Ik dacht dat jullie gingen dansen.'

Colton maakte een korte buiging. 'Jawel, milord, dat was het plan... tenzij u van gedachten bent veranderd wat uw toestemming betreft.'

'Waarom zou ik?' informeerde Gyles. 'Tenzij je natuurlijk in je hart een losbol bent.'

'Misschien ben ik dat wel, milord,' erkende Colton grijnzend. 'Uw dochter zou weleens in gevaar kunnen verkeren.'

De oudere man streek peinzend over zijn kin. 'Dan kan ik je beter waarschuwen dat ik in dat geval je status van vrijgezel zou kunnen veranderen in die van bruidegom.'

Colton lachte, om de ander gerust te stellen. 'Ik heb gehoord dat u een goede schutter bent, milord, dus u kunt vertrouwen op mijn goede bedoelingen. Ik zal uw dochter met het grootste respect behandelen.'

'Goed zo!' Gyles grinnikte en wuifde hen weg. 'Ga nu maar voordat de musici besluiten weer een pauze in te lassen.'

Glimlachend keek Gyles naar het paar dat samen door de gang liep. Hij dacht aan de vreugde die hij in de toekomst kon beleven dankzij de verbintenis van zijn dochter met de knappe markies. *En wat een mooie kleinkinderen zullen ze ons geven!*

Hij schraapte zijn keel en keek naar het meisje dat het jonge paar nogal droevig nastaarde. 'Het is bekend dat er mensen verdwaald zijn in dit oude huis, miss Fairchild. De vele vleugels schijnen vreemden in de war te brengen. Zal ik u terugbrengen naar de balzaal?'

Ademloos en bijna paniekerig haastte Adriana zich naar de trap, blij dat alleen Colton in de gang stond om haar vlucht op te merken.

Toen ze op de overloop kwam, kon Adriana het niet nalaten een laatste blik op de knappe markies te werpen.

'Schiet op,' mimede hij.

Adriana antwoordde met een kort knikje en liep snel naar haar slaapkamer. Toen ze de ruime kamer binnenkwam, deed ze de zware deur achter zich dicht en leunde ertegen, opgelucht maar geschokt door wat ze meemaakte. Haar knieën leken te zwak om haar door de kamer te dragen. Maar oneindig veel verontrustender was het vreemde, aangename kloppen onder in haar buik, dat golven van verlangen omhoog deed gaan, tot aan haar tepels toe. En dat alles omdat een groep van twintig of meer matrones zich haastig en giechelend door de balzaal had gedrongen, terwijl tegelijkertijd de musici en de dansende paren zich aan de andere kant hadden verzameld en naar buiten wilden om wat frisse lucht te happen.

Bij het begin van die opstopping had Adriana zich afgevraagd wat die oude vrouwen van plan waren. Ze kon alleen maar veronderstellen dat ze een of ander spannend roddelverhaal hadden gehoord en dat gretig wilden verspreiden, zich verdringend in hun ijver om door de bijna ondoordringbare menigte heen te komen die bij de deuren stond. De twee mensenmassa's botsten bij de deuren van beide kanten tegen elkaar, de musici en de gasten aan de ene kant en de matrones aan de andere kant. Beide groepen deden hun best om door de deur te komen en klemden iedereen die het ongeluk had tussen beide massa's terecht te komen tussen hen in.

Adriana was beklemd geraakt in het gedrang en vocht wanhopig om niet platgedrukt te worden. Coltons lange, gespierde en staalharde lijf was ontzagwekkend, maar in paniek had ze haar uiterste best gedaan zich los te rukken, tot ze hem zachtjes hoorde vloeken. Bevend en aan de rand van tranen had ze geprobeerd zijn woede te sussen door zich te verontschuldigen en haar eigen angst te bekennen.

'Het spijt me, Colton, echt waar, maar ik schijn geen adem

te kunnen krijgen, en ik ben bang dat ik in paniek raak!'

Colton herinnerde zich een incident, dat een jaar of zo vóór zijn vertrek uit huis gebeurd was. Adriana was in Randwulf Manor om de nacht door te brengen met zijn zus. Samen hadden ze verstoppertje gespeeld, maar hoe ijverig Samantha ook had gezocht, ze had de schuilplaats van de vriendin niet kunnen vinden en ze was haar toen in een andere vleugel gaan zoeken. Toen Colton enkele ogenblikken later een angstig geschreeuw hoorde, was hij dat gevolgd naar de kamer aan het eind van de gang. Adriana zat gevangen in een kleine kast; de deur was achter haar in het slot gevallen, zodat ze er niet meer uit kon. Colton had haar bevrijd en werd bijna gewurgd in een knellende omhelzing door een bevende en huilende Adriana. Daarna had ze een claustrofobische angst om in kleine ruimten te worden opgesloten.

Ze was bijna buiten zichzelf geraakt toen er in de balzaal aan alle kanten tegen haar werd geduwd. Vol begrip voor haar angst, had hij zijn lippen in haar haren gedrukt en zacht fluisterend geprobeerd haar angst te sussen. 'Alsjeblieft, liefste, kalmeer. Ik ben niet kwaad op jou, maar op mijzelf omdat ik te veel aan andere dingen dacht. Vertrouw erop dat we hier gauw weer uit zijn en dan ben je vrij, maar in vredesnaam, Adriana, blijf rustig tot het zover is. Wat je doet, is míj een reden geven voor paniek... uit angst dat ik ons allebei in verlegenheid breng als we hieruit zijn. Als je niet weet waar ik het over heb, denk dan maar aan wat je zag in de badkamer.'

Om zijn woorden de nodige nadruk te geven, drukte hij zijn lendenen tegen haar aan. Ze sperde haar ogen open toen ze zijn opwinding voelde. Hij had zich niet geëxcuseerd voor het feit dat hij haar met opzet shockeerde, maar had haar slechts in de ogen gekeken toen het tot haar doordrong.

Toen het gedrang minder was geworden en ze konden wegglippen, had hij geweigerd haar te laten gaan, om geen geshockeerde starende blikken van de gasten uit te lokken. Niet wetend wat ze anders moest doen, was Adriana vlak voor hem blijven lopen om hem te beschermen tegen nieuwsgierige blikken. In de hal had ze gedacht veilig te zijn, tot een afgedwaalde matrone haastig hun pad kruiste, Adriana dwingend om plotseling te blijven staan, waardoor Colton tegen Adriana's rug botste. De scherpe kreet die haar ontsnapte evenaarde die van Colton. Als ze op een heet brandijzer terecht was gekomen, had ze haar heupen niet sneller naar voren kunnen brengen dan toen ze het harde mannelijke lid tegen haar billen voelde.

Adriana slaakte een zucht omdat ze niet in staat was haar gedachten óf haar lichaam tot rust te brengen. In haar kamer trok ze haar jurk uit, drapeerde die over een stoel en liep naar haar badkamer. Daar maakte ze een doek nat, wrong die uit en legde hem in haar nek. Nog nooit in haar leven had ze zo'n brandende hitte gevoeld als op het moment waarop Colton met opzet zijn heupen tegen haar aan duwde. Waarom ze niet verontwaardigd was geweest over zijn vrijpostigheid, was een raadsel. Aan de andere kant, zelfs in haar volwassen jaren had ze altijd het onverklaarbare gevoel gehad dat ze bij hem hoorde.

Adriana hoorde de deur van haar slaapkamer zachtjes open- en dichtgaan. Ze was er zeker van dat Maud kwam om haar assistentie te verlenen, en slaakte een zucht van opluchting. Maud kon als geen ander haar schouders masseren en haar ontspannen.

'Maud, je bent een lieverd dat je me komt redden op het moment dat ik je het hardst nodig heb,' kwinkeleerde ze. 'Als je zo vriendelijk wilt zijn mijn nek te masseren met geparfumeerd rozenwater, kan ik helemaal opgeknapt weer naar beneden gaan.'

Voetstappen werden gedempt door het tapijt van haar slaapkamer, maar door de vreemde schaduw die in het licht van de brandende lamp op de vloer van de badkamer werd geworpen, besefte ze dat er iets niet was zoals het hoorde. De schaduw duidde op een vrij klein hoofd met kortgeknipte lokken...

Een verraste kreet ontsnapte haar toen ze het verwrongen silhouet herkende. Haar chemise was een subtiele combinatie van kant en satijn, niet veel waard als harnas, en het nauwsluitende ondergoed maakte dat ze haastig een handdoek over haar boezem sloeg. Toen de indringer door de deur van de badkamer kwam, draaide ze zich met een ruk naar hem toe.

'Ga weg, Roger, voor ik ga gillen!'

Hij haalde achteloos zijn schouders op, zonder zich om haar bevel te bekommeren. 'Dat kan ik niet, Adriana. Ik heb je nodig... Ik móet je hebben. Geen andere vrouw is goed genoeg.'

'*Schurk die je bent!* Verdwijn, Roger. Nú! Anders zul je met mijn vader te maken krijgen. God sta me bij als je het waagt me aan te raken, zul je deze kamer niet levend verlaten.'

Hij kwam met doelbewuste tred naar haar toe. Zijn ogen keken onderzoekend naar de weelderige welvingen en de blanke huid die zichtbaar waren boven de handdoek. 'Je dreigementen zijn nutteloos, Adriana. Ik zál je hebben, zoals ik mezelf maanden geleden beloofd heb! Ik zal allang weg zijn voordat je vader hier is, maar als je denkt dat ik bang voor hem ben, dan spijt het me dat ik je moet teleurstellen. Uiteindelijk is hij een oude man.'

Adriana deed haar mond open om te schreeuwen, maar Roger sprong onmiddellijk naar voren en legde zijn hand op haar mond. Zijn reactie maakte haar nog woedender. Ze was razend, vastberaden en sterk. Ze zwoer dat ze die idioot een gevecht zou laten meemaken dat hem lang zou heugen. Dan zou hij zien wat haar vader met hem zou doen.

Adriana balde haar kleine vuist, hief hem op en sloeg uit alle macht tegen Rogers benige kin, zodat zijn tanden op elkaar klapperden. Hij sloeg met zijn achterhoofd tegen de muur. Het volgende moment ging haar knie omhoog en trof hem hard in zijn lies, een interessante uitval die ze geleerd had in haar eerste ontmoeting met Colton, die bijna kokhalsde toen hij dubbelsloeg van de pijn. Maar ondanks zijn pijn stak Roger zijn hand uit, greep haar arm en duwde haar met zó'n brute kracht tegen de muur dat het haar duizelde.

Op korte afstand in de gang bleef Maud enigszins verbijsterd staan om te luisteren naar het doffe gebons dat ze hoorde. Een paar minuten geleden hadden behoedzame voetstappen zich in de richting van de slaapkamer van haar meesteres begeven. Nu leek het of een schuifelend geluid uit de kamer kwam.

Hoofdschuddend zette Maud dat idee van zich af. In zo'n oud huis wist je nooit zeker of de geluiden die je hoorde van menselijke oorsprong waren.

Toch was haar nieuwsgierigheid gewekt. Er waren veel gasten in het huis, en het was altijd mogelijk dat enkelen van hen verdwaald waren. Het was de plicht van het personeel om hen naar de juiste plaats te brengen. Voorzichtig liep ze door de gang.

'Mylady, bent u dat?' riep ze, en begon zich ongerust te maken toen ze geen antwoord kreeg. Ze liep haastig de gang door en gaf de schuld van de steelse geluiden aan een nieuw dienstmeisje.

'Clarice, waar ben je? Ik weet dat je niets goeds in de zin hebt. Kom maar gauw, anders zal ik het miss Reeves vertellen.'

'Riep u mij?' informeerde een stem aan de andere kant van de gang.

Maud draaide zich verrast om. 'Waar ben je mee bezig, meisje?'

'Lady Melora zei dat ik Becky moest helpen haar laatste spullen in te pakken.'

'Ben je daar al die tijd geweest? Met Becky?' vroeg Maud.

'Ja,' antwoordde het meisje.

Maud fronste verbaasd haar wenkbrauwen. Ze draaide zich half om en tuurde door de gang naar de plek waar ze eerder de heimelijke voetstappen had gehoord.

'Is daar iemand?' riep ze. Toen er geen antwoord kwam, besloot ze dat ze versterking nodig had van haar jonge meesteres. Eén ding was zeker, ze ging níet alleen op onderzoek uit.

Ze liep naar de trap en zei tegen de twee andere bedienden: 'Ik ga naar beneden om lady Adriana te halen. Als jullie haar hier boven zien, zeg dan dat ik naar haar op zoek ben.'

Colton draaide zich om bij de ingang van de balzaal, een beetje verbaasd over de zware voetstappen op de trap. Een van de vrouwelijke bedienden van middelbare leeftijd kwam in zicht. Het leek eeuwen geleden sinds Adriana naar boven was gegaan, en hij begon zich zorgen over haar te maken. 'Weet je ook of lady Adriana gauw beneden komt?'

Maud was kennelijk van haar stuk gebracht door zijn vraag. 'Ik dacht dat mylady hier beneden in de balzaal was.'

'Ze is een paar ogenblikken geleden naar haar slaapkamer gegaan om zich wat op te frissen.'

'Ik vraag me af...' mompelde Maud, die verbaasd haar hoofd schuin hield.

'Denk je dat alles in orde is met haar...?' vroeg Colton bezorgd, beseffend dat hij Roger het huis niet had zien verlaten. Denkend aan diens neiging tot gewelddadige intimidatie, achtte Colton de man heel goed in staat Adriana met geweld te nemen, nu hij wist dat hij haar op een andere manier niet kon krijgen.

'Ik zal zelf gaan zien waar mylady is,' verklaarde Maud.

'Ik ga mee,' zei Colton, en rende de trap op. 'Ze kan in gevaar verkeren als Roger nog in huis is.'

'Roger? Waarom zou –?'

'Geen tijd om het nu uit te leggen.' Colton nam een sprong langs de vrouw heen, en keek links en rechts de gang in terwijl hij haar ondervroeg. 'Welke kant op?'

Buiten adem door de klim wees de omvangrijke Maud in de juiste richting. 'Linksaf, en dan twee deuren verder aan de rechterkant van de gang,' riep ze hem na. 'Misschien is mijn meesteres niet gekleed.'

'Ik zal me verontschuldigen zodra ik weet dat ze veilig is,' riep Colton terug. Het enige waaraan hij kon denken, was Roger en zijn verlangen Adriana voor zichzelf te hebben.

Colton greep de knop van Adriana's kamerdeur vast, maar toen hij merkte dat de deur op slot was, legde hij zijn oor tegen het hout om te kunnen horen wat er binnen gebeurde. De geluiden die uit de kamer kwamen klonken gedempt, maar het klonk alsof iemand onder een zware last lag te worstelen. Hij pakte de knop nadrukkelijker vast en riep door de deur heen: 'Adriana, is alles in orde?'

Bijna onmiddellijk daarop klonk er een gesmoorde kreet, die zijn haren overeind deed staan en hem onmiddellijk in beweging bracht. Hij deed een stap achteruit, tilde zijn linkerbeen op en trapte dicht bij de knop met zoveel kracht tegen de deur dat die openvloog toen het hout bezweek.

Met een woedende grauw liet Roger zich van Adriana af rollen en sprong overeind. Hij was er niet in geslaagd Adriana voldoende in bedwang te houden om te doen wat hij wilde. Zijn gezicht deed pijn van de diepe krabben, toen ze wild haar nagels over zijn gezicht had gehaald. Zijn lippen waren kapot en gezwollen door de klap die hij had opgelopen toen ze met een scherpe elleboog in zijn mond had gepord. En het was er niet beter op geworden toen ze veranderd was in een tierende en razende helleveeg, die begon te bijten in alle kwetsbare delen die binnen haar bereik kwamen. Hij was zelfs een beetje in paniek geraakt toen hij probeerde zijn oren, keel en zelfs zijn neus tegen die gevaarlijke klauwen te beschermen.

Hij had ervan afgezien haar met zijn vuist in het gezicht te slaan toen hij probeerde zich te verweren. Hij had gewild dat ze volledig bij kennis zou zijn als hij haar nam, zodat ze goed zou weten dat hij haar als eerste had gehad, vóór een van haar aristocratische vriendjes. En vooral hunkerde hij ernaar dat de markies zich daarvan bewust zou zijn. Heel misschien zou hij dan besluiten niet met haar te trouwen. Ondanks haar dappere verzet was hij erin geslaagd zijn broek omlaag te krijgen, en hij was bezig zijn ondergoed los te knopen toen de deur plotseling openzwaaide en zijn tegenstander naar binnen stormde. In paniek had hij zich haastig van het bed laten rollen.

Roger kwam struikelend overeind en wilde vluchten, maar zijn afgezakte broek nam wraak en hield zijn enkels stevig bij elkaar. Hij viel languit tegen de hoek van een zware kleerkast, en het bloed druppelde uit zijn voorhoofd. Duisternis daalde op hem neer en versmalde zijn wereld, tot er niets overbleef dan een zwarte leegte en hij bewusteloos in elkaar zakte.

'Gaat het goed met je?' vroeg Colton, die ijlings naar Adriana liep, terwijl ze op haar knieën overeind krabbelde. Er was zó weinig overgebleven van haar ondergoed, dat ze vrijwel naakt was. Het kanten kamizool was aan flarden gescheurd en slechts enkele resten hingen nog om haar middel. Van haar onderbroek viel een dunne strook over haar heup. Alles wat er was overgebleven van haar kousen lag op de verfomfaaide sprei waarop de worsteling zich had afgespeeld.

Ze was zó geschokt, zó versuft en zó druk bezig te trachten haar naaktheid te bedekken met de flarden van haar kleren, dat Colton haar armen moest beetpakken om haar tot bezinning te brengen. 'Adriana, gaat het goed met je?'

Ze knikte, terwijl de tranen in haar ogen welden. Ze kon haar krampachtige rillingen niet bedwingen. Roger was erin geslaagd haar een hevige angst aan te jagen, maar desondanks was ze dankbaar dat ze er zonder kleerscheuren af was gekomen, op het trauma, een paar blauwe plekken en wat schaafwonden na. Haar handen deden nog pijn van haar uitvallen tegen hem. Als het hem gelukt was haar fysiek in bedwang te houden en de klappen te vermijden die ze hem uitdeelde terwijl hij probeerde zijn ondergoed los te maken, zou ze hoogstwaarschijnlijk zijn slachtoffer zijn geworden voordat Colton had aangeklopt. Het was een ware touwtrekkerij geworden om het bezit van haar ondergoed; Roger probeerde haar onderbroek omlaag te trekken terwijl zij die wanhopig probeerde op zijn plaats te houden. Van haar ondergoed restte niets meer dan een hoopje flarden, onvoldoende om haar naaktheid voor de markies te verbergen.

Coltons woede steeg toen hij de sporen zag van Rogers begerige vingers, want rode strepen ontsierden haar borsten, buik en dijen.

Adriana's handen beefden onbedwingbaar en de tranen stroomden over haar wangen, een bewijs van haar schaamte en angst. Verlegen hield ze een arm voor haar borsten terwijl ze zo goed en zo kwaad als het ging onder de gegeven omstandigheden met haar vrije hand probeerde haar schaamstreek te bedekken.

'Het lijkt me dat je dit goed kunt gebruiken,' mompelde Colton meelevend, trok zijn jas uit en drapeerde die om haar schouders. Hij reikte bijna tot haar knieën en was zó wijd, dat ze leek op een klein meisje in de jas van haar vader.

'Bedankt dat je me bent komen redden,' zei ze schor en hief haar ogen naar hem op. De tranen verhinderden haar hem goed te zien, en ze zag zijn gezicht in een waas. 'Zonder jou zou ik...' Ze kon de woorden niet over haar lippen krijgen. 'Maar hoe wist je dat Roger hier zou zijn?'

'Een simpele deductie dat hem geen andere mogelijkheid bleef om jou te krijgen,' mompelde Colton. 'Hij moest je met geweld nemen, anders kreeg hij je niet. Blijkbaar besloot hij te profiteren van het bal van vanavond en het feit dat je ouders beneden zijn met hun vrienden.'

Hij zag de tranen die over haar wangen rolden en wees naar zijn jas. 'Mijn zakdoek... wil je die pakken?'

Versuft klopte Adriana met haar handen over de jas, op zoek naar verborgen zakken, maar zonder succes. Ze fronste verward haar wenkbrauwen tot hij de revers vastgreep en naar buiten trok, zodat hij zijn hand in de binnenzak van zijn jas kon steken zonder haar aan te raken. Het was niet Coltons bedoeling haar nog meer van streek te brengen dan ze al was, maar toen hij de zakdoek eruit haalde, streek hij met zijn hand langs een zachte tepel. Adriana hield scherp haar adem in.

'Het spijt me, Adriana. Ik wilde niet...' De woorden bleven in zijn keel steken toen een krampachtige huivering haar beving. Hij was bang dat ze flauw zou vallen na haar recente trauma. Toen sloeg ze haar donkere ogen op en keek ze hem bijna smekend aan. Hij had nog nooit zo'n intense warmte gekend die zijn hele wezen leek te vullen met een gevoel van... Was het liefde? Medelijden misschien? Of domweg begeerte? Welke naam er ook aan gegeven kon worden, het leek of een onstoffelijke geest hem naar haar toe trok.

'De hemel sta me bij!' hijgde Maud toen ze de kamer binnenstrompelde. Colton kwam abrupt tot bezinning en keerde op zijn schreden terug. De dienstbode liep haastig naar haar meesteres en keek geschrokken naar de verwarde haren, de blauwe plekken en de rode schaafwonden rond haar mond, en de blote knieën die nauwelijks zichtbaar waren onder de veel te grote jas. 'Wat is hier gebeurd?'

Ze bleef pardoes met open mond staan toen ze Roger zag, die bewusteloos op de grond naast de kleerkast lag. Toen het tot haar begon door te dringen, sperde ze haar ogen vol afschuw open. 'Genadige God, wat heeft die smerige rat met u gedaan?'

Adriana schudde haar hoofd. 'Er is me niets ergs overkomen, Maud,' bracht ze er met verstikte stem uit. 'Maar alleen omdat lord Randwulf op tijd kwam om me te redden. Dankzij hem heb ik alleen een paar blauwe plekken en schaafwonden aan Rogers aanval overgehouden.'

Ze stak haar hand uit naar de zakdoek die Colton nog steeds vasthield en keek door een waas van tranen naar zijn gezicht terwijl ze de zakdoek uit zijn hand pakte. Hij staarde haar nog steeds aan en probeerde zijn gedachten te ordenen. Wat voor waanzin had bezit van hem genomen? vroeg hij zich af. Zelfs nu nog had hij het gevoel alsof hij verdronk in die donkere poelen van haar ogen.

'Lord Randwulf dacht dat u gevaar kon lopen, mylady, met Roger nog in huis,' legde Maud snel uit. 'Hij wilde niet wachten tot ik was gaan kijken en holde naar boven om zeker te weten dat u niets was overkomen.'

'Ik ben heel dankbaar dat hij niet heeft gewacht, Maud,' antwoordde Adriana beverig. Ze probeerde een reden te vinden voor Coltons klaarblijkelijke verwarring. 'Zonder lord Randwulf was Roger waarschijnlijk geslaagd in zijn poging tot aanranding.'

'Dan ben ik erg blij dat his lordship u te hulp is gekomen, mylady, want niemand anders had u op tijd kunnen bereiken.'

Ze liep met een aarzelende vraag naar het bed. 'Zal ik een ochtendjas voor u halen, mylady?'

'Papa moet onmiddellijk weten wat hier is gebeurd, en jij zult hem het nieuws moeten gaan vertellen.'

Adriana wist hoe razend haar vader zou zijn en keek even naar de bewusteloze Roger. Ze had niet verwacht dat er zo'n hevige golf van walging door haar heen zou gaan dat ze weer op de grond moest knielen.

'Alsjeblíeft, haal die man hier weg,' vroeg ze fluisterend. Ze wendde haar gezicht af, alsof hij te monsterachtig was om naar te kijken.

Roger voldeed aan haar verzoek en liep naar Roger toe. 'Maud, als je me een plaats kunt laten zien waar dit onwelkome stuk bagage goed kan worden opgeborgen tot lord Standish hem onder handen kan nemen, zal ik die kwestie onmiddellijk afhandelen.'

'Ik denk dat die geslepen schoft het best een tijdje in de linnenkast kan doorbrengen,' verkondigde Maud, met een gebaar naar de aangrenzende kamer. 'Die is nauwelijks groot genoeg dat een mens erin kan ademhalen, laat staan een spier verroeren.'

'Klinkt als precies de juiste plek voor Elston,' zei Colton spottend.

Ze vertrok minachtend haar mond terwijl ze naar Roger keek en haar mening ten beste gaf. 'Voor een armoedzaaier van een klerk heeft hij het wél hoog in zijn hoofd. En stom is-ie ook, zich met geweld opdringen aan mijn meesteres en te denken dat haar pa daar allemaal wel overheen zou stappen. Die kerel weet het nog niet, maar het is zijn geluk dat u er eerder was dan lord Standish, anders zou u een lijk naar buiten moeten dragen.'

Colton hurkte neer naast de bewusteloze man en rolde hem om. Hij zag de grote, gezwollen wond die zijn voorhoofd ontsierde. Er droop nog steeds bloed uit de diepe, openliggende snee, die van de haargrens tot een wenkbrauw liep. Een grote bloedplas lag op het oosterse tapijt, en Maud mopperde terwijl ze een natte doek haalde om de vlek schoon te maken en een droge doek rond Rogers hoofd te binden. Terwijl Maud bezig was de vlek op het tapijt te verwijderen, gooide Colton Roger over zijn schouder en droeg hem naar de badkamer. De linnenkast bood nog minder ruimte dan een doodkist, en Colton grijnsde toen hij Roger in de nauwe ruimte propte. Op dat moment kon hij niemand bedenken die het meer verdiende om kennis te maken met de afschuwelijke angst om opgesloten te zitten in een kleine, donkere ruimte dan Roger.

Toen Maud klaar was met het kleed, kondigde ze aan dat ze lord Gyles op de hoogte ging brengen van de overval op zijn dochter. 'Hij zal het niet vriendelijk opnemen als hij hoort wat hier gebeurd is, mylady. Ik kan hem in gedachten al horen bulderen.'

'Misschien zou het verstandig zijn als je hem eerst vertelde dat er mij echt iets ernstigs is overkomen,' waarschuwde Adriana. 'Hij zal minder geneigd zijn een aanval van razernij te krijgen en een scène te maken waar de gasten bij zijn als hij weet dat alles in orde is met me. Maar wát je ook doet, zeg niets tegen mama, anders komt ze in een halve flauwte naar boven gehold. Zeg voorlopig alleen maar dat ik me niet goed voel en niet beneden kom om afscheid te nemen van de gasten. Begrijp je?'

'O, ja, mylady.'

Toen Colton terugkwam in de kamer, was Maud al weg. Adriana zat op de rand van haar bed met de zakdoek tegen haar mond gedrukt terwijl ze wanhopig haar gesnik probeerde te bedwingen. Vol medelijden legde Colton een hand op haar schouder. 'Denk je dat het goed met je zal gaan?'

Adriana veegde haastig haar tranen weg. 'Ja, zodra de schok van Rogers aanranding wat gezakt is. Ik moet bekennen dat ik nog nooit in mijn leven zó bang ben geweest als toen hij me aanrandde, en ik moest vechten om te proberen me van hem af te houden.'

'Ik heb tegen Maud gezegd dat ze je vader door Charles naar de bibliotheek moest laten brengen voor ze het hem vertelde. Als hij dan als een leeuw gaat brullen, kunnen de gasten hem tenminste niet horen.'

Verlegen stond Adriana op. 'Dat was heel verstandig natuurlijk. Mijn vader kan ontzettend driftig zijn, al ontkent hij dat nog zo hardnekkig.'

'Ik kan maar beter weggaan zodat je wat kleren kunt aantrekken voor hij komt,' mompelde Colton gesmoord. Hoezeer hij ook walgde van Rogers agressie, hij kende de wellust die

een man kon voelen in de nabijheid van een perfect vrouwenli-
chaam. Wat hij zag, was meer dan hij kon verdragen zonder te
lijden onder de kloppende pijn van opgekropte begeerte. 'Je
vader zou het niet op prijs stellen als ik naar je zou lonken nadat je bijna verkracht bent.'

Toen ze hem aanstaarde, pakte Colton beide revers van zijn
jas vast. Een moment worstelde hij met een overweldigend
verlangen haar te kussen. Al hunkerde hij ernaar haar zachte,
aanvoelende borst te liefkozen en zijn hand tussen haar dijen
te leggen en haar te doen kreunen van verlangen, hij wist dat
het schandelijk en laaghartig zou zijn, en vrijwel onmogelijk
nu haar vader zich in allerijl naar boven zou begeven. Maar ze
leek hem zo te vertrouwen, zo gewillig...

Het was misschien wel het moeilijkste wat hij ooit had gedaan, maar met een diepe zucht trok Colton de revers van de
jas bijeen. Gegeneerd mompelde Adriana een verontschuldiging en deed een verlate poging zich te fatsoeneren, alsof ze
het zichzelf kwalijk nam dat ze dat niet eerder had gedaan.
Haar droeve zucht maakte dat hij zich afvroeg of ze werkelijk
dacht dat hij haar niet begeerde. Als ze eens wist hoezeer hij
had moeten vechten om de passie te onderdrukken die hij geprobeerd had te bedwingen. Hij kon aan bijna niets anders
denken dan haar in zijn armen te nemen en bij haar binnen te
komen.

'M'n liefste Adriana, heb je enig idee hoe je me vanavond in
verleiding hebt gebracht?' vroeg hij fluisterend, terwijl hij zijn
arm om haar schouders legde en zijn gezicht in haar zoetgeu-
rende haar drukte. 'Ik wil je aanraken, je liefhebben en je laten
reageren met alle passie waartoe je in staat bent. Maar je hebt
vanavond een afschuwelijke schok gehad en het zal tijd kosten
voor je kunt vergeten wat Roger heeft geprobeerd je aan te
doen. Wat onze beslissing na deze drie maanden ook zal zijn,
wees er alsjeblieft van overtuigd dat ik om je geef.'

Ze hief haar gezicht naar hem op. Plotseling sloeg hij zijn
armen om haar heen en drukte zijn lippen met een vurige passie op de hare, terwijl zijn tong diep in haar mond drong. Zijn
hand ging onder haar jas en streek over een naakte bil. Het
was een intense verrukking. Colton wist dat het niet door kon
gaan, niet nu haar ouders elk moment binnen konden komen
en haar bijna naakt in zijn armen zouden vinden.

'Ik moet gaan voordat je vader ons vindt en mij bij vergissing voor de schuldige aanziet,' fluisterde hij hees. Maar zelfs toen leek hij niet in staat haar los te laten. Hij kuste haar weer met alle passie die hij had weten te beteugelen. Hij voelde een krampachtige rilling door haar heen gaan, van angst of van verlangen, dat kon hij niet zeggen, maar iets van zijn gezonde verstand keerde terug bij de gedachte dat ze misschien bang was.

'Ik mag dit niet doen na wat je net hebt doorgemaakt,' fluisterde hij schor. Zijn ogen liefkoosden hongerig haar gezicht. 'Ik moet weg...'

Hij duwde haar bijna abrupt van zich af en liep naar de deur. Hij voelde reeds de pijn van een onbevredigde hartstocht. Op de een of andere manier moest hij zorgen dat de wellust die aan hem knaagde, bekoelde. Hij moest proberen te vergeten hoe zacht en verleidelijk ze had gevoeld in zijn armen.

Adriana hijgde. 'Colton, je jas...'

Hij draaide zich bijtijds om en kon het kledingstuk in de lucht opvangen. De laatste glimp die hij opving van een Venus die slechts in een paar flarden stof was gehuld, maakte een indruk op hem die hem nog wekenlang genadeloos zou achtervolgen.

13

Colton Wyndham zuchtte nadenkend toen hij naar de grote ramen liep die uitzicht boden op het gedeeltelijk met bomen begroeide landschap. Net als in de afgelopen weken had hij weer visioenen van Adriana in elegante kleding of in wanorde, lachend huilend, slapend of wakker. Als een plagerige elf zweefde ze in en uit zijn gedachten en hinderde zijn concentratie, met welke belangrijke of onbelangrijke taak hij zich ook bezig hield. Hoewel hij vroeger had gedacht dat hij immuun was voor subtiele trucjes van vrouwen, begon hij nu te vermoeden dat hij zich nooit van Adriana zou kunnen bevrijden. Maar zijn dromen waren ontmoedigend voor zijn mannelijke trots, want daarin leek hij meer haar slaaf dan haar veroveraar.

Een maand geleden was hij naar Londen gereisd om een paar kwesties aangaande het markizaat af te handelen. Hij had zich voorgenomen daar bij Pandora bevrediging te zoeken van zijn passie, en zo de jongere vrouw uit zijn hoofd te zetten. Hoe dwaas van hem om te denken dat hij de donkerharige schoonheid zo gemakkelijk zou kunnen vergeten! Hij was dermate in beslag genomen door Adriana en het dilemma waarin hij verstrikt zat, dat hij niet eens genoeg enthousiasme kon opbrengen om Pandora te bezoeken, laat staan dat de actrice zijn passie ook maar enigszins zou kunnen wekken.

Colton kreunde inwendig. Hij was de tel kwijt hoeveel maanden er voorbij waren gegaan zonder dat hij met een vrouw naar bed was geweest, zeker het grootste deel van het jaar. Als hij niet binnen redelijke tijd verlichting vond voor zijn mannelijke behoeften, zou hij nog een verdomde eunuch worden!

Wat had zijn vader hem aangedaan?

Hij schrok op, verrast dat hij zo gemakkelijk de schuld op een ander kon schuiven. Het was niet de schuld van zijn vader, hij had het aan zichzelf te wijten. Hij had het voorstel van zijn vader kunnen afwijzen, de Suttons hebben betaald als boetedoening voor zijn belediging en het recht hebben opgeëist zelf zijn vrouw te kiezen. En toch was hij er afkerig van geweest de gelegenheid aan te grijpen om de sterke aantrekkingskracht die Adriana op hem uitoefende, op de proef te stellen. Ze had haar lieflijke klauwen in hem vastgehaakt en hem vrijwel immuun gemaakt voor andere vrouwen.

Door te zorgen voor een escorte in de vorm van Samantha en Percy, had hij gedacht de periode van drie maanden door te komen zonder haar overdreven het hof te hoeven maken. Op een dergelijke manier te worden gechaperonneerd, belette in elk geval dat hij zich te veel liet meeslepen en Adriana's onschuld te compromitteren. Helaas raakte hij er ook enorm door gefrustreerd. Vaker dan hij zich wilde herinneren, had hij het verlangen moeten onderdrukken een afgezonderd plekje te vinden waar hij haar naar hartenlust kon liefkozen en kussen, tot ze zijn vurige liefdesbetuigingen niet langer kon weerstaan en zich aan hem gaf. In elk prieel of zomerhuisje zou hij haar rokken omhoog hebben geschoven en zijn gang zijn gegaan.

Waar bleef zijn standvastige verzet tegen het bevel van zijn vader?

Hij had nog maar één maand om haar het hof te maken, en hij wist niet eens of hij zijn handen lang genoeg van haar af zou kunnen houden om plannen te maken voor een grootse bruiloft. Hoe meer ze samen waren, hoe meer hij voorzag dat ze met een dikke buik voor een predikant zou staan.

Wat Adriana in de laatste paar weken met zijn zelfbeheersing had gedaan, was gewoon misdadig. Bijvoorbeeld: toen hij zich laatst stond te scheren, had hij bijna zijn keel doorgesneden – hoewel per ongeluk – toen plotseling de gedachte bij hem opkwam: *naar de verdommenis met die hofmakerij! Schiet op met dat huwelijk en duik met haar het bed in!*

Had hij zijn verstand verloren? Hij had nog nooit een vrouw ontmoet die hij niet gemakkelijk had kunnen vergeten... tot hij naar huis was teruggegaan en ontdekte dat het meisje dat hij jaren geleden had afgewezen een verblindende schoonheid was geworden. Na vóór zijn vertrek zo heftig in opstand te zijn gekomen tegen de keus van zijn vader, was het niet bepaald bevorderlijk voor zijn trots dat Adriana snel zíjn keus begon te worden.

Hij was gefrustreerd. Dat stond als een paal boven water. Niemand, vooral Adriana zelf niet, had enig idee hoe hij zich moest beheersen om niet met haar weg te lopen.

Dát zou opzien baren!

Dus wat moest hij doen? Doorgaan alsof zijn vitale delen hem niet heimelijk deden kermen van de pijn? Het leek of zijn vroeger zo ijzeren zelfbeheersing hem de laatste tijd danig in de steek begon te laten. Hij wist zeker dat als hij maar scherp genoeg luisterde, hij in de verte de huwelijksklokken zou horen luiden. En dat alles door een mooie, charmante, dappere jonge vrouw, van wie hij intens veel begon te houden.

'Lord Randwulf en de Burkes, mylady,' kondigde de butler hun komst aan, nadat Maud hem binnen had gelaten in Adriana's slaapkamer. 'Ze wachten op u in de vestibule. Zal ik hen naar de zitkamer brengen?'

'Niet nodig, Charles. Zeg alsjeblieft dat ik direct beneden kom. Nog één ogenblikje. Wil je zo vriendelijk zijn mijn sjaal mee naar beneden te nemen, Charles?'

'Ja, mylady.' De butler glimlachte. Van de drie zussen Sutton wist alleen lady Adriana een verzoek zo vriendelijk in te kleden.

Toen hij wegging en Maud bedrijvig was in de kamer, stond Adriana op van haar toilettafel en pakte het kerstcadeau dat ze voor Samuel Gladstone had gemaakt. Ze hoopte dat de met wol gevoerde muts niet alleen zou dienen om zijn hoofd warm te houden in de koude nachten, maar ook om ziekten af te weren die zijn moedige geest en verouderende lichaam konden verzwakken. Hij was zó geliefd in het stadje dat hij erg gemist zou worden als hij zou komen te overlijden.

Pas toen Maud omkeek, besefte Adriana dat ze weer een diepe zucht had geslaakt. ze scheen dat de laatste tijd te vaak te hebben gedaan.

'Is alles in orde met u, mylady?' informeerde Maud bezorgd.

'Natuurlijk, Maud,' antwoordde ze. Al had Colton haar in

de afgelopen twee maanden nog zo vaak vergezeld, het was altijd in gezelschap van anderen. Het leek een handige manier te zijn om het bewijs te leveren dat hij niets onwelvoeglijks had gedaan in de periode van drie maanden. Aan het eind ervan verwachtte ze niet anders dan dat hij zou aankondigen dat hij volledig voldaan had aan het verdrag van zijn vader en haar ouders en besloten had dat hij zijn vrijheid verkoos boven een huwelijk met haar. De Burkes konden getuigen van zijn fatsoenlijke gedrag en zo zou hij er gemakkelijk aan kunnen ontsnappen. Dat sombere vooruitzicht deprimeerde haar misschien meer dan iets anders. Wat kon ze anders geloven dan dat Colton Wyndham voorgoed van haar verlost wilde zijn?

Zo is het genoeg! berispte Adriana zichzelf. Als Colton haar uit zijn leven bande, zou ze beter af zijn zonder hem, want ze wilde niet trouwen met een man die haar niet wenste. Eroverheen komen zou weleens een vreselijke kwelling kunnen zijn, maar uiteindelijk zou het haar wel lukken. Ze had zijn eerste afwijzing overleefd, en de tweede zou ze ook overleven. Toch had ze nooit geweten dat haar hart zó naar een man kon uitgaan totdat Colton teruggekomen was in haar leven. Hun hofmakerij had haar momenten van pijnlijke verwarring bezorgd, maar ook even vaak momenten die haar hart verblijdden. Alleen al het in zijn gezelschap zijn maakte haar duidelijk hoeveel genot er kon zijn in een relatie tussen een man en een vrouw.

Coltons hoffelijkheid was van begin af aan duidelijk geweest. De zondag na het herfstbal was hij 's middags op Wakefield Manor aangekomen om formeel aan te vangen met haar het hof te maken. Hij had haar een groot boeket bloemen aangeboden, met een enigszins schaapachtige bekentenis dat een bediende ze had geplukt in de oranjerie, weliswaar met Philana's toestemming. Die onverwachte onbeholpenheid in zo'n krachtige, zelfbewuste man had haar ontroerd op een manier die ze niet voor mogelijk had gehouden.

Hij had haar uitgenodigd een wandeling met hem te maken in de tuin, die eind oktober beslist niet op zijn best was. De hoge heggen rond het park van Wakefield boden voldoende privacy, en haar spanning was verdwenen toen ze in gesprek met hem was geraakt. Tot op dat moment had Adriana niet beseft wat een gecompliceerd mens Colton was geworden. Hij had openhartig verteld over zijn ervaringen in het leger, en wist op subtiele wijze te getuigen van zijn onafhankelijke karakter. Tijdens zijn militaire carrière had hij diverse onverwachte confrontaties met de vijand gehad, die hem dwongen tot improvisatie en beslissingen die indruisten tegen de bevelen die hem waren gegeven, om zijn manschappen te beschermen en niet nodeloos te laten sneuvelen. Wie zijn verhalen had gehoord, kon niet twijfelen aan zijn onafhankelijkheid. Ze voelde zich vereerd dat hij dingen over zichzelf had verteld die hij zelfs voor zijn eigen familie had verzwegen. Veel daarvan had te maken gehad met de breuk die was ontstaan door zijn vertrek en met de moeilijkheid om de afschuwelijke leegte te verwerken die het gevolg was van zijn verlies en de scheiding van zijn familie. Maar toen hij naar Afrika was gestuurd, had hij het te druk gehad om veel aan thuis te denken en aan wat hij had achtergelaten, en zijn berouw was uit zijn bewuste gedachten verdwenen.

Toen hij talloze humoristische incidenten had verteld die tijdens zijn carrière als officier waren voorgevallen, had Adriana hartelijk moeten lachen. Hij was ontspannen en onweerstaanbaar. En ze had hem nog meer bewonderd om het feit dat hij in staat was om zichzelf te lachen en openlijk grapjes te maken over zijn eigenaardigheden. Wat hij vertelde leek haar eerder charmant dan irritant. Kortom, ze vond hem een opmerkelijke man, het soort man met wie ze zou willen trouwen als ze de kans had gekregen zelf een keus te maken.

Colton was uitgenodigd om die avond te blijven eten en zat tegenover Adriana aan tafel, waar hij haar gedurende het grootste deel van de maaltijd indringend zat op te nemen. Veel later op de avond, toen hij op het punt stond weg te gaan, stonden ze buiten bij de deur van Wakefield Manor, gaven elkaar een hand en bleven die vasthouden terwijl over familie en andere dingen praatten. Na de capuchon van haar cape strak om haar hoofd te hebben getrokken, had hij haar gekust op een manier die haar hart wild deed kloppen. Hun lippen drukten zich op elkaar en hun tongen leken te gaan meespelen toen zijn tong tantaliserend over haar mond likte en even naar binnen glipte. Maar toen had hij haar abrupt van zich af geduwd en snel afscheid genomen. Ze was glimlachend met heimelijk genot naar binnen gegaan en naar haar slaapkamer.

Sinds dat eerste bezoek voelden haar ouders zich aangemoedigd door Coltons blijkbare verlangen haar verder het hof te maken en maakten ze vaak opmerkingen over zijn hoffelijke, onberispelijke manieren. Adriana durfde hen niet te vertellen dat als het hem uitkwam, Colton Wyndham ook een losbol en soms een beetje een roué kon zijn.

Gepast gechaperonneerd door de Burkes hadden ze verscheidene dagen van de volgende week in Bath doorgebracht, waar ze hadden gewinkeld en toneelvoorstellingen, muzikale evenementen en gezellige bijeenkomsten bezocht. Tegen het eind van dat tijdsverloop was bijna iedereen in Engeland ervan op de hoogte dat ze *een paar* vormden.

Wat Roger betrof, haar vader had hem bijna vermoord op de avond van zijn overval op Adriana. Toen de jongeman eindelijk bij bewustzijn kwam, lang nadat de gasten waren vertrokken, had lord Standish een op scherp staand pistool tegen het puntje van Rogers neus geduwd terwijl hij uiting gaf aan zijn verontwaardiging. Dat vertoon van vaderlijke woede had Roger doen jammeren van angst en onder een vloed van tranen had hij gesmeekt om zijn leven. Alleen dankzij de wijze woorden van haar moeder, dat hem doden alleen de nieuwsgierigheid van de roddelaars zou wekken, had Gyles ervan af doen zien. Niettemin had haar vader Roger gewaarschuwd dat als hij ooit nog eens dicht in haar buurt zou komen als ze alleen was, hij reden zou hebben dat te betreuren. Voorlopig echter was hij bereid Roger te laten gaan zonder een aanklacht tegen hem in te dienen. Niet dat Gyles ook maar enige barmhartige gevoelens had voor hem; hij had er alleen een intense afkeer van dat de naam van zijn dochter bezoedeld zou worden door een groep roddelaars die veel ophef zouden maken van het feit dat ze bijna verkracht was.

Roger had kort daarna zijn leertijd beëindigd en het beheer van de spinnerij overgenomen. Hij bewees zijn potentieel door winsten te maken die ogenschijnlijk gelijk waren aan die van de oorspronkelijke eigenaar, Thomas Winter. Het was een prestatie waartoe Edmund Elston niet in staat was gebleken, ondanks zijn neiging de loftrompet te steken over zijn eigen scherpzinnigheid. Na als een razende tekeer te zijn gegaan tegen zijn zoon omdat hij er niet in geslaagd was lady Adriana's hand te winnen, had de oude Elston zijn verdiende loon gekregen, althans volgens sommige werknemers. Elston had een beroerte gekregen en was nu in een verwarde toestand aan bed gekluisterd. Het feit dat de verwijten waren geuit in bijzijn van het personeel had de broze verstandhouding van het laatste jaar tussen vader en zoon bijna verbroken. Maar sommige mensen waren zich bewust van het feit dat Edmund Elston zijn testament geruime tijd vóór hun breuk had geschreven, en bij gebrek aan andere familie of goede vrienden, zijn zoon tot enige erfgenaam had benoemd. Sommigen hadden zelfs voorspeld dat Roger Elston bij het overlijden van zijn vader een tamelijk rijk man zou zijn. Maar Edmunds conditie had algauw het tegendeel bewezen van de morbide voorspellingen dat hij niet lang meer zou leven. Zijn huishoudster ging zelfs zover dat ze beweerde dagelijks een vooruitgang bij hem waar te nemen.

Blijkbaar maakte Roger nu Felicity het hof. Om een onbekende reden had Stuart zijn belangstelling kort na het herfstbal voor haar verloren. Tot ieders verbazing en Adriana's immense blijdschap was hij begonnen Berenice Carvell het hof te maken, wier omvang in de laatste twee maanden aanzienlijk geslonken was. Haar aantrekkelijkheid werd met de dag duidelijker. Wat Riordan Kendrick betrof, hij had zich na het bal teruggetrokken en ging nu met geen enkele vrouw om. Volgens horen zeggen hield hij toezicht op de renovaties van zijn privévertrekken op zijn landgoed aan de rand van Bradford.

Adriana probeerde haar gedachten te richten op Riordan Kendrick en zijn verlangen haar tot vrouw te hebben toen ze uit haar slaapkamer kwam. Tot op zekere hoogte was Riordans huwelijksaanzoek voor haar een geruststelling dat ze tenminste eervol door iemand werd begeerd.

'Goedenavond,' groette ze, en dwong zich tot een vrolijke glimlach toen ze naar de markies en haar chaperonnes toe liep. Het liefst was ze teruggekeerd naar de beslotenheid van haar slaapkamer, waar ze een wanhopige poging zou doen te vergeten dat Colton Wyndham ooit was teruggekeerd om haar leven op zijn kop te zetten. Tot haar grote spijt was ze van hem gaan houden, en ze was wanhopig bij de gedachte aan het moment waarop hij koelbloedig haar wang zou kussen en het verdrag van haar ouders zou beëindigen.

Samantha kwam haastig naar voren en gaf haar vriendin een zoen op haar wang. 'Je deed er lang over om beneden te komen,' zei ze met een plagende grijns. 'Als ik achterdochtig was, zou ik haast zeggen dat je geen zin hebt om het kerstfeest van meneer Gladstone bij te wonen.' Haar ogen ontdekten geen zweem van vreugde, en ze vroeg nadrukkelijker: 'Of is het dat je Roger en Felicity wilt vermijden, die er natuurlijk ook zullen zijn?'

Hoewel haar beste vriendin en vertrouwelinge met haar vraag angstig dicht bij de waarheid was, veinsde Adriana verbazing toen Charles haar fluwelen cape bracht. 'Waarom zou ik hen willen vermijden?'

'Omdat, gansje,' antwoordde Samantha met een hartelijke lach, 'Felicity overal rondvertelt dat je Roger aan het lijntje hebt gehouden tot Colton thuiskwam. Natuurlijk geeft die lieve Roger, gezegend zij zijn zwarte inborst, een grootmoedig knikje bij wijze van instemming.' Ze omklemde Adriana's vingers, voelde dat ze trilden en keek haar met groeiende bezorgdheid aan. 'We hoeven niet naar Stanover House als je niet wilt.'

'We gáán,' verklaarde Adriana resoluut, zich vermannend. 'We gaan op bezoek bij Samuel Gladstone en niet bij zijn kleindochter. Daarna ligt het aan jullie drieën om te beslissen of we blijven of weggaan.'

Al deed Colton nog zo zijn best in Adriana's aanwezigheid een beleefde kalmte te bewaren, toch voelde hij zijn edele delen weer opspelen. Dat gebeurde altijd als hij haar zag, want ze was voor hem het ideale beeld van de vrouw. Vaak had hij zich in haar bijzijn gevoeld als een eenvoudige lakei bij een koningin.

Hij hield Charles tegen, die haar fluwelen cape kwam brengen, nam die zwijgend van hem over en ging achter Adriana staan. Hij boog zich naar haar toe terwijl hij de cape om haar schouders drapeerde en mompelde in haar oor: 'Je bent zo perfect dat je me het hoofd op hol brengt, liefste.'

De melodieuze, verleidelijke klank van zijn stem ondermijnde Adriana's pogingen om afstandelijk te blijven. Zijn woorden leken te resoneren door haar lichaam als de liefkozingen van een minnaar. Zijn knokkels streken vluchtig langs haar naakte schouder. Ze smolt bijna weg van genot, maar wist met bevende stem uit te brengen: 'U bent heel galant, milord.'

Haar parfum was slechts een van de vele verleidingen waaraan Colton werd blootgesteld als hij bij haar was. Ze rook altijd alsof ze net uit een kolkende zee van rozenblaadjes kwam.

Hoewel hij de dwaasheid ervan inzag om het te lang te rekken, kon Colton het niet laten haar kraag en de cape op haar schouders glad te trekken. Zijn lengte betekende een voordeel, want zo kon hij haar blanke borsten beter bekijken, waarvan hij langer en gretiger gebruikmaakte dan hij zichzelf wilde toegeven.

Op het eerste gezicht had ze de indruk gewekt dat ze niets droeg onder het kantwerk van haar jurk, maar hij wist dat Adriana nooit zoiets gewaagds zou aantrekken. Daar was ze te beschaafd voor. En mocht hij een ogenblik de hoop gekoesterd hebben, die verdween prompt toen hij zag dat de jurk van onder tot boven een vleeskleurige zijden voering had.

'Ik hoorde dat Samantha je plaagde,' mompelde hij tegen haar. 'Je hoeft niet bang te zijn voor Roger als ik bij je ben. Ik zal zorgen dat hij je niet aanraakt, Adriana.'

Een glimlach speelde even om Adriana's lippen toen ze naar hem achteromkeek. Niemand behalve Colton, haar ouders en een paar vertrouwde bedienden wist dat Roger haar had aangerand. Colton had het zelfs niet aan Samantha verteld, wat maar goed was ook, want haar vriendin zou het nooit hebben opgebracht om tegen Roger vriendelijkheid te veinzen.

'We kunnen maar beter gaan,' fluisterde Colton, die probeerde zijn intense verlangen naar haar te onderdrukken. Hij kwam naast haar staan en bood haar zijn hand aan. 'Meneer Gladstone zal ons vrij vroeg verwachten vanavond.'

'Ik heb gehoord dat Felicity alles heeft geregeld, in overeenstemming met de vroegere kerstfeesten van haar grootvader,' antwoordde Adriana, en forceerde een opgewekte glimlach. 'Als ik bedenk hoe druk het vroeger altijd was in Stanover House, dan hebben we geluk als we meneer Gladstone te zien krijgen, laat staan hem te kunnen spreken.'

'Ik denk dat dat precies de reden is waarom hij erop aandrong dat we vroeg moesten komen,' antwoordde Colton. 'Ik geloof dat hij zeer op jou en Samantha gesteld is geraakt en geen gelegenheid wil missen om jullie beiden te zien.'

'Nou, wij zijn net zo gesteld op meneer Gladstone.'

'Ik geloof echt niet dat je je bewust bent van je effect op mannen, lieve.' Hoewel zijn grijns leek te suggereren dat hij haar plaagde, was hij nooit serieuzer geweest.

Ze fronste verbaasd haar wenkbrauwen en keek naar hem op. 'Wat bedoel je?'

Hij stak zijn hand uit en streek een verdwaalde krul van haar wang, terwijl hij haar diep in de ogen keek. 'Uit zelfbescherming, lieve, denk ik dat ik je beter onwetend kan laten van je aantrekkingskracht. Het valt me steeds moeilijker je aanvallen te weerstaan.'

Verward vroeg ze: 'Aanvallen? Wat –?'

'Misschien leg ik het je nog weleens uit,' antwoordde hij, en legde zijn hand onder haar elleboog. 'Maar nu staan Percy en Samantha op ons te wachten.'

Colton draaide zich om, accepteerde zijn hoge hoed van Charles en bood Adriana toen zijn arm aan. Toen ze buiten waren, begeleidde hij haar naar de landauer en hielp haar instappen. Toen wachtte hij beleefd tot Percy zijn vrouw had geholpen met instappen, en pas toen zijn zwager plaats had genomen, klom ook Colton in het rijtuig. Zoals gewoonlijk was de enige plaats die nog vrij was dicht naast Adriana, en hij rook weer haar verleidelijke parfum toen hij ging zitten.

Kort nadat het rijtuig uit Wakefield Manor was vertrokken, boog Samantha zich voorover en legde een gehandschoende hand op de knie van haar broer. 'Percy en ik hebben een aankondiging te doen.'

De buitenlantaarns wierpen voldoende licht naar binnen om Coltons brede grijns te kunnen zien. 'Jullie verkopen je huis in Londen en nemen je intrek in een groter huis.'

Zijn zus leunde met een verbaasde uitroep achterover. 'Hoe wist je dat?'

'Percy vertelde het me vanavond vlak na jullie aankomst.'

Samantha keek naar haar grinnikende echtgenoot. 'Ik weet niet wat ik met hem moet beginnen,' zei ze stralend. 'Hij heeft nooit een geheim kunnen bewaren.'

'Vertel het hun,' drong Percy aan, met een kneepje in haar hand. 'Anders doe ik het.'

'Wát vertellen?' vroeg Adriana met een nieuwsgierige blik op Colton.

'Ik verwacht een baby,' vertelde Samantha trots, wat haar broer een juichkreet ontlokte. Hij boog zich voorover en schudde de hand van zijn zwager.

'O, fantastisch, Samantha!' jubelde Adriana, die zich plotseling helemaal warm en blij voelde.

'Gefeliciteerd jullie allebei,' vulde Colton haar aan. 'Hoever ben je?'

'Drie maanden ongeveer.'

Hij berekende de tijd in zijn hoofd. 'Dus de baby wordt geboren rond –?'

'Ik gok op midden mei of misschien in juni,' maakte Adriana snel zijn zin stralend lachend af.

'Weet moeder het al?' vroeg Colton.

'Ik ben de trap op gehold toen we in Randwulf kwamen en vertelde het haar terwijl jullie een glaasje dronken in de zitkamer.'

Coltons brede schouders schokten van het lachen. 'Ik weet zeker dat ze het prachtig vond om grootmoeder te worden.'

'Natuurlijk,' zei Samantha met een voldane grijns. 'Percy en ik zijn al zó lang getrouwd dat mama bijna de hoop had opgegeven. Maar de aanstaande komst van een baby in de familie heeft weer een vonk van leven in haar ogen gebracht. Ze zal beslist zoveel kleinkinderen willen hebben als Adriana en ik maar kunnen produceren. Ik zou dus maar opschieten met die verloving, Colton, zodat mama zich, kort nadat onze baby is geboren, op een volgend kleinkind kan verheugen.'

Enorm verlegen wendde Adriana haar gezicht naar het raam, vechtend tegen een diepe blos. Ze wilde dat haar vriendin in het bijzijn van haar broer niet zo voortvarend was. Als hij voortdurend onder druk werd gezet om met haar te trouwen, zou dat hem waarschijnlijk dwingen naar een ander deel van de wereld te vluchten, zoals hij had gedaan toen zijn vader hem de verloving voorstelde.

Al viel het hem nog zo moeilijk om kalm te blijven bij de gedachte aan een zwangere Adriana, toch wist Colton een welgemeende glimlach op te brengen voor zijn zus. Hij vroeg zich af hoe zijn moeder zou reageren als hij in de zeer nabije toekomst de grenzen van het protocol zou overschrijden door zijn groeiende verlangen om met Adriana de liefde te bedrijven. Zijn zelfbeheersing was zó aangetast, dat er niet veel meer voor nodig zou zijn om hem tot het punt te brengen waarop geen terugkeer mogelijk is. Elke dag die voorbijging verzwakte zijn wilskracht verder en stuwde hem naar de smalle brug over de bodemloze kloof. Eén onvoorzichtige stap, en hij zou weleens halsoverkop in een huwelijk kunnen storten nadát hij haar ontmaagd had.

'Jane Fairchild is zo lief en gracieus als een engel,' zei Samantha zachtjes toen de opgewekte vrouw hen binnen had gelaten in het huis van de oude molenaar. 'Maar eerlijk gezegd, vind ik haar dochter een soort heks geworden sinds we haar hebben leren kennen. Felicity's blik is zó doordringend, dat ik bang ben dat ze een gat door ons wil boren. Ze ziet eruit als een adder die op het punt staat aan te vallen.'

'Ssst! Straks hoort iemand je nog,' fluisterde Adriana, met een waarschuwend kneepje in de hand van haar vriendin. Ze keek om zich heen om te zien of ze enige nieuwsgierige belangstelling kon ontdekken op het gezicht van de mensen om haar heen. Toen ze niets zag, slaakte ze een zucht van opluchting dat de opmerking van haar zus verloren was gegaan in het geroezemoes van stemmen in de drukke salon.

Samantha lachte spottend. 'Als ik zie hoe Felicity haar ogen samenknijpt, dan denk ik dat ze de woorden leest zodra ze uit mijn mond komen. Zo zijn heksen, weet je.'

'Misschien kunnen we beter naar boven gaan en meneer Gladstone gaan begroeten voordat hij helemaal uitgeput raakt. Jane zei dat hij zich niet goed voelde vanavond, dus ik vermoed dat hij niet tegen dat hele gezelschap opgewassen is. Als Colton en Percy het ermee eens zijn, kunnen we misschien vroeg weg. Felicity schijnt ons niet graag hier te hebben, en ik wil liever geen verplichtingen tegenover haar.'

Samantha keek nog even naar het blondje en voelde een koude rilling door zich heen gaan. Ze kon zich niet herinneren dat ze ooit het doelwit was geweest van zulke giftige blikken.

'Wat hebben we in vredesnaam gedaan om die scherpe dolken te verdienen? We dachten haar een dienst te bewijzen door haar uit te nodigen om mee te gaan op ons uitstapje, maar ze schijnt ons nu iets kwalijk te nemen,' zei Adriana.

'Ik geloof dat haar vijandige houding, lieve vriendin, iets te maken heeft met het contract dat je vader heeft verzonnen,' merkte Samantha op.

Opnieuw ging haar blik tersluiks naar degene die door een vreemde wending van het lot voor ieder van hen een soort ne-

mesis was geworden hen. Samantha kon geen andere reden bedenken voor de verandering in Felicity's houding. 'Je bedoelt
omdat jij Colton hebt en zij niet. Alsof zij ooit een kans zou
hebben gehad bij mijn broer.'

'Ik héb Colton niet,' corrigeerde Adriana haar, nadrukkelijk
fluisterend. 'Hij is een onafhankelijk mens.'

'Nou, te oordelen naar Felicity's woedende gezicht, zou ik
geneigd zijn te zeggen dat ieder ander gelooft van wél, en dat
zij de roddels hoort.'

'Dan heeft iederéén het bij het verkeerde eind. Laten we nu
naar boven gaan voordat ik me ga ergeren over je aanhouden-
de gepraat dat Colton en ik zo goed als verloofd zijn. En
spreek alsjeblieft niet over míjn kinderen waar hij bij is. Ik
weet zeker dat hij dat even gênant vindt als ik.'

'Dat betwijfel ik,' antwoordde Samantha, terwijl ze Adriana
naar de gang volgde. 'Ik geloof niet dat hij zich voor iets geneert. Ik denk eerder dat het beleven en beschouwen van de
wereld als een leger van uitsluitend mannen, hem voor bijna
alles immuun heeft gemaakt.'

Adriana bleef staan op de onderste tree van de trap en
draaide zich kwaad om naar haar vriendin. 'Misschien dat híj
dat is, maar ík zeker niet, en als je doorgaat met zo te praten,
zal ik weigeren ergens met je naartoe te gaan als Colton erbij
is. Dus alsjeblieft, Samantha, schei uit met te proberen hem op
te stoken tot een huwelijk met mij. Als hij niet kwaad wordt,
dan word ík het wel.'

Samantha haalde onverschillig haar schouders op. 'Je bent
gewoon overgevoelig, dat is alles.'

'Ik zou kunnen zijn zeggen dat jij overóngevoelig bent, maar
ik vrees dat dat niet veel goed zal doen.'

Samantha wierp even een zijdelingse blik op haar vriendin,
onmiddellijk gevolgd door een tweede, aandachtiger blik. Ze
begon te giechelen terwijl ze strak naar het puntje van Adriana's neus keek. 'Ik geloof echt dat Felicity's giftige blik zijn
sporen op je heeft achtergelaten, of anders, ondeugende meid,
heb je in het roet gespeeld. Ik weet niet of jij het weet, maar je
hebt een vuile vlek op je neus. Ik hoop dat het niet je hekserige
humeur is dat voor de dag komt.'

Geschrokken keek Adriana naar haar gehandschoende hand
en ontdekte dat het leer bij de vingertoppen een donker inkt-

vlek vertoonde. Ze herinnerde zich dat het gastenboek open op een tafel bij de voordeur had gelegen en nam aan dat de oude dame die vóór haar naar binnen was gegaan per ongeluk inkt aan de pen had gesmeerd. Ze trok haar handschoenen uit en fluisterde haastig: 'Gauw, veeg die vlek eraf voordat iemand het ziet en denkt dat ik een wrat of nog erger op mijn neus heb gekregen.'

'Wratten horen bij heksen, weet je,' plaagde Samantha.

Adriana zuchtte wanhopig. 'Ga je de onnozele clown uithangen of zou je voor de verandering eens willen helpen?'

Opnieuw trok Samantha haar schouders op. 'Ik heb niets om het af te vegen.'

Adriana sloeg haar ogen ten hemel alsof ze om geduld bad en zocht haastig, met een onderdrukt gemompel over irritante mensen, in haar handtas naar haar eigen met kant afgezette zakdoek. 'Om terug te komen op onze discussie van een ogenblik geleden, *lady Burke*, het idee om mij het hof te maken was niet van je broer afkomstig. Het was hem opgedrongen. Met je suggestieve opmerkingen over een baby van hem, geef je hem alleen maar nóg meer reden zich eraan te ergeren. Als je daar niet mee ophoudt, zal hij net als vroeger weer uit Randwulf Manor weg willen.'

'Ba! Het wordt tijd dat Colton trouwt, of híj dat beseft of niet. Hij wordt er niet jonger op, weet je, en als hij van plan is een dynastie te stichten, kan hij maar beter gauw beginnen in plaats van er alleen maar over te denken. Hij zou de kans weleens aan zijn neus voorbij kunnen zien gaan. Wat me eraan doet denken, lord Harcourt heeft zijn privé-vertrekken laten uitbreiden en renoveren, en er een grote badkamer in laten bouwen. De roddelaarsters maken zich doodzenuwachtig, ze denken dat hij van plan is te trouwen en het aan niemand vertelt.' Samantha keek achterdochtig naar haar vriendin. 'Weet jij daar toevallig iets van?'

'Nee, natuurlijk niet,' antwoordde Samantha, terwijl ze de zakdoek uit haar tas haalde en over de vlek op haar neus wreef. 'Waarom zou ík moeten weten wat hij van plan is?'

'Omdat, lieverd, jij de enige vrouw bent voor wie hij al een jaar of langer enige belangstelling heeft getoond. Hij wond er geen doekjes om dat hij jou begeerde als zijn markiezin. Heb je hem toevallig verteld dat je gebonden bent aan een contract?'

'Is de vlek weg?' vroeg Adriana, in een poging Samantha's vraag te ontwijken.

'Nee, domoor, je hebt het alleen maar erger gemaakt. Geef hier die zakdoek, dan doe ik het wel.'

Adriana onderwierp zich aan Samantha's ijverige gepoets en wachtte geduldig tot de vlek verdwenen was.

'Zo, je neus is weer mooi... behalve dat hij knalrood is,' plaagde Samantha, en lachte toen haar vriendin kermde van ergernis. 'Zó erg is het niet, kalm maar. Alleen zul je me voor die dienst alles moeten vertellen wat je weet van lord Harcourts huwelijksplannen.'

'Ik heb geen idee wat zijn bedoelingen zijn. Vraag het hem, als je zo nieuwsgierig bent. Hij zal het je waarschijnlijk wel vertellen, als je dapper genoeg bent om het hem te vragen.' Adriana draaide zich abrupt om en liep verder de trap op, Samantha's gemompel negerend.

'Je doet er vreselijk geheimzinnig over,' klaagde Samantha, die vlak achter haar aan kwam. 'Misschien zal ik Colton moeten waarschuwen...'

Adriana dacht spottend: *alsof dat enig goed zou doen!* 'Ga je gang, misschien besluit hij de hofmakerij door Ciordan te laten overnemen.'

'*Riordan?*' Samantha's stem schoot ongelovig uit. 'Noem je hem nu al *Riordan?*'

Adriana haalde vaag haar schouders op, al had ze zich wel een schop kunnen geven voor haar verspreking. 'Ik noem jouw broer toch ook Colton?'

'Met hem ben je zo goed als verloofd,' verklaarde Samantha. 'Ik hoop van harte dat dat níet het geval is met jou en *Riordan.*'

Ze stonden op de bovenste trap toen Adriana toevallig opkeek en een kreet van schrik onderdrukte toen ze Roger zag. Hij was een paar treden hoger dan zij blijven staan en glimlachte toen hij zijn blik langzaam over haar heen liet gaan.

'Goedenavond, meneer Elston,' bracht Samantha er moeilijk uit. Ze haatte het beven van haar stem. Het hele trauma van de aanranding kwam weer boven en verstikte haar bijna. Onder zijn schaamteloze blikken had ze het gevoel dat ze tot op haar naakte huid werd uitgekleed.

'Het is een genoegen u weer te zien, mylady,' zei hij grootmoedig, alsof hij er nooit over gedacht had haar te verkrachten. 'Ik hoop dat het u goed gaat... en gelukkig bent.'

Ze vroeg zich af of hij een vreemde emotie ontdekte in de uitdrukking op haar gezicht, want hij hield zijn hoofd schuin terwijl hij haar aandachtig opnam. Ze deed haar uiterste best om vrolijk en luchthartig te klinken. 'Ja, natuurlijk, heel goed, heel gelukkig, dank u. En u?'

'Zo goed als onder de omstandigheden verwacht kan worden.'

'Ja, ik vind het heel erg voor u. Ik heb gehoord dat uw vader ziek is, en dat moet u grote zorgen baren. Accepteer alstublieft mijn gebeden en wensen voor zijn spoedige herstel.'

Hij boog zijn hoofd in aanvaarding van haar minzame verzoek. 'U bent vriendelijk als altijd, mylady, maar ik sprak niet over zíjn ziekte, maar over de míjne...'

Ze fronste haar wenkbrauwen en keek hem even aan, maar ze kon geen enkel teken van zwakte ontdekken. 'Bent u toevallig het slachtoffer geworden van een of andere ziekte?'

Hij glimlachte kort. 'Ik vrees dat het mijn hart is, mylady. Het is ernstig gewond, en ik vrees dat het nooit zal genezen.'

'O.'

Hij trok zijn wenkbrauwen op en glimlachte spottend. 'Verder niets te zeggen, mylady?'

'Wat valt er te zeggen, meneer Elston?'

'En uw hofmakerij met lord Randwulf? Gaat die naar wens?

'Ja... natuurlijk. Ik bedoel... heel goed.'

Peinzend tikte Roger met een knokkel tegen zijn kin. 'Waarom heb ik het gevoel dat er iets niet goed gaat, mylady? Uw mooie gezicht is niet zo stralend dan ik het vroeger heb gezien. Moet ik aannemen dat het niet naar wens verloopt? Bent u niet gelukkig met de markies?'

'Ja, natuurlijk wel. Dat hoeft u toch niet te vr–?' Ze zweeg plotseling toen ze een andere aanwezigheid voelde. Ze keek op en zag Colton naar haar kijken met een ernst die ze niet in hem had waargenomen sinds de dag van zijn komst. Hij was daar blijkbaar blijven staan om haar te beschermen voor het geval Roger iets zou ondernemen. Het was ook duidelijk dat hij elk woord gehoord had. Hij haar diep in de ogen, tot Adriana dacht dat ze zijn intieme inspectie niet meer kon verdragen zonder als een lafaard weg te vluchten. Hij scheen tot in het diepst van haar ziel door te dringen.

Roger volgde haar blik en glimlachte minzaam naar de markies. 'U hebt inderdaad een wettelijke aanspraak op lady Adriana, mylord, maar het schijnt dat zelfs dát recht het hart van de dame niet heeft bevredigd.'

Meesmuilend van voldoening toen hij zag dat Colton zijn wenkbrauwen fronste, liep de molenaar verder de trap af. Hij zorgde ervoor dat hij geen onvoorzichtige beweging maakte toen hij langs Adriana kwam.

Samantha's hand op haar arm herinnerde Adriana eraan dat ze op weg naar boven waren om de oude molenaar te bezoeken. Haastig liep ze de trap op en vond Colton op haar wachten. Hij gaf haar een arm en liet zijn zus voorgaan toen Percy op de overloop verscheen om met uitgestoken hand op haar te wachten. Samen met Adriana volgde Colton hen naar binnen.

'Mylady's,' zei Samuel Gladstone met schorre stem toen hij hen zag. Hij stak naar elk van hen een hand uit. 'Het is mij een groot genoegen u beiden weer te zien. U bent als zonnestralen in mijn kleurloze kamer.'

De oudere vrouwen bij zijn bed maakten plaats voor Ariana en Samantha, die de uitgestoken hand accepteerden en zich naar voren bogen om zijn bleke wangen te kussen.

'U bent even knap als altijd,' zei Adriana met een stralende glimlach.

Zijn blauwe ogen glansden vrolijk toen hij quasi-streng zei: 'Ah, mylady, brengt u mij niet het hoofd op hol met uw mooie leugentjes. Maar ik dank u toch hartelijk. U brengt mijn hart altijd weer tot leven met uw bezoeken.'

'Dan zullen we vaker moeten komen,' opperde Samantha, terwijl ze hartelijk zijn hand drukte. 'Maar wees gewaarschuwd, het zou u weleens kunnen gaan vervelen.'

Samuel Gladtone grinnikte. 'Dat betwijfel ik!' Hij draaide zijn hoofd op het kussen om naar een man met een gerimpeld gezicht die aan het andere eind van het bed stond, vlak achter Adriana. 'Ah, Creighton, vriend, vind je het niet treurig dat jij niet de aandacht krijgt die ik geniet van deze mooie dames?'

'Probeer me niet jaloers te maken, Sam,' antwoordde Creighton joviaal. 'Ik ben al die jaren vrijgezel gebleven en zie nu pas wat ik gemist heb.'

Onder het gelach dat volgde, struikelde Adriana plotseling achteruit toen Felicity zich ruw een weg baande naar Gladstones bed. Het was Felicity een doorn in het oog dat haar eigen grootvader tot Adriana's bewonderaars hoorde. Adriana had tot in de wijde omtrek het hart van mannen weten te stelen, maar Samuel Gladstone zou toch zeker wel een voorkeur tonen voor zijn eigen kleindochter. In een poging haar veronderstelling te bewijzen, pakte ze zijn hand en drukte een kus op de verweerde wang.

Gladstone wendde prompt zijn gezicht af en hief zijn hand op om haar af te weren. 'Niks daarvan nu, niet nadat je mijn hele bestaan bent vergeten sinds ik je moeder heb gevraagd het beheer van de molen over te nemen,' bromde hij. 'Ik accepteer je genegenheid niet als je die alleen maar geeft als er gasten bij zij. Ik heb het tot dusver gered zonder je attenties en ik zal het de korte tijd die me hier op aarde rest ook nog wel zonder weten te redden.'

'Grootpa! Wat zegt u nu? Ik heb het druk gehad met de plannen voor dit feest en ik heb geen tijd gehad om naar u toe te komen,' hield Felicity vol. Haar gezicht was roodgloeiend van schaamte over zijn strenge berisping. 'Kom, laat me u een zoen geven, zodat u weet hoeveel ik om u geef.'

'Ik wil niks van jou,' mompelde de oude man, terwijl hij het laken over zijn hoofd trok om het haar te beletten.

Felicity deed haar best haar waardigheid te behouden terwijl ze wegliep van het bed. Stijfjes liep ze naar de deur, waar haar moeder, die net binnenkwam, was blijven staan.

'Hij wordt elke dag senieler,' klaagde Felicity, die haar best deed zich te beheersen. 'Ik weet niet wat we met hem moeten beginnen.'

'Seniliteit had er niets mee te maken,' antwoordde Jane Fairchild, en haalde achteloos haar schouders op. 'Ik kan het hem niet kwalijk nemen. Als je niet zo sarcastisch was geweest toen hij je vroeg mij te helpen, zou hij je nu niet zo bits hebben afgewezen. In het algemeen oogsten we wat we zaaien.'

'Nu weet ik waar je je trucjes geleerd hebt,' siste Felicity, en liep met grote passen de kamer uit. Enkele ogenblikken later viel de voordeur dicht toen ze woedend het huis verliet.

Colton liep naar het bed toe, en Samuel trok het laken weer van zijn hoofd. Hij keek geamuseerd naar Colton, die Adriana een arm gaf, en een veelbetekenende grijns gleed over zijn gezicht.

'Zo, dus u bent teruggekeerd uit de oorlog en hebt het mooiste meisje in heel Wessex veroverd, niet?' Gladstone grinnikte. 'Ik kan het u niet kwalijk nemen.'

'De volgende keer dat ik op bezoek kom, zal ik beide dames meenemen,' beloofde Colton. 'Hun aanwezigheid lijkt een verjongingskuur voor u.'

'Kom zo vaak u kunt,' drong Gladstone enthousiast aan. 'Ik ben een arme, zieke man die dringend behoefte heeft aan wat opgewekt gezelschap.'

Colton lachte luid. 'Ik zal het doen, om ervoor te zorgen dat u ons leven nog vele jaren zult opvrolijken.'

In de laatste uren van hun gezamenlijke uitstapje werd opmerkelijk afgeweken van de normale routine. Het huis van de Burkes lag verder weg dan Randwulf Manor, van Bath, Bradford on Avon en allle andere plaatsen waar ze gewoonlijk heen gingen, en dus liet het echtpaar zich naar Wyndham Manor rijden. Daar stapten ze in Coltons landauer om Adriana in Wakefield Manor op te halen, dat nog dichter bij de plaatsen lag die ze meestal bezochten. Op de terugweg werd Adriana altijd als eerste thuisgebracht. Kort nadat ze hadden gegeten in een herberg buiten Bradford on Avon, werd het echter duidelijk dat Colton andere plannen had voor die avond, want hij gaf Bentley opdracht niet bij Wakefield te stoppen, maar rechtstreeks door te gaan naar Randwulf Manor, waar het rijtuig van de Burkes op hen wachtte.

Samantha voelde zich aangemoedigd door de gebeurtenissen van die avond, en al zou ze dat Roger nooit bekend hebben, toch zag ze een reden om dankbaar te zijn voor het commentaar van de molenaar, Blijkbaar had hij Coltons ijzeren zelfvertrouwen weten te schokken. Ze hoopte alleen maar dat het het resultaat zou hebben dat ze verlangde, namelijk een huwelijksaanzoek van haar broer.

Toen het rijtuig buiten Randwulf Manor stopte, stapte Colton even uit en nam hartelijk afscheid van zijn zus en zwager. Hij sprak op gedempte toon even met Bentley en stapte toen weer in. Adriana kon Coltons pogingen om hun privacy te garanderen niet negeren, evenmin als het feit dat hij naast haar ging zitten in plaats van tegenover haar. Zijn grijze ogen glansden in het licht van de lantaarns van het rijtuig, terwijl hij haar lange tijd strak aankeek. Adriana's spanning nam toe, tot ze het bijna niet meer kon verdragen.

'Is er iets?' vroeg ze met bevende stem.

Zelfs in het schemerige licht was ze zó mooi, dat Colton zijn ogen niet kon afwenden. 'Niets onbetamelijks, Adriana. Ik wilde je alleen even onder vier ogen spreken. We hebben de laatste tijd niet veel gelegenheid daartoe gehad, en ik vond het vanavond noodzakelijk.'

'Waarom juist vanavond?'

Colton hief zijn hoofd schuin, overwegend hoe hij het beste kon beginnen. Hoewel hij gevoeld had dat haar al een paar weken iets dwarszat, had de molenaar hem erop attent moeten maken dat het stralende uit haar glimlach verdwenen was. 'Mijn bezorgdheid heeft veel te maken met wat Roger vanavond zei.'

Adriana lachte kort en nerveus. 'Je moet je niets aantrekken van wat hij zegt, Colton. Je moet toch weten dat hij niets liever wil dan op elke mogelijke manieren wraak op je te nemen. Wat hij zei, was volslagen nonsens.'

Colton zweeg even voor hij haar op de man af vroeg: 'Moet ik aannemen dat je ontevreden bent over mij of mijn hofmakerij?'

'*Nee...*' kermde ze. Ze wendde verlegen haar gezicht af en staarde naar de door de maan verlichte, besneeuwde bergen in de verte. Het feit dat ze in de tegenovergestelde richting reden van haar huis was haar niet ontgaan. Geëmotioneerd vroeg ze: 'Hoe kan enige vrouw ontevreden zijn over jou, Colton? Te horen aan de geruchten die de ronde doen, ben je de droom geworden van elke vrouw hier in de buurt.'

'Is dat zoals jij over me denkt?'

Adriana kreunde inwendig. Als hij ook maar enig idee had hoe bang ze was hem te verliezen, zou hij zo'n vraag niet stellen. 'Ik heb je altijd heel hoog geacht.'

'Zelfs toen ik uit huis wegging?'

Adriana sloeg haar ogen neer en begon aan het kralenwerk van haar tas te frutselen. 'Ik moet bekennen dat ik zelfs op zo jeugdige leeftijd gekwetst was door je weigering om me geschikt te achten als je toekomstige echtgenote, Colton. Er zijn jonge meisjes die een visioen hebben van een knappe ridder op een wit paard en dromen dat een van hen met haar zal trouwen en haar zal meevoeren naar de een wonderbaarlijk oord. Die fantasie werd vernietigd op de dag dat jij wegging uit je huis. Het feit dat je altijd mijn held was geweest, maakte je afwijzing des te pijnlijker, maar je moet niet vergeten dat ik nog maar een kind was en je woede niet helemaal kon begrijpen.'

'Kijk me aan, Adriana,' zei hij overredend, maar toen ze aan zijn verzoek voldeed en haar hoofd ophief, fronste hij verbaasd zijn wenkbrauwen. De tranen die in de lange wimpers glinsterden, kon hij moeilijk negeren. Hij legde zijn hand tegen haar wang en veegde met zijn duim een traan weg. 'Wat kwelt je zo erg dat het je doet huilen?'

Geërgerd omdat ze haar emoties niet kon bedwingen, antwoordde Adriana met een heftig hoofdschudden. 'Er is niets!'

Zijn hand ging omlaag naar haar hals, en hij verwonderde zich over de snelle polsslag die hij voelde onder de palm van zijn hand. Ze was veel meer van streek dan ze wilde toegeven. Sussend ging hij met zijn duim langs haar wang. 'Het heeft dagenlang niet geregend, Adriana, en toch zie ik dat je wimpers nat zijn. Als dat geen tranen zijn, wat moet ik dan geloven dat het zijn? Sneeuwvlokjes?'

Adriana besefte dat ze haar emoties niet kon onderdrukken en probeerde zich af te wenden. Maar zijn hand bleef op haar hals liggen, zodat ze niet kon ontkomen aan zijn onderzoekende blikken.

'Vertel me alsjeblieft waarom je huilt,' mompelde hij op smekende toon.

Onhandig probeerde ze de tranen weg te vegen. Ze was woedend op zichzelf dat ze zich zo kwetsbaar toonde in zijn bijzijn. 'Alsjeblieft, Colton, laat me gaan.'

'Als je me de reden vertelt waarom je zo bedroefd bent.'

Adriana frommelde aan haar tas om haar zakdoek eruit te halen, maar zonder succes, want het sierlijke, met kant afgezette doekje was niet te vinden. Ze realiseerde zich dat Samantha het niet had teruggegeven. 'Ik wil er nu echt niet over praten,' mompelde ze verslagen en deed haar tasje weer dicht. 'Mijn tranen hebben niets met onze hofmakerij te maken.'

Colton trok zijn hand terug, haalde een schone zakdoek uit zijn zak en stopte die in haar hand. 'Integendeel, Adriana. Ik geloof dat dat juist de kern is van je sombere stemming, en als je het me duidelijk wilt maken, zou ik je heel dankbaar zijn...'

Als enig antwoord schudde ze haar hoofd.

Een diepe zucht ontsnapte Colton. 'Ik zal niet langer aandringen, Adriana. Als je ouders weten waarom je je zo triest voelt, zullen zij misschien bereid zijn het voor me op te helderen.'

'Colton, alsjeblieft, doe dat niet. Het zou hen alleen maar verontrusten als ze denken dat je je van streek maakt over mij. Breng me gewoon naar huis en laat me alleen. Het is echt niet belangrijk.'

'Integendeel, Adriana, voor míj is het dat wél. En als ik van streek bén, is dat alleen omdat jij het bent en ik niet weet wat de reden is. Bovendien kan ik je na Rogers aanranding niet in zo'n toestand in Wakefield Manor achterlaten zonder de achterdocht van je ouders te wekken. Ze zullen denken dat ik je verleid heb...'

Ze lachte kort. 'O, ik zal ze kunnen verzekeren dat je een perfecte gentleman bent geweest, zó perfect, dat ik zeker weet dat je niet kunt wachten tot de drie maanden voorbij zijn. Het trieste feit is dat er helemaal niets is veranderd sinds je je huis bent ontvlucht om te ontsnappen aan het bevel van je vader. Je voelt nu even weinig voor me als toen.'

'Dat is niet waar, Adriana,' wierp Colton tegen. Hij vroeg zich af hoe ze zou reageren als hij haar vertelde hoe vaak hij 's nachts badend in het zweet wakker werd, met een hevige begeerte haar naast zich in bed te hebben.

Adriana snoot haar neus en kwam met tranen in haar stem met een oplossing. 'Ik heb een hekel aan de schijn die we ophouden, Colton. Ik heb besloten dat het beter is om je van je verplichtingen te ontheffen. Vanaf vanavond kun je je eigen gang gaan, zonder je zorgen te maken dat je mij het hof moet maken. Ik wil het niet meer. Ik kan het zelfs niet langer verdragen! Het breekt mijn hart, en ik kan zo niet doorgaan.'

'Je bent niet redelijk, Adriana.' Hij legde zijn hand op haar onderarm om haar te kalmeren. 'Alsjeblieft, liefste, morgen zul je er anders over denken.'

'Nee, dat zal ik niet! Dan zal ik me precies zo voelen als nu!' riep ze uit en duwde zijn hand weg. 'Alsjeblieft! Noem me alsjeblieft n-niet je liefste. Ik b-ben je liefste niet, dat b-ben ik n-nooit geweest.'

'Adriana, in vredesnaam... wees redelijk,' smeekte Colton, en probeerde haar naar zich toe te trekken.

'Ik ontsla je van je verplichtingen, Colton,' verklaarde ze vastbesloten en rukte zich los. 'Er valt verder niets te zeggen. Het is helemaal voorbij tussen ons!'

Colton protesteerde hevig. 'Je kunt me niet ontslaan van mijn verplichtingen jegens mijn vader...'

'Nou, dat doe ik wél!' hield Adriana vol. 'Ik w-wil deze p-parodie n-niet langer v-voortzetten.'

'Het terugzien van Roger heeft je kennelijk van de wijs gebracht,' redeneerde Colton. 'Een sterke grog zal je helpen om te kalmeren. Ik zal Charles vragen er een klaar te maken als we in Wakefield zijn.'

'Die drink ik toch niet op!'

Colton negeerde haar antwoord, leunde met zijn elleboog op de armsteun naast hem en legde twee vingers tegen zijn wang en zijn duim onder zijn kin. 'Ik ben absoluut van plan dit met je uit te praten, Adriana. Als je je van streek maakt vanwege Roger, dan weet ik zeker dat je ouders het met me eens zullen zijn dat we elke plaats moeten vermijden waar we hem tegen het lijf kunnen lopen.'

'Ik w-wil niet dat je íets met hen bespreekt! Begrijp je dat dan niet?'

Hij trok zijn wenkbrauwen op. 'Moet ik dan geloven, m'n liefste Adriana, dat je alleen door mij zo van streek bent?'

'Ik ben niet je liefste Adriana. N-noem me niet zo!'

'Integendeel, je bént mijn liefste, veel meer van mij dan van iemand anders.'

'Ik z-zeg niets meer t-tegen je, Colton Wynd-h-ham.'

'Dat hoeft niet, lieve. Ik kan deze kwestie heel goed met je vader bespreken, en heel langdurig, als het moet. Voorzover mij bekend, heb ik je behandeld met alle eerbied van een toegewijde huwelijkskandidaat, en je geen reden gegeven om je over me te ergeren. toch lijkt het me dat je dat doet. Ik kan alleen maar hopen dat je vader me kan vertellen wat je nog meer van mij verwacht, want op het ogenblik tast ik volkomen in het duister.'

Adriana keek hem woedend aan. 'Ik verbied je met mijn vader te spreken!'

Colton pakte zijn nu weinig gebruikte stok uit de ruimte achter de bank, tikte ermee tegen het dak en keek haar met een kort lachje aan. 'Niettemin, liefste, ben ik van plan dat te doen... met of zonder je toestemming.'

Adriana probeerde hem de rug toe te keren, maar werd gehinderd door haar cape, die van hetzelfde materiaal was gemaakt als de fluwelen bank en weigerde mee te geven. Ze was gedwongen de cape van zich af te trekken en schoof zover mogelijk naar het portier om afstand te scheppen tussen haar en Colton.

'Je kunt me negeren als je dat wilt, Adriana, maar ik beloof je dat het niets zal veranderen. Ik ben van pan met je vader te praten tot deze kwestie tussen ons geregeld is. Ik ben niet van plan mijn hofmakerij te beëindigen, tenzij hij reden heeft om te geloven dat je verachting voor mij verder gaat dan ik kan verdragen.'

Toen Bentley eindelijk stilhield voor de grijze stenen gevel van Wakefield Manor, stapte Colton meteen uit en bood aan Adriana te helpen. Maar met een kort knikje weigerde ze zijn hand. Ze opende het portier dat het dichtst bij haar was en klapte heel ondamesachtig met haar voet het trapje uit. Toen ze Colton mompelend hoorde vloeken terwijl hij om het rijtuig heen liep, draaide ze zich met een ruk om in de tegenovergestelde richting en haastte zich naar de ingespannen paarden. Maar in haar haast had ze niet gemerkt dat de zoom van haar chemise en van haar kanten jurk aan het metaal van het trapje waren blijven haken. Beide kledingstukken scheurden toen ze wegholde.

Toen Colton om het rijtuig heen was gelopen, zag hij onmiddellijk de vastzittende zomen en de snel losrakende kleren. Onder intiemere omstandigheden zou hij haar schaars beklede billen op z'n gemak hebben bewonderd, maar hij was scherp gekant tegen het idee om Bentley hetzelfde voorrecht te gunnen.

Inwendig vloekend op zijn nog steeds stijve been liep hij zo snel hij kon naar voren. 'Adriana, stop!' riep hij. 'Je scheurt je kleren!'

Hij pakte haar arm beet en kreeg voor zijn moeite prompt een klap met haar kralentas in zijn gezicht.

'Blijf van me af!' riep ze schril.

'Verdomme, Adriana, luister naar me!' snauwde hij nijdig, en hief zijn hand op om een tweede klap af te weren.

Adriana sloeg mis en bracht haar tas ver naar achteren. 'Ga weg, voordat ik écht kwaad word!'

Zijn hand schoot uit en greep haar polsbeet. 'Hou op met die onzin, Adriana! Ik wilde je zeggen –'

Met een grauw van woede rukte ze haar hand los en merkte dat ze een ruime hoeveelheid van haar huid in zijn hand had achtergelaten. Het zou haar niets verbazen als later bleek dat ze haar pols verstuikt had. 'Laat me met rust, Colton Wyndham. Ik heb je niets meer te zeggen.'

'Adriana, alsjeblieft, luister –'

'Bentley!' Ze keek achterom terwijl ze naar het vierspan liep en ontdekte dat ze reeds alle aandacht genoot van de oude koetsier, die met open mond zat te kijken.

Voorzichtig vroeg hij: 'Ja, mylady?'

'Als je iets om je meester geeft, kun je hem beter naar huis brengen. En als hij morgen of wanneer dan ook hier wil terugkomen, negeer hem dan. Je zou hem kunnen redden van een kogel in zijn linkerbeen.'

'Ja, mylady,' antwoordde de koetsier gedwee, maar deed geen enkele poging om aan haar verzoek te voldoen. Hij dook verder weg in zijn jas en liet de zaak op zijn beloop. Hij had geleerd dat op momenten als deze het veel beter was om te doen of je doof was.

'Verdomme, Adriana!' snauwde Colton geërgerd. Toen ze zich gereedmaakte hem weer een klap met haar tas toe te brengen, stak hij zijn hand uit om het haar te beletten. Kwaad wees hij op haar rokken. 'Je hebt je kleren gescheurd, en nu toon je je achterwerk aan Bentley!'

Adriana liet een kreet van schrik horen toen ze de kou op dat lichaamsdeel voelde. Wanhopig sloeg ze haar hand achter haar rug en kreunde hardop toen die in aanraking kwam met haar nauwelijks bedekte billen. Zich ronddraaiend, probeerde ze het eind van haar rok te pakken te krijgen. Het belachelijke resultaat was dat ze min of meer achter haar eigen staart leek aan te jagen.

Bentley deed zijn best om te negeren wat er gebeurde en legde een hand voor zijn ogen, terwijl hij zijn kraag rechtop zette. Het dempte de geluiden, maar het gelach dat nu en dan zijn schouders deed schokken, was moeilijker te verbergen.

Adriana zag dat de koetsier zich dwong om niets te zien en gaf haar pogingen tot fatsoen op. Zonder zich erom te bekommeren wat Colton kon zien, liep ze waardig en met grote stappen naar het huis. Per slot van rekening had hij haar al volkomen naakt gezien.

Plotseling stond Adriana tegenover de woedende markies, die haar, ondanks zijn handicap, in zijn ijver om haar vlucht te beletten had ingehaald. Met over elkaar geslagen armen bleef hij voor haar staan en daagde haar uit zijn geduld nog meer op de proef te stellen door om hem heen te lopen.

Adriana slaakte een geërgerde zucht en vroeg aan de koetsier: 'Bentley, ben je je ervan bewust dat je meester me hevig irriteert?'

De koetsier spreidde zijn vingers iets, zodat hij haar kon aankijken zonder te veel te zien. Hij slikte even. 'Eh... ik... eh... misschien niet, mylady.'

'Het lijkt me dat lord Randwulf zich als een dwaas gedraagt. Als zijn leven je lief is, zou ik hem maar beter het rijtuig in sleuren, voor ik mijn pistool ga halen. Ik zou het heel onaangenaam vinden nog meer schade bij hem aan te richten dan de oorlog. Begrijp je me?'

'Ja, mylady.' Bentley besefte dat hij haar dreigement maar beter niet kon negeren, bedenkend dat ze zelfs als een klein meisje zijn huidige meester een klap had verkocht en een blauw oog had geslagen toen ze genoeg had van zijn grappenmakerij. Hij kwam van zijn hoge zitplaats af en vermeed naar de gescheurde jurk te kijken toen hij haastig naar zijn werkgever liep. 'Milord, vindt u niet dat we nu maar beter kunnen gaan? Lady Adriana lijkt op het ogenblik echt heel ontevreden over u. Misschien kunt u, als ze wat gekalmeerd is –'

'Verdomme, Bentley, dit gaat je geen donder aan, dus hou je erbuiten!' snauwde Colton. 'Ga terug naar het rijtuig, waar je hoort!'

'Vloek niet tegen hem!' riep Adriana en zwaaide weer met haar tas. Deze keer trof ze Colton in zijn oog, en hij struikelde pijnlijk verrast achteruit.

'Wat is hier aan de hand?' bulderde een mannenstem van het bordes.

Adriana wendde zich van Colton af, die een hand op zijn pijnlijke oog legde, en rende in de armen van haar vader. Ze verborg haar gezicht tegen zijn borst en barstte in tranen uit.

Ernstig bezorgd over het welzijn van zijn dochter keek Gyles kwaad naar de man die wankelend naar hem toe kwam.

'Sir, als u mijn dochter op een of andere manier hebt gekwetst, dan verzeker ik dat u, markies of niet, het niet zult overleven. Deze keer zal ik de zaak in eigen hand nemen.'

Colton probeerde zijn troebele, waterige blik op de verontwaardigde graaf te richten. 'Naar wat ik uit het gebrabbel van uw dochter heb kunnen opmaken, lord Gyles, geloof ik dat eerder het tegendeel de oorzaak van het probleem is. Ik zweer u dat ik me streng gehouden heb aan de code van het fatsoen en me als een heer heb gedragen. Ik heb haar weer in dezelfde onbedorven toestand aan u overgedragen.'

Adriana plukte aan de revers van de kamerjas van haar vader. 'Papa, alstublieft, stuur hem weg.'

'Heeft hij je kwaad gedaan, kind?'

'Nee, papa, hij heeft me helemaal niet aangeraakt.'

Met een zucht van verlichting sloeg Gyles zijn trillende hand tegen zijn voorhoofd. Na Rogers poging tot aanranding was hij erg achterdochtig geworden en het duurde even voor hij zich weer helemaal onder controle had. Toen ondervroeg hij haar verder. 'Wat heeft die man dan gedaan dat je zo moet huilen?'

'Hij heeft helemaal niets gedaan, papa. Hij heeft zich een perfecte heer gedragen...'

Colton, die één hand voor zijn oog hield, hief de andere hand spottend op. 'Milord, misschien begint u het nu te begrijpen...'

Adriana drukte haar hoofd tegen haar vaders borst. 'Hij wil me nu net zomin als zestien jaar geleden.'

'Dat is niet waar!' snauwde Colton. 'Ik wil haar wél, zó graag zelfs –' Hij zweeg abrupt en hield zijn hoofd schuin, zich afvragend of hij bezig was zijn verstand te verliezen. Wat hij op het punt had gestaan toe te geven zou hem halsoverkop naar het altaar hebben geleid, en wel op de manier die zijn vader voor hem gepland had. Had hij dan helemaal geen eigen wil meer?

'Alstublieft, papa,' jammerde Adriana. 'Laten we naar binnen gaan. Ik wil nooit meer over lord Sedgwicks contract praten. Als lord Riordan nog steeds met me wil trouwen, zal ik toestemmen in zijn aanzoek.'

'Hé, wacht eens even, verdomme!' brulde Colton, zó hard dat lord Standish verbaasd zijn wenkbrauwen optrok. 'Ik heb hier óók nog enig recht!'

280

Gyles maakte een kalmerend gebaar, in de hoop de woedende man tot rede te brengen. Niet sinds Colton tegen de plannen van zijn vader in opstand was gekomen, had Gyles hem zo woedend zijn stem horen verheffen. Het gaf hem reden om te hopen dat Colton werkelijk om zijn dochter gaf. 'Het is beter als we deze kwestie later bespreken, milord, als u en Adriana de kans hebben gehad erover na te denken. Het is duidelijk dat mijn dochter van streek is, en de discussie op dit moment voortzetten zou haar alleen nog maar meer verontrusten. Geef haar een dag of twee om tot zichzelf te komen, dan praten we verder.'

Colton verzette zich, hij wilde de zaak regelen voordat Adriana iets zou doen waar ze later beiden spijt van zouden hebben. Samantha had hem op de hoogte gebracht van de geruchten die over Riordan de ronde deden. Nu hij Adriana had horen zeggen dat ze zijn aanzoek zou aannemen, werd hij gekweld door een hevige jaloezie. Van al Adriana's aanbidders, was Riordan degene die hij het meest vreesde. De man had de intelligentie, het uiterlijk en de charme om Adriana van hem af te nemen. Alleen het contract dat zijn vader jaren geleden had opgesteld, schonk hem een gering voordeel boven de ander. En als dat alles was wat hij had om haar te beletten met de ander te trouwen, dan zou hij argumenteren tot hij blauw in zijn gezicht zag vóór hij zou toelaten dat Adriana een eind maakte aan dat verdrag. Al had hij persoonlijk nog zo'n bewondering voor Riordan, hij twijfelde er niet aan of hij zou zijn grootste vijand worden als ze in strijd raakten over Adriana.

'Lord Gyles, u hebt mijn versie van het verhaal nog niet gehoord, en ik verzoek u met het grootste respect dat te doen voordat u luistert naar Riorodans aanzoek. Heb ik niet meer recht op haar dan hij?'

'Ik zal onbevooroordeeld naar u luisteren,' verklaarde Gyles, 'daar kunt u van op aan. Ik vraag alleen van u dat u me wat tijd geeft om met mijn dochter te praten en te horen wat voor grieven ze tegen u heeft. Ik zal haar niet aan een ander geven tot u alle kans hebt gehad om uw wensen en klachten onder woorden te brengen.'

Hoewel Colton er niet veel voor voelde om weg te gaan, kon hij uit zijn ooghoek zien dat Bentley hem zwijgend smeekte om toe te geven. Hij deed het met tegenzin.

Met zijn hand nog steeds voor zijn oog maakte hij een kleine buiging. 'Tot een later tijdstip dan.'

Colton draaide zich met een ruk om, liep naar de landauer en stapte in. Door het portier zag hij dat Gyles troostend een arm om Adriana heen sloeg en haar naar binnen bracht. De deur viel achter hen dicht. Het leek een signaal te zijn van het einde van de hofmakerij die Colton de afgelopen twee maanden en langer gekweld had. Het holle gevoel in zijn borst nam elke twijfel bij hem weg dat hij ooit zonder Adriana zou kunnen leven.

Colton pakte zijn stok en tikte tegen het dak van het rijtuig, ten teken dat Bentley kon wegrijden. Hij staarde somber naar de duisternis buiten het raam terwijl hij een zakdoek op zijn gewonde oog legde in een poging het voortdurend vloeiende traanvocht te stelpen.

14

Harrison nam de kandelaar in zijn linkerhand en klopte met de knokkels van zijn rechterhand op de slaapkamerdeur van de markies. Hij wist dat lord Colton pas een paar uur geleden in een bar slecht humeur was thuisgekomen en vroeger dan gewoonlijk naar zijn privé-vertrekken was gegaan. Onder normale omstandigheden zou hij hem niet hebben gestoord, maar de koerier had hem verzekerd dat het heel belangrijk was. 'Milord,' riep hij door de zware deur heen. 'Er is zojuist een boodschapper gearriveerd uit Londen met een dringend bericht voor u.'

Een harde klap, het gerinkel van glas en een gesmoorde vloek gingen vooraf aan een gesnauwd verzoek om even te wachten alvorens binnen te komen. Colton trok het laken over zijn naakte lijf terwijl hij zijn lange benen over de rand van het bed zwaaide. Hij geloofde niet dat hij ook maar één moment had geslapen sinds hij de pit laag had gedraaid en het vlammetje had gedoofd. Hij was te veel bezig geweest met het nagaan van alles wat hem zou kunnen beletten Adriana verder het hof te maken en de wettelijke mogelijkheden die hij bereid was in het geding te brengen om hun toekomst veilig te stellen. Hij kón haar eenvoudig niet laten gaan.

Met een diepe zucht streek Colton met zijn vingers door zijn verwarde haar. Zijn gewonde oog zat bijna dicht en het zou verbonden moeten worden als hij ergens naartoe moest.

'Kom binnen, Harrison,' riep hij, 'en zorg ervoor dat je genoeg licht meeneemt om te kunnen zien waar je loopt. Ik heb net een lamp omgegooid.'

'Neem me niet kwalijk dat ik u wakker maak, milord,' antwoordde Harrison, die haastig door de kamer liep.

'Ik sliep niet,' bekende Colton.

De butler zette de kandelaar op de tafel en overhandigde hem het bericht. Colton verbrak het zegel en vouwde het perkament open. Met één hand voor zijn oog begon hij te lezen, terwijl de butler het gebroken glas begon op te ruimen.

Miss Pandora Mayes ligt op sterven en verzoekt u dringend met grote spoed te komen.

'Ik moet onmiddellijk naar Londen, Harrison,' zei Colton. 'Zeg tegen Bentley dat hij het tweede rijtuig met de werkpaarden voorrijdt en nog een andere koetsier meeneemt. We zullen hard moeten rijden, en ik wil onze beste paarden niet te veel uitputten. Laat dat glas maar liggen, dat kun je later wel opruimen.'

'Zal ik een tas of een koffer voor u inpakken, milord?'

'Een paar extra kleren en wat essentiële spullen voor het geval ik er het weekend moet blijven. Ik hoop dat ook al word ik opgehouden, ik in elk geval maandagochtend terug ben.'

'Dat zou prettig zijn, milord. Ik weet zeker dat uw moeder heel blij zou zijn u voor de verandering met Kerstmis thuis te hebben.'

'Ik zal mijn uiterste best doen.'

Nog geen uur later zat Colton in het rijtuig, dat in oostelijke richting naar Londen reed. Kort na het ochtendgloren de volgende morgen bereikten ze de rand van de stad, en vandaar gaf Colton de tweede koetsier de weg aan naar het huis van de actrice. Toen ze eindelijk stilhielden voor het huis, stapte Colton snel uit.

'Het kan misschien wel even duren, Bentley,' zei hij tegen de man die in het rijtuig had zitten slapen. 'Iets verderop vind je een stal en een herberg. Doe wat je kunt voor de dieren en zoek een plek om een uur of zo te rusten. Als je niet hier bent als ik naar buiten kom, zal ik je in de herberg zoeken.'

'Goed, milord.'

Bij de ingang van Pandora's huis klopte Colton op de houten deur. Eindelijk werd die geopend door een oude, donker geklede predikant. De man leek enigszins verbaasd toen hij het verband om Coltons oog zag.

'Your lordship?'

'Ja, ik ben lord Randwulf. Bent u degene die het bericht heeft gestuurd?'

'Jawel, milord. Ik ben dominee Adam Goodfellow, predikant van de parochiekerk in Oxford, waar... miss... eh... Mayes vroeger gedoopt is. Ze vroeg me naar Londen te komen om haar in haar laatste uren bij te staan en u te verwittigen.'

'Bent u hier al lang?' informeerde Colton.

'Ik ben gisteravond aangekomen, milord, toen ik haar bericht had ontvangen. De dokter was bij haar, maar liet haar in mijn zorg achter, omdat hij alle hoop had opgegeven dat ze het zou halen.'

'Kan ik haar zien?'

De oude man zwaaide de deur verder open en wenkte Colton om binnen te komen. 'Ik vrees dat er niet veel leven over is in miss Mayes, milord. Ik vermoed zelfs dat ze zich alleen in leven heeft gehouden om u nog te zien.'

'Dan kunt u me beter bij haar brengen.'

'Natuurlijk, milord,' antwoordde de predikant en schuifelde weg. Colton voelde zich gehinderd door de trage gang van de oude man.

'Neem me niet kwalijk, dominee, maar ik geloof dat ik weet waar de slaapkamer is.'

'Ja, natuurlijk,' antwoordde de man veelbetekenend.

Toen hij aan het eind van de gang kwam, duwde Colton de deur rechts van hem open. De slaapkamer werd verlicht door een enkele olielamp die op een nachtkastje stond. Als een bleke schim in het bed dat hij talloze keren met haar gedeeld had, lag de actrice die hij minstens negen maanden niet gezien had. In het vage licht leken haar ogen niet meer dan donkere schaduwen. Haar wangen waren ingevallen, haar lippen bloedeloos. De heldere kleur van vroeger was verdwenen.

Een dikke vrouw van een jaar of dertig of meer zat op een stoel in een hoek van de kamer. Haar blouse was opzij getrokken en een grote borst was te zien waaraan een pasgeboren baby lag te zuigen.

Colton liep naar het bed van Pandora en haar oogleden gingen trillend open. Een spoor van een glimlach verscheen om haar mond.

'Col... ik ben blij dat je er bent. Ik was zo bang dat je niet zou komen,' zei ze hees, alsof ze volkomen uitgeput was. Ze nam hem wat aandachtiger op en zag de ooglap. 'Ben je je oog kwijtgeraakt in de oorlog?'

'Nee, ik heb iets in mijn oog gekregen gisteravond.' *De handtas van een mooie feeks.*

Pandora stak een slanke hand naar hem uit. 'Kom naast me zitten.'

Colton nam plaats op de rand van het bed. 'Ik ben gekomen zo gauw ik kon, Pandora. Wat scheelt je?'

'Je... hebt... een... dochter, milord,' zei ze hees en zwak. 'Je... hebt... je zaad... in me... geplant... de laatste keer... dat je... hier was.'

De schok deed een ijskoude rilling over Coltons rug gaan. Bijna onmiddellijk kwamen hem visioenen van Adriana voor ogen. 'Maar... maar je zei dat je geen kinderen kon krijgen. Je hebt het me bezworen!'

'*Ahhh*, maar dat was voordat jij kwam,' bracht ze eruit. 'Er was... een echte man... voor nodig... een man... zoals jij.'

Colton voelde berouw. 'En nu sterf je door míjn zaad?'

'O, je hoeft jezelf niet de schuld te geven. Het was een moeilijke bevalling. Jou valt niets te verwijten.'

Colton stak zijn hand uit en streek het slappe haar van de doodsbleke wangen. 'Ik ken een paar vooraanstaande artsen hier in Londen. Mijn familie heeft vaak genoeg hun hulp ingeroepen om te weten dat ze een uitstekende reputatie hebben. Ik zal mijn koetsier sturen om er een te halen.'

Ze stak haar hand op om hem tegen te houden. 'Het is te laat, Colton. Ik heb te veel bloed verloren, maar... ik... wil... één ding... van je... vragen.'

'En dat is?' Angstig hield hij zijn adem in. Nog voordat ze ooit met elkaar naar bed waren geweest, had hij Pandora gewaarschuwd dat hij nooit met haar zou trouwen. Nu hij veel meer te verliezen had dan ooit tevoren kon hij er zelfs niet aan dénken op dat besluit terug te komen.

Haar doffe ogen smeekten hem voordat ze fluisterde: 'Laat... dominee Goodfellow... de zegen... uitspreken... voor ik sterf... Colton.'

Door de hevige afkeer voor het verzoek van de actrice, lette hij niet op de woorden die uit zijn mond kwamen. 'Maar ik ben zo goed als verloofd met een andere...'

'Vannacht... sterf ik, Colton. Kan het... kwaad als je... me enige rust... schenkt... in mijn laatste uren?'

Hij bleef zwijgen, niet in staat haar verzoek in te willigen, dat hoogstwaarschijnlijk zou betekenen dat hij Adriana zou verliezen.

'Colton, alsjeblieft.. ik weet het... je hebt me verteld... dat je niet.. met me zou trouwen... maar ik smeek je... ter wille van mij en ons kind...'

Colton voelde een prikkeling in zijn nek. Zijn instinct waarschuwde hem uiterst voorzichtig te zijn met het nemen van een besluit. 'Wat moet er met het kind gebeuren?'

Haar lippen vertrokken bedroefd. 'Ik wilde... vragen... of je haar... mee naar huis... wilt nemen. Je zult zien... dat de baby... een paarse moedervlek... heeft... op haar rug... net als haar vader.'

Ze gebaarde zwakjes naar de vrouw in de boek. 'Alice... is... schoonmaakster... in het theater. Ze heeft... gisteren haar baby... verloren... en heeft toegestemd... mijn kind te... zogen.'

De slonzige vrouw stond op van de stoel en kwam met het kind naar hem toe. Ze bleef naast Colton staan en leek te meesmuilen toen ze het kind van de borst nam. Ze draaide de baby om, ontblootte de kleine billetjes, hield ze dicht bij de lamp en wees met een vuile vinger naar de moedervlek.

Coltons hart zonk in zijn schoenen. Hij wist zeker dat die donkere vlek dezelfde vorm had als de moedervlek waarmee hij geboren was. Zijn vader en zijn grootvader hadden er ook een gehad. Het scheen te bewijzen dat het kind van hem was. Maar hij was niet van plan dat zonder meer te accepteren. De aanwezigheid van het kind was een bedreiging voor zijn toekomst met Adriana. En ook al leek de moedervlek echt, hij kon niet laten de authenticiteit ervan te testen door met zijn duim erover te wrijven, om zeker te zijn dat het niet handig was aangebracht met de schmink van een actrice.

Helaas bleken zijn pogingen vergeefs. Als de vlek nagemaakt was, dan was dat gedaan door een talentvolle kunstenaar, want de paarse vlek leek echt.

Ongenegen om aan het verzoek van de actrice te voldoen, staarde Colton uitdrukkingsloos voor zich uit, terwijl de vrouw terugkeerde naar de stoel. Een deel van hem dwong hem te doen wat juist was voor het kind. Hij wilde beslist niet dat een van zijn afstammelingen een uitgestotene zou zijn, maar een andere kant maande hem tot voorzichtigheid. Als hij Pandora's verzoek inwilligde en ze niet stierf, zou hij voorgoed aan haar gebonden zijn, en dat was nooit zijn bedoeling geweest.

'Dominee... Goodfellow...' – Pandora's gefluisterde woorden waren nauwelijks meer verstaanbaar terwijl ze haar hand ophief en naar de predikant wees – 'zei dat elk bastaardkind... voor eeuwig verdoemd is... Hij zei... ook dat... mijn zonden... me niet vergeven... kunnen worden... tenzij ik trouw.. met de vader van het kind. Colton... ik ben stervende... help me,' hijgde ze op meelijwekkende toon. 'Ik wil niet... branden... in de hel.'

Colton zuchtte diep. 'Ik heb weinig ervaring met trouwen, maar ik geloof dat er een vergunning voor nodig is.'

De predikant kwam naar voren met zijn hand tegen zijn borst. 'In mijn jaren als predikant heb ik het geluk gehad in verscheidene gevallen iets goeds te kunnen voor mensen in hoge posities. Als gevolg daarvan heb ik voor mistress Mayes een speciale vergunning kunnen krijgen van zijne genade, de aartsbisschop. Alleen uw handtekening is nog nodig, milord...'

Colton merkte dat er nog een beetje rebellie in hem was overgebleven. 'Onmogelijk!'

'De documenten moeten worden getekend in bijzijn van getuigen, milord. Hebt u er iets tegen om het huwelijk te bezegelen met uw handtekening? Of wenst u niet te trouwen met de moeder van uw kind?'

De val klapte dicht. Zijn grootste verdriet was het verlies van de mooie Adriana. Hoe kon hij enige hoop hebben dat Adriana hierna met hem zou trouwen?

Er kwam geen geluid meer uit het bed. Colton zag dat de ogen van de actrice gesloten waren en haar ademhaling slechts heel oppervlakkig was.

'Het lijkt me dat u niet veel tijd hebt om de zaak te rectificeren, milord,' zei de predikant. 'Mistress Mayes heeft niet lang meer te leven.'

Met een diepe zucht mompelde Colton ongelukkig: 'Ik zal met haar trouwen.'

'En het kind? Neemt u dat mee?'

'Ze zal worden grootgebracht als mijn eigen kind,' beloofde

Colton met een al even groot gebrek aan enthousiasme.

Er leek maar een kort moment te zijn verstreken voordat de huwelijksbeloften werden uitgesproken, zwakjes door Pandora en nogal nors door Colton.

'De min heeft me toegezegd dat ze bereid is voor het kind te zorgen als u wilt dat ze met u meegaat, milord. Kan dat uw goedkeuring wegdragen?'

Colton vond het idee ongeveer even aantrekkelijk als trouwen, maar hij zag op dat moment geen andere uitweg. 'Het lijkt me dat ik weinig keus heb als het kind gevoed moet worden.'

De predikant wenkte de min om de bezittingen van het kind bijeen te zoeken, en Coltons maag draaide om. Toen de zoogster zag dat Colton naar haar keek, grijnsde ze naar hem met een mond vol rottende tanden.

'Haar naam is Alice Cobble, milord,' verkondigde de predikant. 'Ze zei dat haar man in de oorlog is omgekomen, zodat ze nu niemand meer heeft. Als loon hoeft ze niet meer te hebben dan een of twee stuivers, benevens haar onderhoud. Ik heb er alle vertrouwen in dat ze uitstekend voor de baby zal zorgen.'

Eén ding wist Colton zeker, hij had nog nooit in zijn leven een smeriger en havelozer schepsel gezien. Hij vond het een afschuwelijk vooruitzicht tijdens de lange rit naar huis bij haar in het rijtuig te moeten zitten, want ze stonk zó erg dat hij er misselijk van werd. Haar kroezige haar moest dringend gewassen worden. Zelfs nu nog deed ze geen enkele moeite om haar blote borst te bedekken, alsof ze voor hem ermee pronkte. Het feit dat de baby aan zoiets smerigs moest zuigen, maakte dat hij zich nu al afvroeg hoe gauw hij, zodra hij thuis was, een vervangster voor haar zou kunnen vinden. Hij hoopte vurig dat het niet lang zou duren.

Colton draaide zich weer om naar Pandora en zag dat haar krachten snel begonnen af te nemen. Met een gebaar naar haar bed vroeg hij aan de predikant: 'Kunt u haar niet helpen?'

De man liep naar het bed toe en legde zijn vingers op haar pols. Toen trok hij zich met een diepe zucht terug en schudde droevig zijn hoofd. 'Ik betwijfel of uw vrouw nog een uur te leven heeft, milord.'

'Ik zal bij haar blijven.'

'Dat is niet echt nodig, milord. Ze zal gauw genoeg zijn

heengegaan, en als u uw vertrek uitstelt, zal uw rijtuig waarschijnlijk worden ingehaald door soldaten die naar huis zijn teruggekeerd. Die kunnen nauwelijks werk vinden en zijn uit wraak aan het roven gegaan, omdat ze zonder meer worden ontslagen door de regerende instanties in dit land – met andere woorden, de aristocraten die in een ongelooflijke weelde leven terwijl de gewone soldaat omkomt van de honger.'

'Ik heb zij aan zij gevochten met velen van die mannen en kan met hen meevoelen. Ik ben bereid het erop te wagen. Ik wil niet dat Pandora alleen sterft.'

'Ik ben bij haar, milord.'

'Niettemin blijf ik hier zitten,' antwoordde Colton resoluut. 'Ik ben nog nooit eerder getrouwd geweest, maar ik ben de mening toegedaan dat een man zijn vrouw niet in de steek hoort te laten als ze op sterven ligt.'

'U hebt natuurlijk gelijk,' gaf de predikant toe. 'Ik dacht slechts aan uw veiligheid.'

'Col...' klonk een zachte stem uit het bed.

'Ik ben hier, Pandora,' verzekerde Colton haar. 'Ik laat je niet in de steek.'

'Ik vraag alleen... een goede vader... te zijn... voor onze dochter...'

Met dat verzoek sloot ze haar ogen en hield op met ademen.

Dominee Goodfellow voelde haar pols en trok toen plechtig het laken over haar hoofd. 'Ze is niet meer, milord.'

Colton slaakte een diepe zucht en stond op. Hij pakte een zware buidel met munten uit zijn binnenzak en gaf die aan de predikant. 'Dit hoort genoeg te zijn voor de speciale vergunning en een fatsoenlijk graf met een grafsteen voor Pandora. Haar dochter zal later willen weten waar haar moeder begraven ligt. Waar kan ik u vinden als ik thuis alles geregeld heb?'

'Ik heb een kleine standplaats aan de weg naar Oxford, milord,' antwoordde de man. 'Daar zal uw vrouw begraven worden.' Hij schudde de buidel leeg in zijn hand en staarde verbaasd naar de munten. 'U bent heel edelmoedig, milord.'

'Koop voedsel voor de soldaten met het geld dat over is.' Hij draaide zich om en wenkte de min zonder enig enthousiasme om hem te volgen.

Colton had vermoed dat het moeilijk zou zijn om zijn moeder

te vertellen wat hij gedaan had, maar hij had nooit kunnen denken dat ze flauw zou vallen toen ze het nieuws hoorde. Terwijl Harrison voor hem uit draafde en deuren opende, naar Philana's kamermeisje roepend dat ze alvast naar Philana's kamer moest gaan, droeg hij zijn moeder naar haar kamer, waar hij haar voorzichtig op bed legde. Het kamermeisje bette haar gezicht met een koele, vochtige doek, en Philana kwam langzaam weer bij. Maar toen ze zich alles weer herinnerde, kreunde ze en legde een bevende hand op haar ogen.

Colton verzocht Harrison rustig naar beneden te gaan en Alice Cobble naar de kinderkamer te brengen. 'En laat een van de bedienden die vrouw erop attent maken hoe belangrijk het is haar lichaam en haar haar te wassen,' voegde hij er zachtjes aan toe. 'Als ze weigert, krijgt ze met mij te maken. Als het niet voor het kind was, zou ik dat smerige schepsel onder geen enkele omstandigheid in huis dulden, dus ik verzoek je dringend haar de gebruikelijke regels voor te schrijven die gelden voor de vrouwen die hier in huis werken.'

'Ja, milord.'

Toen de deur achter de butler en het kamermeisje dichtviel, draaide Philana haar hoofd op het kussen en keek door een waas van tranen naar haar zoon. 'Ik had zo gehoopt dat je met Adriana zou trouwen,' zei ze gesmoord. 'Al die jaren is ze als een tweede dochter voor me geweest. Ik kan de gedachte niet verdragen dat ik haar kwijt zou raken. Sedgwick en ik hebben er nooit aan willen denken hoe we ons zouden voelen als je met een ander trouwde. Nu is mijn grootste wens onmogelijk geworden.'

'Ik zal met haar praten,' was het enige wat Colton uit kon brengen.

'Ik vrees dat het weinig nut zal hebben,' fluisterde Philana bedroefd. 'Er is een heel groothartige vrouw voor nodig om zich te onderwerpen aan de meelevende blikken van de mensen als ze met jou zou trouwen. Ik weet niet of ze tegen die schande opgewassen zou zijn.'

Op kerstavond begroette Charles lord Colton plechtig bij de voordeur van Wakefield Manor. 'Ik zal lady Adriana zeggen dat u haar wenst te zien, milord.'

'Kunnen we ergens ongestoord praten?'

De butler was op de hoogte van de ruzie tussen de markies en lady Adriana, en had begrip voor het verzoek van lord Colton. 'Als u naar de bibliotheek wilt gaan, milord, zal ik lady Adriana zeggen dat u daar op haar wacht. U zult daar waarschijnlijk niet gestoord worden, want lord Standish en lady Christina zijn naar de Abernathy's. Ik geloof dat ze van plan zijn daar enige tijd te blijven, in elk geval tot lady Adriana zich bij hen zal hebben gevoegd.'

'Dank je, Charles.'

Colton liep met een bezwaard hart door de gang naar de bibliotheek. Hij kon niet veel enthousiasme opbrengen voor de taak die voor hem lag. Hij was bang dat ze hem na zijn recente gedwongen huwelijk uit haar aanwezigheid zou bannen en hem nooit meer zou willen zien.

'Je wilt me spreken?' klonk een zachte stem in de deuropening.

Colton draaide met een hoopvolle glimlach zijn hoofd om, maar het was duidelijk dat Adriana niet van plan was die te beantwoorden. Hij liep naar haar toe. 'Ik wil wanhopig graag over een paar dingen met je praten.'

'Als het over gisteravond gaat, heb ik niets meer te zeggen,' verklaarde ze koel, en ging bij de open haard staan. Ze draaide hem de rug toe en warmde haar handen bij het vuur.

'Ik heb me slecht gedragen,' bekende ze, achteromkijkend, 'en daarvoor moet ik me verontschuldigen, maar ik meende elk woord wat ik zei. Het zal minder verdriet voor me betekenen als ik er nu een eind aan maak en verderga met mijn leven alsof je nooit bent teruggekomen.'

'Al zul je het moeilijk kunnen geloven, Adriana, ik wil je heel graag tot vrouw hebben.'

Ze draaide zich met opgetrokken wenkbrauwen om. 'Wanneer is dat gebeurd?'

'Feitelijk ben ik me er al enige tijd van bewust, maar dom genoeg heb ik het steeds uitgesteld om dat feit te erkennen. Lang geleden verzette ik me fel tegen het idee dat mijn leven voor me zou worden uitgestippeld door een contract en een verloving die mijn ouders hadden bepaald. Maar al was ik nog zo gekant tegen onze hofmakerij, ik merkte dat ik je wilde... nee, nodig had.'

Adriana had willen lachen van vreugde, maar de grimmige

uitdrukking op zijn gezicht maakte dat ze op haar hoede was. 'Is er iets gebeurd?'

Colton liet een diepe zucht horen en wendde zich half af, terwijl hij de palm van de ene hand tegen de knokkels van de andere wreef. 'Triest genoeg heeft zich iets voorgedaan dat me doet twijfelen of je mijn huwelijksaanzoek zult accepteren.'

'Ga door. Ik luister.'

Colton wist niet goed hoe hij het haar moest vertellen. Hij was er beslist niet trots op. 'Eergisteravond werd ik onverwacht naar Londen ontboden en ontdekte dat een vrouw die ik al een paar jaar kende een kind had gekregen.'

Adriana's knieën begonnen te knikken. Wankelend liep ze naar de dichtstbijzijnde stoel en ging zitten. Ze was versteend van angst en wachtte tot hij verder zou gaan, haar zou vertellen dat het kind van hem was en niet van een of andere vreemde. 'Hou je van haar?'

Colton draaide zich om en keek haar aan, verbaasd dat ze al wist wat hij haar ging vertellen. Haar hoofd was gebogen en haar schouders zakten naar voren in een verslagen houding. 'Nee. Ze was slechts een actrice die ik... eh... nu en dan bezocht. Ze had me verteld dat ze geen kinderen kon krijgen...'

'Hoe weet je zo zeker dat het kind van jou is?'

Hij zuchtte. 'Ik heb een moedervlek op mijn onderrug, die ik heb geërfd van mijn vader, en hij weer van zijn vader vóór hem, enzovoort. Ik geloof dat het vele jaren geleden is ontstaan door een viking. De moedervlek heeft de vorm van een meeuw.'

'Ja, dat heb ik gezien.'

Hij keek haar nieuwsgierig aan. 'Heus?'

'De avond waarop je mijn badkamer binnenkwam.'

Zijn mond vormde een geluidloze 'O'.

'Het lijkt me dat de aanwezigheid van zo'n moedervlek op je kind die actrice goed uitkomt, maar jou minder goed. Ben je van plan met haar te trouwen?'

'Dominee Goodfellow uit Oxford heeft de zegen uitgesproken toen ik daar was.'

Adriana kon slechts verslagen en zwijgend naar haar schoot staren. Ze hield haar hand voor haar mond en voelde zich misselijk.

'Ga even naar buiten,' drong hij aan. Hij legde zijn arm onder haar schouders en trok haar tegen zich aan. 'Het is fris buiten, dat zal je misselijkheid bedwingen.'

Adriana had de kracht niet te weigeren en liet zich door hem naar buiten brengen.

'Haal diep adem,' adviseerde hij, haar dicht tegen zich aan drukkend. 'Dat zal helpen.'

Ze gehoorzaamde. Het beetje waardigheid dat ze nog bezat, zou ze beter in stand kunnen houden als ze haar misselijkheid de baas was en hem kon wegsturen. Maar het duurde even voor ze voldoende kracht had om hem van zich af te duwen. Toen ze wankelend terugliep naar de bibliotheek, volgde hij haar en stak zijn hand uit om haar te steunen toen ze dreigde te vallen. Maar ze vermeed zijn aanraking alsof hij de pest had.

'Het is beter als je nu weggaat,' zei ze. 'Nu je een getrouwde man bent, horen we niet alleen te zijn. Ga alsjeblieft. Dan zou ik me wat beter voelen.'

'Ik ben *weduwnaar*, Adriana. Pandora is gestorven nog voordat ik haar huis verliet.'

'En het kind?'

'Ze is met een min in Randwulf Manor.'

'Ik begrijp het.'

'Ik kon de baby moeilijk alleen achterlaten.'

'Nee, natuurlijk niet. Je hebt goed gehandeld. Ze zal alle voordelen hebben die je je kunt veroorloven.'

'Adriana...' Hij legde zijn hand op haar schouder.

Ernstig sloeg ze haar ogen naar hem op. 'Ja?'

Hij keek naar haar mooie gezichtje. Als iemand ooit had ontkend dat er een hel op aarde zou zijn, dan had hij op dat moment hun ongelijk kunnen bewijzen. 'Bestaat er een mogelijkheid dat je me mijn fouten kunt vergeven en me accepteren als je echtgenoot?'

Adriana kon met moeite een heel flauw glimlachje tevoorschijn brengen. 'Ik zal je aanzoek geruime tijd moeten overwegen voor ik je een antwoord kan geven, Colton. Tot dan blijft me niets anders over dan me volledig bevrijd te voelen van alle verplichtingen jegens jou en jegens het contract dat onze ouders hebben getekend. Je huwelijk met een andere vrouw heeft die overeenkomst beëindigd.'

Zijn hart zonk in zijn schoenen. 'Mag ik morgen terugkomen?'

'Nee, liever niet. Ik moet een tijdje alleen zijn om mijn toekomst te overdenken. Al houd ik nog zoveel van je familie, ik weet niet of ik nu nog met je wil trouwen.'

'Ben je me in zó korte tijd gaan haten?'

'Ik haat je niet, Colton, maar ik mag niet vergeten dat je, vóór je wist dat je vader was, nooit enige echte belangstelling voor me hebt getoond als toekomstige echtgenote. Het lijkt me nu een beetje laat voor een huwelijksaanzoek. Als je me had gewild, dan had je daar in de afgelopen twee maanden enig bewijs van moeten leveren, maar dat heb je niet gedaan.'

'Ik had belangstelling voor je sinds ik ben teruggekomen,' protesteerde hij wanhopig. 'Ik kan zelfs aan niemand anders denken dan aan jou. Je spookt 's nachts rond in mijn dromen, en ik word wakker met het intense verlangen dat je naast me zou liggen, dat je elk moment van de dag bij me zou zijn.'

'Niettemin heeft je gedrag me doen geloven dat je niet bereid was me te accepteren als je vrouw. Nu voel ik een tegenzin om jou te accepteren als mijn man. Ik moet tijd hebben om over je aanzoek na te denken.' Ze wees met haar hand naar de deur. 'Je weet de weg naar buiten.'

15

De scheuring tussen Colton en Adriana ging Philana zó aan het hart dat ze zich de dag na Kerstmis vrijwel opsloot in haar kamer. Maar dat was natuurlijk niet zoals een Engelse zich gedroeg, of het voorbeeldige gedrag van een markiezin. Ze moest stoïcijns doorgaan. Het was dubbel moeilijk toen ze bericht kreeg dat haar nichtje, haar echtgenoot en haar pasgeboren baby gedood waren toen hun rijtuig van hun vierspan was afgebroken en in een ravijn was gestort. Het was opnieuw een pijnlijke klap, die hard aankwam bij Philana en Alistair. Net drie jaar geleden hadden ze gerouwd over het overlijden van hun zus en drie maanden later van hun zwager. Het echtpaar had maar één kind achtergelaten, een levendige, jonge vrouw, die een paar jaar geleden met een burggraaf was getrouwd, wiens eigen ouders nog niet zo lang geleden eveneens waren gestorven. Wat het nóg moeilijker maakte, was dat ze even buiten Londen hun eind hadden gevonden, nadat een bende ontevreden soldaten, die uit het leger waren ontslagen en een armoedig bestaan leidden in de achterbuurten, hun haat hadden gekoeld op de eerste de beste aristocraat, een man die zelf een oog had verloren in een eerdere campagne tegen de Fransen.

Familieleden en vrienden kwamen in Londen bijeen voor de begrafenis. Bij die trieste gelegenheid had Philana met Adriana kunnen spreken, die met haar ouders naar hun huis bij Regent Park in Londen was gereisd, waar ze hun zussen en hun echtgenoten ontmoetten voor ze naar de begrafenis gingen.

'Edythe was net twintig,' legde Philana met gesmoorde stem uit. 'Ze moet vlak nadat ze bevallen was zijn gestorven, want het kind zag eruit zoals het geval zou zijn geweest als niemand

Edythe bij de geboorte had kunnen helpen... behalve dat de navelstreng was doorgesneden en afgebonden. Het is moeilijk te begrijpen waarom soldaten, die dit land vroeger trouw waren, hun rijtuig hebben aangevallen. Courtland Kingsley had in vroegere conflicten met Frankrijk bewezen een dappere soldaat te zijn, maar na het verlies van zijn oog had hij zijn aanstelling als officier moeten opgeven.'

Toen Adriana later Samantha onder de aanwezigen op het kerkhof zocht, vond ze haar vriendin zwaar leunen op de arm van haar broer, die samen met haar bij het graf vandaan liep. De vrouwen omhelsden elkaar wanhopig. Samantha probeerde haar snikken te bedwingen. Toen Adriana eindelijk een stap achteruit deed, kuste ze Samantha's betraande wang en beantwoordde Coltons onderzoekende blik met een triest glimlachje en een stijf knikje, terwijl hij beleefd zijn hoed afnam. Zijn ogen spraken daarentegen boekdelen, maar ze was doof... en blind voor de smeekbede erin.

Colton zette zijn theekopje op het schoteltje en keek naar de gespannen glimlach van zijn moeder. Ze had zich de tragische dood van haar nichtje erg aangetrokken, maar was zich er pijnlijk van bewust dat haar verdriet al eerder was begonnen, toen hij haar had verteld over Adriana's stoïcijnse weigering. Sindsdien bewees de droefheid in haar blauwe ogen hoe diep de pijn zat.

Eigenlijk had hij wel verwacht dat zijn moeder zo zou reageren. Veel van wat er nu gebeurde had hij al gevreesd toen hij hoorde van de verordening van zijn vader. Het feit dat het nog werd verergerd door de dood van Edyth en haar gezinnetje maakte het nog pijnlijker. Adriana was de enige keus van zijn ouders geweest. Ze was als een dochter voor hen geweest, en de zeer reële mogelijkheid dat hun verwachtingen nooit bewaarheid zouden worden, was een vooruitzicht dat zijn moeder maar nauwelijks kon accepteren.

'Ik moet je iets vragen,' zei Philana kalm.

'Ja?'

'Heb je Edythe ooit bezocht toen je verleden jaar in Londen was?'

Colton rimpelde verbaasd zijn voorhoofd. 'Nee, ik ben bang dat ik haar na mijn vertrek uit huis niet meer gezien heb. Waarom?'

'Ik vraag het vanwege een moedervlek, die de artsen hebben gevonden op de rug van het kind.'

Colton leunde achterover en staarde verward naar zijn moeder. Ze hoefde verder niets te zeggen. 'Maar hoe kan dat? Ze was niet verwant met de Wyndhams. Courtland ook niet.'

'Dat weet ik maar al te goed,' mompelde Philana. Toen probeerde ze een dapper glimlachje tevoorschijn te toveren. 'Niet tenzij je vader...'

Colton weigerde het te horen. 'Vader zou Edythe nooit hebben aangeraakt... of welke andere vrouw ook. U was de enige van wie hij óóit gehouden heeft... of, wat dat betreft, begeerd. Ik heb hem nog nooit naar een andere vrouw zien kijken op de manier die u suggereert. Ik mag mijn fouten hebben gehad, moeder, maar vader was trouw en oprecht in alles wat hij deed. Hij heeft me toen ik jong was vaak genoeg onder handen genomen omdat ik neiging had een beetje te veel plezier te maken met de meisjes. Ik weiger te geloven dat hij tegen zijn eigen morele opvattingen in zou hebben gehandeld.'

'Hoe verklaar je dan de aanwezigheid van zo'n moedervlak op de rug van de baby?'

'Hebt u die zelf gezien?' vroeg Colton.

'Natuurlijk niet. Zoals je weet, weigerden ze de kisten te openen omdat er te veel tijd verstreken was...'

Colton stak zijn hand uit en probeerde haar gerust te stellen. 'Dan was wat de artsen beschreven blijkbaar toch anders dan de moedervlek die ik heb of mijn vader vóór mij had. Ik kan u niet zeggen hoe erg het me spijt. Ik was stom genoeg om te geloven dat Pandora geen kinderen kon krijgen en dat het veilig was met haar. Niets, maar dan ook absoluut niets wat ik nu kan zeggen kan mijn verkeerde oordeel verontschuldigen. Mijn dochter is een onschuldig slachtoffer, en ik kon niet een van mijn eigen kinderen het lot van een bastaardkind te laten ondergaan. Een onschuldige de rest van haar leven te laten boeten voor mijn indiscreties is me onmogelijk. Ik moet de gevolgen dragen.'

'Het schijnt een heel mooie baby te zijn,' zei Philana zachtjes. 'De bedienden hebben in de omtrek geïnformeerd naar een vrouw die het kind kan zogen. Hopelijk vinden we gauw iemand die Alice kan vervangen. Ik moet zeggen dat haar manieren... een beetje ongewoon zijn.'

'Verachtelijk is het woord, moeder.'

Harrison kwam de zitkamer binnen met een klein zilveren blad waarop een brief lag die met rode was verzegeld was. Hij gaf hem aan de markiezin. 'Dit bericht is zojuist voor u uit Bath gekomen, milord.'

'Bath?' herhaalde Colton verbaasd.

'Ja, milord. Ik geloof dat hij het zegel draagt van lord Standish.'

Philana ging rechtop zitten met een sprankje hoop in haar ogen. 'Misschien heeft Gyles Adriana weten over te halen je nog een kans te geven.'

Colton betwijfelde dat. Hij verbrak het zegel, vouwde het perkament open en begon te lezen. Het bericht maakte zijn opties overduidelijk.

Als u ook maar de geringste wens hebt mijn dochter een huwelijksaanzoek te doen, kan ik u slechts op het hart drukken zaterdagavond naar het Lansdown Crescent in Bath te komen vóór de sluitingstijd van de Assembly Room. De markies van Harcourt schijnt Adriana's aanwezigheid en uw afwezigheid hier op te vatten als een aanduiding van een mogelijke vervreemding tussen u beiden. Hij heeft me verzocht om een onderhoud, en ik kan slechts aannemen dat hij mij weer wil spreken over zijn eventuele huwelijk met mijn dochter. Ik kan u de verzekering geven dat als dat niet de bedoeling mocht zijn van lord Harcourt, er vele anderen zijn die naar haar hand dingen. Hoewel ik erop vertrouw dat mijn dochter een verstandige keus zal maken, zal ze geen voor u gunstige beslissing nemen tenzij ze overtuigd is van uw verlangen haar tot uw vrouw te nemen. Als ik me vergist heb in uw genegenheid voor haar, negeert u dan alstublieft dit verzoek. Ik heb altijd diepe eerbied voor uw vader en zijn nagedachtenis, en het is uitsluitend om die reden dat ik deze brief stuur. Ik kan het Adriana niet kwalijk nemen als ze niet met u wenst te trouwen. Mijn plannen zijn om in Bath te blijven tot na het nieuwe jaar.

'Wat is het, jongen?' vroeg Philana. 'Mag ik hopen dat het bemoedigend nieuws bevat?'

'Ik moet naar Bath,' verklaarde Colton. Hij sprong overeind

en liet de brief naast zijn moeder op de tafel vallen. 'Die brief verklaart alles. Ik weet niet wanneer ik terug ben.'

Even later reed Bentley hen langs Wakefield Manor. Er was nog geen uur voorbijgegaan sinds Colton Gyles' brief had gelezen, en in die tijd was de wind opgestoken en hadden zich donkere wolken boven zijn hoofd gevormd.

Bentley voldeed aan het verzoek van zijn meester om haast te maken en spoorde de op één na beste paarden aan tot grotere snelheid. Spoed was geboden.

Het rijtuig kwam in het halfdonker van een dichtbebost gebied, en na een waarschuwende kreet en een gemompelde vloek van Bentley moest Colton zich schrap zetten toen het rijtuig plotseling met een schok stopte.

'Wat is er?' vroeg hij, terwijl hij het portier opende en half uitstapte.

'Er ligt een boom dwars over de weg, milord,' antwoordde Bentley. 'Omgewaaid door de wind, denk ik.'

Colton stapte uit. Toen hij de hindernis zag en de situatie in ogenschouw nam, leek het hem wel moeilijk maar niet onmogelijk om de grote boom uit de weg te ruimen. 'Samen moeten we de top van de boom opzij kunnen trekken, Bentley, tot hij evenwijdig met de weg ligt. Het moet niet onoverkomelijk zijn als we hem allebei tegelijk oppakken.'

Bij de derde tel hieven ze samen, met alle kracht waarover ze beschikten, de top van de boom op en droegen die naar de kant van de weg. Het was een immens karwei, maar het lukte.

Colton sloeg grinnikend het stof en vuil van zijn handen.
Hij stond bij de voet van de boom toen hij besefte dat die niet was omgewaaid door de wind, zoals ze hadden gedacht. Hij was omgehakt, en voorzover ze konden vaststellen vrij kort geleden, te oordelen naar het sap dat eruit droop en de stapel verse splinters rond de wortels.

Colton liep paar stappen verder en bleef toen staan. Aandachtig luisterend tuurde hij rechts en links het bos in. Het grind op de veelbegane weg knarste onder Bentley's laarzen, maar een ander geluid, een klik en de plof van een weigerend geweer, deden Coltons haren overeind staan. Het klonk te dichtbij om zich op zijn gemak te kunnen voelen.

'Liggen!' schreeuwde hij naar zijn koetsier, terwijl hij zelf zo hard hij kon naar de landauer rende, waarvan hij het portier open had laten staan. Dat bood hem althans enige bescherming. Het volgende moment klonk er een oorverdovende knal en Bentley dook geschrokken weg.

De kogel raakte zijn doel – boorde een gat in Coltons rug – en met een luide kreet viel hij voorover, languit op de grond. Vlak na die knal werd er een waar spervuur op hen losgelaten en de meeste kogels boorden zich in het rijtuig, dicht bij de plaats waar Colton was gevallen. Het bewegen deed hem erg veel pijn, maar hij wist zich toch onder het rijtuig te slepen, dat hem een minimum aan bescherming bood.

'Milord, bent u gewond?' riep Bentley. Hij hurkte aan de andere kant van de landauer en rekte zijn nek uit om eronder te kijken. Toen hij het glinsterende rood op de rug van de mantel zag, ging er een steek van angst door hem heen. Hij kon niet anders dan geloven dat de markies dood was of stervende. 'Milord, leeft u nog?'

De hevige pijn van zijn wond belette Colton meteen te antwoorden. Hij bleef even liggen, met zijn voorhoofd op een arm. Eindelijk draaide hij zijn hoofd om op zijn arm, zodat hij zijdelings naar Bentley kon kijken, die een zucht van opluchting slaakte.

'Ik ben gewond maar allesbehalve dood, Bentley. Heb je een wapen en kogels bij je?'

'Ja, milord. En ook de twee Brown Besses. En veel munitie. Ik houd ervan om altijd goed voorbereid te zijn.'

'Als we aan die struikrovers kunnen ontsnappen, zal ik ervoor zorgen dat je in de toekomst over betere wapens beschikt. Nu kunnen we alleen maar hopen dat onze aanvallers binnen het bereik van onze geweren zijn. Kun je erbij zonder dat je hoofd eraf geschoten wordt?'

'Met het oog op de moeilijkheden die we krijgen als ik dat níet doe, milord, zal ik er meteen op af gaan. Ik heb de lading vanmorgen nog gecontroleerd, zoals ik heb gedaan sinds uw nicht en haar gezin zijn gedood.'

Bentley had het nog niet gezegd of hij liep snel langs de zijkant van het rijtuig, deze keer naar de voorkant. Talloze kogels boorden zich in het hout terwijl hij op de spaken van het wiel klom en met zijn arm achter de zitplaats achterop zocht. Zodra hij de wapens en munitie had, greep hij ze stevig vast met zijn ene arm en begon haastig aan zijn afdaling. Helaas niet snel genoeg. Hij liet een woedende vloek horen toen een kogel langs zijn wang schoot en een diepe groef achterliet waaruit het bloed over zijn livrei stroomde. De wond gaf hem nieuwe energie. Hij liet zich prompt vallen en holde terug naar de plek waar de markies dekking had gezocht. Daar gaf hij twee van de wapens in Coltons capabele handen.

'Weet u hoe we ze het best kunnen raken, milord?'

'Ga naar de voorkant van het rijtuig en probeer ze uit hun schuilplaats te lokken, maar laat je niet zien. Het is al erg genoeg dat ik gewond ben, maar het mag niet gebeuren dat jij niet in staat zou zijn ons hier vandaan te krijgen. Ik zal proberen een of twee van hen neer te halen terwijl ze op jou letten. Hopelijk zal dat de rest op de vlucht doen slaan.'

'Hoeveel denkt u dat het er zijn, milord?'

'Te oordelen naar de schoten die in de landauer terecht zijn gekomen terwijl jij de geweren ging halen, meer dan we zonder versterking op de vlucht kunnen jagen. Je kunt maar beter gaan bidden om een wonder.'

Bentley hurkte op één knie, mompelde met gebogen hoofd een paar woorden en rende na een ademloos 'amen' naar voren.

Het schieten was na zijn verdwijning heel even iets minder geworden en Bentley hief zijn hoofd weer op. 'Verdomde schoften!' schold hij. 'Laat je lelijke smoel zien.'

Onmiddellijk dook hij weer weg, juist toen verscheidene kogels de landauer doorboorden. Vlak na dat nieuwe spervuur hoorde Bentley het vrij harde gebulder van een Brown Bess die onder de wielbasis werd afgeschoten, gevolgd door een schreeuw in de verte. Hij waagde een korte blik door de ramen van het rijtuig, en zag dat een man een hand om zijn hevig bloedende keel klemde toen naar voren viel.

Een tweede rochelende schreeuw kwam van een andere bandiet, kort nadat Colton zijn geweer gericht had op een gehavende rode jas die zichtbaar was tussen het gebladerte. De man wankelde naar een open plek, en Colton voelde een hevige spijt toen hij de jas herkende als behorend aan het voetvolk van de Engelse infanterie.

'Bentley, blijf liggen!' schreeuwde hij. 'Ik moet met die mannen praten!'

'Maar, milord, ze proberen ons dood te schieten!'

'Doe wat ik zeg! Blijf liggen en staak het vuren!'

Een verward commentaar diende als een belofte van gehoorzaamheid. Kregelig sloeg Bentley zijn armen over elkaar, ervan overtuigd dat de markies een ramp over hen afriep.

Colton verdroeg de ondraaglijke pijn van de wond in zijn rug toen hij zich dichter naar het voorwiel sleepte. De poging kostte hem een groot deel van zijn resterende kracht, en na die uitputtende manoeuvre moest hij even rusten. Met al zijn wilskracht raapte hij zijn snel afnemende krachten bijeen en riep: 'Mannen, waarom hebben jullie mijn rijtuig aangevallen? Behoren jullie niet tot dezelfde soldaten met wie ik zij aan zij tegen onze vijanden heb gevochten? Voor het geval jullie de mannen niet kennen die jullie hebben aangevallen, dan zal ik me voorstellen. Ik ben kolonel Wyndham, onlangs ontslagen uit het leger van zijne majesteit.'

'Kolonel lord Wyndham?' Er klonk verbazing in de stem van de man die antwoordde, maar het was een stem die Colton herkende.

'Sergeant Buford, ben jij het? Goeie hemel, man! Is dat je dank voor het feit dat ik je leven heb gered? Door mijn rijtuig aan te vallen?'

'Milord! Ik heb geen moment kunnen dromen dat u het was die we zijn overgehaald om te overvallen! Alstublieft, milord, u móet me geloven! Een man vertelde ons dat een zekere lord Randwulf de families van onze gesneuvelde soldaten verjoeg die vóór de oorlog zijn pachters waren, en hun kinderen dwong in zijn werkhuizen voor hem te werken, zodat ze tenminste te eten hadden.'

Colton wist niet wat hem meer pijn deed, zijn wond of die gemene laster. 'Wie heeft die leugens over mij verteld? Ik ben lord Randwulf. Ik heb het markizaat van mijn vader na zijn dood overgenomen. Hij bezat geen werkhuizen, en de pachters die op ons land verblijven, wonen daar al heel wat jaren. En wat de weduwen en families van de gesneuvelde soldaten betreft, ze wonen veilig op ons land en doen wat ze kunnen voor hun welzijn.'

'Ik weet niet hoe die man heet, milord. En zijn gezicht heb ik ook niet gezien. Hij droeg een masker toen hij met ons praatte.'

'Is hij nu bij jullie? Ik wil de man spreken die het heeft bestaan die leugens over mij te verzinnen.'

'Hij was net hier, milord. Hij is degene die op u heeft geschoten...' Voorzichtig kwam Buford overeind, bang om te worden neergeschoten. Toen hij besefte dat de kust veilig was, ging hij rechtop staan en keek om zich heen. 'Verdraaid, die kerel is ervandoor gegaan, milord. Misschien wilde hij de rest van ons laten ophangen voor wat hij is begonnen. Hij lijkt ons allemaal bedrogen te hebben, milord. Daarvoor moet ik u om vergiffenis vragen.'

'Vergiffenis is je geschonken, Buford. En nu raad ik jou en je makkers aan terug te gaan naar je huis en familie. Als jullie werk zoeken, kom dan naar Randwulf Manor. Ik zal mijn best voor jullie doen, maar stop in godsnaam met deze idioterie, voordat jullie gearresteerd en opgehangen worden voor het vermoorden van onschuldige mensen.'

'Bent u gewond, milord?' vroeg Buford ongerust. 'Ik zag u vallen toen die kerel op u schoot. Het zou vreselijk zijn als u stierf door iets waar wij bij betrokken waren. Kunnen we u helpen, milord?'

'Die schoft heeft me in mijn rug geschoten, ja, maar ik heb geen tijd om mijn wond te verzorgen. Ik moet absoluut naar Bath.'

Bentley slaakte een verraste kreet en begon toen heftig te protesteren. 'Milord, Bath is nog een uur rijden, terwijl we dicht bij huis zijn. U kunt doodgaan als we niet omkeren. Als een arts u heeft onderzocht en zegt dat u de reis kunt maken, kunnen we weer op weg gaan.'

'Help me in het rijtuig, Bentley, en rij door naar Bath. Daar vinden we wel een dokter.'

'Milord... alstublieft... ik zou zo bedroefd zijn en me geen raad weten als u onderweg zou sterven. Uw moeder zou het me nooit vergeven. En uw zus zou me scalperen.'

'Verdomme, Bentley, doe wat ik zeg! Mijn toekomstige geluk kan ervan afhangen of we Bath op tijd bereiken.'

'En uw leven?'

'Ik ben nog niet van plan daar al afstand van te doen, Bentley, en hoe langer je daar blijft staan tegenspreken, hoe langer het duurt voor ik naar een dokter kan. Bovendien is het maar een schampschot.'

'Een schampschot,' mopperde Bentley somber en ongelovig, terwijl hij op zijn bankje klom. 'Ha, met zo'n gat bloedt hij vast en zeker dood voor we in de stad zijn.'

Bath was precies de plaats waar ze nu wilde en hoorde te zijn, besloot Adriana somber terwijl ze vanuit de slaapkamer op de eerste verdieping van het huis van haar tante naar de met lantaarns verlichte stad keek, waar ze een paar dagen geleden met haar ouders was aangekomen.

De afstand tussen Bath en Randwulf Manor had haar in staat gesteld de knappe markies zo niet emotioneel dan toch lichamelijk achter zich te laten. Ze wilde nu dat ze de vooruitziende blik had gehad Colton van het contract te ontheffen nog voordat hij haar het hof was gaan maken. Ze zou zichzelf dan het enorme verdriet hebben bespaard waaronder ze nu leed. Haar instinct had haar gewaarschuwd voor de onwaarschijnlijkheid dat ze ooit zouden trouwen, maar als een idioot had ze zich wijsgemaakt dat er een heel klein kansje bestond. En dus was ze elke dag dat ze samen waren steeds meer van hem gaan houden.

Er werd zachtjes op de deur geklopt en haar moeder kwam binnen met een geveinsde opgewekte glimlach. Christina had geprobeerd uiterlijk optimistisch te lijken, hoewel haar hart brak voor haar jongste dochter. Meer kon ze niet doen onder de omstandigheden. 'Lord Alistair is net aangekomen, lieverd. Kom je gauw beneden?'

'Ja, mama,' antwoordde Adriana, zich nauwelijks bewust van de verslagen zucht die haar ontsnapte.

Een oprechte glimlach speelde om Christina's lippen toen ze vol trots naar haar mooie dochter keek.

'Je ziet er extra mooi uit vanavond, lieverd. Alistair zei dat Samantha en Percy vanavond ook in de Assembly Rooms zullen zijn met Stuart en Berenice. Je tante vertelde dat veel van je vroegere aanbidders naar je hebben geïnformeerd en van plan zijn vanavond ook in Lansdown aanwezig te zijn, in de hoop weer een kans te kunnen wagen. Natuurlijk betwijfel ik of jeweet-wel-wie er zal zijn.' Christina durfde Coltons naam niet uit te spreken, uit angst voor een nieuwe tranenstroom. Maar ze vond het bijzonder jammer dat hij er niet zou zijn om met eigen ogen te zien hoe enthousiast andere bewonderaars waren over zijn heel opvallende afwezigheid aan Adriana's zijde. Het zou zijn verdiende loon zijn als hij besefte hoe gretig andere edellieden blijk gaven van hun verlangen om Adriana's hand te veroveren. Misschien was het omdat ze de moeder was dat ze zo van streek was door wat ze als een persoonlijke belediging beschouwde. Maar ze kon niet vergeten dat er nóg iemand was die intens bedroefd zou zijn als die twee voorgoed uit elkaar gingen.

'Die lieve Philana was de wanhoop nabij toen ze hoorde over zijn plotselinge vaderschap en zijn huwelijk met die actrice. Ze was ontsteld dat speciale vergunningen konden worden verkregen in ruil voor bewezen gunsten aan de aartsbisschop, teneinde zo'n overhaast huwelijk te legaliseren. Toch hoopt ze dat je haar zoon zult kunnen vergeven en zijn huwelijksaanzoek toch nog in overweging wilt nemen. Helaas heb ik haar moeten vertellen dat ik geen mogelijkheid daartoe zag. Al zou de markies nóg zo'n knappe echtgenoot zijn, een vrouw moet kunnen vertrouwen op de integriteit van haar man. Maar er zijn mensen die hem heel trouw zijn en hem verdedigen. Die arme Alistair doet erg zijn best om discreet te zwijgen in Tilly's aanwezigheid, maar het is duidelijk dat hij grote bewondering heeft voor zijn neef. Hij heeft zelfs voor hem gepleit bij je vader en ging zo ver te beweren dat het gedrag van de markies nobel genoemd kon worden vergeleken met andere aristocraten die hun onwettige nakomelingen de rug toekeren en arrogant pretenderen niets onbetamelijks te hebben gedaan. Maar op het ogenblik wil Alistair Tilly niet tegen zich innemen door hem te verdedigen, omdat het duidelijk is dat Tilly jou net zo trouw is. Als ik mijn ogen kan geloven, zou ik zeggen dat Alistair heel verliefd is op je tante.'

Adriana glimlachte flauwtjes. 'Hij is waarschijnlijk zelf nog het meest verbaasd over zijn verliefdheid, na al die jaren erin geslaagd te zijn vrijgezel te blijven.'

'Ja, ik dat zou best kunnen begrijpen,' gaf Christina toe. 'Zolang we met de Wyndhams bevriend zijn, is hij nooit overmatig enthousiast geweest ten opzichte van vrouwen of het huwelijk. Misschien is die onafhankelijkheid je-weet-wel-wie aangeboren.'

Glimlachend wenkte ze haar dochter. 'Kom, lieverd. Ik denk dat je vader al ongeduldig loopt te ijsberen.'

Zodra het gezelschap in Lansdown Crescent arriveerde, werd Adriana bestormd door mannen die om haar aandacht dongen. Het gerucht dat ze zonder haar gebruikelijke begeleider in Bath was, was sinds de dag ervoor zelfs tot Londen doorgedrongen.

Sir Guy Dalton had vooraan gestaan in de drom jongemannen. Toen Adriana binnenkwam, maakte hij een diepe buiging en begon onmiddellijk een levendig gesprek met haar.

Adriana glimlachte een tijdje naar de jonge edelman, maar wees vriendelijk zijn uitnodiging af toen hij probeerde haar over te halen op een van de plaatsen te gaan zitten die dominee William Dalton in de Assembly Rooms had gereserveerd voor zijn gezin en hun gast, de aartsbisschop.

De muziek in de balzaal was meeslepend en vrolijk, en ondanks haar sombere stemming begon Adriana zich weer jong te voelen, althans voldoende om te dansen met sir Guy en verschillende andere mannen. Maar toen ze weer aan de kant stond, werd ze plotseling van haar stuk gebracht omdat Roger Elston voor haar kwam staan.

'Mylady.' Hij keek haar glimlachend aan, alsof hij volmaakt onschuldig was aan enig vroeger wangedrag.

Ze forceerde een strak glimlachje en boog even haar hoofd. 'Meneer Elston.'

Ze wilde meteen langs hem heen lopen, maar hij liep in dezelfde richting waarin ze probeerde te vluchten, sluw haar ontsnapping verhinderend, terwijl hij achteloos door de gang keek. Toen, alsof hij zich er volkomen onbewust van was dat ze wilde dat hij wegging, keek hij haar glimlachend aan. Een ijzige bik was het antwoord, maar onverstoorbaar gingen zijn ogen omlaag naar haar boezem. Of hij slechts probeerde zijn geheugen op te frissen of aan schandaliger dingen dacht, kon ze niet vaststellen, maar haar woede was er niet minder om.

'Verbazingwekkend u hier te vinden zonder uw galante begeleider,' merkte Roger hooghartig op. 'Heeft lord Randwulf u wellicht vergeten, of een andere dame gevonden om de tijd mee te verdrijven?'

Adriana gedroeg zich opzettelijk onheus jegens hem door zich van hem af te wenden en zich met haar waaier koelte toe te wuiven, maar volhardend als altijd kwam hij naar voren tot ze weer schouder aan schouder stonden. Achteloos richtte hij zijn blik op de dansende paren terwijl hij een snuifje nam.

'Ikzelf ben in uitstekend gezelschap, als begeleider van de

mooie miss Felicity en in gezelschap van een paar kennissen van haar, die al een tijd ernaar verlangden Bath te bezoeken.'

'Bent u gids geworden?' vroeg Adriana koel en keek langs hem heen om vriendelijk te glimlachen naar Felicity en de twee jonge vrouwen, die elk niet veel ouder konden zijn dan zeventien.

'Nee, mylady. Ik heb het veel te druk in de molen om dergelijke taken op me te nemen. Ik werd zelfs zó overstroomd met bestellingen die vandaag moesten worden afgewerkt, dat mijn stalhouderij maar net op tijd was bij Gladstones huis.'

'Prettig voor u,' antwoordde ze koel en wilde weglopen toen hij haar arm vastpakte. Ze draaide haar hoofd naar hem om en waarschuwde hem: 'Neem uw hand weg, meneer Elston, of ik ga op ditzelfde moment gillen.'

Hij gehoorzaamde onmiddellijk. 'O, lieve help, het was niet mijn bedoeling u van streek te maken, mylady. Ik wilde alleen maar Felicity's vrienden aan u voorstellen. Het schijnt dat ze verblind zijn door aristocraten. Ze zouden bijzonder vereerd zijn aan u te worden voorgesteld. Natuurlijk kost het moeite om te kiezen tussen Felicity en haar vriendinnen, en vraag ik me af wie ik de eer moet bewijzen van een huwelijksaanzoek. Maar Felicity is de enige die me nog weerstaat. Ze is zo onschuldig! Wat die andere twee betreft,' hij hield zijn hand voor zijn geeuwende mond, alsof hij zich verschrikkelijk verveeld voelde, 'ach, die tillen hun rok op wanneer ik dat wil en hebben er geen bezwaar tegen met drie in bed...'

Met gloeiende wangen draaide Adriana zich om en begon zich door de menigte een weg te banen naar haar ouders. Hun aanwezigheid betekende een absolute veiligheid. Toen ze dichter bij de plaats kwam waar ze stonden, besefte ze dat haar vader haar scherp had opgenomen, en al zei hij geen woord toen ze bij hem was, zijn ogen drukten duidelijk zijn bezorgdheid uit.

'Alleen maar kwaad, meer niet, papa,' beantwoordde ze zijn zwijgende vraag. 'Die man is door en door schofterig. Jammer dat u hem niet ontmand hebt, zoals Maud zei dat u dreigde te doen. U had misschien de ondergang van twee jonge meisjes kunnen voorkomen.'

Gyles kuchte een beetje onthutst. 'Maud hoort je onschuldige oren niet te corrumperen met het herhalen van mijn onbetamelijke dreigementen.'

Adriana lachte. 'Papa, ik ben lang genoeg met paarden omgegaan om het verschil te kennen tussen een ruin en een hengst. Meneer Elston hoort absoluut een ruin te zijn.'

Gyles knipoogde, met een grijns die hij vergeefs had geprobeerd te onderdrukken. 'Een dezer dagen, kindlief, zal ik je die dienst misschien nog bewijzen, al is het alleen maar om je tegen dat monster te beschermen, al spijt het me van die dwaze meisjes. Blijkbaar hebben ze nooit geleerd dat sommige mannen onbetrouwbare, smerige lieden zijn, maar ik vrees dat we niets kunnen doen om het hun duidelijk te maken. Ze zijn oud genoeg om beter te weten. Bovendien, als ze de waarschuwingen van hun ouders in de wind hebben geslagen, betwijfel ik of ze het advies van vreemden zullen accepteren.'

'Ze hebben waarschijnlijk nooit een vader gehad als u, die genoeg van zijn dochters hield om hen te willen beschermen.' Ze keek vol liefde naar hem op. 'Ik hou van u, papa, meer dan van één man ter wereld.'

'Wie is er nu onoprecht?' vroeg hij vriendelijk. 'Er is één man van wie je met hart en ziel houdt.'

Ze knipperde haar tranen weg. 'Ja, papa,' gaf ze bedroefd toe, 'maar ik vrees dat hij niet van mij houdt.'

'Dat zullen we zien, kindlief, misschien zelfs vanavond nog. Wie weet?' Hij gaf een geruststellend klopje op haar hand en keek rond in de balzaal, om vervolgens achteloos naar de ingang te gebaren. 'Ik zie een bekend gezicht, en ik geloof hij jou zoekt.'

Adriana's hart sprong op, want ze kon zich alleen maar voorstellen dat Colton was gekomen en haar zocht. Ze keek in de richting die haar vader had gewezen en voelde een intense teleurstelling toen ze Riordan Kendrick in het oog kreeg. Hij was er schijnbaar net, want hij keek zoekend rond. Hij ging methodisch te werk en keek aandachtig rond in de balzaal, tot zijn ogen bleven Adriana bleven rusten. Zijn mond vertrok in een langzame grijns en hij drong zich tussen de pratende paren door.

Ze was bijna vergeten hoe knap Riordan was... en hoe toegewijd hij had geprobeerd haar tot de zijne te maken. Maar toen ze zijn lach beantwoordde, was het of er iets van de glans verdwenen was. Het beeld van Colton Wyndham bleef haar achtervolgen, in haar hoofd... en haar hart. Misschien zou de pijn op den duur verzwakken en zou ze degenen kunnen overwegen die haar echt wilden, Riordan Kendrick voorop.

'Adriana, woorden zijn niet voldoende om je te zeggen hoezeer ik je in de laatste maanden gemist heb,' mompelde hij toen hij voor haar stond. 'Ik heb mijn uiterste best gedaan om mijn gedachten te beletten uit te gaan naar de vrouw die ik verloren had en me te verdiepen in de renovatie van mijn privé-vertrekken. Daarmee wilde ik niet alleen het vacuüm in mijn hart opvullen, maar een manier vinden om jou tot vrouw te krijgen. Mag ik het wagen te hopen dat je aanwezigheid hier in Bath, en de opvallende afwezigheid van de vaste begeleider, reden voor me is om me te verheugen?'

Een hevig gezwaai met een zakdoek aan de andere kant van de kamer trok Adriana's aandacht. Ze was nieuwsgierig wie zo brutaal zou zijn in de Assembly Room en boog enigszins opzij om langs Riordans arm te kunnen kijken.

Adriana keek smekend naar hem op. 'Vergeef me dat ik zo onhebbelijk ben me om me juist nu bij je te verontschuldigen, maar ik móet weten waarom Samantha zo naar me staat te zwaaien. Ze lijkt heel ongerust, en ik vraag me af wat er gebeurd is...' Adriana kon niet verder spreken, want haar hart verkilde plotseling bij de gedachte aan Colton die ergens dood lag of gewond.

Riordan keek achterom, teneinde te weten te komen wat er achter zijn rug gebeurde en bevestigde onmiddellijk dat Samantha inderdaad hevig van streek leek. 'Kom, volg me en blijf dicht bij me,' zei hij ridderlijk en pakte Adriana's slanke hand. 'Er zijn zoveel mensen dat je er niet gemakkelijk doorheen zult kunnen komen.'

Zodra ze bij haar in de buurt kwamen, holde Samantha naar haar toe en klemde zich wanhopig aan haar arm vast.

Adriana werd steeds ongeruster. 'Hemel, Samantha, wat is er gebeurd? Waar is Percy? Er ís toch niets met hem?'

'Bentley heeft iemand naar binnen gestuurd om hem te halen, en hij kwam net teruggehold om me te vertellen dat Colton buiten is in het rijtuig en je wil zien.'

Een golf van opwinding en blijdschap ging door haar heen, voordat haar verstand de opgetogenheid verstoorde. Dacht hij werkelijk dat ze zich zo een, twee, drie in zijn armen zou storten nadat hij zich tijdens de twee maanden die hij haar het hof had gemaakt voortdurend op een afstand had gehouden? Met een voorgewende achteloosheid haalde ze haar schouders op. 'O, waarom komt je broer niet binnen?'

'Colton heeft een schot in zijn rug gekregen, Adriana, en hij weigert naar een arts te gaan voordat hij met jou heeft gesproken. Bentley zei dat ze onderweg zijn overvallen, kort nadat ze uit huis vertrokken waren, en mijn broer is helemaal hierheen gekomen in weerwil van zijn wonden, vastbesloten om jou te zien.'

Het afschuwelijke nieuws deed haar hart bijna stilstaan. Ze keek naar de markies om zijn begrip te vragen, deze keer bevend van ongerustheid. 'Riordan, vergeef me alsjeblieft, maar ik móet naar Colton.'

'Misschien kan ik een helpende hand bieden,' bood hij aan, terwijl de vreugde uit zijn ogen verdween. Hij nam haar trillende hand in de zijne en probeerde haar moed in te spreken. 'Als officier heb ik ervaring in het verzorgen van wonden, Adriana. Misschien, als ik met jullie meega naar buiten, kan ik wat assistentie verlenen.'

'Gauw dan,' smeekte Samantha, die zijn advies en alle hulp die hij kon geven graag accepteerde. 'Colton kan wel op sterven liggen.'

Op de gezichten van de toeschouwers tekende zich ontsteltenis af toen ze gedrieën naar de ingang renden, maar de beide vrouwen trokken zich er niets van aan, en de man die hen op de hielen volgde nog minder. Bentley stond te wachten naast de landauer. De erbarmelijke toestand van het rijtuig had een menigte vrienden en kennissen gelokt, die angstig wilden weten wat er gebeurd was en of een van de Wyndhams gewond was geraakt bij wat de koetsier verklaarde als een overval door onbekende daders. In antwoord op de vraag naar de conditie van zijn werkgever, herhaalde Bentley de woorden van de markies. 'Het is maar een schampschot.'

Terwijl het drietal haastig het huis verliet, stapte Percy voorzichtig uit het rijtuig, om zijn zwager niet nog meer ongemak te veroorzaken dan hij nu al ondervond.

'Weet je of zijn verwondingen ernstig zijn?' vroeg Samantha aan haar man toen hij zijn hand uitstak om haar te helpen instappen.

'Je broer beweert van niet,' mompelde Percy, 'maar ik zou

maar op het ergste voorbereid zijn, lieverd. Hij schijnt veel bloed te hebben verloren. Zijn hele jas is op de rug doorweekt.'

Doodsbang wachtte Adriana tot hij Samantha geassisteerd had. Toen Percy zich eindelijk naar haar omdraaide, stond zijn gezicht ernstig.

'Ik kan niets met zekerheid zeggen, Adriana,' mompelde hij spijtig, en kneep even in haar vingers om zijn eigen bezorgdheid uit te drukken. Voorzichtig hielp hij haar instappen.

Samantha was naast haar broer gaan zitten, en toen ze om zich heen keek en Adriana's bezorgde blik zag, kon ze slechts haar trillende lippen op elkaar klemmen en nietszeggend haar schouders ophalen. Adriana's benen weigerden dienst en ze sleepte zich naar de zitplaats tegenover Colton. Vol angst keek ze naar de man van wie ze zo verschrikkelijk veel was gaan houden.

Colton zat ineengezakt in de verste hoek van de achterbank, met een elleboog op de armsteun en de hand van die arm stevig tegen zijn middel gedrukt, alsof hij zich daarmee schrap wilde zetten. Zijn gezicht zag doodsbleek. Het was duidelijk dat hij met moeite de kracht vond om iets te zeggen. 'Vergeef me mijn onwaardige toestand, lady's,' zei hij schor en met een wrange grijns. De stijve, bleke lippen bewezen duidelijk hoe moeilijk het voor hem was om zijn pijn te verbergen. 'Ik ben in een goede conditie vertrokken, maar tussen daar en hier werd ik vanuit een hinderlaag overvallen door bandieten, die erop uit leken me te vermoorden...'

Adriana sloeg haar hand voor haar mond om haar gekreun te smoren. Haar vriendin, wier hese stem haar eigen ongerustheid bewees, stelde de vraag die haar op de lippen brandde.

'Waarom ben je niet teruggegaan, Colton, zodat een arts je wond kon verzorgen?'

'Ik moest Adriana zeggen... dat ik van haar houd... en wanhopig verlang haar tot vrouw te hebben.' Zijn ogen gingen even naar het portier, waar lord Riordan stond te luisteren. 'Zie je, ik was doodsbang haar te... te verliezen... aan een ander. Ik durfde de rit niet uit te stellen omdat ik bang was voor wat er vanavond zou gebeuren... als ik... haar niet in elk geval... mijn liefde bekende.'

Adriana veegde de tranen weg die over haar wangen

stroomden. Zijn ouders zouden zijn dood niet kunnen verdragen, en zij evenmin. Niet alleen hield ze van hem met elke vezel van haar lichaam, maar als hij zou sterven, zou ze het zichzelf nooit vergeven, want dan zou ze achtervolgd worden door het feit dat de breuk tussen hen hem had belet tijdig een arts op te zoeken. Dat schuldbesef zou haar dan tot haar graf blijven achtervolgen. 'We moeten je onmiddellijk naar tante Tilly brengen en een dokter vinden om je wond te verzorgen.'

De glimlach om zijn mond was uiterst zwak en de grijze ogen waren strak op haar gericht. 'Niet tenzij je belooft met me te trouwen, Adriana. Vanavond zou kunnen, en nu, op dit moment, zou nog beter zijn.'

'Je kunt sterven als er niet naar je wond wordt gekeken,' zei Adriana met verstikte stem, terwijl ze vergeefs probeerde haar tranen te bedwingen.

'Ik ga liever dood dan zonder jou te moeten leven,' fluisterde hij, en stak zijn vrije hand naar haar uit, en Adriana legde haar vingers erin.

'Wil je mijn vrouw worden, Adriana?' vroeg hij schor.

Ze knikte heftig. 'Ja, o, ja!'

Colton richtte zijn blik op Riordan en wist een flauw glimlachje tevoorschijn te brengen, ondanks de stekende pijn in zijn rug. 'Mocht ik dit niet overleven, milord, weet dan dat u mijn keus zou zijn als haar echtgenoot. Een betere man bestaat er niet, na mijn overlijden natuurlijk.'

Zelfs op zo'n ernstig moment moest Riordan de onbedwingbare humor van de ander bewonderen. Met een kort knikje accepteerde hij het compliment dat Colton hem maakte, maar hij antwoordde volkomen oprecht. 'Als lady Adriana en u niet door een contract gebonden waren, milord, zou ik hemel en aarde bewogen hebben om Adriana van u af te nemen. Maar al wil ik wanhopig graag met haar trouwen, ik zou niet willen dat ons huwelijk het gevolg zou zijn van uw overlijden. Over een dringender kwestie gesproken, als u mij toestaat u te begeleiden naar het huis in de stad, kunnen Percy en ik misschien helpen u naar bed te brengen. Ik vrees dat de lady's daar de kracht niet toe hebben.'

'Uw aanbod wordt van harte aanvaard,' bracht Colton er zwakjes uit. 'Ik vrees dat ik niet in staat ben het huis op eigen kracht binnen te komen... of me uit te kleden.'

Riordan draaide zich om en zag dat sir Guy naast hem stond. De jongere man had aandachtig naar hun gesprek geluisterd en leek oprecht bezorgd. Riordan, die hem tot zijn vrienden rekende, drong aan: 'Als je zo vriendelijk zou willen zijn Adriana's ouders te vertellen dat ze teruggaat naar het huis van haar tante, hoeven ze zich niet ongerust te maken als ze merken dat ze niet aanwezig is.'

'Ik zal ervoor zorgen dat iemand van de familie op de hoogte gesteld wordt,' antwoordde sir Guy. Maar voordat hij wegging, liep hij naar het open portier van het rijtuig en schraapte zijn keel om de aandacht te trekken van de gewonde man. 'Ik wens u van harte beterschap, milord,' zei hij volkomen oprecht. 'Het zou iets verschrikkelijks zijn als een gerespecteerde held van onze langdurige strijd met Frankrijk de dood zou vinden door de misdaden van onze eigen landslieden. Ik zal hopen en bidden dat u hun walgelijke opzet zult verijdelen door een lang, gelukkig en voorspoedig leven te leiden. Wat betreft uw geluk, als u mij vergunt u in dat opzicht enige assistentie te verlenen, ben ik graag bereid de aandacht van mijn vader op u te vestigen. Daar u en lady Adriana wettige ingezetenen zijn van Wiltshire, zou hij u zeker een trouwvergunning kunnen bezorgen. Maar zijne hoogwaardigheid de aartsbisschop is toevallig in Bath voor een inspectie van diverse kerken onder zijn auspiciën, en is vanavond naar de Crescent gegaan als gast van mijn vader. Ik geloof dat hij zeker bereid zou zijn een speciale vergunning te verlenen aan een van de grote helden van ons land. Met zijn handtekening op het document zou niemand uw huwelijk met lady Adriana kunnen aanvechten.'

'Dank u, sir Guy,' mompelde Colton dankbaar. 'Wát het ook kost, ik wil het graag betalen als zijne hoogwaardigheid de vergunning zou willen ratificeren.'

Sir Guy draaide zich om, met het plan zijn toezegging ten uitvoer te brengen, maar stond plotseling tegenover Roger Elston, die met een sarcastische blik eerst naar het rijtuig en toen naar hem keek. Met een hooghartig gebaar hield hij een zakdoek tegen zijn linkerneusgat en vroeg: 'Is er iets mis?'

Sir Guy wist niet waarom al zijn haren overeind gingen staan; misschien was het Rogers vage meesmuilende grijns die een bruuske reactie wekte, maar hij had de molenaarszoon nooit gemogen. 'Niets wat lady Adriana niet reeds heeft afgehandeld door toe te stemmen in een huwelijk met lord Randwulf. Ik was net op weg naar binnen om met mijn vader te regelen dat het huwelijk vanavond nog voltrokken wordt, met een speciale vergunning natuurlijk, ondertekend door zijne hoogwaardigheid de aartsbisschop.'

Er verscheen een ijskoude glans in Rogers ogen. 'Dat wilt u doen voor die arrogante smeerlap terwijl u lady Adriana voor uzelf had willen hebben?'

'In tegenstelling tot sommige mannen die ik ken,' zei sir Guy met een veelbetekenende blik, 'ben ik geen slechte, wraakzuchtige verliezer. Bovendien, de dappere diensten die lord Randwulf het land bewezen heeft in aanmerking nemend, weet ik zeker dat de meeste mensen het ermee eens zullen zijn dat hij die eer verdient. Dat is meer dan ik kan zeggen voor die verachtelijke, laffe kerels die zich eraan onttrokken door ernstige gebreken te veinzen.'

'Arme, misleide dwaas die u bent,' zei Roger op spottend sarcastische toon, de nadrukkelijke schimpscheut negerend. 'Denkt u heus dat Wyndhams betrokkenheid bij een paar schermutselingen hem waardevoller maakt dan anderen?'

'Een paar? Meer dan honderd, zou ik zeggen. In elk geval is dat argument overbodig, daar lady Adriana het aanzoek van lord Randwulf reeds geaccepteerd heeft. En dat geeft jou, hansworst, geen schijn van kans.'

Guy zwaaide zijn hand omhoog, waarbij hij met opzet Rogers kin raakte, wat een opvallend gerammel veroorzaakte toen de tanden van de molenaar krachtig op elkaar klapten. Roger snauwde prompt een reeks scheldwoorden tegen de snel vertrekkende ridder, die nu verlangend leek zijn missie te voltooien.

16

Zodra Bentley stilhield voor lady Mathilda's huis, stapte Riordan uit en zette Adriana op de grond. Ze holde naar het bordes en liet de metalen klopper krachtig neerkomen op de metalen plaat, terwijl Riordan zich om Samantha bekommerde. In de stilte die volgde kon Adriana haastige voetstappen horen in de richting van de vestibule.

De butler, een energieke man van begin veertig, deed de deur open. Toen hij Adriana herkende, deed hij een stap opzij en begroette haar hartelijk. Bij het zien van de stoet mensen opende hij de deur wat verder om de mannen toegang te verlenen die een derde, schijnbaar bewusteloze man droegen.

'Hodges, we hebben onmiddellijk een arts nodig,' zei Adriana verontrust, terwijl Percy en Riordan met hun last langs haar heen liepen. 'Weet je iemand hier in Bath die goed bekendstaat? Lord Randwulf door bandieten is neergeschoten en moet dringend verzorgd worden.'

'Er is een arts voor wie lady Mathilda heel veel respect heeft, mylady. Ik zal hem meteen door mijn zoon laten halen.' De butler keek naar de jongen van een jaar of twaalf die hem gevolgd was. 'Jij bent de beste ruiter die we hebben, Caleb. Rij naar het huis van Franklin Croft en vraag hem zo snel hij kan hierheen te komen.'

'Ik ga meteen, papa.'

Adriana glipte langs Percy om de mannen voor te gaan naar boven. Haar tante sliep in de grootste slaapkamer in het huis. Haar ouders lagen in de grootste van de twee logeerkamers, dus bleef alleen Adriana's kamer over.

Adriana holde vooruit en vroeg, naar het bed wijzend, het advies van de butler. 'Moeten we geen oude lakens over de matras en het beddengoed spreiden om tante Tilly's mooie linnen te sparen?'

Hedges had die vraag al voorzien. Hij draaide zich om naar de deur toen een dienstmeisje met een armvol oude lakens haastig binnenkwam. Adriana hielp haar de oude lakens op het bed te leggen, en toen de mannen Colton voorzichtig neerlegden, begon ze zijn vest los te maken.

Hodges sprak op gedempte toon. 'Lady Adriana, dit is geen werk voor een jongedame. Ik moet erop aandringen dat u het zich met lady Burke beneden gemakkelijk maakt en het uitkleden van lord Colton aan de mannen overlaat.' De butler had de leiding genomen. 'Vroeger hielp uw tante dr. Croft bij het behandelen van soldaten die terugkeerden uit de oorlog. Een aantal keren heeft ze ook mijn diensten aangeboden. Omdat ik weet wat dr. Croft nodig zal hebben, heb ik de bedienden al opdracht gegeven de instrumenten uit te koken, zoals de arts gewoonlijk verlangt, en verband te pakken en wat er verder nog nodig is. U kunt er zeker van zijn dat de lord in goede handen is, vooral bij dr. Croft. Hij is een uitmuntende arts en heeft een aantal heel ernstige wonden met goed resultaat behandeld. Er is verder dus niets te doen voor u en lady Burke dan een glaasje port te drinken terwijl u op dr. Croft wacht.'

Met tegenzin liep Adriana naar de deur en keek nog even achterom naar Colton. Maar Samantha legde zachtjes een hand op haar arm. 'Kom, lieverd. Hodges heeft gelijk. De mannen zijn veel beter dan wij in staat mijn broer te verzorgen tot de arts komt. Wij beschikken niet over de vakkundigheid en de ervaring om ernstige wonden te behandelen.'

'Maar als hij wakker wordt en naar me vraagt...'

'Dan zullen de anderen hem vertellen dat je beneden zit te wachten en terugkomt zodra dr. Croft toestemming geeft.'

Nog geen kwartier later kwam Caleb terug, gevolgd door de arts. De oudere man nam beleefd zijn hoed af voor de dames toen hij haastig uit de vestibule kwam, en zei toen tegen de jongen: 'Ik zal een sterke borrel nodig hebben om de wond schoon te maken en de patiënt toe te dienen. Weet je die te vinden in huis, jongeman?'

'Ik geloof, meneer, dat mijn vader al alles wat u nodig hebt boven heeft klaargezet.'

'Uitstekend, wees dan zo vriendelijk me naar de patiënt te brengen.'

Bijna anderhalf uur later kwam dr. Croft eindelijk uit de slaapkamer, met zijn jas over een arm. Hij rolde zijn hemdsmouwen omlaag en ging naar beneden. Adriana rende naar de trap met een onuitgesproken vraag in haar ogen. De arts, die van middelbare leeftijd was, glimlachte opgewekt. 'U moet de jongedame zijn naar wie lord Randwulf het laatste halfuur heeft gevraagd.'

'Hij leeft?' riep ze jubelend uit, terwijl Samantha naar haar toe holde en haar omhelsde.

'Natuurlijk,' antwoordde dr. Croft, alsof hij geen moment getwijfeld had aan zijn capaciteiten. 'Ik heb er mijn hele professionele leven een gewoonte van gemaakt nooit onnodig een patiënt te verliezen, en deze patiënt heeft beslist nog heel wat leven in zich. Dat werd duidelijk genoeg toen hij me een paar keer uitvloekte.' De lippen van de arts vertrokken geamuseerd. 'Hij leek het niet erg op prijs te stellen dat ik iedereen verbood naar hem te luisteren, toen hij beval dat u naat boven moest worden gebracht, maar de koppige hengst leeft nog... en uitermate goed, de omstandigheden in aanmerking genomen.' Dr. Croft hief zijn hand op en liet een loden bal tussen duim en wijsvinger rollen, terwijl hij die door zijn vierkante bril bestudeerde. 'Ik dacht dat hij wel zonder dat stukje lood kon, maar misschien wenst u het in de komende jaren aan uw kleinkinderen te geven en hun te vertellen dat hun grootvader geen kik gaf toen het uit zijn rug verwijderd werd, een prestatie die ik zelden heb meegemaakt. Dat was wel wat anders dan toen ik hem zei dat hij nog een tijdje geduld zou moeten hebben voor hij u kon zien.'

'Hij is in het rijtuig bewusteloos geraakt en scheen erg verzwakt door het grote bloedverlies. Wat voor invloed zal dat hebben?'

'In werkelijkheid heeft hij niet zoveel bloed verloren als u misschien hebt gedacht. De shock en de pijn zijn er waarschijnlijk de oorzaak van geweest dat hij bewusteloos raakte, maar hij heeft een enorme veerkracht. De wond was niet levensgevaarlijk... en zal dat ook niet worden tenzij hij geïnfecteerd raakt. Maar ik heb maatregelen genomen om dat te vermijden met een mengsel dat niet alleen voorkomt dat de wond gaat etteren, maar ook de pijn voor een groot deel wegneemt. Wat het laatste betreft, hielp de cognac natuurlijk ook een handje. Feitelijk lijkt hij nogal levendig voor een man wie ze net een gat in zijn rug hebben geboord. Gelukkig heeft de kogel de vitale organen gemist. Hij heeft het idee dat hij vanavond met u in het huwelijk treedt. Weet u daar iets van?'

Adriana wist niet goed wat ze moest antwoorden. 'Eh, sir Guy heeft wél gezegd dat hij zijn vader, de dominee, zou sturen om het huwelijk te voltrekken, maar ik weet niet zeker of hij het serieus meende.'

Dr. Croft wees met een duim over zijn schouder om de man aan te duiden die in de kamer boven lag. 'Ik kan u wel vertellen dat lord Randwulf hierover heel serieus is, en als u hem in bed wilt houden, kunt u beter een manier bedenken om hem tot bedaren te brengen als u niet van plan mocht zijn met hem te trouwen vana–'

Een luide roffel van de deurklopper, en Caleb kwam weer aangehold uit het personeelsverblijf. Toen hij de deur opendeed, nam een lange man in zwarte kledij met een wit boord beleefd zijn hoed van het grijzende hoofd. 'Goedenavond, Franklin, ik hoop van harte dat ik niet te laat ben. Is het kind al geboren?'

Hartelijk lachend wenkte dr. Croft hem om binnen te komen. 'Kom binnen, William, en wees gerust. Ik kwam de wonden van een zwaargewonde man verzorgen, niet een vrouw in barensnood. Ik geloof dat het paar dat wil trouwen al tien jaar lang voor elkaar bestemd is, dat zei lord Randwulf enkele ogenblikken geleden tenminste. Het lijkt me dat het na zo'n lange periode tijd wordt dat ze trouwen, vind je niet?'

De dominee grinnikte opgelucht. 'Hm, dat lijkt me redelijk, ja. Zullen we dan maar beginnen met de plechtigheid?'

Dr. Croft wees naar de trap. 'Ik vrees dat je het huwelijk boven zult moeten voltrekken, William. Ik heb mijn patiënt verboden gedurende een paar dagen zijn bed te verlaten. Als hij een week blijft liggen, zou ik het nog beter vinden.' Hij wees naar Adriana en voorspelde: 'Ik weet zeker dat hij bereid zou zijn mijn instructies op te volgen als deze mooie jongedame erin zou toestemmen zijn verpleegster te zijn en bij hem te blijven om ervoor te zorgen dat hij niet uit bed komt. We zijn weliswaar niet officieel aan elkaar voorgesteld, maar ik geloof dat dit de jonge vrouw is die de lord van plan is tot vrouw te nemen, lady Adriana.'

De dominee streek peinzend over zijn kin. 'Hm, eh... als de man zo onbekwaam is, kan het huwelijk misschien beter worden uitgesteld tot hij weer op de been is. Ik kan me niet herinneren dat ik ooit een huwelijk heb voltrokken waarbij de bruidegom in bed lag.'

Dr. Croft lachte spottend. 'Lord Randwulf staat erop dat de huwelijksbeloften vanavond nog worden uitgewisseld, en als ik jou was, William, zou ik hem maar zijn zin geven. Zoals ik heb kunnen constateren, kan hij heel onaangenaam worden als hij gescheiden wordt gehouden van zijn verloofde. Hij beschikt ook over een groot aantal scheldwoorden, dat je vocabulaire behoorlijk zal uitbreiden, zij het niet noodzakelijkerwijs verbeteren. Hij moet les hebben gehad van de Fransen als hij met hen in een handgemeen was. Het is ondenkbaar dat een Engelse gentleman zulke woorden zou gebruiken.'

'O, ja, ik begrijp het. Nou ja, niets aan te doen, veronderstel ik. Dus laten we aan de gang gaan.'

Toen het verband was aangelegd en een laken over zijn heupen was gelegd, draaide Colton zich op zijn zij. Dat veroorzaakte zó'n hevige pijn, dat hij zich niet ervan bewust was dat het laken tussen zijn dijen verstrikt was geraakt en nu verraderlijk strak om zijn lies spande en zijn navel bloot lag.

De brave dominee begon te sputteren toen hij het gebrek aan decente bedekking zag, maar toen de aanstaande bruid binnenkwam en haastig naar het bed liep, begon hij zich ernstig ongerust te maken. Zijn wangen kleurden donkerrood bij het schokkende gebrek aan fatsoen waarvan hij getuige was. Hij schraapte zijn keel en zocht hulp bij Percy. 'Denkt u dat u iets kunt vinden om over de gewonde man te leggen zolang de dames in de kamer zijn?'

Percy glimlachte geamuseerd terwijl hij naar de beide vrouwen keek. Ze leken zich volkomen onbewust van het feit dat Colton bijna naakt was. 'Ach, de een is zijn zuster, en over een paar ogenblikken zal de ander zijn vrouw zijn. Het lijkt me niet zo erg belangrijk.'

'Niettemin vind ik het laken pijnlijk ontoereikend voor een huwelijksplechtigheid,' merkte dominee Dalton op, hevig van streek door de aanblik. Het was al erg genoeg dat de onderbuik van de man bloot was, zonder zich er pijnlijk van bewust te zijn dat het laken aan zijn edele delen gekleefd zat. Hij was tenminste dankbaar dat de toekomstige bruidegom het hoofd koel hield in het bijzijn van de dames en hen niet allemaal shockeerde.

Al grinnikend kreeg Percy medelijden met de blozende dominee en spreidde een lichte deken uit over het onderlichaam van de bruidegom. Colton merkte het nauwelijks, want zijn blik was uitsluitend gericht op zijn toekomstige bruid.

'En je ouders?' vroeg hij ongerust. 'Zijn ze er al?'

'Ze zijn bij tante Tilly en je oom Alistair. Als ze er zó lang over doen voor ze hier zijn, kan ik me alleen maar indenken dat ze gehoord hebben dat ik terug ben in het huis in de stad, maar verder niets.'

Coltons lippen krulden zich in een langzame grijns. 'Zullen zíj even verbaasd opkijken!'

Adriana boog zich naar hem toe, en trok achterdochtig haar wenkbrauwen op toen de krachtige geur van de cognac die dr. Croft hem had toegediend in haar neusgaten drong. 'Weet je zeker dat je nuchter genoeg bent om te weten wat je doet, lieveling? Ik wil niet dat je later klaagt dat je bedrogen bent. Misschien kunnen we het huwelijk beter uitstellen tot je niet meer onder de invloed van alcohol verkeert en je weer op de been bent.'

'Ik dénk er niet aan! Ik wil niet het risico lopen dat ik je kwijtraak,' verklaarde Colton met een snelle blik op Riordan. Hij was er zelf zo na aan toe geweest Adriana te verliezen, dat Colton volkomen begreep wat de ander doormaakte, en hij had medelijden met hem. 'Laten we beginnen met de plechtigheid.'

Adriana stond naast het bed en herhaalde haar belofte vol overtuiging en met vochtige ogen. Haar hand werd stevig omklemd door de hand van de man aan wie ze jaren geleden beloofd was.

Toen de dominee een paar ogenblikken later om de ring vroeg, heerste er enige verwarring, want dat kleine detail hadden ze over het hoofd gezien. Maar Colton wilde absoluut aan het verzoek voldoen. Bijna twintig jaar lang had hij aan zijn pink een kleine familiering gedragen. Hij trok hem eraf en schoof de ring, ook al was hij te groot, aan Adriana's slanke vinger terwijl hij de woorden van de dominee herhaalde.

Tranen stroomden over Samantha's wangen toen de plechtigheid was afgelopen, en met een overdreven zucht van opluchting omhelsde ze haar vriendin. 'Eindelijk zijn we écht zussen.'

Bruid en bruidegom namen de gelukwensen in ontvangst, en ook een waarschuwing... van dr. Croft.

'Milord, ik moet erop aandringen dat u denkt aan uw verwonding. Hoewel ik er een zalf op heb gesmeerd die de pijn verdooft en de mogelijkheid van infectie vermindert, moet ik u op het hart drukken de wond vooral niet te veel te belasten. Er is later nog tijd voor u beiden om... eh... elkaar te leren kennen.'

Percy kon een lach niet onderdrukken. 'Wat verlangt u van hem, dr. Croft? Zijn vrouw negeren nu hij eindelijk met haar naar bed mag? Dat kan alleen een heilige, vooral als de vrouw zo mooi is als zijn bruid. En ik geloof dat hij allesbehalve een heilige is.'

'Percy, gedráág je eens voor de verandering,' zei Samantha, al kon ze haar glimlach niet verbergen. 'Je brengt mij al in verlegenheid, laat staan Adriana!'

Percy grinnikte. 'Ik zie haar wangen in de komende maand nog niet afkoelen, liefste, dus kan ze maar beter gewend raken aan de hitte.'

Adriana vond het inderdaad moeilijk niet te blozen, maar Colton grinnikte toen hij Percy's commentaar accepteerde als een redelijk accurate beoordeling van zijn karakter.

Hij stak zijn hand uit, greep de vingers van zijn bruid en trok haar hoofd met zijn vrije hand omlaag voor een lange, tedere zoen. Toen ze elkaar eindelijk loslieten, was Riordan niet langer in de kamer.

Colton grijnsde naar de arts. Het sterke brouwsel waarvan hij royaal had gedronken, had wel de pijn verminderd, maar niet de begeerte die zijn geest en lichaam in de afgelopen paar maanden in vuur en vlam had gezet. 'Ik zal proberen me niet te veel in te spannen, dr. Croft, maar verder kan ik niets beloven.'

De arts knipperde even met zijn ogen, maar besloot dat het weinig zin had met deze patiënt te argumenteren. Bovendien, zoals Percy zei, was het moeilijk zo'n mooie vrouw te negeren. 'Maar ik moet u dringend verzoeken om voorzichtig te zijn. Ik heb begrepen dat u een held bent geweest in de oorlog met

Frankrijk, maar voorlopig moet u er echter rekening mee houden dat u zo kwetsbaar bent als een pasgeboren baby. U mag niet zonder reden rondlopen, dus stel ik voor u een paar dagen te laten vertroetelen door uw bruid. Ik zal bij Hodges een voorraad poeder achterlaten, met instructies hoe die moet worden aangemaakt en op de wond aangebracht moet worden nadat deze is schoongemaakt of als de pijn te hevig wordt. Ik raad u aan het viermaal per dag te laten aanbrengen, om te voorkomen dat de wond geïnfecteerd raakt.. Morgen kom ik terug voor controle en om te zien of u niet achteruit bent gegaan, want dan zou ik uw vrouw weg moeten sturen om u de tijd te geven te genezen.'

'Ik zal me strikt aan uw instructies houden, dokter,' beloofde Colton met een grijns. 'Ik zou niet graag van haar gescheiden worden nu ze eindelijk mijn vrouw is.'

Eindelijk waren Colton en Adriana alleen, maar Adriana hield zich aan het doktersadvies en kwam met een oplossing. 'Ik ga beneden slapen, zodat je niet in de verleiding komt je te veel te bewegen.'

Colton schudde heftig zijn hoofd. 'O, nee, je slaapt hier, bij mij in bed, en als ik geen manier kan vinden om de liefde met je te bedrijven zonder dat mijn wond opengaat, dan kan ik je in elk geval in mijn armen houden. En doe alsjeblieft geen moeite om je ergens anders uit te kleden of een nachthemd aan te trekken. In dat geval moet ik je komen zoeken of ben ik gedwongen zelf je nachthemd uit te trekken. Op beide manieren zou ik mezelf letsel kunnen toebrengen, en dat wil je natuurlijk niet. Ik heb te lang moeten wachten om vast te stellen of het visioen in de badkamer werkelijkheid is of slechts een product van mijn verbeelding.'

'Als u dat wilt, milord,' mompelde Adriana met een verleidelijke glimlach.

Ze hief haar handen op om de gouden met saffieren bezette choker los te maken, maar dat ging niet erg gemakkelijk en ze knielde naast het bed. 'Ik heb je hulp nodig om mijn ketting los te maken.'

'Laat die ketting voorlopig maar, geef me liever een zoen. Ik heb me al té lang moeten bedwingen om je te kussen zoals ik zo graag had gewild, uit angst waartoe het zou leiden, maar nu hoef ik niet langer bang te zijn om je zwanger te maken.'

Adriana herinnerde zich zijn zoen op de avond van Rogers poging tot aanranding en voelde zich duizelig worden van verwachting. Ze stond op en boog zich over hem heen om aan zijn verzoek te voldoen, maar hij sloeg zijn rechterarm om haar heupen en trok haar omlaag. Toen ze haar slippers uitschopte, gooide hij de deken opzij die over hem heen gespreid was en dwong haar zachtjes naast hem te gaan liggen. Ze tilde haar zijden rok op om op de matras te gaan liggen, maar moest hem daarvoor tot ver boven haar knieën trekken, zodat haar lange, slanke benen in de donkere zijden kousen te zien waren, die boven haar knieën met verleidelijke zwartkanten kousenbanden werden opgehouden.

'Heeft je moeder je nooit geleerd dat je niet mag staren?' vroeg Adriana plagend.

Grijnzend streek Colton met zijn hand over haar dijen en nestelde haar hoofd in de kromming van zijn arm. 'Ik kan niet anders dan naar je kijken. Je bent de perfectie zelve.'

Op zacht aandringen van zijn knie, hief ze haar been op en legde het over zijn heup, waarna zijn benen zich tussen de hare wrongen. Zijn gezicht kwam vlak bij het hare, en even later namen zijn lippen en tong zoekend en verlangend bezit van haar. Hij trok haar tong in de warme holte van zijn mond met een traag, suggestief ritme dat iets suggereerde dat nog erotischer was.

Met een bevende zucht fluisterde Adriana: 'De manier waarop jij kust, doet me duizelen; ik vrees dat mijn bonkende hart straks op de vlucht zal slaan.'

Zijn hand liefkoosde haar borst, en Adriana hield haar adem in bij de rilling van genot die door haar heen ging toen de toppen van zijn vingers plagend over een tepel wreven. Ze welfde haar rug en huiverde toen hij zachtjes in de gevoelige tepel kneep.

'Je bent zo mooi, liefste,' mompelde Colton hees, en kuste haar in haar hals, 'maar je hebt te veel van die verwenste kleren aan.'

Ze streelde zijn stevige, gespierde schouders en liet haar vingers over het verband glijden dat kruiselings over zijn borst liep. Ze streelde de harde spieren, ribben, de mannelijke tepels, en bedolf ze onder de kussen.

Ze ging op haar elleboog liggen en staarde in zijn ogen met

324

alle vurige emoties die ze al wekenlang onder controle had gehouden. 'Ik hou van je, Colton Wyndham. Ik heb altijd van je gehouden, en zal dat mijn leven lang doen. Als klein meisje was je al mijn idool. Nu je mijn man bent, wil ik door jou compleet worden gemaakt, een deel van jou worden, je kennen zoals ik je nog nooit gekend heb.'

Colton legde een hand achter haar hoofd en staarde haar enigszins verbaasd aan. 'Je hebt geen pantalon aan.'

Adriana bloosde, bang dat hij het onfatsoenlijk zou vinden. 'De rok van mijn jurk was zó nauw dat de pantalon lelijke bobbels veroorzaakte, dus besloot ik hem niet aan te trekken. Ik had nooit gedacht dat iemand het zou ontdekken. Vind je me onkuis?'

Colton grinnikte. 'Laat die gedachte maar varen, lieveling. Ik ben het helemaal eens met je besluit. Het maakt mijn voornemen gemakkelijker uit te voeren.'

Met een verlegen glimlachje vroeg ze: 'En wat mag dat dan wel zijn?'

'Moet je dát nog vragen?' Hij grijnsde. 'Jou uitkleden is het eerste wat me te doen staat. Daarna copulatie natuurlijk. Hoe eerder we aan dat laatste toekomen, hoe eerder ik tevreden ben.'

Ze kusten elkaar steeds hartstochtelijker, terwijl hij de sluiting op haar rug losmaakte. Hij schoof de jurk omlaag en ze wurmde zich eruit en gooide hem jurk op een stoel. Coltons ogen verslonden haar. De witsatijnen chemise plakte aan haar borsten, en door het kant heen ving hij een glimp op van de roze tepels.

'Heeft iemand je weleens verteld hoe mooi je bent zonder kleren?'

Adriana glimlachte en legde haar voorhoofd tegen zijn wang. 'Alleen jij.'

'Geloof me, sinds mijn thuiskomst ben ik je meest gepassioneerde bewonderaar.'

Hij trok de rest van haar kleren uit, tilde haar op, hoger tegen zich aan, waarna zijn mond zich om een verleidelijke borst sloot. Hij voelde zich intens dankbaar dat hij nog leefde en eindelijk getrouwd was met de vrouw van wie hij nu al enkele maanden hield.

'Ik ben blij dat je me nooit hebt geleerd hoe heerlijk het is om naakt in je armen te liggen,' fluisterde ze. 'Anders was ik waarschijnlijk al lang geleden ingegaan op je uitnodiging.'

'Het beste moet nog komen, schoonheid, en nu je mijn vrouw bent zal het nog veel prettiger zijn.' Hij streelde haar gladde, naakte buik. Zijn vingers drongen in het vochtige, warme plekje en gingen magisch te werk. Ze kronkelde in extase, en haar dijen weken als vanzelf langzaam uiteen, zodat ze zich volledig aan hem kon overgeven. De passie stroomde van haar onderlijf door haar hele lichaam.

'Wat je met me doet is te verrukkelijk om behoorlijk te kunnen zijn,' fluisterde ze. 'Als je niet ophoudt, smelt ik straks weg.'

'Het is volkomen behoorlijk voor een man om alle geheime plekjes te onderzoeken die zijn vrouw hem tot hun huwelijk heeft weten te onthouden, liefste. Geniet je ervan?'

'O, ja, heel erg!'

Ze vond het een beetje belachelijk dat ze haar kousen nog steeds aanhad, terwijl ze verder naakt was. Maar toen ze rechtop ging zitten om haar kousenbanden uit te trekken, hield Coltons hand haar tegen. 'Houd je kousen aan, lieveling,' zei hij schor. 'Ik wil je lichaam tegen me aan voelen.'

Hij tilde de deken op, zodat ze zich dicht tegen zijn naakte lijf kon nestelen, en Adriana staarde naar zijn gezwollen lid. Het wekte de herinnering aan wat ze had gezien in de badkamer, en plotseling leek het haar groot en bedreigend. Ze keek op en staarde in zijn fonkelende grijze ogen.

'Ik kan niet bij je zijn zonder dat het effect op me heeft,' mompelde Colton. 'Ik worstel daar al mee sinds het herfstbal. Als we niet voortdurend vergezeld waren geweest van chaperonnes, had ik mijn zin doorgedreven zodra ik alleen met je in de koets zat... of waar we ook maar alleen waren.'

Adriana staarde hem aan. 'Ik dacht dat je Samantha en Percy erbij wilde hebben om te bewijzen dat je je als een gentleman gedroeg, zodat je er na die drie maanden gemakkelijk een eind aan kon maken.'

Colton lachte spottend. 'Het was al moeilijk genoeg om mijn handen van je af te houden als er anderen bij waren. Alleen zijn met je zou een ramp hebben betekend. Ik had visioenen dat we samen voor de dominee stonden en jij met een dikke buik van ons kind.'

Adriana begon luid te lachen. 'En ik dacht dat je me niet wilde!'

Colton pakte haar hand en sloot die om zijn kloppende harde lid, wat haar een geschokte kreet ontlokte. 'Is dit geen bewijs van mijn verlangen? Daar heb ik grote moeite mee gehad tijdens al die maanden dat ik je het hof maakte. Zelfs nu nog kan ik de pijn van mijn langdurige abstinentie nauwelijks verdragen. Ik begon al te vrezen dat ik een vervloekte eunuch zou worden, zó hevig was mijn begeerte naar je. Een begeerte die ik niet kon bevredigen.'

'Maar je wond? Zal het niet te veel pijn doen om...'

'O, nee, lieveling. Zelfs als ik met één voet in het graf zou staan, zou ik je nog willen beminnen.'

'Je moet het advies van de dokter opvolgen,' waarschuwde ze.

'Jij zou al het werk kunnen doen en mij het genot gunnen,' zei hij schertsend.

Glimlachend streek ze met haar vinger langs zijn lippen. 'Dan zul je me moeten vertellen wat ik moet doen.'

Zijn hand gleed langs haar dij omlaag, trok een kous met kousenband en al uit, tilde het been op en sloeg dat over hem heen. 'Dat zal ik doen, liefste, maar eerst moet ik je gereedmaken voor me.'

'Wil je dat ik mijn andere kous ook uittrek?'

'M-hmm,' mompelde hij. Zijn handen gingen naar haar nek en maakten de choker los. 'En je oorbellen. Ik wil in je oren bijten, daar heb ik de laatste paar maanden naar gehunkerd.'

'Je hebt de raarste ideeën, Colton Wyndham.'

'Je hebt een heel leven om ermee vertrouwd te raken, vrouw van me, maar eerst komen serieuzere genietingen.'

'Zoals?'

'De laatste hindernis wegnemen voor we één worden, lieveling.'

Adriana bleef doodstil liggen en gaf zich over aan de gevoelens van verrukking toen zijn vingers in haar drongen. En toen zijn open mond haar borst opeiste en hij erop begon te zuigen, strekte ze haar hand uit en greep zijn lid vast.

'Colton, alsjeblieft... ik houd het niet langer uit. Waar je ook op wacht, wacht niet langer.'

'Dat hoeft ook niet, liefste. Je bent nu klaar voor me,' fluisterde hij. Het feit dat ze zo vochtig was geworden, bewees dat ze verlangde naar wat komen ging.

Hij lag achterover op de kussens en ze keek hem vragend aan terwijl ze rechtop ging zitten. Hij glimlachte schalks. 'Ik heb gehoord dat je Ulysses soms zonder zadel berijdt. Ik heb een zadelknop, maar geen zadel. Ben je dapper genoeg om het te proberen? Het zal in het begin pijnlijk zijn.'

'Je hebt het me onmogelijk gemaakt om te weigeren. Ik heb me nog nooit zo... zo... lichtzinnig gevoeld.'

'De liefde bedrijven tussen een man en een vrouw die door het huwelijk verbonden zijn is niet lichtzinnig, liefste. Het is een eerlijk verlangen, en op dit moment verlang ik meer naar je dan naar wat ook ter wereld.'

Ze ging op haar knieën zitten, schrijlings boven op hem.

Zijn blik was een innige liefkozing toen hij zich in het nauwe gaatje drong. Ze rilde even en nam hem toen met een snelle, neergaande beweging in zich. Bij het voelen van haar vrouwelijke warmte sloot Colton zijn ogen. Hij probeerde tijd te rekken om de schok voor haar te verzachten, maar zoals ze Ulysses had bereden, bereed ze ook hem, tot hij zich niet langer kon beheersen. Golven van extase spoelden steeds weer over hem heen tot ze het ultieme genot bereikten.

Veel later, toen Adriana net indommelde, terwijl ze als twee lepels tegen elkaar aangedrukt lagen, fluisterde hij in haar oor: 'Is het nog erg gevoelig, liefste?'

Ze giechelde en kronkelde achteruit tot ze in contact kwam met het harde lid onder haar billen. 'Heb je een speciale reden om dat te vragen?'

Hij knabbelde aan een klein, bevallig oor. 'Ik ben een gulzigaard, want ik wil nog meer van hetzelfde. En jij bent het enige lekkere hapje waar ik naar hunker.'

'Die reden is goed genoeg voor me,' antwoordde Adriana lachend. Ze draaide zich naar hem om, nestelde zich naast hem en liet haar vingers over zijn brede borst glijden. Ze schoof verder omlaag en toen ze voelde dat hij klaar was voor haar, verhief ze zich boven hem, en hun koortsachtige liefkozingen en kussen voerden hen verder en verder en verder...

Volgens de zacht tikkende klok in de slaapkamer van Adriana en Colton was het al ver na middernacht toen ze beiden plotseling wakker werden. Een lamp scheen in hun gezicht, en een luid getier deed hen verschrikt opkijken. Tegelijk gingen ze rechtop zitten. Coltons gezicht vertrok toen een intense pijn door hem heen schoot en hij abrupt herinnerd werd aan zijn wond. Hij had meteen spijt van zijn haastige beweging, maar hield een hand voor zijn ogen, om ze te beschermen tegen het onverwachte licht. Daarachter zag hij het woedende gezicht van Gyles Sutton. Hij had de man in zijn hele leven nog nooit zó kwaad gezien.

'Ik heb je in Bath uitgenodigd om je aanzoek aan mijn dochter voor te leggen, maar niet om met haar te hoereren!' bulderde Gyles. 'Kom uit dat bed, smerige verleider, en vecht als een man!'

Toen hij probeerde Colton beet te pakken, hief Adriana haar hand op om haar vader tegen te houden. 'Nee, papa, nee! Alles is in orde!'

Adriana greep snel het laken om haar naakte borsten te bedekken, maar het was al te laat. Het gezicht van haar vader werd vuurrood.

Christina stond kermend in de deuropening toen Gyles zijn gebalde vuist schudde. Colton zag de woede in de ogen van de ander en vroeg zich af of hij zich zou moeten vermannen voor een gevecht met Gyles Sutton. 'Dus dit is de manier waarop je me beloont omdat ik geprobeerd heb je te helpen! Wellusteling! Dief! Je hebt achter mijn rug de maagdelijkheid van mijn dochter gestolen. Het liefst zou ik je nu, ter plekke, willen ontmannen!'

'Papa, we zijn getrouwd!' flapte Adriana eruit.

'Wát?!' Gyles wankelde verbijsterd achteruit.

'We zijn vanavond in de echt verbonden door sir Guy's vader. We hadden een speciale vergunning die door de aartsbisschop ondertekend is!'

Gyles staarde haar met open mond aan. 'Maar... Maar waarom kon je niet wachten... om in een kerk... te trouwen?'

'Coltons rijtuig werd bij Randwulf Manor overvallen, en hij is in zijn rug geschoten. We wilden bij elkaar zijn, en een huwelijk was de enige manier om samen te zijn zonder ons bezorgd te maken over wat gepast was en wat niet. Samantha, Percy, lord Harcourt en dr. Croft waren getuigen. Het is allemaal volkomen correct gegaan, ik verzeker het u, papa.'

Gyles deed struikelend nog een paar passen achteruit en wreef met een hand over zijn gezicht alsof hij nog seeds twijfelde aan de rechtsgeldigheid van hun huwelijk. 'Je had in een kerk moeten trouwen, met je hele familie als getuigen.'

'We zijn nu niet minder getrouwd dan wanneer we in een kerk getrouwd zouden zijn, papa. Dominee Dalton heeft ons alle documenten laten tekenen. Hij kan getuigen dat ze rechtsgeldig zijn.'

'Het was mijn schuld,' kwam Colton tussenbeide. 'Ik was bang dat ik uw dochter zou verliezen, en dat risico wilde ik niet lopen. Ik was degene die er bij haar op aandrong vanavond nog met me te trouwen.'

'Eigenlijk heeft sir Guy het geregeld,' legde Adriana uit, om Colton te beschermen tegen de ergernis van haar vader, die ze smekend aankeek. 'Maar als u bereid bent mijn gevoelens te laten meetellen, papa, ik wilde net zomin als Colton wachten. Ik houd van hem en wil de rest van mijn leven met hem doorbrengen.'

Gyles schraapte zijn keel en keek achterom naar zijn vrouw, die opgelucht lachte. 'Wat vind jij hiervan, lieve?'

'Ik denk dat ze wettig getrouwd zijn en we er niets meer over hoeven te zeggen... behalve...' ze glimlachte naar het echtpaar, 'welterusten.'

Gyles pruttelde wat, denkend aan de scheldnamen die hij zijn nieuwe schoonzoon naar het hoofd had gegooid. 'Ja, nou ja, dat lijkt me het enige wat we kunnen zeggen, nu we het hele huis in rep en roer hebben gebracht.'

'Kom mee, lieverd,' drong Christina vriendelijk aan, 'en laten we Adriana en Colton wat slaap gunnen. Arme kinderen, je hebt hen waarschijnlijk de doodsschrik op het lijf gejaagd.'

Het gegiechel van het paar even later in de slaapkamer deed Gyles even pauzeren na de deur achter zich te hebben dichtgetrokken. 'Zó geschrokken zijn ze blijkbaar niet.'

Christina glimlachte. 'Denk er eens aan hoe onstuimig jij was toen we nog jong waren, lieverd. Zoals je je misschien nog zult herinneren, moest ik je vóór ons huwelijk meer dan eens een tik op je vingers geven om je wat te laten bekoelen.'

Zijn hand ging bezitterig omlaag naar haar billen. 'Je hebt nog steeds het aantrekkelijkste kontje dat ik ooit heb gezien.'

Met een uitdagend lachje wierp ze haar hoofd achterover en

waarschuwde: 'Hm, het kan maar beter het énige kontje zijn dat je ooit hebt gezien, anders zal ik jóu laten ontmannen. Er zijn dingen die ik niet wil delen, en een daarvan ben jíj.

De ochtendzon scheen door een kier in de gordijnen de slaapkamer in, waar het pasgetrouwde paar samen in bed lag. De zon was net opdringerig genoeg om Colton uit een diepe slaap te wekken. Hij voelde zich veel meer ontspannen en uitgerust dan in de voorgaande maanden, althans sinds hij een donkerharige nimf in zijn bad had ontdekt. Ondanks zijn verwonding leek hij gesterkt door hun nachtelijke activiteiten.

Grijnzend draaide Colton zijn hoofd om op het kussen en streek met zijn vingers door zijn haar. Zijn bruid was uitermate verleidelijk geweest en had bijzonder enthousiast gereageerd op zijn verlangens. In al zijn jaren als vrijgezel had hij nooit kunnen dromen dat zijn bruid, als hij eindelijk getrouwd was, hem zou berijden.

Hij gaf haar een zachte kus op haar voorhoofd, legde zijn hand om een zachte borst, streek met zijn duim langzaam over de tepel en fluisterde: 'Tijd om wakker te worden, slaapkopje.'

Ze schudde haar hoofd om haar ongenoegen kenbaar te maken, boog haar knie en legde die op zijn dij terwijl ze zich dichter tegen hem aan drukte. Slaperig mompelde ze: 'Kunnen we hier niet eeuwig blijven?'

'Ik moet in bad, en dat zul jij moeten doen,' hield hij lachend vol. 'Tenzij je natuurlijk het advies van de dokter niet wilt opvolgen.'

'Ik heb nog nooit een man in bad gedaan. Ik zou niet weten waar ik moet beginnen...'

'Waar zou je wíllen beginnen?' vroeg hij.

Adriana sperde haar ogen open toen het antwoord haar onmiddellijk te binnen schoot.

Colton keek haar grijnzend aan. 'Ik kan wel een voorstel doen, als je bereid bent dat in overweging te nemen.'

'En waar is dat?'

Zijn hand pakte de hare en sloot die om de harde schacht. 'Die heeft serieuze aandacht nodig.'

'Voor of na je bad?'

'Ervóór zou nog beter zijn. Ik verlang ernaar je weer te proeven.'

'Je bent onverzadigbaar,' beschuldigde ze hem giechelend.

'Ja, maar alleen met jou,' fluisterde hij in haar oor, en liefkoosde haar wang met zijn lippen. Zijn hand liet de hare los, om die naar hartenlust met hem te laten spelen, terwijl hij zijn eigen hand achter haar heup legde. 'Heeft iemand je weleens verteld wat een bekoorlijke derrière je hebt?'

'Nee, nooit.'

'Ik heb zelf altijd een voorkeur gehad voor borsten, maar jij hebt werkelijk het mooiste kontje waar een eenzame man van kan dromen in een ver afgelegen kamp. Ik vind het heel prettig me ertegenaan te nestelen. Het maakt me door en door warm.'

'Je schijnt van knuffelen te houden.'

Hij trok zijn wenkbrauwen op en vroeg: 'Ben jij daartegen, liefste?'

Adriana kroop dichterbij tot haar borsten en lendenen tegen hem aan drukten.

'Bevredigt dat je nieuwsgierigheid?'

'Het kan een antwoord zijn op mijn vraag, maar het verhoogt ook mijn verlangen naar meer van wat je me te bieden hebt. Maar misschien was dat wel je bedoeling. Je schijnt te genieten van de verrukkingen die in het huwelijksbed te vinden zijn.' Zijn hand ging langzaam omlaag, tussen hen in. 'Natuurlijk is niets zo delicieus als deze kleine haven om de wellust van een man te stimuleren.'

Enige tijd daarna werd een geparfumeerd bad klaargemaakt in een kleine koperen badkuip in de slaapkamer, en onder de bewonderende blikken van haar man ging Adriana in bad. Haar man had nauwlettend toegekeken bij alles wat ze deed voor ze zich in het warme, geurige water had laten zakken. Zijn ogen deden zich te goed aan elk detail van haar mooie lichaam toen ze haar geheime plekjes inzeepte. Enigszins verlegen had ze erop aangedrongen dat hij zijn ogen dicht zou doen, waarop hij had gereageerd met een langzaam hoofdschudden en een wellustige grijns.

'In geen duizend jaar, schoonheid. Ik wil alles van je weten, vooral de plekjes die je altijd geheim houdt. Niets is verborgen of verboden tussen een getrouwd paar; alles wordt openlijk bekeken en gedeeld. Alles wat ik heb is van jou, en wat jij hebt is van mij.'

Adriana was meer dan gewillig om zich naar hem te voegen.

Onder zijn inspecterende blikken was ze opgestaan en had met enkele karaffen warm water de zeepresten weggespoeld. Vervolgens stapte ze uit het bad op een groot katoenen kleed dat de bedienden onder de badkuip voor haar hadden uitgespreid, droogde zich af met een handdoek, wreef haar huid in met geurige lotions en trok toen haar pantalon, kousen en chemise aan, waarvan ze het lijfje, op wens van haar echtgenoot, tussen haar borsten niet had dichtgeknoopt.

Toen de koperen badkuip was weggehaald, werden de voorbereidingen getroffen voor het wassen met behulp van een waskom. Er werden schone handdoeken, lakens, een emmer heet water en een tweede waskom gebracht. Onmiddellijk ging Adriana aan het werk om niet alleen haar man gereed te maken voor zijn bad, maar ook het bed zelf. Ze pakte linnengoed bijeen om hem te wassen en te drogen, maar toen ze aanbood een nachthemd voor hem te lenen van haar vader, schudde Colton glimlachend zijn hoofd.

'Ik heb er sinds mijn jeugd nooit een gedragen, en ik ben niet van plan daar nu mee te beginnen. Ik weet niet wat jij graag in bed draagt, maar ik voel je het liefst naakt tegen me aan, vooral als ik midden in de nacht wakker word. Bovendien, als je niets aan hebt, is het gemakkelijker om de liefde met je te bedrijven.'

Haar ogen glinsterden. 'Ik begin te geloven dat we veel tijd samen in bed zullen doorbrengen.'

Hij grijnsde wellustig. 'Ik moet je waarschuwen, Adriana, dat ik me niet zal beperken tot copuleren in bed. Elke plaats waar het voldoende comfortabel is en waar we alleen zijn, beantwoordt aan mijn verwachtingen.'

'Misschien moet ik het dan zó wijzigen dat we veel tijd met de liefde zullen doorbrengen.'

'Absoluut een waarheidsgetrouwere voorspelling, liefste.'

Adriana besefte algauw dat het wassen van haar man een uiterst bevredigende ervaring was voor een kersverse echtgenote. Hij was ook beslist niet verlegen met wat hij liet zien, maar daar vond ze rap een middel tegen door een linnen handdoek over zijn lendenen te leggen.

'Dacht je werkelijk dat dat je zou redden? Of denk je dat het vanzelf zal weggaan?'

'Je kunt moeilijk verwachten dat een nieuwe bruid iets anders zal zien als je daar zo voor haar ogen mee pronkt. Ik begin te denken dat je geen schaamte of fatsoen kent.'

'Mannen bekommeren zich daar minder om dan vrouwen, lieve.'

Door haar ondergoed heen voelde ze zijn vingers op haar achterwerk en ze wiegelde met haar heupen om ze los te schudden. 'Als je je niet gedraagt, zijn we hier met zonsondergang nog.'

'Je moet mijn onderkant nog wassen,' plaagde hij.

'Ik zal eerst je voeten en benen wassen,' antwoordde ze.

'Ben je bang dat we anders niet gereedkomen met het wassen?'

'Zoiets, ja,' zei Adriana, die druk bezig was zijn voeten, enkels en kuiten te wassen en te drogen. Toen ze hoger kwam, zag ze dat de eerst zo donkerrode en paarse plek rond zijn oude wond begon te verbleken. Na verloop van tijd zou waarschijnlijk alleen het litteken nog te zien zijn. 'Je oude wond ziet er nu absoluut beter uit dan toen je pas thuiskwam. Heb je er nog last van?'

'Zo nu en dan een steek, maar geen voortdurende pijn.'

Er bleef niets meer te wassen over dan zijn lendenen, en ze deed haar best niet te blozen terwijl ze zijn instructies volgde.

'Je hoeft je niet beschaamd te voelen,' zei hij. 'Over een paar maanden zul je het heel gewoon vinden me naakt te zien.'

'Ik betwijfel of ik iets van jou ooit gewoon zal vinden,' zei ze naar waarheid. 'Ik vind je de mooiste man die ik ooit heb leren kennen, of, wat dat betreft, ooit heb gezien.'

'Mooi, lieveling? Wat een merkwaardig woord om voor een man te gebruiken.'

'Toch ben je in mijn ogen mooi. Altijd geweest.'

Hij kneep verliefd in haar billen. 'Kom, liefste, geef me nog een zoen. Ik verlang weer naar je.'

Met een veelbetekenende blik op zijn lendenen zei ze lachend: 'Ja, dat heb ik gezien.'

Ze liet de linnen handdoek over zijn edele delen vallen en boog zich met een stralende glimlach over hem heen. Door haar kleren heen kon ze zijn vingers weer in de spleet tussen haar billen voelen, en zijn ogen straalden toen hij haar van heel dichtbij aankeek. 'Je moet een heel ondeugende jongen zijn geweest toen je opgroeide,' zei ze beschuldigend. 'Zelfs nu bewijs je dat nog door eigenzinnige gedrag. Of probeer je een voorkeur op te bouwen voor de derrière van een vrouw?'

Hij grinnikte. 'Als je echtgenoot vind ik het prachtig om al je geheime plekjes te onderzoeken. Ik heb me nog nooit zo goed gevoeld als nu. Ik geloof dat ik het prettig vind om met je getrouwd te zijn.'

'Dat komt omdat ik heel, heel lange tijd je vrouw zal zijn.'

Philana Wyndham werd door een dienstmeisje naar de deur gebracht van de kamers boven waarin haar zoon verbleef. Volgens het jonge dienstmeisje hadden lord en lady Standish het huis verlaten met het plan lord Alistair op te zoeken in zijn hotelkamer om naar zijn gewonde enkel te informeren. Ze vertelde ook dat alleen lady Adriana was achtergebleven, die nu bij de gewonde man was.

Het feit dat Adriana bij haar zoon was, overtuigde Philana ervan dat het veilig was de aangewezen slaapkamer zonder kloppen te betreden. Per slot van rekening had Adriana nauwelijks met haar zoon gesproken voordat hij onlangs weer gewond was geraakt. Maar toen ze de deur opendeed, kwam ze prompt tot de conclusie dat ze wat discreter had moeten zijn, want haar mond viel open toen ze Colton nagenoeg naakt op bed zag liggen, op een verfrommelde handdoek na die nogal suggestief opbolde boven zijn edele delen. Zijn hand lag stevig om Adriana's onderrug, terwijl zij dwars over het bed lag. Het droeg niet bij tot Philana's gemoedsrust toen ze besefte dat ze elkaar innig kusten. Het shockerende tafereel deed haar bijna flauwvallen.

'O, hemel, ik had moeten kloppen!' hijgde ze. 'Ik had alleen niet verwacht...'

Adriana draaide zich met een ruk om naar de indringster. De verbijsterde uitdrukking op Philana's gezicht bewees dat ze nooit verwacht had dat Adriana tot dergelijke lichtzinnigheid in staat zou zijn.

'Ik ben op een slecht moment gekomen,' bracht Philana er met moeite uit. Ze wendde haar gezicht af toen Adriana de dekens omhoogtrok om Coltons onderlichaam te bedekken. 'Toen Bentley gisteravond vertelde dat mijn zoon ernstig gewond was, heb ik me gehaast om vanmorgen hierheen te gaan om te zien hoe het met hem ging. Dit had ik nooit verwacht...

het spijt me, het was niet mijn bedoeling om te storen. Ik ga meteen weg...'

'Niet doen, moeder,' zei Colton vriendelijk. 'Wat je ziet, is volkomen acceptabel, geloof me.'

Philana's haren gingen overeind staan bij die dwaze verklaring. 'Sinds wanneer is het volkomen acceptabel geworden voor een schavuit als jij bent om een jonge vrouw te bezoedelen die ik hiervóór als een dame beschouwde? Heb je geen eergevoel, jongen?'

Coltons lippen plooiden zich tot een glimlach. 'Ik denk dat het acceptabel werd op het moment dat ik met haar trouwde.'

'Trouwde?' Philana drukte een bevende hand tegen haar borst. Kon dat waar zijn? Waren ze wérkelijk getrouwd? Of was het niet meer dan een voornemen voor de toekomst? 'Je wilt toch niet zeggen dat jij en Adriana een huwelijksbelofte hebben afgelegd? Na alles wat er gebeurd is?'

'Gisteravond, mama Philana,' mompelde Adriana. 'Colton wilde zijn wond niet laten verzorgen voor ik erin had toegestemd met hem te trouwen.'

'O,' zei Philana met een wetend knikje. 'Hij leek de meisjes altijd al een beetje te manipuleren. Zijn vader wist niet wat hij met hem moest aanvangen, en wat mij betreft, ik wist ook niet wat ik moest doen.' Ze glimlachte naar Adriana. 'Misschien ben jij beter tegen hem opgewassen dan ik ooit geweest ben, lieverd, maar in elk geval ben ik heel gelukkig dat ik weer een schoondochter heb in de familie, vooral een die ik al jaren bewonderd heb. Sedgwick zou zo verschrikkelijk trots zijn op dit huwelijk. Hij heeft er altijd in geloofd en hij wist dat het voor jullie beiden goed zou zijn. Nu krijgen jullie de kans om te ontdekken of zijn gevoelens juist waren.'

Ze strekte haar armen uitnodigend uit naar Adriana, die haastig naar voren kwam en Philana omarmde. Tranen van vreugde stonden in Philana's ogen toen ze ten slotte een stap achteruit deed en het mooie gezicht van haar schoondochter liefdevol tussen haar beide handen nam.

'Dank je, kindlief, dat je mijn zoon hebt vergeven en mij vandaag zo gelukkig hebt gemaakt. Hoewel Bentley me verzekerde dat Colton het zou overleven, moest ik met eigen ogen zien dat hij goed verzorgd werd. Nu weet ik zeker dat hij in goede handen is en dat dit het begin is van een dynastie waarvan ik vreesde dat ze zou uitsterven. Moge God jullie zegenen met heel veel kinderen.'

17

'Waar heb jij gezeten?' viel Jarvis Fairchild uit tegen zijn dochter toen ze in de ochtendschemering op haar tenen Stanover House binnensloop.

Felicity legde een bevende hand op haar bonzende hart en tuurde ingespannen door het halfdonker of ze haar vader kon zien. Eindelijk zag ze hem op de sofa zitten. Zijn gezicht was vertrokken van woede. 'Papa, wat doet u hier beneden in de salon? Ik dacht dat u boven lag te slapen. Ik schrik me een ongeluk!'

Jarvis sprong overeind en liep woedend de kamer door tot hij vlak voor haar stond. Hun neuzen raakten elkaar bijna toen hij zijn gezicht omlaag boog. Zelfs in de schemerige kamer waren zijn fonkelende ogen een bewijs van zijn woede.

'Ik heb je iets gevraagd, kind, en ik wens een antwoord, als je zo vriendelijk wilt zijn! Besef je niet dat je moeder en ik de hele nacht geen oog dicht hebben gedaan? Toen je niet thuiskwam, ben ik naar de Elstons gereden om te informeren waar je was, maar een bediende zei dat Roger ook niet thuis was gekomen. Toen heb ik me naar de huizen van de beide andere jongedames gehaast die bij je waren, maar die waren volkomen in de war en wisten niet waar je was, want Roger had gezegd dat hij je thuis zou brengen. Je moeder en ik wisten niet beter dan dat je kon zijn ontvoerd, misschien zelfs verkracht, hetzij door Roger of door een andere verleider. Nu kom je als een dievegge het huis van je grootvader binnengeslopen. Ik wil een verklaring, meisje. Nú, als je zo goed wilt zijn!'

Felicity deed een poging tot glimlachen, maar weer had het geen enkel effect. De glimlach was al even pijnlijk als zijzelf. Ze zat onder de blauwe plekken en ze had pijn, en enorme

spijt dat ze iets had gedaan wat ze eerst als dwaasheid had beschouwd. Maar toen alles was gezegd en gedaan, was het te
laat en kon ze niet meer terug.

'Papa, ik weet dat u gehoopt had dat ik met een aristocraat
zou trouwen, maar toen ik vernam dat lord Randwulf en lady
Adriana door een contract aan elkaar gebonden waren, leek er
weinig kans op dat het ooit zou gebeuren. Roger wordt heel
rijk, papa... en... we, eh, zijn zo vrij geweest hier in het graaf-
schap te trouwen. Toen zijn we naar een herberg gegaan. Daar
zijn we vannacht geweest.'

'Zó dom ben je toch niet geweest?' tierde Jarvis, die zich
steeds meer begon op te winden. 'Waar is die vervloekte
schurk? Ik zal zijn ballen eraf snijden.' Plotseling vervuld van
de wens om wraak te nemen, tuurde hij langs zijn dochter
heen om te zien of zijn nieuwe schoonzoon zich als een wezel
achter de voordeur had verborgen.

'Hij is niet hier, papa. Het leek hem beter dat ik het u eerst
vertelde. Dan kan hij u ontmoeten als u wat gekalmeerd bent.'
Felicity strengelde bezorgd haar vingers in elkaar. 'En wat het
ontmannen betreft, daarvoor is het te laat. Ons huwelijk is
al... eh... door gemeenschap voltrokken.'

'Je hebt me verraden!' bulderde Jarvis. Hij schudde verontwaardigd zijn hoofd, treurend over zijn vervlogen dromen. 'Al
die tijd heb ik geloofd dat je boven je stand zou trouwen. Ik
heb alles gedaan wat ik kon om dat waar te maken. Geen
dochter van een boekhouder is ooit zo elegant gekleed geweest
en kreeg zoveel van haar wensen vervuld! En nu is het allemaal voor niets geweest. Je hebt me geruïneerd! Je hebt me
verraden door achter mijn rug om te trouwen met het jong van
een ongeletterde man!'

'Maar, papa, ze zijn rijk! Roger heeft beloofd me te tooien
met dure en modieuze kleren en met kostbare juwelen... Binnenkort is de spinnerij van hem. Dat weet hij zeker.' Maar alle
beloftes van haar bruidegom konden haar angst niet wegnemen nu ze in haar huwelijksnacht verkracht was. Ze had de
fout gemaakt zich van Roger terug te trekken en hem te vragen haar de mogelijkheid te geven zich voor te bereiden, maar
haar verzoek had slechts zijn woede uitgelokt. Hij was begonnen aan haar kleren te rukken in zijn ongeduld haar te bezitten, en had zijn hand op haar mond gelegd terwijl hij haar ver-

krachtte en zó wild bij haar binnendrong dat de lakens onder het bloed zaten door zijn wrede misbruik.

'En wie betaalt de geldleners als Edmund Elston ervandoor gaat of komt te overlijden?'

Felicity sloeg een bevende hand tegen haar keel en deinsde verbijsterd achteruit. 'W-wat bedoelt u, papa?'

'Ik bedoel dat Edmund Elston grote geldbedragen heeft verloren met de spinnerij, of die voor eigen gebruik heeft geplunderd. Het is niet te zeggen hoe weinig er over zal zijn voor je nieuwe echtgenoot als zijn vader dood is.'

'Hoe weet u dat?'

'Iemand die in de positie verkeert om het te kunnen weten heeft me onlangs bezocht met een voorstel dat als Edmund... of Roger... gedwongen is te verkopen door het slinkende inkomen, hij nagenoeg kon garanderen dat de molen verkocht zou worden tegen een heel lage prijs, die ik me kon veroorloven. Als dat zou gebeuren, zou ik niet langer afhankelijk zijn van je moeder *of* van je grootvader, en zou ik een eigen molen hebben waarmee ik kan doen wat ik wil.'

'Maar waar zou u het geld vandaan moeten halen om zo'n molen te kopen, zelfs tegen een spotprijs?' vroeg Felicity verbaasd. 'Mama waarschuwde me niet al te lang geleden dat ik op elke cent moest passen en me tevreden moest stellen met de kleren die ik heb, en nu vertelt u me dat u het geld zou hebben om de molen van de Elstons te kopen.'

Jarvis keerde zijn dochter zijn profiel toe en richtte zijn hoofd op. 'Het doet er niet toe waar het geld vandaan komt; je kunt er zeker van zijn dat ik genoeg heb om de koop te sluiten.'

'Misschien gokt de man die u kent alleen maar, in de hoop uw vertrouwen te winnen voor een andere onderneming. Dat zeg ik alleen maar omdat de spinnerij onder Edmunds leiding bezig is heel productief te worden.'

Jarvis hief zijn hand op, draaide zich om en liep de kamer door terwijl hij een gissing deed. 'Misschien stopt Edmund een deel van zijn rijkdom veilig weg en laat hij aan Roger de verantwoordelijkheid over om zijn arbeiders te betalen als hij naar een onbekende bestemming vertrekt met het geld dat hij heeft weggenomen.'

'Maar... Maar Rogers vader is bedlegerig, papa.'

Jarvis draaide zich met een ruk om en trok neerbuigend zijn wenkbrauwen op. 'Dat komt Edmund dan goed uit. Hij kan net doen of hij half bewusteloos is en op die manier de vragen van zijn zoon vermijden... dat wil zeggen, als Roger óóit ontdekt dat zijn hoopvolle verwachtingen worden verijdeld door zijn diefachtige vader en dat het geld op hun rekening steeds meer slinkt.' Jarvis liep naar een van de ramen aan de voorkant en staarde lange tijd naar de stad.

De duisternis van de afgelopen uren begon al te verdwijnen toen de zon langzaam begon op te komen. Hij keek achterom naar zijn dochter en vroeg: 'Heb je je weleens afgevraagd hoe Edmund aan al die rijkdom komt?'

Felicity fronste haar voorhoofd in steeds diepere verbijstering toen ze haar vader meedeelde wat haar verteld was. 'Ik geloof dat Roger zei dat de tweede vrouw van zijn vader was gestorven en hem alles had nagelaten wat ze van de oude heer Winter had geërfd.'

'Gestorven?' Haar vader lachte sarcastisch. 'Zeg maar liever vermóórd.'

Felicity begon zich op te winden. Kwaad of niet, haar vader had niet het recht een man te belasteren die op z'n best een vreemde was. 'Hoe kunt u die man zo gemeen beschuldigen terwijl we hier niet eens woonden toen ze stierf? En hoe kunt u in vredesnaam voldoende over meneer Elston weten om zoiets te insinueren?

'Vroeger was Rogers moeder de beste vriendin van mijn tante. Het schijnt dat toen ze in Londen woonden, Edmund haar en haar zoontje in de steek liet en allerlei lichtzinnige vrouwen begon te frequenteren. Omstreeks de tijd waarin zijn vrouw de dood vond, hielp hij een oude vriend met het rondbrengen van leveranties. Mijn tante Clara was toevallig getuige van het incident waarin Rogers moeder werd overreden. Indertijd was ze ervan overtuigd dat de koetsier, hoewel zijn gezicht met een sjaal tegen de kou bedekt was, niemand anders was dan Edmund Elston. En natuurlijk, voordat mijn tante voldoende moed had verzameld om het incident en haar achterdocht aan de autoriteiten te melden, werd ook zij op vrijwel dezelfde manier gedood. Niemand van ons durfde in te gaan op haar versie van mevrouw Elstons dood, uit angst om op dezelfde manier te worden overreden.'

'U bedoelt dat Edmund Elston een moordenaar is?' vroeg Felicity ontsteld.

'Als je aan je leven hecht, kind, moet je nooit herhalen wat ik je zojuist heb verteld, zelfs niet tegen Roger. Hij zou je op dezelfde manier het zwijgen op kunnen leggen als je zijn kansen in gevaar brengt om geld van zijn vader af te troggelen. Al is hij degene met wie we medelijden moeten hebben, gezien de grote mogelijkheid dat er niets meer over is als zijn vader overlijdt of geheimzinnig verdwijnt in het donker van de nacht.'

'Papa, waarom hebt u me dit niet eerder verteld?'

'Ik wist niet dat je met die vervloekte schavuit zou trouwen,' kaatste Jarvis terug. 'Het laatste wat ik hoorde, was dat je aandacht en attenties kreeg van lord Harcourt.'

Felicity wuifde met haar hand. 'Ik had me vergist.'

Jarvis was nieuwsgierig. 'Waar gaan jij en Roger nu wonen?'

'In het huis van zijn vader natuurlijk.'

'En als Edmund besluit jou te vermoorden zoals hij zijn twee vrouwen heeft vermoord?'

Felicity huiverde bij die gedachte. 'Ik denk dat ik er gewoon voor zal moeten zorgen dat dat niet gebeurt.'

'Ik zou maar beginnen met wat geld voor jezelf weg te leggen, meisje. Ik voel er weinig voor om op mijn oude dag nog Rogers jong te moeten onderhouden.'

Felicity stak haar kin in de lucht en wees op een recent feit. 'Het lijkt me dat, nadat grootvader en mama hadden ontdekt dat u arbeiders had ontslagen en hun loon in uw zak had gestoken, mama de enige is die iemand onderhoudt. De molen draait nu uitstekend sinds ze iedereen hebben teruggenomen die u ontslagen had.'

'Hoe weet je dat?'

'Ik kwam op een avond beneden om een boek te pakken dat ik in de salon had laten liggen, en hoorde u toen ruziemaken met mama. Ik neem aan dat dat de reden is waarom u sindsdien hierbeneden slaapt.'

'Je moeder denkt dat ze het beter weet dan ik...'

Felicity liet hem niet uitspreken. 'Ik geloof dat ik gehoord heb dat ze u smeekte nog eens goed na te denken over wat u had gedaan en het geld aan grootvader terug te geven. U weigerde.'

'Hij is oud en rijk,' zei Jarvis. 'Het zou hem geen kwaad doen iets van die rijkdom met zijn kinderen te delen.'

'U bent geen kind van hem. Mama wél, en ze zorgt er heel nauwkeurig voor dat ze elke cent aan hem teruggeeft als ze Lucy en de andere bedienden heeft betaald. Naar wat ik ervan heb begrepen, hebt u met opzet geld in uw zak gestoken dat niet van u was. Mama heeft me als kind al geleerd dat dat diefstal is. Dus als u weet wat goed voor u is, zou ik maar mijn verontschuldigingen aanbieden. Ik heb begrepen dat zij en grootvader uitstekend wraak kunnen nemen. U zou weleens terug kunnen komen in datzelfde oude kantoor waar u bent weggegaan als u probeert die twee te slim af te zijn. Ik heb verhalen gehoord van grootvaders vrienden en vijanden dat hij een heel speciale manier heeft om gerechtigheid uit te delen aan degenen die dat verdienen. Hij noemt het, gepast genoeg, een beetje wijsheid uitdelen aan mensen die dat hard nodig hebben.'

'Bah! Hij is oud en seniel.'

'Lang zo erg niet als ik vroeger gedacht heb of zoals u waarschijnlijk graag zou willen, papa. Ik geloof eigenlijk niet dat ik ooit een man met meer doorzicht heb gekend. U kunt maar het beste naar mijn advies luisteren, anders wordt u misschien gedwongen de gevolgen te dragen van het feit dat u lang zo slim niet bent als u denkt.'

'Durf jij mij te vertellen wat ik moet doen?'

Felicity glimlachte flauwtjes. 'Beter een zacht aandringen, papa, dan een harde vergelding, vindt u ook niet? Of, zoals grootvader zou zeggen, een beetje wijsheid, uitgedeeld aan iemand die dat hard nodig heeft.'

Zonder op antwoord te wachten, ging Felicity weg door de voordeur. Nu haar vader wist dat ze getrouwd was, was het uiteindelijk niet langer nodig de schijn op te houden. Maar ze was niet zo dom om te denken dat ze niet had geweten dat hij op haar zou wachten toen Roger hun vertrek uit de herberg bleef uitstellen. Het scheen dat haar man er een sadistische voorkeur voor had om vrouwen te dwingen tot dingen die hen van nature vreemd waren. Zelfs na zijn brute verkrachting had hij geweigerd hun kamer te verlaten tot ze had toegestemd in bepaalde eisen van hem. Ze had de keus tussen toegeven of daar eeuwig met hem te blijven zitten. De hele ervaring was

een afschuwelijke nachtmerrie geweest, waarin zij het slachtoffer was geworden van een monster dat achter de onschuldige façade van een knappe jongen schuilging.

Felicity liep zachtjes naar het bed waar Edmund Elston had gelegen sinds zijn eerste attaque enkele maanden geleden. Dit
was de eerste keer dat ze sinds haar huwelijk vijf weken geleden de kans kreeg om met enige privacy de kamer van haar
schoonvader te bezoeken. Er was altijd iemand in de buurt die
zo'n mogelijkheid uitsloot; als het Roger niet was, dan de bediende die was aangenomen om voor Rogers vader te zorgen.
Toen ze naar de man stond te staren, kon ze niet begrijpen hoe
haar vader op het onwaarschijnlijke idee was gekomen dat Edmund op een of andere manier Roger had weten te bedriegen.
Voordat hij ziek was geworden, had ze Edmund slechts in het
voorbijgaan gezien, maar ze kon zich hem goed herinneren als
een robuuste, vrij knappe zij het onopgevoede man, die onder
de indruk leek van zijn eigen importantie.
    Het verschil tussen haar aanvankelijke indruk en wat ze nu
voor zich zag was zo verschillend als de dag en de nacht.
Slechts een dun laagje gerimpelde huid scheen Edmunds sche-
del te bedekken. Zijn haren waren uitgevallen en zijn holle
wangen hadden een vreemde, bleke kleur. Zijn mond hing
open, en hij was zó mager dat de eerst zo smalle ruimte tussen
zijn rotte tanden veel geprononceerder was.
    'Papa Edmund... bent u wakker?' informeerde ze verlegen,
niet wetend wat ze moest verwachten. Als de waarschuwingen
van haar vader gerechtvaardigd waren, was haar leven waarschijnlijk in gevaar, maar zijn zwakte viel niet te ontkennen.
Als hij niet reeds voor de poort van de dood stond, was hij er
dicht genoeg bij om het hiernamaals te kunnen ruiken.
    Een licht trillende beweging achter een ooglid verzekerde
haar dat hij haar vraag in elk geval gehoord had, maar of het
ook werkelijk tot het bewustzijn van de zieke was doorgedrongen, kon ze niet vaststellen.
    'Hebt u iets nodig? Misschien wat cider of een beetje thee?'
    'Wa... ter,' zei hij in een schor gefluister, zo zacht dat ze het
nauwelijks kon verstaan.
    Ze draaide zich om naar het tafeltje naast het bed en schonk
een kleine hoeveelheid water in een glas uit een karaf die een

bediende daar had achtergelaten. 'Hier, ik zal u helpen,' bood ze aan. Ze legde haar arm onder de broze schouders van de man terwijl hij probeerde zijn hoofd op te tillen. Zijn adem stonk, en vol weerzin wendde ze haar hoofd af. Maar ze had de laatste tijd ontdekt dat ze veel van de standvastigheid van haar moeder had geërfd. Ze was nu een getrouwde vrouw en had in die korte, nu een maand durende hel van haar huwelijk geleerd dat ze haar toekomst – en die van haar kind – veilig moest stellen. Hoewel Roger de vader was, beschouwde ze de baby die in haar groeide als uitsluitend van haar. Zij wilde het kind; haar man niet. Er waren zelfs momenten waarop hij zo ruw was als hij bezit van haar nam, dat ze bijna ging geloven dat hij probeerde een miskraam te forceren. Als dat ooit zou gebeuren, zou ze hem verlaten en haar ouders smeken haar onderdak te geven tot ze een veilig toevluchtsoord zou kunnen vinden om te ontsnappen aan zijn wraakzucht. Dat had ze zichzelf plechtig beloofd.

Edmunds conditie was veel ernstiger én weerzinwekkender dan die van haar grootvader. Als de man stierf, zou haar kans om achter de waarheid te komen sterk verminderd worden, zo niet totaal de bodem in geboord.

Edmund kwam langzaam bij na een flinke slok te hebben genomen, en toen hij zich liet terugvallen op de kussens staarde hij haar verbijsterd aan. 'Wie ben jij? Ik kan me niet herinneren dat ik je ooit gezien heb.'

'Ik ben uw nieuwe schoondochter, Felicity. Ik ben hier om u te helpen weer beter te worden, papa Edmund.'

Zijn askleurige lippen vertrokken in een broze glimlach. 'Het is zeker... dat jij... niet Mar... tha Grim... wald bent.'

'Was dat iemand met wie Roger geacht werd te trouwen?'
'Dat zal... híj moeten... zeggen... meisje. Weet... alleen... dat jij... een stuk... mooier bent.'

'Hoe voelt u zich? Kan ik iets voor u halen? Iets te eten misschien? Een beetje port?'

'Kan... ik... niet tegen. Heb te veel alcohol... gehad in mijn leven.'

'En iets te eten? Wat medicinale kruiden uit de apotheek?'
'Misschien... wat pap... of pudding... om de pijn... te verzachten. Die is... soms zo... ondraaglijk... dat ik... dood wil.'

Zorgvuldig vermijdend in aanraking te komen met de huid

van de man, legde Felicity zachtjes haar hand op zijn arm waar die bedekt werd door het nachthemd. 'Ik zal de kokkin vragen wat pap en pudding voor u te maken. Kan ik intussen nog iets voor u doen?'

'Waar is... Roger?'

'Ik geloof dat hij bezig is met de boeken. Er schijnt ergens een verschil te zijn. Waar precies kan ik me niet voorstellen. Ik kan alleen maar herhalen wat ik gehoord heb, dat er blijkbaar meer geld uitgaat dan er binnenkomt.'

Edmund deed zijn best zich op zijn ellebogen op te richten, maar hij was te zwak en viel snel weer achterover. 'Roger... kan beter... de molen beheren... en de... boeken aan mij... overlaten.'

'Maar, papa Edmund, u bent te ziek geweest om zelfs maar te weten wat voor dag het is, laat staan de boeken van de spinnerij bij te houden.'

Zeg dat hij... wacht tot... ik beter... ben.'

Felicity boog zich over hem heen en glimlachte, terwijl ze een moederlijk klopje op zijn arm gaf. 'Ik zal hem vertellen wat u hebt gezegd, papa Edmund. Ga nu rusten. Het is niet nodig dat u zich zo opwindt over de boeken. Het lijkt me een gemakkelijk karweitje voor Roger... tenzij u natuurlijk weet waarom ze niet kloppen. Dan moet u het hem zeggen... om hem een eindeloos zoeken te besparen.'

'Zeg alleen maar... ze met rust te... laten. Hij heeft... geen hoofd voor... boekhouden.'

18

Colton Wyndham leidde zijn bruid zijn huis aan Hyde Park in Londen binnen, terwijl Seward, de kleine, pezige, oude butler, die al hoofd van de huishouding was voordat Sedgwick Wyndham ooit een gezin had gesticht, stond te grijnzen als een verschrompeld aapje. De magere kleine man knipte met zijn vingers, en een stoet mensen, van wie de meesten in het zwart waren gekleed, alleen het keukenpersoneel was in het wit, kwam aangelopen en vormde een lange rij voor hun nieuwe meesteres. Alle bedienden lachten even stralend als de butler om de pasgetrouwde Wyndhams te begroeten bij hun thuiskomst van een twee maanden durende huwelijksreis naar warmere klimaten.

Toen het laatste dienstmeisje was voorgesteld, duizelde het Adriana van de namen. Ze lachte en legde haar handen tegen haar rode wangen.

'Tijdens al mijn vroegere bezoeken hier heb ik me nooit gerealiseerd dat er zóveel personeel was. Ik zal in het begin niet ieders naam kunnen onthouden, dus alstublieft, neem me dat niet kwalijk.'

Colton legde zijn arm om haar middel en trok haar naast zich. 'Dat zullen ze heus niet doen, lieve. Ze hebben trouwens ook geen keus, want jij bent de nieuwe meesteres van het huis. Ze zullen allemaal hun hart aan je verliezen. Ik zal hen waarschuwen dat ze moeten oppassen, anders loopt iedereen hier straks rond en negeert mijn wensen terwijl ze doen wat ze kunnen om jouw wensen uit te voeren.'

Het vriendelijke gegrinnik van de bedienden bewees dat die mogelijkheid zeker bestond. Van alle bezoekers vroeger in het Londense huis van de Wyndhams was lady Adriana altijd opgewekt en charmant geweest, en met een zorgzame aandacht die hun hart had gestolen. Ze vonden het prachtig dat zij nu hun meesteres was.

'Het diner wordt op de gebruikelijke tijd geserveerd, milord,' verkondigde Seward, die een grijns niet kon onderdrukken. 'Na uw lange rit in het rijtuig vandaag, dacht ik dat u en uw vrouw misschien graag uw maaltijd geserveerd wilden hebben in de warmte en beslotenheid van uw privé-vertrek.'

'Een uitstekend idee, Seward,' antwoordde Colton enthousiast. 'Lady Adriana en ik zijn inderdaad erg moe na zo'n lange, saaie rit, en zouden niets liever willen.' Hij stak zijn wijsvinger op. 'Nog één ding, na het dessert zou ik graag een warm bad willen. Dat schijnt mijn wond goed te doen.'

'Milord, ik zal ervoor zorgen dat het voor u gereed wordt gemaakt, en ik zal de bedienden ook waarschuwen u niet te storen als de tafel is afgeruimd.' De lippen van de oude man vertrokken bijna onmerkbaar. 'Reizen is vermoeiend voor het lichaam, en natuurlijk hebben wonden tijd nodig om volledig te genezen.'

'Heel goed, Seward.'

Met een warme glimlach naar zijn bruid, bood Colton haar zijn arm aan. 'Zullen we nu naar boven gaan, lieve? Ik wil het me graag gemakkelijk maken. En jij?'

Adriana glimlachte terug, heel goed wetend wat ze zouden gaan doen zodra de bedienden zich voor de rest van de avond hadden teruggetrokken. 'Dat klinkt uitnodigend na die lange reis.'

Colton grijnsde en gaf een klopje op haar hand. 'Ik wist zeker dat je het met me eens zou zijn.'

Colton trok zijn laatste kleren uit en wenkte haar om ruimte voor hem te maken in het enorme bad.

'Ik dacht dat ik voor de verandering maar eens alleen in bad moest gaan,' zei ze plagend. Ze leunde tegen de ronde rand van het bad en zeepte haar borsten langzaam in. 'Dat heb ik niet meer kunnen doen sinds we getrouwd zijn.'

'Maak ruimte voor me, vrouwmens, ik kom erin, of je wilt of niet.'

Met een overdreven zucht ging Adriana rechtop zitten en schoof naar voren. 'Ik word nooit schoon als je erop blijft staan dat we samen in bad gaan. Je schijnt altijd iets anders in je hoofd te hebben dan wassen.'

Hij ging achter haar in het water zitten, legde zijn arm om haar heen en pakte haar ingezeepte borst vast terwijl hij zijn vrije hand onder haar schoof, net vóór haar bil, en trok haar achterover tussen zijn gespreide dijen, dicht tegen zich aan.

Ze keek schalks achterom. 'Comfortabel genoeg?'

'Nog niet helemaal,' fluisterde hij in haar oor.

Adriana wiebelde met haar heupen en huiverde van genot. Haar ogen waren donker van verlangen toen ze weer achterom keek. 'Beter?'

Hij beet zachtjes op haar oorlelletje. 'Twijfel je daar nog aan?'

Adriana glimlachte toen zijn vingers haar harde tepel liefkoosden. Hij liet van haar schouder naar haar hals een spoor van kussen na en zei zachtjes vleiend: 'Je zou je naar mij toe kunnen draaien, dan passen we perfect samen.'

'Ik weet heel goed wat daarop volgt.'

'Je hebt me door en door leren kennen, dame.'

Daar hij altijd iets nieuws wist te bedenken om haar te verrassen met nieuwe en opwindende ervaringen in de wereld van het sensuele genot, ontkende Adriana die veronderstelling met nadruk. 'O, nee, dat lukt me in geen duizend jaar.'

Colton wijdde zijn volle aandacht aan eerst één gevoelige tepel, en toen aan de andere.

'Hm, dat is prettig,' zuchtte ze, en stak met opzet haar borsten naar voren. Hij voelde een huivering van verlangen door haar lichaam gaan toen zijn vingers met de harde tepels speelden.

'Vanaf het moment dat ik 's morgens wakker word tot ik 's avonds in slaap val, word ik overmand door begeerte. Zelfs in mijn slaap hunker ik nog naar je.'

'Ja, ik weet het,' fluisterde ze, en begon toen te giechelen. 'Ik vind het heerlijk om wakker te worden en je hard en verlangend tegen me aan te voelen. Op een goede dag zal ik misschien zelfs misbruik maken van het feit dat je slaapt.'

Zacht grinnikend drukte hij zijn lippen tegen haar haar. 'Ik geef je toestemming om me op elk moment van de nacht wakker te maken.'

Lachend en plagend wiegelde ze haar billen tegen hem aan.

'Ga je wassen, liefste, ik wil met je naar bed.'

'Wat kunnen we daar doen dat we hier níet kunnen?'

Hij gleed met zijn hand tussen haar dijen en streelde de zachte opening.

Even later kronkelde Adriana van extase, tot ze het niet langer uithield. Ze legde haar handen op zijn brede schouders en bewoog haar lichaam langzaam en verleidelijk heen en weer. Toen hij ten slotte de heet pulserende pook in haar warme, vochtige schede duwde en haar boven op zich trok, ging er een krampachtige rilling door haar heen. Haar hoofd viel achterover; de kloppende passie werd intenser naarmate ze dieper in elkaar drongen.

'Ik hou van je, Adriana, meer dan woorden kunnen uitdrukken.'

Glimlachend vroeg Adriana: 'Vertel me eens wanneer je voor het eerst besefte dat je van me hield?'

Colton hief peinzend zijn hoofd op, alsof hij moeite had zich dat te herinneren. 'Hm, als je werkelijk zo nieuwsgierig bent naar het moment waarop die emotie is ontstaan, dan geloof ik dat het was toen je mijn mannelijke geslachtsdelen verpletterde.'

Lachend gaf ze hem een plagend stootje tegen zijn kin. 'Als het je kan troosten, echtgenoot van me, dan kan ik je vertellen dat ik ervan overtuigd was dat mijn maagdenvlies gescheurd werd tijdens diezelfde ontmoeting. Ik heb een week lang niet gemakkelijk kunnen zitten.'

Hij hield zijn hoofd schuin om naar haar te staren. 'Dat zou ik nooit geweten hebben. Het leek nog steeds intact toen ik het in de badkuip bestudeerde.'

'Nee toch?'

Grinnikend haalde hij achteloos zijn schouders op. 'Een man kijkt altijd als hij de kans krijgt om van dichtbij een noemenswaardig object te bestuderen. En jij bent in alle opzichten meer dan noemenswaardig.'

Adriana wierp schijnbaar verontwaardigd haar hoofd in haar nek. 'Je was schandelijk. Mij te begluren terwijl ik sliep, je had je moeten schamen!'

'Ik werd te veel in beslag genomen door wat ik zag dan iets anders te kunnen voelen dan wellust, liefste. Dat kun jij getuigen.'

'Ja, het was toen nogal shockerend, maar ik ben van die aanblik gaan houden.'

'O-o!' Hij keek omlaag en trok haar aandacht naar diezelfde plek.

'Geilaard!' beschuldigde ze hem grijnzend.

'Geilaard, hè? Ik zal je laten zien wat een geilaard ik ben.'

Lachend sloeg ze een been over de rand van het bad en bood hem een ander verrukkelijk beeld. Met op en neer wippende borsten danste ze achteruit. Met een grijnslach kwam hij uit bad, ging haar achterna, tilde haar op en deed of hij haar keel wilde doorbijten.

'Colton, gedraag je!' zei ze met een mengeling van gegiechel, geveinsde verwijten en speelse kreetjes. 'Straks horen de bedienden ons nog.'

'Die mogen niet luisteren aan de deur van onze slaapkamer. Ik zal er met hen over moeten spreken.'

Adriana sloeg haar armen om zijn nek, en bevend van het genot dat hij haar liet voelen, vroeg ze hees: 'Heb ik je de laatste tijd al verteld, lieveling, hoeveel ik van je houd?'

'Ik meen me zoiets te herinneren toen je gisteravond in slaap viel, en de avond daarvoor en de avond dáárvoor,' fluisterde hij. 'Ik krijg er nooit genoeg van het te horen.'

'Ik heb nooit kunnen geloven dat ons huwelijk me zó gelukkig zou maken. Ik kan alleen maar hopen en bidden dat er niets gebeurt om de vrede en het geluk te verstoren die we samen hebben gevonden.'

De thuiskomst van de Wyndhams op Randwulf Manor werd het eerst aangekondigd door de tuinman, die de nieuwe landauer van lord Colton over de oprijlaan zag aankomen. Haastig liep hij de stenen trap op, rukte de voordeur open en gaf zijn oude vriend het nieuws van hun komst. Stralend bracht Harrison het bericht onmiddellijk over aan zijn meesteres, die theedronk in de zitkamer.

Niemand dacht eraan Alice Cobble op de hoogte te brengen. Niettemin waren haar oren goed afgestemd op het opgewonden geroezemoes van de bedienden. Dus kwam ze, met het kind op haar onderarm, het gezichtje omlaag, de grote gang binnen slenteren op hetzelfde moment dat de lord met zijn bruid door de vestibule liep.

Adriana's opgetogenheid was op slag voorbij toen ze de haveloos geklede vrouw in het oog kreeg. De dronken feeks hield het kleine meisje zo nonchalant vast als een zak graan. De met kostbare kant afgezette jurk van het kleine meisje was prachtig, maar het was erg gekreukt en vuil. Heel even duwde Alice haar last omhoog en gaf Adriana de kans de reusachtige, gekwelde blauwe ogen, de ruwe wangetjes en het loopneusje van de baby te zien. Adriana rilde bij het zien van de slechte lichamelijke toestand van de baby. Ze voelde zich plotseling misselijk en sloeg haar hand voor haar mond. Een zachte kreet ontsnapte haar terwijl ze haar ogen dichtkneep en wanhopig probeerde haar misselijkheid te bedwingen.

Colton keek om zich heen om te zien wat die reactie had veroorzaakt en vloekte bij zichzelf toen hij Alice Cobble zag, niet alleen tegen zijn uitdrukkelijke wens aanwezig, maar in dezelfde slonzige toestand waarin hij haar uit Londen had meegebracht. Bovendien zag zijn dochtertje eruit als een klein, zielig verschoppelingetje.

Woedend keek hij vragend naar Harrison. 'Waarom is die vrouw nog steeds hier, en in zo'n toestand? En het kind... waarom ziet dat er zo uit?'

De butler mompelde zachtjes en vertrouwelijk: 'Milord, we kunnen hier in de omtrek geen min vinden. We hebben elke dag overal gezocht, en elke dag werd die vrouw onmogelijker, alsof ze weet dat we haar kwijt willen maar haar niet weg kunnen sturen vanwege het kind. Uw moeder durft niet te klagen over het voorkomen of de gezondheid van de baby, want ze wordt onmiddellijk bedreigd met Alices vertrek. Als het kind er niet was, zou ze die vrouw al maanden geleden hebben ontslagen.'

'Laat ze uit mijn ogen verdwijnen,' snauwde Colton met opeengeklemde tanden. 'Behalve haar verdere wangedrag, brengt ze mijn vrouw van streek.'

Alice Cobble kwam brutaal naar voren en liet in een uitdagende grijns haar zwarte, rottende tanden zien, alsof het al niet duidelijk genoeg was dat ze had genoten van de macht die ze over het huishouden uitoefende. 'Goeiemiddag, lordship,' kakelde ze en bracht de baby aan het jammeren door het oorverdovende schelle geluid. 'We dachten dat u nooit terug zou komen van uw gedartel door het land met uw nieuwe vrouw.

Het is al meer dan drie maanden geleden sinds u naar onbekende gebieden bent vertrokken.'

'Ga terug naar de kinderkamer, vrouw,' zei Harrison streng, met een gebaar in de richting van de trap terwijl hij naar haar toe liep. 'Je aanwezigheid hier is niet gewenst. Ga!'

'O, ik dacht dat de lord zijn kleine wurm wel zou willen zien als hij terugkwam. Lijkt me dat een man die om zijn kind geeft dat als eerste wil zien na zo lang te zijn weggeweest.'

De butler pakte haar bij de elleboog en draaide de helleveeg naar de trap. 'Verdwijn, zei ik!'

Alice keek achterom naar de markies. 'Komt u straks nog boven om het wurm te zien, milord? Ze is een beetje schriel, maar toch wel een snoes, vind ik. Misschien wil de lady wel met u mee.'

'Hou op met dat geklets, vrouwmens!' zei Harrison kwaad. 'Anders stop ik een doek in je mond.'

Alice krijste. 'Jij en wie nog meer, ouwe kleine kraai? Als je niet gauw die poten van mijn arm haalt, bijt ik ze d'raf.' Alsof ze haar dreigement kracht wilde bijzetten, ontblootte ze haar zwarte snijtanden, zodat Harrison achteruit tuimelde in een hevige weerzin tegen de gedachte door die smerige tanden te worden gebeten.

Philana moest zelf ook even iets van misselijkheid wegslikken toen de vrouw eindelijk verdween. Het afgrijzen stond duidelijk in Philana's ogen te lezen toen ze hulpeloos naar Adriana keek. 'Vergeef ons, kindlief. We zijn niet in staat geweest die vrouw in bedwang te houden sinds ze hier is aangekomen. Ik ben ervan overtuigd dat ze weet dat we geen vervanging voor haar kunnen vinden, en ik denk niet dat jullie haar beter zullen kunnen tolereren dan wij. Het vergt meer weerstandsvermogen dan wij met elkaar hebben kunnen opbrengen.'

Ondanks de misselijkheid die nog niet over was, liep Adriana met uitgestrekte armen de gang door en omhelsde de elegante vrouw. 'We kunnen Alice niet toestaan ons leven te verstoren, mama Philana, al zou ze dat nog zo graag willen. We zullen onmiddellijk onze speurtocht naar een min voortzetten, al moeten we ervoor naar Londen.'

'Maud is er, kindlief,' zei Philana, in de hoop Alice uit Adriana's gedachten te bannen, al was het maar voor een paar vreedzame momenten. 'Ze is ongeveer een uur geleden met het huurrijtuig aangekomen en zei dat jullie onderweg waren. Het schijnt dat haar koetsier er korter over deed dan jullie.'

'Colton en ik zijn gestopt bij een herberg om iets te eten. Ik had enorme honger, zo zelfs dat uw zoon me waarschuwde dat ik moest oppassen om niet dik te worden.'

Philana lachte zacht en deed haar uiterste best opgewekt te lijken, wat ze beslist niet was na haar confrontatie met Alice. 'Maud was heel blij dat ze voor u heeft kunnen zorgen tijdens uw reis. Ze is nu boven in de grote slaapkamer om uit te pakken.'

Adriana legde vriendelijk haar hand op Philana's arm. Het leek haar beter om maar eerlijk te zijn. 'Ik voel me niet zo goed, mama Philana, en ik zou nu graag even willen rusten.'

'Dat is volkomen te begrijpen, kindlief. Alice kan iedereen tot wanhoop brengen. Ik heb dat zelf vaker ondervonden dan me lief is. Ik ben maar al te vaak uitgeput en met een vreselijke hoofdpijn naar bed gegaan.'

Adriana wilde de ander wat hoop geven. 'Zodra ik me beter voel, ga ik even bij het kind kijken. Intussen stel ik voor dat u iemand naar mijn tante in Bath stuurt met een briefje waarin u onze situatie uiteenzet. Ik twijfel er niet aan of tante Tilly zal een vrouw voor ons weten te vinden die het kind kan zogen. Ze schijnt iedereen van Bath tot Londen te kennen en heeft veel trouwe vrienden die ons zullen helpen het land af te stropen naar een min.'

'In dat geval zal ik Alistair onmiddellijk eropuit sturen,' zei Philana met een geamuseerd lachje. 'Hij is blij met élk excuus om Tilly op te zoeken.'

Adriana gaf een kneepje in Philana's hand. 'Laten we hopen dat Alice vóór het eind van de week verdwenen is. Liefst nog eerder.'

'Hoe graag ik dat verschrikkelijke mens ook zie vertrekken, lieve, ik kan me niet voorstellen dat ze hier weggaat zonder een hevige rel te veroorzaken. Ze is zo'n onbeschaafde vrouw en doet alles wat ze maar kan om ons humeur en ons geduld op de proef te stellen. Ze schijnt ervan te genieten ons tot wanhoop te brengen.'

'Daar zullen we onmiddellijk een eind aan maken,' verklaarde Adriana. Ze stond op het punt zich om te draaien, toen het tot haar doordrong dat ze niemand de baby bij de naam had horen noemen. Nieuwsgierig keek ze haar schoonmoeder aan en vroeg: 'Hoe noemt u het kind?'

'Ik vrees dat ze nog geen naam heeft,' bekende Philana. 'Ik heb gewacht tot Colton haar een naam zou geven, maar hij had natuurlijk andere dingen aan zijn hoofd. Het zou aanmatigend zijn als een grootmoeder die verantwoordelijkheid op zich nam. Tot dusver hebben we haar gewoon Baby genoemd.'

'Ik zal Colton vanavond vragen een naam voor haar te bedenken. Ze moet binnenkort gedoopt worden, en daarvoor heeft ze een naam nodig.'

'Ik heb zelf de naam Genevieve altijd heel mooi gevonden. Als ik het geluk had gehad nóg een dochter te krijgen, zou ik haar Genevieve Ariella hebben genoemd.'

Adriana gaf haar schoonmoeder een zoen op haar wang. 'Het is een mooie naam, mama Philana. Ik zal het tegen Colton zeggen.'

'Dank je, kindlief, dat je met mijn zoon bent getrouwd. Hij zou nooit gelukkig zijn geworden zonder jou. En wij ook niet.'

'Daar hoor ik ook bij, mama Philana. Ik hou meer van uw zoon dan ik kan zeggen. Ik geloof dat ik altijd van hem heb gehouden.'

'Ongetwijfeld, lieverd. Je draafde altijd achter hem aan toen jullie nog heel jong waren. Nu schijnt hij graag achter jou aan te draven.'

Eén blik op het bleke, mooie gezichtje van haar meesteres maakte dat Maud haastig wegliep om een kom koel water en een doek te halen om haar gezicht te betten. 'Ga liggen en rust uit, mylady. U ziet eruit als de dood van Yperen.'

'Gek, dat is precies zoals ik me voel,' zei Adriana, terwijl ze zich op bed liet vallen.

'Kom even overeind,' drong Maud aan, 'dan zal ik helpen uw kleren uit te trekken.'

Adriana kermde even en stak haar armen uit. 'Laat me mijn hemd aanhouden,' zei ze lusteloos. 'Misschien komt mijn maag in opstand, en ik wil hier niet naakt rondrennen op zoek naar een kom.'

Maud keek haar nieuwsgierig aan. 'Wat is er mis, mylady? Heeft de lange rit uit Londen u uitgeput?'

Adriana schudde ontkennend het hoofd.

'Ik wil u niet aan het schrikken maken, mylady, maar is het mogelijk dat u zwanger bent?'

Adriana ging prompt weer zitten toen die mogelijkheid tot haar doordrong. 'Het is waar dat ik niet op mijn normale tijd ongesteld ben geworden, maar ik dacht dat het kwam door de opwinding van de huwelijksreis met Colton.'

'Hoelang voelt u zich al zo?'

'Eigenlijk was die misselijkheid vandaag voor het eerst, toen ik dat mens... die Alice... zag met dat arme kindje. Arm klein ding, mijn hart ging naar haar uit. Ze leek... zo... diep ellendig...'

'Ach, u weet hoe u altijd bent geweest met hulpeloze schepsels. Het zou me niets verbazen als dat alles is waardoor u zich ziek voelt.' Ze knikte. 'Waarschijnlijk is dat alles, verder niets.'

'Ja, je zult wel gelijk hebben,' antwoordde Adriana. 'Anders zou ik denken dat ik de eerste week van ons huwelijk al zwanger ben geworden, omdat ik de eerste de beste keer mijn vloeiing al oversloeg.'

'Was dat de enige keer, mylady?'

Adriana staarde haar aan terwijl het langzaam tot haar doordrong. 'Ik ben niet meer ongesteld geweest sinds ik getrouwd ben.'

'Hij is een doortastende man, mylady.'

'Zeg niets tegen de anderen, vooral niet tegen de oudere bedienden. Ze zijn Philana enorm toegewijd en zouden het haar onmiddellijk vertellen voordat ik de kans heb gehad met Colton te praten. Het is gewoon de opwinding van het bij hem zijn, dat is de enige oorzaak. Ik wil niet dat Philana valse hoop krijgt. En evenmin wil ik dat iedereen me nieuwsgierig aanstaart tot ik een geschikt moment heb gevonden om het Colton te vertellen. En dat is misschien pas over een paar dagen, want we zijn allemaal van streek door Alices aanwezigheid in huis. Ik kan het hem beter vertellen als zij weg is.'

Maud grinnikte. 'Reken maar dat de bedienden u toch wel aandachtig zullen opnemen, mylady, want u bent de enige die voor het nageslacht met de naam Wyndham kan zorgen.'

Adriana glimlachte en legde haar hand op haar buik. 'Ik denk dat we állemaal hopen dat het gauw zal gebeuren, Maud.'

De tinkelende slagen van de klok op de schoorsteenmantel wekte Adriana uit een diepe slaap. Ze lag op haar zij tegen Colton aan en luisterde tot de twaalfde slag het middernachtelijk uur aankondigde. Een glimlach speelde om haar lippen toen haar hand onder haar middel gleed. Zoals Colton prefereerde, was ze naakt, net als hij. Ze kneep zachtjes in haar gladde buik, maar kon niet het minste bewijs vinden dat er een leven in haar groeide. Ze was in de verleiding gekomen het Colton te vertellen, maar had besloten te wachten, in verband met zijn ergernis over Alice.

Adriana was er zeker van dat Philana dolblij zou zijn dat er weer een kleinkind onderweg was, maar zou Colton dat ook zijn? Hij genoot zó van hun intieme samenzijn dat ze het zich afvroeg. Zou hij afkerig zijn van haar dikker wordende buik of misschien van het ongemak dat hun liefdesspel uiteindelijk zou verhinderen? Of zou hij net zo blij zijn als zij over het wonder dat hun liefde had geschapen?

Ze sloot haar ogen en viel bijna weer in slaap, toen een onduidelijk geluid maakte dat zij haar ogen weer wijd opensperde. Ze draaide haar hoofd om en luisterde gespannen. Was het het gehuil van de wind? Of, wat verontrustender was, het gejammer van een baby ergens in het grote huis?

Adriana probeerde het geluid duidelijker op te vangen en werd er steeds meer van overtuigd dat het inderdaad een huilende baby was. Er was maar één kind in huis, en te oordelen naar de gekwelde uitdrukking in de ogen van de baby, meende Adriana dat het kleine wezentje wanhopig behoefte had aan liefdevolle aandacht.

Voorzichtig, om haar man niet wakker te maken, stond ze op, trok haar nachthemd en ochtendjas aan en haar satijnen slippers. In de gang bleef ze staan om te bepalen waar het gehuil vandaan kwam. Het was ver weg, maar waar precies?

Adriana holde naar een trap en klom naar de tweede verdieping. Het was een deel van het huis waarin ze sinds haar jeugd niet meer was geweest. Het was oud en had altijd nogal somber en onheilspellend geleken.

Het huilen klonk luider, en Adriana holde bijna naar de kamer waaruit het jammerlijke gehuil klonk. Ze zag dat de deur op een kier stond. Een smalle lichtbundel stroomde door de op een kier staande deur de gang in. Ze duwde de deur ver genoeg open om naar binnen te kunnen kijken zonder gezien te worden.

Het eerste wat ze zag, was Alice Cobble, die midden op het bed zat met haar rug tegen het gebeeldhouwde boveneind. In één hand hield ze een kristallen karaf, waaruit ze geregeld een slok nam. Een lamp brandde op de tafel naast haar, en het was duidelijk zichtbaar hoe smerig haar nachthemd was. Het hing open over een blauwgeaderde borst met een grote tepel. Het onderste deel van haar nachthemd was tot aan de dijen opgetrokken, en ze lag met één been gebogen en het ander wijd uitgespreid.

Adriana durfde er niet aan te denken wat die vrouw gedaan zou hebben of wiens aandacht ze geprobeerd had te trekken. Maar het was niet moeilijk je voor te stellen dat de voorliefdes van de vrouw van de gemeenste soort waren.

Alice liet plotseling een kakelende lach horen, en Adriana schrok op. 'Ha, wat een stel, de lord en zijn vrouw, alsof ze voor alle wol in Bradford niet te scheiden waren... tot ik met het wurm kom. Ai, wat een goed plannetje van me. Hun verdiende loon omdat ze mij kwijt wilden. Natuurlijk zou het niet lang duren voor hij zou ontdekken wat ik achter zijn rug gedaan heb. Dan zou de hel losbreken en zou hij gaan vragen. Maar het is een kwestie van tijd voor hij ontdekt dat hij bedonderd is, want dat arrogante wijf zal niet eeuwig wachten, daar is hij veel te rijk voor. Wacht maar!'

'Wat heeft dat te betekenen?' vroeg Adriana, terwijl ze de deur wijd opengooide en naar binnen liep. De baby was nog harder gaan huilen, en al had ze naar het krankzinnige gepraat van die ouwe heks geluisterd om te trachten te begrijpen waar ze het over had, kon Adriana de baby niet langer negeren. Ze liep naar het bed en walgde ervan dat Alice niet probeerde haar naaktheid te bedekken. 'Je bent aangenomen om het kind te zogen en te verzorgen. In plaats daarvan ligt ze te huilen omdat ze verwaarloosd wordt en drink jij de port op van mijn man. Pak je boeltje bijeen en verdwijn... onmiddellijk!'

'En wie moet dat wurm dan zogen?' vroeg de vrouw uitdagend en zelfverzekerd. Ze zwaaide haar benen van de matras, maar struikelde over haar eigen stinkend vuile voeten en viel opzij tegen een kast. Ze grijnsde naar Adriana met haar mond vol rotte tanden. 'Je zou me niet durven ontslaan, vrouwtje. Het wurm zou verhongeren.'

'Ze verhongert nu ook, en je hebt zóveel gedronken dat je het niet eens merkte. Als het moet, zal ik haar sussen met een suikerdot tot we een vrouw kunnen vinden die haar in elk geval tijdelijk kan zogen tot we iemand hebben gevonden die in vaste dienst kan komen. Intussen wil ik dat je hier verdwijnt.'

'Misschien kunt u het beter aan de lord vragen voor u me wegstuurt. Misschien vindt hij het helemaal niet goed dat u me de wet voorschrijft.'

'Mijn vrouw heeft je gezegd om weg te gaan,' snauwde Colton, terwijl hij binnenkwam in een lange fluwelen kamerjas en leren slippers. 'En dat is precies wat ik wil. Je zorgt dat je binnen een uur hier vandaan bent. De staljongen kan een kar inspannen en je naar Bradford brengen. Vandaar zul je op eigen gelegenheid naar Londen moeten zien te komen of waar je ook heen gaat, zolang het maar heel ver hiervandaan is.'

'U bent me mijn loon schuldig!' tierde Alice terug. Toen Adriana het kleine meisje optilde en haar dicht tegen zich aandrukte, grijnsde de ouwe feeks spottend. Ze geloofde niet in het verwennen van zo'n wurm. Maar dat zou haar niet meer aangaan als lord Randwulf werkelijk van plan was haar weg te sturen. Wat haar wél aanging, was dat ze kreeg wat haar toekwam, en daarvoor was Alice bereid heel wat verder te gaan dan wat schelden en razen. Ze draaide zich om naar Colton, hief haar gebalde vuist op en schudde die dreigend. 'Ik ga niet weg voor ik krijg waar ik recht op heb.'

'En dat zou weleens meer kunnen zijn dan waarop je rekent, ouwe feeks,' antwoordde Colton ijzig. 'Een trap tegen je achterwerk zou een juiste beloning voor je zijn.'

Ze krijste, draaide zich om en tilde de zoom van haar nachthemd op, terwijl ze zich vooroverboog en met haar naakte kont naar hem wiegelde. Adriana liet een geshockeerde kreet horen. Voor de goede orde maakte Alice ook nog een smerig gebaar tussen haar benen. 'Kom, schatje, stop die pook van je erin, zodat je vrouw kan zien hoe het echt in zijn werk gaat.'

'Bij nader inzien krijg je helemaal geen loon,' snauwde Colton, razend van woede. De vrouw keerde zich met een grauw gezicht om. Onversaagd keek hij in de moordzuchtige ogen. 'Je hebt net verbruikt wat er nog van over was. De port die je van me hebt gedronken kan ik vergeten, maar je laatste overtreding kost je het volle bedrag.'

Alice krijste en schudde met haar smerige vuist naar hem. 'U bent zo stinkend rijk en u gunt mij nog geen geintje.'

'Je verdiende loon, omdat je zo walgelijk vulgair bent en het kind zonder zorg en voeding hebt gelaten,' zei Colton.

Hij besefte hoe intens verontwaardigd hij was toen hij voelde dat hij letterlijk beefde van woede. Zijn handen waren tot harde vuisten gebald en zijn maag begon te draaien. Hij probeerde zich tot kalmte te dwingen door langzaam uit te ademen en keek van terzijde naar Adriana, die zijn dochtertje dicht tegen haar boezem geklemd hield en naar hem toe liep. Even hield het huilen op toen de baby gretig naar een zachte borst graaide. Maar ze kon geen voedende tepel vinden door het nachthemd heen, en het kind begon weer te huilen en woedend met haar vuistjes om zich heen te slaan.

'Arme kleine meid,' mompelde Adriana. 'We zullen ervoor zorgen dat je gauw gevoed wordt. Dat beloof ik je, Genevieve Ariella.'

'Genevieve Ariella?' herhaalde Colton met een verbaasde glimlach.

'Je moeder zei dat ze het een mooie naam vond, maar als jij liever een andere naam wilt, weet ik zeker dat ze zich niet beledigd zal voelen.' Adriana's beminnelijke optreden suste zijn woede en hij kuste haar zacht. 'Het is een mooie naam, liefste, die ongetwijfeld bij haar zal passen. En jij ziet er heel moederlijk uit met die baby in je armen. We moeten er een huis vol van hebben.'

Weer trok Alice spottend haar bovenlip op. 'Smerige schoft, het zou je verdiende loon zijn als je geen zaad in je ballen had.'

Colton lachte hees. 'Het lijkt me dat ik die vraag al beantwoord heb...'

Minachtend liet Alice haar blik over hem heen gaan. 'Het zou me niks verbazen als miss Pandora een hoop flauwekul in uw oren heeft gefluisterd.'

Colton tuurde de vrouw verbaasd aan. 'Wil je me soms vertellen dat Pandora me voor de gek heeft gehouden en me ten onrechte heeft laten geloven dat het kind van mij is?'

'Al zou ik maar al te graag willen dat uw zaad gedroogd is, zal dat misschien toch niet zo zijn, want het kind heeft de moedervlek van uw familie. Maar het zou uw verdiende loon zijn als u geen kinderen kan krijgen met die mooie dame van u, zodat de familie kan blijven voortbestaan. Ik heb de bedienden onder elkaar horen praten dat u de laatste man bent van uw geslacht.'

Al had Adriana willen wachten met de aankondiging van haar zwangerschap, ze kon het niet laten de gemene woorden van die feeks tegen te spreken. 'Je hoeft niet de dwaze hoop te koesteren dat dat het geval is, Alice,' zei ze. 'Ik verwacht al een kind.'

Colton liet een kreet van vreugde horen en overstemde de luide vloek van de vrouw. Hij trok Adriana tegen zich aan en kuste haar weer, deze keer met open mond en naar binnen dringende tong.

'Colton, schaam je,' zei Adriana blozend. 'Wat moet Alice wel denken?'

'Alice kan naar de duivel lopen. Dit is het huis van mijn voorvaderen en jij bent mijn vrouw. Je draagt mijn kind in je buik en een ander dicht tegen je hart. Op dit moment kan ik me onmogelijk voorstellen hoe ik nog meer van je zou kunnen houden dan ik nu doe.'

Zijn kus beviel Adriana, maar niet de baby. 'Ik moet naar beneden om de kokkin wakker te maken,' mompelde ze. 'Ik hoop dat ze weet hoe ze een suikerdot moet maken voor Genevieve.'

'Kunnen we niet wat gewone koemelk opwarmen en die op dezelfde manier geven als een suikerdot?' vroeg Colton.

'Daar krijgt dat wurm diarree van,' merkte Alice sarcastisch op. Ze ontblootte haar blauwgeaderde lichaam en krabde schaamteloos aan haar geslachtsdeel, wat Adriana een zachte kreet van afschuw ontlokte. 'Wat is er, liefje, wil jij het soms voor me doen?'

'Trek wat kleren aan, vuil wijf!' bulderde Colton. 'Je bent walgelijk genoeg met je kleren aan, maar je bent weerzinwekkend zonder –'

'Dat wurm zal waarschijnlijk dood zijn voor je een andere min hebt gevonden.' Maar ze voldeed aan zijn bevel door haar heupen in een rok te persen.

Vloekend in zichzelf bond Alice haar paar kleren bijeen in een grote sjaal, keek naar het echtpaar en zei spottend: 'Zo, dus jullie zijn vastbesloten, hè? Jullie laten het kind doodgaan. Zeg niet dat ik niet gewaarschuwd heb.'

Colton keek zijn vrouw bezorgd aan en besefte dat ze beiden met dezelfde twijfel te kampen hadden. Maar hij durfde niet voor te stellen de vrouw nog wat langer hier te houden, want er was geen enkele garantie dat ze haar wrok niet op de baby zou botvieren. 'We vinden wel iemand anders, liefste,' zei hij, in een poging haar te troosten. 'Ik weet zeker dat de bedienden wel een vrouw in het dorp kennen die in elk geval Genevieve voorlopig kan zogen tot we een vaste min hebben gevonden.'

'Ik weet dat je Alice hier zo gauw mogelijk weg wilt hebben,' antwoordde Adriana, met een kille, vernietigende blik op de smerige vrouw. Alice was het grofste, vulgairste schepsel dat ze ooit in haar leven gezien had. Ze keek met een liefdevolle blik naar haar man. 'Ik ga het advies van je moeder vragen. Zij zal wel weten wat we moeten doen.'

Even later liepen Philana en Adriana haastig de grote trap af toen de herkenbare geluiden van een rijtuig, dat voor de ingang stilstond, hun nieuwsgierigheid wekte. Philana holde naar een raam en tuurde naar buiten. Toen draaide ze zich verbaasd om. 'Alistair is hier en hij helpt een jonge vrouw uit zijn landauer. Dat kan maar één ding betekenen!'

Beide vrouwen holden naar de entree om open te doen. Met een vrolijke lach deden Philana en haar schoondochter hun best de wild huilende baby te sussen. Met een kreet van opluchting trok Philana de deur open, zó snel dat haar broer nog met opgeheven hand stond om aan te kloppen. Zijn mond viel open van verbazing. Hij trok zijn jas recht en liep naar binnen. Uitermate trots op zichzelf schepte hij op: 'Efficiënt als altijd, dat ben ik. Matilda heeft een min voor je gevonden in Bath, en ik·was zo vrij de jonge vrouw onmiddellijk hierheen te brengen voor het geval jullie wanhopig waren.' Hij kromp even ineen bij het gekrijs dat de baby voortbracht en schraapte toen zijn keel. 'Tja, het schijnt dat de jongedame en ik precies op tijd zijn gekomen, hè?'

'Oom Alistair, u bent een engel!' riep Adriana uit, en ze omarmde hem enthousiast met één arm. 'Breng die vrouw alstublieft binnen. De baby gaat dood van de honger!'

'Dit is mevrouw Blythe Fulton,' kondigde hij even later aan toen hij met de vrouw in de vestibule stond. 'Haar echtgenoot is gesneuveld bij Waterloo, en een paar dagen geleden heeft ze een doodgeboren kind gebaard. Hoewel ik weinig van deze dingen begrijp, heeft Matilda me verteld dat mevrouw Fulton wanhopig op zoek is naar werk als min, om verlichting te zoeken, niet alleen omdat ze in geldnood zit, maar ook voor haar... eh... eh... pijnlijke conditie.'

Kijkend naar haar schoondochter, opperde Philana: 'Mevrouw Fulton zal ongetwijfeld wat privacy willen hebben, lieverd. Mijn zoon doet er zó lang over Alice uit haar kamer te krijgen, dat ik me afvraag of er problemen zijn. Denk je dat we mevrouw Fulton voorlopig in een kamer beneden kunnen onderbrengen of durven we haar naar haar slaapkamer boven te brengen? Ik heb het linnengoed in de kamer tegenover die van Alice al laten verschonen, voor het geval we het geluk zouden hebben iemand te vinden. Ik heb zelfs Samantha's oude wieg daar laten neerzetten.'

'Coltons taak om Alice de deur uit te zetten vind ik beslist niet benijdenswaardig, mama Philana, maar we mogen ons door de aanwezigheid van die vrouw niet laten voorschrijven wat we voor haar vervangster moeten doen. Mevrouw Fulton zou zich waarschijnlijk meer op haar gemak voelen als we haar onmiddellijk naar haar eigen kamer brachten. Zal ik haar meenemen naar de kamer die u in gereedheid hebt laten brengen? Hoe eerder ze de baby kan zogen, hoe beter we ons allemaal zullen voelen.'

De twee jonge vrouwen waren net bij de trap naar de bovenverdieping toen Alices schelle stem het gehuil van de baby bijna overstemde.

'Ik heb overal gezocht, maar kan mijn gouden ring niet vinden,' jammerde ze toen ze haar kamer uit kwam. 'U moet dat verlies vergoeden. Mijn arme dode man heeft me die ring gegeven nadat zijn ma gestorven was.'

'Als je er óóit heen hebt gehad,' antwoordde Colton.

'Ik ga hier niet weg zonder die ring. Misschien ga ik wel helemaal niet weg.'

'Daarin vergis je je, Alice,' viel Adriana haar op de trap in de rede. 'Je gáát weg, en wel op staande voet. We hebben het grote geluk gehad een min te kunnen vinden én in dienst te nemen voor Genevieve.'

Colton keek verbaasd op. 'Hoe heb je dat voor elkaar gekregen, lieve?'

Adriana glimlachte zelfingenomen. 'Oom Alistair is weer de reddende engel geweest. Ondanks het late uur heeft je oom de reis van Bath naar hier gemaakt om mevrouw Fulton te brengen... juist toen we haar het hardst nodig hadden.'

Met een minzame blik keek ze naar Alice. 'Het is niet waarschijnlijk dat jij en mevrouw Fulton elkaar nog eens zullen ontmoeten, dus zal ik niet de moeite nemen jullie aan elkaar voor te stellen. Ik zal je echter wel een voorspoedige reis wensen uit Bradford, want ik hou veel van de inwoners van Bradford.'

Colton drukte zijn knokkels tegen zijn lippen om een grijns te onderdrukken, toen Alice woedend langs de beide vrouwen liep. Ze was haar vorige verzoek blijkbaar vergeten.

'Ik zal u later aan mijn man voorstellen,' zei Adriana tegen mevrouw Fulton, terwijl ze haar het kind overhandigde. 'Voorlopig echter kunnen u en de baby beter in uw kamer met elkaar kennismaken. Die lieve kleine heeft uw zorgen dringend nodig, denkt u niet?'

'O, ja, mylady, en ik wil die heel graag geven,' verzekerde Blythe Fulton haar.

'Ik zal een paar bedienden wakker maken en uw bagage boven naar uw kamer laten brengen,' zei Alice. 'Ik neem aan dat uw koffers nog in het rijtuig van de lord staan.'

'Je hoeft de bedienden niet lastig te vallen,' zei Colton. 'Ik breng die bagage zelf wel boven. Ik zie je straks in onze kamer, liefste. We moeten praten over baby's en zo.'

'Tot mijn genoegen, milord.'

'Nee, tot míjn genoegen, mylady,' mompelde hij met een knipoog.

19

Felicity zette haar bonnet op en sloeg een dunne sjaal om voor ze Edmund Elstons huis uit liep en zich over de onverharde weg naar Bradford haastte. Ze was er heilig van overtuigd dat Roger, die voor zaken naar Bath was, lang genoeg weg zou blijven om haar de tijd te geven om te doen wat ze al zo lang van plan was. Haar eerste bestemming was de apotheek, waar ze dezelfde kruiden hoopte te kunnen kopen die Adriana en Samantha eens aan haar grootvader hadden gegeven. Door hem die te geven, hoopte ze weer in de gunst van haar grootvader te kunnen komen. Maar na haar hooghartige gedrag was ze niet erg optimistisch gestemd, al betreurde ze haar optreden nu uit de grond van haar hart.

Jarenlang had ze geweigerd naar de instructies van haar moeder te luisteren wat betreft de verdiensten van integriteit, moreel gedrag en zelfachting. In plaats daarvan had ze haar vader als voorbeeld gezien, en ze had zijn minachtende mening over Samuel Gladstone overgenomen. Maar toch moesten op een gegeven moment de lessen van haar moeder over eer, deugd en vriendelijkheid in haar eigen karakter verankerd zijn geraakt, want haar respect voor Jarvis Fairchild was totaal verdwenen op de dag dat ze had gehoord dat hij geld had ontvreemd van zijn schoonvader door arbeiders te ontslaan zonder hun namen uit de boeken van de personeelskosten te schrappen. Zijn diefstal van de lonen had de degelijke en betrouwbare eigenschappen in vergelijking daarmee van haar grootvader duidelijk doen uitkomen.

Toen ze getrouwd was en Stanover House had verlaten, begon ze pas te beseffen hoezeer ze de oude man was gaan missen, zijn geestigheid en zijn wijsheid. Sinds haar huwelijk met

Roger meer dan vijf maanden geleden had ze een paar harde lessen geleerd over het leven en de gevaren die het inhield, wat haar veel meer waardering gaf voor de waarden die ze eerder naast zich neer had gelegd.

Het huwelijk kon bijvoorbeeld een nachtmerrie zijn van waanzinnige uitspattingen als een vrouw een man had als Roger. Niet alleen gedroeg hij zich in bed als een zwijn, maar soms werd hij razend als ze niet voldeed aan zijn vreemde wensen, waarvan de meeste slecht en smerig waren. Ze leefde in angst voor wat hij haar kind zou aandoen als hij zo heftig in haar gevoelige delen stootte.

De bel boven de deur van de apotheek liet een charmant geklingel horen toen Felicity de deur openduwde en naar binnen ging. Een man met rode wangen leunde naar voren uit een smal middenpad dat aan beide kanten bedekt was met geëtiketteerde glazen flessen vol kruiden.

'Ja, miss? Kan ik u ergens mee van dienst zijn?' vroeg hij vriendelijk.

'Ja, inderdaad,' mompelde Felicity. 'Meer dan acht maanden geleden heeft mijn grootvader, Samuel Gladstone, wat medicinale kruiden gekregen van twee adellijke dames. Hij was zo vol lof over de eigenschappen ervan, dat ik graag diezelfde kruiden zou willen kopen. Een van die dames is de zus van lord Randwulf, en de andere is sindsdien zijn vrouw. Weet u misschien nog wat voor kruiden dat waren en kunt u mij daar een goede hoeveelheid van geven voor mijn grootvader?'

'O, die herinner ik me nog heel goed, miss. Ik heb die kruiden zelf aan de beide lady's aanbevolen. Ik dacht dat ze zijn gezondheid misschien ten goede konden komen, maar ik vrees dat ze nogal zeldzaam zijn en daarom nogal prijzig, miss.'

Felicity legde een paar oorbellen op de toonbank tussen hen. 'Zou u deze in ruil kunnen nemen? Ik geloof dat ze vrij waardevol waren toen mijn vader ze maanden geleden heeft gekocht.'

De apotheker hield bedachtzaam zijn hoofd schuin terwijl hij haar boven zijn bril aankeek. 'Weet u zeker dat u hiervan afstand wilt doen, miss? Ze zijn heel mooi en ze zullen u zeker heel goed staan.'

'Het is mevrouw. Mevrouw Elston, om precies te zijn. En ja, ik ben bereid ze te ruilen. Ik heb niets anders dan die oorbellen.'

De apotheker kon zich voorstellen wat voor opoffering het was voor die jonge vrouw en probeerde een andere oplossing te vinden. 'De zaken schijnen goed te gaan in de molen, mevrouw Elston. Als u momenteel niet over voldoende geld beschikt, kan ik u de kruiden geven als u uw echtgenoot wilt vragen later langs te komen om ze te betalen. Ik weet zeker dat hij zich kan veroorloven –'

'Nee, ik vraag het hem liever niet. En ik wil ook niet dat u iemand vertelt dat ik hier geweest ben en zoiets gekocht heb. Begrijpt u?'

'Ja, mevrouw Elston, ik kan mijn lippen stevig op elkaar houden als het moet.'

'Ik zou u bijzonder dankbaar zijn als u dat zou willen, meneer...?'

'Carlisle, mevrouw. Phineas Carlisle. En maakt u zich geen zorgen, ik zal het aan niemand vertellen.' Persoonlijk had hij de Elstons nooit gemogen, en was hij hoogst achterdochtig gestemd ten aanzien van de manier waarop wijlen mevrouw Elston kort na haar huwelijk van een gezond, levendig individu was veranderd in een lusteloze, gedeprimeerde vrouw. Hij had opium dezelfde uitwerking zien hebben, en indertijd had hij zich onwillekeurig afgevraagd of Edmund was begonnen haar grote doses toe te dienen zonder dat zij het wist, om bij de mensen de indruk te wekken dat ze een verschrikkelijke ziekte had opgelopen. Wat de zoon betrof, was dit Phineas' eerste hint dat zijn oorspronkelijke opvatting over Roger Elston enige waarde had.

Felicity keek hem met een stralende glimlach aan. 'Ik vroeg me af, nu ik tóch hier ben, meneer Carlisle, of u me misschien in een andere kwestie zou kunnen helpen.'

'Als ik dat kan.'

'Vóór mijn huwelijk met zijn zoon kreeg mijn schoonvader een geheimzinnige ziekte. Zijn vingernagels hebben vreemde strepen en zijn huid is droog en schilferig. Kent u toevallig een ziekte die zo'n reactie kan veroorzaken?'

Carlisle streek peinzend met een vinger langs zijn bovenlip. *Interessant*, dacht hij, *hoe iemands slechte daden zich later op hem kunnen wreken.*

'Zo onmiddellijk, mevrouw Elston, zou ik geen ziekte weten die die speciale reactie kan opwekken. Maar ik heb een jongedame eens gewaarschuwd tegen het gevaar om kleine hoeveelheden arsenicum te nemen om haar huid blanker te maken. Ze was heel ijdel en heel mooi, maar ik vrees dat het gezegde waar is: Hoogmoed komt voor de val... Toen ze een paar manden later gestorven was, zag ik dat haar huid schilferig was en haar vingernagels vreemde strepen vertoonden.'

Felicity voelde een ijskoude rilling door zich heen gaan, en ze moest al haar moed bijeenrapen voor de volgende vraag. Zelfs in haar eigen oren klonk haar stem ongewoon zwak. 'Is arsenicum een algemeen verkrijgbaar middel, meneer Carlisle? En zo ja, hebt u het in het afgelopen jaar verkocht?'

'Arsenicum bestaat al enige tijd, mevrouw. En ik verkoop het niet. Ik heb dat niet meer gedaan sinds die jongedame is gestorven.'

'Is er nog een andere apotheek in de omgeving?'

'Nee, mevrouw. Maar ik heb een oude kennis uit Londen van me gesproken die hier de laatste tijd vrij geregeld op bezoek komt. Hij is rijk geworden in die handel en bezit nu verscheidene apotheken. Hij schijnt in de laatste maanden ook een grote voorkeur te hebben gekregen voor de stoffen van uw man. Niet zo lang geleden verliet hij de molen met een grote bundel wol onder zijn arm.'

'En zijn naam?'

'Thaddeus Manville.'

Felicity kende die naam niet. Al had ze nog zo graag gepronkt met haar kennis die ze van haar vader en moeder had opgestoken, Roger had haar aanbod om hem te helpen met de boekhouding abrupt afgewezen. Ze mocht zelfs niet in de buurt van de grootboeken komen, want Roger had haar verboden in de molen te komen, met het argument dat hij niet wilde dat ze zijn werk zou onderbreken.

Felicity accepteerde de kruiden die de apotheker haar overhandigde en verliet met een vriendelijke groet de winkel. Toch kon ze niet nalaten vergelijkingen te treffen tussen Edmunds symptomen en die meneer Carlisle bij de begrafenis van het jonge meisje had opgemerkt. Kon Edmund een paar maanden geleden zijn vergiftigd? En zo ja, door wie?

'Wie is het?' vroeg Jane, die haastig de trap af liep toen er geklopt werd en ze de deur krakend hoorde opengaan.

'Felicity, mama. Ik wil op bezoek komen.'

Jane kon haar vreugde niet bedwingen. Ze holde bijna naar de salon en liep met uitgespreide armen naar haar dochter. Met een gesmoorde kreet van blijdschap en opluchting dat ze zo enthousiast werd verwelkomd, wierp Felicity zich in de armen van haar moeder. Gezien haar vroegere gedrag, was ze bang geweest dat ze gemeden zou worden.

'O, lieve kind, ik heb je zo gemist!' bekende Jane. 'Waarom ben je niet eerder gekomen? Ik ben een of twee keer bij de molen geweest om te zien hoe het met je ging, maar Roger zei dat je niet gestoord wilde worden, vooral niet door mij. Maak je het goed? Ben je gelukkig?'

'Ja, ik maak het goed, mama.' De tweede vraag wilde ze liever niet beantwoorden. Ze overhandigde haar moeder het bundeltje kruiden. 'Ik heb een cadeautje voor grootvader meegebracht. Ik wilde hem komen voorlezen, als u denkt dat hij dat prettig vindt.'

'Natuurlijk, lieverd. Hij zal het heerlijk vinden. Hij heeft je gemist.'

'Mij gemist?' vroeg Felicity verbaasd... en weifelend. 'Maar ik dacht dat hij me niet aardig vond.'

Lachend sloeg Jane haar arm om de schouders van haar dochter en schudde haar zachtjes door elkaar. 'Gansje, hij is misschien een tijdje kwaad op je geweest, maar je bent zijn kleindochter. Jullie hebben hetzelfde bloed. Hoe zou hij niet om je kunnen geven?'

Felicity keek onderzoekend naar het gezicht van haar moeder en zag liefde in haar betraande glimlach. 'Mama, ik heb zo'n spijt van de manier waarop ik me gedragen heb. Kunt u me ooit vergeven dat ik zo verschrikkelijke zelfzuchtig en afschuwelijk ben geweest?'

Jane drukte haar dochter dicht tegen zich aan. 'Zeg niets meer, kind. Alles is vergeven... en vergeten. Je bent mijn grote liefde, mijn trots en vreugde.'

Felicity verloor haar zelfbeheersing en barstte in snikken uit. Moeder en dochter bleven elkaar omhelzen, en al hun onenigheden van vroeger verdwenen in een stroom van liefde.

Toen ze elkaar eindelijk loslieten, zocht Felicity in haar handtas naar een zakdoek en snoot haar neus. Ze probeerde zich weer te beheersen. Jane nam haar aandachtig op en probeerde te ontdekken wat er nog verborgen bleef. Haar instinct zei haar dat er iets verkeerd ging in het leven van haar dochter, maar ze had geen idee wat het kon zijn. Zachtjes legde ze haar hand op Felicity's arm. 'Wat is er gebeurd, Felicity? Is alles in orde?'

'Natuurlijk, mama.' Felicity wilde haar moeder niet ongerust maken en probeerde dapper te glimlachen. Eindelijk haalde ze haar schouders op en gaf een excuus. 'Ik geloof dat ik, nu ik een baby verwacht, pas besef wat een zware last ik voor u ben geweest. Ik bedoel, zoals ik me gedroeg.'

'Je verwacht een baby?' Jane trok zich met een vrolijke lach terug, maar haar lach verdween weer toen ze een korte glimp opving van de droefheid in Felicity's ogen.

'Er ís iets mis. Wat is het?'

'Niets, mama. Echt niets.'

'Is er iets met Roger?'

'Roger maakt het goed, uitstekend.'

'Roger misschien wel, maar ik ken mijn dochter te goed om niet te zien dat er iets niet klopt. Ik wil niet nieuwsgierig zijn, maar alsjeblieft, vertrouw erop dat ik je op alle manieren zal helpen.'

'Mama, ik weet niet waarover u het hebt. Ik ga nu naar boven om grootpa uit de bijbel voor te lezen. Ik kan niet lang blijven. Na mijn bezoek aan hem moet ik weg.'

Felicity kon niet geloven dat ze werkelijk geen gelegenheid had gevonden om naar de molen te gaan zonder bang te hoeven zijn dat Roger haar met de boeken zou betrappen. Hij was naar Londen vertrokken en was van plan daar tot zondag te blijven. Ze had er geen enkel bezwaar tegen dat hij haar niet had gevraagd om mee te gaan, en ze was opgelucht dat ze even zijn misbruik in bed niet hoefde te verduren.

Haar knappe, ontaarde echtgenoot had opmerkelijk agressief geleken nadat ze naar Stanover House was gegaan, en ze vroeg zich af of hij het wist van haar bezoek door een toevallige opmerking van een vrouw uit het dorp. De pijn die hij haar had veroorzaakt, had haar angst voor hem doen toenemen en haar behoedzaam gemaakt in het bezoeken van haar familie.

Haar beproeving in die laatste paar dagen was zó groot geweest, dat het had geleken of Roger haar uit een martelkamer had bevrijd, toen hij eindelijk zijn aandacht richtte op een nieuwe onderneming van hem, het toezicht op de timmerlieden die belast waren met een weinig gebruikte opslagkamer naast zijn kantoor te verbouwen tot een privé-vertrek voor hemzelf. Het was duidelijk dat hij veel meer geld moest uitgeven om de werklieden uit Londen te laten komen, maar hij had als excuus aangevoerd dat de plaatselijke timmerlieden niet bedreven genoeg waren. Lord Harcourt echter had veel timmerlieden uit Bradford gebruikt toen hij zijn eigen privé-vertrekken liet renoveren, en hij was toch beslist een man die kwaliteit verlangde.

Toen de kamer klaar was, kwamen er meubels uit Londen in twee grote, overdekte karren. Felicity was nieuwsgierig naar Rogers aankopen en sloop naar de slaapkamer van haar slapende schoonvader. Dat deed ze vrij vaak, want ze had ontdekt dat ze daar een goed uitzicht had op alles wat er aan de voorkant van de molen gebeurde.

Ondanks de dekzeilen kon ze voldoende zien van de vergulde armleuningen en gebeeldhouwde poten om er niet aan te twijfelen of Rogers privé-vertrek zou van een vorstelijke grandeur zijn. Een dergelijke ostentatieve smaak leek absoluut niet op zijn plaats in Bradford.

Nu Roger in Londen was en zij de gelegenheid had zijn boeken door te nemen zonder angst voor ontdekking, was Felicity vast van plan zich van beide op de hoogte te brengen. Maar toen ze in de molen was, ontdekte ze dat haar man maatregelen had genomen om zijn geheim veilig te stellen door zijn deur op slot te doen. Wat zijn boeken betrof, was hij minder voorzichtig geweest. Hij had de sleutel van de kast waarin ze waren opgeborgen duidelijk zichtbaar op zijn bureau laten liggen, ongetwijfeld in het vertrouwen dat ze het zonder zijn toestemming niet zou wagen in zijn kantoor te komen.

Felicity had haar moeder evenveel eer gegeven als haar vader, wat haar kennis van rekenkundige vraagstukken betrof. Haar vader had verschillende keren haar hulp gevraagd toen hij nog op het kantoor in Londen werkte. Samuel Gladstone had zijn dochter, Jane, onderwezen, en zij op haar beurt haar eigen dochter.

Toen ze Rogers boeken begon door te nemen, ontdekte Felicity dat er inderdaad grote bedragen waren uitgegaan naar

371

twee mensen. Hun identiteit kon ze niet vaststellen, want alleen de initialen *M.T.* en *E.R.* waren naast de diverse bedragen vermeld.

Het was bijna middernacht toen Felicity de pit van de lamp boven het bureau uitdraaide. Ze hoopte haar onderzoek in bed te kunnen voortzetten en nam een van de boeken onder haar arm. De deur van het kantoor deed ze achter zich op slot voor ze naar huis terugkeerde. Ze was binnengekomen en liep de gang door naar de slaapkamer die ze met Roger deelde, toen ze plotseling bleef staan. Ze besefte dat de kamer bezet was... door haar man.

'Roger, ik verwachtte je pas zondagavond!' riep ze met kloppend hart uit. Heimelijk legde ze het boek op een tafel in de gang naast de deur en liep toen haastig naar binnen om haar man een kus te geven.

Roger wendde zijn gezicht af en keek haar kil aan. 'Waar ben je geweest?'

Felicity, die wist dat ze het grootboek niet goed had kunnen verbergen, haalde haar schouders op en wees naar de plaats waar ze het had neergelegd. 'Ik heb geruchten gehoord dat je vader probeerde je te bedriegen, en... nou ja, ik wilde zelf zien of dat waar was. Ik heb een van de boeken meegenomen om door te kijken als ik meer tijd heb.'

'Jij hoeft je over dat soort dingen geen zorgen te maken,' zei hij, en liep langs haar heen om het boek te pakken. 'Dat doe ik wel voor je. In elk geval, als vader er inderdaad in geslaagd is me te bestelen, dan is hij niet langer in een conditie om dat nu nog te doen. Hij schijnt elke dag dichter bij de dood te zijn. Ik besloot vanavond terug te komen omdat ik bevangen werd door de wens je in heel iets anders te onderrichten.'

Felicity werd koud van angst bij die onheilspellende uitspraak, maar nu hij haar betrapt had met het boek durfde ze haar afkeer niet te laten blijken. Er waren tijden geweest dat ze dapper haar best had gedaan nog een greintje waardigheid te behouden, ondanks alles wat hij haar dwong te doen, maar ze had geleerd dat dergelijke pogingen haar man alleen maar kwaadaardiger maakten. Vanavond zag ze de noodzaak ervan in gewillig aan al Rogers eisen toe te geven.

Ze knoopte het lijfje van haar jurk open en deed haar best met een schijn van enthousiasme een verleidelijke glimlach tevoorschijn te brengen. Ze hoopte dat Roger niet zou merken dat ze beefde van angst voor wat haar te wachten kon staan, wat hij deze keer weer van haar zou verlangen. 'Je moet mijn gedachten hebben gelezen.'

20

'Mylady, er is een jongedame hier die erop staat lord Rand-wulf te spreken. Ze beweert dat het dringend is, maar weigert haar naam te geven of waar het over gaat.'

'De lord is er niet. Hij laat de honden uit, Harrison,' antwoordde Adriana. 'Misschien kan ik haar van dienst zijn.'

De butler leek te aarzelen voor hij verderging. 'Neem me niet kwalijk, mylady, maar de vrouw in kwestie is niet een dame in dezelfde zin als u en lady Philana.'

'Je bedoelt dat de bezoekster geen aristocrate is.'

'Nee, mylady, dat is ze beslist niet. En ook geen dame.'

'Lieve help, Harrison, ik hoop niet dat het zoiets is als Alice Cobble. Ik weet niet of dit huis nóg een keer tegen zo'n vrouw bestand is.'

'Bevalliger en schoner, mylady, maar haar kleding doet vermoeden dat ze meer wereldse ervaring heeft dan iemand die zorgvuldig beschermd is tegen onverkwikkelijke invloeden.'

'Ik denk dat ik die... eh... bevallige vrouw die mijn man wenst te spreken eens zal bekijken.'

'Zoals u wilt, mylady.' Harrison knikte even. 'Ik zal haar in de zitkamer laten.'

Toen Harrison weg was, ging Adriana voor de hoge kleed-spiegel staan en nam zichzelf aandachtig op. Haar zwangerschap was al zover gevorderd dat die duidelijk zichtbaar was, al had ze zelf moeite te geloven dat het al vijf fantastische maanden getrouwd was. Haar dikke, harde buik deed hen lachen als ze naast elkaar lagen en onder hun handen het wonder van de bewegende baby voelden. Colton leek het helemaal niet erg te vinden dat ze haar fraaie figuur was kwijtgeraakt; hij wilde haar nog even graag naakt zien als daarvoor en genoot blijkbaar van de intimiteit van zijn huwelijk en zijn toekomstige vaderschap. Ze had nooit kunnen dromen dat hij zo'n attente, tedere en liefhebbende echtgenoot zou zijn, of dat haar liefde elke dag groter zou worden.

Hoewel het vrij warm weer was, had Adriana een kanten sjaal om haar schouders gedrapeerd om tot op zekere hoogte haar toegenomen omvang te verbergen. Terwijl ze dat deed, besefte ze hoe ongerust ze zich zojuist had gemaakt. Ondanks haar overtuiging dat Colton van haar hield, bracht de gedachte aan de confrontatie met een vrouw uit zijn vroegere leven haar van streek.

De bezoekster hoorde de lichte voetstappen van een vrouw snel dichterbij komen over de marmeren vloer van de gang en draaide zich af van het raam in de zitkamer. Ze trok verbaasd en nieuwsgierig haar wenkbrauwen op, in de verwachting de moeder van de markies te zullen zien, en ze was een beetje van haar stuk gebracht door de verschijning van een jongere vrouw. De ronde buik onder de sjaal bracht een harde blik in haar ogen.

Ze stak haar kin hooghartig in de lucht en zei: 'Ik kom voor Colton, en voor niemand anders.'

'Ik ben lord Randwulfs vrouw,' antwoordde Adriana, geërgerd over het feit dat de ander haar man bij zijn voornaam noemde. Hoewel hun gast heel aantrekkelijk en mooi was, ontbrak het haar inderdaad aan de elegantie en verfijning van een welopgevoede dame.

Uiterlijk rustig glimlachte Adriana naar hun gast. 'U weet nu wie ik ben, mag ik misschien de naam horen van degene met wie ik spreek?'

De rode lippen werden neerbuigend opgetrokken. 'Hm, ik denk dat u me mag aanspreken als lady Randwulf... of Wyndham, als u daaraan de voorkeur geeft.'

Adriana fronste verward haar voorhoofd. 'Ik neem aan dat u geen familie bent van mijn man, want hij is de laatste van zijn familie die de naam Wyndham draagt.'

'Colton Wyndham ís mijn man,' zei de bezoekster uitdagend. 'En dat betekent natuurlijk dat u niet zijn vrouw bent.'

Als de ander haar met haar vuist in het gezicht zou hebben geslagen, had Adriana niet anders kunnen reageren. Ze wankelde naar de dichtstbijzijnde stoel en ging voorzichtig zitten.

Alsof de baby haar plotselinge flauwte voelde, begon het kind te bewegen. Adriana slaakte een zachte kreet en legde haar hand op haar gespannen buik.

'Zorg dat je die kleine bastaard niet kwijtraakt,' waarschuwde haar gast meesmuilend. 'Maar natuurlijk, zoals de zaken nu staan, zou dat misschien beter zijn voor u. De lasterpraat zal al erg genoeg zijn zonder dat de mensen onbarmhartig het kind uitbannen voor de zonden van de ouders.'

'Wie bént u?' vroeg Adriana angstig. 'Bent u hier alleen gekomen om mij te kwellen? Of is uw motief meer ambigu?'

'Ik begrijp níet wat u bedoelt.' De bezoekster had waarschijnlijk nog nooit het woord *ambigu* gehoord, en wist niet dat het dubbelzinnig betekende. 'Ik kwam hier om mijn recht te doen gelden op mijn echtgenoot, en nu merk ik dat u onder zijn dak woont. Wat mijn naam betreft, ik heet Pandora Wyndham, en als ik me niet vergis, woont mijn dochter hier met mijn man.'

Adriana begreep alles nu maar al te goed. 'Blijkbaar bent u niet zo dood als u mijn man deed geloven. Ik vraag me onwillekeurig af waar u de laatste vijf of zes maanden hebt gewoond. Als u hem kort nadat u en hij getrouwd waren, bericht had gestuurd dat u in goede gezondheid verkeerde, zouden wij nooit in het huwelijk zijn getreden.' Gedachtig aan de lange tijd die de vrouw erover had gedaan om eindelijk naar voren te komen en hen op de hoogte te brengen van haar bestaan, kon Adriana enig sarcasme niet onderdrukken. 'Was dat een klein detail dat u maanden geleden over het hoofd hebt gezien of slechts een gebrek aan etiquette? Hoe het ook zij, u bent wel erg laat om ons te vertellen dat u niet dood bent.'

'Ik bén gestorven, althans een paar ogenblikken, zoals de predikant zal getuigen, maar ik kwam weer tot leven. Ik was door de bevalling echter zó verzwakt dat vrienden me onmiddellijk hebben meegenomen naar een warmer klimaat, in de hoop dat ik daar volledig zou herstellen. Zoals u kunt zien, heeft hun zorgzaamheid me verjongd. En nu ben ik teruggekomen naar Engeland om mijn man en mijn kind op te eisen.'

Een scherp gefluit in de gang waarschuwde Pandora voor de nadering van de man voor wie ze was gekomen. Ze hoorden onmiddellijk daarna Coltons stem: 'Ga Adriana zoeken.'

Het vrolijke geblaf van de wolfshonden veranderde in een

kwaadaardig gegrom, dat Pandora een kreet van angst ontlokte toen de twee dieren de kamer binnenholden. In paniek struikelde ze achteruit.

Pas toen ze met haar hoofd tegen de schoorsteenmantel botste, was ze gedwongen angstig te blijven staan. Hysterisch probeerde ze de honden weg te jagen door voorzichtig met haar handen te wapperen.

'Ga weg! Ga weg!' schreeuwde ze. 'Ga weg, beesten!'

'Aris! Leo! Gedraag je!' beval Colton vanuit de gang. Gehoorzaam gingen de honden zitten en keken achterom toen hun meester binnenkwam. De nabijheid van de honden maakte dat Pandora zich uiterst voorzichtig bewoog, en zeker niet door de kamer liep om Colton te begroeten.

'Adriana, wie schreeuwde daar zo verschrikkelijk? Hebben we soms bezoek –?' Colton zweeg abrupt toen hij binnenkwam en eindelijk de vrouw zag die door de honden in een hoek was gedreven. 'Pandora!'

'Haal die dieren weg!' gilde Pandora, en maakte een behoedzame beweging met haar hand. 'Je hoort zulke beesten niet los te laten rondlopen in huis! Ze zouden iemand kunnen doden!'

'Leo, Aris, kom,' zei Adriana, en knipte met haar vingers. Kwispelend gehoorzaamden de honden haar en kregen een aai over hun rug voor ze neerploften op het vloerkleed aan haar voeten.

Pandora keek woedend naar de brunette, zich realiserend dat ze de honden even gemakkelijk had kunnen terugroepen als Colton. Ze vertrok sarcastisch haar mond.

Ondanks het venijn van de actrice keek Adriana haar recht in de ogen voor ze haar aandacht richtte op haar man, die ze vragend aankeek. Hij deed er ongewoon lang over om zijn gebruikelijke aplomb te herkrijgen. Kennelijk probeerde hij het waarom en waarvoor van de situatie te begrijpen.

Pandora trachtte zoveel mogelijk van haar trots te redden nadat de honden haar als een krijsend varken op de vlucht hadden gejaagd. 'En, Colton, ben je niet blij me te zien?'

'Niet bepaald,' antwoordde hij. 'Ik dacht dat je dood was.'

'Dat was ik ook, een paar ogenblikken, voordat ik weer tot leven kwam. En nu ben ik hier om mijn rechtmatige positie als je echtgenote op te eisen.'

'Dat had je gedácht, verdomme!' viel hij woedend uit. 'Ik heb maar één echtgenote, en die heb je zojuist leren kennen.'

Even viel Pandora's mond open bij zijn bulderend uitgesproken woorden; ze had het gevoel of ze een klap in haar gezicht had gekregen. Maar ze hield vol. 'Volgens de wet, Colton, bén ik je echtgenote. Niets wat je zegt of doet kan daar iets aan veranderen.'

'O nee? Dat ben ik anders wel van plan! Hoewel ik erin heb toegestemd het huwelijk door dominee Goodfellow te laten voltrekken, was dat alleen om Genevieve mijn naam en bescherming te bieden.'

'Genevieve?'

'Het kind dat jij op de wereld hebt gebracht. Maar nu begin ik me af te vragen of ze wérkelijk van mij is. Misschien heb je me misleid om me tot een huwelijk te dwingen... met welk doel kan ik nog niet precies zeggen, al heb ik het duidelijke gevoel dat ik het gauw genoeg zal weten.' Hij lachte sarcastisch. 'Vuig gewin ongetwijfeld.'

De vrouw knipperde verbaasd met haar ogen. 'Ik weet niet zeker of ik dat goed begrijp... *vuig gewin.*'

'Geld.'

'O, Colton, je gelooft toch niet dat ik me tot zoiets verachtelijks zou verlagen? Genevieve is onze dochter, en als haar moeder wil ik alleen bij haar zijn... en bij jou.'

Colton begon steeds nadenkender te kijken. 'Hoelang is het geleden sinds je zogenaamd bent gestorven? Zes maanden? Of zeven? In elk geval zó lang geleden dat mijn vrouw al zes maanden zwanger is. Gezien de tijd die je hebt genomen om mij ervan op de hoogte te brengen dat je níet dood bent, zoals me werd wijsgemaakt, twijfel ik er ernstig aan of je ook maar énig verlangen had naar Genevieve. Ik weet zeker dat wát je ook deed, je jezelf enorm amuseerde. Anders had ik wel eerder van je gehoord. Waarom ben je eindelijk gekomen? Had je geen geld meer? Of besloot je minnaar jou aan de kant te zetten voor een jongere editie?' Hij ving de plotselinge flikkering in haar ogen op en kwam tot de conclusie dat hij het bij het rechte eind had. 'Is dat het? Ben je koelbloedig afgedankt door je rijke bewonderaar?'

'Natuurlijk wilde ik het kind zien, Colton. Uiteindelijk ís ze mijn dochter... en de jouwe!'

'Is ze echt van mij?' Zijn stem verried dat hij er ernstig aan twijfelde.

'Natuurlijk is ze dat. Ben je vergeten dat ze het geboortemerk van je familie draagt? Zeg tegen Alice dat ze het kind beneden brengt, dan zal ik je geheugen opfrissen. Die moedervlek is het onomstotelijke bewijs dat ze jouw afstammeling is.'

Adriana deed haar mond open om te zeggen dat Alice niet langer onder hun dak verbleef, maar Colton wenkte haar onopvallend om haar mond te houden. Ze gehoorzaamde, wetend dat hij een reden daarvoor moest hebben.

Colton keek naar de actrice, en knikte even. 'Ik zal een van de bedienden vragen om te zeggen dat het kind beneden moet worden gebracht.'

'Genevieve?' Pandora trok haar wenkbrauwen op en keek met een neerbuigende glimlach naar Adriana. 'Wie heeft dat bedacht? Zeg alsjeblieft niet dat ú dat hebt gedaan. Anders zal ik haar naam moeten veranderen zodra ik dat overtollige stuk heb weggewerkt dat mijn huwelijk wil verstoren.'

Adriana vouwde haar handen in haar schoot om te voorkomen dat ze een sarcastisch antwoord zou geven. 'Het kind heeft haar naam van de markiezin gekregen.'

'Coltons moeder, bedoelt u.' Pandora wierp het hoofd in haar nek en lachte, zich schijnbaar verkneuterend. 'Al heb ik me nog zo verzet tegen de aantrekkingskracht van een titel, toch zal het me een genoegen zijn me door mijn zogenaamde vriendinnen te horen aanspreken als markiezin van Randwulf.'

'Ik geloof dat mijn man iets heel anders in zijn hoofd heeft dan wat u zo graag wilt,' antwoordde Adriana kortaf. 'Dus zou ik er maar niet te veel op rekenen.'

Pandora grinnikte spottend. 'Al is Colton misschien nog zo gekant tegen ons huwelijk, ik vrees dat hij er niet aan kan ontkomen. Uiteindelijk heb ik bewijzen. Het document dat hij getekend heeft zal ons huwelijk bevestigen.'

Adriana zweeg, niet wetend wat er ging komen, en ze voelde zich zwak en misselijk.

Colton kwam terug in de zitkamer. 'Genie wordt op dit moment verschoond. Ze komt zó beneden.'

'We moeten uitvoerig over ons kind en ons huwelijk praten, Colton,' antwoordde Pandora, met uitgestrekte hand naar hem toe lopend.

Colton ontweek haar poging naar hem toe te komen en stapte over de honden heen, die aan Adriana's voeten lagen. Hij ging naast Adriana op de sofa zitten en strekte zijn hand uit naar haar schoot. Hij legde hun verstrengelde handen op haar jurk, op de plaats waar haar dijen bijeenkwamen, en liet de rug van zijn hand op haar ronde buik rusten. Zijn ostentatieve familiariteit was in het bijzijn van anderen niet op haar plaats, maar ten overstaan van déze bezoekster was Adriana bijzonder blij met dat intieme gebaar en niet in het minst gegeneerd.

Pandora kon Coltons onuitgesproken boodschap moeilijk over het hoofd zien. Hij had zijn keus gemaakt; hij zou nooit een ander nemen.

Met groeiende ergernis over het steeds grotere aantal keren dat ze overtroefd werd door jongere vrouwen, keek Pandora woedend naar het jonge echtpaar. De wetenschap dat haar recente minnaar precies datzelfde had gedaan, maakte het er niet beter op.

'Lijkt Genevieve op mij?' vroeg ze, in een poging Coltons aandacht af te leiden van zijn vrouw.

Colton antwoordde kortaf. 'Nee.'

'Op jou dan misschien.'

'Absoluut niet.'

'Maar ze moet toch zeker op een van ons lijken.'

'Ik zie geen enkele gelijkenis. Genevieve is tenger en bevallig, en heeft blauwe ogen en donker haar. We kunnen beiden slechts aanspraak maken op het laatste.'

'Wat noem je bevallig – dat ben ík toch zeker?'

Colton lachte sarcastisch. 'Weet je zelfs wel wat dat woord betekent?'

'Natuurlijk weet ik dat! Ben ik niet bevalliger dan zij? Ze steekt nota bene een half hoofd boven me uit!'

'En ik taxeer dat, zelfs nu mijn vrouw al zes maanden zwanger is, jij zeker twintig tot dertig kilo zwaarder weegt. Zij is wat je zou noemen mooi en fijngebouwd, niet alleen uiterlijk, maar ook qua karakter. Dat heb ik van jou nooit kunnen zeggen, Pandora.'

De ogen van de actrice schoten vuur bij het horen van die belediging. Ze had zichzelf altijd mooier gevonden dan de meeste vrouwen, en het maakte haar furieus dat ze ongunstig vergeleken werd met een andere vrouw, vooral als die minstens zes jaar jonger was. 'Dat zeg je alleen maar omdat je kwaad op me bent, Colton.'

Hij glimlachte nietszeggend. 'Geloof wat je wilt, Pandora, ik zeg verder niets meer.'

Even later kwam Blythe met Genevieve binnen, gaf het kind aan Adriana, maakte een korte revérence en ging onmiddellijk weer weg. De baby kraaide vrolijk toen ze de man herkende die naast haar zat. Lachend om de duidelijke blijdschap van het kind, tilde Colton haar op in zijn armen en liep naar de actrice.

'Dit is Genevieve Ariella Wyndham,' zei hij tegen hun bezoekster. 'Zoals je ziet, lijkt Genevieve op niemand hier.' Colton, die het kind nu nauwkeurig kon vergelijken met de actrice, opperde een veronderstelling. 'Feitelijk lijkt Genie zo totaal niets op jou, dat ik me afvraag of ze wel van jou ís. Zij heeft een blanke huid, jij niet. Zij heeft een klein, mooi mondje; die van jou is –'

'Natuurlijk is ze mijn dochter!' hield Pandora nijdig vol. 'Ik ben zelfs gestorven toen ik van haar beviel en ben heel dankbaar dat ik nog leef. En ik sta op mijn rechten, dat wil zeggen, ik wens mijn dochter en mijn echtgenoot. Je kunt niet ontkennen dat we getrouwd zijn, Colton. Ik heb de papieren om het te bewijzen. En wat het kind betreft, ik herinner me heel goed dat ze het teken van jouw voorouders op haar onderrugje had. Ik zal je eraan herinneren door het je te laten zien.'

Ze rukte het kind uit zijn armen, waarop Genevieve een angstig geschreeuw voortbracht. Adriana spoedde zich in moederlijke bezorgdheid de kamer door. Pandora draaide zich om en weigerde Adriana toe te laten tot het kind. Toen Adriana volhield, tilde Pandora haar schouder op om het haar te beletten.

'Genie houdt niet van vreemden,' verklaarde Adriana, en wilde een nieuwe poging ondernemen om het kind van de actrice over te nemen.

Maar weer voorkwam Pandora dat met een opgeheven schouder. 'Ze is míjn dochter!'

'Geef haar alsjeblieft aan mij,' vroeg Adriana smekend. 'Als je haar billetje wilt zien, zal ik dat zelf wel ontbloten.'

Een volgend doordringend gekrijs van angst maakte dat

Pandora pijnlijk ineenkromp. Het scheen haar ervan te overtuigen dat het praktischer zou zijn als ze het kind aan de ander gaf. 'Hier! Pak dat gillende kind, als je dat zo graag wilt! Maar ik wil dat je Colton de moedervlek van zijn voorouders laat zien!'

Met het huilende kind tegen zich aan gedrukt ging Adriana terug naar de sofa en wreef sussend over Genies ruggetje, onder het zingen van een slaapliedje. Langzamerhand bedaarde het gehuil.

Er gingen een paar ogenblikken voorbij, maar nog steeds werd er niet aan Pandora's eis voldaan. Op scherpe toon vroeg ze: 'Nou, bent u van plan het te laten zien of niet?'

De ander met opzet negerend, bleef Adriana met Genie spelen, en na een tijdje begon het kind vrolijk in haar handjes te klappen.

Pandora verloor haar geduld en viel plotseling fel tegen Adriana uit. 'Als jij niet doet wat ik vraag, zal ik het zelf wel doen!'

Ze liep dreigend naar het tweetal toe, waarop de honden overeind sprongen en hun tanden ontblootten, terwijl ze een kwaadaardig gegrom lieten horen. Snel deinsde Pandora weer achteruit.

Colton grinnikte toen hij achter de dieren om liep en weer naast Adriana ging zitten. 'Ik geloof dat je je vergist, Pandora.'

De actrice nam de houding aan van een arme, gekwelde moeder. 'Ben je zó wreed, Colton, dat je me werkelijk bij mijn eigen dochter vandaan wilt houden?'

Colton schudde langzaam het hoofd en grinnikte geamuseerd. 'Jammer dat je nooit de kunst geleerd hebt op bevel echte tranen te plengen. Misschien zou ik dan meer overtuigd zijn van je oprechtheid. De simpele waarheid is dat, als je werkelijk Genies moeder bent, ze je niet als zodanig herkent, en ik zal je niet toestaan haar weer angst te bezorgen. Als het mijn vrouw behaagt, zal ze ons de moedervlek laten zien... als het háár behaagt, niet jóu.'

Pandora zag er geen heil in tegen zijn besluit te protesteren. Haar laatste manoeuvre had niets uitgericht, en ze dacht dat een vriendelijker optreden gunstiger voor haar zou kunnen werken, dus trok ze zich terug met een gesmoord: 'Goed dan.'

Niet in de stemming het hun onwelkome gast naar de zin te

maken, nam Adriana er de tijd voor om Genies rugje te ontbloten. Maar toen ze het eindelijk deed, was er tot verbazing van zowel Pandora als Colton slechts een heel vaag restantje te zien van wat zogenaamd een Wyndham-moedervlek was geweest. En zelfs die was hier en daar zó vaag geworden, dat hij niet langer herkenbaar was als ook maar iets dat op een vogel leek.

'Roep Alice onmiddellijk naar beneden,' zei Pandora, razend van woede. 'Ik wil weten wat je gebruikt hebt om die moedervlek weg te halen. Het moet iets zijn dat je erop gesmeerd hebt om hem te verbergen, want hij was heel duidelijk te zien toen het kind geboren werd. Alice zal waarschijnlijk wel weten wat je gebruikt hebt om hem eraf te halen.'

Tot zijn grote genoegen kon Colton antwoorden: 'Alice is een tijd geleden al ontslagen, op hetzelfde moment dat we een nieuwe min hebben aangenomen, een vrouw aan wie Genie inmiddels gehecht is geraakt.'

'Dat kleine krengetje zou gehecht raken aan iedereen met een volle tiet!' snauwde Pandora.

'Ze leek niet erg gesteld op Alice. Om eerlijk te zijn, Genevieve leek erg in de war, omdat ze door die feeks werd verwaarloosd.'

'Alice heeft het kind waarschijnlijk verwend en haar dwars gemaakt.'

'Genie was somber en lusteloos. Zoals je zelf kunt zien, is dat nu niet langer het geval. Wat ik me afvraag, is waar je in vredesnaam iemand hebt kunnen vinden die zó weerzinwekkend en harteloos is als Alice.'

'Dat heb ik je verteld. Ze maakte het theater schoon waar ik optrad.'

'Dan zal ik haar daar een bezoek brengen om erachter te komen wat voor brouwsel ze heeft gebruikt op Genies billetje, ongetwijfeld op jouw verzoek, zodat ik zou denken dat de baby van mij was. Het is duidelijk dat Alice de laatste twee, drie maanden de moedervlek niet heeft kunnen bijwerken, omdat ze toen niet langer in dienst was, en dat hij daardoor is vervaagd tot wat we nu zien.'

Pandora staarde hem aan. In haar ogen lag iets paniekerigs voordat ze erin slaagde een lachje voort te brengen. 'Ik betwijfel of Alice naar het theater is teruggegaan. Ik denk dat je haar nooit meer zult kunnen vinden.'

'Dan zal ik naar Oxford gaan om dominee Goodfellow op te sporen,' peinsde Colton hardop. 'Ik heb daar vrienden. Die zullen wel weten waar zijn kerk is.'

'De dominee is vertrokken en bevindt zich buiten onze grenzen. Ik weet niet zeker waar. In Ierland misschien.'

Colton lachte. 'Dat komt me goed uit.'

Pandora leek onthutst door zijn antwoord. 'Wat bedoel je?'

'Hij kan niet als getuige van ons huwelijk optreden.'

'O, maar er is een vergunning met jouw handtekening erop.'

'Kun je zo'n document overleggen? Dat zal wel moeten, weet je, als je voor een magistraat de authenticiteit ervan wilt bewijzen.'

'Nee, ik heb het nu niet, maar ik weet waar het is.'

'Waar?'

'Eh...' Pandora beet op haar lip. 'Ik weet niet zeker waar ik het precies heb opgeborgen. Waarschijnlijk in een van de koffers die ik bij een vriendin heb achtergelaten.'

'Dominee Goodfellow zei dat hij het zou meenemen naar zijn kerk in Oxford. Als ik die kerk heb gevonden, zal ik de geestelijken daar vragen het op te zoeken, en dan zal ik de authenticiteit ervan laten vaststellen door de aartsbisschop, voor het geval het een of andere vervalsing is. Dat zal hij zeker voor me willen doen, want hij heeft de vergunning voor mijn huwelijk met Adriana getekend.'

'Je machtige vriendjes zullen ons huwelijk onmogelijk nietig kunnen verklaren, Colton,' zei Pandora sarcastisch. 'Je zult het feit onder ogen moeten zien dat ons huwelijk wettig en bindend is. Het document zal dat bewijzen, en je pogingen om de geldigheid ervan te betwisten zullen vergeefs zijn.'

'Als het jou hetzelfde is, Pandora,' zei Colton bijna vriendelijk, 'zal ik te werk gaan zoals mij goeddunkt. En dat maakt dat ik me afvraag waar ik met mijn onderzoek moet beginnen. Ik kan me een verhaal herinneren dat je me een paar jaar geleden hebt verteld over je broer, die zó knap was in het vervalsen van certificaten, dat hij zich kon voordoen als een geleerde uit Oxford. Een huwelijksakte vervalsen zou in vergelijking daarmee betrekkelijk eenvoudig zijn. Is je broer ook acteur? Misschien heeft hij je een dienst bewezen door de rol van dominee Goodfellow te spelen... om mij voor de gek te houden natuurlijk. Ik zal die theorie eens moeten nagaan, vooral als niemand me kan vertellen wie die dominee Goodfellow is of waar zijn kerk staat.'

Er lag een giftige blik in Pandora's ogen. 'Als je één woord hierover durft te zeggen buiten je eigen familie, Colton, zul je jezelf in ongenade zien vallen. Het zal gauw genoeg worden rondgebazuind dat de vrouw met wie je samenleeft een kind verwacht. En je zult je ongetwijfeld de schande kunnen voorstellen die dat over haar zal afroepen, zodra bekend wordt dat ze een kind verwacht dat buiten het huwelijk verwekt is. Ter wille van haar kun je beter niet op die kwestie ingaan. Bovendien, als je van plan bent alle geestelijken in Oxford op te zoeken, zul je merken dat ze hun handen vol hebben met de soldaten, die het heel moeilijk hebben om werk en voedsel te vinden.'

'Te druk om een royale schenking te weigeren die hen in staat zal stellen de soldaten te helpen? Ik ben ervan overtuigd dat ze rekening zullen houden met alles wat ik al gedaan heb om de problemen van onze soldaten op te lossen en door degenen die kunnen werken in dienst te nemen. In dat licht bezien zal geen predikant me zijn hulp weigeren. Ik begrijp waarom je niet wilt dat ik hun hulp zoek. Als dominee Goodfellow niet bestaat, zal mijn onderzoek waarschijnlijk leiden tot de arrestatie van je broer, en mogelijk ook tot die van jezelf.'

Pandora wrong haar handen terwijl ze door de kamer liep te ijsberen. In de loop der jaren had ze hem goed genoeg leren kennen om te beseffen dat hij verdraaid volhardend kon zijn als hij nieuwsgierig was naar iets, of als het erom ging de waarheid te weten te komen. Had haar broer haar jaren geleden niet gewaarschuwd voor de kolonel? Maar de gedachte om niet alleen wraak te kunnen nemen maar ook een grote rijkdom van de huidige markies van Randwulf te verwerven was té verleidelijk geweest.

Zachtjes lachend gaf Pandora zichzelf een complimentje toen ze de aandacht handig afleidde van de huwelijksakte. 'Je hoeft niet zoveel moeite te doen om het document op te sporen, Colton. Als je wérkelijk wilt dat ik mijn mond houd over ons huwelijk, hoef je alleen maar míj enige edelmoedigheid te betonen in plaats van die soldaten...'

Colton trok zijn wenkbrauwen op. Dat voorstel had hij al verwacht toen hij haar in de kamer aantrof. 'In welke vorm?'

'Hm, een royaal bedrag, waarvan ik de rest van mijn leven comfortabel kan rondkomen.'

'Chantage, met andere woorden.'

'O, nee, Colton. Ik vraag alleen om een beetje medelijden, als je bedenkt dat ik mijn rechtmatige positie als markiezin opgeef en mijn recht op...' – ze gebaarde om zich heen – 'dit alles.'

Hij keek peinzend. 'Momenteel ben ik niet geneigd je aanbod te accepteren, Pandora. Ik ben nooit bereid geweest toe te geven aan de eisen van mensen die proberen voordeel te behalen uit tragische of moeilijke situaties, maar ik moet aan anderen denken die waarschijnlijk te lijden zouden hebben onder een schandaal. Als ik het eens zou zijn met je voorwaarden, moet ik weten waar je woont, voor het geval ik je zou moeten bereiken. Of ga je terug naar het theater?'

'Daar speel ik niet meer. Het schijnt dat er een andere actrice is gevonden om mijn plaats in te nemen die zogenaamd meer talent heeft dan ik. Ik weet zeker dat ze na verloop van tijd hun vergissing zullen inzien en me op hun knieën om vergeving zullen vragen. Maar ik wijk af van ons onderwerp. Als je het wilt weten, ik was van plan een tijdje hier in de buurt te blijven... in dit huis in feite. Ik bén nu eenmaal je wettige echtgenote.' Ze hief haar kin in de lucht alsof ze zich ernstig gekwetst voelde door zijn afwijzing. 'Maar ik kan zien dat je dat nu niet wenst, omdat je een jongere vrouw hebt gevonden om aan je behoeften te voldoen. Natuurlijk weet je dat je huidige liefje in het beste geval niet meer dan je maîtresse is, omdat ik nog steeds je vrouw ben. En dat zul je niet kunnen veranderen, tenzij je een scheiding kunt krijgen, maar dat zou een hoop geld kosten en een groot schandaal veroorzaken.'

Alsof hij haar niet gehoord had, liet Colton Genevieve op en neer wippen op zijn knie. Het kind liet luide en schelle vreugdekreetjes horen, zodat Pandora haar handen voor haar oren sloeg.

'Móet dat?' vroeg ze woedend. 'Ik vrees dat mijn gehoor na vandaag nooit meer hetzelfde zal zijn.'

Ze wees meesmuilend en nadrukkelijk naar Adriana's dikke buik. 'Het lijkt me dat je je best doet de Wyndhams een nieuwe erfgenaam te bezorgen. Jammer dat het een bastaard zal zijn.'

Colton voelde Adriana sidderen bij de dreigende woorden van de actrice en sloeg zijn arm om haar middel, alsof hij haar lichamelijk wilde beschermen tegen Pandora's spot. Hij legde zijn hand op haar dij en trok haar dicht tegen zich aan. 'Het is goed, liefste,' mompelde hij, in een poging haar gerust te stellen. 'We komen hier onbeschadigd doorheen, dat beloof ik je.'

Zijn woorden wekten de jaloezie van de toeschouwster. 'Ha, dat kun je tegen haar zeggen, als je denkt dat het zal helpen, Colton,' zei Pandora met sarcastische spot, 'maar ik zie echt niet hoe je die belofte waar wilt maken. Jullie zijn niet eens getrouwd!'

Ze deinsde achteruit toen ze de bijna dierlijke glinstering zag in de grijze ogen die zich op haar richtten. Ze had Colton Wyndham nog nooit zó woedend meegemaakt.

'Je laat me geen andere keus, Pandora,' zei hij op kille toon. 'Ik verzeker je dat ik hemel en aarde zal bewegen om bewijzen te vinden dat de geloften die jij en ik hebben uitgewisseld niets dan een schijnvertoning waren. En als ze dat niet mochten zijn, ga ik naar elke hoge magistraat in het land om mijn onschuld te bepleiten, en dat ik onkundig was van het feit dat je nog leefde toen ik met mijn vrouw trouwde. Ik verzeker je dat ik alles zal toepassen wat gunstig voor me kan zijn, zelfs het feit dat ik een oorlogsheld ben, om het recht te krijgen je voorgoed uit mijn leven te bannen en mijn huwelijk te bezegelen met de enige vrouw van wie ik ooit gehouden heb. Begrijp je me?'

'Ik zal je laten boeten als je probeert me zonder een cent af te schepen!' schreeuwde ze zó hard en schel dat hun trommelvliezen leken te zullen barsten. 'Je zult Genie niet kunnen houden. Ik zal mijn recht opeisen als moeder en zal niet ophouden voor ze haar aan me terug hebben gegeven!'

'Dan zal ik gewoon moeten bewijzen dat ze niet van jou is, nietwaar?' antwoordde Colton hatelijk. 'Het zal misschien een tijdje duren, maar ik denk wel dat het me zal lukken.'

Een onheilspellende uitdrukking verscheen in Pandora's ogen. 'Je bent een hulpeloze, verliefde idioot! Je hebt géén idee welke schandalen je het hoofd zult moeten bieden als je het waagt je tegen me te verzetten. Geloof me, ik zal wraak nemen op jou en je kindvrouwtje, zelfs al moet ik met elke magistraat in dit land naar bed om dat voor elkaar te krijgen. Ik kan ongelooflijk overtuigend zijn als het moet en zal het arme slacht-offer spelen terwijl ik intrigeer en lieg. Als ik met jullie klaar ben, zullen jullie geen van beiden met opgeheven hoofd door Londen kunnen lopen, en zeker niet in dit armzalige huis dat je je landgoed noemt.'

Zo waardig mogelijk neigde Pandora haar hoofd even naar Adriana en toen naar Colton. 'Bedankt voor jullie gastvrij-heid, voorzover je dat zo kunt noemen...'

'Nog één ding voor je weggaat, Pandora,' viel Colton haar in de rede. Zijn stem klonk vriendelijk, ondanks haar dreige-menten.

Pandora, die al naar de deur liep, bleef prompt staan, ervan overtuigd dat hij zich bedacht had.

'Ja, wat is er?'

'Misschien kun je me de moeite besparen bij de acteurs van het theater waarin je optrad navraag te doen of Alice Cobble daar inderdaad gewerkt heeft en in verwachting was tijdens de laatste periode van haar tewerkstelling. Als het moet, zal ik uitleggen dat je beweert haar kind op te eisen als dat van je-zelf. Ik weet zeker dat er mensen zullen zijn die maar al te graag zullen getuigen dat je onmogelijk kinderen kon krijgen en dat je op die avond in je huis, toen je zogenaamd doodging, je rol van stervende speelde.

Ik zal ook vragen of ze misschien weten welke substantie Alice Cobble gebruikte om de moedervlek na te maken op Ge-nevieves ruggetje en het later bij te werken. Het moet een hardnekkige vlek zijn geweest, om mijn pogingen te weerstaan hem die avond te verwijderen. En omdat Alice die moedervlek nooit heeft gezien, kan ik niet anders dan aannemen dat jij ko-pieën hebt gemaakt van mijn eigen moedervlek. Heb je die overgetrokken terwijl ik sliep? Ik moet wel heel uitgeput zijn geweest toen je dat deed, maar ik was vaak fysiek en geestelijk zó uitgeput van het vechten, dat ik alleen maar wilde slapen. Misschien heeft je talentvolle broer de beeltenis verkleind tot een geschikte maat voor een baby en maakte hij diverse teke-ningen voor Alice om te gebruiken als het kind groter werd. Jammer voor je dat die heks zó weerzinwekkend was, dat nie-mand hier haar om zich heen kon dulden. Zonder Alice om hem steeds opnieuw aan te brengen, was de moedervlek dan ook snel vervaagd.'

Zijn theorieën deden Pandora een ogenblik verstommen, want ze moest zich wel afvragen hoe ter wereld hij alles wat ze hadden gedaan zo precies kon beschrijven. De man was heel wat intelligenter dan zelfs zij had gedacht.

Ze staarde hem aan alsof ze geen idee had waar hij het over had. 'Ik weet niet goed wat je bedoelt.'

'Voordat je wist wie ik was, vertelde je me dat je geen kinderen kon krijgen, en in de jaren daarna ben je nooit zwanger geworden. Ik weet zeker dat je andere minnaars had, maar ik heb nooit iets gemerkt van een bevalling. Pas toen ik door de *London Gazette* tot held werd uitgeroepen ontdekte je dat ik op de nominatie stond om een markizaat te erven. Als ik eenmaal de titel van markies had, zou jij zogenaamd een kind ter wereld hebben gebracht. Heel gunstig voor jou, maar je kinderloze staat tijdens onze langdurige affaire maakt dat ik me afvraag hoe je Genie hebt kunnen krijgen. Als Alice een kind verwachtte toen ze als schoonmaakster in het theater werkte, zul je ongetwijfeld voordeel hebben gezien in het aanbieden van een goede bezoldiging in ruil voor haar baby. Misschien heb je haar zelfs een bedrag gegeven ten tijde van jullie overeenkomst, en haar een groter bedrag in het vooruitzicht gesteld als ze je een levende pasgeboren baby bezorgde. Als je plan lukte, zou je uiteindelijk rijk worden, en Alice leek beslist harteloos genoeg om met zo'n handel in zee te gaan. Natuurlijk vraag ik me heel ernstig af hoe het mogelijk is dat zo'n lelijke vrouw als Alice ooit zo'n bevallig en mooi wezentje heeft kunnen baren als Genie. Maar als haar eigen baby dood zou gaan, zou ze waarschijnlijk heel ver zijn gegaan om de baby van een andere vrouw te stelen, zodat ze het bedrag in handen zou kunnen krijgen dat jij haar beloofd had.

Dus, óf ze heeft de baby zonder meer gestolen, óf ze heeft nu en dan als vroedvrouw gewerkt om er een in handen te krijgen. Jongen of meisje, dat deed er niet toe, als het maar leefde. Alice had gemakkelijk Genies echte moeder kunnen vertellen dat haar baby gestorven was en haar eigen dode baby hebben achtergelaten.'

Hij hield zijn hoofd peinzend schuin en ging verder met hardop te denken. 'Als ik overal bekend zou maken dat ik Alice een grote beloning zou geven als ze onomstotelijk het bewijs kon leveren van de afkomst van het meisje, denk ik dat ze daartoe bereid zou zijn. Alice lijkt me het soort vrouw om altijd iets tegen je achter de hand te houden, teneinde zeker te weten dat ze zou krijgen wat haar toekwam... Heb je weleens nagedacht over de mogelijkheid dat Alice een onweerlegbaar bewijs heeft dat je niet Genies moeder bent?'

'Ik heb genoeg gehoord van dat idiote gewauwel van je,' verklaarde Pandora geërgerd. 'Ik ben in de herberg even buiten Bradford tot ik bericht van je krijg, en als ik niets hoor, zal ik de autoriteiten laten weten dat je tweemaal getrouwd bent en allebei je vrouwen in leven zijn.'

Met die woorden liep ze de zitkamer uit. Toen ze Harrison zag, liep ze haastig naar de deur en gebaarde kwaad dat hij uit de weg moest gaan.

'Wel bedankt, maar ik kom er zelf wel uit! En jullie kunnen wat mij betreft allemaal naar de verdommenis gaan!'

21

Roger Elston keek op uit zijn grootboeken toen de bel van de voordeur een klant aankondigde. Zijn ogen begonnen te glanzen toen hij de dame zag, want ze scheen hetzelfde brutale optreden te hebben als de actrices die hij vroeger in Londen bezocht. Hij dacht zelfs dat hij deze vrouw had zien optreden toen hij nog in dienst was van het weeshuis. Vroeger had hij elk muntje moeten sparen om te kunnen toegeven aan wat toen zijn favoriete tijdverdrijf was geweest, het kijken naar de actrices in hun provocerende kostuums. Nu kon hij zich veel meer veroorloven en *eisen* stellen door het geld dat hij stal van de spinnerij.

De weelderige boezem van deze vrouw was gedeeltelijk bedekt door een kimono. Ze glimlachte een beetje verlegen naar hem voor ze zich over de koopwaar boog die uitgestald lag op de tafel tussen hen in. Zijn hand jeukte om de diepe gleuf te betasten tussen die borsten en in de tepels te knijpen die door de stof van haar jurk heen brutaal naar voren staken.

Pandora glimlachte naar de knappe jongeman en liet haar ogen even over zijn nauwe broek dwalen. Hij scheen zich niet in het minst te generen voor wat daar te zien was, maar wachtte met een flauwe grijns haar reactie af. Ze kon zich voorstellen dat hij álles zou doen om het haar naar de zin te maken. Na kolonel Wyndhams brute weigering haar zelfs maar te overwegen als zijn vrouw, moest ze voor haar eigen gemoedsrust haar aantrekkingskracht bewijzen.

Met een verleidelijk glimlachje naar de jongeman gaf ze een verklaring voor haar aanwezigheid. 'Ik heb mijn sjaal in Londen laten liggen en heb iets nodig om me vanavond in dit pittoreske dorpje warm te houden. Ik had niet verwacht dat het zó koud zou worden vanavond. Hebt u misschien een sjaal of zo die warm genoeg is om me warm te houden?'

Haastig liep Roger naar een kast in de hoek en haalde een van zijn mooiste wollen sjaals tevoorschijn.

'Wat beeldig!' kirde Pandora opgetogen, de sjaal bewonderend. Toen trok ze snel haar wenkbrauwen samen, tuitte haar lippen en keek weifelend op. 'Ik vind die sjaal prachtig, maar ik vrees dat hij ver boven de prijs ligt die ik uit kan geven.'

'Voor zo'n unieke vrouw als u bent, madam, zou die sjaal niet meer dan een paar ogenblikken van uw tijd kosten,' zei Roger zachtjes, terwijl hij de fraai bewerkte sjaal rond haar schouders drapeerde, waarbij zijn hand even een borst aanraakte. Hij ging dicht achter haar staan en tuurde met een groeiende begeerte naar de half verborgen rondingen. Hij bukte zich en mompelde in haar oor: 'Ik kan het de moeite waard maken voor je, schoonheid.'

'Heus?' Pandora keek even opzij, wachtend op zijn voorstel, en sloeg verleidelijk haar armen om zich heen. Gehoorzaam week het decolleté van haar jurk naar voren en liet de roze tepels zien. 'De sjaal is verrukkelijk warm. Ik zou hem dólgraag hebben.'

Roger staarde naar het weelderige lichaam en kwam ernstig in de verleiding een hand in het lijfje van de jurk te steken, maar hij kon niet riskeren dat een van zijn werknemers hen zou zien. 'Ik heb een privé-kamer hiernaast. Daar staat een comfortabele chaise-longue waarop we kunnen zitten... en praten.'

'Hebt u misschien wat port?' Pandora haalde zichtbaar diep adem en liet die toen ontsnappen, terwijl ze weer een seconde lang haar boezem liet zien. 'Ik ben echt in de stemming voor een glas port.'

Roger glimlachte. 'Eerlijk gezegd, ik ook.'

Hij deed een stap opzij en wees door de donkere gang naar de privé-kamer. Hij had nooit gedacht dat hij die al zo gauw zou gebruiken na hem te hebben ingericht met de noodzakelijke attributen. En nu hij die kans had, kon hij het niet weerstaan. Hij had zelfs de muren gecapitonneerd. 'Kom in mijn privé-salon, dame, dan zal ik iets voor u inschenken en kunnen we drinken op uw nieuwe sjaal.'

Pandora greep zijn arm beet en drukte die dicht tegen haar

borst. 'Ik zal nooit vergeten hoe edelmoedig u bent geweest, dat u me zo'n kostbare sjaal cadeau geeft! Hoe kan ik u dat ooit vergoeden?'

'Een tijdje uw gezelschap is voldoende vergoeding.'

Pandora's gezicht begon te stralen toen hij de deur opende van zijn nieuwe kamer, die extravagant gemeubileerd was met een fraai, laag buffet waarop verscheidene kristallen karaffen stonden met diverse dranken. Zes zilveren kandelaars stonden tussen een gelijk aantal staande spiegels rond een brede, luxueuze, roodfluwelen chaise-longue, waarop een doorzichtige rode peignoir lag. Wie op de chaise-longue lag, kon aan alle kanten observeren wat daar gebeurde.

Pandora ging erop zitten en zag zichzelf vele malen in haar publiek van spiegels. Ze kirde van bewondering toen ze het negligé optilde en door de dunne sluier de kamer bekeek. 'U moet een rijk man zijn om u zo'n luxe te kunnen permitteren.'

'Rijk genoeg om me dit te kunnen veroorloven, plus nog een paar andere dingen,' schepte Roger op, terwijl hij de deur achter zich dichtdeed.

'Zoals?'

Hij liep naar voren en trok zijn jas uit. 'Een maîtresse, die bereid is aan al mijn wensen en luimen te voldoen, en zelf ook over een levendige fantasie beschikt.' Hij knoopte zijn hemd open. 'Ik ben geen gewone man, en zou heel royaal kunnen zijn voor een vrouw die een paar kleine ongemakken over het hoofd zou willen zien om mij een plezier te doen. Houdt u zelf ook niet van een beetje variatie?'

'Hoe royaal?' vroeg Pandora, die haar lippen vol verwachting aflikte. De man had een zekere jongensachtige aantrekkingskracht. Het was al een tijd geleden dat ze haar gunsten aan zo'n jeugdige man had geschonken, maar ze had de behoefte zich weer jong te voelen.

Roger haalde een paar gouden oorbellen uit het buffet, liet ze voor haar ogen bungelen en mompelde zacht: 'Dit is maar een voorproefje. Er is veel meer, als je me kunt plezieren.'

'Deze zijn goed genoeg als voorproefje,' verzekerde Pandora hem met een warme glimlach, terwijl zij ze uit zijn hand nam. Ze deed haar eigen oorbellen af en bevestigde de zware hangers in haar oren. 'In ruil daarvoor ben ik bereid een voorproefje te geven van wat ik kan doen om een man te behagen.'

'Dat komt straks wel, schoonheid, maar eerst heb ik andere dingen op het oog.'

'Wat moeten we doen?' vroeg Adriana later op de avond toen Colton naast haar in bed lag.

Hij zuchtte diep. 'Al zie ik er nóg zo tegenop om Alice te gaan zoeken, het is waarschijnlijk de enige mogelijkheid om te bewijzen dat we wettig getrouwd zijn.'

'Denk je dat we dat zijn?'

'Dat is zo goed als zeker, liefste,' mompelde Colton. 'Pandora werd heel zenuwachtig, in het begin al, toen ik naar dominee Goodfellow informeerde, en dat bracht me op de gedachte dat hij misschien helemaal geen geestelijke was. Misschien was hij haar broer, of een of andere acteur die ze beloofd had te betalen. Ik weet niet precies wát, maar er ontgaat me iets. Vanaf het moment dat je Genies billetjes liet zien en er niet meer dan een vage vlek over was, knaagt er iets aan me, een detail dat me door het hoofd is gegaan. Maar al doe ik nog zo mijn best, het wil me niet te binnen schieten.'

'Eigenlijk is het niet fatsoenlijk om met elkaar naar bed te gaan als we niet zeker weten of we wel getrouwd zijn,' merkte Adriana een ogenblik later op, toen hij haar hartstochtelijk had gekust.

Colton keek naar haar bezorgde gezicht en grijnsde plagend. Zachtjes kneep hij in een tepel, wat een huivering van genot door haar heen liet gaan. 'Heb je nooit het gevoel gehad dat je voor één keer in je leven eens onfatsoenlijk wilde zijn, lieveling?'

Zijn tong verving zijn vinger en bewoog zich verleidelijk langzaam over de tepel, en bij het zachte aandringen van zijn hand tussen haar benen opende ze zich voor hem. Ze fluisterde in zijn oor: 'Als dit onfatsoenlijk is, liefste, dan ben ik ongetwijfeld een slecht mens, want ik ben je meest gepassioneerde slavin geworden.'

Bentley had Philana twee dagen geleden naar het huis van de Wyndhams in Londen gebracht, en de volgende ochtend begeleidde een aantal bedienden haar naar het verblijf van de Kingsley's in Mayfair, niet ver ervandaan. Ze verheugde zich niet erg erop de bezittingen van haar overleden nichtje te sorteren, maar ze wilde die beproeving liefst zo gauw mogelijk achter de rug te hebben. Als er iets was dat kon worden weggegeven, verkocht of weggegooid voordat het werd opgeslagen op de zolder of de kamers boven in het huis aan Park Lane, kon dat een hoop werk schelen.

Toen Philana de bedienden aanwijzingen gaf voor het inpakken van de familieportretten, zag ze iets dat haar deed stoppen met haar werk, en in allerijl ging ze terug naar het huis van de Wyndhams. De volgende ochtend hielp Bentley haar in de landauer, en kort voor het eten die avond arriveerde ze in Randwulf Manor. Haastig liep ze naar binnen en ging op zoek naar Colton, toen Harrison haar vertelde dat haar zoon in de bibliotheek zat te werken aan documenten die hij het parlement wilde voorleggen.

Colton had door zijn recente verwonding en zijn herstel tijdens hun huwelijksreis de vorige zittingen van het parlement gemist, en Philana wist dat hij onder druk stond om de verloren tijd in te halen. Met het oog daarop had hij ook voorbereidingen getroffen om met het gezin naar het huis in Londen te gaan, waar ze zouden blijven tot augustus, als het parlement opnieuw met reces ging.

Adriana had een gewatteerde deken uitgespreid op het oosterse tapijt in de bibliotheek en was erop gaan zitten om met Genie te spelen.

Toen Philana binnenkwam, stond Adriana onmiddellijk op, met de vrolijk kraaiende Genie in haar armen. 'Mama Philana, we hadden je pas over een paar dagen terugverwacht!'

De baby was opgetogen haar grootmoeder te zien, wier ogen strak op haar gericht waren. Ze legde een bevende hand onder het kleine kinnetje en bestudeerde het gezicht van het meisje heel aandachtig. Plotseling glinsterden er tranen in haar blauwe ogen en een opgetogen lach verscheen op haar gezicht.

'Wat heb je bij je?' vroeg Adriana, met een knikje naar het kleine, in een doek gepakte schilderijtje dat haar schoonmoeder tegen zich aan gedrukt hield.

'Een portret, lieverd, dat jij en Colton heel aandachtig moeten bestuderen voor ik je vraag of ik gek ben of niet.'

'U, gek? Nou, mama Philana, dan zijn wíj een stel doorgedraaide idioten. Vertel eens aan wat voor waanzin u denkt?'

Philana gebaarde naar de sofa. 'Alsjeblieft, gaan jullie daar zitten,' drong ze aan, en toen Adriana gehoorzaamde, zette ze het ingepakte schilderij in een oorfauteuil tegenover hen. 'Ik wil dat jullie me vertellen of je het kind op het portret herkent.'

Colton fronste zijn wenkbrauwen en bekende: 'Ik ben zóveel jaren weggeweest, moeder, dat ik me de familieleden niet goed meer voor de geest kan halen. Ik betwijfel of ik je kan helpen om de geportretteerde te identificeren.'

'Doe je best, liever,' drong ze met een zelfverzekerde glimlach aan. 'Het zal niet zo moeilijk zijn als je denkt.'

Langzaam haalde Philana de doek van het schilderij en ging nerveus een stap achteruit, om haar zoon en schoondochter in staat te stellen het schilderij rustig te bekijken. Zodra Adriana en Colton het zagen, fronsten ze hun voorhoofd en keken toen naar Philana.

'Waar heb je dat gevonden?' vroeg Colton. 'En hoe kan dat? Er is hier nooit een schilder geweest om Genies portret te schilderen.'

Philana's lippen trilden, en de tranen stroomden over haar wangen. 'Het is Genie niet, jongen.'

'Maar wie...?'

'Het is Edythe, toen ze net iets ouder was dan Genie nu.'

De mond van het echtpaar viel open van verbazing, en toen sprong Colton op van de sofa en was met twee grote stappen bij de fauteuil. Zijn vrouw volgde hem op de hielen. Hij pakte het portret op en Adriana keek over zijn arm mee.

'Ik zou kunnen zweren dat het Genie is,' verklaarde hij.

'Een hele schok als je het de eerste keer ziet, hè? En dan vraag je je af hoe iemand het portret van onze kleine schat heeft kunnen schilderen zonder dat wij het wisten. Toen de bedienden het ontdekt hadden, moest ik voor extra licht zorgen om zeker te weten dat ik niet droomde.'

Colton staarde haar verward aan. 'Maar hoe weet je zo zeker dat het Edythes portret is?'

'Haar naam en de datum staan op de achterkant, lieverd. Het is geschilderd toen ze één jaar was.'

'Wat denkt u, moeder?' vroeg Colton.

Philana aarzelde geen moment. 'Ik ben er zeker van dat Edythe vlak voordat ze stierf van Genie is bevallen. God mag weten welk wonder het kind in ons huis heeft gebracht, maar in mijn hart weet ik het zeker.'

'En het kind dat bij Edythe is gevonden?' informeerde Adriana, zich omdraaiend naar haar man. 'Denk je dat je veronderstellingen juist waren dat Alice Cobble haar kind verloor en een ander stal om aan Pandora te geven? Een levende, pasgeboren baby was de enige manier om in de wacht te slepen wat Pandora haar beloofd had. Als ze de soldaten gezien had die het rijtuig van de Kingsley's achtervolgden of het plunderden, zou ze zich hoogstwaarschijnlijk verborgen hebben, uit angst voor haar leven, en het rijtuig hebben doorzocht toen de soldaten weg waren, om te zien wat ze nog kon vinden. De dokters zeiden dat er bewijs was dat iemand Edythe had geholpen bij de bevalling nadat het rijtuig was gekanteld, omdat de navelstreng was doorgesneden en opgebonden. Als Edythe werkelijk bezig was te bevallen op het moment dat Alice het rijtuig ging doorzoeken, was Alice waarschijnlijk dol van vreugde bij het vooruitzicht een levende baby in handen te krijgen die ze aan Pandora kon geven.'

'Dat klinkt logisch,' erkende Colton, 'vooral omdat de jongen die bij Edythe werd gevonden de moedervlek van de Wyndhams op zijn billetje had. Dat is wat ik geprobeerd heb me te herinneren sinds Pandora's bezoek. De baby had die moedervlek onmogelijk kunnen hebben. Vader zou nooit met Edythe naar bed zijn gegaan, en ík zeker niet.'

Een glimlach speelde om Philana's lippen. 'Edythe was veel te veel dame en hield te veel van Courtland dat ik ook maar één moment zou geloven dat ze zoiets achter zijn rug om zou hebben gedaan. Sedgwick heeft me nooit enige reden gegeven om me te doen twijfelen aan zijn trouw. We waren altijd samen, voornamelijk op zijn aandringen. Hij vertelde me vaak dat ik net zo'n deel van hem was als zijn eigen hart.'

'Natuurlijk was u dat, mama Philana,' zei Adriana. 'Hij hield heel veel van u.'

Philana knikte. 'Alice heeft waarschijnlijk die moedervlek op het billetje van haar zoon aangebracht toen hij nog leefde, maar kon hem er niet af krijgen toen hij dood was. Als je nog twijfelt, bedenk dan maar eens hoelang het sinds het vertrek van Alice heeft geduurd voor die moedervlek bij Genie begon te verdwijnen. Het enige wat Alice trouwens interesseerde, was het geld dat haar beloofd was. Ik hoop alleen maar dat ze in haar hebzucht mijn nichtje niet vermoord heeft.'

'Onwaarschijnlijk, moeder. Vergeet niet dat Courtland en de koetsier allebei dood waren,' antwoordde Colton. 'Maar áls ze Edythe vermoord zou hebben, moet ze daarvoor boeten. Ik zal de autoriteiten waarschuwen dat ze naar die vrouw moeten uitkijken.'

'Zelfs al zou Alice Edythe vermoord hebben, dan zal ze liegen en zeggen dat ze het niet gedaan heeft,' merkte Philana op. 'En wie van Edythes familie kan bewijzen dat ze dat wél heeft gedaan? Niemand.'

'Nu we het portret hebben, zullen we tenminste enig bewijs kunnen overleggen dat Genie Edythes dochter was, en dat Alice de baby aan Pandora heeft gegeven.' Colton knikte peinzend. 'Natuurlijk, als we Alice kunnen vinden, zullen we haar leugens moeten onderzoeken om tot de waarheid door te dringen. Maar het dreigement van de strop zou haar leugenachtige tong misschien tot wat eerlijkheid kunnen dwingen.'

Philana slaakte een zucht van opluchting. 'Ik heb het gevoel dat er een zware last van mijn schouders is genomen. Al die tijd heb ik getreurd om Edythe en haar gezin, terwijl haar dochtertje hier was om me te troosten. Het is écht een wonder!'

Felicity observeerde de ingang van de molen toen de laatste werknemer vertrokken was. Toen ging ze met groeiend ongeduld op de vensterbank in de slaapkamer van haar schoonvader zitten terwijl ze wachtte op Rogers vertrek. Hij had haar verteld dat hij met de kar een boodschap ging doen zodra de molen gesloten was, en tegen etenstijd niet thuis zou zijn. Zijn afwezigheid zou haar een nieuwe kans geven om de boeken door te kijken. Er was een heel kleine mogelijkheid dat ze een belangrijke informatie over het hoofd had gezien, die zou kunnen helpen de mensen te identificeren wier initialen klopten met de boeken.

Na haar eerste speurtocht had ze gewacht op de gelegenheid om terug te gaan naar de molen en Rogers boeken te inspecteren, maar hij scheen zich niet van zijn kantoor te kunnen losrukken, alsof hij daar wilde blijven tot hij klaar was met zijn werk, wát dat ook mocht zijn. Hij had haar opdracht gegeven hem om twaalf uur zijn eten te komen brengen, maar haar weer gewaarschuwd zich niet te ver van de voordeur te verwijderen.

Toen Felicity het eten bracht, had ze toevallig tussen de boeken in de glazen kast achter zijn bureau een klein flesje zien staan met een of andere vloeistof. Roger stond op dat moment in de gang met een paar werknemers te praten, met zijn rug naar haar toegekeerd, en het had haar veilig genoeg geleken om voorzichtig naar de boekenkast te sluipen. Heel zachtjes had ze de deur geopend en het flesje in de zak van haar schort gestopt, om de kast voorzichtig weer dicht te doen. Bij zijn plotselinge nadering was ze naar buiten gehold en riep over haar schouder dat ze zijn brood was vergeten en even naar huis moest om het te halen. Thuis had ze een klein beetje van de inhoud in een schoon flesje gegoten en het oorspronkelijke flesje weer in haar zak gestopt. Toen ijlde ze terug naar de molen. Roger was nergens te bekennen toen ze het flesje in de kast terugzette. Ze liet de mand met brood op zijn bureau staan en liep haastig weer naar buiten.

Felicity was heel nieuwsgierig naar de inhoud van het flesje en was naar meneer Carlisle gegaan om hem te vragen de vloeistof zo mogelijk te identificeren. Hij had er eerst aan gesnoven en toen een minieme druppel op zijn tong geproefd. Toen had hij met een vriendelijke glinstering in zijn ogen verteld dat het laudanum was, dus heel onschuldig. Opgelucht had ze de hoop gekoesterd dat Roger zijn vader misschien toch niet vergiftigd had, ondanks haar achterdocht.

Felicity ging rechtop zitten op de vensterbank toen ze zag dat Roger eindelijk wegging. Hij leek nogal haast te hebben toen hij zijn geklede jas aantrok. Hij zette zijn voet op de grond en begon toen, na snel om zich heen te hebben gekeken, zijn bretels vast te maken.

Felicity rimpelde nieuwsgierig haar voorhoofd en vroeg zich af wat hij had gedaan. Maar ze was niet echt geïnteresseerd in zijn buitenechtelijk vermaak. Integendeel, als hij een maîtresse zou vinden die ál zijn aandacht eiste, zou ze dat alleen maar toejuichen.

Felicity wachtte een kwartier nadat de kar uit het zicht was verdwenen voor ze het eindelijk veilig achtte het huis te verlaten. Als hij iets vergeten was en gedwongen daarvoor terug te komen, of om welke andere reden ook, wilde ze niet dat hij haar met haar neus in de boeken zou aantreffen.

Felicity liep haastig over het maanverlichte erf en trok zich toen in de schaduw terug om zich ervan te vergewissen dat er niemand in de buurt was. Gerustgesteld dat ze alleen was, stak ze haar hand in de zak van haar schort en haalde de zware sleutelring eruit die ze in de secretaire in zijn slaapkamer had gevonden. Nadat ze de laatste keer stiekem in de molen was geweest, had hij nooit meer de reservesleutel in huis laten liggen. Ze had er geen meer kunnen vinden tot ze eraan dacht in Edmunds kamer te gaan zoeken.

Toen ze eindelijk de sleutel van de winkeldeur had gevonden, glipte ze naar binnen, sloot de deur achter zich en schoof de grendel ervoor. Ze deed de luiken voor de ramen dicht, want ze wilde niet betrapt worden als Roger eerder terugkwam dan verwacht. Ze inspecteerde de sleutels weer tot ze de sleutel van de achterdeur had gevonden, en dus een vluchtweg had.

Ze stak de lantaarn aan die boven het bureau hing, en even later was ze volkomen verdiept in de boekhouding. Ze constateerde dat er nog meer uitgaven waren ingeschreven, en deze keer exorbitante bedragen. Ernaast stonden de initialen E.R. Ze zag ook dat een kleiner bedrag, op zichzelf nog aanzienlijk genoeg, was vermeld met de initialen M.T. Maar hoe vaak ze de boeken ook controleerde, ze kon de bijpassende namen niet vinden.

Rusteloos ijsbeerde ze door het kantoor. E.R.! M.T.! Wie waren die mensen aan wie haar man zulke grote bedragen betaalde uit de opbrengsten van de spinnerij? Als het voor het meubilair was of voor de nieuwe kamer, had er een ontvangstbewijs moeten zijn met een naam erop.

Ze ging terug naar het bureau, steunde met haar handen op de rand, staarde naar het boek, haar hersens afpijnigend, en ging in gedachten de lijst van Rogers kennissen na. Feitelijk had hij geen vrienden. Het moesten betalingen zijn aan bekende zakenrelaties voor bewezen en geheimgehouden diensten. Maar ook dan wist ze zich niemand te herinneren wiens naam overeenkwam met de vermelde initialen.

'E.R. en M.T.,' siste ze, kwaad op zichzelf omdat ze geen enkele aanwijzing kon vinden voor de identiteit van die twee. 'E.R.... E.R.... E.R.... Elston?, Roger?'

Hoewel ze wist dat het maar een heel kleine mogelijkheid was dat het Rogers initialen waren, in omgekeerde volgorde, probeerde ze toch te bedenken of ze iemand wist met de omgekeerde initialen T.M. De enige naam die haar te binnen schoot, was die meneer Carlisle had genoemd, Thaddeus Manville, de apotheker uit Londen. En toevallig ging Roger heel graag naar Londen, en Manville had een voorkeur voor Elstons wollen stoffen. Of was dat wel zo?

Een doffe klap ergens vlakbij deed Felicity's hart even stilstaan van de schrik. Haastig draaide ze de olielamp uit en kroop naar het raam aan de voorkant, waar ze door een kier in de luiken naar buiten keek. Maar hoe ze ook in de duisternis tuurde, Rogers kar was nergens te bekennen. Een tweede bons maakte dat ze zich met een ruk omdraaide, toen ze besefte dat ze de richting waaruit de eerste klap kwam, verkeerd had ingeschat.

Voorzichtig, op haar tenen, liep ze de gang in, half bevreesd dat Roger om de molen heen was gereden en aan de achterkant was binnengekomen. 'Roger? Ben jij dat?'

Weer stond haar hart bijna stil toen een volgende bons de doodse stilte verstoorde. Het leek uit Rogers pas ingerichte privé-vertrek te komen, een kamer die ze nooit had mogen zien, laat staan er binnenkomen. Ze kroop naar de deur en bewoog de knop op en neer. Prompt hoorde ze aan de andere kant drie luide bonzen tegen de deur.

Twee dagen geleden had Felicity het verzoek van Roger gekregen om naar het bierhuis te gaan en een kruik bier voor hem te halen. Toen ze terugkwam, zag ze hem met opgeheven armen voor de deur van zijn nieuwe kamer staan, zijn hand op het lijstwerk boven de deur. Ze had genoeg gezien om te weten dat hij iets op die smalle houten rand had gelegd. Het was duidelijk genoeg... wat zou hij daar anders verbergen dan een sleutel? Misschien was het maar goed dat ze zich dat voorval niet onmiddellijk had herinnerd, anders zou ze al geconfronteerd zijn geweest met degene die in die kamer zat opgesloten.

Nieuwsgierigheid kon levensgevaarlijk zijn. Felicity was zich daar heel goed van bewust. Ze vroeg zich af of ze het gebons moest negeren en verdergaan met de boeken, of ontdekken wie Roger in zijn privé-vertrek gevangen had gezet. De beslissing was niet moeilijk, zeker niet voor iemand die wist hoeveel slechtheid er school achter dat knappe, jongensachtige gezicht. Ze móest uitzoeken wat hij deze keer in de zin had.

Ze schoof een stoel naar de deur en ging erop staan. Met haar vingers gleed ze langs de bovenlijst en vond meteen wat ze zocht. 'Net erg slim van je, Roger!'

Vastbesloten achter de identiteit te komen van degene die zat opgesloten, pakte ze een lantaarn en zette die op de zitting van de stoel, zodat ze voldoende licht had terwijl ze probeerde de sleutel in het slot te steken. Haar bevende vingers hinderden haar, maar ze móest weten wat en wie zich in de verboden kamer bevond.

Ze stak de sleutel in het slot, draaide hem één keer om, hoorde een klik toen het slot opensprong en wilde juist de knop pakken toen de deur openzwaaide. Vrijwel onmiddellijk kwam er een vrouw naar buiten gestruikeld. Ze was spiernaakt en had verwarde lange haren die bijna tot haar middel reikten. Haar gezicht en lichaam zaten onder de blauwe plekken. Aan de binnenkant van haar dijen zat opgedroogd bloed, en Felicity rilde van angst bij het zien ervan. Ze twijfelde er niet aan of Roger was daarvoor verantwoordelijk.

'Help me,' smeekte de verward kijkende vrouw wanhopig. 'Alstublieft, help me te ontsnappen aan die walgelijke krankzinnige. Hij zal me waarschijnlijk vermoorden als ik blijf.'

'Wie bent u?' vroeg Felicity, volkomen verbijsterd door hetgeen ze zag. 'Waarom bent u hier?'

'Ik ben Pandora Mayes, een actrice uit Londen,' legde de vrouw uit, op de rand van tranen. 'Ik kwam gisteren naar de molen om een sjaal te kopen. Of was het verleden jaar? Het lijkt wel of er sindsdien een eeuwigheid is verstreken.' Ze huiverde van afkeer. 'De molenaar zei dat hij me de sjaal zou geven als ik een beetje vriendelijk voor hem was, maar ik had geen flauw idee wat hij in ruil daarvoor van me zou eisen of dat hij me hier gevangen zou houden om dag en nacht te kunnen dienen om zijn krankzinnige geneugten op uit te leven. Hij dwong me wat laudanum te drinken voor hij me gisteravond alleen liet, maar ik geloof dat ik tóch niet had kunnen ontsnappen, niet na wat hij met me gedaan had. Ik ben nog nooit in mijn leven zó verkracht en misbruikt, en ik dacht dat ik dood zou gaan voor hij met me klaar was. Ik ben zo bang geweest, en ik schaam me te veel om te kunnen vertellen wat hij deed.' Ze rilde zó krampachtig dat het leek of ze een stuip kreeg. 'Ik moet hier weg voordat hij terugkomt, anders vermoordt hij me. Ik weet het zeker! Toen hij wegging, verzekerde hij me dat hij vanavond terug zou komen om af te maken waar hij mee begonnen was. Hij zei dat bij een boodschap moest doen en dan terugkwam. Omdat ik wist dat hij een tijdje weg zou blijven, waagde ik het erop om op de deur te bonzen, in de hoop dat iemand me zou horen. Ik móet hier weg. Het is niet te zeggen wat hij nog allemaal zal doen als ik geen manier kan vinden om te ontsnappen.'

De lichamelijke toestand van de actrice en haar angst bij het idee dat ze weer in Rogers handen zou vallen, confronteerde Felicity met het besef dat haar man haar in vergelijking daarmee tamelijk goed had behandeld. Omdat ze wist hoe moeilijk het voor haarzelf was geweest om zijn misbruik te verdragen, werd ze bevangen door medelijden, en ze zocht naar een manier om de vrouw te helpen ontsnappen, waarbij ze dacht aan haar grootvader.

Ze legde een hand op de arm van de vrouw. 'U kunt hier niet vandaan zonder kleren. Hebt u die?'

'De molenaar weigerde ze terug te geven. Hij zei dat ik me moest wassen en parfum moest opdoen voor hij terugkwam, maar ik heb geen van beide gedaan.'

'Ik zal gauw teruggaan naar huis om wat kleren te halen. En u kunt zich intussen beter wassen. U... eh... ruikt... misbruikt.'

'Ik bén misbruikt, vele malen zelfs... door die *smerige rat*!'

'Maakt u zich zoveel mogelijk gereed terwijl ik weg ben,' drong ze aan. 'Ik kom direct terug met iets wat u kunt aantrekken. Mijn grootvader heeft vrienden die u veilig naar Londen zullen brengen, maar u moet vanaf hier zelf de helling op lopen. Hebt u schoenen?'

'Het enige wat die ellendige geilbek voor me heeft achtergelaten,' zei Pandora sarcastisch.

Felicity rende terug naar huis, maar toen ze terugkwam met de kleren, zag ze in haar haast de kar niet die aan de andere kant van de molen geparkeerd stond. Ze rukte de deur van het kantoor open en holde naar binnen. Op hetzelfde moment besefte ze dat Roger midden in de kamer stond met over elkaar geslagen armen en een dreigende blik. Ze gaf een angstige gil, draaide zich met een ruk om en deed een wanhopige poging om te vluchten. Onmiddellijk kwam hij achter haar staan en greep met een hand haar haar vast.

'Zo, duifje van me, je was nieuwsgierig, hè?' gromde hij in haar oor. 'We zullen met z'n allen een glas port drinken terwijl ik bedenk wat ik met jullie moet doen. Natuurlijk zou ik jullie allebei mee kunnen nemen naar Londen en aan de bordelen daar verkopen...' Hij grinnikte vals toen Felicity met een beschermend gebaar haar handen voor haar buik sloeg. 'Je bent zó bevallig en aantrekkelijk, liefje, dat je ons wurm waarschijnlijk zou verliezen voordat de eerste week voorbij was. De mannen zullen beslist verrukt zijn met zo'n verleidelijk hapje, zelfs al verwacht je een kind.'

Hij sleurde haar de kamer door en grijnsde geamuseerd toen ze ongracieus in een stoel naast Pandora terechtkwam, die letterlijk piepte van angst.

Roger deed zijn privé-vertrek op slot, schoof de grendel voor de voordeur en zette de luiken vast. 'We kunnen bij een glas port bespreken waar ik jullie mee naartoe zal nemen, dus loop alsjeblieft niet weg terwijl ik die ga halen, dames. Mochten jullie het tóch wagen, dan beloof ik je dat jullie die ongehoorzaamheid hevig zullen berouwen. Ik heb een wreed instrumentje, dat een prikkelroede wordt genoemd. De scherpe metalen punten aan het eind ervan scheuren de huid van je rug.'

Hij verdween en kwam na een tijdje terug met drie roemers. Tussen de vingers van één hand hield hij de stelen van twee roemers vast, terwijl hij een derde aan zijn lippen bracht en op zijn gemak eruit dronk. Hij hield de slok even in zijn mond en rolde met zijn ogen alsof hij hemelse vreugde genoot, en glimlachte toen hij de drank ten slotte doorslikte.

'Goddelijk, al zeg ik het zelf,' pochte hij.

Hij stak zijn hand met de twee glazen uit naar Pandora. Ze durfde niet te weigeren en pakte er een aan.

'Je hoeft niet zo bang te zijn, liefje. Drink de port. Die zal je moed geven. Wie weet? Misschien krijg ik wel medelijden met je en maak ik af waarmee ik eerder begonnen ben. Mijn vrouw kan wel een paar lesjes gebruiken in de kunst hoe je een klant gelukkig moet maken, voor ze gedwongen wordt aan diverse verzoeken gehoor te geven.'

Roger ging voor Felicity staan en bood haar het laatste glas aan. 'Je bent echt heel mooi, liefje,' peinsde hij hardop, terwijl hij haar wang liefkoosde. 'Het zal me aan het hart gaan om je mee naar Londen te moeten nemen. Per slot van rekening heb ik van je gehouden... op míjn manier... maar natuurlijk niet zoveel als van lady Adriana.'

Pandora slaakte een kreet en keek verrast naar hem op, wat een nieuwsgierige glimlach bij de molenaar wekte. Onmiddellijk sloeg ze haar ogen neer.

'Ah, het schijnt dat je bekend bent met lady Adriana. Hoe?' Toen ze geen antwoord gaf, boog hij zich naar haar toe en schreeuwde: *'Hoe ken je haar, sloerie? Je bent niet eens van adel!'*

'L-lord Col-Colton. Ik heb hem... een tijdje... gekend.'

'Ik neem aan dat dat was voordat hij terugkwam en met de mooie Adriana trouwde...'

'J-ja, ik heb haar p-pas gisteren ontm-moet, of misschien eergisteren. Ik k-kan het me n-niet herinneren,' stotterde Pandora. 'Ik heb haar n-nooit gezien of v-van haar g-gehoord tot ik eergisteren naar Randwulf Manor ging.'

'Een vorstelijke schoonheid, hè?' zei Roger peinzend. 'Ik had bijna van haar lichaam geprofiteerd, maar de lord stoorde me voor ik mezelf aan haar kon opdringen. Natuurlijk zal ik nooit vergeten hoe ze me geslagen heeft voordat hij kwam. Binnenkort, heel binnenkort, zal ik haar laten bloeden en me om genade laten smeken, en dan zal ik haar alles laten doen wat ik wil. Ze zal er spijt van krijgen dat ze me toen niet mijn gang heeft laten gaan.'

Felicity keek van terzijde naar Pandora toen de bevende vrouw het wijnglas aan haar lippen bracht. Even wisselden ze een blik uit, en Felicity schudde waarschuwend haar hoofd. Roger boog zich met een glimlach naar haar toe.

'Wat is er, liefje? Ben je jaloers?' Hij meesmuilde. 'Dat hoeft niet. Die meid betekent niets voor me, gewoon een speeltje om de avond mee door te komen. Ik zou bij jou zijn teruggekomen als ik genoeg van haar had. En dat zou niet lang meer geduurd hebben, geloof me. Dat voortdurende gejank en gesmeek werkte op mijn zenuwen.'

'Wil je me werkelijk naar een bordeel in Londen brengen, Roger?' vroeg Felicity. Ze was verbaasd dat ze de woorden uit haar mond kon krijgen. Ze was nog nooit in haar leven zó bang geweest. 'Dat zou waarschijnlijk betekenen dat ik het kind zou verliezen.'

Hij wuifde achteloos met zijn hand, alsof het iets was waar hij niets mee te maken had. 'Ik geef niet om kinderen, maar jou zal ik tot op zekere hoogte missen. Ik houd van mooie vrouwen, en jij bent een van de mooiste, dat moet ik toegeven.'

'Maar niet te vergelijken met lady Adriana,' zei ze nijdig, alsof dat haar werkelijk ergerde.

'O, ik zie dat je écht jaloers bent, mevrouw Elston,' kraaide hij, en grinnikte alsof dat idee hem amuseerde. 'Je was beslist jaloers toen lord Colton zijn aandacht op haar richtte, nietwaar? O, ik weet dat je die man adoreerde, kindlief, maar een dezer dagen zal het hem spijten dat hij ooit uit de oorlog is teruggekeerd. Ik ben van plan zijn ballen aan een spies te roosteren, en dan zal ik Adriana bestijgen zo vaak ik maar wil, terwijl hij moet toekijken. Dat ben ik hem schuldig vóór ik hem vermoord.'

Felicity kon het niet nalaten te vragen: 'Haat je iedereen, Roger?'

'O, nee, jou haat ik niet. Adriana ook niet. Heb ik je niet goed behandeld en op mijn manier van je gehouden?'

'Op jouw manier?' vroeg Felicity ongelovig. 'Me pijn doen zodra je me maar aanraakte? Noem je dat liefde?'

Hij maakte een arrogant gebaar. 'Er zijn mensen die ik wél haat. Sommigen heb ik handig uit de weg geruimd, zonder dat iemand het ooit heeft geweten. Anderen krijgen nog met mijn wraak te maken. Ik had lord Colton een keer in het vizier na een aantal mannen bijeen te hebben gebracht om me te helpen. Maar hij bleef leven, ondanks het gat dat ik in zijn rug maakte, en trouwde diezelfde avond nog met Adriana. Ik haatte hem daarom! Ik haatte zijn vader vóór hem, en heb wraak op hem genomen, heel subtiel, maar dat doet nu niet terzake. Wat ik nu op dit moment moet beslissen, is wat ik met jullie ga doen.'

Roger liep naar de andere kant van de zaak, zodat Felicity de kans kreeg de inhoud van haar roemer in een hoge, koperen ketel te gieten die naast haar stond. Pandora draaide haar hoofd om te zien wat ze deed, en keek toen even spottend over de verspilling van goede port. Voordat Felicity de kans kreeg haar tegen te houden, hief de actrice haar eigen glas op en dronk het in één teug leeg. Felicity staarde haar verlamd van angst aan, in de overtuiging dat ze zojuist een dodelijke dosis arsenicum had ingeslikt.

De molenaar draaide zich om en toen hij hun lege glazen zag, zette hij zijn eigen glas neer. 'Het is tijd om jullie te begeleiden naar de plaats waar ik ook van plan ben jullie heen te brengen.' Hij wees naar het nachthemd en de cape die van Felicity's arm waren gevallen. 'Die zou ik onze lieve Pandora maar laten aantrekken. Als we iemand tegenkomen, zou het moeilijk uit te leggen zijn waarom ik een naakte vrouw in de achterbak van mijn kar heb.'

Pandora hees zich met moeite in het nachthemd en wikkelde de cape om zich heen. Toen hij zwijgend gebaarde dat ze naar de deur moest lopen, gehoorzaamde ze angstig. Felicity volgde haar, en even later klommen ze samen in de kar, terwijl Roger de teugels pakte.

Het duurde niet lang voordat Felicity besefte dat ze niet naar Londen reden, maar in westelijke richting, naar het heuvelachtige gebied. Het was een gebied waar Roger zich betrekkelijk gemakkelijk van hen kon ontdoen en waar ze niet gauw gevonden zouden worden. Als ze er niet in slaagde levend aan hem te ontkomen, zou het waarschijnlijk weken duren, misschien zelfs maanden, voordat iemand hun lijken zou vinden.

Naast haar begon Pandora te kermen en te kreunen. Felicity deed haar zo goed mogelijk na; ze durfde niet anders. Toen ze het sadistische gelach van haar man hoorde, liepen de rillingen over haar rug bij zijn gevoelloosheid. Met al zijn gepraat over zijn liefde voor haar leek hij uiterst geamuseerd over de gedachte dat het hem gelukt zou zijn haar te vergiftigen. Ze hoopte maar dat hij dat geloofde, want waarschijnlijk zou het de enige mogelijkheid zijn om te ontsnappen. Het hing er allemaal van af wat haar man van plan was met hen te doen nádat hij tot de slotsom was gekomen dat ze dood waren. Ze was niet bepaald gelukkig bij het vooruitzicht eventueel levend te worden begraven, maar Rogers aversie tegen afmattend werk kennende, bestond er een grote kans dat hij hen gewoon ergens aan de kant van de weg zou neergooien. Ze bad in stilte dat het zo zou gaan en dat ze niet lang nadat hij weg was hulp zou kunnen vinden.

Pandora hield eindelijk op met kreunen, en weer volgde Felicity haar voorbeeld. Heel voorzichtig stak ze haar hand uit en voelde de pols van de actrice. Ze voelde geen polsslag en kon alleen maar aannemen dat de ander gestorven was door de port die Roger had vergiftigd.

In een voor Felicity volkomen onbekend gebied stopte Roger ten slotte, sleurde Pandora naar het achterste eind van de kar en gooide haar op de grond. Hij pakte haar polsen beet en sleepte haar de weg af, langs een hoge helling. Felicity vermoedde dat die evenwijdig liep met een beek of misschien zelfs de rivier de Avon. In de verte meende ze het gekabbel te horen van snelstromend water.

Terwijl haar man druk bezig was zich te ontdoen van Pandora, scheurde Felicity een klein stukje van haar chemise af en stopte dat in haar mond. Ze hoopte vurig dat het voldoende zou zijn om elke kik te smoren die ze eventueel zou uiten als Roger haar op de grond liet vallen. Als Roger er niet volkomen van overtuigd was dat ze dood was, zou ze geen uur meer te leven hebben.

Roger richtte zich op toen hij een plek had gevonden die geschikt was voor zijn doel. Hij zette zijn voet schrap tegen Pandora's heup en liet haar van de helling rollen. Even later bewees een plons in de verte dat haar lichaam in de stroom onder in het ravijn was gevallen.

Felicity's hart bonsde hevig toen Roger een hand om haar enkel klemde en haar naar zich toe trok. Hij sjorde haar rond tot ze evenwijdig met de rand van het ravijn lag. Ze hield doodsbang haar adem in, vreesde de val naar beneden en bad dat zij en haar baby het zouden overleven.

Roger boog zich over haar heen, schoof zijn armen onder haar lichaam en tilde haar op in zijn armen. Felicity voelde zich wat hoopvoller. Ze was veel kleiner en tengerder dan de actrice, dus misschien dacht Roger dat ze beter te hanteren zou zijn als hij haar gewoon droeg.

Maar Roger bracht haar naar de plek waar hij Pandora naar beneden had gegooid. Blijkbaar wilde hij haar op dezelfde manier kwijtraken. Ze moest zich dus voortdurend inprenten dat ze zich volkomen roerloos en slap moest houden. Eindelijk stond hij stil bij een hoogte langs een kabbelende beek. Ze had geen idee hoe hoog en hoe steil de helling zou zijn, noch hoe groot de afstand was naar het water. Ze kon alleen maar hopen dat ze nog zou leven als ze ten slotte beneden lag.

Een tijdje bleef Roger lachend staan, terwijl Felicity vurig hoopte dat, wát hij ook van plan was, ze niet zou verdrinken.

Al deed ze nog zo haar best zich voor te bereiden op wat komen ging, toch raakte ze bijna in paniek toen hij haar heen en weer zwaaide om vaart te krijgen. Toen liet hij haar plotseling los, en ze voelde zich door de lucht suizen.

Ze was zó bang dat ze op het punt stond wild met haar armen en benen te gaan zwaaien, in een poging op de een of andere manier haar evenwicht te hervinden, maar ze wist dat in het licht van de maan elke beweging zichtbaar zou zijn, en het haar uiteindelijke ondergang zou betekenen. Als Roger iets zag dat zelfs maar in de verste verte verdacht was, zou hij achter haar aan komen. En dus hield ze zich zo slap mogelijk... Of ze levend of dood zou zijn als ze ten slotte neerkwam, wist ze niet.

Ze kwam op zachte grond terecht, maar toen ze holderdebolder langs de helling gleed, botste ze met haar buik vooruit tegen een grote kei. Als ze die doek niet in haar mond had gepropt, zou ze hardop hebben gekokhalsd. Een felle pijn schoot door haar heen, en op hetzelfde moment voelde ze iets vochtigs tussen haar benen druipen, en wist ze dat Roger er ten slotte in geslaagd was haar baby te vermoorden!

Het duurde heel lang voordat Felicity zich ertoe kon brengen iets te bewegen. Ze was bang dat elk bot in haar lichaam gebroken was. Maar toen ze in de verte een geratel hoorde en het geluid van hoeven op de weg, wist ze dat Roger was vertrokken en dat ze nu de prop uit haar mond kon halen. Ze deed het en moest prompt overgeven. Bij elke spastische beweging vloeide het bloed rijkelijker uit haar lendenen, maar nu was het warm en kleverig. Ze wist dat het bloed moest zijn, en dat ze, als ze niet heel gauw hulp vond, waarschijnlijk dood zou bloeden. Op de een of andere manier moest ze weer langs de helling omhoog klauteren naar de weg en erop vertrouwen dat er iemand langs zou komen en zich over haar zou ontfermen voor het te laat was.

Riordan Kendrick zat somber in een hoek van zijn landauer terwijl hij door het raam naar buiten staarde in de duisternis. Sinds Adriana's huwelijk met Colton had hij niets gevoeld voor de bijeenkomsten van vrienden en kennissen, maar vanavond was hij eindelijk bezweken voor Percy's aandringen om het echtpaar gezelschap te houden tijdens het diner.

Riordan wreef over zijn borst en wenste dat hij die afschuwelijke leegte kon opvullen waar eens een hart vol leven... en hoop had geklopt. Hij was verstandig genoeg om te weten dat hij Adriana moest vergeten en een andere vrouw moest zoeken die hij zou kunnen liefhebben. Maar geen van de beschikbare meisjes trok hem aan. Hij had intens veel van Adriana gehouden en zou waarschijnlijk altijd van haar blijven houden, maar ze was nu van een ander die zijn grote liefde voor haar had bewezen. Colton scheen inderdaad bereid te zijn geweest zijn leven op het spel te zetten voor hun verbintenis, en dus verlangde de bedroefde Riordan naar de vrouw van een andere man, een man die hij bewonderde en respecteerde... en benijdde.

Riordan fronste verbaasd zijn wenkbrauwen toen de koetsier plotseling midden op de weg stopte. 'Wat is er, Matthew?' vroeg hij, toen zijn koetsier het kleine raampje boven de voorste bank opende. 'Waarom sta je stil?'

'Er ligt iemand aan de kant van de weg, milord, en als mijn ogen het goed zien, is het een blonde dame. Misschien is ze wel dood... of ernstig gewond. Zal ik uitstappen en gaan kijken, milord?'

'Nee, blijf zitten, Matthew. Ik doe het zelf wel.'

Riordan opende het portier van het rijtuig en stapte uit. Hij liep langs de landauer naar voren en bleef even staan bij de achterbok, om een lantaarn en aanwijzingen van de koetsier in ontvangst te nemen. Met de omhoog geheven lantaarn liep hij naar de roerloze gestalte, speurend naar een teken van leven. Maar hij kon niet de geringste reactie ontdekken in de vrouw die in elkaar gerold langs de weg lag. Voorzover hij kon zien was ze al dood, of althans bewusteloos.

Hij hurkte naast haar neer, tilde een slanke hand op en pakte haar pols. De hartslag was heel zwak, maar voelbaar, en hij draaide haar op haar rug.

'Mevrouw Elston!' riep hij uit toen hij Samuel Gladstones kleindochter herkende. Hij herinnerde zich nog levendig dat hij de mooie jonge vrouw een aantal maanden geleden had leren kennen toen hij de molenaar een bezoek bracht. Hoewel hij zich toen nauwelijks bewust was van enige andere vrouw dan zijn beeldschone Adriana, was Felicity's schoonheid hem toen toch opgevallen. Later had hij gehoord dat Samuels kleindochter was getrouwd met de jonge molenaar, dezelfde proleet die tijdens het herfstbal zo onbeschoft en bezitterig was geweest ten opzichte van Adriana.

Een opgedroogd straaltje bloed was uit haar mondhoek gedropen en ze had een grote blauwe plek op haar wang en voorhoofd. Hoewel hij haar zachtjes heen en weer schudde, kreeg hij geen reactie, zelfs geen trilling van een ooglid.

Hij boog zich over haar heen, schoof één arm onder haar rug en de andere onder haar knieën, tot hij besefte dat haar rok doorweekt was. Zijn bezorgdheid nam toe toen hij besefte dat het bloed was. De binnenkant van de pijpen van haar onderbroek waren doordrenkt van een dikkere, donkerder substantie, en toen hij een hand op de zachte welving van haar buik legde en erop drukte, deed de daaropvolgende stroom bloed hem beseffen dat zijn ervaring om wonden te verbinden zich niet uitstrekte tot miskramen.

Hij bond haar rok rond haar onderlichaam, tilde haar op in zijn armen en liep haastig terug naar het rijtuig. 'Laat die lantaarn maar, Matthew. Breng ons zo snel mogelijk naar huis. Dr. Carroll moet onmiddellijk gewaarschuwd worden. Mevrouw Elston is bezig haar baby te verliezen, en als ze niet gauw hulp krijgt, zal ze waarschijnlijk doodbloeden.'

Toen ze aankwamen in Harcourt Hall, droeg Riordan Felicity snel uit het rijtuig, vroeg de koetsier zo vlug mogelijk de dokter te gaan halen en haastte zich toen naar binnen. Hij riep zijn huishoudster, mevrouw Rosedale, om meteen te komen, holde met twee treden tegelijk de trap op en duwde met zijn brede schouder te deur open van een slaapkamer in de gang maast zijn eigen suite. Dienstmeisjes kwamen achter de huishoudster de kamer in. Mevrouw Rosedale stuurde Riordan weg toen de meisjes begonnen om de jonge vrouw uit te kleden. Toen ze Felicity hadden gewassen en de minder ernstige maar nog steeds bloedende wonden hadden verbonden, legden ze nog meer handdoeken en lakens klaar, in afwachting van de dokter.

Dr. Carroll arriveerde in het rijtuig en raakte buiten adem door de haast waarmee lord Riordan hem mee de trap op nam. Maar toen hij in de kamer kwam waar de jonge vrouw lag, rolde hij zijn mouwen op, waste zijn handen en ging meteen aan het werk.

Een paar uur later stroomden de tranen nog over Felicity's wangen toen Riordan eindelijk in de kamer werd toegelaten bij zijn bedlegerige gaste. Verlegen kroop Felicity verder weg onder de gewatteerde damasten sprei en deed haar best om dapper te lijken.

'Ik ben u heel veel dankbaarheid verschuldigd omdat u me hebt gevonden en mijn leven hebt gered, milord,' zei ze met een zwak stemmetje.

Riordan trok een oorfauteuil naast het bed, pakte glimlachend haar hand en legde zijn andere hand erop terwijl hij haar corrigeerde. 'Ik vrees dat die eer mij niet toekomt, mevrouw Elston. Mijn koetsier was degene die u aan de kant van de weg zag liggen, en wat het redden van uw leven betreft, dat heeft de dokter gedaan. Maar ik heb een man naar Bradford gestuurd om uw man te verwittigen dat u hier bent.'

'O, nee!' Felicity schoot dodelijk verschrikt overeind. 'Roger zal me vermoorden, zoals hij al heeft geprobeerd.'

Riordan leunde achterover in zijn stoel, verbijsterd door haar woorden. 'Maar, mevrouw Elston, waarom denkt u dat? Wat zou u in vredesnaam gedaan kunnen hebben om een man zo woedend te maken dat hij zou proberen u te vermoorden?'

'Roger was zeer beslist niet kwaad toen hij zijn voorbereidingen trof om me te vermoorden, milord,' zei Felicity, die de sprei weer tot aan haar kin omhoogtrok. 'Hij pleegde zijn misdaden alsof hij genoot van de uitdaging. Hij ging koelbloedig en methodisch te werk in alles wat hij deed. Als ik niet was gaan vermoeden dat hij bezig was zijn vader te vergiftigen, zou ik nu hoogstwaarschijnlijk ook dood zijn.'

'Ook? Is er iemand gestorven?'

'Roger heeft vanavond een actrice vermoord op dezelfde manier waarop hij probeerde zich van mij te ontdoen.'

Riordan trok zijn wenkbrauwen op en overlegde bij zichzelf of hij de beschuldigingen kon geloven die ze tegen haar man had geuit. 'Kunt u het iets verder uitleggen, madam?'

Tranen vertroebelden Felicity's ogen toen ze vertelde wat er die avond gebeurd was. Ernstig haalde Riordan een zakdoek uit zijn zak en drukte die in haar trillende handen, terwijl hij aandachtig luisterde. Ten slotte kwam Felicity aan het eind van haar verhaal.

'Vlak bij de plaats waar u me hebt gevonden, is een beek, of een rivier. Als u daar terugkeert, zult u het lichaam vinden van de vrouw die Roger vergiftigd heeft. Het is nog steeds moeilijk me voor te stellen dat ik al die tijd met een sadistische waanzinnige heb geleefd, maar dat is vanavond pijnlijk duidelijk geworden. Het is niet te zeggen hoeveel mensen hij nog meer heeft vermoord sinds hij hier is komen wonen.'

Riordan was volkomen verbijsterd door de misdaden van de molenaar. 'Ik moet onmiddellijk iemand naar de autoriteiten sturen om hen op de hoogte te brengen van de misdaden van uw man, mevrouw Elston. Hopelijk kunnen ze het lichaam van de vrouw vinden voordat Roger bericht krijgt dat u nog in leven bent, en dat hij teruggaat naar het ravijn om het lijk van de vrouw te verbergen. Als hem dát lukt, zou hij gemakkelijk onder ede kunnen verklaren dat u om wat voor reden ook hebt gelogen. Dat mag niet gebeuren.' Riordan liep doelbewust naar de deur, terwijl hij over zijn schouder zei: 'U kunt er zeker van zijn, mevrouw Elston, dat u veilig bent zolang u in Harcourt Hall bent. Niemand zal u iets kunnen doen terwijl u onder mijn bescherming staat.'

Het duurde even voor Riordan terugkwam en bij Felicity's bed bleef staan. 'U zei dat u was gaan vermoeden dat Roger zijn vader vergiftigde. Hoe bent u op dat idee gekomen?'

'Ik had gezien dat meneer Elstons vingernagels vreemde strepen vertoonden en dat zijn huid onnatuurlijk en schilferig was. Ik vroeg Phineas Carlisle, de apotheker, of hij ooit zulke symptomen had gezien, en hij vertelde me dat hij eens een jonge vrouw had gewaarschuwd voor de gevaren van kleine doses arsenicum om de huid blanker te maken. Later, tijdens haar begrafenis, zag hij dat haar vingernagels strepen vertoonden en haar huid schilferig was.'

'Vreemd, maar toen ik wijlen lord Randwulf op zijn ziekbed bezocht, herinner ik me dat ik me afvroeg wat voor ziekte de strepen op zijn nagels zou kunnen veroorzaken. Ik was er eerder geweest voor een onverwachte zakelijke kwestie, toen lord Randwulf zijn nagels liet polijsten. Toen vertoonden ze geen strepen. Later pas, toen hij met een vreemde ziekte in bed lag, zag ik het verschil. Feitelijk is hij op een geheimzinnige manier gestorven. De artsen konden de oorzaak niet vaststellen, al was hij al verscheidene maanden ziek. Denkt u dat Roger hem vergiftigd kan hebben?'

Haar mond en keel waren kurkdroog, waardoor ze moeite had hem te antwoorden. Zich excuserend voor het uitblijven van een rechtstreeks antwoord, pakte ze het glas water dat op haar nachtkastje stond. Tot haar ergernis was ze gedwongen de sprei vast te grijpen toen die, samen met haar veel te grote nachthemd, weggleed van haar boezem. Diep blozend klemde ze de sprei onder haar kin, in de hoop dat hij niet slecht over haar zou denken. 'Neem me niet kwalijk, milord, het nachthemd is zó groot en onhandelbaar, dat ik het niet op zijn plaats lijk te kunnen houden...'

Riordan grinnikte. Hij was uiterst tevreden over de glimp die hij van haar borst had opgevangen. Het stelde hem gerust dat er nog steeds veel leven in hem school en hij nog steeds verlangend was naar een vrouw die zijn mannelijke behoeften kon bevredigen. 'Dat moet ook wel, mevrouw Elston. Het is van mij.'

'O, ja, ik begrijp het.'

'Maar gaat u verder,' drong hij sussend aan, toen hij zag hoe verlegen ze zich voelde. Maar de roze blos op haar wangen was hem niet ontgaan. 'Ik vroeg u of u denkt dat Roger de oude lord Randwulf kan hebben vergiftigd.'

De damasten sprei onder haar kin stevig vasthoudend, probeerde Felicity haar gedachten te ordenen. 'Roger zei dat hij wraak had genomen op lord Coltons vader. Als Roger werkelijk dacht dat de oude lord Randwulf hem in de weg stond bij zijn pogingen Adriana te krijgen, dan geloof ik dat hij vérgaande middelen heeft gebruikt om de man uit de weg te ruimen. Hij lijkt graag vergif te gebruiken, en ik heb in zijn boeken gezien dat hij een Londense apotheker, Thaddeus Manville, enorme bedragen heeft betaald, waarmee hij ongetwijfeld het zwijgen kocht van die man en er tegelijk voor zorgde dat zijn voorraad vergif op peil bleef.'

'Ik zal dit aan lord Colton moeten vertellen,' zei Riordan. 'Roger wilde lady Adriana absoluut voor zichzelf hebben, en als hij bereid was anderen te vermoorden, dan geloof ik zonder meer dat hij ook geprobeerd heeft zijn grootste obstakel uit de weg te ruimen voordat lord Colton uit de oorlog terugkwam... en dat zou lord Sedgwick zijn geweest.'

'Ik vind het verbluffend dat zoveel mannen lady Adriana wilden hebben,' zei Felicity peinzend. 'Ik vrees dat ik jaloers was en niet erg aardig. En nu lijkt mijn leven voorbij te zijn.'

'Onzin,' antwoordde Riordan, en hij grinnikte zachtjes toen hij haar slanke vingers met zijn hand omvatte. 'U hebt uw hele leven nog voor u, en als er één ding is waarop ik durf te wedden, dan is het op de veerkracht van Samuel Gladstones nakomelingen. Het verbaast me hoe voortreffelijk uw moeder de molen weet te leiden, en met een rustige doelmatigheid de scepter zwaait over Stanover House, maar daarbij toch nog de tijd vindt om haar vader te verzorgen.'

'Mijn moeder is een uitzonderlijke vrouw,' gaf Felicity toe. 'Ik wilde dat ik meer op haar leek.'

'Dat zal ongetwijfeld gebeuren. U moet alleen weer op de been zien te komen. Ik weet dat het niet iets is wat een vrijgezel met een jonge vrouw hoort te bespreken, maar dr. Carroll heeft me verzekerd dat er geen enkele reden is om te vrezen dat u in de toekomst geen kinderen meer kunt krijgen.'

Hoewel Felicity opgelucht was toen ze dat hoorde, voelde ze een warme blos naar haar wangen stijgen bij de openhartigheid waarmee hij vertelde over haar vermogen om kinderen te baren. 'Ik denk dat Roger teleurgesteld was toen ik zwanger was, maar ik wilde echt graag een baby.'

Riordan kneep geruststellend in haar hand. 'U zult meer kinderen krijgen, van een andere echtgenoot natuurlijk. Roger zal moeten boeten voor zijn daden, en dat betekent meestal de strop.'

'Roger maakte duidelijk dat hij er geen been in zag om me te doden. Ik hoorde hem heel sadisisch grinniken nadat ik Pandora's gekerm en gerochel begon te imiteren, en later, voordat hij me in het ravijn gooide, hoorde ik hem triomfantelijk lachen. Mijn leven is voorbij als hij me vindt als ik alleen ben.'

'Hij zou het niet wagen hier te komen, vooral niet als ik er ben, en ik beloof u, mevrouw Elston, dat ik u niet alleen zal laten voordat uw man gepakt is. U bent hier onder mijn bescherming, en ik heb een volledige staf trouw personeel die ons onmiddellijk zal waarschuwen. Ik vermoed eigenlijk dat Roger een lafaard is als hij geconfronteerd wordt met een andere man. Hij schijnt zijn haat graag te koelen op weerloze vrouwen, maar in dit geval krijgt hij met mij te maken als hij zou proberen bij u te komen.'

'Ik heb geen idee waarom Roger zo rancuneus is jegens vrouwen... Het komt misschien omdat lady Adriana hem heeft afgewezen voor lord Colton, of dat zijn haat dieper gaat. Mijn vader heeft me eens verteld dat er een getuige was van de dood van zijn moeder. De vrouw zwoer dat ze Edmund Elston op de bok van het rijtuig had gezien waardoor de eerste mevrouw Elston werd overreden. Dat gebeurde kort nadat Edmund Roger en zijn moeder in de steek liet. Hoewel ik betwijfel of Roger zijn vader werkelijk ervan verdenkt zijn moeder te hebben gedood, de getuige die het had gezien vond later op dezelfde manier de dood. Mijn vader waarschuwde me dat ik mijn mond erover moest houden, want dat ik anders waarschijnlijk ook vermoord zou worden. Het ziet er echt naar uit dat Roger en Edmund veel meer op elkaar lijken dan een van hen ooit zou vermoeden.'

'Leuke mensen,' spotte Riordan minachtend. 'Herinner me eraan dat ik hen nooit mijn rug toekeer.'

'Edmund ligt bijna op sterven en is daarom vrij ongevaarlijk geworden. Ik wilde dat ik dat ook van Roger kon zeggen.'

'Ik zal lord Randwulf echt moeten waarschuwen dat hij voor Roger moet oppassen,' antwoordde Riordan. 'Ik zal onmiddellijk een bericht naar Randwulf Manor sturen.'

'Roger schepte op dat hij lord Colton dezelfde avond waarop hij met lady Adriana trouwde, had doodgeschoten. U zou beiden voor een ramp kunnen behoeden door hen nu meteen bericht te sturen.'

'Zo, dus die kleine wezel heeft inderdaad geprobeerd Colton te vermoorden, hè?' mompelde Riordan bij zichzelf. 'Ik wist dat hij het in zich had om Adriana's huwelijkskandidaten te vermoorden.' Hij stond op en excuseerde zich. 'Ik kom terug om dit verder te bespreken, mevrouw Elston, maar ik moet doen wat u me hebt aangeraden en mijn vrienden waarschuwen.'

'Dat zou verstandig zijn,' mompelde Felicity.

Riordan klikte zijn hielen tegen elkaar en boog even. 'Uw bevel geeft mijn voeten vleugels.'

Felicity grinnikte. 'Ik geloof, milord, dat uw tong verguld is met gevoelens die het hart van menige vrouw op hol kan brengen. Ik denk dat het me past om mijn eigen hart veilig achter slot en grendel te houden.'

'Jammer,' zei hij met een plagende grijns. 'Tenzij ik natuurlijk les ga nemen bij een inbreker en handig word in het openen van sloten.' Grinnikend liep hij naar de deur, draaide zich nog even naar haar om, knipoogde flirtend en ging toen grijnzend de deur uit.

Riordan was eerder terug dan verwacht en trof Felicity aan toen ze net een dosis laudanum had genomen die de dokter had voorgeschreven. Hij ging weer naast haar bed zitten en begon zijn nieuwe theorie uit te leggen. 'Vanavond vertelde lady Samantha me over een bediende die in Randwulf Manor vrij plotseling was gestorven na de cognac van wijlen de oude lord te hebben gedronken. Ik heb begrepen dat de karaf, die de cognac had bevat, brak toen mevrouw Jennings in elkaar zakte. Op die manier waren ze erachter gekomen dat ze er stiekem van had gedronken, maar ze was zó buiten zinnen, dat de staljongens haar naar huis moesten brengen. De volgende ochtend vond lord Colton haar dood in haar hut. De familie dacht dat ze gewoon te veel cognac had gedronken, maar na hetgeen u me vanavond vertelde, begin ik iets anders te vermoeden. Misschien is lord Sedgwick op dezelfde manier gestorven en reageerde het gif in zijn geval alleen niet zo snel omdat hij dezelfde hoeveelheid cognac dronk als altijd, en dat was niet veel. Ik neem aan dat Roger de vergiftigde cognac opruimde en de karaf na lord Coltons terugkeer met een nieuwe dosis bijvulde. Mevrouw Jennings heeft waarschijnlijk Rogers poging gedwarsboomd om lord Colton te vergiftigen door de cognac op te drinken. Toen het Roger op deze manier niet gelukt was, probeerde hij lord Colton dood te schieten, in de rug nog wel. Ik zal lord Colton moeten vertellen wat een geluk hij heeft gehad dat hij tot dusver aan Rogers moordzuchtige pogingen is ontsnapt.'

'Ik heb u en lady Adriana zien dansen op het herfstbal,' bekende Felicity aarzelend. 'U had zelf het doelwit kunnen worden van Rogers jaloezie als u had volgehouden.'

'O, dat wilde ik wel, geloof me,' bekende Riordan, met een duim over haar hand strijkend. 'Maar Adriana was aan lord Colton gebonden door een contract dat hun ouders jaren geleden hadden opgesteld. En al kwam ik nog zozeer in de verleiding, ik kon haar moeilijk midden in de nacht weghalen en haar wegvoeren naar verre oorden.'

'Ik heb gehoord dat lady Adriana in de loop der jaren een waar leger van aanbidders had verzameld, die allemaal verliefd op haar waren. Al geef ik onmiddellijk toe dat ze mooier is dan de meeste vrouwen, toch vraag ik me af of dat de enige reden is waarom mannen haar zo aantrekkelijk vinden. Zou u het erg vinden om een vrouw die vroeger jaloers was op lady Adriana te vertellen waarom de mannen zich zo tot haar aangetrokken voelen?'

'Niet langer jaloers?' vroeg Riordan, met een grijns die de scherpte van zijn vraag ontnam.

'Ik ben bang dat ik, na wat ik met Roger heb doorgemaakt, nooit meer een man zal kunnen vertrouwen.' Felicity keek hem nieuwsgierig aan. 'Weet ú zelfs wel waarom u zich tot haar aangetrokken voelde?'

Peinzend leunde Riordan achterover. 'Lady Adriana is als een vleug frisse lentewind tussen al die vrouwen die aan één stuk door lijken te babbelen, te giechelen en te roddelen, wáár ze ook gaan of staan. Ze doet zich niet anders voor dan ze is; ze is even eerlijk ten opzichte van zichzelf als van degenen die haar gezelschap zoeken. Ze verslaat een man in een race te paard en plaagt hem dan ongenadig met zijn gestuntel, maar ze kan ongelooflijk aardig zijn in andere opzichten of voor mensen in nood. Veel arme mensen hebben haar goedertierenheid geprezen, haar goedheid jegens hen en jegens weeskinderen die zonder thuis en ouders zijn achtergebleven. Zoals ze vroeger, als kind, zwerfdieren koesterde, zo heeft ze dat medelijden in haar volwassen jaren op mensen gericht...'

'Zeg niets meer, alstublieft,' smeekte Felicity. 'U bent nog maar net begonnen of ik weet al dat ik uw ideale vrouw nooit zal kunnen evenaren.'

Riordan grinnikte. 'Ik denk dat ik me een beetje laat meeslepen als ik over haar praat. Niemand weet hoezeer ik lord Colton benijd, en toch heb ik immense bewondering voor hem, en geloof ik dat hij zo'n vrouw verdient. Het is duidelijk dat hij evenveel van haar houdt als zij van hem.'

'Dank u, milord, dat u me dit hebt verteld. Ik vrees dat het laudanum dat de dokter heeft voorgeschreven nu begint te werken, want ik voel me plotseling heel moe. Misschien kunnen we deze discussie morgen voortzetten.'

'Natuurlijk, mevrouw Elston...'

418

'Noem me alstublieft niet zo,' zei ze slaperig. 'Felicity is genoeg. Ik verlang er niet naar nog langer met Roger te worden geassocieerd.'

'Ik begrijp het volkomen,' mompelde Riordan. Haar ademhaling werd diep en regelmatig toen ze in slaap viel, en terwijl hij naar haar keek, moest hij weer denken aan zijn eerdere bewondering voor haar toen hij een paar maanden geleden op bezoek was in Stanover House.

Zijn blik gleed over haar gekneusde gezicht, en tot zijn verbazing merkte hij dat de vorm en de fijne structuur ervan zijn zintuigen prikkelden. Ze had een brutaal neusje, wijd uit elkaar staande bruine wenkbrauwen boven de blauwste ogen die hij ooit had gezien. Haar ronde borsten waren ivoorkleurig en prachtig, voldoende om zijn bronstige instincten te wekken.

Heel veel later stond Riordan Kendrick op uit de stoel naast het bed en liep naar de deur. Hij verwonderde zich dat hij zich zo opgewekt voelde. Uren geleden had hij zich nog somber en leeg gevoeld, maar nu was hij luchthartig en vol hoop. Zouden er tóch wonderen bestaan?

22

Lord Harcourts huishoudster stommelde de logeerkamer binnen waar de vrouw van de molenaar lag.

'U hebt bezoek, mevrouw Elston,' kondigde mevrouw Rosedale met een vriendelijke glimlach aan. 'Lord en lady Randwulf komen zien hoe u het maakt, en natuurlijk informeerde lord Harcourt, mijn werkgever, vanmorgen ook naar uw welzijn. Bent u na uw beproeving tegen bezoek opgewassen?'

'Ik moet er vreselijk uitzien,' antwoordde Felicity, terwijl ze haar hand tegen haar gezicht legde.

Mevrouw Rosedale glimlachte. 'De meeste jongedames zien er op hun mooist half zo goed uit als u na zo te zijn mishandeld.'

Felicity lachte, maar werd onmiddellijk onaangenaam herinnerd aan de wond op haar lip. Voorzichtig beantwoordde ze de vraag van de huishoudster. 'Ik zou me vereerd voelen met zo'n bezoek.'

De jonge vrouw die ze eens gemeend had te verafschuwen, kwam binnen met een glimlach en een grote bos bloemen. Ze werd op de hielen gevolgd door haar man. Lord Riordan slenterde achter hen aan en bleef staan bij het voeteneind van het bed, terwijl Adriana en Colton naar Felicity liepen.

'U ziet er opmerkelijk goed uit ondanks het recente trauma dat u hebt doorgemaakt, miss Felicity,' zei Adriana vrolijk. 'Ik hoop dat ik het er onder soortgelijke omstandigheden ook zo goed zal afbrengen.'

'Dank u, mylady. Het is heel vriendelijk van u om me op te zoeken na mijn verfoeilijke gedrag jegens u. Vergeeft u mij alstublieft mijn dwaasheid.'

'Alles is vergeven en vergeten, miss Felicity,' zei Adriana

vriendelijk en pakte Felicity's hand. Toen lachte ze, wijzend op het boeket dat ze bij zich had. 'Die hebben we gestolen uit de tuin van mama Philana. Mooi, hè?'

'O, ja, prachtig,' beaamde Felicity.

Adriana overhandigde ze aan de huishoudster. 'Ik weet zeker dat u die in een vaas beter kunt schikken dan ik, mevrouw Rosedale. Zou u zo vriendelijk willen zijn? Mijn zussen hebben altijd afgegeven op mijn gebrek aan damesachtige talenten.' Lachend stak ze haar kin in de lucht. 'Ja, maar ik heb vaak genoten van mijn wraak als ze probeerden in een dameszadel te blijven zitten terwijl ze over de heuvels en door de dalen draafden die we doorkruisten.'

Felicity's blik ging omlaag naar Adriana's uitpuilende buik onder haar sjaal, en plotseling werden haar ogen vochtig.

'Het is goed,' suste Adriana haar, Felicity's blik opvangend. Ze stak haar hand uit en streek vol medeleven over haar arm. Riordan had hun alles verteld, om Felicity die moeilijke taak te besparen. 'Je zult een ander kind krijgen van een echtgenoot die je zal behandelen als een kostbaar bezit, let op mijn woorden.'

'Waar is Roger nu?' vroeg Felicity aan de drie anderen. 'Hebben ze hem kunnen vinden?'

'Nog niet, miss Felicity,' zei Colton, die zijn arm om de rug van zijn vrouw sloeg terwijl hij naast haar ging staan. 'Ik denk dat Roger naar onbekende oorden is gevlucht toen hij het nieuws hoorde dat u nog leefde. Hij zal zich in deze buurt niet meer durven vertonen.'

'Toch zal ik me niet veilig voelen vóór hij gepakt is.'

Riordan schoof nog twee stoelen bij voor Colton en hemzelf, terwijl Adriana in de oorfauteuil plaatsnam. Hij lachte naar Felicity en verklaarde: 'Ik heb de Wyndhams alles verteld wat we gisteravond hebben besproken, ook onze theorie over de dood van de oude lord Randwulf. Hebt u zich nog iets kunnen herinneren dat voor hen van waarde kan zijn?'

'Ik vrees van niet,' mompelde Felicity triest. 'Als ik eerder had geweten waar Roger mee bezig was, had ik miss Mayes misschien kunnen redden, maar ik was niet op de hoogte van zijn pogingen om de Wyndhams te vermoorden tot hij bekende dat hij wraak had genomen. Voorzover ik weet, had hij miss Mayes voor het eerst ontmoet toen ze in de zaak in de molen kwam.' Felicity draaide zich om naar Colton. 'Was ze een vriendin van u? Ze zei dat ze u kende.'

'Ik heb miss Mayes een aantal jaren geleden leren kennen,' bekende hij. 'Tot een paar maanden geleden waren we bevriend, tot ze me in de waan bracht dat ze stierf na de bevalling van mijn dochter.' Hij kneep zachtjes in de hand van zijn vrouw. 'Sindsdien hebben we bewijs in handen gekregen dat ze niet míjn dochtertje was, maar van mijn nicht, die gestorven is toen hun rijtuig omsloeg. Het kind is kort na haar geboorte geroofd en later aan me voorgesteld als mijn eigen nageslacht. We zijn nog steeds op zoek naar de vrouw die de baby gestolen heeft en later aan Pandora heeft afgeleverd. Eerlijk gezegd betwijfel ik of een van beide vrouwen wist van onze verwantschap met het kind. Maar ik vind het een wonder dat Genevieve op de juiste plaats van bestemming is, want haar enige bloedverwanten zijn mijn moeder, mijn zus, oom Alistair en ikzelf.'

Felicity was verbaasd dat lord Colton zo vrijuit sprak over zijn liaison met Pandora. 'Ik zal het tegen niemand vertellen, milord. Ik ben vroeger misschien dom en dwaas geweest, maar werd, toen ik met Roger leefde, gedwongen onder moeilijke omstandigheden volwassen te worden. Nu heb ik er spijt van dat ik me door mijn vader liet verwennen. Ik had naar mijn moeder moeten luisteren in plaats van naar hem. Ik zou het een eer vinden als u en lady Adriana me mijn vroegere gedrag zouden willen vergeven en me beschouwen als een toegewijde bondgenote.'

Terwijl Adriana haar glimlachend aankeek, drukte Colton Felicity's hand. 'We zouden het prettig vinden u als vriendin te hebben, miss Felicity. Binnenkort moeten we naar ons huis in Londen omdat het parlement de zittingen hervat, en uw bezoek daar zou hoogst welkom zijn. Omdat de tijd van de bevalling begint te naderen, zullen we minder uitgaan, en we zouden uw gezelschap op prijs stellen als u bereid bent die afstand af te leggen. We komen ongeveer half augustus hier terug.'

'Hebt u een voorkeur voor een jongen of een meisje?' vroeg Felicity aarzelend. 'Ik had zelf op een meisje gehoopt...' Ze kon niet verder spreken, en het volgende moment voelde ze Adriana's hand, die de hand van Colton verving.

'Het zou prettig zijn als we een jongen krijgen die de Wyndham-dynastie kan voortzetten,' legde Adriana uit. 'Daarna, of het een jongen of een meisje is, zijn we dankbaar voor elk kind dat geboren wordt. Ik denk dat we allebei graag een groot gezin willen hebben. Gezien de schaarste aan Wyndham-nakomelingen moeten we een huis vol hebben.'

Colton grinnikte en zei pochend: 'Met al die dieren die mijn zus en mijn vrouw hebben gered toen ze nog heel jong waren, weet ik zeker dat ze beiden een voortreffelijke moeder zullen zijn. Het bewijs daarvan heb ik al gezien met Genie. Ze houdt van mijn vrouw als van een moeder.'

Er werd zachtjes op de deur geklopt en op de prompte reactie van Riordan kwam mevrouw Rosedale binnen, die met het enorme boeket, dat mooi geschikt was in een fraaie vaas, naar het bed liep.

'Hebt u weleens zo'n mooie bos bloemen gezien?' vroeg ze. 'Het doet me wensen een tuinierster te zijn.'

'Ik ben blij dat u dat níet bent, mevrouw Rosedale, anders zou ik de beste huishoudster hier in de omtrek kwijt zijn,' zei Riordan grijnzend.

'O, verspil uw tijd niet met vleiereitjes aan mijn adres, knappe deugniet. U kunt uw aandacht beter besteden aan miss Felicity of lady Adriana.'

Riordan grinnikte naar de mooie, herstellende patiënte, wier losse, blonde krullen lagen uitgespreid op het kussen. 'Hm, aangezien lady Adriana al getrouwd is, denk ik dat ik mijn aandacht op miss Felicity zal moeten richten, daar zij binnen niet al te lange tijd beschikbaar zal zijn.'

Colton glimlachte. 'Zorg er alleen maar voor dat al je karaffen goed zijn verzegeld, om de inhoud zuiver te houden. Althans tot Roger in de gevangenis zit. Je weet nooit waar boeven zich kunnen verbergen.'

Alice Cobble deed een stuk minder moeilijk toen ze geconfronteerd werd met de beschuldiging van moord. Ze leek bijna nederig en berouwvol toen ze in aanwezigheid van haar voormalige werkgever zat, terwijl er bewakers in de buurt stonden om ervoor te zorgen dat hun gevangene zich niet misdroeg of probeerde te ontsnappen. Ze bekende alles, maar ontkende dat ze de vrouw had vermoord die het kind had gebaard.

'Ik liep over de brug toen ik het rijtuig zag aankomen, achtervolgd door mannen te paard. Ik brak bijna mijn nek en sprong nog net op tijd de brug af om aan die kerels te ontkomen. Net op dat moment raakte het rijtuig los van de paarden en stortte over de rand. Ik verborg me achter een paar bomen en keek toe. Na een tijdje verdwenen ze en ik besloot te gaan kijken of ze misschien nog wat achter hadden gelaten. Daar stond ik dan, met een dood wurm in mijn tas en geen idee hoe ik een ander moest vinden om aan miss Pandora te geven zodat ik mijn geld zou krijgen. Nou, voor de verandering leek ik eens geluk te hebben, want ik keek in het rijtuig en zag de lady liggen, in barensnood, en ik dacht: nou, ik help haar met de bevalling en ruil het kind dan voor mijn eigen dode wurm. Ze stierf toen het kind eruit was. Dus nam ik die kleine prul mee en liet het eigen wurm van me achter. Maar ik had de moedervlek al op zijn bil getekend, zoals miss Pandora's broer had gezegd. Ze hadden me verteld dat ik die vlek in de komende maanden moest vernieuwen, volgens de tekeningen die haar broer had gemaakt, om hem te laten meegroeien met het kind. Ik had geruchten gehoord dat miss Pandora aan de kant was gezet door die vent van haar toen hij een jongere meid had gevonden, en nou vertelt u me dat miss Pandora vermoord is door een ordinaire molenaar.'

Colton tuurde naar de slonzige feeks. 'Kende je toevallig de dominee die er die avond was toen Pandora zogenaamd stierf?'

'O, ja, we hadden het allemaal goed voor elkaar. Miss Pandora's broer speelde de rol van dominee Goodfellow.'

'En de huwelijksakte? Was die een vervalsing?'

'Ja, Jocks was daar heel slim in. Ik heb het hem zelf zien doen. En terwijl hij bezig was, schepte miss Pandora op over wat hij vroeger allemaal had gedaan. Ze scheen hem een slimme vent te vinden, maar ze zeiden dat u hem bijna te pakken had toen u de mannen betrapte die Engelse wapens aan de Fransen verkochten.'

Colton leunde achterover in zijn stoel en herinnerde zich dat incident nog heel goed. Slechts een van de dieven had weten te ontsnappen, en dat was alleen mogelijk geweest omdat een of andere hoer de Engelse soldaten had verleid om naar haar sensuele dans te kijken in plaats van naar de gevangene. De mannen hadden indertijd een beschrijving van haar gegeven, en nu bedacht hij dat het misschien niemand anders was geweest dan Pandora Mayes.

'Waarom had Pandora niet gewoon een echte dominee gevraagd om ons te trouwen?' Colton had zich dat al afgevraagd lang voordat hij het bewijs had gehoord van de juistheid van zijn theorie. 'Dat zou de simpelste oplossing zijn geweest, en dan zou Pandora een echt bewijs van ons huwelijk hebben gehad.'

Alice Cobble lachte kakelend. 'U denkt toch niet dat u de enige was met wie ze deed alsof ze trouwde? Ze beduvelde heel wat voorname lords, en dreigde ze in de goot te laten belanden met wat ze over hen wist als ze haar niet gaven wat ze vroeg. Ik heb gehoord dat ze acht of tien jaar geleden een heel mooie meid was, en die lords aten uit haar hand. Toen trouwde ze met een wijze kerel, een heel jaloerse magistraat. Hij ging haar verleden onderzoeken en ontdekte dat hij niet de enige was met wie ze getrouwd was. Ze was wel zó vaak getrouwd als hij tenen had. Nou, hij dreigde haar in stukken te hakken en aan de vissen te voeren, dus ging ze er als een haas vandoor om haar leven te redden. Daarna was Pandora te bang om echte predikanten te vragen, die zich weleens zouden kunnen bedenken en documenten indienen op een plaats waar die magistraat ze zou kunnen bekijken.'

'Hoe weet je dat allemaal?'

Grinnikend legde Alice een vuile vinger tegen haar slaap. 'Omdat ik slim ben en oren heb om te horen, en dat is wat ik het beste doe, luisteren naar andere mensen. Zo wist ik ook dat uw ma en u een andere min zochten om mij te vervangen. Ik luisterde naar miss Pandora en haar minnaars. Maar ik kan me u niet herinneren, misschien omdat u te vaak weg was om in de oorlog te vechten. Pandora en Jocks praatten heel wat af als ze dachten dat er niemand in de buurt was. Ze waren heel knus, zou je kunnen zeggen.'

Colton trok vragend zijn wenkbrauwen op

Alice liet weer een kakelende lach horen toen ze zijn geschokte gezicht zag. 'Als een verliefd paartje.'

Colton schudde zijn hoofd, zich afvragend hoe hij zich ooit met zo'n vrouw had kunnen inlaten. Te lang had hij gedacht dat het veilig was, omdat Pandora beweerde dat ze geen kinderen kon krijgen. Maar net als al die andere stommelingen die ze aan het lijntje had gehouden, had hij er geen idee van gehad dat ze een uitstekende actrice was. Het was waarschijnlijk een wonder dat hij niet een of andere ziekte had opgelopen die de rest van zijn leven verwoest zou hebben. 'En Jocks? Wat is er met hem gebeurd?'

'Het laatste nieuws is dat hij werd gedood in een gevecht kort nadat Pandora naar Bradford ging.'

Colton excuseerde zich even om de beschuldigingen tegen de vrouw te bespreken met een van de dienstdoende politie-agenten. 'In dit geval ben ik ervan overtuigd dat die feeks de waarheid spreekt. Omdat de man van mijn nichtje en de koetsier beiden gedood werden toen het rijtuig omsloeg, heb ik geen reden om te geloven dat mijn nichtje het ongeluk zonder fatale verwondingen zou hebben overleefd. Als Alice niet was gekomen en het kind op de wereld had geholpen, zou haar dochtertje ook zijn gestorven. Dus als u geen andere beschuldigingen tegen die vrouw hebt dan die van mij, kan ze volgens mij worden vrijgelaten. Mocht u haar verder willen ondervragen, dan weet ik zeker dat u haar zult kunnen vinden in het theater, waar ze als schoonmaakster werkte.'

Colton ging terug naar de kamer waar ze Alice hadden achtergelaten en liet een buideltje voor haar op de tafel vallen. 'Dit is een beloning omdat je Genie hebt gered, maar als ik je ooit ergens in de buurt van Randwulf Manor, Bradford on Avon of mijn huis in Londen zie, dan laat ik je onmiddellijk arresteren. Goed begrepen?'

'Jawel, milord,' verzekerde Alice hem. 'Ik dank u voor het geld, en u kunt er zeker van zijn dat ik me op een afstand zal houden.'

'Goed. Dan begrijpen we elkaar.'

Wakker gschrokken uit een middagdutje, zat Adriana met een hand op haar bonzende hart, terwijl ze gespannen naar de bekende hoeken en gaten van de ruime slaapkamer staarde die ze met haar man deelde. Alles leek hetzelfde. Maar iets had haar wakker gemaakt. Of het nu een nachtmerrie was of een geluid in de verte, dat wist ze niet, maar de indruk die bij haar was achtergebleven was het treurige gekerm van een dier dat net zijn levenslange maatje had verloren.

'Leo? Aris? Zijn jullie daar?'

Geen blaf of soortgelijke geruststellende reactie van de dieren werd gehoord. Het was doodstil in huis. Colton was de vorige dag al heel vroeg naar Londen vertrokken om met Alice te praten. Adriana had in haar toestand weinig voor die lange rit in een hotsend rijtuig gevoeld en was niet meegegaan, ook al was haar man fel gekant geweest tegen het idee haar alleen achter te laten. Zolang Roger nog vrij rondliep, had Colton gezegd, was het niet veilig voor haar om alleen te zijn. Zelfs toen ze hem glimlachend eraan had herinnerd dat er heel veel bedienden in huis waren, bleef het welzijn van zijn vrouw zijn voornaamste zorg. Ze was moe, had ze bekend toen hij bleef volhouden, en zou misschien de hele dag slapen. De kwestie met Alice moest geregeld worden, en dat kon hij efficiënter doen als zij niet achter hem aan sjokte. Hij had met tegenzin toegegeven, maar had bij Harrison de opdracht achtergelaten dat iedereen in huis over hun jonge meesteres moest waken en haar zo nodig met hun leven moest beschermen. Maud had hem bezworen dat ze in de buurt zou blijven.

Samantha kon nu elk moment bevallen, en kort nadat Colton naar Londen was vertrokken, ging Philana op weg in de tegenovergestelde richting naar het landhuis van de Burkes, waar ze van plan was te blijven tot haar kleinkind was geboren.

Adriana stapte uit het enorme bed, trok een zijden peignoir aan over haar chemise en borstelde haar lange haar. Toen liep ze angstig de kamer uit naar de trap, om zich ervan te vergewissen dat alles in orde was. Ze had geen idee wanneer Colton terug zou komen. Hij had alleen gezegd dat hij direct terug zou komen als hij de zaak met Alice geregeld had. Ze had zelf meegemaakt hoe lastig die vrouw kon zijn, dus had Alice weinig hoop dat hij vroeg thuis zou zijn.

Ze liep de trap af naar de grote marmeren hal en keek ongerust om zich heen. Ze hoorde niets en zag niets. Normaal gesproken zou ze de bedienden moeten horen die aan het werk waren of in elk geval hun voetstappen als ze door het huis liepen. Maar alles bleef doodstil.

'Harrison? Waar ben je?'

Er kwam geen antwoord, en haar angst nam toe. Harrison was een trouwe steunpilaar van de familie. Als hij had gekund, zou hij op haar roep gereageerd hebben.

Adriana liet alle voorzichtigheid varen, beende naar de vestibule en rukte de voordeur open. Ze liep over het bordes en tuurde om zich heen in de tuin. Er was niemand te zien, zelfs de tuinlieden niet.

Verward en bang keerde ze terug naar de hal. Daar liep ze langzaam rond, terwijl ze onderzoekend rondkeek in de hal en de gangen. Er was geen enkele bediende te bekennen, ook Harrison niet.

Vastberaden besloot Adriana dat ze methodischer te werk moest gaan in haar speurtocht, en liep terug naar de zitkamer. Deze keer ging ze naar binnen. Ze was net voorbij de grote fauteuil die bij de deur stond, toen ze met een kreet bleef staan. Harrison lag op de grond voor de open haard. Een dun straaltje bloed drupte uit zijn slaap in zijn grijze haar, en haar hart stond bijna stil van angst.

Ze holde de kamer door en knielde naast de butler neer, wanhopig zoekend naar een teken van leven. Ze voelde zijn pols en was enorm opgelucht door de regelmatige hartslag. Ze probeerde zichzelf gerust te stellen met de gedachte dat hij niet was overvallen, maar gewoon gestruikeld was en zijn hoofd had gestoten. Gezien zijn vergevorderde leeftijd was dat best mogelijk. Maar toen ze zijn magere benen recht had gelegd en een kussen onder zijn hoofd had geschoven, kreeg ze een klein, met bloed besmeurde borstbeeldje in het oog dat bij de hoek van de haard op de grond lag. De plaats waar het lag en het bloed erop maakten haar plotseling weer doodsbang, want dat beeldje stond altijd op een tafel bij de deur.

Adriana liet Harrison alleen en haastte zich naar de keuken om een kom water en een doek te halen, teneinde zijn wond schoon te maken. Maar toen ze in de keuken kwam, bleef ze prompt staan. Er was niemand. Het water stond in verscheidene pannen te koken, en het geklopte eiwit in een grote kom begon in te zakken.

'Kokkie? Waar bent u?'

Het bleef stil, en ze kreeg een koude, harde prop in haar keel van angst. Een lege keuken in Randwulf Manor was beslist niet normaal.

Ze kreeg een kruik met water in het oog, pakte die op, greep een doek en een kleine, ondiepe kom en liep de keuken uit. Snel liep ze de trap weer op naar boven.

Bij de ingang van de zitkamer zette ze de kom water opzij en trok de stoel bij de deur vandaan, zodat ze een onbelemmerd uitzicht had op de gang en de grote hal erachter. Ze wenste niet, zoals Harrison, onverhoeds te worden verrast door een indringer.

Adriana knielde naast de oude butler en begon het bloed van zijn slaap en wang te wassen, terwijl ze behoedzaam uitkeek naar de schuldige, die ongetwijfeld nog ergens in huis op de loer lag. Ze kon alleen maar denken aan Roger, en de mensen die hij had vergiftigd. Op de een of andere manier had hij langs de honden heen weten te komen en naar binnen had kunnen glippen. Het leek de enige logische verklaring voor het feit dat Harrison bewusteloos was en de bedienden vermist werden.

Beseffend dat haar angst met het moment toenam, besloot Adriana het huis van boven tot onder te onderzoeken, in de hoop ergens wat hulp te vinden. Er moest toch íemand in huis zijn die haar goed gezind was! Dat kón niet anders.

'Aris? Leo? Waar zijn jullie? Kom, jongens!' riep ze, in een wanhopig verlangen hun nagels op de marmeren vloer te horen klikken. 'Kom toch alsjeblieft...'

En toen kwam de gedachte bij haar op. *Misschien had Roger de dieren vergiftigd!* Hij was altijd bang voor ze geweest. Hoe kon hij zich beter van de honden ontdoen dan door ze te vergiftigen! Maar hoe? Hij zou te bang zijn geweest om dicht bij ze te komen. En zelfs al zou hij dat doen, dan zouden ze nooit iets van hem aannemen.

Die afgrijselijke gedachte deed haar de gang door rennen naar de galerij, waar de honden altijd graag in de zon lagen. Ze liep erheen, onzeker wat ze zou kunnen vinden.

'Aris? Leo? Zijn jullie daar?'

'Inderdaad, lieve, ze zijn hier,' antwoordde een bekende stem. Ze liet een kreet van schrik horen. Wanhopig keek ze om zich heen en deed haar best om iets te zien.

'Roger! Wat doe jíj hier?' vroeg ze. Rillingen van angst liepen over haar rug toen ze zag dat hij als een vorst in een grote oorfauteuil zat, arrogant, zelfingenomen en geamuseerd. Hij was blijkbaar bijzonder tevreden over zichzelf.

Adriana vroeg zich af hoe ze zijn aanwezigheid over het hoofd had kunnen zien toen ze zo naarstig op zoek was naar bedienden. Maar de zon creëerde bedrieglijke schaduwen. Ze was er nu van overtuigd dat Roger al een tijd op precies dezelfde plaats had gezeten waar hij nu zat, ongetwijfeld meesmuilend in zijn waanzin terwijl hij haar zo haastig heen en weer zag lopen.

'Ik kom je een bezoek brengen, schoonheid,' zei hij zelfverzekerd, en liet zijn blik over haar ronde buik dwalen. Zijn lippen vertrokken in minachtende spot. 'Ik zie dat je man zijn pleziertjes aan je heeft beleefd, maar ik beloof je dat, tegen de tijd dat ik klaar ben met je, dat kleine stukje van hem dood zal zijn.'

Adriana legde een bevende hand op haar buik en struikelde achteruit. Ze keek weer om zich heen, zich afvragend waar de honden bleven, en toen gaf ze weer een gil. Beide dieren lagen languit op de grond achter Roger. Hun tong hing onnatuurlijk uit hun bek. Ze kon niet anders dan aannemen dat ze dood waren.

'Je hebt ze vermoord!' schreeuwde ze, met tranen in haar ogen. 'Walgelijke, vuile schoft die je bent!'

'Ik hoop het van harte, en zoals je ziet...' Roger maakte een gebaar naar de honden... 'lijkt het er wel op. Ik had nogal haast toen ik de molen verliet nadat ik bericht had ontvangen dat mijn vrouw nog leefde, en even stond ik in twijfel of ik wel het juiste flesje had gepakt uit de kast met kleinoden die Thaddeus Manville zo goed voor me bevoorraadt. In mijn haast had ik iets van de inhoud gemorst, zodat de inkt onleesbaar was geworden. Maar in elk geval, of ik nou per ongeluk het laudanum heb meegenomen of het gif, de dieren kunnen je nu niet helpen.'

'Aris en Leo zouden nooit iets van je hebben aangepakt!' verklaarde ze. 'Hoe ben je daarin geslaagd?'

De molenaar grinnikte geamuseerd, alsof hij oprecht genoot van zijn prestatie. 'Ik heb rond het huis gezocht naar hun meest recente prooi, want ik wist dat ze daarnaar zouden terugkeren. Ik heb er gif over gegoten en gewacht. Ze gingen weer naar huis nadat ze zich te goed hadden gedaan aan hun prooi en werden door Harrison binnengelaten. Als de honden niet al dood zijn, dan zal dat niet lang meer duren. Ik maak zelden een fout.'

'Hoe ben je binnengekomen?'

'Ik ben achter de keukenhulp aan naar binnen geslopen, toen ze groenten was gaan halen uit de moestuin. Zodra we in de keuken waren, heb ik een pistool tegen haar slaap gehouden en gedreigd haar dood te schieten of anders de eerste de beste die zich bewoog. Nu zitten ze gezellig bij elkaar in de koude opslagplaats buiten, samen met de tuinlieden en de groenten.'

'En de rest van het personeel?'

'O, die heb ik door de keukenhulp naar beneden laten roepen. Ze wilde het niet, het arme kleine ding, maar het pistool tegen haar wang overtuigde haar ervan dat ze beter kon gehoorzamen. Behalve die arme Harrison zitten alle bedienden in de koude opslagruimte, ook jouw kamermeid, die een grote bult op haar kop heeft omdat ze probeerde me aan te vallen. Ze viel als een blok op de grond.'

'En Harrison? Wat heb je met hem gedaan?'

'O, ik dacht dat ik stiekem achter hem aan kon komen, maar voor een oude man heeft hij een verwonderlijk goed gehoor. Toen hij mij zag, wilde hij de ijzeren pook uit de haard pakken, maar ik gooide een beeldje naar zijn hoofd en wist hem goed te raken, zodat hij neerviel. Leeft hij nog?'

'Nauwelijks.'

'Jammer. Ik dacht dat hij dood zou zijn.

'Je bent een slecht mens, Roger. Een heel, heel slecht mens. Als ik eraan denk dat je lord Randwulf hebt vermoord om mij...' Ze trachtte te bedenken hoe ze hem haar wanhoop en verdriet duidelijk kon maken nadat ze gehoord had dat Coltons vader vergiftigd was. Toen verkilde ze en keek hem minachtend en met een koude blik in haar ogen aan. 'Ik kan God slechts smeken me te vergeven dat ik je ooit heb toegestaan me hierheen te volgen. Ik had je moeten zeggen dat je me lastigviel lang voordat je er zelfs maar aan dacht lord Randwulf te vermoorden. Hoe heb je zoiets afschuwelijks kunnen doen? Hij heeft je nooit iets gedaan.'

'O, nee?' zei Roger verontwaardigd. 'Hij probeerde ons te scheiden! Hij kon het niet verdragen dat je met iemand anders zou trouwen dan met die zoon van hem! Dat was voldoende motief voor mij!'

'Zoals je sinds die tijd hebt ontdekt, Roger, ben je niets opgeschoten met zijn dood,' zei ze op scherpe toon, 'want ik zou nooit met jou getrouwd zijn. Je was niet meer dan een kennis, en dan nog niet eens een erg lofwaardige. Je was onaangenaam en humeurig, en agressief tegen iedereen die ook maar enige belangstelling voor me scheen te hebben. En de meesten waren vrienden die ik mijn leven lang al kende, of bijna. Je was zelfs jaloers op mensen die ik nooit als echtgenoot had willen hebben.'

'Ik haatte hen allemaal, vooral lord Sedgwick en die andere, met wie je getrouwd bent. Lord Colton!' Rogers lippen vertrokken minachtend. 'Ik verafschuw hem meer dan wie ook. Ik heb geprobeerd hem ook te vergiftigen, maar ik ik heb gehoord dat die sloerie van een Jennings de cognac heeft opgezopen die ik vergiftigd had op de middag dat hij thuiskwam.'

Adriana keek hem vernietigend aan. 'Ik geloof dat je elk excuus, hoe gering ook, hebt aangegrepen om de mensen die jij als je vijanden beschouwde te vermoorden. Zelfs Pandora Mayes, die je gevangen hebt gehouden voor je eigen smerige pleziertjes. Ik had medelijden met je omdat je een slechte jeugd hebt gehad, maar nu niet meer. Je bent niemands medelijden waard. In feite ben je niets anders dan een ruggengraatloze lafaard. Je aanwezigheid hier in het huis van de voorname edelman die je hebt vermoord, maakt me kotsmisselijk.' Haar lippen verrieden duidelijk haar walging. 'Het zou een weldaad zijn geweest voor de wereld als jij gelijk met je moeder was gedood toen je vader haar overreed. Jij en je vader lijken op elkaar, jullie zijn allebei verachtelijke, verloederde, door en door slechte móórdenaars!'

'Waar heb je het over?' snauwde hij kwaad. Hij sprong op uit zijn stoel en liep naar voren.

Adriana bleef staan en hief haar kin op, hem uitdagend haar te slaan. 'Je bent blijkbaar al die tijd onwetend geweest van de omvang van je vaders zonden.'

'Wie heeft je verteld dat mijn vader mijn moeder heeft overreden?' schreeuwde hij woedend.

'Roger, alsjeblíeft, praat niet zo hard. Er is absoluut niets mis met mijn gehoor.'

'*Vertel op!*'

Adriana haalde achteloos haar schouders op. 'Er was een getuige, Roger. Helaas is die getuige op dezelfde manier uit de weg geruimd als je moeder. Het schijnt dat de koetsier die beide vrouwen overreed niemand anders was dan je vader. Waarschijnlijk trouwde en vermoordde hij zijn tweede vrouw met de duidelijke bedoeling zich de molen en haar rijkdom toe te eigenen.'

Roger deinsde geschokt achteruit en legde zijn hand tegen zijn voorhoofd terwijl hij probeerde zich het ongeluk te herinneren waarbij zijn moeder om het leven was gekomen. Hij wist nog dat hij opzij was gesprongen op het moment dat het rijtuig op hen af kwam. Als hij dat niet gedaan had, zou hij ook gedood zijn. 'Weet je dat heel zeker?'

'Hoe zou ik dat kunnen? Ik ben er niet bij geweest. Jij wel. Nietwaar? Wat heb je gezien?'

Roger klemde zijn handen in elkaar en kronkelde zijn lichaam alsof hij vocht met een demon... of met zijn eigen herinneringen. Een laag gegrom ontsnapte hem. Het gegrom werd steeds luider, en tierend van razernij hief hij zijn gebalde vuisten op en schudde ze heftig, alsof hij de hemel zelf de schuld gaf van zijn gekwelde verleden.

'Het zal je geen goed doen om je vuisten te schudden tegen God, Roger,' merkte ze sarcastisch op. 'Misschien zou je je woede beter kunnen uitschreeuwen in de tegenovergestelde richting. Want ik durf te wedden dat je in een niet al te verre toekomst gillend en schreeuwend in de hel zult belanden en daar gemarteld zult worden door de duivel.'

'Welke duivel?' vroeg Roger spottend. 'Je gelooft toch niet in die ouwe-wijvenverhalen, hè?'

'Als ik jou in de ogen kijk, Roger, weet ik zeker dat de duivel bestaat, want ik zie op ditzelfde moment dat hij erin geslaagd is volledig bezit van je te nemen.'

Roger kwam dreigend op haar af, maar weer bleef ze dapper staan. Hij hief een arm op om haar een klap te geven, maar ze stak haar kin in de lucht met alle trots die ze kon opbrengen, in de hoop dat hij niet zou kunnen zien hoe hevig ze beefde.

'Je schijnt ervan te genieten om vrouwen te mishandelen, Roger. Waarom? Hield je niet van je moeder? Te oordelen naar het weinige dat je me over je verleden hebt verteld, gaf je wel degelijk om haar, dus waar komt die haat tegen vrouwen vandaan?'

'Je hebt geen idee wat ik geleden heb door hun wrede trucs.'

Hij liet zijn arm zakken, alsof het idee dat hij haar wezenloos zou slaan hem niet zo goed uitkwam. 'Als je dat wist, zou je deernis hebben met mij in plaats van die te verspillen aan degenen die ik volgens jou misbruikt heb.'

'Vertel het me dan, misschien zou ik dan wat meer medelijden met je kunnen hebben.'

'Wie wil je medelijden?' zei hij spottend. 'Ik wilde je liefde, en die weigerde je te geven. Ik heb je medelijden niet nodig.'

'Iedereen heeft zo nu en dan wat medelijden nodig, Roger,' redeneerde ze. 'Als we allemaal onfeilbaar waren, zouden we niets of niemand nodig hebben. We zouden toonbeelden zijn van perfectie en deugdzaamheid, en we weten allemaal dat dat onmogelijk is.'

'Ik had in het weeshuis iemands medelijden nodig, maar dat kreeg ik niet. Ik werd uitgehongerd, geranseld, aan mijn polsen opgehangen tot ik zeker wist dat mijn armen uit hun kom werden gerukt. Maar kreeg ik genade toen ik er huilend om smeekte? Ha! Miss Tittle sloeg me met een stok tot het bloed uit mijn mishandelde rug droop. Die dag zwoer ik dat ik wraak zou nemen op dat kreng en haar handlangsters, en wraak heb ik genomen. Als er een hel ís, dan weet ik zeker dat zij daar nu ligt te kronkelen.'

Huiverend om zijn harteloosheid vroeg Adriana zich bij het horen van zijn tirade serieus af of er een eind was gekomen aan alle misdaden die hij had gepleegd. 'Je hebt de vrouwen in het weeshuis vermoord?'

Hij trok zijn wenkbrauwen op en schudde langzaam zijn hoofd. 'Niet allemaal tegelijk, begrijp me goed. Maar in dat weeshuis heb ik het nut van vergif geleerd... rattengif, om precies te zijn... arsenicum, zo je wilt. Ik bracht iedereen daar in de waan dat er een epidemie heerste. Vreemd genoeg heerste die alleen in het tehuis waar ik gevangen had gezeten. Ik heb er vijf in totaal gedood, en geen van allen heeft ooit geweten wat er met hen gebeurd is. Niemand dacht eraan naar de voorraad rattengif te kijken. We hadden een hoop van dat ongedierte daar rondlopen, en het gebeurde vaak genoeg dat de wezen hun keutels moesten eten, samen met wat er voor hen gekookt was met de voorraden waaraan dat ongedierte had zitten knagen.'

Adriana sloeg haar hand voor haar mond toen ze zich misselijk voelde worden, en hij meesmuilde toen hij haar zag verbleken.

'Als je denkt dat ik overdrijf, m'n beste Adriana, ga dan maar eens op bezoek in een van die weeshuizen in Londen. Ik weet zeker dat je hetzelfde zult zien.'

Het geluid van een rijtuig dat stopte voor de trap van het bordes deed Roger geschrokken achteromkijken. Adriana greep haar kans, bang voor wat er zou gebeuren als ze degenen die arriveerden niet waarschuwde voor de dreigende gevaren.

Roger was snel, maar zelfs als kind al had Adriana met Samantha en andere kinderen vaak genoeg krijgertje gespeeld, om te weten hoe ze langs een uitgestrekte hand heen moest spurten, en dat was precies de manier waarop Roger probeerde haar tegen te houden. Hij miste bij zijn eerste poging, en toen hij weer naar haar uitviel, draaide ze zich snel om, zodat hij zijn evenwicht verloor en met zijn armen in de lucht graaide. Hij stond wankelend op één been en probeerde zijn evenwicht te herkrijgen toen ze naar de voordeur rende, zo hard mogelijk schreeuwend in een poging de mensen buiten te waarschuwen.

Colton had niet kunnen wachten tot het rijtuig stilstond. Hij rukte het portier open en sprong naar buiten, hollend naar de stenen trap, die hij met drie treden tegelijk beklom. Bij de voordeur bleef hij staan en probeerde wanhopig de knagende angst van zich af te zetten die hem tijdens de hele rit uit Londen had achtervolgd. Hij gooide de deur open en stormde naar binnen, waar hij Adriana naar de deur zag rennen, en Roger struikelend en glijdend achter haar. Colton sprong op zijn vrouw af, sloeg zijn armen om haar heen en trok haar in veiligheid, juist toen Roger vanaf de grond een uitval deed om te proberen haar bij de enkels te grijpen en te laten vallen. Het enige wat hij te pakken kreeg was haar slipper, die gemakkelijk van haar voet gleed toen hij viel.

Colton duwde Adriana naar de ingang, smeekte haar om weg te gaan en ging op Roger af. Maar Roger haalde een geladen pistool uit zijn jaszak, dat hij op Coltons gezicht richtte.

Er bleef Colton niets anders over dan zijn armen in de lucht te steken. Maar hij bleef naar links en naar rechts gaan, om Adriana veilig achter zich te houden, ook al probeerde ze wanhopig vóór hem te gaan staan. 'Blijf waar je bent, Adriana,' zei hij kortaf. 'Als je dat níet doet, zal ik hem moeten aanvallen!'

Roger kwam behoedzaam overeind en keek naar hen met een sarcastische grijns. 'Wat lief zoals jullie proberen elkaar te redden, maar het zal jullie niet helpen. Voor ik hier wegga, zijn jullie allebei dood, en deze keer zal ík degene zijn die triomfantelijk lacht.'

'Waarom wil je Adriana doden?' wilde Colton weten. 'Ze heeft je nooit enig kwaad gedaan.'

Roger haalde zijn schouders op, alsof hij moest lachen om Coltons vraag. 'Ik vrees dat je vrouw zal moeten boeten voor het feit dat ze de verkeerde keus heeft gemaakt. Zie je, ze verkoos jou boven mij, en ik neem geen genoegen met jouw afdankertjes, vooral niet omdat jouw kind in haar groeit. Jullie gaan allebei dood, en die baby erbij. Je zou kunnen zeggen dat ik op verschillende manieren wraak heb genomen op deze familie, eerst op lord Sedgwick...' hij lachte toen Colton zijn ogen onheilspellend samenkneep, 'en daarna de honden...' Hij grinnikte toen hij zag dat Colton verbaasd naar zijn vrouw keek, die bedroefd knikte. 'En natuurlijk zal het me het grootste genoegen doen jou uit de weg te ruimen, milord. Dat zal een prestatie zijn waarover ik me nog lang zal verheugen. Een gedecoreerde held die onder Wellington heeft gevochten, om gedood te worden door een eenvoudige molenaar. En ten slotte, mijn mooie Adriana, wier heengaan ik oprecht zal betreuren, maar daar valt niets aan te doen. Als ik haar zou laten leven, zou ze uiteindelijk iemand over mijn daden vertellen, en dat kan ik niet toestaan. Ik moet mezelf beschermen.'

Een geluid dat Colton en Adriana heel bekend in de oren klonk deed hen nieuwsgierig langs Roger heen kijken. Coltons glimlach deed Rogers haren overeind staan, en toen hoorde hij het ook, het geluid van teennagels op de marmeren vloer.

Verrast draaide hij zich half om en keek achter zich. Hij hield zijn adem in toen hij de eenzame gestalte zag in de boogvormige ingang van de grote hal naar de vestibule. Daar stond Leo, de grootste van de wolfshonden, met zijn haren overeind, zijn kop dreigend gebogen en de tanden bloot in een sinistere grijns. Het lage gegrom uit zijn keel maakte dat Roger vertwijfeld om zich heen keek, zoekend naar een schuilplaats. Hij zag de deur van de zitkamer voor zich, maar in zijn haast glibberden zijn met metaal beslagen zolen op de marmeren vloer. Hij kwam niet snel genoeg vooruit, maar toen Colton probeerde hem aan te vallen, wist Roger zich toch snel genoeg om te draaien, en hij schoot trillend in de richting van Coltons borst. Toen zijn voeten eindelijk houvast kregen, kon hij zich zijwaarts naar de ingang van de zitkamer bewegen.

Leo kwam naar voren, achtervolgde langzaam zijn prooi, één poot voor de andere plaatsend, en Roger jammerde van angst toen hij een reële mogelijkheid zag het onderspit te moeten delven. Deze keer zou er van Colton of Adriana beslist geen bevel komen van 'zit' of 'blijf'.

'Roep dat beest terug!' schreeuwde Roger in paniek. Hij zwaaide zijn pistool in de richting van Adriana. 'Anders schiet ik haar mooie hoofd van haar lijf!'

De plotselinge flits van pijn die op dat moment Rogers hele hoofd leek te vullen, was genoeg om hem op zijn knieën te dwingen. Zijn mond viel langzaam open, terwijl zijn oogleden over verbijsterd starende ogen zakten. Een volgende klap kwam op de zijkant van zijn hoofd terecht en een derde aan de andere kant. Met zijn tong uit zijn mond zakte Roger op de marmeren vloer in elkaar.

Kalm en waardig haalde Harrison een zakdoek uit de binnenzak van zijn jas en veegde het bloed en het haar van de pook. Adriana rende met uitgestrekte armen en tranen in haar ogen naar hem toe.

'O, Harrison! Lieve, lieve Harrison, je hebt ons leven gered!' riep ze juichend, hem omhelzend en zoenend, terwijl Harrison probeerde zijn grijns te bedwingen.

'Het is me een genoegen u van dienst te zijn, madam. Ik kon die schoft ons toch niet de baas laten zijn, hè?'

Colton grinnikte toen hij naast zijn vrouw kwam staan om Harrison uit de grond van zijn hart te bedanken. Gedrieën richtten ze vervolgens hun enthousiaste dankbaarheid op Leo, die geeuwde alsof hij dodelijk vermoeid was.

'Roger zei dat hij de honden vergiftigd had,' zei Adriana, 'maar hij gaf ook toe dat hij misschien per ongeluk het verkeerde flesje had meegenomen. Hij blijkt nu de honden een slaapmiddel te hebben gegeven in plaats van arsenicum.'

'Maar waar is Aris dan?' vroeg Colton, om zich heen kijkend.

'In de galerij,' antwoordde ze. 'Ik weet zeker dat als Leo nog leeft, ook Aris nog in leven is.'

'En de bedienden, waar zijn die?'

'Buiten, in de opslagplaats voor groenten.'

'Ik zal hen onmiddellijk eruit laten,' zei Harrison, en betastte voorzichtig de grote bult op zijn hoofd voor hij zijn hand weer liet zakken en in zijn vingers wreef, die nu rood waren. 'Misschien kan de kokkin een verband om mijn hoofd doen. Ik ben bang dat het nog bloedt.'

'Dat zal ík nu meteen voor je doen, Harrison,' zei Adriana. 'Lord Colton kan de bedienden bevrijden en iemand sturen om de sheriff te halen, en dan gaan we Aris zoeken.'

Een tijdje later was alles in huis weer ongeveer normaal. Roger lag vastgebonden achter de theetafel, waar niemand over hem kon struikelen en waar de sheriff gemakkelijk bij hem kon. Hij was nog steeds niet bij bewustzijn, en het leek te betwijfelen of hij dat zou zijn voordat het gezag arriveerde.

Algauw werd officieel vastgesteld dat de twee wolfshonden inderdaad slechts een dosis laudanum hadden gekregen in plaats van vergif, want Aris werd geeuwend wakker alsof hij lang geslapen had. De honden genoten van de aandacht die ze in de zitkamer van Adriana kregen, die naast ze neerknielde en Genie leerde hoe ze hun lange vacht moest strelen. Colton maakte een nieuwe fles cognac open voor het geval Roger weer met de inhoud van een van de karaffen had geknoeid, en schonk een glas in voor Harrison en zichzelf.

Enkele ogenblikken later kwam Philana binnen, opgewonden zwaaiend met haar armen terwijl ze zich naar de deur van de zitkamer haastte. 'Eindelijk, eindelijk ben ik grootmoeder! Ik ben onmiddellijk hierheen gekomen om iedereen het nieuws te vertellen. Ik heb een kleinzoon!'

'Wat een fantastisch nieuws, mama Philana!' riep Adriana met een vrolijke lach uit. Ze holde naar haar schoonmoeder en omhelsde haar innig voor ze vroeg: 'Gaat het goed met Samantha?'

'Natuurlijk, kindlief. Ze is zo blij en gelukkig als maar mogelijk is,' zei Philana luchthartig. 'Maar ik moet bekennen dat ik me een beetje uitgeput voel na al het ijsberen dat Percy en ik voor de deur van hun slaapkamer hebben gedaan, terwijl dr. Carroll bij Samantha was. Ik kan je verzekeren dat niemand in dit huis een traumatischer dag heeft gehad dan ik. Ik ben blij dat het achter de rug is en ik me eindelijk kan ontspannen.'

Het hartelijke gelach dat op haar woorden volgde deed haar zwijgen en verbaasd naar haar familieleden en bedienden kijken.

'Nou, het ís zo!'

Epiloog

Adriana wiegde zachtjes haar jammerende zoon in haar armen en probeerde wanhopig hem lang genoeg stil te krijgen, zodat de dominee de doopplechtigheid kon afsluiten. Ze waren ervoor uit Londen teruggekeerd om de baby in dezelfde kerk te laten dopen als Colton. Het kind was door de eerste voeding heen geslapen en had geweigerd wakker te worden. En nu was hij diep verontwaardigd dat hij niet kreeg wat hij verlangde. Hij probeerde zich aan iets bekends vast te grijpen en sabbelde op het lijfje van zijn moeders jurk, maar zonder het gewenste resultaat.

De gekwelde uitdrukking op het gezicht van dominee Craig was een duidelijk bewijs dat de longen van het kind goed functioneerden. Zelfs de ogen van Gyles Sutton leken vochtig te worden toen het gekrijs van zijn kleinzoon het voor hem te aanvaarden geluidsniveau overschreed. Philana en Christina stonden er met een trotse glimlach bij, alsof ze intens genoten van dit moment. Colton scheen hoogst geamuseerd te zijn door de driftbui van zijn zoon. Met een brede glimlach stond hij met vaderlijke trots naast zijn vrouw, terwijl de dominee ingespannen en plichtmatig doorging met de doop van Gordon Sedgwick Wyndham.

Toen Adriana zich eindelijk in een privé-vertrek kon terugtrekken om haar zoon te voeden, was ze blij dat ze gezelschap kreeg van Samantha, die ook een rustig plekje zocht om haar eigen zoon de borst te geven. De twee baby's leken veel op elkaar en schenen elkaar beschouwend op te nemen toen ze naast elkaar werden gelegd. Het was te voorspellen dat deze twee, net als hun moeders, zouden opgroeien als onafscheidelijke vrienden.

Later zagen de twee vrouwen hun mannen staan praten met Riordan en zijn bruid, de stralend gelukkige Felicity Kendrick. Met de hulp van een mannelijke bediende had Jane Fairchild haar vader, Samuel Gladstone, in een rolstoel naar de kerk gebracht. Jarvis Fairchild was opvallend afwezig, maar dat scheen de nijvere vrouw niet te deren, want ze babbelde levendig en intelligent met haar nieuwe schoonzoon, haar dochter en andere aristocraten die in de loop der jaren goede vrienden van de familie Gladstone waren geworden.

Die avond in bed nestelde Adriana zich tegen haar man terwijl Leo en Aris dicht bij hen sliepen, in de warmte van de haard. Gordon had net de borst gekregen en lag in diepe slaap in zijn wieg. Genevieve Ariella Kingsley lag in haar eigen kamer iets verderop in de gang, met Blythe in een eigen slaapkamer ernaast, zoals altijd zorgend voor het mooie kleine meisje, dat zou opgroeien met de wetenschap wat voor geweldige mensen haar eigen ouders waren geweest.

'Het is bijna niet te geloven dat Riordan en Felicity nu al een kind verwachten,' zei Adriana met een peinzende glimlach. 'Zij moet ook de eerste nacht al zwanger zijn geraakt. Nu al twee maanden geleden en nog steeds een stralende bruid.'

Colton streek met zijn hand over haar dij. 'Felicity lijkt heel gelukkig en tevreden nu ze met Riordan getrouwd is, en Jane is in de wolken dat ze binnenkort grootmoeder wordt. Ze is dol op Riordan, en natuurlijk houdt hij evenveel van zijn schoonmoeder als ik van de mijne.'

Adriana giechelde. 'Je móet wel. Je hebt geen keus.'

Haar man grinnikte. 'Hm, dat zou ik niet durven zeggen. Ik ben een keer uit huis weggegaan omdat ik het niet eens was met de regeling die voor me was getroffen.'

'O, dat weet ik!' Adriana veinsde een diepe zucht. 'Je bent altijd koppig geweest en hebt altijd je eigen zin willen doordrijven..'

'Hé, wees eens eerlijk. Zou je overtuigd zijn geweest van mijn liefde als ik van begin af aan had toegestemd en uit plichtsbesef met je naar het altaar was gegaan?'

'Nou, Samantha en Percy houden ontzettend veel van elkaar, en dat is precies wat zij hebben gedaan.'

'Ik ben Percy niet, en jij niet Samantha, en ik zou zeggen dat wij minstens zo gelukkig zijn als zij, zo niet meer. In elk geval

hoef je niet bang te zijn dat ik ooit van het rechte pad zal af-
dwalen. Ik heb lang genoeg zo geleefd om heel zeker te weten
dat ik het leven dat ik nu heb prefereer. Mocht je het nog niet
weten, ik houd heel veel van je.'

Tevreden legde ze haar hoofd op zijn schouder en streelde
met één vinger de paar fijne haren op zijn borst. 'En ik van
jou.'

Na een poosje richtte Adriana zich op en keek haar man
diep in de ogen. 'Ik geloof dat Gordon precies op je vader gaat
lijken.'

'Hij gaat op míj lijken,' zei Colton grijnzend.

Glimlachend leek ze zijn antwoord een tijdje te overwegen
terwijl ze in de kamer rondkeek. Ten slotte trok ze met een
schalks gebaar haar schouders op. 'Nou, als je het zo erg vindt
dat je niet álle eer krijgt, dan denk ik dat ik wel kan toegeven
dat hij veel op jou lijkt. Maar...'

Gordon stak zijn hand op om verdere argumentatie te voorkomen. 'Ik weet het! Ik heb het mijn leven lang gehoord. Ik
lijk precies op mijn vader.'

Lachend drukte ze haar neus tegen zijn wang. 'Daar ben ik
blij om. Mocht je je er nog niet van bewust zijn, je bent een bewonderenswaardig specimen van een man, en ik ben heel blij
dat je de mijne bent.'

Weer even later liet ze haar kin zakken op de arm die ze
over zijn borst had geslagen. 'Heeft Riordan iets tegen je gezegd over het feit dat hij erbij is geweest toen Roger werd opgehangen?'

'Ja.'

'En? Wat zei hij?'

'Hij zei dat hij het noodzakelijk vond om zeker te weten...
voor zichzelf en voor Felicity... dat ze voorgoed bevrijd zou
zijn van dat monster. Ondanks alle mensen die Roger vermoord heeft, bleek hij een ongelooflijke lafaard toen hij zelf de
dood in de ogen moest zien. Hij huilde en smeekte de hele weg
naar de galg, maar hij had nooit enig medelijden getoond met
een van zijn slachtoffers, dus kreeg hij het zelf ook niet.'

'Meneer Fairchild is heel blij dat Felicity nu getrouwd is met
Riordan,' zei Adriana. 'Volgens Jane had hij voorspeld dat een
man van adel haar ten huwelijk zou vragen. Sinds Emund is
overleden, en Jarvis de molen van de Elstons heeft gekocht, is

zijn houding jegens Samuel Gladstone in gunstige zin veranderd. Hij schijnt de oude heer nu veel meer te bewonderen, en naar ik heb gehoord, heeft hij alles terugbetaald wat hij ontvreemd had nadat hij Creighton en de anderen had ontslagen, maar die nu allemaal weer in dienst zijn genomen. Felicity zegt dat haar vader haar moeder nu zelfs het hof maakt, alsof ze niet zijn vrouw is. Natuurlijk kan het feit dat ze enkele maanden gescheiden hebben geleefd veel te maken hebben met zijn berouw. En misschien is het eindelijk tot hem doorgedrongen wat een fantastische vrouw hij had, en dat hij haar zou verliezen als hij er niet iets aan deed.'

Grinnikend liet Colton zich op zijn zij rollen en legde zijn hand onder haar blote rug, waarna hij hem liefdevol op een verleidelijke bil legde. 'Je weet, zoals Shakespeare al zei: *All's well that ends well*, ofwel: Eind goed, al goed.'

Adriana's ogen glinsterden vrolijk toen ze zich dicht tegen hem aan nestelde. 'Geilaard.'